福建師範大學文學院百年學術論叢　第三輯

唐宋詞史論

歐明俊　著

第三輯
總序

　　三載以來，通過兩岸學者及出版界同仁的協力合作，《福建師範大學文學院百年學術論叢》在臺北已出版兩輯凡二十種，目前第三輯十種又將推出，我為之由衷高興。

　　朱子詩曰：「千里煙波一葉舟，三年已是兩經由。今宵又過豐城縣，依舊長江直北流。」（〈次韻擇之發臨江〉）他吟嘆的是人生履跡，我卻想藉以擬喻兩岸學術傳播交流的景況：煙海茫茫之間，矢志於弘揚中華文化的學人，駕一葉之扁舟，舉學術以相屬，偃偃努力，增進溝通，諸多同道，樂曷如之？今宵，我又提筆為第三輯作序，腦海中浮現的盡是福建師範大學文學院百年學術精品入臺後相繼產生的美好影響，以及兩岸學術交流更加輝煌的明天。

　　本輯所收論著，依舊如前兩輯的格調：辯章學術，融貫古今。

　　述古代文化者凡有四種：一是張善文《象數與義理》，考論歷代易學發展的主要流派；二是郗文倩《古代禮俗中的文體與文學》，溝通禮與文在特定意義上的關聯；三是歐明俊《唐宋詞史論》，從史的角度評騭唐宋詞作的蘊蓄；四是涂秀虹《明代建陽書坊之小說刊刻》，就版本範疇追考明代建本小說刊行的情貌。

　　論現代文學者亦有四種：一是鄭家建《透亮的紙窗（修訂本）》，為多層面的現代文學理論與個案研究；二是朱立立《臺灣及海外華文文學散論》，考察漢語文學在臺灣及海外的發展創新；三是余岱宗《現代小說的文本解讀》，參合審美風格對現代小說名著作出新的解

讀；四是拙作《現代散文學論稿》，探討現代散文多樣發展的情形，乃亦忝列此間。

另有語言與修辭學專著兩種：陳澤平《十九世紀以來的福州方言——傳教士福州土白文獻之語言學研究》，考論福州方言在近代的歷史演變和話語特點；朱玲《意象‧主題‧文體——原型的修辭詩學考察》，從修辭詩學角度闡發文學原型的意蘊。

以上十種，合為論叢第三輯，與前兩輯相輔相成，共同呈示我校中文學科近年較有代表性的研究成果，並奉獻給臺灣文教學術界的同道，以相切磋研磨，以期攜手發展。

唐劉知幾云：「尺有所短，寸有所長。切磋酬對，互聞得失。」（節《史通》〈惑經〉語）無論是斗室間的師友講習，還是大規模的學術研討，劉氏之語仍然是今天頗可遵循的正確理念。當此全球化浪潮洶湧澎湃的關頭，如何不丟失我們五千年的學術文化，發揚傳統精華，滋培濟濟多士，實屬兩岸學者應相與擔當的歷史使命，也是本論叢陸續刊行的首要宗旨。

臺北萬卷樓圖書公司為論叢的編校出版付出辛勤工作，我們始終感荷於心，謹再次敦致謝忱。

汪文頂

西元二〇一六年仲冬序於福州

目次

緒論

　　本書稿集中於唐宋詞「史」的探討，重視史的客觀性、真實性呈現，把握史的發展脈絡，總結史的嬗變規律，同時重視「論」，進行理論分析和提煉，尤其注重學理反思，將客觀史實描述與主觀價值評判結合起來，故名《唐宋詞史論》。是對唐宋詞的專題研究，有感而發，不求面面俱到。

　　全書共分四章，第一章〈唐宋詞史綜論〉，是對唐宋詞史綜合性的專題探討，是宏觀研究，注重理論闡發。首先是唐宋詞研究之反思，反思唐宋詞史的寫法，主張不必追求一種模式，應有「學術個性」，除通行寫法外，還可以寫專題唐宋詞史，如詞調演進史、詞人生活史、詞人心態史、愛國詞史、愛情詞史、山水詞史等。強調研究唐宋詞的「原生態」與「衍生態」，不應將虛擬情感與真實情感劃上等號，許多詞作是「商業化」製作，是虛擬情感，不是寫詞人自己。今天的研究應「還原」歷史，走進歷史「現場」。通行的唐宋詞研究，往往抽去歷史「細節」，唐宋詞史成為觀念的歷史。關於易代之際詞人的歸屬問題，標準不應太隨意。通行的皆以作者年齡或政治態度為標準，其合理性一面首先要充分肯定，但這樣處理，彈性較大，不易把握。可考慮以作品為準，這是客觀標準，如作於宋末的即是宋詞，作於元初的即是元詞，可不管詞人的政治態度。至於研究者持不同評價，各持己見，那屬另外一回事。唐宋詞的「正」與「變」，宋人論詞已有「正」、「變」意識，只是尚未明言。最早明確論述唐宋詞體「正變」問題者為明中葉的張綖。張綖承宋人「本色」之論，認為

秦觀式的婉約才是詞之正體，蘇軾詞則非詞之「本色」。他首次提出「正」概念，明確劃分婉約、豪放為詞體兩種風格類型。王世貞首次正式提出唐宋詞體「正變」概念，並進行了完整的闡述。他崇婉抑豪，不滿蘇、辛等豪放一派，因為他們不符合「穠情致語」標準，是「變體」，婉約才是詞之正體。但王氏以溫、韋為「變體」，後人頗有微詞。詞正體之「正」是「正宗」之「正」，不是「雅正」之「正」，古代主流觀念貴古賤今，崇「正」抑「變」，故多輕視「變體」的「豪放」詞。「正體」往往是「尊體」，但不完全等於「尊體」，詞的「正體」，恰恰是「卑體」，認為詞是「小道」、「末技」，「身分」低賤，所以後人要尊體，以詩為詞，以文為詞，以詩衡詞，以文衡詞，「變體」詞的價值恰恰是正統、主流文學觀念所肯定的。「變體」詞將原先被視為「末技」、「小道」的詞通過「尊體」向詩體「回歸」，詞體發展演變過程中，會自然地吸收詩體之長來彌補自身之短，以增強詞體生命力。唐宋詞的「婉約」與「豪放」問題，我們在認識詞的特性時，只能以婉約詞為概括對象，不能以所有詞為概括對象，更不能以豪放詞為概括對象。婉約詞可以串起整個詞史，所有的詞人都寫婉約詞，許多詞人都沒有寫豪放詞。所以，婉約詞的特性就是詞體的本質特性，但不是詞體的全部特性。豪放詞與豪放派是兩個概念，不能混為一談。豪放詞與豪放詞人兩個概念也是不同的。唐宋詞史研究應立足於文學而兼及音樂，即重視研究詞體的「原生態」。唐宋可歌的「歌詞」即流行歌曲，屬音樂範疇，區別於脫離音樂的按格律填寫的「律詞」，律詞是格律詩的一種，只能吟誦閱讀，不能歌唱，屬文學範疇。研究古代文學的站在文學立場來看待唐宋詞，所以才會有「詞與音樂」這一命題。如果站在「原生態」的立場，詞就是音樂，那麼這個命題就不能成立，不能說研究「流行歌曲與音樂」的關係。只有站在文學立場，詞與音樂脫離關係，獨立出來以後，才有「詞與音樂」的關係問題。接著論述唐宋「詞體觀念」的嬗變，詞是韻文之

一體，是詞體發展和詞體觀念嬗變的結果。詞由唐、五代時配合燕樂歌唱的純藝術歌曲，發展到宋末完全脫離音樂，成為新體格律詩，是一漫長的動態過程，人們對它的認識也隨著變化。應以開放的思維，動態地認識唐宋詞體和詞體觀念。再是唐宋詞藝術論，分別論唐宋詞的「愁」情表達法、「遞進」抒情法、「對面」寫法和結句藝術。當下的唐宋詞研究有一種傾向，就是越來越遠離「文學」，遠離「藝術」，遠離「審美」，追求純技術性的「學問」，論著難以見到作者的靈性和藝術感悟力，唐宋詞研究應向「文學本位」、「藝術本位」、「審美本位」回歸。對宋詞雅化規範化進行宏觀透視，詞早在北宋即有雅、俗之辨，柳永詞就因「曲俗」，一直遭到譏評。南渡後，一時詞籍競以「雅詞」為名，南宋「中興」局面下，姜（夔）、張（炎）「風雅派」或稱「格律派」努力使詞返本復初，歸於「騷雅」，求雅正，講格律，究字句，對詞體進行一番「淨化」，成為南宋中後期詞壇的主流。筆者將這一文學現象稱作詞的雅化、規範化，對它的評價，論者往往從靜態、欣賞的角度加以肯定，但筆者認為問題僅論述到此是不夠的，應從「史」的角度，多側面、多方位地對其在文學史上的價值和地位作動態的客觀、公正的宏觀透視。質疑詞為宋代「一代之文學」說，筆者強調，以詞為宋代「一代之文學」，只有限定在韻文系統內，詞體本身縱向比較，才最具合理性。王國維、胡適以從西方引進的「純文學」觀念改造「宋詞」說，胡適更進一步「誤讀」為「宋詞」勝過同時代其他文體。詞體由邊緣文體上升為中心文體，名正言順地成為宋代文學代表。但過分「顛覆」傳統，「遮蔽」了文學史部分真相。

　　第二章〈唐五代詞史論〉，是對唐五代詞史以及研究史的專題探討，主要是花間詞研究。首先是詞體起源及發生研究之反思，論述詞體起源及發生與音樂的關係，李白詞與詞體起源及發生的關係，「宮廷詞」與「民間詞」、「伶工詞」、「文人詞」的關係。筆者強調，論詞

體起源與發生，首先需界定清楚並合理使用「詞體」、「起源」、「發生」幾個重要概念，這是論證「前提」。「起源」包括淵源和胚胎，只是「祖宗」、「父母」，不是自身，「發生」是指詞體的產生過程，強調一種長時性、動態性，而「產生」只是一時的、靜態的。詞體是「類」概念，抽象概念，總括此類文體。詞體是由眾多具體的詞調構成，詞調才是「實體」的詞，應從詞調入手論詞的起源及發生，即哪一或哪些詞調是最早產生的？那就是詞的起源及發生。論詞體發生，只談音樂是不夠的，還必須談文學因素。詞體起源與發生研究，眾說紛紜，不少問題皆應認真反思。「應歌」是花間詞的「原生態」，花間詞的原生態即本來面目：概括地說，它是音樂的，而非文學的。它是歌曲的歌詞，而非抒情詩的一體；它是供歌唱的，而非為了誦讀；重聲曲韻律，而非辭藻文采；功能是娛樂消遣，而非言志教化。它的一切特徵皆與「應歌」有關。因此，只有密切聯繫「應歌」，才能對其做出歷史、合理的評價。從花間詞考察晚唐五代社會風氣及文人心態，花間詞是晚唐五代社會享樂之風的產物。它反映了當時文人感傷、悲慨、頹唐、放逸、孤獨、貪樂等心態，是時代心靈的藝術記錄。花間詞集中體現了時代的審美趣味。它為「應歌」而作，功能是娛樂、消遣，在歷代傳播過程中發生一些變異。諸多特色皆可從社會風氣及文人心態中尋找答案。花間詞不只是男歡女愛、香軟卑弱，而是詩化的社會史，特定時代的文人心態錄。花間詞由最初的歌曲，到後人把它視為新詩體，再到後來實際上變成徒具精美形式的古董、古玩。納蘭性德說它「如古玉器，貴重而不實用」，當我們把它當作「古玩」看待的時候，欣賞的只是它的形式美：精細、工致、短雋、小巧，而可不計較它的內容。站在當代的立場，對花間詞應抱此寬容的態度。從花間詞看晚唐、五代女性閨中生活，透過花間詞，我們可以打破時空的隔閡，揭開這一時期女性生活的神秘面紗，窺測她們的閨中生活風情，最大限度地接近、了解古人生活的本真狀態。在百分

之八十多抒寫女性的花間詞中，我們看到了女性閨中生活的生動圖景：精心的梳妝打扮、精緻的服飾器物和優雅的生活方式。晚唐五代的女性生活，雖有些許瑣碎，但展示給我們更多的是她們生活的精緻、審美的趣味、文化的品位和心靈的驛動。通過花間詞，讓生活日益乏味的我們走進昔人的生活經驗中，欣賞她們的生活情趣，體味那個已經遠去的古老而詩意般的年代，在精神上實現做一個優裕雅致的閨秀的夢想。筆者強調，不侷限於研究文學本身，更進一步對花間詞進行社會學和心理學探討。花間詞風格新論，筆者將花間詞的風格比喻為一位女子，分成外貌特徵和內在特質兩大方面加以闡述。花間詞風格的外貌特徵是直接訴諸感覺的外部形象，是可聞、可見、可感的，可感覺到它的色、香、味，從而得到感官的享受和滿足，具體表現為香、豔、媚、弱，脂粉香氣、豔妝麗飾、病體弱質，這是外美。一個女子真正的美應指她的內在的東西，如柔婉、靈秀、細膩、自然、樸素、天真、活潑等，輕柔和婉、靈秀清新、純樸自然是花間詞風格美的內質，是花間詞的風神氣度、韻趣性情，是真正的美，與香、豔、媚、弱的外美融合統一，構成花間詞風格的總體特色，這是花間詞風格的本來面目。對溫庭筠〈更漏子〉（玉爐香）作接受史解析，是經典研究，個案研究。歷代詞論家從不同的角度解讀賞鑑，無不給予高度評價，〈更漏子〉（玉爐香）成為歷代公認的佳作，當之無愧。花間詞在詞史上佔有極為重要的地位，它完成了民間詞到文人詞的過渡，確立了詞體婉約軟媚的主體風格特徵，早在南宋時即被陳振孫譽為「倚聲填詞之祖」。詞史上以婉約為「正宗」的觀念即是由花間詞奠定的。聯繫整個詞史，論花間詞在宋、金、元時的傳播與接受，北宋人對花間詞，主動接受者多，但創造性接受者少。花間詞在南宋的傳播，時而極度貶值，又時而極度增值。南宋人能動地接受、創造性地學習花間詞，不同詞人將花間詞理解為不同的「形象」，並對它進行傾向性的評價，人們根據時代的需要，或按自己的審美情

趣，完全可有選擇地接受它。金、元時，花間詞的傳播處於潛隱狀態，只是為「流俗」所好，被一些「落後」詞人私下裡欣賞，花間詞自產生以來，遭到前所未有的冷遇。論明代的「花間熱」，花間詞在明中葉以後的盛行，與楊慎、王世貞、湯顯祖三人的「權威」影響是分不開的，楊慎發現並評介《花間集》，湯顯祖評點了《花間集》，皆推動了《花間集》的傳播。明人對唐宋詞的接受，多是當作「古典文學」來鑑賞或研究，模仿創作只是一方面。中晚明形成的「花間熱」，在一定程度上是資本主義萌芽、商品經濟繁榮的結果。晚明社會風氣正復與晚唐、五代相似，人們將花間詞視為異代知音，找到了感情上的共鳴點。「花間熱」中滲透了商品意識，商業味很濃。這是傳播與接受史研究，是學術史的梳理，不侷限於本體研究。

　　第三章〈北宋詞史論〉，是對北宋詞史以及研究史的專題探討，是名家詞研究。首先是柳永評價「熱點」、「盲點」透視，關於柳永人品與詞品的評價，筆者認為，柳永的人品既不卑鄙，也不高尚，他是世俗中人、性情中人，其詞品與人品之間不能劃等號，也不應以道德評價代替審美評價。對柳永評價差異性問題進行接受美學思考，柳詞在歷代傳播過程中發生一些價值增減和變異，它被接受者積極或消極「曲解」，應充分重視評價差異性的接受者因素。柳詞在詞史及文學史上的成就是由其「時效」價值和「歷時」價值共同構成的，柳詞的「俗」化在文學觀念上有突破性的意義，柳詞的文化史意義在於它在一定程度上代表了市民文化、都市文化、通俗文化的成就和發展方向。應結合歷史語境和當代語境，對其做出既合乎歷史的、又合乎邏輯的評價。論歐陽修的詞學觀，歐陽修的詞學觀表現為「敢陳薄伎」的即興隨意的創作態度；「聊佐清歡」的詞體功能觀，強調文體功能分工，重視詞的審美娛樂特質；卑視詞體的文體價值觀，強調文體尊卑等級秩序；抒發「情癡」的言情觀，突出一個「真」字。從總體上看，其詞學觀承繼《花間》而未脫其樊籬，與晏殊、王安石等同時代

詞家無異，並無明顯革新處，不應給予過高評價。詞學觀是歐陽修文藝思想體系的重要組成部分，捨此，對其文藝思想的認識是不完整的，這是對歐陽修詞學思想的「挖掘」式研究。對蘇軾詞研究進行反思，作為大詞人，蘇軾研究已經相當成熟，但研究中仍存在不少問題，有些是詞學研究以及整個文學史研究中普遍存在的問題，有反思的必要。蘇軾詞是否「合律」「可歌」？現當代詞學界不少學者認為蘇軾不懂音樂，蘇軾詞在當時是不能歌唱的，且肯定讚賞蘇軾詞突破音律之功，觀點明顯偏頗。詞作為當時的流行歌曲，「可歌」是其存在的前提，符合「音律」是必然的，而符合「格律」是對「衍生態」的作為新體格律詩的詞體的要求，蘇詞即使不符合「格律」，也是無可厚非的。要分清楚「格律」與「音律」兩個概念，學界在沒分清楚「音律」「格律」區別的情況下，往往因為蘇詞不符合「格律」，而認定其不符合「音律」，這是概念混淆導致的偏頗。蘇軾少數詞的確比較拗口，不太諧律，不太悅耳，不符合當時流行口味，但並不等於「不合律」。要區分「歌曲」、「格律詩」，區分「原生態」、「衍生態」概念。蘇軾是天才型詞人，他的詞突破「音律」，只是偶一為之。蘇軾「自是一家」說在詞史及詞學批評史上的實際影響並沒有今人想像得那麼大，在世時並沒有引起詞人們包括「蘇門四學士」的認可和重視，因此「時效」價值有限，或者說具備大的「潛價值」。蘇軾的「柳七郎風味」「自是一家」說成為詞學史上的重要命題，後人經常引用或發揮。這是首次開創性的「元批評」，是詞學「命名」，原創價值高，享有發明「專利」，應充分肯定「發明」者之功。對蘇軾「以詩為詞」進行再評價，通行觀點，蘇軾「以詩為詞」，詩中表達的內容，詞中也可表達，把曲子詞提高到與詩平等的地位。筆者反思的是，論「以詩為詞」，首先要弄清詩、詞的區別到底在哪裡？詩、詞的確是作為兩種文體存在的，之間有區別，亦有相同、相通處，即有不少「交集」，人們常偏重二者的區別，有時甚至將這種區別擴大

化、片面化。蘇軾「以詩為詞」的作品並不多，因此不能強調過分。古代文人大多從小就經歷嚴格的詩、賦訓練，詩歌是必備的文學修養，會不自覺地將詩歌修養帶入詞中，是很自然的。從這個意義上，可以說每個文人都會「以詩為詞」。蘇軾因觀念上不太重視詞，因此其詞「擴容」是有限的，無法與詩、文相比，劉熙載稱讚其「無意不可入，無事不可言」，誇大了蘇軾詞題材的創新度。蘇軾詞影響較大的是「豪放」風格，但不能「遮蔽」其他風格類型的詞作，更不能極端地加以強調。作為天才，蘇軾的婉約詞與其他詞人不同，更有個性，更高雅，是文人雅士寫的詞。詞史上的有些突破，的確是蘇軾的功績，但有些是張先與柳永等人的，應加以「還原」。蘇軾以餘事作詞，並未用全力，對蘇軾在詞史上地位的評定，要與詩、文結合起來，宋人最重文，其次是詩，最後才是詞，宋代影響最大的是詩、文，過分抬高詞的地位，拔高蘇軾詞的地位，對蘇軾詩、文是不公平的。要將「當世價值」、「歷時價值」與「現在價值」結合起來，將「原生態」價值與「衍生態」價值結合起來。論蘇軾詞風發展的四個階段，是對蘇軾詞風的動態考察，通判杭州詞，女性色彩淡化，清麗飄逸，但尚未顯出特別「風味」；密州、徐州詞：創立豪放詞風，樹起「自是一家」的旗幟；黃州詞：清曠為基調，為成熟期，「逸懷浩氣，超然乎塵垢之外」；去黃以後，其詞已成餘響，詞風逐漸回歸婉約。強調動態認識和評價蘇軾詞風，避免靜態之蔽。反思秦觀詞研究，關於秦觀詞的「婉約」，張綖是高郵人，以秦觀詞為「婉約」正宗，對鄉先賢秦觀帶有主觀偏愛，我們對影響學術評價的地緣因素應有清醒的認識。秦觀詞風總體上「婉約」，中心在「婉」，柔婉、淒婉、清婉、婉麗、纖婉、婉媚，與「婉」相近的概念有柔、媚、麗等，僅簡單地說秦觀詞「婉約」，過於空泛。詞論家多「秦黃」、「柳秦」、「蘇秦」、「周秦」等並稱，應重視比較視野中評價秦詞，切忌孤立看待。秦觀詞價值有「原生態」與「衍生態」之別，應分開評價；

秦觀對詞的自我評價並不高，與他者評價以及後世評價反差較大，對歷史「當事人」的自我評價應給予起碼的尊重。李清照〈詞論〉研究的回顧與反思，如作者、作年、如何理解「別是一家」說、為什麼不提周邦彥、詞論和詞作間的「分離」現象及〈詞論〉的歷史地位等問題。長期以來，這些問題的研究大都相對孤立。實際上，〈詞論〉的許多疑點之間是相互牽扯糾纏的，可以說是「牽一髮而動全身」，孤立研究最終得不到問題的解決。研究者更應力求在思維方式、研究方法上尋求突破，以更宏闊的視野審視〈詞論〉。

第四章〈南宋詞史論〉，是對南宋詞史以及研究史的專題探討，是名家詞研究。首先論陸游的「漁隱」詞，「漁隱」詞指描寫「漁父」形象和生活，表達隱逸閒適情懷的詞。陸游有意塑造張志和筆下的「漁父」形象。實際上，詞人身心俱未隱，「漁隱」只是他的一種情結，一種精神寄託。陸游的漁隱詞，按其內容可分為兩類：一類稱之為身隱心亦隱，寫的是像張志和那樣真正的隱士生活。另一類稱之為身隱心不隱，此類詞中隱隱透露出他的隱是被迫的，是一種無可奈何的隱，陸游心中仍然裝著國家，關心著收復失地，愛國之情隱然可見。陸游的漁隱詞是「隱」的產物，自有它消極的一面，但它是陸游詞的重要組成部分，不僅創造的恬淡飄逸的風格開闢了放翁詞的新境界，而且「屏除纖豔」之功亦不可沒，從這個意義上，我們應肯定它。結合作者生平經歷，對陸游詞風的邏輯嬗變做總體探索，分期勾勒出陸游詞風嬗變的過程，詞風大致順著豪邁雄放──慷慨沉鬱──纖麗清婉──恬淡飄逸這一軌跡演進。而這些又都與時代風雲變化、個人身世遭遇、交遊唱和以及年齡的變化等因素密切相關，因此是合乎邏輯的嬗變。這是對陸游詞風的動態考察，可以看出陸游詞風是變化的，不是靜止的；是豐富的，不是單一的。以陸游〈卜算子·詠梅〉為個案，對一首宋詞「經典」的形成史進行系統的深度解析，聯繫整個詞史及詞學批評史，考察此詞歷代傳播和接受的真實狀況，描

述作為陸游「代表作」和宋詞「經典」的形成過程，進而通過這一「個案」揭示文學發展史上一些帶規律性的現象。此詞當時未見有任何記載和評議，說明只是一般詞作，無甚影響，「時效」價值有限。《陽春白雪》雖選錄〈卜算子〉，但自宋末到清乾隆前的幾百年間，世人罕睹，故其影響甚微。晚明之前，詞選家對〈卜算子〉只是偶有選錄，但疏於品評，其價值較低。〈卜算子〉借朱祖謀《宋詞三百首》得以廣泛傳播，「身價」倍增，其「經典」地位由《宋詞三百首》得以最終「確定」。宋詞「經典」的形成，與詞作的歷代選錄情況、評論家的品評、後人的和作都有很大關係，是歷史地「層累」地造就的。今天，〈卜算子〉已成為陸游詞的第一代表作，或與〈釵頭鳳〉一起成為陸游最具代表性、影響最廣泛的詞作。這一「經典」的形成，固然與其本身的藝術價值關係極大，有其歷史的必然性，亦不能否認有偶然性因素。假如沒有朱祖謀作為詞學宗師的影響，沒有胡適作為學界領袖的影響，沒有毛澤東作為政治權威的影響，陸游〈卜算子〉能有今天如此高的「待遇」，是難以想像的；假如毛澤東和的是朱敦儒的〈卜算子〉或陸游的〈朝中措〉，那麼，今天所盛傳的可能就是這兩首詞作了。本文寫作意圖絕不是否定陸游〈卜算子〉的成就，只想說明它在詞史上的價值增減沉浮，分析其增值的原因，特別是「非文學」原因。「政治權威」、「學術權威」對該詞成為文學「經典」起到決定性影響。今天，我們應該注意的是，不能以它「遮蔽」陸游其他詠梅詞、「遮蔽」其他詞人特別是陸游以前詞人的詠梅詞的價值。反思辛棄疾研究，關於辛棄疾的人格評價，筆者主張「事實」與「評價」應區分開來，將「日常道德」與「政治道德」分開，辛棄疾與韓侂胄的關係，所謂「晚節」、「氣節」問題，古今學者一直爭執不休，其實這種關係是自然的、正常的，他們都是「官場」中人，是共同的「北伐」大業走到一起的，不值得大驚小怪，上綱上線；辛棄疾有兩個「身分」，即「主戰派」和「歸正人」，「身分」規定了辛棄

疾的詞作特質；強調辛棄疾詞的生理學考察，辛棄疾詞作特色與其年齡及健康狀況亦關係甚大，生理變化導致詞氣的強弱盛衰，其詞之「氣」，隨著年齡的變化而變化，從生理變化角度論辛棄疾及其詞之「氣」，可更深入地理解詞人及其詞，若按通常思路，只談時代、生平遭際與詞作變化的關係，往往流於浮泛空洞，終隔一層，搔不到癢處；如何看待辛棄疾的「豔情」詞，逢場作戲、娛賓遣興的為一類，真正的愛情表達的為一類，寄託政治上不得意與政治理想的是一類。對於這些，我們要加以細緻的區分，不能以偏概全，不能僅從作品本身去發揮評價，要結合相關材料進行判斷；關於辛棄疾詞的風格，僅以「豪放」來概括辛棄疾的全部詞作風格，是不夠的，「豪放」只是「豪」中的一種，若將其擴大化，無形中排斥了其他風格，曠、雄、健、勁等，為「豪」的同義或近義範疇，用「豪」來統領這些範疇，具有一定程度的合理性，但不能將其絕對化，「豪」不僅被用來概括辛棄疾的詞作，亦涉及其人格方面的評價，我們一直強調辛詞的「豪放」，往往「遮蔽」了「非豪放」詞作的風格；關於「以文為詞」，當代學者對「以文為詞」有不同的理解，有的過度闡釋，將文與詞對立起來，將二者的分別絕對化，文體的個性被過分強調，過分強調「異」而忽視了「同」；關於「稼軒體」，「稼軒體」是對辛詞特色的概括，是一種學術「命名」，「稼軒體」不僅指辛詞風格，還包括題材、語言等，具體地模仿某家某首作品的風格特色來進行寫作，也可稱「某某體」，這是指具體詞作的「體」，不是指稼軒詞整體特色，此「稼軒體」非彼「稼軒體」；關於「詞中杜甫」，諸家多強調從精神實質，從總體成就和地位上進行比擬，認為以辛棄疾比擬「詞中杜甫」最為合適，這樣立論是較合理的，以某詞人比擬杜甫，不可能有絕對的合理性，只能求合理性程度，以辛棄疾比擬杜甫，合理性程度最高，若允許推出一二詞人比擬杜甫，綜合地看，從內在精神和價值上看，以辛棄疾最有資格，若從形式格律、藝術技巧、可模仿操作等層

面看，則非周邦彥莫屬，以詞人比擬杜甫，但不是「等值」。論稼軒詞中的豪情壯志，並兼論宋代豪情壯志詞。「豪情壯志」，指豪邁奔放之情和高遠雄大之志，宋詞雖然以表現男女柔情為主調，但也不時地高唱豪情壯志的雄音亮符。辛棄疾是南宋最偉大的愛國詞人，以豪放詞成就最大，影響最深，他以忠憤之心、英雄之氣、曠世之才而寫詞，以淋漓酣暢的筆墨揮寫英雄的豪情壯志和忠義悲憤，形成豪邁剛健、慷慨沉雄、悲壯蒼涼的詞風，深化了豪放詞的內涵，提高了詞的品位。壯志難酬，慷慨悲歌，在豪情壯志詞中所占比重相當大，這部分詞作多集中在南宋，極具時代特色。民族的災難，理想的受挫，造成詞人的心靈震盪。詞人將當時真實的心態表現出來，詞作也成為民族的心靈史錄。千載而下，讀者仍能真切地感受到詞人的心靈痛楚，感受到一個民族的精神掙扎。論稼軒其人其詞之「氣」，是對作為「豪放」詞人代表的稼軒其人其詞之「氣」的系統評述，稼軒其人其詞最具個性特色的就是以「氣」勝，區別於柳永的以「情」勝，張先、秦觀的以「韻」勝，姜夔、張炎的以「格」勝，論其「氣」，也就抓住了稼軒其人其詞之「神」。最後是文天祥詞綜論，文天祥詞雖僅存八首，但價值極高，其詞多表達愛國忠義的情感，富有政治性、時事性，塑造出鮮明的人物形象，特別是自我形象，體制上，用長調而不用小令，風格多樣，或慷慨激昂，或悲壯沉鬱，或富麗華美，和韻詞是對原唱的繼承與提升，遠勝一般摹擬之作，喜用典抒情，顯現歷史的凝重感，重起承轉合，具襯跌之妙。文天祥人品高，故詞品高，富有風骨，其詞顯著特色是以「氣」取勝，充滿正氣、浩然之氣、剛大之氣、淩厲之氣、雄壯之氣，其詞中所蘊含的人格精神、忠義之氣，給黯淡的宋末詞壇增添不少亮色，對整個詞史都具有深遠的影響，我們應給予充分肯定。

　　本書稿所論，涉及諸多方面，諸如詞人日常生活、交遊、政事、文學活動、思想、人品、詞學觀、詞作文本、詞作傳播與接受，流派

研究即「花間派」研究，研究史梳理，等等。筆者的思路是，既重藝術研究，又重內容研究；既重作品研究，又重作者研究；既重史的動態描述，又重靜態分析；既重微觀、個案研究，又重宏觀、整體理論概括；既重史料挖掘，又重新的理論方法；既重淵源研究，又重影響研究；既重詞作本身解讀，又重傳播與接受研究；既重詞論研究，又重詞論研究之研究，重詞學研究之研究，即梳理學術史；既重文學研究，又重學術和文化研究；既重客觀描述，又重主觀創造性評價。有綜論，有分論，所論唐宋詞名家有溫庭筠、柳永、歐陽修、蘇軾、秦觀、李清照、陸游、辛棄疾、文天祥等。點、線、面結合，史、論並重。筆者強調不滿足於就事論事，就詞體論詞體，特別注重學理上的深刻「反思」，反思「前理解」，對學界通行的觀念、觀點進行清理，不迷信權威，不盲從「定論」，修正「誤讀」，還原被「肢解」的「全體」形象，揭示被「遮蔽」的歷史真相，努力澄清長期以來一些模糊認識。注重唐宋詞的「原生態」研究，走進歷史現場。注重比較分析和評價，有比較才有鑑別，沒有參照座標的任何孤立的評價必然是片面的。注重動態評價，以救治純粹靜態評價之弊。強調必須有強烈的「史意識」，在「歷史語境」中認識和評價，充分尊重古人智慧，充分「體認」歷代學者的觀點，給予合理的價值定位，並反思慣性思維的侷限性。努力做到縱橫結合，融會貫通，視野開闊，材料豐富，有理論深度，努力提升唐宋詞研究的學術內涵和理論品格。力求思維、觀念、視角、理論、方法、材料、體例等方面皆有新的突破。這也表明筆者對唐宋詞研究的興趣點和思考視角。

　　原生態、衍生態、歷史現場、還原、細節、歌詞、律詞、一代之文學、顛覆、心態、增值、「時效」價值、「歷時」價值、肢解、誤讀、史意識、歷史語境、體認、檢討、前理解、遮蔽、層累、追認、命名、反思、經典、傳播、接受、「非文學」因素、「唯文本」、日常道德、政治道德，身分、生理，等等，是本書中比較重要的概念，筆

者「敝帚自珍」，茲特為拈出。

　　附錄部分，《唐宋詞經典品鑑》，選擇韋莊〈浣溪沙〉（夜夜相思）等九首詞作鑑賞。詩詞鑑賞本是學者基本功，過去甚至不被視為「學問」，今天每每看到，能寫出洋洋灑灑幾十萬字的博士論文和專著，未必能寫好一篇作品鑑賞。唐宋詞是「純美」文學，唐宋詞研究，首先是「藝術」的研究，強調感性、審美，並用美的語言表達出來。筆者絕不敢說自己寫得好，這裡只是表達一種強調，一種期待。〈詞體「抒情」本位界說及其價值重估〉，是筆者詞體界說之反思系列之一，「抒情」本位是歷代許多詞論家對詞體本質的普遍認識，是傳統觀念，一脈不斷。以「抒情」界說詞體本質，是對詩「緣情」的承續。筆者認為，現當代流行觀念，詞就是「抒情」詩，這只是一種詞體「本質」界說，還有其他多種界說，不少人卻誤以為是「定義」。詞的「定義」，為「真假是非」判斷；詞的「本質」界說，是「高下優劣」的價值判斷。詞是一種「純文學」文體，又是一種「文章」文體、「文化」文體。以「抒情」界說詞體，自具其「歷史合理性」一面，但侷限性也是明顯的，因此造成對詞史及整個文學史部分真相的「遮蔽」，必須深刻反思，進行價值重估。〈口述詞學史研究構想〉，分別論述口述詞學史的意義、口述者的選擇和要求、採訪者的要求、訪綱的擬定、錄音整理與分析評價，附有口述詞學史通用訪綱示例（採訪馬興榮先生）。詞學大家都是進入學術史的，他們創造詞學史，個人就是一部詞學史。健在的老學者皆是飽學之士，他們經歷過很多事情，見過許多大師名家，本身就是活的詞學文獻。現在老學者寫作效率很低，甚至拿不動筆了，應抓緊時間採訪，用錄音把他們的學術經歷和思想記錄下來，這實際上是在搶救文獻，搶救學術。口述詞學史強調學術本位，最重要的是客觀、真實，忠於學術，用錄音記錄下來可以作為文獻保存，是最本真的「原生態」史料。口述的作用在於保存歷史的真相，對已有的著述進行細節補充，通行觀念，詞

學史就是詞學家及詞學著作的歷史，詞學家形象抽象化、高大化。口
述詞學史將導致通行詞學觀念、研究方法和著述方式的很大改變。筆
者在不同場合一再呼籲重視「口述學術史」，這非常有意義，希望有
學者有志於從事口述詞學史的研究。〈我與中國韻文學會的「緣
分」〉，是中國韻文學會成立三十週年的紀念文字，真實、詳細記錄了
我與中國韻文學會的「緣分」，我的親歷、親見、親聞。中國韻文學
會搭建了良好的學術交流平臺，我有幸較早成為這個和諧溫暖的「大
家庭」中的一員，以中國韻文學會名義聯合主辦的各種形式的學術會
議，我大都參加了，拜識尊宿，親聆教誨，結識名家，討教請益，收
穫多多，為人和為學兩方面皆得到提高。這四篇附錄皆與唐宋詞研究
密切相關，其中或許有一得之見，但願附錄於書稿中不是多餘的。

第一章
唐宋詞史綜論

第一節　唐宋詞研究之反思

　　唐宋詞研究已經非常成熟，不過，學術研究是沒有止境的，有些問題仍有反思的必要，筆者已有系列反思論文，此處僅反思以下幾個問題。

一　唐宋詞史的寫法

　　文學史該怎麼寫，有沒有或該不該有固定統一的模式？羅宗強先生〈文學史編寫問題隨想〉一文認為：「文學史誰愛怎麼寫就怎麼寫！只要它的編寫者是嚴肅的，學風是嚴謹的就可以。」[1]強調不必追求一種模式，應有「學術個性」，所論極是。詞史有不同的寫法：（一）通代詞史，如劉毓盤的《詞史》、胡雲翼的《中國詞史大綱》、許宗元的《中國詞史》、黃拔荊的《中國詞史》等，以作家為綱，作品為目，按時代先後順序敘述。（二）斷代詞史，如陸侃如、馮沅君的《中國詩史》近代部分（實際上即是唐宋詞史）、楊海明的《唐宋詞史》、張仲謀的《明詞史》、嚴迪昌的《清詞史》。（三）按流派構建的詞史，如劉揚忠的《唐宋詞流派史》。（四）類別詞史，如楊海明的《唐宋詞風格論》（專論唐宋詞風格演變史）、鄧紅梅的《女性詞史》。（五）史論結合的詞史，如劉尊明的《唐五代詞史論稿》、王兆

1　羅宗強：〈文學史編寫問題隨想〉，《文學遺產》1999年第4期。

鵬的《唐宋詞史論》。唐宋詞還可以寫專題詞史，如詞調演進史、詞
人生活史、詞人心態史、愛國詞史、愛情詞史、山水詞史等。

　　有學者認為，唐宋詞有三大「範式」，即以溫庭筠為代表的「花
間範式」，蘇軾創立的「東坡範式」，周邦彥創立的「清真範式」，唐
宋詞史乃至整個詞史的流變便是這三大範式的相互更迭。實際上，以
朱敦儒為代表的隱逸詞之類也可成一範式，李煜、晏幾道、秦觀、李
清照的詞也可獨立成為一種範式。「範式」僅是以作者的部分詞作為
概括對象，而勢必把另一部分詞作排斥於自己的「範式」之外，「範
式」論還有一些需要進一步完善之處。

　　不少詞人年輕時填詞，成為名人後卻「悔少作」。孫光憲《北夢
瑣言》卷六記載道：

　　　　晉相和凝，少年時好為曲子詞，布於汴洛。洎入相，專托人收
　　　　拾焚毀不暇。然相國厚重有德，終為豔詞玷之。契丹入夷門，
　　　　號為「曲子相公」。[2]

　　陸游〈〈長短句〉自序〉曰：「予少時汩於世俗，頗有所為，晚而
悔之。然漁歌菱唱，猶不能止。」[3]王灼《碧雞漫志》載，萬俟詠自
編詞集，分兩體，一名《雅詞》，一名《側豔》，後召試入官，「以側
豔體無賴太甚，削去之」。[4]這種詞史上的「悔少作」現象，實為一種
「逆追認」，即對原來觀點的否定，「收回」觀點，後悔當時所作，將
有價值反向「追認」為無價值。

　　中國古代文學帶有明顯的南北地域差異的特點，詞體的特質是婉

2　孫光憲：《北夢瑣言》卷六，《叢書集成》本。

3　陸游：《陸游集》（五）（北京市：中華書局，1976年），頁2101。

4　唐圭璋：《詞話叢編》（一）（北京市：中華書局，1986年），頁83-84。

約、柔美、香豔、軟弱，屬於「南方文學」，應重視唐宋詞的地理學研究。

　　通行的唐宋詞研究，往往抽去歷史「細節」，唐宋詞史成為觀念的歷史。應反思唐宋詞史的寫法，重視研究唐宋詞的「原生態」與「衍生態」，唐宋詞的「原生態」是一種流行歌曲，當時並未取得與詩、文並駕齊驅的地位，應充分肯定以審美娛樂為旨歸的詞創作的合理性存在。

　　不應將虛擬情感與真實情感劃上等號，許多唐宋詞作是「商業化」製作，是虛擬情感，不是寫詞人自己。今天的研究應「還原」歷史，走進歷史「現場」。

　　文學史是以當代立場建構的歷史，論者不自覺地會從當代人的角度來看待古代詞人，一方面有過於苛責之弊，另一方面則有過於拔高之嫌。我們對詞人人品及詞品等方面的評價都應慎之又慎。

　　後人尊崇辛棄疾承蘇軾開一代「豪放」詞風，但實際上辛棄疾詞作大部分仍是「婉約」，對「辛派詞人」的評價，不應脫離當時社會環境，過分拔高其成就。

　　張先（990-1078）生年比宋祁（998-1062）早八年，雖比宋祁年長，但張先更早使用詞作為士大夫酬贈往來的載體，從而具有開風氣之先的歷史地位，而宋祁詞風仍然逗留在宋初的寫作習尚。張先比宋祁晚死十六年，他的寫作生命長於宋祁。我們需反思，詞史寫作中，詞人先後秩序的排列完全以生卒年為依據，是否合適？

　　關於易代之際詞人的歸屬問題，標準不應太隨意。通行的皆以作者年齡或政治態度為標準，其合理性一面首先要充分肯定，但這樣處理，彈性較大，不易把握。可考慮以作品為準，這是客觀標準，即作於宋末的即是宋詞，作於元初的即是元詞，可不管詞人的政治態度。至於研究者持不同評價，各持己見，那屬另外一回事。不過，這樣處理，又會將詞人「割裂」為兩個朝代，長期以來，學界皆認為不妥。

實際上，文人身處易代之際，生活在新朝，無論是「新生」，還是以
「遺民」自居，都是新朝的人，這是客觀存在。說得極端一些，如某
詞人生活在元末，他在觀念上仍不認同元朝統治，仍在做復辟「大
宋」的夢，能不能還說他是宋朝「遺民」，屬於宋朝人呢？

　　唐圭璋編《全宋詞》，將〈宋人話本小說中人物詞〉、〈宋人依託
神仙鬼怪詞〉作為附錄，值得重視，這些皆應視為宋詞；所附〈元明
小說話本中依託宋人詞〉，則應視為元、明詞，而非宋詞。

　　詞調與詞題的關係，最早的「原生態」的詞，調即題，題即調，
如〈念奴嬌〉就是寫念奴嬌，〈蝶戀花〉就是寫蝶戀花，〈賀新郎〉就
是寫賀新郎，〈滿江紅〉就是寫滿江紅；後來，許多詞，調、題分
離，如蘇軾的〈念奴嬌〉（大江東去）、岳飛的〈滿江紅〉（怒髮衝
冠）、辛棄疾的〈賀新郎·同父見和再用韻答之〉，皆與念奴嬌、滿江
紅、賀新郎無關。但唐宋詞人仍重視詞調，所有的詞仍是詞調在前、
詞題在後。詞發展到明代，早已成為「古典文學」，詞已脫離音樂，
詞調基本上只具形式上的意義，內容上已不如詞題重要。有的詞人即
反過來，將詞題作為正題，在前，詞調作為副題，在後，如徐渭詞，
明代原刻本及後世諸刻本多先詞題，後詞調，如〈鏡湖曲·調浣溪
沙〉、〈竹爐湯沸火初紅·調鷓鴣天〉等，這是詞史演進到明代時的新
現象，也是明人的詞體新觀念。

　　可從心理角度契入，對詞人日常生活如經濟收入、生活品質的變
化、生理的變化如疾病對心態與創作的影響，將生理──心理──創
作三者之間「交互」影響的細微複雜的「多向」流程揭示出來，更有
助於走近生活中真實的詞人。

　　唐宋詞研究，是「史」的考辨、描述和判斷，強調史的客觀性、
真實性，史的發展脈絡，史的規律總結，還應將客觀事實描述與主觀
價值評判有效結合一起，僅僅客觀、真實是不夠的。

　　某種程度上說，唐宋詞史就是詞體演進史。廣義的「詞體」，是

指與詩、散曲相對應的文體，狹義的「詞體」，則指詞人詞作的獨特風格，如「東坡體」、「易安體」等。除此之外，「詞體」還有不同內涵，或指具體詞作的風格，如辛棄疾〈唐河傳〉詞序「效花間體」，是特指效法《花間集》中的〈河傳〉一詞，而非泛指花間詞；或指某種獨特的詞體形式，如「隱括體」、「回文體」、「獨木橋體」等；或指某種詞風格類型，如「側豔體」、「俳體」；或指某一時期的詞作風貌，如「宋初體」；尚有一些特殊的詞體，如「應制體」、「醮詞體」等。這些不同的「詞體」，皆應區分清楚，不能籠統而論。如詞人模擬前代詞人的某首詞作，只是特指具體一首詞，不一定能代表此詞人詞作的整體特色。

　　張先詞、柳永詞分別代表詞史發展並行不悖的兩條道路：士大夫文人的詩化、規範化的「雅」化道路與世俗化、通俗化的「俗」化道路，這是張先詞與柳永詞各自的詞史意義和文學史意義。「雅」是文人對文藝一以貫之的追求，張先作詞即求清雅閒逸，把宋詞引向閒雅一路。從這個意義上看，張先的詞史功績是巨大的。文學史的發展往往有某種偶然性，蘇軾因外放杭州而得遇張先，引發了詞史上的一場重大「革命」，蘇軾詞多方面接受張先詞的影響，他學習張先慢詞的詩的寫法，而以詩中長篇樂府的縱橫開合來組織慢詞，表現出極大的才情與創造性，使宋代慢詞避免了柳永的單調乏味與低俗，走上了富於詩意韻味的健康道路，以後才有秦觀、周邦彥。張先因某種契機而得遇蘇軾，幫助蘇軾成就了這番事業，這是他始料不及的，也是歷史對他的厚愛之處。我們在評價歷史人物時，常將一些歷史功績歸入名氣更大的「大家」身上。蘇軾「以詩為詞」，拓展了詞的發展道路，在詞史上具有崇高的地位，此點一直為歷代論者所認同。但在評價時，人們易將張先的歷史功績歸到蘇軾身上，從而過分拔高蘇軾的詞史地位。應重視張先對蘇軾詞的影響，理清張先、蘇軾不同的歷史功績，還原唐宋詞史的本來面目。

　　關於影響史研究，如從整體上論述蘇軾詞對「蘇門弟子」的影響，同時應考慮到問題的複雜性，老師與弟子間的關係，大多數是「順影響」，即弟子對老師的觀點全盤接受並加以實踐；也有可能存在「逆影響」，即弟子吸取了老師某些方面的教訓，對老師的觀點進行「揚棄」；還有可能是「反影響」，即弟子在某方面反過來影響老師。蘇軾與弟子們的關係，是存在多種可能性的，有待深入考察。

　　唐宋詞從流行歌曲演變為案頭文學，用典是詞體自身發展的結果，從詞人境遇來看，如辛棄疾有「歸正人」這一特殊身分，含蓄表達感情，用典是極其自然的。

　　當下學術研究分工過細，研究往往侷限於狹小的「專業」領域，研究詞，往往不知詩、文。這樣，作為研究對象的詞人是分裂的，而不是全體的。這種研究狀況亟待改變，應打破「專業」分工限制，加強綜合、宏觀研究，許多問題在封閉狹窄的「專業」領域內孤立研究，是解釋不清楚的，研究者應有宏通的學術視野。

二　唐宋詞的「正」與「變」

　　宋人論詞已有「正」、「變」意識，只是尚未明言。《王直方詩話》曰：「東坡嘗以所作小詞示無咎、文潛曰：『何如少游？』二人皆對云：『少游詩似小詞，先生小詞似詩。』」[5]陳師道《後山詩話》曰：「退之以文為詩，子瞻以詩為詞，如教坊雷大使之舞，雖極天下之工，要非本色。」[6]晁補之〈評本朝樂章〉批評黃庭堅「間作小詞，固高妙，然不是當行家語，自是著腔子唱好詩」。[7]「非本色」、「不是當行」，皆指變體，且輕視貶抑。李清照〈詞論〉明確提出詞

5　郭紹虞輯：《宋詩話輯佚》（北京市：中華書局，1980年），頁93。

6　何文煥輯：《歷代詩話》（北京市：中華書局，1981年），上冊，頁309。

7　吳曾：《能改齋漫錄》（上海市：上海古籍出版社，1984年），卷16引，頁469。

「別是一家」主張，批評晏殊、歐陽修、蘇軾的詞作「皆句讀不葺之詩」。[8]王炎〈《雙溪詩餘》自序〉曰：「今之為長短句者，字字言閨閫事，故語懦而意卑，或者欲為豪壯語以矯之。夫古律詩且不以豪壯語為貴，長短句命名曰曲，取其曲盡人情，唯婉轉嫵媚為善，豪壯語何貴焉。不溺於情欲，不蕩而無法，可以言曲矣。」[9]強調保持詞體「本色」，即按正體創作。宋人也有不同觀點，南宋陳模〈論稼軒詞〉曰：「近時作詞者，只說周美成、姜堯章，而以稼軒詞為豪邁，非詞家本色。潘紫岩牫云：『東坡為詞詩，稼軒為詞論。』此說固當，蓋曲者曲也，固當以委曲為體；然徒狃於風情婉孌，則不足以啟人意。回視稼軒所作，豈非萬古一清風哉！」[10]即承認「變體」詞的價值。

最早明確論述唐宋詞體「正變」問題者，為明中葉的張綖。他在《詩餘圖譜》〈凡例〉後所附按語中說：

> 詞體大略有二：一體婉約，一體豪放。婉約者欲其詞情蘊藉，豪放者欲其氣象恢弘。然亦存乎其人，如秦少游之作，多是婉約，蘇子瞻之作，多是豪放。大抵詞體以婉約為正，故東坡稱少游今之詞手，後山評東坡詞雖極天下之工，要非本色。[11]

此處所謂「正」，乃正宗、正體之意。張綖承宋人「本色」之論，認為秦觀式的婉約才是詞之正體，蘇軾詞則非詞之「本色」。他首次提出「正」概念，明確劃分婉約、豪放為詞體兩種風格類型。稍後的徐

8　胡仔著，廖德明校點：《苕溪漁隱叢話‧後集》（北京市：人民文學出版社，1962年），卷33引，頁254。
9　王炎：《雙溪詩餘》卷首，王鵬運輯《四印齋匯刻宋元三十一家詞》本。
10　陳模：《懷古錄》卷中，沈雄：《古今詞話》〈詞話〉（上海市：上海書店，1987年影印本）上卷引。
11　游元涇校刊：《增正詩餘圖譜》〈凡例〉附，明萬曆刊本。

師曾進一步發揮張綖之論，《文體明辨序說》「詩餘」曰：「論其詞，則有婉約者，有豪放者。婉約者欲其詞情蘊藉，豪放者欲其氣象恢弘。蓋雖各因其質，而詞貴感人，要當以婉約為正。否則雖極精工，終乖本色，非有識者所取也。」[12]

　　王世貞《藝苑卮言》首次正式提出唐宋詞體「正變」概念，並進行了完整的闡述：

> 之詩而詞，非詞也。之詞而詩，非詩也。言其業，李氏、晏氏父子、耆卿、子野、美成、少游、易安，至矣，詞之正宗也。溫、韋豔而促，黃九精而險，長公麗而壯，幼安辨而奇，又其次也，詞之變體也。[13]

又云：

> 詞至辛稼軒而變，其源實自蘇長公，至劉改之諸公極矣。南宋如曾覿、張掄輩應制之作，志在鋪張，故多雄麗。稼軒輩撫時之作，意存感慨，故饒明爽。然而穠情致語，幾於盡矣。[14]

他明確崇婉抑豪，不滿蘇、辛等豪放一派，因為他們不符合「穠情致語」之標準，是「變體」，婉約才是詞之正體。他說：「詞須宛轉綿麗，淺至儇俏，挾春月煙花於閨幨內奏之，一語之豔，令人魂絕，一字之工，令人色飛，乃為貴耳。至於慷慨磊落，縱橫豪爽，抑亦其次，不作可耳。」[15]詞乃歌舞筵席間助興享樂之具，演唱和欣賞詞者

---

12 吳訥、徐師曾：《文章辨體序說》、《文體明辨序說》（北京市：人民文學出版社，1962年，合刊本），頁165。

13 唐圭璋：《詞話叢編》（一）（北京市：中華書局，1986年），頁385。

14 唐圭璋：《詞話叢編》（一）（北京市：中華書局，1986年），頁391。

15 唐圭璋：《詞話叢編》（一）（北京市：中華書局，1986年），頁385。

又為綺筵公子、繡幌佳人，這就決定了詞的特性：風格上宛轉綿麗、淺至儇俏，內容不外乎春月煙花閨襜之事，語言上香豔華麗。總而言之，就是「香弱」二字，他說：「溫飛卿所作詞曰《金荃集》，唐人詞有集曰《蘭畹》，蓋皆取其香而弱也。然則雄壯者，固次之矣。」[16]他從風格上將「香弱」與「雄壯」相比，認為雄壯次於香弱。他的觀點不乏支持者，如清杜文瀾《憩園詞話》卷一云：「王弇州《藝苑卮言》附錄云：『詞者，樂府之變也，須宛轉綿麗，淺至儇俏，挾春月煙花於閨襜內奏之。一語之豔，令人魂絕，一字之工，令人色飛，乃為貴耳。』又云：『溫飛卿所作詞曰《金荃集》，唐人詞有集曰《蘭畹》，蓋皆取其香而弱也，然則雄壯者固次之矣。』余論詞不敢主蘇、辛之豪渾，此二說實獲吾心。」[17]明確表示贊同王氏觀點。但王氏以溫、韋為「變體」，後人頗有微詞。清初，王士禎《花草蒙拾》云：「弇州謂蘇、黃、稼軒為詞之變體，是也。謂溫、韋為詞之變體，非也。夫溫、韋視晏、李、秦、周，譬賦有〈高唐〉、〈神女〉，而後有〈長門〉、〈洛神〉，詩有古詩錄別，而後有建安、黃初、三唐也。謂之正始則可，謂之變體則不可。」[18]認為以溫、韋為變體，違反了詞的發展規律，他修正了王世貞觀點，將溫、韋重新歸入「正體」之列。王士禎〈《倚聲初集》序〉亦曰：「詩之為工既窮，而聲音之秘，勢不能無所寄。於是溫、和生而《花間》作，李、晏出而《草堂》興，其詩之餘而樂府之變也。詩餘者，古詩之苗裔也。語其正，則南唐二主為之祖，至漱玉、淮海而極盛，高、史其嗣響也；語其變，則眉山導其源，至稼軒、放翁而盡其變，陳、劉其餘波也。」[19]清晰地勾勒出詞體「正」、「變」演進軌跡。王世貞之論確有片面性，

---

16 唐圭璋：《詞話叢編》（一）（北京市：中華書局，1986年），頁386。
17 唐圭璋：《詞話叢編》（三）（北京市：中華書局，1986年），頁2861。
18 唐圭璋：《詞話叢編》（一）（北京市：中華書局，1986年），頁673。
19 鄒祇謨、王士禎輯：《倚聲初集》卷首，清順治十七年刻本。

但若以明人對以溫、韋為代表的《花間集》之態度來看，王氏此論又有「片面的深刻」。《花間集》在明中葉後盛行一時，王世貞在充分肯定其「小語致巧」特色的基礎上，對《花間集》及代表詞人能提出批評，認為「溫、韋豔而促」，「《花間》猶傷促碎」，溫、韋為「變體」，非「正宗」，所論有現實針對性。何良俊〈《草堂詩餘》序〉曰：「詩餘以婉麗流暢為美。如周清真、張子野、秦少游、晏叔原諸人之作，柔情曼聲摹寫殆盡，正詞家所謂當行，所謂本色。」[20]王驥德《曲律》卷四曰：「詞、曲不尚雄勁險峻，只一味嫵媚閑豔，便稱合作。是故蘇長公、辛幼安並置兩房，不得入室。」[21]仍以婉約為正，豪放為變。戈載說：「詞以空靈為主，而不入於粗豪；以婉約為宗，而不流於柔曼。意旨綿邈，音節和諧，樂府之正軌也。」[22]鄭燮〈與江賓谷江禹九書〉曰：「詞與詩不同，以婉約為正格，以豪宕為變格。」[23]綺靡豔俗的婉約詞因是詞的始祖、古體，即被視為「正體」、「本色」，詞正體之「正」是「正宗」之「正」，不是「雅正」之「正」，古代主流觀念貴古賤今，崇「正」抑「變」，故多輕視「變體」的「豪放」詞。「正體」往往是「尊體」，但不完全等於「尊體」，詞的「正體」，恰恰是「卑體」，認為詞是「小道」、「末技」，「身分」低賤，所以後人要尊體，以詩為詞，以文為詞，以詩衡詞，以文衡詞，「變體」詞的價值恰恰是正統、主流文學觀念所肯定的。

　　清代詞學「尊體」，詞亦如詩可「言志」、「教化」，要求內容雅正，故清代一些詞學家就不再固守唐宋詞「婉約為正」或「豪放為變」觀念。王士禎《香祖筆記》卷九說：「詞家綺麗、豪放二派，往

---

20 卓人月彙選，徐士俊參評，谷輝之校點：《古今詞統》（瀋陽市：遼寧教育出版社，2000年），卷首，頁12。

21 王驥德：《曲律》（北京市：中國書店，1988年），卷4。

22 江順詒：《詞學集成》卷5引，唐圭璋《詞話叢編》（四）（北京市：中華書局，1986年），頁3265。

23 鄭燮：《鄭板橋集》（上海市：上海古籍出版社，1980年），頁192。

往分左右祖，予謂第當分正變，不當論優劣。」[24]《四庫全書總目》〈東坡詞提要〉曰：「詞自晚唐、五代以來，以清切婉麗為宗，至柳永而一變，如詩家之有白居易；至蘇軾而又一變，如詩家之有韓愈，遂開南宋辛棄疾一派。尋根溯源，不能不謂之別格，然謂之不工則不可。故今日與《花間》一派並行，而不能偏廢。」[25]劉熙載《藝概》〈詞曲概〉曰：「太白〈憶秦娥〉聲情悲壯，晚唐、五代唯趨婉麗，至東坡始能復古。後世論詞者，或轉以東坡為變調，不知晚唐、五代乃變調也。」[26]「變體」詞將原先被視為「末技」、「小道」的詞通過「尊體」向詩體「回歸」，詞體發展演變過程中，會自然地吸收詩體之長來彌補自身之短，以增強詞體生命力。[27]

三　唐宋詞的「婉約」與「豪放」

詞的本質特性和婉約詞的本質特性是兩個概念，婉約只是詞的一種風格。幾乎所有學者在談詞的特性時，都是在談婉約詞的特性，詞的特性是以婉約詞為概括對象。就是說，某種程度上來說，婉約詞的特性就是詞的特性。這涉及到正體和變體問題，婉約詞是詞的正體，是正宗，豪放詞是詞的變體，比較另類。我們在認識詞的特性時，只能以婉約詞為概括對象，不能以所有詞為概括對象，更不能以豪放詞為概括對象。婉約詞可以串起整個詞史，所有的詞人都寫婉約詞，許多詞人都沒有寫豪放詞。所以，婉約詞的特性就是詞體的本質特性，但不是詞體的全部特性。

豪放與婉約對舉，是指詞的一種風格類型，屬陽剛美、壯美、崇

---

24 王士禎撰，湛之點校：《香祖筆記》（上海市：上海古籍出版社，1982年），卷9。

25 永瑢等撰：《四庫全書總目》（北京市：中華書局，1965年），卷198，頁1808。

26 劉熙載：《藝概》（上海市：上海古籍出版社，1978年），頁108。

27 參見歐明俊：《古代文體學思辨錄》（北京市：人民出版社，2014年），頁87-91。

高美範疇。雄壯、雄渾、悲壯、剛勁、清曠、飄逸、粗獷、沉鬱頓
挫、慷慨激昂等，都包括在豪放範圍內，這是廣義的豪放。狹義的豪
放僅指豪邁、放達，不受束縛，與悲壯、清曠、飄逸等對舉，是陽剛
風格類型中的一種，也是詞的眾多風格中的一種，一般人所說的豪放
是指廣義上而言。豪放本是論詩的，唐司空圖《二十四詩品》中專列
「豪放」一目，人們也常以豪放來概括李白的浪漫詩風。以「豪放」
論詞，始於蘇軾，他在〈與陳季常書〉中說：「又惠新詞，句句警
拔，詩人之雄，非小詞也。但豪放太過，恐造物者不容人如此快
活。」[28]但蘇軾用豪放一詞主要是概括人的性格特徵。陸游《老學庵
筆記》云：「世言東坡不能歌……則公非不能歌，但豪放，不喜裁剪
以就聲律耳。」[29]也是以豪放論人，兼評詞風。宋末沈義父《樂府指
迷》中「豪放與協律」條，謂「近古作詞者不曉音律，乃故為豪放不
羈之語，遂借東坡、稼軒諸賢自諉。」沈氏真正開始以豪放論詞的風
格，在他看來，豪放就是不拘聲律，是應該批評的。

　　直至明中期，張綖始正式以「婉約」、「豪放」兩分法來概括詞體
風格。張綖《詩餘圖譜》〈凡例〉後附識語曰：「詞體大略有二：一體
婉約，一體豪放。婉約者，欲其詞情蘊藉；豪放者，欲其氣象恢
宏……少游大體婉約，東坡大體豪放，要以婉約為正。」[30]分別舉出
秦觀、蘇軾為代表，且認為秦觀的「婉約」是正宗。張綖所說的「詞
體」，是指詞的體性，即詞這種文體外貌與內質方面的特徵，類似我
們今天所說的「風格」。豪放、婉約相反、相對，實指詞體陽剛、陰
柔，或壯美、優美兩大風格類型。這種以陰陽兩極的「二分法」從總
體上概括詞體的風格特徵，高屋建瓴，視野開闊，基本上符合詞體實

28　張志烈、馬德富、周裕鍇主編：《蘇軾全集校注》（石家莊市：河北人民出版社，
　　2010年），冊17，頁5884-5885。
29　陸游著，楊立英校注：《老學庵筆記》（西安市：三秦出版社，2003年），頁183。
30　游元涇校刊：《增正詩餘圖譜》，明萬曆刻本，卷首。

際。此論一出，影響深遠。清初王士禎在《花草蒙拾》中繼承發揮張綖的觀點，他說：「張南湖論詞派有二：一曰婉約，一曰豪放。僕謂婉約以易安為主，豪放惟幼安稱首，皆吾濟南人。」[31]將代表人物分別改推同鄉（濟南人）前賢李清照、辛棄疾為代表，有鄉情因素。王士禎這裡所說的「派」，實即張綖所說的「體」，指風格而言，絕不是今天所說「流派」的「派」，名同而實異。長期以來，學界以為是王士禎首倡「婉約派」與「豪放派」，實際上是曲解其意，這一點是應該鄭重指出的。張綖首倡，經王士禎推波助瀾，廣而揚之，詞體分婉約、豪放的觀點遂不脛而走，幾近家喻戶曉，論詞者言必稱婉約，口不離豪放。

　　現在流行「婉約」、「豪放」兩分法，廣義的「豪放」包括「清曠」。其實兩分法本身並不完全合理，張綖也只是一家之言，從詞史上看，兩分法的影響並沒有我們想像那麼大。詞史上還有一個影響深遠的風格，就是姜夔、張炎等人的典雅、風雅、騷雅風格，這是三分法。還有四分法、八分法、十二分、二十四分法等。婉約、豪放二分法，只是詞風劃分的一個角度，甚至只是兩分法劃分的一個分支，雅與俗，自然與雕琢，可歌與不可歌等，都是兩分法。現代研究者誇大了「婉約」、「豪放」的影響力。近代以來，不斷有學者對「婉約」、「豪放」提出一些看法，例如吳世昌就認為詞史上的主流風格是婉約，豪放詞很少。也有人提出不同意見，認為不能以數量來衡量，應從影響的層面來判斷。

　　豪放詞與豪放派是兩個概念，不能混為一談。「五四」新文化運動以來，論宋詞始分婉約派與豪放派，婉約派以柳永、秦觀、李清照等為代表，豪放派以蘇軾、辛棄疾為代表。這種劃分是拿近代西方文學流派概念生硬套在中國古典文學上面，把生活相距百年之久的蘇

31　唐圭璋：《詞話叢編》（一）（北京市：中華書局，1986年），頁685。

軾、辛棄疾拉在一起，視為豪放派的領袖，殊覺不倫不類。實際上，
只有南宋以辛棄疾為代表的愛國詞人群體勉強可稱作豪放派，主要成
員有陳亮、劉過等。流派概念需有時間限定，蘇軾、辛棄疾不可能同
屬一派。應該說，詞史上並沒有嚴格的豪放派，只有豪放詞。因此，
不能以豪放派代替豪放詞來論詞史。豪放詞與豪放詞人兩個概念也是
不同的。豪放詞是從作品本身著眼，是以作品為對象論其風格特色。
豪放詞人，則從作者著眼。說某人是豪放詞人，主要看其全部詞作中
是以豪放詞最有特色、影響最大，是從內質而不是從數量上來衡量。
因此，我們說蘇軾、辛棄疾是豪放詞人，而不說是婉約詞人，雖然他
們作品中婉約詞佔有很大比重。

　　中國古代各體文學的發展演變不是孤立的，而是相互融合、滲透
的，如詞體的內部也存在著向詩「回歸」的一條路線。陰柔美固然是
詞體的主體美感，而陽剛美則又「別立一宗」的。因此劃分詞的陰、
陽兩極，突出其不同特徵，既符合詞史及詞學批評史的實際，也符合
中國傳統文化特色。《易傳》謂「一陰一陽之謂道」，傳統哲學認為
陰、陽是貫通於一切事物的兩個對立面，正反兩極相互對立、相互消
長，交替變化，是宇宙的根本規律。自然現像是如此，社會現象也同
樣是如此，如君臣、夫妻等就都是陰陽關係，陰陽簡直就可用來劃分
和解釋一切自然和社會文化現象。這是中國式的「兩極思維」特徵。
詞既是在中國古代的大文化背景下產生發展的，那也就毫無例外地可
用陰陽理論來解釋，詞體之所以區別於詩和散文，即在於其本身的主
體審美特性陰柔美和女性美，唐宋詞的諸多特徵就屬於「陰」，如填
詞者是「男子而作閨音」、「代女子立言」；歌詞是由美女（歌妓）演
唱；文人的審美嗜求是「以柔為美」，且特別欣賞「女音」、「悲音」；
在選擇詞彙意象時，以有關女性和水的柔性事物為主。從詞的主體
特色來看，特別是相對於詩、文而言，詞體的主體美感是典型的陰
柔美。

　　詞體又有陽剛的一面,「變體」的言志詞具陽剛美,「變體」詞與「豪放」詞並不是同一概念,「變體」詞是「詩化」、「言志」的剛性詞,而「豪放」則是與「婉約」相對應的風格。陰陽既矛盾統一,也可相互包容或轉化。一方面,原先被視為「末技」、「小道」的詞通過「尊體」有意向詩體「回歸」;另一方面,詞體發展演變過程中,也會自然地吸收詩體之長來彌補自身之短,以增強生命力。這樣,詞就必然會有「變體」產生,很難設想,沒有向詩的「回歸」,沒有「變體」詞,詞史該會怎樣發展。

四　重視研究唐宋詞體的「原生態」

　　唐宋詞史研究應立足於文學而兼及音樂,即重視研究唐宋詞體的「原生態」。唐宋可歌的「歌詞」即流行歌曲,屬音樂範疇,區別於脫離音樂的按格律填寫的「律詞」,律詞是格律詩的一種,只能吟誦閱讀,不能歌唱,屬文學範疇。可將「歌詞」視為唐宋流行音樂研究,屬音樂史而非文學史研究。

　　長期以來,因「專業」分工過細,音樂史研究者和文學史研究者彼此疆界分明,缺乏交流溝通,懂音樂的不懂文學,懂文學的不懂音樂,極少有人「越界」研究,以至於一些很有學術價值的研究領域一直無人涉足。應突破專業侷限,以更宏闊的學術視野研究評價唐宋流行音樂及其文化。

　　將「歌詞」從唐宋詞中獨立出來研究,相對於以文學為本位的唐宋詞研究而言,是以音樂為本位的唐宋詞研究。研究歌詞傳唱,相對於以創作為本位的音樂史研究而言,是以傳播、接受為本位的音樂史研究;相對於以生產(創作)為本位的文化史研究而言,是以銷售流通(傳播)和消費為本位的文化史研究。可充分吸收社會學、文化學(主要是文化消費學)、心理學、民俗學、傳播學、接受美學等學科

的理論及方法，融會貫通，結合音樂史和文學史研究的傳統方法，在不同學科的滲通融合中找到新的方法論突破。重視「原生態」，「考古」式再現歷史真實，走進歷史現場，力圖讓當代讀者如身臨其境地感受到唐宋流行樂壇的盛況，重睹唐宋人的情感生活和消閒生活的風采，走進他們的心靈世界。

唐宋歌詞重音律節奏，屬音樂範疇；律詞是格律之詞，重格律、語言，屬文學範疇。長期以來，研究者多將兩者混為一談，模糊了歷史真實，應將兩者分開評價。近百年來，文學史研究者多將唐宋歌詞視作「音樂文學」來研究，是站在文學本位立場，硬將歌詞拉入「文學」系統，將唐宋歌詞的「原生態」與「衍生態」混為一談。其實，音樂就是音樂，文學就是文學，歌詞與律詞分屬兩家，並行發展，歌詞不必視為文學，正如律詞不必視為音樂一樣。這是就「史」的研究層面而言，追求歷史真實。歌詞傳唱重「女音」，對歌詞創作風氣及香軟婉媚風格的興盛起到大的助動作用，應充分認識歌詞傳唱的「媒介」作用。以往研究者只重歌詞作者、評論者、時代盛衰與詞體盛衰的作用，輕視媒介作用，是片面的。歌詞欣賞消費最重娛樂消遣，而不是言志載道、政治功利，歌詞只在消閒文化中有大的意義，其品味較低，不應過高評價。歌詞傳唱及消費有禮儀習俗的實用功能，與旅遊文化消費亦關係密切，其文化價值不應忽視。歌詞傳唱及消費可透視宋代社會風氣、社會心理，可走進宋人的生活常態。研究唐宋歌詞傳唱及消費，對當代流行歌曲創作、傳播及消費有啟示意義。

唐宋詞，當初叫「曲子」、「曲子辭」（又作「曲子詞」），到北宋叫「小詞」、「小歌詞」等，柳永詞的詞集《樂章集》，樂章，是音樂，就是流行歌曲。北宋時，漸漸有人把歌詞當文學來看。詞作為音樂，一直到南宋，辛棄疾的詞也多是在酒席上歌唱。到南宋末，詞漸漸脫離音樂，只有文字的詞保留下來。詞脫離音樂以後，變成純粹的格律詩，我們首先要認識到唐宋詞由原生態到衍生態的發展演變過

程，是按照原生態的標準來評價，還是按照衍生態的標準來評價？是不一樣的。從音樂的角度，用音樂的標準來評價衡量唐宋歌詞，其旋律如何，音樂悅耳不悅耳？當時那麼流行，就是好的；從文學的角度來評價，符不符合格律、用典好不好，詞用得好不好？標準不同，評價即不同。

劉堯民的《詞與音樂》、施議對的《詞與音樂關係研究》皆論詞與音樂，是研究古代文學的人站在文學立場來看待詞，所以才會有「詞與音樂」這一命題。如果站在「原生態」的立場，詞就是音樂，那麼這個命題就有問題，不能說研究「流行歌曲與音樂」的關係。只有站在文學立場，詞與音樂脫離關係，獨立出來以後，才有「詞與音樂」的關係問題。詞本來就是音樂，不必論什麼與音樂的關係，只能論曲與詞的關係。

第二節　唐宋詞體觀念的嬗變

唐宋「詞體觀念」即唐宋人對詞的體裁特性的認識和見解。今人一致的觀念是：詞是一種文體，是詩歌或韻文的一種。詞作為一種詩體，是詞史發展演變和詞體觀念嬗變的結果。唐宋詞體是一種歷史存在，它的發展是一個漫長的動態過程。在這一過程中，詞的風貌和內質一直在變化著，人們對它的認識也隨著變化。用動態、歷史、發展的眼光全面考察唐宋詞體觀念的嬗變，對我們準確、科學地認識詞史和詞體特性是有幫助的。

一

考察詞體觀的嬗變，要重視唐宋詞人、詞論家理論上的見解，也要注重創作實踐。許多情況下，詞人的詞體觀即體現在他的詞作中。

　　「詞」的起源問題，歷來皆有爭議。但說它是伴隨著隋唐以來興起的燕樂而產生的，則是當代學術界統一的認識。「燕樂」是隋唐以來流行音樂的總稱，它是由中原音樂、南方音樂和西域音樂相互交融而形成的新興音樂。包括宮廷燕樂和民間燕樂，具備「新」和「俗」的特點。與它相對應的概念是雅樂（宮廷祭祀音樂）和清樂（漢魏六朝娛樂性音樂）。燕樂用於宴飲酒會，《宋史》稱為「曲燕昵狎」的「靡靡之聲」，而非「雅音」和「治世之音」。[32]燕樂及配合它歌唱的歌詞（曲子辭），是娛樂性的，是人們享樂生活的產物。

　　「詞」當初稱作「曲子」、「曲子辭」，是配合燕樂歌唱的歌詞。「詞」與「辭」通用，是「歌詞」的意思。晚唐五代時也有逕稱「小詞」、「詞」的，但仍是「歌詞」的「詞」，屬音樂概念，而不是文學概念。「曲子」只是燕樂歌辭中眾多體裁的一種，與「大曲」相區別，它是最小的、有完整音樂結構、獨立的音樂單位。「曲子」亦即「小曲」的意思。許多「曲子」聯唱可組合成「大曲」，「大曲」中抽取部分樂曲單獨演唱或演奏稱「歌頭」或「摘遍」、「破曲子」，因此，「大曲」又可生成「曲子」。「著辭」是專用於酒宴上配合行令遊戲的歌唱之詞。唐五代的文人「曲子辭」，半數以上是「著辭」。「曲子」包括普通歌曲（民間歌曲、教坊歌曲）和著辭兩大類。從語言形式上看，又有齊言和雜言之分。宋以後的「詞」，只是「曲子辭」一系的發展結果。「曲子」是「藝術歌曲」，區別於「禮儀歌曲」。曲子辭興起於民間，藝術形式多粗糙拙樸，經文人加工改造，漸變得精練文雅。也擴大了它的應用範圍，促進了它的傳播。[33]

　　「曲子」、「曲子辭」在唐五代時屬音樂範疇。「曲子辭」是完整的音樂作品中不可分割的組成部分，曲、辭不可分割，「辭即曲之

---

32 脫脫等：《宋史》（北京市：中華書局，2000年），卷142，頁2233。

33 參見王昆吾：《隋唐五代燕樂雜言歌辭研究》（北京市：中華書局，1996年），頁1-18。

辭，曲即辭之曲」[34]，曲、辭一體化。故重音樂性，而不重辭章性，即重聲音的美，而不重文字的美，文學性處於從屬地位[35]，這是詞的「原生態」。作為歌曲的「詞」和作為格律詩一種的文體的「詞」，完全是性質不同的兩個概念。唐五代時，只有歌詞的「詞」，而沒有出現詩詞的「詞」，是鐵的事實。饒宗頤在〈「唐詞是宋人喊出來」的嗎〉一文中引用許多材料，說明唐五代已有人用「詞」字，來批評任二北的觀點，但饒宗頤沒有注意到同是「詞」字的不同含義，立論是靠不住的。[36]因此，唐五代只有歌曲的「曲子辭」，而沒有文學的「詞」。只能說「唐五代曲子」，而不能說「唐五代詞」。任二北廢除「唐詞」的提法是以歷史的、動態的眼光看問題，仍是正確的。

　　「曲子辭」生來重音樂性和娛樂性。這是唐五代時的現狀，也是當時人的觀念。歐陽炯在〈《花間集》敘〉中說，他所輯「詩客曲子辭」，只是「用助嬌嬈之態」、「用資羽蓋之歡」。[37]花間詞是音樂的，而非文學的。重聲曲韻律，而非辭藻文采。是供歌唱的，而非誦讀。功能是娛樂消遣，而非言志教化。從當時的記載看，「曲子辭」是「歌」的、「唱」的，人稱和凝為「曲子相公」，也是從「曲」著眼的。

　　晚唐五代人將詞視為純娛樂性的藝術歌曲，以「香」、「豔」概括詞體特性。《舊唐書》〈溫庭筠傳〉說溫庭筠「士行塵雜，不修邊幅，能逐弦吹之音，為側豔之詞」。[38]孫光憲《北夢瑣言》說溫庭筠詞特色是「香而軟」。詞為「豔科」的觀念就是在這時確立的。

　　因此，唐五代人的「詞體觀」可概括為：「詞」是歌詞，是流行歌曲，屬音樂範疇，不是文學。風格香豔柔弱，功能是娛樂消遣，它

---

34 劉熙載：《藝概》（上海市：上海古籍出版社，1978年），頁132。

35 參見任二北：〈關於唐曲子問題商榷〉，《文學遺產》1980年第2期。

36 饒宗頤：《文化之旅》（瀋陽市：遼寧教育出版社，1998年），頁130-145。

37 李一氓：《花間集校》（北京市：人民文學出版社，1981年），卷首。

38 劉昫等：《舊唐書》（北京市：中華書局，2000年），卷190，頁3456。

主要用於宴會等社交娛樂場合，通過歌妓歌唱達到它的藝術效果。

因有文人的參與，也改變著單純「伶工之詞」的狀態。文人有較深的文學藝術修養，有較高的審美趣味，又受傳統「詩教」的影響，故也意識到曲子辭的文學性，有意地將詞向文學方向發展。韋莊詞開始抒發個人的飄零之感，從馮延巳「未如陛下『小樓吹徹玉笙寒』」的對話中，也可看出，南唐君臣已注重詞的語言文字美。[39]文人色彩的加重，是曲子辭發展的邏輯規律。

李煜亡國後詞作所寫的「亡國之感」，感情真摯，獨抒性靈。使曲子辭變成個人抒情的藝術。但它仍可歌，仍屬「音樂文學」。

二

北宋時，詞繼續朝文學化、文雅化的方向發展。雖然伶工們仍在作詞，歌妓們仍在演唱，但作詞的隊伍已以士大夫文人為主，他們越來越重視字句的鍛鍊推敲，喜以文字相推許，如「張三影」、「紅杏枝頭春意鬧尚書」的雅謔，「大江東去」、「楊柳岸、曉風殘月」的比較等，都充分說明文人們對詞句即亦詞的文學性的重視。

北宋人有時還把詞當作純文學來看待，亦即把它當作脫離音樂的新詩體來吟誦、閱讀。陳師道《後山詩話》載，李冠作〈六州歌頭〉詞，道劉項事，慷慨雄偉，劉潛「喜誦之」。[40]李清照〈詞論〉說：「王介甫、曾子固，文章似西漢，若作一小歌詞，則人必絕倒，不可讀也。」[41]此時，詞則是士大夫文人吟誦的文學作品了。

北宋人已有意將詞與詩對比。如蘇軾曾將自己的詞作與秦觀詞比

---

39 馬令：《南唐書》，《文淵閣四庫全書》本，卷21。

40 何文煥輯：《歷代詩話》（北京市：中華書局，1981年），上冊，頁308。

41 胡仔著，廖德明校點：《苕溪漁隱叢話・後集》（北京市：人民文學出版社，1962年），卷33引，頁254。

較，問晁補之、張耒：「何如少游？」二人回答道：「少游詩似小詞，先生小詞似詩。」[42]陳師道《後山詩話》將「蘇子瞻詞如詩，秦少游詩如詞」說成是「世語云」[43]，說明詩、詞之別已是世人的普遍認識。這表明詞的「文體」觀念的加強。世人努力將其與詩相提並論，肯定其有別於詩體的文學特性，李清照在〈詞論〉中則進一步明確詞「別是一家」，強調詞體的獨特品質。

蘇軾確立了詞的「豪放」風格，改變了詞體的面貌和內質。說明詞體並不只是香軟婉約一格。這種觀念在北宋時雖未得到多數人的認同，但畢竟開了風氣。從此，詞風剛、柔之爭貫穿著整個詞史。蘇軾「以詩為詞」，把傳統的「詩言志」觀念帶進詞體，這是詞文學化的一大突破。本來，詞只是純娛樂的文藝，與詩無涉。當蘇軾發現詞體同樣可表達詩體所表達的內容時，他試著將詞詩化，且取得了成功，但因此也招來了譏評。這說明，一方面詞專主言情（特別是男女之情）還是根深蒂固的觀念；另一方面，詞有向詩靠攏的可能性，詩、詞可相互滲透和融合。但在蘇軾那裡，只是單方面的，即只以詩入詞，而不以詞入詩，這說明他的正統觀念，是想以詩來改造身分卑下的詞。音律上的突破，固然與蘇軾個性的豪放不羈有關，但也說明了詞與音樂疏離，才有詞文學的獨立地位。

北宋時，正統文人開始注重以道德來評價詞。如理學家程頤批評晏幾道詞「天若知也，和天也瘦」道：「上穹尊嚴，安得易而侮之！」[44]又據《邵氏聞見後錄》載，韓少師得晏幾道新詞，批評他「才有餘而德不足」。[45]呂惠卿則把詞視作淫蕩的「鄭聲」，說「為政

---

42 王直方：《王直方詩話》，郭紹虞輯：《宋詩話輯佚》（北京市：中華書局，1980年），頁93。

43 何文煥：《歷代詩話》（北京市：中華書局，1981年），頁312。

44 程頤：《河南程氏外書》卷12，明抄本。

45 邵博撰，劉德權、李劍雄點校：《邵氏聞見後錄》（北京市：中華書局，1983年），卷19，頁151。

必先放鄭聲」[46]，批評晏殊作詞。甚至有人借豔詞攻擊歐陽修的道德修養。以道德評判加在詞人身上，表明傳統「詩教」觀已介入詞的批評。因此，北宋人對詞始終是矛盾的態度，一方面心底喜好，樂於創作，樂於欣賞；另一方面，又表現出道貌岸然的樣子，鄙視小詞。錢惟演即說自己只在廁所閱小詞，詞的身分卑下可得而知。由此可見詞在北宋文人心目中的地位。詞人以餘事作詞，以遊戲態度為之，創作隨作隨棄的不少，詞也不入作家文集。因詞不是文學作品，故不入文集是正常現象。北宋人對詞的矛盾態度體現出感情和理性的衝突，自然人與社會人的衝突。

曲子辭本是民間俗曲，以「俗」為特色。文人染指改造後，雖已文雅許多，但仍「俗氣」未除。柳永詞多淺俗浮豔，蘇軾、黃庭堅也以遊戲態度創作不少諧謔詞，開啟了一股滑稽詞風。北宋時，民間俚俗詞風依然繼續。「俗」的風行，自然招致「雅」的反對。「雅」是文人對文藝一以貫之的追求，張先作詞即求清雅閒逸，把宋詞引向閒雅一路。北宋末，大晟府詞人注重詞的典雅精工。萬俟詠自編詞集，一名《雅詞》，一名《側豔》，後召試入官，「以側豔體無賴太甚，削去之」。[47]李清照〈詞論〉也提倡「雅」詞。北宋末，「雅」的呼聲已很強烈，所以才有南宋的「風雅詞派」。雅、俗之爭在北宋時始終是存在的。

從當時「曲子辭」的異稱，也可看出北宋人的詞體觀念。北宋人多稱詞作「曲子」、「歌曲」、「樂歌」、「小詞」、「小歌詞」、「歌詞」、「新樂府」、「樂府新詞」，都是「歌詞」的意思，不是文學作品。「小」字可見時人對詞體的鄙視。詞人的詞集也不用「詞」字，只用「樂府」、「長短句」等，如《小山樂府》、《淮海居士長短句》等。

---

46 魏泰撰，李裕民點校：《東軒筆錄》（北京市：中華書局，1983年），卷5引，頁52。
47 王灼：《碧雞漫志》卷2，唐圭璋：《詞話叢編》（一）（北京市：中華書局，1986年），頁83-84。

　　「樂府」本是西漢時主管音樂舞蹈的機構，後遂將合樂吟唱的詩稱作「樂府歌辭」，簡稱「樂府」。北宋人以「樂府」稱唐、五代以來流行的曲子辭，是從「合樂歌唱」這一共性來看的。北宋人的觀念，曲子辭就相當於漢代的樂府。吳世昌〈唐宋詞概說〉認為：「詞一開始即是要配合音樂歌唱的，在這一意義上它是不折不扣的宋代樂府。」[48]確是的論。北宋人以「樂府」名「詞」，只取「合樂歌唱」之意，說明「詞」只是歌曲。與「樂府」聯繫起來，還有為詞「正名」之意，亦見時人越來越重視「小詞」的地位。

　　北宋人一方面鄙視詞體，稱為「小詞」、「小歌詞」，視詞為「小道」、「末技」，是不登大雅之堂的文藝。另一方面又努力為它「正名」，擺脫「曲子」、「曲子辭」的稱呼，稱「樂府」、「近體樂府」、「長短句」、「樂府長短句」。但基本上仍將詞當作歌曲，而不是文體。蘇軾有些詞音律不嚴，但仍可歌唱，只是被李清照譏為「著腔子唱好詩」。詞仍是一種主要用於娛樂的藝術歌曲，但蘇軾等少數詞人也偶爾把它當作「言志」詩。

三

　　金人入主中原，改變了宋朝的國運和文人的命運，「詞運」亦隨之改變。由北宋入南宋的詞人們除少數人仍視詞為「小道」，繼續「淺斟低唱」外，有「骨氣」的文人皆用詞來歌唱抗戰，為收復失地吶喊，唱出時代悲壯的聲音。長期以來「氣弱格卑」的「小詞」形象為之一變。

　　南宋人有意識地「改造」詞體，以適應時代的需要。人們強調詞的功利價值，要求「有補於世」。陸游〈跋《花間集》〉說唐五代時

---

48 吳世昌：《羅音室學術論著》（北京市：中國文聯出版公司，1991年），卷2，頁78。

「天下岌岌，生民救死不暇，士大夫乃流宕如此，可歎也哉！或者亦出於無聊故耶」[49]？長期以來備受推崇的花間詞，遭到譏評。陸游強調詞人要有社會責任感，要關心國家、民族和人民的命運，詞作要反映現實，關注政治時事。辛棄疾、陳亮等更以詞論時政。詞的實用功能和社會價值得到前所未有的重視。曲子辭在新的時代獲得了新的生命。時代也要求詞需有「正氣」、「浩氣」和陽剛之氣，蘇軾開創的剛健詞風因而受到人們的推崇。而一直占詞壇主流的綺靡香豔、軟弱無骨的詞風遭到批評和唾棄。

中葉以後，人們還把詞的創作與「詩人之旨」聯繫起來，用傳統的「詩教」觀念來評價詞，要求詞符合儒家的倫理規範。這是北宋以來倫理教化觀念對詞體的進一步滲透。時人將詞上比《詩經》、〈離騷〉，有意提高「小詞」的地位，認為詞與詩一樣「有助於教化」。這是對北宋人「小道」詞體觀的「反動」，是對傳統詞體觀念的理性反思，是新形勢下對詞的重新理解。詞體符合倫理規範，內容上要去「淫豔」，語言上要去「靡麗」，風格上要去香軟卑弱。他們拿出「雅正」作為救治之方，以「雅正」為論詞標準。「雅正」就是發乎情，止乎禮義，詹效之〈《燕喜詞》跋〉說「旨趣純深，中含法度」[50]，林景熙〈《胡汲古樂府》序〉要求「樂而不淫，哀而不傷，一出於詩人禮義之正」。[51]宋末張炎在《詞源》中推崇姜夔詞的「清空」、「騷雅」，提出詞須「雅而正」，不能「為情所役」，是對南宋風雅教化詞體觀的總結。

南宋詞壇一直盛行「復雅」之風，如鮦陽居士編有《復雅歌詞》，曾慥編有《樂府雅詞》，皆以「雅正」相標榜。不少詞人的詞集也帶「雅」字，如張孝祥的《紫薇雅詞》、趙彥端的《介庵雅詞》

---

49 陸游：《陸游集》（北京市：中華書局，1976年），冊5，頁2278。

50 曹冠：《燕喜詞》附，《四印齋匯刻宋元三十一家詞》本。

51 林景熙：《霽山集》卷5，《知不足齋叢書》本。

等。「雅正」的詞體觀使詞逐漸疏離側豔淺俗的「靡靡之音」，而與詩日近，詞最終由音樂變成詩的一體。從此，中國文學史上，才真正有了與詩並列的新詩體——詞。

南宋詞的雅化不僅僅是詩體之詞的雅化，可歌之詞同樣雅化。姜夔的自度曲如〈暗香〉、〈疏影〉等，便是典型的文人化的「雅」歌詞。

南宋還出現了「詩餘」觀念。一些詞的選本或專集喜以「詩餘」命名，如《草堂詩餘》、《群公詩餘》、《樵隱詩餘》等。「詩餘」一般附錄於文集中的「詩」後。「詩餘」的含義有不同的解釋，其實就是詩人之餘事或餘興的意思。南宋人心目中的「詩餘」，即是把作詞當作作詩之餘事。這說明詞的地位還比不上詩，但已可與詩並提，「曲子詞」上升到文學的地位。同時也表明，南宋人充分意識到詞體與詩體的區別。

南宋時，「雅正」、「教化」的詞體觀占主流，取代了香豔、娛樂的詞體觀。詞史上出現了第一次明確的尊體運動。

南宋時，詞分兩線發展：一線仍以音樂為本位，以香豔綺靡為「本色」，可歌唱，供娛樂消遣；另一線則以文學為本位，重辭藻文字，強調「教化」適用功能和清雅風格，詞變成純文學的格律詩。南宋人完成了詞體觀的根本性轉變，詞正式走上文學的殿堂，取得了與詩相提並論的地位。詞不是純粹的娛樂消遣，也是抒情言志、為現實政治服務的工具。同時，詞也漸變得雅化、規範化、案頭化，成為專為少數士大夫創作和欣賞的文字。有些詞人被胡適譏為「詞匠」，作詞有時成為文字遊戲。詞的黃金時代也隨著宋王朝的滅亡而結束。

詞由與音樂疏離到獨立成為一種詩體，是一個漫長的動態過程。這一過程由蘇軾開其端，到南宋末期正式完成。對此，研究者應有清楚的認識。

南宋時，香軟柔弱的可歌之詞依然存在，只是遭到有識之士的普遍不滿，已處潛隱狀態。當文人雅詞躍居詞壇主流時，通俗歌曲被說

話人吸收到話本中，如南宋坊刻《草堂詩餘》諸調俚俗，即為說話人而編，而不是學者詞人選本。南宋時，詞已不是獨立發展，還融進話本小說中。

南宋人開始用比興寄託方法論詞，如黃昇《花庵詞選》卷二引銅陽居士對蘇軾〈卜算子〉（缺月掛疏桐）一詞的評論，句句比附，尋求微言大義，但有穿鑿之弊。清張惠言以「寄託」論詞，即是受銅陽居士的啟發。不過，南宋時，這種觀念只是偶然一現，影響不大。

四

綜上所述，我們首先認識到詞體是發展變化的，詞體觀也不是靜止的，而是一個動態的嬗變過程。詞由音樂體制演變為純文學體制，經歷了唐五代北宋到南宋末的漫長過程。「質」的變化又是在「量變」基礎上實現的。曲子詞有意識地文學化是由蘇軾開啟的，到南宋末正式完成。這是詞發展的內外部規模使然。也就是說，詞的文學化是歷史的邏輯發展的必然結果。

元代以後，詞變為純格律詩的一體，但已成為「古典文學」。歷代人對詞體的認識不盡相同，多是以接受者的身分對前代文學遺產做新的符合自己時代和個人審美趣味的闡釋。各種理解雖不免片面浮淺之弊，但總的來說，對詞體的認識是越來越深刻的。詞從唐五代發展到宋末，可以看作一個相對完整的自成統系的過程。由唐五代的純音樂歌曲到北宋以應歌為主而漸與音樂疏離，再到南宋末完全脫離音樂，成為純文學的新體格律詩。這個轉化過程的完成，同時也是詞的黃金時代的結束。可見，音樂特質是詞體的基本屬性。將詞理解為「音樂文學」是從本質上把握詞體。

歷代人對詞體的認識皆有自己時代的特點。時代的政治、文化背景，時代的審美趣味和風尚，時代對文藝的獨到需求，都直接影響到

人的詞體觀。有唐五代詞、宋代詞，有唐宋時代的「唐宋詞」，也有元、明、清時的「唐宋詞」。各代對詞體做出合乎歷史的、邏輯的又合乎時代的理解是允許的，但皆有未盡合理處，也是應該指出的。

　　合樂與否貫穿著宋代對詞體認識的整個過程。「可歌」與「可誦」是對詞體的不同要求。詞在整個宋代基本上是「音樂文學」，但由音樂向純文學的演進則是詞體發展的必然趨勢。維護詞體的音樂特性本身沒有錯，但發展到宋末，仍片面強調「可歌」，則是保守的觀念。堅持詞的純文學立場，擴大其社會功能，有歷史進步性，但輕視其音樂屬性，使詞最終與音樂（燕樂）脫離，喪失了自己的本色，又使詞的發展受到了限制。元代以北曲入詞，明代以南曲入詞，說明「古典文學」可與時代音樂結合，詞體的音樂性能一線未斷，但成就有限。

　　「正宗」、「本色」是對詞的主體審美特性的認識。基本含義是：詞體要婉約柔美，合樂歌唱，區別於詩。這種認識貫穿整個詞史的始終。它強調維護詞體的純潔性，以求得獨立發展。與之相對的概念是「別調」、「變體」，主要特色是以詩為詞，疏於音律，風格剛健。兩種觀念的對立體現了人們對詞體審美特性及社會功能的不同理解，各有利弊，但客觀上促進了詞的發展。

　　詞體在發展演變過程中，與詩、曲相互滲透融合，「詩化」或「曲化」。保持詞體的「原生態」是不可能的，也不是歷史的、發展的觀念。正確的態度是，既要保持詞體特性，又要吸收他體之長。南宋以來，詞體的尊、卑之爭一直存在，尊體就是將詞向傳統詩、文靠攏，卑體則是維護詞體的原來特性。兩種觀念各有利弊，應從時代特徵做歷史的分析評價。

　　各種爭議如詩與詞、雅與俗、剛與柔、豪放與婉約、「情」與「志」、審美娛樂與教化功利以及寄託之有無等，皆是從不同角度對詞體的深層認識。

　　僅以簡單的一句話來靜態地概括詞體是不全面的。我們既要認識唐宋詞體觀邏輯嬗變的整個過程，了解各個時期詞體觀的不同特色，又要了解個人之間詞體觀的差異。要以開放的思維從不同的角度認識詞體觀。這樣，才能對詞體有全面的、深刻的認識。

第三節　唐宋詞藝術論

　　唐宋詞是「純美」文學，應重視「藝術」研究，強調感性、審美性，要求語言美。當下研究有一種傾向，就是越來越遠離「文學」，遠離「藝術」，遠離「審美」，追求純技術性的「學問」，論著難以見到作者的靈性和藝術感悟力，唐宋詞研究應向「文學本位」、「藝術本位」、「審美本位」回歸。唐宋詞是座永遠開掘不完藝術寶藏，這方面的研究成果已有不少，本文特提煉出以下幾點論述。

一　唐宋詞的「愁」情表達法

　　人生一半是快樂，一半是憂愁。文學一半是喜劇，一半是悲劇，悲劇更感人。文學滿足讀者不同層面的情感需求，古代詩詞不僅僅以「快樂」為美，更以「憂愁」為美。本文所謂「愁」情，專指出現「愁」字以及近義詞「恨」的詩詞，抒寫愁情而沒出現「愁」字的，暫且不論。

　　唐宋詞中，同樣是愁，可從不同角度、用不同方法來表達。最常見的是比喻言愁，將情感具象化。如以水喻愁，李煜〈虞美人〉「問君能有幾多愁，恰似一江春水向東流。」春江水既長且大，源源不斷，無始無終，滾滾東逝，如此將愁形象化。歐陽修〈踏莎行〉：「離愁漸遠漸無窮，迢迢不斷如春水。」人越遠離，愁緒越綿延不斷。秦觀〈江城子〉：「便做春江都是淚，流不盡許多愁。」春水不斷漲，愁

亦不斷生長，滿江春水都是淚。又〈千秋歲〉：「春去也，飛紅萬點愁如海。」愁像亂花飛舞，舉目望去，滿空中都是愁，且如海遼闊廣遠，無邊無際。愁又似雨，秦觀〈浣溪沙〉：「自在飛花輕似夢，無邊絲雨細如愁。」南宋楊炎正〈蝶戀花〉：「萬點飛花愁似雨。」愁似萬點飛花，又似雨。

愁有重量，可用船來裝載。蘇軾〈虞美人〉：「無情汴水自東流，只載一船離恨向西州。」陳與義〈虞美人〉：「明朝有酒大江流，滿載一船離恨向衡州。」是從蘇軾詞化用而來。李清照〈武陵春〉：「只恐雙溪舴艋舟，載不動許多愁。」愁苦至極，重到連船都載不動，寫得很形象。鄭文寶〈送別〉：「亭亭畫舸繫春潭，只待行人酒半酣。不管煙波與風雨，載將離恨過江南。」張元幹〈謁金門〉：「艇子相呼相語，載取暮愁歸去。」辛棄疾〈水調歌頭〉：「明夜扁舟去，和月載離愁。」愁還可用馬馱，石孝友〈更漏子〉：「春愁離恨重於山，不信馬兒馱得動。」離愁比山還重，馬也馱不動，構思奇特。

作者還以春草喻愁，李煜〈清平樂〉：「離恨恰似春草，更行更遠還生。」離人越行越遠，離愁別恨如春草不斷地生長出來，越來越長，越來越多。以丁香喻指愁思凝結，牛嶠〈感恩多〉：「自從南浦別，愁見丁香結。」以「雨打芭蕉」喻離愁，葛勝仲〈點絳唇〉：「閒愁幾許，夢逐芭蕉雨。」愁似柳絮滿天飄飛，杜牧〈題安州浮雲寺樓寄湖州張郎中〉：「楚岸柳何窮，別愁紛若絮。」馮延巳〈鵲踏枝〉：「撩亂春愁如柳絮，悠悠夢裡無尋處。」李煜〈相見歡〉則以絲麻喻愁緒：「剪不斷，理還亂，是離愁。」

作者還用博喻，將幾個比喻排列一起言愁。賀鑄〈青玉案〉：「試問閒愁多幾許？一川煙草，滿城飛絮，梅子黃時雨。」以景結情，用一連串比喻，把無始無終、無邊無際的愁緒表達出來。羅大經《鶴林玉露》卷七贊曰：「蓋以三者比愁之多也，尤為新奇，兼興中有比，

意味更長。」[52]沈謙《填詞雜說》曰:「不特善於喻愁,正以瑣碎為妙。」[53]朱淑真〈眼兒媚〉:「午窗睡起鶯聲巧,何處喚春愁?綠楊影裡,海棠亭畔,紅杏梢頭。」中午被黃鶯的叫聲吵醒,喚起她的春愁,綠楊影裡、海棠亭畔、紅杏梢頭,處處都是愁。向子諲〈七娘子〉:「滿地落花,漫天飛絮,誰知總是離愁做。」落花飛絮都是離愁做成的。

　　古人表達感情多不是明白直率,而是用含蓄的方式,移情於景,寄情於景,以景物寫愁,比興寄託。秦觀〈減字木蘭花〉:「困倚危樓,過盡飛鴻字字愁。」為什麼說過盡飛鴻字字愁?大雁是群飛,飛的時候一般有兩種隊形:一種是「人」字,一種是「一」字。「字字愁」,意謂大雁飛時不論是什麼隊形,變成什麼樣子,都是愁。李清照〈聲聲慢〉:「梧桐更兼細雨,到黃昏,點點滴滴。這次第,怎一個愁字了得。」梧桐、細雨、黃昏,皆撩人愁緒。辛棄疾〈鷓鴣天〉:「夢斷京華故倦遊,只今芳草替人愁。」芳草替人愁,好像知道人的感情,寫得富有情味。辛棄疾〈南鄉子〉:「只記埋怨前夜月,相看,不管人愁獨自圓。」人心中愁,卻埋怨昨夜的月亮,月亮不管詞人的心情,只管獨自圓。用景物寫愁,實際上是一種襯托,這種襯托有正襯:物有情人有情,更多的是反襯:物無情而人有情。程垓〈最高樓〉:「蜂兒不解知人苦,燕兒不解說人愁。」蜜蜂不知人的苦,燕兒不懂人的愁。皆用物的無情反襯人的有情。

　　「遞進」言愁,一層深一層。辛棄疾〈瑞鷓鴣〉:「先自一身愁不了,那堪愁上更添愁。」「我」這一身的愁已經沒完沒了,「愁」已到極致,還有更不堪的,愁上更添愁。

　　作者常直抒胸臆,直白率露言愁。辛棄疾〈水龍吟‧登建康賞心

52 羅大經:《鶴林玉露》卷7,《文淵閣四庫全書》本。

53 唐圭璋:《詞話叢編》(一)(北京市:中華書局,1986年),頁632。

亭記〉：「遙岑遠目，獻愁供恨，玉簪螺髻。」登樓看遠處的山，山獻愁供恨，即說滿山都是愁。又〈祝英台近·晚春〉：「是他春帶愁來，春歸何處？卻不解帶將愁去。」春天將愁帶來，卻沒有將愁帶去，直白言愁。劉過〈唐多令·重過武昌〉：「黃鶴斷磯頭，故人曾到否？舊江山渾是新愁。」詞人重過武昌，見戰亂後的景象，舊江山都是新愁。感情積蓄到一定程度總爆發，噴湧而出，一吐為快，故不用含蓄。

蘇軾於惠州所作〈臨江仙〉：「三分春色一分愁。」他把春色三分，其中有一分是愁，將愁情具象化。李清照〈一剪梅〉：「花自飄零水自流，一種相思，兩處閒愁。」葉清臣〈賀聖朝〉：「三分春色二分愁，更一分風雨。」風雨實際上也是愁，那麼整個春色便都是愁了。

愁還可「郵寄」，范成大〈南柯子〉下片：「緘素雙魚遠，題紅片葉秋。欲憑江水寄離愁。江已東流，那肯更西流？」居家的女子懷念遠行之人，欲雙魚緘素、紅葉題詩，都不可能。又想靠江水寄離愁，可江水東逝而不肯西流，也不可能，真讓她陷入絕望的境地。如此抒寫離愁別恨，真是淋漓盡致。

以上都是名句寫愁，還有整首寫愁的。如辛棄疾〈醜奴兒〉：

　　少年不識愁滋味，愛上層樓。愛上層樓，為賦新詞強說愁。
　　　　而今識盡愁滋味，欲說還休。欲說還休，卻道天好個秋。

整首詞都是寫愁，把過去「少年」和眼下作比較：少年時不識愁滋味卻是強說愁，而今是滿懷愁苦，真的識盡愁滋味，卻不說了，麻木了，卻說天涼好個秋。這樣，詞人用對比手法把一生坎坷窮愁都表現出來。

同樣寫一個「愁」字，有那麼多的表達法。古往今來，愁情的內涵並無多少變化，但表達方式變化多樣，同樣的感情，不同的人從不

同的角度做不同的表達。愁情是抽象的,文人調動各種藝術手法化抽
象為具象,化虛為實,變無形為有形,可視可感,形象生動,真實感
人,足見藝術匠心,生花妙筆。

二　唐宋詞的「遞進」抒情法

詞是一種典型的抒情體式,在一定程度上說,詞就是抒情的藝
術。經過詞人天才的創造,抒情手法不斷翻新,豐富多樣,已達到爐
火純青的境地。比較常見的大體上有直抒胸臆法,借景言情法,比興
寄託法,對比襯托抒情法等等,這些抒情法有很高的藝術性,值得欣
賞品味,也值得總結研究。這裡僅論唐宋詞中一種比較獨特的「遞
進」抒情法。

所謂「遞進」,一般的理解,就是依次而進,縱深推進,層層進
入,由淺到深,由弱到強,由淡到濃,層層累增,又叫「層深」。遞
進思維是人類思維的一大特點,也是比直線思維、平面思維更高級的
形式,可含蓄、委婉、曲折、準確、深入地表達思想感情,避免簡單
淺直之弊。遞進有兩種形態,一是邏輯上的遞進,有的有典型的句
式,有遞進連詞作標誌,如不但……而且……,正面敘述,由淺入
深,又如尚且……何況……,是讓步式的遞進,有的沒有標誌性詞
語;另一種遞進是情感上的遞進,不一定嚴格遵循語法和邏輯順序,
只是情感上由淺到深,古代詩詞的抒情多屬此類。我們須領會作者的
用意,勿過分拘泥於邏輯上的理解。宗白華〈中國藝術意境之誕生〉
一文說:「藝術意境不是一個單層的平面的自然的再現,而是一個境
界層深的創構。」[54]指出藝術家在創構意境時,是由淺入深、一層深
過一層的。這一觀點很精闢,有助於我們理解「遞進」或「層深」抒
情法。

---

54 宗白華:《藝境》(北京市:商務印書館,2011年),頁187。

　　唐宋詞遞進抒情大體上可分三種類型，一是句子遞進抒情，二是片斷遞進抒情，三是整首遞進抒情。下面依次舉例具體論述。

　　所謂句子遞進抒情，是指一句或兩三句中有多層意，一層深過一層。柳永〈鳳棲梧〉曰：「也擬疏狂圖一醉，對酒當歌，強飲還無味。」抒情主人公本已愁極，打算藉酒澆愁，一醉方休，可對酒當歌，飲下卻覺無味。連酒也覺無味，可見心緒不佳到何種程度。又〈雨霖鈴〉云：「多情自古傷離別，更那堪冷落清秋節。」這是明顯的「遞進」句式。自古以來，多情人皆會為離別而憂傷，更令人不堪忍受的是恰逢清秋時節，冷落淒涼，時令更助人憂傷。

　　歐陽修詞善於遞進抒情，〈踏莎行〉下片寫思婦思念行人而落淚腸斷，不忍登高眺望，因「平蕪盡處是春山，行人更在春山外。」平蕪已遠，春山更遠，行人又在春山之外，人去之遠，不能目睹，唯存想像而已。將思念之情層層深入地刻畫出來，語淡而情濃。又〈千秋歲・春恨〉云：「夜長春夢短，人遠天涯近。」天涯遠，人比天涯更遠，反覺天涯近。以超極的遠來寫極遠，更增加了表情強度。又〈蝶戀花〉結句云：「淚眼問花花不語，亂紅飛過秋千去。」詞寫思婦相思孤寂之情。短短兩句卻包含多層意思，清毛先舒論詞說：「詞家意欲層深，語欲渾成。作詞者大抵意層深者語便刻畫，語渾成者意便膚淺，兩難兼也。或欲舉其似，偶拈永叔詞云：『淚眼問花花不語，亂紅飛過秋千去。』此可謂層深而渾成。何也？因花而有淚，此一層意也；因淚而問花，此一層意也；花竟不語，此一層意也；不但不語，且又亂落，飛過秋千，此一層意也。人愈傷心，花愈惱人，語愈淺，而意愈入，又絕無刻畫費力之跡，謂非層深而渾成耶？然作者初非措意，直如化工生物，筍未生而苞節已具，非寸寸為之也。」[55]夏承

────────────────
55 王又華：《古今詞論》引，唐圭璋：《詞話叢編》（一）（北京市：中華書局，1986年），頁608。

熹、盛弢青《唐宋詞選》分析此詞道：「末了兩句有好幾層意思：淚眼而問花，是無人可告訴，一層；花不能語，不得花的同情，二層；亂紅飛，花自己也凋謝了，三層；花被風吹過秋千去，秋千是她和丈夫舊時嬉遊之處，觸動愁恨，不堪回首，四層。」[56]如此「層深」抒情，窮形盡態，人眼含淚之貌、傷春問話之聲、亂紅飄散之色、花飛秋千之態，亦構成虛實相生、物我相融的意境。

　　晏幾道詞中多處用到此種手法，〈南鄉子〉曰：「縱得相逢留不住，何況相逢無處。」相思情切，盼相逢，可相逢無期。於是乎，主人公產生癡想，果真相逢會如何？即使真的相逢了，人也留不住，情傷可知；若真相逢，留不住也罷，相見總勝過不見；但更有悲者，相逢無處，根本相逢不成。情傷至極，真成絕望。又〈蝶戀花〉云：「欲盡此情書尺素，浮雁沉魚，終了無憑據。」相見無期，相思情苦，能寫書信傾訴，感情亦能得到暫時的慰藉；可雁飛高空，魚沉水底，不來傳書，書信寫了到底還是全無憑據，無從傳遞。真是愁苦之極，無法開解。又〈阮郎歸〉（天邊金掌露成霜）中「殷勤理舊狂」一句，況周頤《蕙風詞話》卷二評道：「五字三層意：『狂』者，所謂一肚皮不合時宜，發見於外者也。狂已舊矣，而理之，而殷勤理之，其狂若有其不得已者。」短短數位，層層深入，生動細膩地表現出詞人落寞窮愁之態。

　　秦觀〈踏莎行・郴州旅舍〉曰：「可堪孤館閉春寒，杜鵑聲裡斜陽暮。」寫詞人羈旅、思鄉念歸之情。離鄉別親，宦遊異地，心靈飄泊無所依，住在旅舍，真覺人生如寄。可旅舍又孤零零地遠離人居熱鬧處，形單影隻，愈覺孤獨冷清；恰又逢春寒料峭，更覺冷清，這時，杜鵑偏又多事地淒叫著，更催人傷情；又是斜陽日暮時分，萬物皆有所歸，獨詞人不得歸。眾愁並集，一層深過一層，真是愁損柔

56 夏承燾、盛弢青：《唐宋詞選》（北京市：中國青年出版社，1985年），頁44。

腸。景中見情，情調淒厲，讓人不忍卒讀。朱淑真〈減字木蘭花・春怨〉結句云：「愁病相仍，剔盡寒燈夢不成。」相思孤獨，流淚傷神，愁緒難平，況是病中，又是連著生病。輾轉難眠，無聊之極，剔盡寒燈，欲夢中忘卻孤獨也好，可連夢也做不成，真是愁苦萬狀。

　　陸游〈鵲橋仙・夜聞杜鵑〉當作於入蜀期間，結句曰：「故山猶自不堪聽，況半世飄然羈旅。」詞人春天常聽到杜鵑聲，感懷身世遭遇，不禁清淚湧出，想到就是身在故鄉，聽到杜鵑的悲啼也會傷情，而自己半世羈旅飄泊，長時間地遠離家鄉，這時候聽到杜鵑聲，又是怎樣的一種滋味呀。寫到此，詞人去國懷鄉之愁情已達高潮，詞作便戛然而止。又〈南鄉子〉為淳熙五年（1178）詞人東歸途中重遊武昌時所作，詞寫舟行中愁思，結尾寫道：「重到故鄉交舊少，淒涼，卻恐他鄉勝故鄉。」俞陛雲《唐五代兩宋詞選釋》分析說：「滿擬以還鄉之樂，償戀闕之懷，而門巷依然，故交零落，轉不若寂寞他鄉，尚無睹物懷人之感，乃透進一層寫法。」[57]辛棄疾〈鷓鴣天〉曰：「欲上高樓去避愁，愁還隨我上高樓。」內心愁緒凝結，無法排解，想到高樓上極目遠眺，或許能開闊心胸，結果所見所思還都是愁。愁好似故意與詞人作對，緊跟詞人，卻之不去。趙善括〈鷓鴣天〉曰：「我是行人更送行，瀟瀟風雨倍傷情。」本是行人，客居飄泊，已覺傷情，況又客中送客，愈加傷情，更何況風雨瀟瀟，助人愁思，愈是加倍傷情。

　　沈祥龍《論詞隨筆》曰：「詞貴愈轉愈深。稼軒云：『是他春帶愁來，春歸何處，卻不解帶將愁去。』玉田云：『東風且伴薔薇住，到薔薇，春已堪憐。』下句即從上句轉出，而意更深遠。」[58]是一意轉出另一意，愈轉愈深。辛詞是〈祝英台近・晚春〉，將春景擬人化，春天來了，也帶來了愁，春天走了，卻不將愁帶走，詞人怨春也太不

57　俞陛雲：《唐五代兩宋詞選釋》（上海市：上海古籍出版社，1985年），頁346。

58　唐圭璋：《詞話叢編》（五）（北京市：中華書局，1986年），頁4057。

善解人意了。張炎詞是〈高陽臺・西湖春感〉，寫春末景象，要東風伴著薔薇住下來，意思是希望春光能留下來，但到薔薇花開時，春光已快要消逝，因而更深一層地轉出「到薔薇，春已可憐」，委婉深沉地表達出惜春之情。

句子遞進抒情多用於篇末，將感情推向高潮，如戲劇中的壓軸戲，最精彩叫座，最值得品味。

所謂片斷遞進抒情，是指詞中的一部分（多是詞的一片）遞進抒情，數句成一相對完整的意群，這種寫法也不少，如溫庭筠〈更漏子〉（玉爐香）下片云：「梧桐樹，三更雨，不道離情正苦。一葉葉，一聲聲，空階滴到明。」詞寫秋思離情，以景寫情。愁思凝結，難以入眠，直到三更；這時偏偏又下起雨，雨無情，不理會人心此時正苦，雨打梧桐葉上，正似敲打在思婦心上；且雨一直下個不停，一直到天明，主人公也徹夜未眠。以無情之雨襯托有情之思，離愁別恨加倍寫出。溫詞這一特色，歷來鑑賞文字皆未道出。周邦彥〈風流子〉（新綠小池塘）下片云：「遙知新妝了，開朱戶、應自待月西廂。最苦夢魂，今宵不到伊行。問甚時說與，佳音密耗，寄將秦鏡，偷挽韓香。天便教人，霎時廝見何妨。」寫欲見不得見，舊情難續的悵恨，情致纏綿。懸想伊人晚妝停當，待月西廂，也在思念、盼望詞人。「遙知」，似乎實有其事。相聚無期，連夢魂也到不了伊人身邊，苦中更苦。結句寫思極恨極，故不禁呼天而問之，不尤人而怨天，是加倍寫法。

宋徽宗趙佶被金兵俘虜北上，一日見杏花，作〈燕山亭〉，借景抒情。其中寫道：「易得凋零，更多少，無情風雨。愁苦。閑院落淒涼，幾番春暮。　　憑寄離恨重重，這雙燕，何曾會人言語。天遙地遠，萬水千山，知他故宮何處。怎不思量，除夢裡有時曾去。無據，和夢也新來不做。」杏花香豔嬌麗，羞煞美女，令人愛憐；可花再美豔，也只是短暫，容易凋零，令人惋惜；況且又遭受多少無情風雨的

摧殘。這裡，杏花是象徵，詞人憐花即是憐己。對此，詞人已愁苦至極。更何況，院落閑寂，孤獨淒涼，無人傾訴，且一年年過去了，又是一番春暮，景色依然，人事已改，愁加上愁。離恨重重，無法與親人和國人訴說，能通個音信也好，詞人癡想，身邊只有雙燕，請牠捎個信吧，可無情的燕子根本領會不了詞人的感情。想重回故宮，可路途遙遠阻隔，亦不知故宮究竟怎麼樣了。不禁悲從中來，想不思量，又怎能做得到。除非夢裡有時回去，也可稍加慰藉。但夢也不是輕意可做的，近來連歸夢也沒有做到。現實中無法得到的，退而求其次，追求心理上的滿足，可就連這虛幻的滿足也得不到，連夢都沒有了，其情更慘。詞人且問且歎，如泣如訴，字字血，聲聲淚，催人腸斷。此詞層層深入，直把悲情推到極致，詞人高超的抒情藝術，令人拍案叫絕。

　　所謂整首遞進抒情，是指整首詩詞在意思上就是遞進的，一層深過一層。如李煜〈清平樂〉云：

　　　別來春半，觸目愁腸斷。砌下落梅如雪亂，拂了一身還滿。
　　　　雁來音信無憑，路遙歸夢難成。離恨恰如春草，更行更遠還生。

詞寫離情，別來春半，分離已有一段時間了，觸目所及，見景生情，一切令人愁斷腸。開頭直抒胸臆，愁情至此已深。佇立臺階，癡情遠望，不覺時間已過去很久。落梅如雪，飄散一身，正如愁緒滿懷，拂去落梅，似如拂去愁緒，可「拂了一身還滿」，無情的梅花正如驅不散、揮不去的愁緒，詞人被愁緒包圍著，無法解脫，真是痛苦至極。至此，愁情似乎已達到極致。可更有甚者，接下寫道，離別不能相見，能有音信相通，也是個慰藉；雁兒能傳書，雁兒歸來了，卻沒帶來對方的一點音信；沒有音信也罷了，能在夢中相見，也能聊慰相

思，可路途遙遠，連歸夢也做不成，真是情何以堪。結尾兩句，總寫
「離恨」，愁緒如春草遍地都是，廣闊無際，連綿不斷，又隨時生
出，沒有窮盡。觸目皆是愁，無法排遣，加倍寫出離愁，真是窮形極
相，淋漓盡致。

歐陽修〈木蘭花〉云：

> 別後不知君遠近，觸目淒涼多少悶。漸行漸遠漸無書，水闊魚
> 沉何處問。　　夜深風竹敲秋韻，萬葉千聲皆是恨。故欹單枕
> 夢中尋，夢又不成燈又燼。

此詞也是寫別恨，唐圭璋《唐宋詞簡釋》分析這首詞說：「此首寫別
恨，兩句一意，次第顯然。分別是一恨，無書是一恨。夜間風竹，又
攪起一番離恨。而夢中難尋，恨更深矣。層層深入，句句沉著。」[59]
實際上，此詞寫別恨還不只是這幾層，漸行漸遠，是一恨；無書信，
是一恨；水闊魚沉，有書信無處寄，是一恨；夜深風竹惹離愁，又是
一恨；欲夢中尋覓，可夢又做不成，而燈又燼，又是一恨。別恨層層
累加，愁苦至極，幾令人窒息。

晏幾道〈阮郎歸〉云：

> 舊香殘粉似當初，人情恨不如。一春猶有數行書，秋來書更
> 疏。　　衾鳳冷，枕鴛孤，愁腸待酒舒。夢魂縱有也成虛，那
> 堪和夢無。

物是人非，人不如物。有情人分離，能有幾行信來，也可暫時慰藉，
何況秋來書信更少了。衾冷枕孤，助人愁緒。欲借酒澆愁，可愁緒不

---

59 唐圭璋：《唐宋詞簡釋》（上海市：上海古籍出版社，1981年），頁67-68。

去。相聚不成，夢中見面也可求得虛幻的一晌貪歡，夢本來就是空的，何況連夢都沒有。如此層層深入，將相思愁情表露無遺。

三　唐宋詞的「對面」寫法

清代浦起龍《讀杜心解》評杜甫〈月夜〉詩云：「心已弛神到彼，詩從對面飛來。」[60]特別稱賞杜詩從對面寫來的獨特藝術。這種藝術手法，唐宋詞中經常運用，收到很好的藝術效果。至今讀來，猶為其藝術魅力所陶醉。韋莊〈浣溪沙〉（夜夜相思更漏殘）詞為思念舊姬而作，歇拍云：「想君思我錦衾寒。」本寫自己因離別而被冷衾寒，通宵不寐的難堪之狀，卻透過一層，從對面著想，從己之憶人，推想到人之憶己，含蓄蘊藉，親切有味。歷代詞論家對此讚不絕口，沈際飛《草堂詩餘別集》卷一評點道：「替他思，妙！」[61]陳廷焯《雲韶集》卷一云：「對面著筆，妙甚，好聲情。」[62]又《詞則‧大雅集》卷一云：「從對面設想，便深厚。」[63]李冰若《花間集評注》〈栩莊漫記〉說：「由己推人，代人念己，語彌淡而情彌深矣。」[64]俞平伯《唐宋詞選釋》也說：「一句疊用兩個動詞，代對方想到自己，透過一層，曲而能達，句法亦新。」[65]

歐陽修〈踏莎行〉（候館梅殘）上片寫行人憶內。行人離家，愈行愈遠，離愁如春水迢迢不斷。下片寫閨人憶外，為送行人設想。「寸寸柔腸，盈盈粉淚。樓高莫近危闌倚。平蕪盡處是春山，行人更

---

60 浦起龍：《讀杜心解》（二）（北京市：中華書局，1961年），頁360。

61 沈際飛：《草堂詩餘別集》，明萬曆刻本，卷1。

62 陳廷焯：《雲韶集》，稿本，南京圖書館藏，卷1。

63 陳廷焯：《詞則》（上海市：上海古籍出版社，1984年），上冊，頁311。

64 李冰若：《花間集評注》（北京市：人民文學出版社，1993年），頁57。

65 俞平伯：《唐宋詞選釋》（北京市：人民文學出版社，1979年），頁30。

在春山外。」相思淚落腸斷，不忍登高眺望，因平蕪已遠，春山更遠，行人又在春山之外，人去之遠，不能望見，惟存設想，更增愁緒。層層遞進，愈轉情愈濃。

柳永亦是從對面寫來的高手，他的詞中頻繁使用這一寫法。〈雪梅香〉（景蕭索）寫「悲秋情緒」，飄泊之感，思歸之情。下片云：「臨風想佳麗，別後愁顏，鎮斂眉峰。」想像伊人愁眉不展，思念遠行人的情態，宛然如畫。〈尾犯〉（夜雨滴空階）下片寫相思之苦，云：「佳人應怪我，別後寡信輕諾。」揣想佳人怪我，表達自己的歉疚和相思之情。〈慢卷紬〉（閑窗燭暗）抒發別後追念舊歡之情。「算得伊家，也應隨分，煩惱心兒裡。」想像對方也如自己一樣煩惱憂愁。〈佳人醉〉（暮景蕭蕭雨霽）上片寫思歸夜難眠，披衣重起，臨軒思鄉。下片云：「素光遙指。因念翠蛾，杳隔音塵何處，相望同千里。盡凝睇。厭厭無寐，漸曉雕闌獨倚。」想像伊人也在思念自己，也是徹夜難眠，直到天將曉，仍獨倚闌干，惆悵不已。〈夢還京〉（夜來忽忽飲散）寫晚年追憶當年情事，追悔當初離別太容易，如今飄泊在外，「旅館虛度殘歲」。最後寫道：「想嬌媚，那裡獨守鴛幃靜，永漏迢迢，也應暗同此意。」也是寫對方正思念自己，難以入眠。〈八聲甘州〉（對瀟瀟暮雨灑江天）寫思歸之情，其中有句云：「想佳人、妝樓顒望，誤幾回、天際識歸舟。爭知我、倚闌干處，正憑凝愁。」「想」字貫至收處，皆從對面著想。閨人念遠，幾回誤認歸舟。結句說知君憶我，我亦憶君，雙方合寫，深情無限。全詞從我寫起，又從對面寫來，最後又回到寫己作結，收縱自如。揣摩閨人心理，細緻入微，神情宛然。

蘇軾〈沁園春〉（情若連環）反覆刻畫相思引起的「愁」與「恨」。下片寫道：「向彩箋寫遍，相思字了，重重封卷，密寄書郵。料到伊行，時時開看，一看一回和淚收。須知道，□這般病染，兩處心頭。」不直說自己思念對方，卻說對方思念自己，用筆曲折婉轉，

情深而癡，癡想癡語，愈見相思情濃。結尾雙方合寫，說這種相思病要不得，兩處掛心，更難開解。「相思」二字至此說盡，便戛然而止。

　　周邦彥〈意難忘〉（衣染鶯黃）寫對伊人的癡戀深情，結句寫道：「又恐伊、尋消問息，瘦損容光。」生怕對方思念自己而憔悴，寫出憐香惜玉之情。〈風流子〉（楓林凋晚葉）寫別後思歸之情，其中寫道：「想寄恨書中，銀鉤空滿，斷腸聲裡，玉箸還垂。」想像伊人因思念自己而垂淚，含蓄而不說破，耐人回味。〈風流子〉（新綠小池塘）下片云：「遙知新妝了，開朱戶、應自待月西廂。最苦夢魂，今宵不到伊行。問甚時說與，佳音密耗，寄將秦鏡，偷挽韓香。天便教人，霎時廝見何妨。」寫欲見不得見，舊情難續的悵恨，情致纏綿。懸想伊人晚妝停當，待月西廂，也在思念、盼望詞人。「遙知」，似乎實有其事。相聚無期，連夢魂也到不了伊人身邊，苦中更苦。結句寫思極恨極，故不禁呼天而問之，不尤人而怨天，是加倍寫法。〈尉遲杯〉（隋堤路）為汴京留別之作。詞人夜宿舟中，焚香獨語，但心裡還在思念不忘京華的生活，想念心愛的人，結句說：「有何人、念我無聊，夢魂凝想鴛侶。」無人念我，詞人更覺孤獨傷情。這也是從對面寫來，只是沒有具體的對象而已。況周頤《蕙風詞話》卷二評曰：「此等語愈樸愈厚，愈厚愈雅，至真之情由性靈肺腑中流出，不妨說盡，而愈無盡。」

　　張元幹〈滿江紅・自豫章阻風吳城山作〉寫羈旅飄泊之愁，結句云：「想小樓，終日望歸舟，人如削。」遙想伊人整日小樓望歸船，人因思念而瘦弱如削，形神俱現。范成大〈南柯子〉（悵望梅花驛）上片寫離別後在外的男子思念閨中人的愁苦情懷，相思無處寄，徒然凝思而望。下片從對面寫起：「緘素雙魚遠，題紅片葉秋。欲憑江水寄離愁。江已東流，那肯更西流？」居家的女子懷念遠行之人，欲雙魚緘素、紅葉題詩，都不可能。又想靠江水寄離愁，可江水東逝而不肯西流，也不可能，真讓她陷入絕望的境地。如此抒寫相思離情，真

是淋漓盡致。沈端節〈江城子〉（秋聲昨夜一梧桐）是一首相思懷歸
之詞。上片寫飄泊在外的遊子聽秋聲而歸心似箭，但歸夢無成，惆悵
不已。下片寫道：「有人應念水之東，鬢如蓬，理妝慵。覽鏡沉吟，
膏沐為誰容？多少相思多少事，都盡在、不言中。」以揣測之詞，寫
妻子思念丈夫，懶於打扮，憔悴容減，盡日默默苦思。刻畫人物形
象，形神畢肖，呼之欲活。情至處，無聲勝有聲。

　　上述可見，從對面寫來，皆為抒發相思之情。其中，有愛情包括
夫妻情、戀人情，有親情包括父子情、母子情、兄弟情，有友情，有
鄉情。而鄉情與愛情、親情往往是連在一起的。這些都是人的最普
通、最真實、最珍貴的感情，寫來真摯親切，感人至深。從對面寫
來，多寫雙方中對方，以己度人，寫人實寫己，兩地相思，一樣愁
緒。白居易更寫出五處相思，堪稱神來之筆。如此寫法，不直接寫自
己，而是宕開一筆，寫對方，是虛處著筆，間接寫自己。虛筆與實筆
結合，文情搖曳生姿，克服平直板滯之弊。從構思上看，精巧別致，
不落俗套，曲折委婉，引人入勝。從手法上看，是對比襯托，愈見情
真。語言上多質樸平易，自然明白，不過分雕飾，語淺而情深，語淡
而情濃。相近的感情，相近的寫法，卻寫出別樣的藝術效果，見出作
者的藝術匠心。

四　唐宋詞的結句藝術

　　唐宋詞十分講究結句藝術，理論家多有精到總結。張炎《詞源》
卷下說：「詞之難於令曲，如詩之難於絕句，不過十數句，一句一字
閑不得，末句最當留意，有有餘不盡之意始佳。」[66]清沈謙《填詞雜
說》曰：「填詞結句，或以動盪見奇，或以迷離稱雋，著一實語，敗

66　唐圭璋：《詞話叢編》（一）（北京市：中華書局，1986年），頁265。

矣。康伯可『正是銷魂時候也，撩亂花飛』、晏叔原『紫騮認得舊遊蹤，嘶過畫橋東畔路』、秦少游『放花無語對斜量，此恨誰知』，深得此法。」[67]稱賞結尾有畫面感，有意境美，勿太實，太實即是敗筆。晏殊〈踏莎行〉結句「一場愁悶酒醒時，斜陽卻照深深院」，表達女子的寂寞孤獨感，「庭院深深深幾許」，斜陽照進深院，但心靈、行動是被禁錮的。柳永〈採蓮令〉結句「更回首、重城不見，寒江天外，隱隱兩三煙樹」，分別走遠後，再回頭看，城市不見，只有寒江之外隱隱約約的一點樹，描寫如繪，還有動作、心理刻畫。周邦彥〈渡江雲〉「沉恨處，時時自剔燈花」，思念，憂愁，心緒不寧，思念遠方人，自挑燈花，說明時間的變化。康與之〈賣花聲〉「正是銷魂時候也，撩亂花飛」，有動盪迷離之妙。劉體仁《七頌堂詞繹》曰：「詞起結最難，而結尤難於起，蓋不欲轉入別調也。」他舉辛棄疾詞為例：〈水龍吟・登建康賞心亭〉「倩何人，喚取紅巾翠袖，搵英雄淚」，說「然又須結得有『不愁明月盡，自有夜珠來』之妙乃得」[68]。

　　唐宋詞的結句有不同結法。「卒章顯其志」是白居易諷諭詩的結句特色，即在詩的結尾點題，振醒全篇。如〈輕肥〉，全篇鋪排敘寫宮廷內臣奢侈豪華的行樂生活，以「是歲江南岸，衢州人食人」作結，一歡一悲，強烈對比中暴露社會現實，自然流露詩人的傾向態度。〈買花〉敘寫京城貴族買花和田舍翁看買花的情景，而以田舍翁「一叢深色花，十戶中人賦」的歎息作結，揭示出巨大的貧富差距和社會不公平現象。這種結句意思顯豁，給讀者以深刻印象，但若掌握不好「度」，則會流於枯燥乏味，白居易的有些諷諭詩便有此弊病。詞中亦多「卒章其顯志」，蘇軾詞結句即多用此法，〈江城子・密州出獵〉結句「會挽雕弓如滿月，西北望，射天狼」，表達政治決心，要

---

67 唐圭璋：《詞話叢編》（一）（北京市：中華書局，1986年），頁633。
68 唐圭璋：《詞話叢編》（一）（北京市：中華書局，1986年），頁618。

到前線去抗擊西夏，殺敵報國，是想像，用虛筆。還有如「但願人長久，千里共嬋娟」（〈水調歌頭〉）、「休將白髮唱黃雞」（〈浣溪沙〉）、「小舟從此逝，江海寄餘生」（〈臨江仙〉）、「細看來、不是楊花，點點是離人淚」（〈水龍吟〉）等。蘇軾詞比白居易詩形象生動，更有韻味。又如白居易〈長恨歌〉「天長地久有時盡，此恨綿綿無絕期」，杜牧〈過華清宮〉「無人知是荔枝來」，李清照〈聲聲慢〉「這次第，怎一個愁字了得」等，皆於結句揭示命意，是畫龍點睛手法。有的作者於結句表決心，抒壯志，如「擁精兵十萬，橫行沙漠，奉迎天表」（李綱〈蘇武令〉）、「我欲乘風去，擊楫誓中流」（張孝祥〈水調歌頭・聞采石戰勝〉）、「看試手，補天裂」（辛棄疾〈賀新郎・同父見和再用韻答之〉）等，是為直抒胸臆。

　　作者至情至性，真摯熱烈，不吐不快，故有的結句率真抒發，自然流出，不妨說盡為妙。韋莊〈菩薩蠻〉末尾「未老莫還鄉，還鄉須斷腸」，作者因戰亂流落到西蜀，還鄉不是快樂，而是要面對親朋好友的離散、家園的破碎，所以「還鄉須斷腸」。柳永〈鳳棲梧〉「衣帶漸寬終不悔，為伊消得人憔悴」，赤露表達，感情真摯。秦觀〈鵲橋仙〉結句點題「人生若是久長時，又豈在朝朝暮暮」，直率表達，不用含蓄。岳飛〈滿江紅〉「待從頭，收拾舊山河，朝天闕」，要將淪陷江山奪回來，表明志向，直白率露。無名氏〈醉公子〉「醉者從他醉，還剩獨醉時」，露骨表達對愛情的渴望。況周頤認為周邦彥詞多此等結句，「愈樸愈厚，愈厚愈雅，至真之情，由性靈肺腑中流出，不妨說盡而愈無盡」（《蕙風詞話》卷二）。如「天便教人，霎時廝見何妨」（〈風流子〉），「拚今生、對花對酒，為伊淚落」（〈解連環〉），「許多煩惱，只為當時，一晌留情」（〈慶宮春〉），「重愁疊恨，萬般都在胸臆」（〈念奴嬌〉）。

　　古人抒情多不願直說，故有的結句含蓄蘊藉，餘味無窮。李白〈憶秦娥〉結句「西風殘照，漢家陵闕」，境界雄渾，寫出一種蒼茫

感。歐陽修〈採桑子〉「雙燕歸來細雨中」，如寫意畫。賀鑄〈青玉案〉結尾「試問閒愁都幾許，一川煙草，滿城風絮，梅子黃時雨」，以景來結，將不同意象並列一起，用一連串比喻，把愁緒形象生動地表達出來。周邦彥〈瑞龍吟〉「斷腸院落，一簾風絮」，寓情於景。李重元〈憶王孫〉「欲黃昏，雨打梨花深閉門」，寫女子對情人的思念，白天還好，到了黃昏，孤獨、寂寞感湧現出來，更何況又是雨天，又是一個人，情緒無法紓解，以景寫情，而不是直接抒情。

　　有的結句如音樂，從低到高，從緩到急，戛然而止，最後振起，一下子情緒提上去。陸游〈漢宮春・初自南鄭來成都作〉結句「君記取、封侯事在，功名不信由天」，表達建功立業的強烈願望，不信天命，要殺敵報國。詞的大部分都是發牢騷，只到篇末點明題旨。陳人傑〈沁園春〉結句「麒麟閣，豈中興人物，不畫儒冠」，麒麟閣裡掛著有功業的人的畫像，難道儒冠就不能進麒麟閣嗎？詞人雖是一介書生，也要殺敵立功。末尾表達理想，豪氣干雲。相反，有的詩詞開頭有氣勢，結尾卻低沉。蘇軾〈念奴嬌・赤壁懷古〉，開頭「大江東去，浪淘盡，千古人流人物」，氣勢非凡，結尾卻是「人生如夢，一樽還酹江月」，非常低沉，表達一種消極情緒，前後反差巨大。辛棄疾〈鷓鴣天〉「卻將萬字平戎策，換得東家種樹書」，作者是軍人，有許多殺敵抗戰的策略，卻只能面對種樹、耕田的現實，感到悲涼。如此，與「壯歲旌旗擁萬夫」的過去形成鮮明對照，藝術效果強烈。

　　以虛作結，又是一法。本來寫的皆為眼前情景，而最後想像，宕開一筆。杜甫〈月夜〉尾聯「何時倚虛幌，雙照淚痕乾」，寫望月思念妻子兒女，設想與妻子會面團聚情景，相對無語，月照兩人，直到淚痕乾。潘閬〈酒泉子〉寫錢塘潮，潮來時，弄潮兒逆潮而上，「手把紅旗旗不濕」，結句「別來幾向夢中看，夢覺尚心寒」，做夢醒了尚覺心寒。柳永〈望海潮〉結句「異日圖將好景，歸去鳳池誇」，前面寫的都是眼前杭州繁華景象，末尾想像孫沔將來有一天回到朝廷，將

杭州這麼好的景象畫下好好地誇耀一番，也是宕開一筆。

不少詞結句「遞進」抒情，一層遞進一層。李煜〈清平樂〉寫離情，歐陽修〈玉樓春〉寫別恨，晏幾道〈阮郎歸〉，朱淑真〈減字木蘭花·春怨〉，陸游〈鵲橋仙·夜聞杜鵑〉，皆是結句遞進，將感情推向高潮，如戲劇中的壓軸戲，精彩叫座。有的結句從「對面」寫來。柳永〈八聲甘州〉寫思歸之情，結句「爭知我、倚欄干處，正憑凝愁」，說知君憶我，我亦憶君，雙方合寫，深情無限。周邦彥〈意難忘〉寫對伊人的癡戀深情，也是從對面寫來。

結句藝術，可見詞人的藝術匠心，頗值咀嚼品賞。其實，還可總結出不少類型，此處僅舉其要者，全當引玉之磚。

第四節　宋詞雅化規範化之宏觀透視

詞早在北宋即有雅、俗之辨，柳永詞就因「曲俗」，一直遭到譏評。北宋末萬俟詠的詞集，始分為「雅詞」與「側豔」兩體。南渡後，一時詞籍競以「雅詞」為名，總集有曾慥的《樂府雅詞》、鮦陽居士的《復雅歌詞》、佚名的《典雅詞》；別集則有張安國的《紫微雅詞》、程垓的《書舟雅詞》、趙彥端的《寶文雅詞》等。倡導「雅詞」是南宋初詞壇的一時風尚。鮦陽居士編《復雅歌詞》五十卷，收詞四千餘首，作為到北宋末為止的前代歌詞的總集，寓有「述往事，思來者」之意。鑒於詞壇日趨淫靡之弊，他在序中便以「復雅」為號召，以便在南宋「中興」局面下，使詞返本復初，歸於「騷雅」。這一號召，對南宋中後期姜（夔）、張（炎）「風雅派」或稱「格律派」詞人起到顯著影響。他們求雅正，講格律，究字句，對詞體進行一番「淨化」，成為南宋中後期詞壇的主流。筆者將這一文學現象稱作詞的「雅化」、「規範化」。對它的評價，論者往往從靜態、欣賞的角度加以肯定，但筆者認為問題僅論述到此是不夠的，應從「史」的角度，

多側面、多方位地對其在文學史上的價值和地位作動態的客觀、公正的宏觀透視。

一

　　詞體文學的發展可分成三個階段：唐、五代、宋初為第一階段。開始主要為民間創作及文人擬作，這是中唐以後的情形。發展到五代的「伶工之詞」，主要是以溫庭筠為代表的「花間」詞人。到宋初變為「士大夫之詞」，這是由南唐二主、馮延巳開啟的，宋初的代表作家為晏殊、歐陽修諸人。北宋中葉到南宋中葉為第二階段。這是典型的文人詞作時期，是詞作的鼎盛期和豐收期。主要代表有柳永的「藝人之詞」，蘇軾的「才人之詞」，秦觀的「詞人之詞」，周邦彥的「文人之詞」，辛棄疾、陳亮諸人的「經濟之詞」及朱敦儒、向子諲諸人的「隱逸之詞」等。南宋中葉到宋亡前後為第三階段。主要是「學者之詞」，以姜夔、吳文英、史達祖、王沂孫、周密、張炎等「風雅派」或稱「格律派」詞人為代表。詞體演進到這一階段，遂變得雅正、規範。

　　按上述分法，第一階段詞作的特點是：作者多為民間詞人及模擬民間風味的詩人，大都是以作詞為餘事的。他們或以詩人的身分作詞，如唐、五代的劉禹錫、白居易、溫庭筠、韋莊等；或以皇帝、宰相的身分作詞，如五代、宋初的王衍、和凝、南唐二主、馮延巳、晏殊、歐陽修等。不少民間作家和下層文人也只是偶一為之，並不是專力寫詞。人們多視詞為「小道」，如同「走私品」，不是公開、大膽創作。詞在一般人的生活中是沒有什麼地位的，只是多在上層貴族士大夫中流行，作為有閑階層佐歡取樂的工具，除了滿足他們的享樂生活外，其社會作用極其微弱。這一階段的詞作多為「代言」體，是「男子作閨音」，但寫得真切感人，敢於抒寫人的內在、隱蔽的感情，對

儒家傳統的「詩教」可以說是一次大的突破，把抒情詩發展到一個嶄新的階段。他們的創作不免有這樣或那樣的毛病，如近乎「色情」的描寫、消極情緒的表露以及形式粗糙幼稚等，但很少有清規戒律的束縛，顯得自然、純樸，充滿青春少年天真活潑的朝氣。即使到了晏、歐諸人手裡，加重了文人色彩，也是自然而然，毫不忸怩作態，他們追求真的美、美的真。

　　詞發展的第二階段，作者最多，作品的數量最大，質量最高，社會作用最顯著。在文學史上的地位也最重要。柳永專力作詞，成了第一個「專業」詞人，他把詞作從酒邊樽前帶到秦樓楚館、市井勾欄。蘇軾以才人之筆、清曠之風抒寫人生感慨和政治抱負，以詞寫社會、人生。秦觀以詞人之筆寫傷心語，將身世之感並打入詞中。周邦彥等「大晟詞人」純潔詞體，使後來作者有「法」可依，為詞的創作提供了捷徑。李清照提出詞「別是一家」之說，為詩、詞立下界石，提倡「典雅」、「故實」，不滿蘇、柳詞風，與之爭強鬥勝。辛派詞人以極大的社會責任感和強烈的民族感情，唱起了抗戰的高亢悲慨之歌，鼓舞人們的鬥志。作者大都滿懷熱情去擁抱生活，以文人特有的氣質進行創作。他們有明確的創作目的，柳永為歌妓們寫心，蘇軾抒發人生感慨，周邦彥諸人審音度律，為統治者點綴昇平，辛派詞人則為國為民歌唱。詞已不再是「小道」和不登大雅之堂的「走私品」，而是人們生活的必需品。這時，詞已基本上從詩人手裡脫離出來，辛棄疾是畢生作詞，以詞寫經世濟用之懷，使詞的社會作用大大提高。他們重視感情的抒發，是為情而造文，而不是為文而造情；是以「意」勝而不是以「境」勝；追求的是作品的社會效果，是真、善、美的統一，而不是把詞看成茶餘飯後的消遣品；遵循的是「不規範律」，不一味崇尚、效法前人；不是不懂音律，只是當內容與形式發生矛盾，形式影響了內容表達時，才突破音律的束縛，如蘇、辛等人，他們追求形

式、音律的嚴謹，究音律，講四聲，分清濁，創新調，是為了內容的更好表達，求內容與形式的完美和諧的統一，而不是一味重形式，如周邦彥、李清照等人。他們爭相創新，形成不同的風格流派，影響了一代詞人。柳永首創俚俗之風，不僅對詞的創作，對曲的創作也有重大影響。蘇、辛詞風更是影響深遠，金、元時，「蘇學」盛行，清初陳維崧也是學習蘇、辛豪放詞風。周邦彥被譽為「婉約派」的集大成者，同時又開啟了以後的「風雅派」。這一階段，詞作風格或婉約，或典麗，或清曠，或豪放，或沉鬱，或飄逸，代表了不同階層、不同層次人們的審美要求，為詞作的興盛爭添色香。不僅為社會提供功利價值和實用價值，而且提供認識價值和審美、愉悅價值。無論從哪方面來衡量，都達到了最高水準，以後再也無人繼之了。

再看詞體演進的最後階段。這一階段，作者的數量雖大，但大都侷限於某一階層，除了辛派詞人如劉克莊、劉辰翁、文天祥等繼續抒寫恢復之志及少數民間詞人外，詞壇大都被一些「清客」、「雅士」所壟斷。這些人在南宋中葉承平苟安的社會環境中成長起來，不同於一般士大夫文人，大多出入於達官貴人之門，他們尋澗訪幽，登臨賦吟，清高自傲，標榜風雅，多為「專業」詞人，畢生從事詞的創作和著述，結社填詞，分韻設題，酬唱應和，詠物寄託，字琢句煉。他們是當時社會上頗為特殊的一個階層，其創作則代表了這一階層的審美趣味，藝術上追述「騷雅」、「清空」。他們多生活於個人狹小的天地裡，多為了創作而創作，很少去考慮作品的社會效果，而是設法使之符合自己的口味，自己創作，自我欣賞。詞失去了中期的民眾性，變成少數文人雅士的專利品和消遣品，成為一種案頭擺設和清供，如同戲劇文學的「案頭化」。薛礪若評價姜夔「將以前雅俗共賞的詞變成一個純粹文人吟唱的詞，由詩人自然抒寫的詞漸變成一種詩匠雕斫藻繪的詞了。所以自此以後，詞的領域反而縮小，詞的意義也日顯偏狹

了」[69]。實際上這一階段的詞作大都是這樣，姜夔是始作俑者。

在簡單勾勒出詞的發展三階段特徵後，可知第三階段的「雅化」、「規範化」是一種特殊的文學現象。對這一現象的評價，置於不同系統中或從不同角度看，會得出不同的結論。茲先從詞體本身的發展情況來評價。

一七九八年，華茲華斯為自己的詩作向讀者宣稱：「所有的好詩，都是從強烈的感情中自然而然地溢出的。」[70]又在《抒情歌謠集》一八〇〇年版序言中說：「詩是強烈情感的自然流露。」[71]此階段的詞作一是缺乏「強烈的感情」：其感情是經過沉澱、過濾的，加入了太多的理性成分，而不是情蓄其中，不得不發。李煜曾用「血」寫詞，秦觀、晏幾道用「心」寫詞，都是心靈火花的自然噴發，蘇、辛更是帶著強烈的感情進行創作，情真意切，故感染力強。而這都是此派作家所缺乏的。二是缺乏「自然而然」：他們的感情不是「溢出的」，而多是強硬「擠」出的，失去了早期階段的自然之趣，等而下者好比塑膠花，雖鮮豔，卻無香味和動人的風姿。與他們相比，蘇、辛詞是自然而然，柳、秦詞既有自然之趣，又是色香味俱全的。他們遵循的是「規範律」，束縛、限制太多，有礙於感情的表達，甚至單純為了聲韻格律而不惜犧牲內容。三是對生活不是華茲華斯所說的以「熱情去思考和感受」[72]：他們缺乏強烈的政治熱情和社會責任感，不是生活激發他們去主動創作，而是平和地、以旁觀者的身分和態度去感受和表現生活，把生活變形地拉進自己限定的框子裡，拉遠了創作和生活的距離，那麼創作的意義也就可想而知了。

他們惟文字之是務，偏重形式格律和技法的研究，專以煉字煉句

69　薛勵若：《宋詞通論》（上海市：上海書店影印出版，1985年），頁39。
70　伍蠡甫：《西方文論選》（上海市：上海譯文出版社，1979年），下冊，頁3。
71　伍蠡甫：《西方文論選》（上海市：上海譯文出版社，1979年），下冊，頁17。
72　伍蠡甫：《西方文論選》（上海市：上海譯文出版社，1979年），下冊，頁16。

為巧，追求一種細碎的詞風，把文學變成了「文字之學」。以「學者」的身分填詞，把詞作程式化，語言上，力求深奧、典雅，「下字欲其雅，不雅則近乎纏令之體；用字不可太露，露則直突而無深長之味」[73]；「用字貴便，造語貴新，煉字貴響」[74]；要「一句一字閑不得」[75]，「一個生硬字用不得」，「字字敲打得響」。[76]全力醉心於字面、色彩、典故的講究。有時故意吞吞吐吐，不把話說明白，把意思弄得晦昧、朦朧，結果使詞作成了猜字謎式的遊戲。音律上，「音律欲其協，不協則成長短之詩」[77]，為了一個字，一個韻斟酌推敲，煞費苦心。如張炎《詞源》中談到其父〈惜花春・起早〉詞「瑣窗深」句，「深」字不協，改為「幽」字，「幽」字又不協，再改為「明」字，始協。另外，在技法上也有一系列的規範，清規戒律太多，束縛了創作自由和創作靈感，也影響了內容和感情的表達。他們循規蹈矩，謹小慎微，唯恐出一點差錯。作品看起來好象「白璧無瑕」，實際上那是沒有優點的「優點」，因為新的東西畢竟太少了。早在一九二六年，胡適〈《詞選》序〉就說：「蘇東坡以前，是教坊樂工與娼家妓女歌唱的詞；東坡到稼軒、後村，是詩人的詞；白石以後，直到宋末元初，是詞匠的詞。」[78]他貶稱這一階段的詞人是「詞匠」，認為詞到「詞匠」們的手裡必然走向僵化，觀點雖偏激，但確實擊中其弊。

---

73 沈義父：《樂府指迷》，唐圭璋：《詞話叢編》（一）（北京市：中華書局，1986年），頁277。

74 陸輔之：《詞旨》，唐圭璋：《詞話叢編》（一）（北京市：中華書局，1986年），頁301。

75 張炎：《詞源》，唐圭璋：《詞話叢編》（一）（北京市：中華書局，1986年），卷下，頁265。

76 張炎：《詞源》，唐圭璋：《詞話叢編》（一）（北京市：中華書局，1986年），卷下，頁259。

77 沈義父：《樂府指迷》，唐圭璋：《詞話叢編》（一）（北京市：中華書局，1986年），頁277。

78 胡適：《詞選》（上海市：商務印書館，1928年），頁5。

他們在文字、聲韻、技法上的講究，作為詞學理論上的探討與總結，是有功勞的，但對推動詞體文學的創新與發展，卻是收效甚微。

　　他們只是追求「雅」而「清」這一種風格，而排斥其他風格，不滿蘇、辛詞的風格，譏之為「豪氣詞」。其實「東坡、稼軒英雄本色語，何嘗不令人欲歌欲泣」[79]，為何要貶低呢？又說柳、周的作品「失雅正之音」，婉約綺麗也是一種美，何必非「雅正」不可？他們將風格一體化、定型化，一味地「雅正」、「清空」，分門立派，畫江畫淮，「稍涉〈香奩〉，一概芟薙」，只有自己的作品最「純雅」，「及受讀之，則投贈膚詞，詠物浮豔，蓼轕滿紙，何取乎爾。反不如靡靡者之尚有意緒可尋也」。[80]這雖是謝章鋌論述清代當時詞壇的情形，但拿來對照一下宋末的情形也大致不差。「文章能感人，便是可傳，何必淨洗豔粉香脂與銅琶鐵板乎」！[81]他們這也「洗」，那也「洗」，留下的雅則雅，只是缺乏「意緒」和感人之力了。所以近人陳洵《海綃說詞》說：「白石立，而詞之國土蹙矣。」[82]只取「清空」一境，只賞一種風格，使作品失去了廣大的讀者，路子越走越窄，所以「詞之國土蹙」就成為歷史的必然了。

　　中國傳統的詩教是「溫柔敦厚」、中正和平，有濃厚平民色彩的抒情詞的興起，本來就是對傳統意識、傳統詩教的一次大突破，是文學創作特別是抒情文學的一次大解放，向來被正統文人鄙視的「鄭衛之音」到了它盡情歌唱的時代，預示著文學新時期的即將到來。就風格派別而言，無論是豪放派的「豪」，婉約派的「婉」，還是俚俗派的

79　謝章鋌：《賭棋山莊詞話續編》，卷4，唐圭璋：《詞話叢編》（四）（北京市：中華書局，1986年），頁3549。

80　謝章鋌：《賭棋山莊詞話》，卷4，唐圭璋：《詞話叢編》（四）（北京市：中華書局，1986年），頁3367。

81　謝章鋌：《賭棋山莊詞話續編》，卷4，唐圭璋：《詞話叢編》（四）（北京市：中華書局，1986年），頁3549。

82　唐圭璋：《詞話叢編》（五）（北京市：中華書局，1986年），頁4838。

「俗」，都是純任性靈，自然而然的，是真正意義上的抒情詩。姜、張一派卻代表傳統意識與平民意識對抗，努力想使詞正統化，便來了一番「復雅」。周密說：「張直夫嘗為〈詞敘〉云：『靡麗不失為國風之正，閑雅不失為騷雅之賦，摹擬《玉臺》不失為齊、梁之工，則情為性用，未聞為道之累』」[83] 說的就是作詞要符合「詩教」，抒情可以，但要不失為「國風之正」，要符合「道」，要「雅」又要「正」。他們把抒情詞帶回到傳統詩教的路上去，重新把解放了的感情束縛起來，無疑是抒情文學發展的一次「反動」。

　　我們並不否認他們部分作品的成就，但從詞體文學發展的歷史進程來看，從整體和總傾向性上看，這一階段的創作成就是無法與前兩個階段相比的。確實是他們把詞的疆域弄得越來越狹小，最終不得不讓位於新興的「曲」了。

二

　　時代有時代的審美趣味，歷史也向文學創作提出了新要求。我們知道，從宋代開始，中國封建社會開始走向了下坡路，積貧積弱，被動挨打，失去了創造的魄力。南宋新的儒學——理學盛行，對傳統儒學來一番總結，詩人的感情抒發受到壓抑，所以詩作多理性成分，由抒情轉向說理、議論。這時，傳統的文學創作開始了大的轉變：由創造到模仿，由社會到個人，由現實到書本，由廣到狹，由情到理，由「自然律」到「規範律」。傳統的雅文學——詩、文、賦、詞，雖有突出的成就，但隨即衰敗下去。與此相反，長期以來處於潛流狀態的，被封建士大夫認為不登大雅之堂，也不屑為之的俗文學則蓬勃興起，並顯示了強大的生命力。由宋元話本開始，接著是元雜劇、明清戲

---

83 周密：《浩然齋雅談》（北京市：中華書局，1985年），卷下，頁41。

曲,小說及近代的彈詞、鼓詞等,一躍而成為文壇的主流,南宋中後期正處於這一文學歷史的大轉捩點上。若把這時詞的雅化、規範化放在文學發展的總進程和總系統中加以考察,那它的地位又該如何呢?

我們可把中國古典文學分為上、下兩大系統:一是上層的封建貴族士大夫的雅文學系統;一是下層的平民大眾的俗文學系統。以宋末為轉折期,以前,前者居於文壇的統治地位;以後,後者則佔據主導地位。前者的代表是詩、文、賦、詞,後者的代表是戲曲、小說以及彈詞、鼓詞等民間說唱文學。上層文學的審美趣味是以「雅」為標準,而下層文學則以「俗」為標準,要求明白曉暢,通俗易懂。以《中原音韻》為代表的近代語音系統宣告了近代平民通俗文學新時期的到來,作為「香而弱」的抒情詞,正是由雅文學向俗文學過渡的橋樑。它滲進了濃厚的平民色彩,追求「情」的解放和自由抒發,代表平民的審美趣味。南宋辛派愛國詞的興盛是時代使然,亦是自然的。在這樣的歷史大背景下,提倡「復雅」,講究形式格律,作為對傳統文學的總結也許有一定意義,但客觀上則是阻礙了中國文學發展的歷史總進程。單純以「雅」為標準,以上層貴族士大夫的審美趣味為標準來靜態地衡量作品的高下,當然會特別推崇和肯定「復雅」,若放在以雅、俗兩大系統共同構成的中國古典文學的前提下,在以雅讓俗的文學平民化、通俗化歷史進程中加以考察,那它的歷史進步性就大大降低了。

再者,從韻文學或詩體文學的歷史發展來看,古體詩——近體詩——詞——曲,是一個由雅到俗的過程,是詩體的平民化、通俗化過程。在金元散曲即將興起的時候,不願使詞與新的樂種、曲種和劇種結合,不願與民間新聲密切聯繫,吸取新的養料,而是固守傳統,繼續講究「醇雅」、格律、技法,那麼詞必然走向「末日」。

中國古典文學的歷史發展,雅、俗兩大系統始終處於對立的位置,兩者呈兩條平行線向前發展著,互不相容,雖然從某些作品中可

以找出雅、俗共存的現象，但總的看來，它們都具有很大的排他性。俗文學應該走自己的道路，一旦被封建上層士大夫文人和學者們所掌握，便使之雅化和規範化，大大降低了社會效果，如元雜劇、明清傳奇後期發展的情形便是如此。按照歷史發展的邏輯，雅文學應該向俗文學靠攏，加入俗文學的行列中去，或者另闢蹊徑。但歷史已然的現象卻不是這樣。文人總是自標風雅，看不起俗文學，便來了一系列的復古、「復雅」，但取得的成就是可憐的。他們總是以為自己的「雅」作品最好，對俗文學不屑一顧，或者努力想使之也「雅」起來，但實際上俗文學「雅」不起來，不是被他們帶進死胡同，就是走自己嶄新的路子。詞發展到宋末應扮演什麼角色，怎樣才能順應歷史潮流，現在看來清清楚楚，但「格律派」諸詞人卻有意無意中充當了「反面」角色。

三

　　再從作品的作用和影響這一角度來看。作品本身的價值一般可分為兩個大的方面：一是作品提供的現實價值即功利價值和實用價值；一是作品所提供的歷史價值即認識價值和審美愉悅價值。前者重內容，講實用，求時效，為人們提供精神上的必需品；後者重形式，講審美，求永恆，為人們提供精神上的享樂品。一般作品的價值偏重一個方面。而真正稱得上偉大的作家都能兩者兼顧。其作品既有現實價值，又有歷史價值；既對當時的社會現實生活有真實、深刻的反映，產生重大影響，有現實意義，又能超越歷史的侷限，揭示生活本質，反映永恆的主題，追求藝術的美，使作品具有永久的魅力，有歷史意義。如屈原、李白、杜甫等。對這些作家作品的評價，就需從兩個方面全面考慮，這樣才不至於失之膚淺和片面。

　　我們來看風雅詞派的詞，無論是在南宋中葉宋金議和的承平年

代，還是在亡國前後的階級、民族矛盾尖銳，時局動盪的年代，他們大都是逃離現實，很少關心國家、民族的命運，在一片痛苦呻吟聲和刀光劍影聲中，卻過著個人的字斟句酌的風雅生活，雖偶爾涉及時事，也不過是無能的哀歎而已，缺乏悲壯慷慨之音。只是一味地哀歎「無心再續笙歌夢，掩重門、淺醉閑眠，莫開簾，怕見飛花，怕聽啼鵑。」（張炎〈高陽臺·西湖春感〉）或用「尖巧」的筆調詠物消遣，詠春雨的「做冷欺花，將煙困柳，千里偷催春暮。」（史達祖〈綺羅香·詠春雨〉）或欣賞燕子的「愛貼地爭飛，競誇輕俊。」（史達祖〈雙雙燕·詠燕〉）而辛派詞人卻親身投入到生活的激流中去，他們的詞高唱恢復，代表民眾的心聲，以「銅琶鐵板」之聲，吹起高亢悲慨的抗戰號角。「直把氣吞殘虜，西北望神州。」（戴復古〈水調歌頭·題李季允侍郎鄂州吞雲樓〉）「男兒西北有神州，莫滴水西橋畔淚」。（劉克莊〈玉樓春·戲林推〉）「人生翕欻云亡，好烈烈轟轟做一場。」（文天祥〈沁園春·題潮陽張許公廟〉）他們不屑於做什麼「雅士」，他們懂得自己的歷史使命。比起他們來，風雅派諸人實在是有愧於時代和民眾的。從作品的功利和實用價值來衡量，風雅派是遠不能與辛派相比的。但若將其作品看作一種成品和欣賞品，從其所提供的認識和審美愉悅價值來衡量，則又有不少值得肯定的地方。他們的作品表現了當時特定時代、特定階層人們的心理，他們所唱的哀怨傷感的「亂世之音」和「亡國之音」，體現了一定的生活本質，引起了不少作家的共鳴，如清末與近代的詞作者即多受其影響，其詞作對我們研究王朝末期的歷史和人們的特定心理狀態都不乏認識意義。他們對意境美、風格美有執著的追求，其作品「雅」而「清」，既格韻高絕，又空靈蘊藉；又都具有個體風格，如白石的清空，夢窗的綿密，梅溪的尖新，玉田的清麗等。他們對前人之弊有一定的克服，避免了豪放失之粗豪叫囂，婉約失之軟媚少骨，俚俗失之穢褻淫豔。如姜夔的〈踏莎行〉：「淮南皓月冷千山，冥冥歸去無人管」，〈杏花天影〉：

「金陵路，鶯吟燕舞，算潮水知人最苦」，〈長亭怨慢〉：「閱人多矣，誰得似長亭樹；樹若有情時，不會得青青如此」等，是以健筆寫柔情，這樣就避免了婉約詞的平軟之病。如前所述，他們在聲韻格律、字面色澤、句法、章法等技巧上都深有研究，雖對文體的發展與創新不利，但也確實為初學者提供了方便，而且這方面也取得一定的成就，如張炎在《詞源》〈句法〉中所列舉的「平易中有句法」的句子，如史達祖的〈春雨〉「臨斷岸新綠生時，是落紅帶愁流處」，〈燈夜〉「自憐詩酒瘦，難應接許多春色」，吳文英的〈八聲甘州〉〈靈岩陪庾幕諸公遊〉「連呼酒，上琴臺去，秋與雲平」，〈閏重九〉「簾半卷，帶黃花，人在小樓」，姜夔的〈揚州慢〉「二十四橋仍在，波心蕩，冷月無聲」。他們對詞體的規範雖有程式化的缺陷，但也有總結之功。後代的詞家大都以白石、玉田為宗，欣賞的主要就是這一方面。至於在詞學理論上的貢獻，更是大家一致公認的，致使許多人把他們看成「學者」而不是「作家」。他們多詠物佳作，寄託感慨和亡國之痛，如「侯館迎秋，離宮弔月，別有傷心無數。」（姜夔〈齊天樂〉）「病翼驚秋，枯形閱世，消得斜陽幾度。」（王沂孫〈齊天樂・蟬〉）「寫不成書，只寄得相思一點。」（張炎〈解連環・孤雁〉）等。至於陸輔之《詞旨》中所說的「姜白石之騷雅，史梅溪之句法，吳夢窗之字面」[84]，更是歷代詞論家推崇備至的。其作品影響深遠，歷代都不乏欣賞者和研究者。所以若從作品的認識價值和審美愉悅價值這一角度來衡量，則此派又遠高於辛派末流，辛派末流之作直率淺露太甚，缺乏含蓄、深婉之美，缺乏永久的藝術魅力。

---

84 唐圭璋：《詞話叢編》（一）（北京市：中華書局，1986年），頁301-302。

第五節　詞為宋代「一代之文學」說質疑

　　談及宋代「一代之文學」，人們往往不假思索地回答曰「宋詞」。因為自金、元以來，「唐詩、宋詞、元曲」之說便盛行不衰，特別是經過焦循、王國維等學者的進一步闡發，「一代有一代之文學」觀念早已深入人心，幾乎成為「定論」，「宋詞」成為當然的、惟一的「一代之文學」。這種觀點（簡稱「宋詞」說）長期以來被研究者尊奉，確信不疑，其中的合理性是首先應該承認的，我們必須充分肯定前人的智慧識見，尊重前人的觀點。但我們也有責任懷疑和修正前人的觀點，當從純學理層面上重新審視「宋詞」說時，我們便生出疑問：此說的合理性程度究竟有多大？它已是「定論」呢？還是某種角度上的結論？如果說此說存在不足，那麼具體表現在哪些方面？又如何解釋？如何彌補、修正？這些便是本文試圖探討的問題。此前，張珠龍〈以詞為宋一代文學代表的傳統觀點值得商榷〉（《求索》1994年第5期）一文首先對此說提出質疑。作者從題材、內容、藝術特色諸方面比較宋代詩、詞、文三種文體，認為以「宋詩」為宋代文學代表「更確切些」。此文的不足比較明顯，它只是靜態、孤立的論證，對前人的觀點缺乏必要的體認和理解，缺乏歷史觀念，也沒有深層文化剖析，基本上是自說自話，因此，也缺乏說服力。

一

　　我們首先要做的工作是弄清「宋詞」說的來龍去脈。「宋詞」說是「一代有一代之文學」說的組成部分，因此必須緊密聯繫「一代有一代之文學」說進行論述。據現存資料，最早提出「宋詞」說的是金、元之際的劉祁，他說：「唐以前詩在詩，至宋則多在長短句，今

之詩在俗間俚曲也。」[85]劉祁認為，唐代以前各代詩俱佳，宋代的詩歌真正有成就的則多在「長短句」即「詞」，而不是古、近體詩，元代的真正詩歌是「俗間俚曲」即新興的「散曲」。劉祁之論可說是「宋詞」說的雛型，他只是在廣義詩歌即韻文系統內肯定宋詞的價值，言下之意，宋詞勝過宋詩，但他尚缺乏明晰的「一代之文學」意識，並沒有明確說宋詞代表「一代之文學」。元代羅宗信在〈《中原音韻》序〉中說：「世之共稱唐詩、宋詞、大元樂府，誠哉！」[86]這說明，羅宗信生活的時代，宋詞與唐詩、元曲並稱，已是「通行」的說法了。羅宗信本意是抬出唐詩、宋詞來肯定元曲，所論僅限於韻文系統，只認為詞在宋代的成就最高，並沒有認為宋代各體文學中詞的成就最高。

　　元末明初的葉子奇說：「唐之詞不及宋，宋之詞勝於唐，詩則遠不及也。」[87]認為宋詞勝過唐詞，宋詩不及唐詩，但沒有說宋詞一定勝過宋詩。楊慎《詞品》卷二說：「宋之填詞為一代獨藝，亦猶晉之字、唐之詩，不必名家而皆奇也。」[88]他看重的是「獨藝」，即宋詞的獨特藝術成就，並未將宋詞與宋詩、宋文比高低。明中葉以後，前後七子大倡復古，主張「文必秦漢，詩必盛唐」，否定宋詩，何景明、李夢陽都明確說「宋無詩」。因否定宋詩，那麼宋代韻文中，便只剩下宋詞了。「宋詞、元曲」是明中葉以後的流行說法。臧懋循〈《元曲選》序〉中有云：「世稱宋詞、元曲。」[89]王世貞〈《曲藻》序〉云：「曲者，詞之變……諸君如貫酸齋、馬東籬……咸富有才情，兼喜聲

---

85 劉祁：《歸潛志》（北京市：中華書局，1983年），卷13，頁145。

86 周德清：《中原音韻》，元刻本，卷首。

87 葉子奇：《草木子》（北京市：中華書局，1959年），卷4，頁70。

88 唐圭璋：《詞話叢編》（一）（北京市：中華書局，1986年），頁462。

89 臧懋循：《元曲選》，明萬曆刻本，卷首。

律，以故遂擅一代之長。所謂『宋詞、元曲』，殆不虛也。」[90]茅一相
〈題詞評《曲藻》後〉云：「夫一代之興，必生妙才；一代之才，必
有絕藝。春秋之辭命，戰國之縱橫，以至漢之文、晉之字、唐之詩、
宋之詞、元之曲，是皆獨擅其美而不得相兼，垂之於千古而不可泯滅
者。」[91]茅一相所說的「絕藝」是「大文學」概念，他認為詩是唐代
的「絕藝」，宋代以後不及，詞是宋代的「絕藝」，元代以後不及，不
同時代「不得相兼」，但他也沒有將宋詞與宋詩、宋文比高低。

　　胡應麟對宋詞與時代的關係有過比較深入的論述，〈歐陽修論〉
一文說：「自春秋以迄勝國，概一代而置之，無文弗可也。若夫漢之
史、晉之書、唐之詩、宋之詞、元之曲，則皆代專其至，運會所鍾，
無論後人踵作，不過緒餘。即以馬、班而造史於唐，李、杜而挨詩於
宋，吾知有竭力而亡全能矣。」[92]他強調與唐詩、元曲一樣，宋詞是
宋人的專長，成就已達到頂峰，後代無論如何繼作，也是無法企及
的。胡應麟只是將宋詞與元代以後詞相比，肯定詞以宋代的成就為最
高，但沒有說宋詞勝過宋詩、宋文。他在《莊嶽委談》中說：「漢
文、唐詩、宋詞、元曲，雖愈趨愈下，要為各極其工。」[93]承認宋詞
與漢文、唐詩一樣有很高的藝術成就，但品格不及唐詩，更比不上漢
文。作者首先堅持正統文學觀念，認為詞不及詩，詩不及文，但已有
修正，承認詞的藝術成就。胡應麟又說：「詩至於唐而格備，至於絕
而體窮。故宋人不得不變而之詞，元人不得不變而之曲。詞勝而詩亡
矣，曲勝而詞亦亡矣。」[94]他將宋詞與宋詩相提並論，肯定宋詞而否

---

90 中國戲曲研究院編校：《中國古典戲曲論著集成》（四）（北京市：中國戲劇出版
　　社，1959年），頁55。

91 中國戲曲研究院編校：《中國古典戲曲論著集成》（四）（北京市：中國戲劇出版
　　社，1959年），頁38。

92 胡應麟：《少室山房類稿》（揚州市：江蘇廣陵古籍刻印社，1983年，重印本）卷98。

93 胡應麟：《少室山房筆叢》，清光緒間廣雅書局刻本，卷41。

94 胡應麟：《詩藪》〈內編〉（上海市：上海古籍出版社，1979年），卷1，頁1。

定宋詩，但沒有認為宋詞勝過宋文。

　　晚明時，陳繼儒說：「先秦兩漢詩、文具備，晉人清談、書法，六朝人四六，唐人詩、小說，宋人詩餘，元人畫與南北劇，皆自獨立一代。」[95]在〈《吳騷》引〉中，他又說：「漢以歌，唐以詩，宋以詞，迨勝國而宣于曲，迄今勝焉。」[96]陳繼儒認為，宋詞是宋代文學、藝術各體的代表，自「獨立一代」，即代表「一代之文學」。陳宏緒《寒夜錄》卷上引卓人月話說：「我明詩讓唐，詞讓宋，曲讓元，庶幾吳歌掛枝兒、羅江怨、打棗竿、銀鉸絲之類，為我明一絕耳。」[97]亦肯定宋詞獨盛一代。王思任〈《吳觀察宦稿小題》敘〉云：「漢之賦，唐之詩，宋元之詞，明之小題，皆精思所獨到者。」[98]則認為詞可作為宋、元兩代的代表文體。

　　可見，元、明人多是限定在韻文系統內肯定宋詞，只是認為宋詞勝過元明詞，可與唐詩、元曲媲美，或宋詞勝過宋詩，但沒有認為勝過宋文。只有陳繼儒認為宋詞「獨立一代」即代表「一代之文學」。

　　有清一代，「宋詞」說仍然是通行觀點。吳偉業〈《陳百史文集》序〉說：「有一代之興，必有一代之文以為之重。」[99]在〈《北詞廣正譜》序〉中，他稱讚李玉的《北詞廣正譜》是「騷壇鼓吹，堪與漢文、唐詩、宋詞並傳不朽」。[100]吳偉業持「一代之文」體現「一代之興」的觀點，實際上是肯定宋詞為「一代之文學」。尤侗說：「或謂楚騷、漢賦、晉字、唐詩、宋詞、元曲，此後又何加焉？余笑曰：只有

95　陳繼儒：《太平清話》，明崇禎刻本，卷1。

96　王稚登輯：《吳騷集》，明萬曆刻本，卷首。

97　陳宏緒：《寒夜錄》，《學海類編》本，卷上。

98　王思任：《王季重集》，明末刻本，卷3。

99　吳偉業：《梅村家藏稿》，《續修四庫全書》（上海市：上海古籍出版社，1995年），卷27，冊1396，頁182。

100 李玉：《北詞廣正譜》清初刻本，卷首。

明朝爛時文耳。」[101]在〈《己丑真風》序〉中，尤侗認為：「天地變而世變，世變而文變。」[102]他的觀點是：文學隨時代變化而變化，宋詞代唐詩而興，元曲代宋詞而興。他是從新、變角度肯定宋詞。康熙時，顧彩〈《清濤詞》序〉云：「一代之興，必有一代擅長之著作，如木火金水之遞旺，於四序不可得兼也。古文莫盛于漢，駢儷莫盛于晉，詩律莫盛于唐，詞莫盛于宋，曲莫盛于元。昌黎所謂以鳥鳴春，以雷鳴夏，以蟲鳴秋，以風鳴冬者，其是之謂乎！」[103]認為宋詞是宋代「擅長之著作」，體現宋代「一代之興」，與其他時代「不可得兼」。

焦循說：「有明二百七十年，鏤心刻骨於八股……洵可繼楚騷、漢賦、唐詩、宋詞、元曲，以立一門戶……夫一代有一代之所勝，舍其所勝，以就其所不勝，皆寄人籬下者耳。」他打算「自楚騷以下至明八股，撰為一集，漢則專取其賦，魏晉六朝至隋則專錄其五言詩，唐則專錄其律詩，宋專錄其詞，元專錄其曲，明專錄其八股，一代還其一代之所勝。」焦循強調一代文學有一代之「專」、「勝」，後世所不及，如賦是漢代專勝，魏晉賦只是漢賦之「餘氣遊魂」；律詩是唐代之專勝，宋詩「不過唐人之餘緒」。[104]主張論一代之文學，應專錄其勝，而不應「舍其所勝，以就其所不勝」。作為一代「通儒」，焦循以宋詞為「一代之所勝」的觀點，是對歷代觀點的總結，對近、現代學者影響甚大。

清代學者基本上是重複元、明人的觀點，仍多在韻文系統內認定宋詞為「一代之文學」。

上述可見，元、明、清三代，劉祁、羅宗信、郎瑛、楊慎、王世

---

101 尤侗：《艮齋雜說》清康熙刻本，卷3。

102 尤侗：《西堂雜組．一集》，卷4，《續修四庫全書》（上海市：上海古籍出版社，1995年），冊1406，頁232。

103 孔傳鋕著，顧彩選：《清濤詞》，清康熙刻本，卷首。

104 焦循：《易餘籥錄》，清嘉慶刻本，卷15。

貞、茅一相、胡應麟、陳繼儒、卓人月、王思任、吳偉業、尤侗、顧彩、焦循等，皆以「宋詞」為「一代之文學」，「宋詞」說確是歷代流行的觀點。

今天學者信奉「宋詞」說的時候，往往忽視了古人的另一種觀點。元代虞集〈《中原音韻》序〉說：「一代之興，必有一代之絕藝足稱於後世者：漢之文章，唐之律詩，宋之道學，國朝之今樂府，亦開於氣數音律之盛。」[105]虞集首次提出以「道學」為宋代文學的代表，這一觀點被明清兩代不少論者所接受。元末明初葉子奇說：「傳世之盛，漢以文，晉以字，唐以詩，宋以理學，元之可傳，獨北樂府耳。宋朝文不如漢，字不如晉，詩不如唐，獨理學之明，上接三代。」[106]明初曹安《讕言長語》卷上提出「漢文、唐詩、宋性理、元詞曲」。[107]明中葉，郎瑛說：「常言唐詩、晉字、漢文章，此特舉其大略，究而言之，文章與時高下，後代自不及前。」「至若宋之理學，真歷代之不及。若止三事論之，則宋之南詞、元之北樂府亦足配言耳。」[108]他強調，宋理學家文才是文學正宗，宋詞是其次的，宋詞至多只能與宋文一道代表宋代文學，地位在宋文之下。李開先〈《改定元賢傳奇》序〉云：「南宮劉進士濂，嘗知杞縣事，課士策題，問：漢文、唐詩、宋理學、元詞曲，不知以何者名吾明？」[109]晚明王思任〈《唐詩紀事》序〉云：「一代之言，皆一代之精神所出，其精神不專，則言不傳。漢之策，晉之玄，唐之詩，宋之學，元之曲，明之小題，皆必傳之言也。」[110]清初李漁《閒情偶寄》〈結構第一〉說：「『漢史』、

105　周德清：《中原音韻》，元刻本，卷首。

106　葉子奇：《草木子》（北京市：中華書局，1959年），卷4，頁70。

107　曹安：《讕言長語》，《文淵閣四庫全書》本，卷上。

108　郎瑛：《七修類稿》（上海市：上海書店，2001年），卷26，頁275。

109　李開先：《李開先全集》（北京市：文化藝術出版社，2004年），上冊，頁461。

110　任遠校點：《王季重十種》（杭州市：浙江古籍出版社，1987年），頁75。

『唐詩』、『宋文』、『元曲』，此世人口頭語也。」[111]明末清初通行觀念，與唐詩、元曲並稱的不只是「宋詞」，還有「宋文」，且「宋文」代表主流文學觀念。可見，元、明、清三代，虞集、葉子奇、曹安、郎瑛、劉濂、王思任、李漁等皆以「宋文」（道學、理學、性理）為宋代「一代之文學」，這是傳統大文學、雜文學觀，代表正統、主流文學觀和文學史觀。而「宋詞」說僅代表非主流的、邊緣的文學觀和文學史觀。兩種觀點一直並行，「宋詞」說並沒有成為「定論」。

二

　　現、當代許多學者皆認為宋詞為「一代之文學」，這是古人觀點的自然承繼。王國維觀點是對歷代觀點的總結，對現、當代產生深遠影響。一九一二年，王國維在《宋元戲曲考》〈序〉中說：「凡一代有一代之文學，楚之騷，漢之賦，六代之駢語，唐之詩，宋之詞，元之曲，皆所謂一代之文學，而後世莫能繼焉者也。」[112]強調各體文學在某代發展到高峰，後代無法企及，比如宋以後的詩（律詩）皆不及唐詩，元以後的詞皆不及宋詞。這種觀點與前人是一致的，也是較有道理的。但王國維並沒有說唐詩勝過唐文，宋詞勝過宋文、宋詩，他倒是懷疑唐詩、宋詞是否有資格代表「一代之文學」。他說：「余謂律詩與詞，固莫盛于唐、宋，然此二者果為二代文學中最佳之作與否，尚屬疑問。」王氏自己「疑問」，遺憾的是後人卻不加懷疑，當作「定論」接受。

　　王國維又專從文學發展演變角度論文體盛衰變化。他在〈文學小言〉中說：「詩至唐中葉以後，殆為羔雁之具矣。故五季、北宋之詩

---

111 李漁著，單錦珩校點：《閒情偶寄》（杭州市：浙江古籍出版社，1985年），頁2。

112 王國維：《王國維文學論著三種》（北京市：商務印書館，2001年），頁57。

（除一二大家外），無可觀者，而詞則獨為其全盛時代。其詩詞兼善如永叔、少游者，皆詩不如詞遠甚，以其寫之於詩者，不若寫之於詞者之真也。至南宋以後，詞亦為羔雁之具，而詞亦替矣（除稼軒一人外）。觀此足以知文學盛衰之故矣。」[113]他認為，按照文體演進規律，南宋詞已是衰敗時期，成為「羔雁之具」的遊詞，但按「一代之文學」說，南宋詞是宋詞的不可分割的組成部分，又應該肯定。王國維欣賞褒揚唐五代、北宋詞，而貶低南宋詞，將唐五代與北宋連在一起，並與南宋詞對立。這與宋詞為「一代之文學」說相矛盾。在〈文學小言〉一文中，王國維還認為，「真文學」「托於不重於世之文體以自見」。[114]因此，詞、曲、小說這些原不被世人重視的文體才是真正的文學。王國維是以從西方引進的純文學觀念肯定詞的價值，肯定宋詞為「一代之文學」。但他也意識到，以西方文學觀念來套中國傳統文學未必完全合適。王國維的觀點並不完善。

王國維的貢獻在於：首先，他引進了西方進化論觀念考察中國古代文學的發展，認為文學進化如同生物進化，新陳代謝，新的必然取代、勝過舊的。而焦循及以前學者所用理論依據是《周易》以來的「通變」觀念。其次，他引進近代西方的純文學觀念，特別重視詞、曲、小說的文學地位和成就，這與傳統「大文學」觀念和鄙視詞、曲、小說的正統觀念是不同的。王國維還將這兩方面具體體現於文學史研究和寫作中，這對現代人的文學觀、文學史觀，對文學史研究和評價，對文學史寫作模式的影響是十分巨大的。但侷限性也是明顯的，完全以西方文學觀念硬套中國文學史，在一定程度上肢解、誤讀了中國文學的民族特色。

胡適是在王國維觀點基礎上展開對此問題的論述的。一九一七

---

113 傅傑編校：《王國維論學集》（北京市：中國社會科學出版社，1997年），頁313。
114 傅傑編校：《王國維論學集》（北京市：中國社會科學出版社，1997年），頁311。

年，他在〈文學改良芻議〉一文中說：「文學者，隨時代而變遷者
也。一時代有一時代之文學：周秦有周秦之文學，漢魏有漢魏之文
學，唐宋元明有唐宋元明之文學。此非吾一人之私言，乃文明進化之
公理也……凡此諸時代，各因時勢風會而變，各有其特長，吾輩以歷
史進化之眼光觀之，決不可謂古人之文學皆勝於今人也……〈三
都〉、〈兩京〉之賦富矣，然以視唐詩、宋詞，則糟粕耳。此可見文學
因時進化，不能自止。」[115]胡適以進化論解釋文學史演進現象，認為
宋詞在當時是新詩體，故必勝舊詩體，可代表「一代之文學」。在
〈文學進化觀念與戲劇改良〉一文中，胡適又論述到：「文學乃是人
類生活狀態的一種記載，人類生活隨時代變遷，故文學也隨時代變
遷，故一代有一代的文學。周秦有周秦的文學，漢魏有漢魏的文學，
唐有唐的文學，宋有宋的文學，元有元的文學。」[116]胡適更強調文學
的「時代」新質，不僅僅看重文體，他對歷代將一代之「文體」等同
於一代之「文學」的觀點有所修正，但仍不完善。

　　胡適認為白話文學是中國文學的正宗。一九二二年，他在〈南宋
的白話詞〉一文中，將詞看作白話文學的代表，認為宋詞和元曲、明
清小說等通俗文學的價值超過正統文學的詩文。[117]詞體之尊，達到極
致。一九二三年，胡適在〈《中古文學概論》序〉中說：「從前的人，
把詞看作『詩餘』，已瞧不上眼了；小曲和雜劇更不足道了。至於
『小說』，更受輕視了。近三十年中，不知不覺的起了一種反動。」
「詞集的易得，使我們對於宋代的詞的價值格外明了。……於是我們
對於文學史的見解也就不得不起一種革命了。」[118]胡適確立的現代詞

---

115 姜義華主編：《胡適學術文集·新文學運動》（北京市：中華書局，1993年），頁21。

116 姜義華主編：《胡適學術文集·新文學運動》（北京市：中華書局，1993年），頁74。

117 胡適：〈南宋的白話詞〉，《晨報副刊》，1922年12月1日。

118 胡適著，季羨林主編：《胡適全集》（合肥市：安徽教育出版社，2003年），冊2，
　　頁796。

學觀念，對宋詞的重視，是對傳統的主流文學觀的「反動」、「革命」，自有創新進步意義，但侷限性也是十分明顯的。

胡適一方面認為宋詞為「一代之文學」，一方面又主張「把唐詩還給唐，把詞還給五代兩宋，把小曲雜劇還給元朝，把明、清的小說還給明、清。每一個時代，還它那個時代的特長的文學，然後評判它們的文學的價值。」[119]認為詞是「五代兩宋」時代的「特長的文學」，「五代」與「兩宋」連為一體，並不只提宋代。在〈文學改良芻議〉中，胡適說：「唐五代及宋初之小令，此詞之一時代也，蘇、柳、辛、姜之詞，又一時代也。」又將宋詞分成不同的「時代」。在〈吾國歷史上的文學革命〉中，胡適認為：「文學革命，至元代而登峰造極。其時，詞也，曲也，劇本也，小說也，皆第一流之文學，而皆以俚語為之。其時吾國真可謂有一種『活文學』出世。」[120]他認為元代詞、散曲、戲劇、小說皆是「第一流之文學」，也就是說皆可稱「一代之文學」。則「元詞」亦可視為「一代之文學」，不僅僅是「宋詞」。這都與「宋詞」說相矛盾。

胡適〈《詞選》序〉描述詞體嬗變軌跡，並不完全與朝代更替一致，詞體嬗變有自身規律，有內趨力，並不完全靠外力推動。這種文體嬗變規律的認識更符合文學史實際，也部分突破了「一代有一代之文學」說的侷限。

胡雲翼《宋詞研究》說：「所謂時代文學，就是變遷的文學。只要在當代是一種新文體，由這種新文體創造出來的文學，便是時代文學。反之，只死板板地去用那已經用舊變盡了的文體的文學，便不是時代文藝。」「詞的發達、極盛、變遷種種狀態，完全形成於有宋一

---

119 胡適：〈《國學季刊》發刊宣言〉，胡適著，季羨林主編：《胡適全集》（合肥市：安徽教育出版社，2003年），冊2，頁8-9。

120 姜義華主編：《胡適學術文集‧新文學運動》（北京市：中華書局，1993年），頁4-5。

代。宋以前只能算是詞的導引，宋以後只能算是詞的餘響。只有宋代，是詞的時代。因此，我們為什麼說宋詞是時代的文學呢？這可以簡單回答說：詞在宋代是一種新興的文體，這種文體雖發生在宋以前，但到宋代才大發達……這種詞是富有創造性的，可以表現出一個時代的文藝特色。所以我們說宋詞是時代的文學。宋以後因詞體已經給宋人用舊了，由宋詞而變為元曲，所以元詞明詞便不是時代的文學了。」[121] 胡雲翼仍是發揮王國維、胡適的觀點，他強調文體的「新」，只有新文體，才有資格稱「時代文學」，如是舊文體，成就再大，也沒有資格稱「時代文學」。宋詞為時代新文體，故可稱「時代文學」。

　　焦循、王國維的觀點經由胡適、胡雲翼等的闡發、改造，自然地進入並影響現代學術。從此，宋詞為「一代之文學」說作為主流觀念影響學術界，至今不衰。現、當代許多學者都不加思考地當作「真理」接受。二十世紀三〇年代，浦江清評陸侃如、馮沅君《中國詩史》時說：「焦、王發現了中國文學演化的規律，替中國文學史立一個革命的見地。在提倡白話文學、民間文學的今日，很容易被現代學者所接受，而認為唯一正確的中國文學史觀了。」[122] 浦氏過分誇大了此說的價值，亦說明此說影響之深。

　　胡適將王國維及其以前人的說法進一步「誤讀」為唐詩、宋詞、元曲勝過同時代其他文體，代表「一代之文學」。這種「誤讀」，至今學術界仍不甚了了。胡適以後，「宋詞」說幾乎成為「定論」，被學術界普遍接受。談及宋代「一代之文學」，極少有人再提「宋文」了。

　　近、現代，「宋詞」說盛行時，仍有人堅持傳統、主流文學觀

121　胡雲翼著，劉永翔、李露蕾編：《胡雲翼說詞》（上海市：華東師範大學出版社，2004年），頁8。

122　浦江清著，浦漢明編：《浦江清文史雜文集》（北京市：清華大學出版社，1993年），頁103-104。

念，認為宋文才能真正代表「一代之文學」，而宋詞是沒有資格的。一九一〇年出版的林傳甲《中國文學史》論宋代文學時，仍只論詩、文，不論詞，同時黃人的《中國文學史》也是如此。詞連進入文學史的資格都沒有，當然更沒有資格代表「一代之文學」。一九一八年，上海中華書局出版的謝無量《中國大文學史》云：「唐文學之特質，僅在詩歌，宋文學之特質，則在經學文章之發達。經術至宋一變，學者益究心純理，故文體往往嚴正可觀。」他肯定「經學文章」是宋代文學的「特質」，即認為宋文代表「一代之文學」。曾毅認為：「唐之取士以詩賦，宋之取士以策論，故宋之文學，不在詩而在文。」[123]亦認為宋文為「一代之文學」。

　　當代學者亦有不認同「宋詞」說的。錢鍾書先生早對「一代有一代之文學」說提出質疑，他說：「王靜安《宋元戲曲史》序有『漢賦、唐詩、宋詞、元曲』之說。謂某體至某朝而始盛，可也；若用意等於理堂，謂某體限於某朝，作者之多，即證作品之佳，則又買菜求益之見矣。元詩固不如元曲，漢賦遂能勝漢文，相如高出子長耶？唐詩遂能勝唐文耶，宋詞遂能勝宋詩若文耶？」他不滿陸侃如、馮沅君《中國詩史》「于宋元以來，只列詞曲，引靜安語為解。」[124]錢先生實際上認為宋詞的成就不及宋詩、宋文，沒有資格代表「一代之文學」，其觀點值得重視。「一代有一代之文學」說強調文與時俱變，文體不斷創新，新必勝舊，此盛彼衰，此興彼亡。錢鍾書先生對此亦提出質疑，他說：「夫文體遞變，非必如物體之有新陳代謝，後繼則須前仆。」他舉散文駢、散兩體演變發展為例，論證文體興替並不是簡單的彼亡此興。又說：「詩詞蛻化，何獨不然？」[125]宋代詞體興，並

123　曾毅：《訂正中國文學史》（上海市：泰東書局，1932年），下冊，頁69-70。
124　錢鍾書：《談藝錄》（北京市：生活·讀書·新知三聯書店，2001年），頁99-100。
125　錢鍾書：《談藝錄》（北京市：生活·讀書·新知三聯書店，2001年），頁96-97。

不意味著詩體衰，更不是詩體亡。強調宋詞的成就不應以貶低宋詩的
成就為前提。

　　游國恩等主編《中國文學史》說：「前人以詞為宋代的代表文
學，我們還不能同意。」[126]徐調孚在《全宋詞》前言中說：「從思想
內容的角度看，宋詞的成就不如唐詩，也不如宋詩。其致命的弱點，
就在於反映的社會生活過於狹窄。」[127]當時流行以階級鬥爭、政治標
準，以庸俗社會學方法研究和評價古代文學，宋詞反映社會生活不及
詩文深、廣，內容情調上存在不健康的方面，遂遭到批評貶斥。詹安
泰在〈宋詞發展的社會意義〉一文中說：「過去的人都把『宋詞』和
『唐詩』、『元曲』並提。如果就反映現實的深度和廣度看，宋詞是比
不上唐詩和元曲的；不但比不上唐詩和元曲，就是和宋代的詩、文比
起來也有遜色。因而宋詞在中國文學發展的歷史過程中是最薄弱的一
環，它沒有出現過詩中的杜甫和曲中的關漢卿這麼偉大的現實主義的
作家。這是無可否認的事實。所以，把宋詞的評價提高到和唐詩、元
曲並駕齊驅的地位，從而認為它可以為宋代的代表文學，這是不符合
實際情況的。」[128]他們認為宋詞沒有資格與唐詩、元曲相提並論，代
表「一代之文學」，筆者是贊同的。但他們的解釋並不科學，僅以政
治思想內容為標準，並不能完全說明問題，這也是時代的侷限。

　　程千帆先生在為吳志達《中國文言小說史》所作序中說：「近代
治文學史者，頗循清儒焦里堂『一代還其一代之所勝』之論，詩尊
唐，詞標宋，曲崇元。推而廣之，舊所斥為小道之小說戲劇遂亦得與
詩古文辭比肩文苑。此王靜安《宋元戲曲考》之所由作也。然若誤解
其說，以為文學之發展悉顯示於文體之變遷，以文學發展史等同於文
體變遷史，甚或以為唐後無詩，宋後無詞，元後無曲，舉宋以來之

126　游國恩等主編：《中國文學史》（三）（北京市：人民文學出版社，1964年），頁581。
127　唐圭璋：《全宋詞》（一）（北京市：中華書局，1965年），頁3。
128　詹安泰：〈宋詞發展的社會意義〉，《學術研究》1979年第3期。

詩、元以來之詞，明以來之曲，悉屏諸詩史之外，如某二氏所著書者，則不謂為昧於文學歷史之全貌，不可也。」[129]程先生的批評是有道理的，將文體變遷等同於文學發展，確是片面的文學史觀。過崇「宋詞」，而過貶元明清詞，並不符合文學史實際。遺憾的是，錢鍾書、程千帆等先生的觀點並未引起學界重視，「宋詞」說早已「深入人心」，學界已不加懷疑地當作「真理」接受了。

三

　　我們對「宋詞」說應做不同角度的動態的、全面的評價。「宋詞」說只具特定角度、一定程度上的合理性，應具體分析和評價。宋詞獨具特色，多時代新質，是宋代「絕藝」，是文藝時尚，廣受宋人歡迎。在詞史系統內，與唐五代詞、元明清詞相較，宋詞成就最高，因此可稱「一代之文體」。在韻文系統內，強調詩歌（母文體）內部各文體（子文體）的演進、新變，唐代，近體詩超過古體詩，宋代，詞超過古、近體詩，元代，曲（散曲）超過古、近體詩和詞，宋詞新質和成就超過前代，又為後代典範，為後代所不及，堪稱「一代之文體」。以進化論的觀念看，宋詞是新文體、新文學，勝過宋詩、宋文等舊文體、舊文學，可代表宋代新文學特色，宋詩、宋文成就雖高，但新、變成分不及宋詞，故宋詞可稱「一代之文學」。以現代純文學觀念看，宋文（特別是古文）多非文學成分，可不論，宋詩雖是純文學文體，但多抽象說理，多學術化，亦多不合純文學標準。只有宋詞是純文學文體，且獨具特色，故可稱「一代之文學（純文學）」。從上述這些角度看，說宋詞為「一代之文學」，才是合理的或比較合理的。
　　有學者以「音樂」為本位而不是以「文學」為本位來論述音樂文

129　吳志達：《中國文言小說史》（濟南市：齊魯書社，1994年），頁1。

學系統各文體的興替盛衰，以可歌與否為標準，認為只有可歌，才是「真詩」。明王肯堂《鬱岡齋筆塵》卷四云：「唐之歌失而後有小詞，則宋之小詞，宋之真詩也。小詞之歌失而後有曲，則元之曲，元之真詩也。」「若夫宋、元之詩，吾不謂之詩矣；非為其不唐也，為其不可歌也。」[130]王氏認為，真正的詩是「可歌」的，宋詞可歌，故是「真詩」，宋詩不可歌，故不是「真詩」，「真詩」才有真正的價值。劉熙載《藝概》〈詞曲概〉云：「詞，聲學也。」從音樂角度說，宋詞為「一代之文學」，實謂宋詞為「一代之音樂」，「一代之樂」是宋詞的原生態。「可歌」標準看重的是音樂價值而非文學價值，也就是說，看重的是「藝術」而非「文學」。那麼，這種「一代之文學」概念既不是近、現代純文學概念，也不是傳統大文學、雜文學概念，而是今天所說的音樂概念、藝術概念。這種觀念認為，就廣義詩歌系統而言，歌詞與時代音樂密切結合，才能產生那個時代最優秀的詩歌。如果是單純的脫離音樂的格律詩，那麼，它的黃金時代已經過去，便不可能作為一代文體的代表了。楚辭、漢樂府、唐律詩、宋詞、元曲之所以能作為時代文體的代表，就是因為它們屬音樂文學，宋以後的詩，元以後的詞，明以後的散曲，基本上脫離了音樂，便不可能超過前代的成就。每個時代都有自己時代的流行歌曲或音樂文學，漢樂府、唐律詩、宋詞、元曲，名稱雖異，實質上都是音樂文學，故可以「樂府」統名之（詞稱樂府，曲亦稱樂府）。以這種觀念看，宋詞才有資格代表「一代之文學」即「一代之音樂文學」。

　　「宋詞」說強調文學隨時代的變化而變化，文體也隨時代的變化而演變更新，文體由興到盛到衰，是一個變動的過程，呈拋物線向前發展，每個朝代都有它擅長特盛的一種文體，後繼的朝代只能承其餘緒，無法超越。這種觀念以《周易》以來「通變」理論為依據，重

130　王肯堂：《鬱岡齋筆塵》，明萬曆刻本，卷4。

「變」求「新」，反對厚古薄今，與西方進化論不謀而合，近代以來廣受學界尊奉。其進化的文學史觀、革新精神和進步意義，是應充分肯定的。

　　「宋詞」說的侷限性是顯而易見的。它過重詞體在宋代的「專」、「絕」、「勝」，過輕它在前、後各代的成就，甚至認為宋以後無詞。實際上，唐五代詞確立了詞體基本品格和規範，已取得很高成就，宋詞只是在它的基礎上發展變化。歷代不少學者如陸游、陳子龍、張惠言、劉熙載、王國維、胡適等皆高度評價唐五代詞。元詞成就亦很高，王思任即視為元代「一代之文學」，清詞號稱「中興」，也取得很大成就。「宋詞」說遮蔽了唐五代詞和元明清詞的價值和地位。過分突出「宋詞」，人為割斷了詞史發展的延續性，這樣，原本豐富、完整的詞史，遂變成片斷、殘缺的詞史。

　　宋代文學只突出詞的「專勝」，將詞體定於一尊，詩、文、戲曲、小說都變成陪襯，以詞之一體排斥其他文體。古代文體有大體的分工，文載道，詩言志，詞抒情尤其是男女私情，分工不同，成就各異，某一文體的成就很難代表、更難代替同時代其他文體的成就，漢賦代替不了漢文，唐詩代替不了唐文，宋詞更代替不了宋文、宋詩。「宋詞」說無視古代文體分工的史實，以此代彼，以偏概全，必然以一種文體遮蔽同時代其他文體的成就。宋代，文化發展至高峰，各體文學皆繁榮興盛，取得各自成就，各體文學的成就彼此是不可替代的。

　　多數論者只承認惟一詞體代表宋代「一代之文學」，而不承認有兩種或更多文體可共同代表宋代「一代之文學」，這是惟一思維的侷限。宋代「一代之文學」是否只有一種文體呢？若只有一體，可推宋文或宋詩，而不是宋詞。實際上，可以有兩種或兩種以上文體如宋文、宋詩、宋詞共同代表「一代之文學」，豈不是更全面、科學、合理嗎？郎瑛、王思任都認為宋詞、宋文皆可視為「一代之文學」，並

不限於惟一一種文體。這種觀點突破惟一思維排他性的侷限，是很有價值的。

「宋詞」說過重新文體而輕視舊文體，將新文體等同於新文學、優秀文學，認為只有新文體才能代表「一代之文學」。實際上，新文體寫新文學，舊文體也可寫新文學。從本質上說，一切時代之文學都是新文學，無論用新文體還是舊文體。宋時，古文、賦、詩都是舊文體，文體特性本身並無大的變化，但內容是新時代的，仍反映時代精神。詞雖興起於唐五代，但到宋代才大發展，體制上亦不斷創新，並最終規範定型，發展為獨立之詩體。因此，詞可稱宋代新文體。若推出宋代有特色、有代表性的新文體，則非詞體莫屬。若論宋代「一代之文學」，則詞體未必有此資格。

將「文體」興衰等同於「朝代」興亡，亦有失偏頗。過重某一文體與某一朝代的對應關係，認為文體演變主要靠外力推動，自然輕視文體自身的演變規律，輕視文體演變的自主性、自律性。焦循〈與歐陽制美論詩書〉說：「詩亡于宋而遁於詞，詞亡于元而遁于曲。」[131] 認為詩盛於唐而亡於宋，詞盛於宋而亡於元，宋代因詩亡而詞興，元代因詞亡而曲興，認為詞體興以詩體亡為前提，十分偏激。將詞體興衰等同於朝代興亡，以為兩者發展是同步關係，這就忽視了詞體自身的興衰規律。實際上，朝代亡，詞體不會隨之而亡。宋初的詞與晚唐五代詞一脈相承，並未因朝代更替而有多少改變，詞亦未隨宋朝滅亡而滅亡，到元代依然興盛。文體演變是一個漸進過程，可經過幾個朝代，一個朝代滅亡並不意味著此一文體的滅亡，此一文體仍會按自身規律發展。文化發展是有慣性的，不因改朝換代而突然中斷。

以「朝代」代替「時代」，以「朝代文學」代替「時代文學」，亦有不合理處。實際上，文體發展可依據自身興衰演變劃分不同的「時

131　焦循：《雕菰集》，道光四年阮福刻本，卷14。

代」，並不完全受朝代更替的制約，不一定與「朝代」興衰同步，文體發展史的階段劃分可打破完全以朝代為標誌的劃分法，而依據文學史實際劃分不同的時代，不一定侷限於某一朝代。同一朝代亦可歸入某文體盛衰的不同時代。詞史可以晚唐五代宋元為繁盛期，明代為衰落期，清代為「中興」期。這樣更符合文學史實際。

僅以詞作為宋代的代表文體，其他朝代「不得相兼」，排斥它作為其他朝代代表文體的資格，亦不完全合理。實際上，一種文體完全可以作為不同朝代的代表文體，正如駢文可以作為六朝的代表文體，小說可作為明、清的代表文體，詞也可作為元代的代表文體，晚明王思任即有此主張，詞並不是宋代的「專利」。

此說將「文體」與「文學」概念混為一談，以「一代之文體」代替「一代之文學」，以一體代替眾體，以文體演進史代替文學發展史，最終，文學史成為片面、殘缺的文學史。

「宋詞」說對文學史研究格局和撰寫模式影響甚大，暴露出來的弊端也較明顯。這種思維定勢在很多方面、很大程度上遮蔽了學者的研究視野，造成研究格局的不平衡和文學史撰寫的主觀、片面。這是應該鄭重指出，深刻反思的。

現代不少學者皆迷信宋詞為「一代之文學」說，在宋代文學史撰寫格局上，特別加大宋詞的比重。如趙景深《中國文學史新編》（上海市：北新書局，1936年）「宋元編」一章，有四節論宋詞即宋初詞、蘇派詞與周派詞、辛派詞、姜派詞，僅有一節「宋代詩文小說」，各文體比重嚴重失調。更有甚者，一九三二年，上海開明書店出版的陸侃如、馮沅君《中國文學史簡編》，宋代部分只有一專節「宋代的詞」，而沒有詩、文、戲曲、小說，似乎宋代的文學只有詞，其他文體皆一文不值。胡雲翼《新著中國文學史》（1932）也是如此。作為大學教材的古代文學作品選亦過重宋詞，以最通行的朱東潤主編的《中國歷代文學作品選》為例，宋代部分，詞在前，詩其

次，文又其次，明顯重詞輕詩、文，張先、秦觀、姜夔等，只選詞，不選一篇詩、文，無視他們的詩、文成就，極為片面。人民文學出版社二〇〇二年出版的袁世碩主編的《中國古代文學作品選》，選錄秦觀詞五首、李清照詞六首、姜夔詞三首，詩、文亦無一篇入選，觀念上仍無多大改變。

此說遮蔽了宋詩的成就，造成對宋詩評價的片面性，輕視甚至否定宋詩，許多本以詩著名的文人如晏殊、張先、秦觀、姜夔等，我們今天多僅視為詞人，有幾人知道秦觀、姜夔是有名的詩人呢？正是迷信「宋詞」說，導致這種認識上的偏差。這是對宋代文學史的誤讀，是對宋代文學原生態的漠視。「宋詞」說更遮蔽了宋代散文成就。在宋代文學研究格局中，散文研究最為薄弱，這與宋代散文成就極不相稱，也是對宋人和元明清各代重視宋文觀念的不尊重。

「宋詞」說對詞史研究格局亦造成負面影響。因過輕元明清詞，以為只是宋詞「緒餘」，研究上不夠重視。最極端的是陸侃如、馮沅君《中國詩史》，該書將詞視為廣義詩的範疇，只論唐宋詞，元明清詞則棄而不論，認為元明清詞不值一寫。至今，元明清詞研究論文及專著仍屈指可數，文學史著作和文學選本對元明清詞也多一筆帶過，只大談戲曲、小說。這對元明清詞是不公的。

四

以「宋詞」代表「一代之文學」是元代以後「追認」的。宋人自己原本十分輕視詞，多稱詞為「小詞」、「小歌詞」，視為「小道」、「末技」，絕大部分作家把詩、文創作當作正經事，主要精力都用於詩、文創作上，而填詞只以遊戲態度偶爾染指，當作閒暇時的消遣娛樂。宋代無一人認為詞可代表自己時代「一代之文學」。詞在宋人心目中的價值和地位是無法與詩、文相比的。宋代不少文人只寫古文和

詩賦，根本不屑作詞，絕大部分文人首先是古文家、詩人，然後才是詞人。若列出宋代著名古文家、詩人、詞人名單，詞人是絕對比不上古文家、詩人的。《全宋詞》數量上無法與《全宋文》、《全宋詩》相比，質量上各有千秋，但不能肯定宋詞勝過宋詩、宋文。

　　宋代科舉考試的科目是詩賦、經義，文人多於此用心，文人不填詞的有很多，但沒有一個不寫詩、文的。詞是新興的文藝，填詞只是詩、文之餘事，詞在當時是根本沒有資格代表「一代之文學」的。

　　「宋詞」說無視宋詞的原生態，沒有將其放在歷史語境中評價。詞在宋代主要是流行歌曲，是音樂文學，尤其在北宋時，詞不登大雅之堂，不入作家文集，絕大多數作家輕視詞，宋詞在時代精神文化生活中處於非主流的邊緣地位，無法與詩、文相比。宋詞在宋人目錄學著作如尤袤的《遂初堂書目》列入「樂曲」類，陳振孫的《直齋書錄解題》列入「歌詞」類，屬音樂範疇而非文學範疇。宋詞甚至連「文學」的資格都沒有，怎麼能談得上是宋代代表文體，代表「一代之文學」呢？無視宋詞的原生態，後人將自己的觀念強加給宋人，宋詞變成後人「觀念」上的「宋詞」，而不是宋人的「宋詞」。我們要追問，宋詞的價值和地位的高低是由「當事人」宋人說得算呢？還是由後人說得算呢？宋人的「自評」是不是可以不屑一顧呢？後人又有多大權力代表宋人主張呢？宋人自己不看重詞，後人卻硬代表宋人看重詞，是不是「強姦」宋人的感情和意願呢？是不是可以無視客觀性和真實態而任意評判宋詞呢？宋詞是一種客觀歷史存在，我們首先要尊重歷史、尊重古人。依闡釋學和接受美學理論，我們有權利創造性地「誤讀」宋詞，「誤讀」歷史，以為我所用，為時代所用。但必須同時強調，這只是「我」的意思，而不是古人的意思。宋詞代表「一代之文學」只是後人的觀念，而不是宋人的觀念，是主觀的價值評判，而不是客觀的史實陳述。宋人本缺乏「一代之文學」意識，即使有，也只

會推出宋文或宋詩，而絕不會是宋詞。宋人觀念如此，我們必須承認和理解。

　　古代主流文學觀念，文體是有尊卑等級秩序的。文第一，其次詩，為文之餘，其次詞，為詩之餘，其次曲，為詞之餘。這點只要看《四庫全書》收錄標準、範圍和比重即可明了。因此，主流文學觀念中，宋詞是沒有資格代表「一代之文學」的。

　　元代以後，有些學者認為宋詞為「一代之文學」，但屬非主流觀點，並未得到主流觀念的認同。近代以來，引進西方純文學觀念，重詩歌、戲劇、小說，輕散文，拋棄傳統雜文學、大文學觀念，現代又過重反傳統、反正統，將古代文體的尊卑等級秩序幾乎全顛倒過來。至今，這種觀念早已「深入人心」，規定了文學史研究格局。本來被宋代人自己鄙視的「宋詞」也價值大增，得到普遍的尊崇。這對矯正輕視純文學的古代主流、正統文學觀念是有積極意義的。但因此矯枉過正，認為宋詞勝過宋詩、宋文，則是與文學史實不相符的。

　　作為「一代之文學」說的補充、修正，克服過分拘泥於以朝代論文體的侷限性，歷代學者有從另一角度立論的，淡化或不談朝代，而只談文體自身的演變。謝章鋌《賭棋山莊詞話》卷九云：「自《三百篇》不被管弦，而古樂府之法興，樂府亡而唐人歌絕句之法興，絕句亡而宋人歌詞之法興，詞亡而元人歌曲之法興，至明代，曲分南北，檀板間各成宗派。」[132]作者描述了韻文體自身的興替軌跡，皆與音樂變化密切相關，音樂變化是韻文體制變化的最本質原因。「被管弦」，仍可歌，韻文體制只是量變、漸變，不可歌，則引起質變、突變，與朝代更替沒有直接對應關係。王國維《人間詞話》曰：「四言敝而有楚辭，楚辭敝而有五言，五言敝而有七言，古詩敝而有律絕，律絕敝而有詞。蓋文體通行既久，染指遂多，自成習套。豪傑之士，亦難於

---

132 唐圭璋：《詞話叢編》（四）（北京市：中華書局，1986年），頁3437-3438。

其中自出新意，故遁而作他體，以自解脫。一切文體所以始盛終衰者，皆由於此。故謂文學後不如前，余未敢信。但就一體論，則此說固無以易也。」[133]王國維描述了韻文體盛衰流變的規律，由興起到盛到衰，「一切文體」皆逃脫不了這一規律。從這一角度看，說詞體在宋代特盛，這是文體演進的規律所至，而與朝代關係是其次的。這樣立論，大體上是符合文學史實際的。

　　「宋詞」說在現代變成主流的文學觀和文學史觀。這種觀念是接受西方近代純文學觀念的產物，但與古代主流文學觀、文學史觀相距甚遠。時過境遷，這種觀念侷限性逐漸突顯出來。我們應清楚地認識到，這只是一種觀念，一種認識文學史的觀點，絕不是惟一的，完全可有另一種或數種文學史觀。「宋詞」說只是「一家之言」，難免有不完善處，不應盲從。應與其他研究視角相結合，才能對文學史有更全面、理性、科學的認識。

　　文學史觀深受學者所處時代的影響，一個時代有一個時代立場的文學史。同是「宋詞」，有宋人心目中的「宋詞」，有元明清人心目中的「宋詞」，也有現當代人心目中的「宋詞」。宋人心目中的宋詞是沒有資格代表「一代之文學」的，元明清各代有不少學者推出詞代表宋代「一代之文學」，宋詞的價值得到提升，但其價值是後人「追認」的，只代表後人的觀點。不應將後人的觀點強加給宋人，即使起宋人於地下，也是不答應的。因此，宋詞為「一代之文學」只是一種文學史觀，與歷史「當事人」的觀點是完全相反的。「觀念」上的「宋詞」與文學史本初狀態的「宋詞」相差甚大。我們必須區分清楚後人的觀點與宋人觀點的差異，切忌混為一談。

　　「宋詞」說是「一代有一代之文學」說的組成部分。此說的侷限

133　王國維：《人間詞話》，唐圭璋：《詞話叢編》（五）（北京市：中華書局，1986年），頁4252。

性引發我們對文學觀、文學史觀的深刻反思。傳統的以「通變」、「新變」解釋文學史和近現代以「進化論」解釋文學史能不能視為解釋文學史的唯一正確理論？文體演進能不能代替文學演進？文體興衰與朝代興亡是不是同步關係？西方的純文學觀念是否完全適合中國古代文學發展實際？中國傳統大文學觀念是否毫無價值、不值重視？「一代之文學」的標準是什麼？是主流文體、主流文學有資格還是非主流文體、非主流文學有資格代表「一代之文學」呢？宋詞是以何資格作為宋代「一代之文學」的？這些都值得重新審視。宋詞只能在一定前提下，在特定標準下，在特定參照系和座標中，才可稱為「一代之文學」。籠統而言，是不科學的。

　　本文寫作意圖絕不是簡單地否定此說，標新立異，只是在肯定此說合理性一面的前提下，指出其存在的不足，以及今人理解和實踐此說時的偏差。強調從不同角度全面、動態、科學地分析評價。本文只是個人「私見」，目的在於引起學界同仁對此問題的重新思考。

第二章
唐五代詞史論

第一節　詞體起源及發生研究之反思

　　新時期以來，詞體起源及發生研究取得了可喜成績。木齋最近有系列論文就詞的起源與發生問題提出新見，如〈論李白詞為詞體發生的標誌〉等，其中多「顛覆」性的觀點，新人耳目。筆者拜讀後，深受啟發，也有一些疑問，一些思考，極不成熟，這裡提出來，就教於木齋和學界方家。

一　詞體起源及發生與音樂的關係

　　論詞體起源與發生，首先需界定清楚什麼是「詞」或「詞體」？什麼是「起源」和「發生」？這幾個重要概念是論證「前提」。「詞體」是指音樂的歌詞，還是詩體的律詞？是有區別的。詞體初始階段，樂因辭生，辭隨樂行，樂、辭共生一體，不分先後。詞體的雛形是歌詞，是調無定格，句無定式，字無定數，韻無定聲；成熟的詞體是律詞，是調有定格，句有定式，字有定數，韻有定聲。如帶著「前理解」，心目中先存有「律詞」概念，這概念本身即是詞體演變的結果，是詞體「衍生態」概念，而不是「原生態」概念。不應以「衍生態」詞體觀念解釋詞體起源及發生。

　　「起源」與「發生」，是兩個既有聯繫又有區別的概念。「起源」包括淵源和胚胎，只是「祖宗」、「父母」，不是自身，「發生」是指詞體的產生過程，強調一種長時性、動態性，而「產生」只是一時的、

靜態的。歷代論者論詞的起源及發生，所用概念甚多，如淵源、肇始、興起、發軔、鼻祖、胚胎、孕育、濫觴、萌芽、權輿、雛形、誕生、形成、成立等，內涵不同。詞體演進可比喻為河流，如長江，最遠源頭是沱沱河，在東流過程中，又匯集了眾多山澗之水，便形成長江之為長江，這些小河流，皆是長江之源。長江源頭是一源，又是多源，論詞的起源，亦應作如是觀。詞體起源是一源，又是多源，多源，不是平均，有主次之分，有主源和非主源。有遠源，有近源，有直接淵源，有間接淵源。有內源，有外源，內源即作為音樂與文學自身之源，外源即外部文化環境。有音樂之源，有文學之源，還有文化之源。有民間之源，有宮廷之源，有文人之源。應做全方位的考察，不應只強調某一方面而否定其他方面。

論者站在音樂立場，詞就是流行音樂的歌詞，詞體起源及發生，就是所配音樂的起源及發生。站在文學立場，詞就是新體格律詩，就是律詞，律詞的起源及發生，就是詞體的起源及發生。律詞是「衍生態」的文學之體，是成熟的詞體，不是曲子詞的起源和發生。不應將「起源」當作「發生」，亦不應將「發生」當作「起源」，歷代不少論者多混為一談。

詞體是「類」概念，抽象概念，總括此類文體。詞體是由眾多具體的詞調構成，詞調才是「實體」的詞，應從詞調入手論詞的起源及發生，即哪一或哪些詞調是最早產生的？那就是詞的起源及發生。

木齋明確論斷，詞體發生的音樂原因，「是盛唐之後經過法曲變革而形成的新曲子」，「影響詞體發生的音樂因素並非燕樂，而是隋代初唐燕樂的對立物法曲興盛的結果」[1]，詞是配合「新清樂」的歌詞，詞體發生於盛唐宮廷。這是對通行的「詞是配合隋唐以來興起的燕樂的歌詞」觀點的「顛覆」。作者論證材料豐富，邏輯嚴密，觀點

1　木齋：《宋詞體演變史》（北京市：中華書局，2008年），頁7。

自能成立。竊以為這一觀點要令人信服，還需先論證詞與燕樂確實沒有關係，或說明法曲與燕樂究竟是何關係？通行觀念，詞是配合隋唐以來吸收胡樂新成分的時代音樂燕樂的歌詞。燕樂概念有廣狹之分，隋唐時，廣義燕樂實際上也包括清樂，在使用燕樂概念時，宜用狹義概念，即與清樂等相對應的概念。我們要思考的是，詞體起源，究竟是一源還是多源？詞究竟是配合燕樂的歌詞，還是配合清樂或法曲的歌詞？燕樂和清樂或法曲有沒有可能都是詞所配合的音樂？也就是說，詞所配合的，是娛樂性的音樂，不管是狹義燕樂還是清樂或法曲。

　　論詞體起源及發生，首先應討論詞的「母體」，知母方知子。原生態的詞體是從何體孕育出來的？衍生態的律詞，是從音樂蛻變而來，還是從樂府詩、近體詩蛻變而來？如從音樂蛻變而來，又是何種音樂？曲調又是如何轉化為詞調的？轉化機制是什麼？

　　論詞體發生，只談音樂是不夠的，還必須談文學因素。木齋認為，「就詞體的文學建構因素言，是糅合偏取樂府詩的雜言以成長短句，熔鑄近體詩的格律而為詞律」[2]。詞體發生與樂府詩、近體詩究竟是何關係？歷代論者多認為曲子詞是從古樂府演變而來。又有論者認為詞與近體詩之間是「母子」關係，張炎《詞源》卷上云：「粵自隋、唐以來，聲詩漸為長短句。」[3]宋翔鳳《樂府餘論》說：「謂之詩餘者，以詞起于唐人絕句，如太白之〈清平調〉，即以被之樂府。太白〈憶秦娥〉、〈菩薩蠻〉，皆絕句之變格，為小令之權輿。」[4]湯顯祖〈《花間集》序〉云：「古詩之於樂府，律詩之於詞，分鑣並轡，非有後先。有謂詩降而詞，以詞為詩之餘者，殆非通論。」[5]也就是說，詞體發生及演進，與近體詩發生及演進是共時並行的，這又如何理解？

2　木齋：〈略論詞產生於盛唐宮廷〉，《學習與探索》2008年第3期。

3　唐圭璋：《詞話叢編》（一）（北京市：中華書局，1986年），頁255。

4　唐圭璋：《詞話叢編》（三）（北京市：中華書局，1986年），頁2500。

5　湯顯祖：《玉茗堂評花間集》，萬曆四十八年（1620）閔映璧刻朱墨套印本，卷首。

二　李白詞與詞體起源及發生的關係

木齋強調，真正能作為詞體產生標誌的，應該是李白天寶初年的宮廷應制詞，李白宮廷應制詞「確為百代詞曲之祖」，李白是詞體發生的奠基人。

研究李白詞與詞體起源及發生的關係，首先要弄清兩個問題，一為真偽問題，一為是否詞體問題。應對歷代李白詞真偽討論充分「體認」，認真梳理。這兩個問題是進一步論證的「前提」。肯定是李白作品，一切推論都建立在「真」的前提下，前提如有問題，建立在它上面的結論便是不可靠的。

討論李白詞真偽問題，當時人記載最為重要。木齋據以立論的〈清平樂〉、〈菩薩蠻〉、〈憶秦娥〉，李白自己沒有說明，李白家人和友人也沒有記述，李白身後相當長的一段時期內，也無人記述，無任何原始材料證明其「有」，連旁證也沒有，如真是李白所作，為何沒有留下任何記載，沒有留下任何蛛絲馬跡？

《尊前集》中最早收錄〈菩薩蠻〉，真偽難辨。釋文瑩《湘山野錄》卷上的記載，本身的真偽就值得懷疑，後人以其為證據，結論亦不可靠。〈憶秦娥〉一詞，崔令欽與李白交往密切，《教坊記》中卻沒有記載，現存宋蜀刻本《李太白文集》中也沒有收錄。北宋李之儀作有〈憶秦娥〉，調下自注云「用太白韻」，這只能證明當時已有此〈憶秦娥〉詞，已傳為李白所作，但不能確證為李白所作。南宋黃昇《唐宋諸賢絕妙詞選》卷一選錄李白〈菩薩蠻〉和〈憶秦娥〉，並認為此二詞為「百代詞曲之祖」，後人多以黃昇觀點為推論「前提」，黃昇的觀點依據何在？亦值得懷疑。

我們看「肯定論」者的論證是否無懈可擊？有論者由〈菩薩蠻〉詞調產生年代入手，論定該詞是李白所作。他們詳盡考證，論證崔令欽《教坊記》中已有〈菩薩蠻〉詞調，說明盛唐時，已有此詞調，以

證明李白創作此詞。這一推論無法說服讀者，《教坊記》中所載曲
調，多後人添加，所記〈菩薩蠻〉曲調，本來即值得懷疑，即使當時
已有此調，並不能證明李白就創作此詞，《教坊記》中有此調，並不
能證明盛唐文人創作此調，即使盛唐文人都創作此調，也不能證明李
白創作此調。退一步說，即使《教坊記》中其他詞調皆是李白所作，
也不能證明李白創作〈菩薩蠻〉，何況《教坊記》中此調也未必就是
詞調。

　　有論者從李白才情和詞作風格入手，認為只有具李白那樣的才情
才能創作出佳詞。黃昇《唐宋諸賢絕妙詞選》卷一云：「按唐呂鵬
《遏雲集》載應制四首，以後二首無清逸氣韻，疑非太白所作。」[6]
黃昇以有無「清逸氣韻」作為判定李白〈清平樂〉四首真偽的標準，
完全是主觀臆斷。李白作品是有「清逸氣韻」，但並不一定推導出有
「清逸氣韻」的就是李白作品，「清逸氣韻」並不是李白的「專利」。
北宋高承《事物紀原》卷二引楊繪《本事曲》說〈菩薩蠻〉：「其辭非
白不能及此，信其自白始也。」[7]認為只有李白才能寫出如此好的
詞，〈菩薩蠻〉是李白創制的，依據何在？何況此書的作者也值得懷
疑。即使作此詞的是「大家」，也未必是李白，李白詩才再高，也不
一定創作此詞，即使創作此詞，也不一定水準就高，李白也不是每篇
作品皆稱佳妙。即使李白創作此詞，也不能證明他創制詞調。木齋認
為，以風格而言，〈菩薩蠻〉、〈憶秦娥〉也斷無晚唐人所作之可能，
亦絕無五代人作之可能，別的不說，只「西風殘照，漢家陵闕」的闊
大氣勢，便是晚唐五代人所難以企及。此詞眼光闊大，正是盛唐之音
的詞體表現，而這種眼光境界、技藝手法，非太白難以企及也。將此
二詞解讀為典型的李白風格，認為只有李白這樣的個性才能寫出，他

6　黃昇：《唐宋諸賢絕妙詞選》，《四部叢刊》本，卷1。

7　高承撰，李果訂，金圓、許沛藻點校：《事物紀原》（北京市：中華書局，1989年），
　　卷2，頁91。

人無能寫出，論證似欠充分。其實，此二詞並非李白的典型風格，即使是，也不能證明為李白所作。「時代風格」不是絕對一致的，盛唐有似晚唐者，晚唐亦有似盛唐者，具體作品風格的個體差異性甚大，同一時代作者的作品，風格不同，同一作者的不同作品，風格也不同，作品風格的形成，有創作背景、具體情境、作者個性等複雜因素。對同一對象，同一作品風格的理解，也因人而異。「時代風格」只能作為判斷真偽的參考，而不能作為標準。因此，以「風格」論真偽，是靠不住的。

即使肯定此二詞為李白所作，還應論證盛唐李白之前詞體發生情況，既然李白創作出如此成熟的詞作，就說明在他之前，詞體已有一段發展過程，逐漸成熟。敦煌曲子詞中，有隋及初唐詞作，皆在李白之前，又有唐明皇御制曲子〈獻忠心〉，高國藩〈敦煌民間詩詞中的府兵制與詞的起源問題〉認為，詞體成熟於盛唐開元十三年以前實行的府兵制時期。[8]那麼，此後李白的詞作只是更成熟，而不是詞體「發生」。如何看待李白以前和同時的詞人詞作在詞體發生中的作用呢？李白的作用是不是有些「放大」了？

李白詞真偽問題，牽涉到詞史的真偽，詞體發生的時間界定，詞史的「原生態」與「衍生態」，詞史的客觀性與主觀性，詞史的寫法，對研究詞史意義極大。此二詞，是盛唐李白作品，還是晚唐、五代或宋代作品，皆會「改寫」詞史。說是李白所作，不是說絕對沒有可能性，而是可能性確實不大。即使肯定是李白作品，在史的座標中，由現存詞史資料看，此二詞超前成熟，也是「異數」，是詞史的「非邏輯」發展，學界過重「邏輯性」，對其史的評價也是不到位的。如肯定為李白所作，盛唐時已有成熟的詞作，詞史是一種寫法。

8　高國藩：〈敦煌民間詩詞中的府兵制與詞的起源問題〉，《許昌師專學報》1986年第1期。

還有許多可能性，比如確是盛唐的作品，但不是李白所作，那麼對詞史作出重大貢獻的就不是李白，而是他人，由此連帶的對此詞藝術高下的評價也大不相同。如是盛唐以前的作品，此二詞的詞史意義就更大了，當然，這種可能性不大。如是晚唐溫庭筠所作，此二詞置於溫庭筠現存六十餘首詞中，只是其中比較優秀的，《花間集》中也不乏此類作品，此二詞的詞史意義即很一般。如是溫庭筠以後五代人所作，此二詞價值又會降低，如是宋人所作，那麼其詞史意義就極為有限了，甚至可以忽略不計。此二詞真偽、時代、藝術評價等問題，完全解決清楚之前，詞史發展的邏輯線條依然是模糊的。李白詞的真偽、李白的詞史地位，古今所論，或信或疑，或褒或貶，都只是「可能」，不是鐵的事實。因材料所限，李白詞真偽討論可能是永遠沒有結論的。如不能以「鐵證」證其「真」，最好「存疑」，以「可疑的」詞人詞作寫出的自然是「可疑的」詞史。詞體起源及發生史只是由一些歷史「碎片」拼接而成，而不是完整的歷史。歷史也往往如此，這是我們面對歷史時的無奈。

　　木齋認為，李白宮廷樂府詩，多以宮怨思君為題材，以宮廷女性為主人公，風格柔媚婉約，這些要素成為以〈清平樂〉五首為代表的宮廷應制詞的題材、視角和風格，同時，也就奠定了唐五代曲詞的題材、視角和風格。這一論斷合乎邏輯，但要令讀者完全信服，還需先論證李白之前，詩歌或歌詩史上從沒有這類題材、視角和風格，證明確是李白「首創」，還要充分論證李白宮廷樂府詩與宮廷應制詞以及唐五代曲詞存在明確的時間先後順序，構成邏輯發展關係。那麼，「唐五代曲詞」就不是泛稱，而是特指盛唐李白以後的曲詞。史實果是如此，又如何解釋盛唐以前《玉臺新詠》為代表的宮體詩？南朝宮體詩與唐五代詞相似處甚多，如果說《玉臺新詠》奠定了唐五代曲詞的題材、視角和風格，且材料真實可靠，是不是更有道理？

　　李白的宮廷樂府詩、宮廷歌詩、宮廷應制詞、抒發個人情懷之

詞，其間究竟存在多大關係？這種「關係」是不是本身客觀存在的？是不是李白清楚意識到的自覺行為？仍需進一步論證。

三　「宮廷詞」與「民間詞」、「伶工詞」、「文人詞」的關係

　　木齋認為，詞發生於盛唐天寶初年宮廷中，而不是民間，民間詞應該是中唐以後才發生的，所謂民間詞，可能主要是由宮廷流散到民間的宮廷樂工的作品，應該稱之為「伶工詞」可能更為接近歷史的真實。這又是對近百年盛行的「詞起源於民間」說的「顛覆」，值得討論。認為詞體發生於宮廷，以前也有學者論及，只是沒有如此明確。

　　首先要界定清楚「宮廷詞」和「民間詞」的概念。木齋認為，「應制詞」是狹義的宮廷詞，廣義的宮廷詞，是指以宮廷為中心或是在宮廷文化背景下所發生的曲詞，並強調敦煌詞中絕大部分都是宮廷詞，而非民間詞。作者使用的廣義宮廷詞概念，把不少文人詞甚至民間詞也包括進來，模糊了「宮廷詞」與「文人詞」、「民間詞」的區別。實際上，「應制詞」只是宮廷詞的一部分，它是宮廷詞概念下的子概念，宮廷詞中「非應制詞」也有許多。敦煌詞中是有部分宮廷詞，但這「宮廷詞」是「廣義的」，將表忠心的或歌功頌德的皆視為宮廷詞，擴大了宮廷詞的外延，實際上已包含了部分「文人詞」和「民間詞」，這樣反而造成了概念上的模糊。「宮廷詞」概念，如界定為宮廷中創制的以宮中生活為內容的詞作，似更合理。

　　木齋論證，中唐德宗朝始遣散宮中樂工、伶人，流向民間，順宗、憲宗朝又一次大規模遣散宮廷樂工，民間詞始興。不論是詞樂還是曲詞，都應該是由宮廷而向民間，而不是相反。此觀點如成立，必須首先說明中唐以前民間詞狀態，有無民間詞？如果有，情況如何？宮廷詞又從何而來？是宮廷內部產生的，還是從前代宮廷承傳下來

的？李伯敬〈「詞起源於民間」說質疑〉即認為，詞起源於六朝宮廷和文人樂府。[9]有無道理？宮廷詞是接受胡樂改造已有本土音樂而成的，還是由民間採集加工而來的？籠統看，詞本來即是配合宴享之樂的歌詞，因此，可說詞發生於宮廷。問題是，還需先證明盛唐宮廷詞製作與民間詞沒有任何關係。由敦煌曲子詞及現存史料，中唐以前，民間詞的創作是比較活躍的，也是有成績的，又如何看待？只有證明中唐以前確實不存在民間詞，詞體發生於宮廷而非民間的觀點才能真正成立。事實可能是，宮廷樂工、伶人流向民間後，提升了民間詞的品位，推動了民間詞的創作，擴大了民間詞的傳播，但這只能說明是宮廷詞對民間詞的影響，是詞體「發生」以後的事，並不能說明詞體不是「發生」於民間。

「民間詞」有不同內涵，使用時需注意：一、相對於宮廷，宮廷以外的，都是「民間詞」。二、相對於士大夫文人詞，沒有身分、功名的詞人的詞即為「民間詞」。三、相對於具名文人，「民間詞」指無名氏詞，無名氏詞人，只是姓名無傳，有的是真的「無名」，有的則是姓名散佚，才情可能比具名文人更高。「民間詞」概念與「文人詞」概念存在交叉，「民間詞」中的優秀作者，可能本來就是優秀的「文人」。

「樂工」與「民間」究竟是何關係？木齋認為，如沒有宮廷中樂工流散到民間，便沒有「民間詞」，也就是說，「民間詞」只是宮廷詞的延續，實際上就是「伶工詞」，是否妥當？

劉昫等《舊唐書》卷三十〈志〉第十〈音樂三〉云：「自開元已來，歌者雜用胡夷里巷之曲。」[10]「里巷」即指民間，而絕非宮廷，發生於李白天寶作詞之前，這如何解釋？

詞體發生階段，必定是眾人即「英雄」和「人民」共同創造，宮

9　李伯敬：〈「詞起源於民間」說質疑〉，《文學評論》1990年第6期。
10　劉昫等：《舊唐書》（北京市：中華書局，2000年），卷30，頁735。

廷中君主臣僚、樂工伶人和士大夫文人貢獻尤大，只有宮廷、政府才能組織統一規範的音樂歌詞製作，「方言」的民間詞，傳播有限。宮廷自上而下，影響民間，民間亦自下而上，影響宮廷。宮廷與民間及文人之間，是互動影響，絕不是單向影響，只是影響程度上有差異，不應將其對立起來。

　　木齋認為，唐五代曲子詞可稱「宮廷之詞」，其本質特性可概括為「宮廷文化」。這一論斷，從某種程度上說是合理的，但不能絕對化，因為宮廷文化在任何時代都是「主流文化」，過分強調「宮廷文化」，勢必「遮蔽」了民間詞和宮廷以外的文人詞對詞體發生的貢獻。

第二節　「應歌」
——花間詞的原生態及其價值重估

　　研究文學歷史，最重要的就是弄清歷史真相，再現歷史的真實，還其本來面目，詞史研究當然也不例外。站在當代立場看，詞是一種抒情詩體，是格律詩的一體，故陸侃如、馮沅君《中國詩史》專有一冊論唐宋詞。詞是韻文之一體，屬文學範疇，早已是家喻戶曉的文學常識。但當我們用歷史的、發展的眼光看問題時，則會發現：原來「詞」的概念有一個發展演變的過程。詞是伴隨著「燕樂」而產生的。燕樂興起於隋唐，用於宴飲聚會，以悅耳目、娛賓客，帶有較強的娛樂成分。它是當時的流行歌曲，為「應歌」而作，稱作「歌辭」、「曲」、「曲子」、「曲子詞」，屬音樂範疇。晚唐五代「曲子詞」大興。因「曲」沒有流傳下來，我們今天看到的花間詞只是當時流行歌曲的歌詞。詞本是「曲子詞」的簡稱，由音樂概念衍生成文學概念，是北宋以後的事。任二北《敦煌歌辭總編》〈例言〉中，認為只有「唐曲子」，而沒有「唐詞」，也就是認為唐五代只有屬音樂範疇的「曲子」，而沒有屬文學範疇的「詞」。這是歷史的態度，是極有見地的。

　　花間詞的原生態即本來面目：概括地說，它是音樂的，而非文學的。它是歌曲的歌詞，而非抒情詩的一體；它是供歌唱的，而非為了誦讀；重聲曲韻律，而非辭藻文彩；功能是娛樂消遣，而非言志教化。它的一切特徵皆與「應歌」有關。因此，只有密切聯繫「應歌」，才能對其做出歷史的、合理的評價。下面具體論述之。

一　花間詞是「歌唱」的

　　花間詞的創作目的是「應歌」。歐陽炯在《花間集》〈敘〉中把集中所收作品稱作「詩客曲子詞」，即詩人們為歌妓演唱而填寫的歌詞，詩人充當歌曲的詞作者的身分（有些人同時是曲作者），猶如當今流行歌曲的歌詞作者。他們是「新聲」──曲子詞的詞作者，嚴格地說，是音樂家，而非文學家。當時宮廷裡君主身邊圍著一群文學侍從、樂工和歌妓。曲子詞是詩人和樂工、歌妓合作的產品。王國維在《人間詞話》中把李煜之前的晚唐五代詞稱為「伶工之詞」，即是就歌唱的特徵而言。

　　當時「新聲」大興，沈雄《古今詞話》引《樂府紀聞》載：「唐宣宗愛唱〈菩薩蠻〉，令狐相公假溫庭筠修撰二十闋以進。」[11]君王愛好，群臣相和，上行下效，蔚然成為一時風氣。《古今詞話》又引《耆舊續聞》載：「周德華嘗在崔鉉言郎中席上唱〈柳枝〉……而不取溫庭筠、裴誠所作，二人有愧色。」[12]這是晚唐時的情形，溫庭筠等作詞是為歌唱，獻給皇帝聖聽，博君主一粲。歌妓不唱自己的「曲子」，他自覺慚愧。可見「曲子詞」是以合歌與否，以歌壇受歡迎的程度判斷優劣的。

---

11 唐圭璋：《詞話叢編》（一）（北京市：中華書局，1986年），頁751。
12 唐圭璋：《詞話叢編》（一）（北京市：中華書局，1986年），頁751。

　　前蜀後主王衍驕淫縱樂，歐陽修《新五代史》卷六十三記載，王
衍嘗與太后、太妃遊青城山，宮人衣服，皆畫雲霞，飄然望之若仙。
衍自作〈甘州曲〉述其仙狀。上下山谷，衍常自歌，而使宮人皆和
之。《古今詞話》引《北夢瑣言》還記載，王衍自製〈醉妝詞〉。又嘗
宴於怡神亭，婦女雜坐。自執板歌〈後庭花〉、〈思越人〉曲。可知，
五代時，君主淫樂游宴，喜以「歌」、「唱」取樂。他們還善自製曲
子，讓歌妓演唱，有時自己還親自演唱。君主如此，身邊的文學侍從
跟著唱和。《十國春秋》載後蜀孟昶時有鹿虔扆、歐陽炯、韓琮、閻
選、毛文錫等「五鬼」供奉後庭。他們是曲子詞（主要是歌詞）作
者，是宮廷音樂家。當時歌唱之風盛行於朝野上下，歐陽炯在《花間
集敘》中描述到：「則有綺筵公子，繡幌佳人，遞葉葉之花箋，文抽
麗錦；舉纖纖之玉指，拍按香檀。不無清絕之詞，用助嬌嬈之態」、
「有唐已降，率土之濱。家家之香徑春風，寧尋越豔；處處之紅樓夜
月，自鎖嫦娥」。這是當時創作和歌唱情形的形象再現。酒筵樽邊，
花前月下，征歌逐舞，按板聽唱，追求感官上的娛樂享受。「曲子
詞」成為人們娛樂消遣的實用工具，只是無聊時哼哼唱唱、消遣消遣
而已，沒有人把它當作高雅嚴肅的文學作品來欣賞。趙崇祚輯集《花
間集》，歐陽炯序稱「庶使西園英哲，用資羽蓋之歡；南國嬋娟，休
唱蓮舟之引」。就是說，供遊樂之人佐歡取樂，以「新聲」即時調時
曲代替「蓮舟之引」即民間舊曲。

　　《花間集》是作為「唱本」——歌唱的腳本而問世的，這在當時
也是風氣。以前有《雲謠集雜曲子》，以「雲謠」名集（當時常以
「雲謠」稱美歌曲），就是歌曲集的意思。同時或稍後有《家宴集》、
《遏雲集》，宋初有《尊前集》、《蘭畹集》、《金奩集》、《草堂詩餘》
等，皆為應歌佐觴而設。陳振孫《直齋書錄解題》說《家宴集》為其
可以佐觴，故名《家宴集》。吳昌綬與繆荃蓀書曰：「《花間》雖亦主

詞采，然唐人樂府之遺，仍以應歌為主也」。[13]陳匪石《聲執》卷下謂《尊前集》「名之『尊前』，且就詞注調，殆專供嘌唱之用者」。[14]《金奩集》是宋人分調採錄《花間》諸詞，以供歌唱。《草堂詩餘》亦為征歌而設，題春景、夏景等，是使隨時即景歌以娛賓。上述可知，當時結集或選集的目的皆為「應歌」而設，供嘌唱之用，如今天的流行歌曲選本。「曲子詞」是「歌」的、「唱」的，而不是供人當作文學作品誦讀的。從當時或後人的記述看，也可知「曲子詞」的音樂特徵。《舊唐書》〈音樂志〉記載：「自開元以來，歌者雜用胡夷里巷之曲」。《舊唐書》為五代人所撰，把「胡夷里巷之曲」的「曲子」列入〈音樂志〉而非〈文苑傳〉，即是視「曲子」為音樂的明證。唐崔令欽《教坊記》中專有〈曲名表〉，共列詞調（包括大曲和曲子）三百四十三種，教坊屬音樂機構，《教坊記》即是記述音樂的書。宋王灼《碧雞漫志》也是記載音樂的書，其中卷一說：「蓋隋以來，今之所謂曲子者漸興，至唐稍盛。今則繁聲淫奏，殆不可數」。同時又說唐時絕句定為「歌曲」，「元、白諸詩，亦為知音者協律作歌」。[15]馮金伯《詞苑萃編》卷二十二引《詞苑》云，裴誠善談謔，與溫庭筠為友，好作歌曲。既入臺，為三院所謔曰：「能為淫豔之歌，有異潔清之士」。[16]《雲溪友議》卷十載，裴誠、溫庭筠二人又為新添聲〈楊柳枝〉詞，飲筵競唱其詞而打令。《舊五代史》〈莊宗紀〉載，後唐莊宗初為公子時，雅好音律，又能自撰曲子詞。其後凡用軍，前後隊伍皆以所撰詞授之，使掬聲而唱。晚唐五代時，詞稱作「曲子」、「今曲子」、「曲子詞」、「歌詞」、「新詞」、「新聲」等，皆說明「歌唱」的性質。

13 繆荃蓀：《藝風堂友朋書劄》（上海市：上海古籍出版社，1981年），下冊，頁888。

14 唐圭璋：《詞話叢編》（五）（北京市：中華書局，1986年），頁4954。

15 唐圭璋：《詞話叢編》（一）（北京市：中華書局，1986年），頁74、77。

16 唐圭璋：《詞話叢編》（三）（北京市：中華書局，1986年），頁2214。

　　《花間集》中魏承斑有首〈玉樓春〉詞寫到：「輕斂翠娥呈皓齒，鶯囀一枝花影裡。聲聲清迴遏行雲，寂寂畫梁塵暗起。　　玉翣滿斟情未已，促坐王孫公子醉。春風筵上貫珠勻，豔色韻顏嬌旖旎。」是當時歌唱盛況的形象寫照。

　　上述可知，花間詞在當時只是歌曲的歌詞，供歌唱、傳唱，是歌唱藝術，是風靡一時的通俗歌曲，而不是文學形態的「詞」。

二　花間詞重聲曲韻律，而不重辭藻文彩

　　花間詞創作的目的既然是「應歌」，作者就在「歌」字上下功夫，注重曲調、聲韻、節奏、旋律、音響，務求合於管色，便於歌唱。他們在音樂範圍內進行歌詞創作，以是否「合歌」為標準來衡量歌詞的優劣。而辭藻文字是為曲調服務，只處於從屬地位。

　　花間詞是聽覺藝術，人們追求的是聽覺感受，是音樂美。作者填詞須考慮到歌者、演奏者、舞者、聽者等人，歌詞需與場合、情境相適應。歌女歌唱的時候，有歌場，有音樂伴奏，有自舞，或伴舞。演唱時，須歌聲甜美圓潤，舞姿優美和諧，表情婉轉豐富，不只是唱，還有「演」的成分。人們也不只是「聽」，還在看，欣賞歌女嬌美的容貌、體態、舞姿、表情，欣賞伴奏者的演奏技巧，欣賞伴舞者輕盈優美的舞姿。歌唱的「曲子詞」是曲作者即詞調作者（有他作和己作之分）、歌詞作者（填詞者）、歌者（歌妓）、舞者（有自舞和伴舞之分）、演奏者（有自奏和伴奏之分）集體協作的產品，實際上是一種綜合藝術。又在歌場（有意識安排的歌唱場合）演唱，一般在筵席上，有眾多的聽眾（不是一人單獨欣賞）。這樣，表演者與欣賞者可面對面地直接交流，有濃郁的劇場氛圍，從而達到有效的「劇場效果」。歌曲的藝術魅力得到充分的體現。當我們今天在劇場裡為京劇藝術家精彩的表演而大叫「好！好！」同時報以熱烈的掌聲時，可想

像到當時演唱曲子詞的動人情景。

　　曲子詞的詞作者只是合作者之一，他們是「倚聲」填詞，故詞又稱作「倚聲」，或用前人所作詞調，或自製新腔，需選擇最能充分表達所要抒寫感情或描寫對象的曲調（詞調）。只有將文辭與曲調完美地結合一起，才是一個好的歌詞作者。自製新腔，自創新詞，則更能顯示藝術家的才能。當時人們主要從音樂角度欣賞歌詞的曲調、旋律和節奏之美，而不看重從語言文字角度來衡量歌詞的高下。曲調（詞調）自產生起即相對固定，而詞是可任意填寫的。故一個詞調可衍生無數首詞作。這裡，曲調（詞調）的重要作用是不言而喻的。當初詞調即詞題，兩者完全吻合，如〈漁歌子〉、〈女冠子〉、〈菩薩蠻〉、〈臨江仙〉、〈更漏子〉等，即詞詠本題。花間詞有不少歌詠本題或與本題相近者。北宋以後，詞題漸與詞調相脫離，已是原來意義上的「文不對題」。這時，文辭本身的價值（文學價值）才顯示出來，填詞者（詞人）的作用才躍居主要地位。這又另當別論。

　　花間詞當時盛唱不衰，正賴於它的音樂價值，而不是語言文字。清劉體仁《七頌堂詞繹》說：「古詞佳處，全在聲律見之。今只作文字觀，正所謂『徐六擔板』」。[17]趙叔雍（尊嶽）〈《雲謠集雜曲子》跋〉說「唐詞合樂，以歌為主」。「推其用心，正不在文字之求工，而務合于管色」。[18]俞陛雲在解釋李存勗〈如夢令〉時說：「五代詞祠響唐賢，悉可被之樂章，重在音節諧美，不在雕飾字句。而能手作之，聲文並茂。」[19]詹安泰在〈論填詞可不必嚴守聲韻〉一文中說：「唐宋人詞盡有極負時譽而就文字看來一無足取的，這就因為聲情之美與歌唱之人均有關係，不是光靠文字就可以看出它的真價值的。」他舉王衍《醉妝詞》（者邊走）為例，此詞文辭甚簡單、平俗，但聲調諧

17 唐圭璋：《詞話叢編》（一）（北京市：中華書局，1986年），頁621。
18 趙叔雍：〈《雲謠集雜曲子》跋〉，《同聲月刊》第1卷第10號（1940年12月）。
19 俞陛雲：《唐五代兩宋詞選釋》（上海市：上海古籍出版社，1985年），頁40。

美，故是好詞。他又說：「古詞畢竟是可以歌唱可以協樂的，徒作文字觀，即使曲盡精微之能事，究不能付之歌喉，播諸弦管」。[20]在〈中國文學史上之倚聲問題〉一文中，他又說：「詞之初，以便歌協樂為主，與音樂結不解之緣，其訴諸聽覺之效力，蓋較訴諸視覺之效力為尤大。今日流行之北宋初期之小詞，有文字甚為拙劣，而當時傳播人間，博得盛譽者，即以其聲調妍美，便歌協樂，固不關乎文字之優劣也。故五代、宋時，或稱『曲子詞』，或稱『今曲子』，或稱『曲子』，蓋猶就樂曲之本體而言」。[21]朱自清《論雅俗共賞》也說：「至於詞曲，算是新起於俗間，實在以音樂為重，文辭原是無關輕重的。『雅俗共賞』正是那音樂的作用」。

　　上述諸論，無論就民間詞或唐五代詞或宋初詞而言，還是詞、曲合論，都是看到了「曲子詞」的音樂特質，從音樂、歌唱的角度來看，而不止作文字觀。宋翔鳳《樂府餘論》說《草堂詩餘》是以征歌而設，以娛賓客，語言平俗，「以文人觀之，適當一笑，而當時歌伎則必需此也」。[22]我們今天看《花間集》，也是如此。切莫忘記它原是音樂的，是歌唱的。僅從文字上評價，必然看到其「可笑」之處，必然得出片面甚至錯誤的結論。清人多謂《花間》、《草堂》諸選庸濫、平俗，文辭不雅，格律不嚴。皆是從語言文學的角度來衡量，而忽略音樂特徵。除掉音樂，只剩下形式、外殼，當然其值大減。

　　王世貞《藝苑卮言》謂「花間猶傷促碎」。[23]沈曾植《菌閣瑣談》反駁說：「促碎正是唐餘本色。」「五代之詞促碎，北宋盛時嘽緩，皆緣燕樂音節蛻變而然。即其詞可懸想其纏拍。花間之促碎，羯鼓之白雨點也。」[24]一貶一褒，一重文字，一重音樂，眼中花間詞的價值竟

20 詹安泰：〈論填詞可不必嚴守聲韻〉，《文史雜誌》，第5卷第1、2期。

21 詹安泰：《宋詞散論》（廣州市：廣東人民出版社，1980年），頁96。

22 唐圭璋：《詞話叢編》（三）（北京市：中華書局，1986年），頁2500。

23 唐圭璋：《詞話叢編》（一）（北京市：中華書局，1986年），頁387。

24 唐圭璋：《詞話叢編》（四）（北京市：中華書局，1986年），頁3606-3607。

相差如此之大。葉嘉瑩〈溫庭筠詞概說〉曰:「飛卿詞之所以為美,
關係於色澤、聲音者多,而關係於內容、含蓄者少。」[25]也是看到花
間詞的「聲音」美即音樂美。

孫麟趾《詞逕》曰:「閱詞者不獨賞其詞意,尤須審其節奏。節
奏與詞意俱佳,是為上品。」[26]花間詞本是可歌的,但由於樂譜的失
傳,又因技術條件的限制,聲音不可能保存流傳下來。我們今天無法
再現和欣賞它柔曼優美的旋律,只能通過閱讀,從詞作本身來感受,
從節奏、聲韻、格律來品味,可想像其音樂的美。

詞發展到蘇軾,始有意識地用以抒發個人的情志。為了感情的表
達,有時可突破音律的限制,聲律(音樂)為文字(更能明白準確地
表達感情)服務。「詞」由原來的音樂為中心,漸漸演變為以文字為
中心,也開始由音樂範疇漸變為文學範疇。欣賞者也由「聽」變為
「閱」。這種演變有一個過程,不好劃出明確的界線。「詞」的內涵發
生了質的變化。音樂範疇的花間詞也漸成為歷史,只能作「文字觀」
了。如南宋末劉克莊〈滿江紅〉曰:「生怕客談榆塞事,教兒且誦
《花間集》。」《花間集》此時只是供「誦」,而不是供「聽」了,花
間詞早已脫離了它的原生態。我們今天認識花間詞,必須區分清楚它
的音樂特質與文學特質,它的原生態與衍生態。

三　「應歌」決定的花間詞的特色

花間詞的特色是由「應歌」決定的。我們今天不可能欣賞到其音
樂的美,只能就遺留的音樂的外形——「詞」做一番靜態分析。它的
一切特色皆與「應歌」有著必然的聯繫。

---

25 葉嘉瑩:《迦陵論詞叢稿》(石家莊市:河北教育出版社,1997年),頁23。
26 唐圭璋:《詞話叢編》(三)(北京市:中華書局,1986年),頁2555。

　　因是為宮廷服務的歌唱藝術，為投君主所好，歌詞的題材與內容即多與宮廷生活有關，是欣賞者熟悉的情和事。如多寫宮廷歌舞、宴飲、遊賞、貴公子的驕縱、宮女的幽怨、歌女的愁緒，如韋莊的〈河傳〉（其二）、毛熙震的〈浣溪沙〉七首等。還有歌詠太平的諛頌之詞，如毛文錫的〈甘州遍〉（春光好）、和凝的〈小重山〉二首等。《花間集》中七十七個詞調，明顯寫宮廷生活的有〈喜遷鶯〉、〈玉蝴蝶〉、〈小重山〉、〈謁金門〉、〈感恩多〉、〈滿宮花〉、〈贊成功〉、〈中興樂〉、〈接賢賓〉、〈月宮春〉、〈賀明朝〉、〈獻衷心〉、〈河滿子〉、〈薄命女〉、〈醉公子〉、〈後庭花〉、〈清平樂〉等。至於內容涉及宮廷生活的更是比比皆是。由此可見花間詞的宮廷色彩。

　　花間詞內容最多的就是描寫男歡女愛、離情別緒，也就是歷代遭受譏評的「靡靡之音」。欣賞者只是追求感官愉悅，男女私情最能滿足他們的心理需求。填詞者即站在欣賞者的角度進行創作，選擇表現對象和表現手法。所以帶著「色情」的眼光刻畫女子的容貌、體態、服飾、打扮、居處環境及日常起居生活。又因歌唱者為年輕女子，為適應歌唱者的身分、聲吻和歌舞環境，詞中主人公亦多為年輕女子，用第一人稱、獨白的形式，現身說法，為演唱設置最佳情境。歌者易「進入角色」，欣賞者也易受感染，這樣更能達到動人的藝術效果。

　　歌詞內容與歌唱者的身分、歌唱場景、聽者的需求相吻合，離情別恨、傷春惜時，即成為花間詞的主要內容。文藝活動中生產與消費的對應規律，於此也得到充分的體現。

　　歌、舞一體，人們不只是聽歌，同時也觀舞，可直接感受欣賞歌、舞者的美貌華服、嬌姿媚態、柔情蜜意。故花間詞多脂粉氣、香澤味和嬌嬈態。

　　花間詞寫的多是少年情事。詞作者、歌者、欣賞者多是年輕人。溫庭筠、和凝少時製曲作詞，史料皆有記載。花間詞多是作者年輕時所作。年輕人的心理，多對男女情事最感興趣。青春年華，寫青春情

事，春思、春感、春愁、春怨、傷春、惜春，歌唱青春，思考青春，感歎青春。花間詞的愁是青春之愁，歡愉之愁，是「少年不識愁滋味」的閒愁。表現出青春男女對人生的思考，對世俗歡愉生活的執著與迷戀。這與詩歌和後來詞作中經常表現的悲秋、歎老嗟卑、「而今識盡愁滋味」的愁是不同的。花間詞是「青春」的藝術。它的題材內容「狹」而「深」，當時風氣如此。它是晚唐五代人們心靈歷程的真實記錄。我們不能輕視這當時風靡一時的「流行歌曲」。

　　「應歌」決定了花間詞獨特的表情方式：就是田同之《西圃詞說》中所說的「男子而作閨音」。[27]作者代女子立言，詞作者、歌唱者都是「演員」的身分，感情是「造」出來的，最成功的作品就是「進入角色」。

　　因是「應歌」，創作需適應聽者的欣賞口味，欣賞者的要求在先，然後才創作。這與抒情詩不同。「言為心聲」，詩人內心有感情必須寫出來，所以才有了詩。一般說來，抒情詩創作多屬個人行為，是將內心感情釋放出來，一吐為快。是有感情在先，然後寫出作品，最後是欣賞者（讀者）接受。而花間詞的創作順序是先有欣賞者（聽者）要求，然後作者設想出感情，最後創作出作品。這樣，花間詞多是「應景」之作，內容、情調、風格、語言集中單一，給人以「似曾相識」之感。不像後來蘇、辛詞中有鮮明的自我形象和強烈的主觀色彩。花間詞的作者多是隱避一邊的，作者與詞中抒情主人公是分離的。葉嘉瑩在〈溫庭筠詞概說〉一文中總結溫庭筠詞的兩大特色，一是「多為客觀之作」，一是「多為純美之作」[28]，實則花間詞多是如此。

　　花間詞是當時的「通俗歌曲」，語言必定口語化，通俗淺近，明

---

27 唐圭璋：《詞話叢編》（二）（北京市：中華書局，1986年），頁1449。
28 葉嘉瑩：《迦陵論詞叢稿》（石家莊市：河北教育出版社，1997年），頁17-20。

白易曉。歌詞表達的內容感情，欣賞者必須聽即明白，當即接受。不像讀詩可重複欣賞，慢慢推敲。花間詞幾乎不用典故和生硬冷僻、晦澀深奧的詞語。花間詞多口語，口吻逼真，形神畢現。又多率露語，衝口而出，真切自然，毫無矯柔做作之態，如「換我心，為你心，始知相憶深」（顧敻〈訴衷情〉）「須作一生拼，盡君今日歡」（牛嶠〈菩薩蠻〉其七）。花間詞語言清新自然，生香真色，濃淡香豔皆隨其宜。這些特徵皆是適應歌唱的需要。北宋以後，詞漸演變為抒情詩體，文人化特徵加強，語言亦變得典雅、精工或晦澀、深奧。這點我們一看周邦彥、辛棄疾、吳文英的詞作即可感受到的。

　　花間詞情調婉轉抑揚，纏綿悱惻。風格必然是香軟、柔弱、纖細、綺麗、婉媚。是一種女性的美，病態的美。宋末，林景熙〈《胡汲古樂府》序〉譏評道：「唐人《花間集》，不過香奩組織之辭，詞家爭慕效之，粉澤相高，不知其靡，謂樂府體固然也。」[29]是視其為缺點。清鄒祗謨《遠志齋詞衷》則說：「花間綺琢處于詩為靡，而于詞如古錦紋理，自有黯然異色。」[30]又以為是優點。就看評論者站在什麼角度和立場看待它。纖弱綺靡是「曲子」的風格、音樂的風格，「靡靡之音」的「音」，正是從音樂角度立論的。明乎此，才能真正認識和評價花間詞的風格。

　　因「應歌」，為適應音樂體制的需要，以音為主，字數的多寡、遣詞、造句、設色等皆以曲調而定。如和聲，本有聲無詞，後填以實字，可多可少。於是同一調而字數有不同者，如〈臨江仙〉、〈訴衷情〉、〈酒泉子〉等皆有數體。音樂講究聲韻、節奏、旋律、格調等，而不重文字的推敲鍛鍊。從語言文字角度看，花間詞多有不成熟者，後世視之為純文學的詩體，即覺得不夠完善，故清人多譏其「不足

---

29 林景熙：《霽山集》，《知不足齋叢書》本，卷5。
30 唐圭璋：《詞話叢編》（一）（北京市：中華書局，1986年），頁651頁。

法」。純文學論者無視花間詞產生的歷史環境和時代特徵，無視其原生態，以己意苛求古人，不是歷史、科學的態度。花間詞體制上的不甚成熟，正是「應歌」留下的痕跡。

四　花間詞價值重估

《花間集》在當時只是唱本，供「嘌唱」之用，嚴格地說並不是文學選本。「應歌」特色、音樂特質即是花間詞的原生態。「應歌」的花間詞早已成為歷史，我們無法再現它的「聲音」，但我們也無法否認歷史的客觀存在。我們今天評價花間詞，必須正視它的「應歌」特色即原生態。當初作為「流行歌曲」的花間詞，屬音樂範疇；而後世人們心目中的花間詞，是新體詩，屬文學範疇。評價兩種觀念的花間詞，角度不同，標準不同，得出的結論自然不同。歷代對花間詞評價的偏差，多是無視花間詞的原生態所致。

花間詞在當時作為流行歌曲，是晚唐五代社會享樂風氣的典型體現，是文人種種心態的集中概括。社會大變動，儒家思想的統治地位發生動搖，「詩教」的傳統被一種新興的世俗化的文藝娛樂觀所取代。作為通俗音樂的「曲子詞」代替衰落的傳統文學的詩、文、賦，在人們的精神生活中起著重大的作用。可以說，當時文壇幾乎是「曲子詞」的天下。它彌補了文藝衰落時期的空白，在時代文化中佔有突出的地位。

花間詞綺靡香豔的風格與時代的文藝風尚是一致的。晚唐五代整個文壇皆瀰漫著綺靡香豔之風，詩、文、賦，莫不如此，如韓偓的「香奩」詩最為典型。花間詞可以歌唱，通俗易懂，影響更大，遂將這種風氣推向極至。

花間詞的功能是娛樂消遣。陳世修〈《陽春錄》序〉說：「公（指馮延巳）以金陵盛時，內外無事，朋僚親舊，或當燕集，多運藻思為

樂府新詞，俾歌者倚絲竹而歌之，所以娛賓而遣興也。」[31]這是指南唐時的情形，實則晚唐五代皆是如此。「娛賓遣興」是花間詞的創作目的，也是其明確的功能。儒家傳統「詩教」要求詩歌觀風俗，知得失，興、觀、群、怨。功能是幫助倫理政治教化。又講究「寓教於樂」，「樂」是為「教」服務的，音樂必須穿上倫理教化的外衣。花間詞將「助態」、「資歡」從政教功能中獨立出來，一味求「樂」，而置教化於不顧。對傳統儒教的文學觀、音樂觀都是一次大衝擊、大反動，把文藝由求「善」帶到求「真」、求「美」的路上來。雖然，它有天生的不足，但它對文藝功能的新認識是有深刻意義的。

花間詞是新興的「新聲」，是通俗音樂，是被排斥於詩、文、賦等正統文學之外的，當時遭到正統文人的鄙視。詞作者大多沒有社會地位，有地位的人填了詞，會遭人譏笑，如和凝作詞被時人譏為「曲子相公」。直到北宋初，曲子詞還被視為「小道」、「末技」，錢惟演則只在廁所看小詞。詞的地位是卑賤低下的，但它唱出了人們真實的隱蔽的感情，又備受人們青睞。從人們對它的矛盾態度亦可看出它的獨特魅力。

曲子詞演變為一種抒情詩體，是一個動態過程。蘇軾走上詞壇，「以詩為詞」，辛棄疾繼之，「以文為詞」，「曲子詞」才上升到與詩文並列的地位。還有，經李清照、周邦彥等人的努力後，曲子詞「別是一家」的文體特質始被世人高度重視，才由通俗音樂變成一種新型的抒情詩體，一種新的格律詩。曲子詞漸由「曲子」為中心演變為「詞」為中心。雖仍可歌，但音樂特質已服從於文學特質。作為新詩體的詞，隨著體制的轉變，它的功能也由娛樂消遣變為言志抒情。以「詩教」或「文以載道」的標準來衡量花間詞，當然不合要求。歷代對花間詞的非難、譏評，原因就在於把它作新體詩，而不是通俗音

31 馮延巳：《陽春集》（天津市：天津市古籍書店，1989年，影印本），卷首。

樂。我們若尊重歷史，並清楚詞體的演變過程，就不會對花間詞一味地苛求。

　　花間詞作為一種歷史的存在，有它的原生價值和衍生價值，有它的時效價值和恆久價值，我們也必須用歷史的、發展的眼光看待它，用不同的標準評價它。明乎此，花間詞研究及整個詞史研究中的許多問題即可得到合理的解釋和清楚的認識。

第三節　花間詞與晚唐五代社會風氣及文人心態

　　花間詞是晚唐五代社會享樂之風的產物。它反映了當時文人感傷、悲慨、頹唐、放逸、孤獨、貪樂等心態，是時代心靈的藝術記錄。花間詞集中體現了時代的審美趣味。它為應歌而作，功能是娛樂、消遣，在歷代傳播過程中發生一些變異。諸多特色皆可從社會風氣及文人心態中尋找答案。

一　花間詞與晚唐五代社會風氣

　　花間詞是指《花間集》中所收十八位詞人的五百首詞作。它是晚唐五代社會風氣的產物，又藝術地再現了當時的社會風氣，集中地反映了社會上下普遍盛行的享樂之風。杜牧〈感懷詩〉曰：「至於貞元末，風流恣綺靡。」[32] 這種遊宴綺靡之風，西蜀尤盛。如前蜀後主王衍，奢縱無度，「日與太后、太妃遊宴貴臣之家，及遊近名山，所費不可勝紀」。一年秋，從成都出發，「以同平章事王鍇判六軍諸衛事。帝披金甲，冠珠帽，執戈矢而行，旌旗戈甲，連亙百餘里不絕」。[33] 又

---

32 杜牧：《樊川文集》（上海市：上海古籍出版社，1978年），頁4。

33 吳任臣撰，徐敏霞、周瑩點校：《十國春秋》〈前蜀三本紀〉（北京市：中華書局，1983年），卷37，頁534。

一年夏天，「幸浣花溪，龍舟綵舫，十里綿亙。自百花潭至萬里橋，遊人士女，珠翠夾岸」。[34]王衍身邊還聚集一些詞人狎客，相與嬉樂，自旦至暮，繼之以燭。他還「裹小巾，其尖如錐。宮人俱衣道衣，簪蓮花冠，施脂夾粉，名曰醉妝，自製〈醉妝詞〉云云」。[35]他的〈醉妝詞〉寫到：「者邊走，那邊走，只是尋花柳。那邊走，者邊走，莫厭金杯酒」。蒲禹卿上疏勸王衍「莫遣色荒，無令酒惑」。[36]可他置若罔聞，縱樂如故。後蜀後主孟昶雖曾說過「王衍浮薄，而好輕豔之辭，朕不為也」。[37]實則，他的「浮薄」較之王衍是有過之而無不及。他以奢侈自娛，「至於溺器，皆以七寶裝之。」[38]真是糜爛透頂。他每次出遊，「乘步輦，垂以重簾，環結珠香囊，垂於四角，香聞數里，人亦不能見其面」。[39]他又喜挎擊之事，母李賢妃，妃花蕊夫人諫阻也不聽。如此君主，終日以酒色淫樂為務，上行下效，國人皆耽情於遊樂中。《野人閒話》載，成都「每春三月，夏四月，多有遊花溪及錦浦者，歌樂掀天，珠翠填咽，貴門公子，華軒彩舫，共賞百花潭上。至諸王功臣以下，皆各置林亭、異果、名花充溢其中。」《歲華紀麗譜》也載：「成都游賞之盛，甲於西蜀。蓋地大物繁，而俗好娛樂。凡太守歲時宴集，騎從雜沓，車服鮮華，倡優鼓吹，出入擁導……士女櫛比，輕裘袪服，扶老攜幼，闐道嬉遊。」[40]這些記載與韋莊〈河

---

34 吳任臣著，徐敏霞、周瑩點校：《十國春秋》〈前蜀三本紀〉（北京市：中華書局，1983年），卷37，頁538。

35 孫光憲：《北夢瑣言》，《叢書集成》本，卷6。

36 陳鴻墀纂：《全唐文紀事》（上海市：上海古籍出版社，1987年），卷21引《管城碩記》，頁272。

37 吳任臣撰，徐敏霞、周瑩點校：《十國春秋》〈後蜀二本紀〉（北京市：中華書局，1983年），卷49，頁712。

38 歐陽修撰，徐無黨注：《新五代史》〈後蜀世家〉第四（北京市：中華書局，1974年），卷64，頁806。

39 佚名：《五國故事》（北京市：中華書局，1991年），卷上，頁9。

40 費著撰，王錫祚、陳繼儒校：《歲華紀麗譜》（上海市：文明書局，1922年），頁3。

傳〉其二描寫的「錦城花滿，狂殺遊人」的遊樂場面是一致的。在這種風氣下，文人的生活自然不會嚴肅，他們行為放縱而不守禮法，以狎游宴飲為樂。溫庭筠「逐弦吹之音，為側豔之詞」[41]，正是文人的代表。

　　統治者和頹廢的文人征歌逐舞，按板聽唱，終日以聲自娛，尋求耳目之悅和感官享受。毛文錫的〈甘州遍〉（春光好）描寫歡宴的盛況：「絲竹不曾休。美人唱，揭調是甘州。醉紅樓，堯年舜日，樂聖永無憂。」他們全身心陶醉於靡靡之音中，心醉了，精神也萎靡了。花間詞絕大部分即是為「應歌」而作，供統治者酒筵樽前佐歡取樂，滿足感官上的刺激。

　　男子放縱情欲，以婦人為悅，追求「色」之歡。這方面的描寫，花間詞中比比皆是。著意刻畫女子的容貌體態、裝飾打扮及其他們內心的情思，充滿了性誘惑，性意識，近乎「色情」。如「緩揭繡衿抽皓腕，移鳳枕，枕檀郎」（韋莊〈江城子〉）、「玉樓冰簟鴛鴦錦，粉融香汗流山枕」（牛嶠〈菩薩蠻〉其七）、「蘭麝細香聞喘息，綺羅纖縷見肌膚，此時還恨薄情無」（歐陽炯〈浣溪沙〉其三）等等。詞人不惜筆墨把男女相見之歡、相嬉之樂描繪出來，不避淺露，不避香豔。上至君主侍臣、世族顯貴，下至文人士子、市井小民，多沉溺於情欲之中。這種世俗的情欲熾烈、貪婪、狂熱，無所顧忌。表現在詞中，便是率露地描摹冶遊行樂的狂情、狂態。什麼「癲狂少年輕別離」（顧敻〈虞美人〉），什麼「為花須盡狂」（〈河傳〉），絲毫不加掩飾。這種狂熱的貪樂行為是當時社會享樂思想的極端表現。

　　聲、色而外，人們還以酒自娛，沉醉不醒，自甘墮落。王衍在一首〈宮詞〉中寫到：「月華如水浸宮殿，有酒不醉真癡人。」[42]君主如

---

41 劉昫等撰：《舊唐書》〈文苑傳〉（北京市：中華書局，1975年），卷190下，頁5078。

42 彭定求等編：《全唐詩》（第一冊）（北京市：中華書局，1960年），頁78。

此，下民更放肆。「日暮飲歸何處客？繡鞍驄馬一聲嘶，滿身蘭麝醉如泥」（韋莊〈浣溪沙〉其四）、「金盞不辭須滿酌」（毛文錫〈酒泉子〉）。酗酒、婦人，是人們日常生活的兩大內容。

張泌的〈浣溪沙〉（晚逐香車入鳳城）、毛文錫的〈西溪子〉等，皆是刻畫「公子愛閒遊」（毛文錫〈甘州遍〉其一）的生活。正是整個貴族階層冶遊放蕩生活的縮影。

縱情於聲、色、酒中，冶遊宴樂，這就是當時盛行的享樂之風。這是一種「戀世」情結，是對世俗歡娛的貪婪留戀，是政治無望、前途無著的憂患心理的曲折反映，是時代情緒的藝術再現。

二　花間詞與晚唐五代文人心態

晚唐五代，在社會動盪亂離陰影的籠罩下，文人的心態發生了很大的變化。像中唐時的白居易、韓愈等對政治和時局的關心和熱情，這時已喪失殆盡。面對不可救藥的時代，一切理想、希望都化為泡影，不如明哲保身，及時行樂。於是，人們便自然地選擇了「隱於俗」、「隱於史」或隱於山林的道路。時代消磨盡他們的意志，造就了他們孤獨、感傷、消極、頹唐的心理，玩世不恭，自暴自棄。花間詞對這些心態也做了典型的藝術描繪，具體表現在以下幾方面。

第一、詞人的感慨。他們只是軟弱的文士，無力改變現實，只能感慨、悲歎、無奈、失望，以詞人特有的敏感發出微弱的感歎聲。表現詞的題材上便是詠史和懷古，借憑弔古跡，詠歎歷史人物和事件抒發人世興衰之感，懷古以傷今。如鹿虔扆的〈臨江仙〉：

> 金鎖重門荒苑靜，綺窗愁對秋空。翠華一去寂無蹤。玉樓歌吹，聲斷已隨風。　　煙月不知人事改，夜闌還照深宮。藕花相向野塘中。暗傷亡國，清露泣香紅。

這是一首典型的懷古詞，抒發今昔之恨，而不是所謂「傷蜀亡」之
作。[43]眼前的故宮，昔日的繁華顯赫，而今卻一片荒涼冷清。聯想到
煙月不知人事已改，依舊夜照深宮，景物永恆，而世事一瞬。詞人追
懷感歎，低迴沉吟不已。

　　韋莊的〈河傳〉（何處），寫隋煬帝沿運河南遊之事，對比中寫出
「古今怨」，客觀描述中隱含著譏諷。湯顯祖評此詞：「清淮月映」句
「感慨一時，涕淚千古。」[44]陳廷焯也稱讚「《浣花集》中，此詞最有
骨。」[45]孫光憲的〈河傳〉（太平天子）也是諷刺隋煬帝的荒淫遊樂，
可視為對現實的譏貶，只是隱蔽、含蓄一些。皇甫松的〈浪陶沙〉二
首雖是寫眼前實景，但也融入今昔之慨。「去年沙嘴是江心」，自然界
變化之迅速，正如時局一樣。人生短暫，變幻無常，亦復如此。湯顯
祖評道：「桑田滄海，一語破盡，紅顏變為白髮，美少年化為雞皮老
翁，感慨繫之矣。」[46]江山洵美，但倏忽變遷。世事之變化亦如細沙
暗流，自然為之，由不得人們的半點意願。詞人站在歷史的高度審視
事物，寫出哲理性的人生體驗。此類感慨之作還有薛昭蘊的〈浣溪
沙〉（傾城傾國恨有餘）、歐陽炯的〈江城子〉（晚日金陵暗草平）、牛
嶠的〈江城子〉（鵁鶄飛起郡城東）、毛熙震的〈後庭花〉（鶯啼燕語
芳菲節）等。詞人們有意避世，卻又不能忘情時事，故當他們登覽勝
地，憑弔古跡，緬懷歷史時，便不由地陷入深沉的思索和反思中。現
實的衰敗無望，留給詞人的只有感慨和悲歎。

　　第二、飄泊者的苦歎。中原戰爭不斷，人們被迫背井離鄉，飽嚐
顛沛流離之苦。李珣的詞多寫羈旅行役之苦，「行客自多愁」（〈巫山

---

43 參見歐明俊：〈鹿虔扆〈臨江仙〉並非傷蜀亡之作〉，《上海技術師範學院學報》
　　1993年第3期。
44 湯顯祖：《玉茗堂評花間集》，萬曆四十八年（1620）閔映璧刻朱墨套印本，卷1。
45 陳廷焯：《雲韶集》，稿本，南京圖書館藏，卷1。
46 湯顯祖：《玉茗堂評花間集》，萬曆四十八年（1620）閔映璧刻朱墨套印本，卷1。

一段雲〉其二），愁因何在？還不是為「關山路遙」（〈望遠行〉其一），遠離家鄉而愁；為「天欲暮」（〈南鄉子〉其八）、投宿無著而愁；為「故國音書絕」（〈河傳〉其一）而愁；詞中的「行客」是作者自己，也代表羈旅在外的一般行人。這一形象具有典型意義。行役之苦、飄泊之歎、思鄉之愁，是亂離時代人們共有的心理和情緒。

花間集中有些描寫塞外的荒寒景象，抒發征人、思婦的愁怨，這是承盛唐、中唐邊塞詩而來的，可稱作「邊塞詞」。由於連年征戰，征夫長期戍邊在外，居處無定，生死未卜。身處荒寒淒涼之境，備嚐遠別親人之苦。「邊聲四起，愁聞戍角與征鼙」（毛文錫〈甘州遍〉其二）。他們情不自禁地動起了思鄉愁情。「鄉思望中天闊，漏殘星亦殘」（牛嶠〈定西蕃〉）。有時甚至連與家人通信的自由都沒有，原因就是「年年征戰」（溫庭筠〈蕃女怨〉）。孫光憲的〈酒泉子〉（空磧無邊），也是描寫邊塞的荒寒，戍邊之士的淒苦和閨中思婦的愁怨。湯顯祖譽之為「三疊文之〈出塞曲〉，而長短句之〈弔古戰場文〉也。再讀不禁酸鼻」[47]。戰爭給人民帶來無窮的苦難，征夫、思婦的眼淚和低沉的悲歎引起我們的深沉思考。征夫、思婦的苦與詞人遠離家鄉、飄泊流離之苦是相似的，易引起詞人感情上的共鳴。

花間詞中多消息斷、音書絕之類的感歎，一縷縷羈愁，一支支淒怨哀婉的思鄉曲，把人們的飄泊心理形象地訴說出來。

第三、酗酒者的頹唐。身處亂離之世，詞人們看不到光明，找不到出路，內心苦悶難耐，只得借酒澆愁，以牢騷之言，頹放之行表露內心的苦悶情緒。這就是縱酒、醉酒的頹放詞。如韋莊的〈菩薩蠻〉其四：

勸君今夜須沉醉，樽前莫話明朝事。珍重主人心，酒深情亦深。

---

47 湯顯祖：《玉茗堂評花間集》，萬曆四十八年（1620）閔映璧刻朱墨套印本，卷3。

須愁春漏短，莫訴金杯滿。遇酒且呵呵，人生有幾何！

借主人勸酒，擬寫詞人內心的情懷。滿腔憂憤，卻故作曠達語。人生苦短，不如及時行樂，自甘沉醉。這一形象曲折地反映出時局給文士們心靈上留下的創傷。看似消極，卻有著深沉的悲劇力量。類似這樣的頹唐語，還有如「深夜歸來長酩酊，扶入流蘇猶未醒。薰薰酒氣麝蘭和。驚睡覺，笑呵呵。長道人生能幾何？」（韋莊〈天仙子〉其二）「歌滿耳，酒盈樽，前非不要論」（顧敻〈更漏子〉）等。只有聽歌飲酒，才能消除憂慮，忘懷現實，何必要管他是非，自尋苦惱呢？李冰若《栩莊漫記》評論道：「五代十國，亂靡有定，割據一方之主，尚才振拔有為者。其學士大臣亦復流連光景，極意閨帷。故《花間集》中不少頹廢自放之詞，於顧氏又何怪焉？」[48]是的，我們不必去責怪詞人的頹唐，這是時代提供給他們的。

縱情酒色與醉酒頹放表現出兩種心態，前者是盡情享樂，滿足感官上的欲望；後者是感慨人生，借酒澆愁，是對現實的消極反抗，具有更深刻的內涵。

第四、隱逸者的放曠。這是描寫漁父之樂，處士之懷的隱逸詞所表現的內容。詞中描寫漁父生活的環境之美：「楚山青，湘水綠，春風淡蕩看不足。草芊芊，花簇簇，漁艇棹歌相續。」（李珣〈漁歌子〉其一），「荻花秋，瀟湘夜，桔洲佳景如屏畫」。（同上其四）江山秀美，風景如畫，漁父陶醉於美的大自然懷抱裡，與漁鳥同樂，與江風明月為伴，無拘無束。詞中更描寫漁父「香引芙蓉惹釣絲」（和凝〈漁歌子〉其二）的閒情逸趣；「信浮沉，無管束，釣回乘月歸灣曲」（李珣〈漁歌子〉其一）、「水為鄉，蓬作舍，魚羹稻飯常餐也」（同上其二）的自在閒適生活；「名利無心較逐」（顧敻〈漁歌子〉）、「名

---

48 李冰若：《花間集評注》（北京市：人民文學出版社，1993年），頁174。

利不將心掛」(李珣〈漁歌子〉其二)、「不議人間醒醉」(同上其四)
的曠達情懷。通過對自然美的讚賞和漁父生活的嚮往，表達了詞人對
世俗功名利祿的厭惡之情。表現了政治上找不到出路的封建文人精神
上的苦悶。他們願做酒中仙，不做濁世人，以一種消極退避的行為表
達對現實的不滿。放曠超脫中卻包含了詞人在人生道路上遭受的無限
苦痛。嘯傲煙霞，不拘形跡，「誰似儂家疏曠」(孫光憲〈漁歌子〉其
一)，「疏曠」的行為方式正是不滿濁世的一種極端表現。這些模仿中
唐張志和〈漁父〉的詞作，放在當時特定的歷史環境中考察，具有更
加豐厚的現實內容。漁父式的隱逸生活是詞人心靈上的歸宿，放曠的
行為是放曠心態的外在表現形式。

　　消極的厭世、遁世情結與狂熱的戀世心理是兩個極端，本質是一
致的。都是詞人心靈現實的形象概括和真實記錄。這是一種苦悶和孤
獨的心態，是人生的苦悶和孤獨，也是時代的苦悶和孤獨。上述心態
應該說是不健康的，它決定了花間詞題材的選擇和風格的歸屬。

三　餘論

　　以上就花間詞所反映的晚唐五代盛行的享樂之風以及文人在亂離
動盪時事中表現出的各種心態做了詳細的描述。這種描述實際上是對
花間詞內涵的深層挖掘。花間詞不只是男歡女愛、香軟卑弱，而是詩
化的社會史，特定時代的文人心態錄。

　　歐陽炯在〈《花間集》序〉中說花間詞創作的目的是「用助妖嬈
之態」，「將使西園英哲，用資羽蓋之歡」。娛樂、消遣是它最主要的
功能，為適應娛樂、消遣的需要，花間詞在題材上多寫男歡女愛、離
愁別緒，情調上尚綺靡側豔，風格上香軟柔弱。這些特徵與當時的享
樂風氣是密不可分的。文學思想上重娛樂、消遣而輕功利、教化，重
欣賞不重實用。花間詞集中體現了時代的審美趣味。

　　花間詞奠定了詞的文體風格特徵──「以清切婉麗為宗」[49]，被尊為「倚聲填詞之祖」[50]，或云「長短句之宗」。[51]詞史上以婉約為本色，為正宗，這種觀念即是由花間詞奠定的。花間詞產生於當時特定的歷史環境，物化了文人心態，缺乏理想主義和樂觀主義色彩，缺乏鼓舞人心的力量。這種柔弱、香軟的特徵一旦被後人當作本色、正宗、典範接受並發揚光大，就使詞的發展走上一條艱難曲折的道路。蘇、辛豪放詞歷代多被譏為變體、別調，就是源於這一觀念。本來，文學是隨著時代而發展變化的，花間詞作為晚唐五代的一種存在是合理的，蘇、辛詞作為宋代的一種存在也是合理的，風格上的差異也是十分自然的事，完全沒有必要厚此薄彼。如果我們清楚地認識到花間詞的時代特徵，就能合理地解釋詞史上的正與變、本色與別調等長期以來爭論不休的問題。

　　花間詞是當時的「流行歌曲」，是通俗音樂，本為「應歌」而作，它的一切特色都與「應歌」有關。當初只是配合著音樂歌唱，是音樂的而非文學的，重聲而不重義，重曲而不重辭，重聲情婉轉、韻律和諧的音樂的美，而不重辭藻文字的文學的美。歐陽炯在〈花間集序〉中所說的「名高白雪，聲聲而自合鸞歌；響遏行雲，字字而偏諧鳳律。」即是指它的「應歌」特色。它的功能只是娛樂、消遣，用於酒筵樽畔佐歡取樂，而不是為了政治教化。創作者多是宮廷中圍繞在皇帝身邊的文學侍從，演唱者是宮中的歌女，欣賞者也多是宮廷裡的人，所以內容多寫宮中的情事，是為宮廷服務的藝術，帶有濃厚的宮廷色彩。詩有「宮體詩」，花間詞也可稱作「宮體詞」。它與南朝的《玉臺新詠》相近，是統治者享樂生活的寫照。這就決定了它的情調

49　永瑢等：《四庫全書總目》（北京市：中華書局，1965年，影印本），下冊，頁1808。

50　陳振孫著，徐小蠻、顧美華點校：《直齋書錄解題》（上海市：上海古籍出版社，2015年），頁614。

51　陳善：《捫虱新話》（上海市：上海書店，1990年），卷9，頁2。

和風格不可能是很健康的。而這一切在當時都與整個文壇風尚相吻合。

　　詞在當時被稱作「曲子」、「曲子辭」，只是通俗音樂，是被排斥於詩、文、賦等正統文學之外的。發展到北宋前期，還被視為小道、末技，作詞只是文人寫詩作文章以外的餘事，所以被稱為「詩餘」。人們對詞的需要只是娛樂、消遣，只覺得它好聽，是一種閒暇時的享受，對它別無高的要求。等到蘇軾走上詞壇，「以詩為詞」，辛棄疾繼之，「以文為詞」，詞才上升到與詩、文同等的地位。還有，詞經李清照、周邦彥等人的努力後，「別是一家」的文體特徵始被世人高度重視，詞才由通俗音樂變成一種新型的抒情詩體，一種新的格律詩。隨著體制的轉變，功能也隨之變化。它的娛樂、消遣功能漸漸遭到世人的不滿，被人唾棄。而教化、言志的實用功能始被強調。以「詩教」或「文以載道」的標準來衡量花間詞，當然不合要求。歷代對花間詞的非難、譏貶，原因就在於把它作新詩體，而不是通俗音樂。我們若尊重歷史，並清楚詞體的演變過程，就不會對花間詞一味的苛求，也不會把它視為萬古不變的經典。

　　花間詞把描寫的視野由社會轉向個人，由外轉內，由大轉小，由廣轉狹，由粗轉細，由傳統文學多描寫人的社會屬性轉到描寫人的自然屬性方面來。它把文學從倫理教化的附庸地位獨立出來。是對傳統的突破，其文化意義是不容忽視的。

　　花間詞由最初的歌曲，到後人把它視為新詩體，再到後來實際上變成徒具精美形式的古董、古玩。納蘭性德《淥水亭雜識》卷四說它「如古玉器，貴重而不實用」[52]；夏承燾〈《剪菘閣詞》序〉說「溫、韋所作，雖暉露瑩珠，不切於用，固天下之至寶也」。[53]當我們把它當作古玩、至寶看待的時候，欣賞的只是它的形式美：精細、工致、短

---

52 納蘭性德：《通志堂集》（上海市：上海古籍出版社，1979年），卷4，頁717。

53 夏承燾：《天風閣學詞日記》（杭州市：浙江古籍出版社，1984年），頁209-210。

雋、小巧，而可不計較它的內容。我們站在當代的立場，對花間詞應抱此寬容的態度。

第四節　花間詞與晚唐五代女性閨中生活

晚唐五代的女性生活離我們很遙遠了，我們無法跨越時空回到塵封的過去，但透過花間詞，我們可以打破時空的隔閡，揭開這一時期女性生活的神秘面紗，窺測她們的閨中生活風情，最大限度地接近、了解古人生活的本真狀態。

和現代女性有更多的自主選擇權不同，晚唐五代，即使是富家閨秀，生活的圈子也很狹小，太多的繁文縟節讓她們閉處閨中。在百分之八十多抒寫女性的花間詞中，我們看到了女性閨中生活的生動圖景：精心的梳妝打扮、精緻的服飾器物和優雅的生活方式。

司馬遷〈報任安書〉曰：「女為悅己者容。」梳妝打扮是晚唐五代女性日常生活中的重要內容。髮型多，樣式新奇，最常見的是高髻和倭墮髻，倭墮髻一般呈扁形，很低，偏向一邊。鬟，一般為未婚或地位相對低的女子的髮式。如「綠雲高髻」（牛嶠〈女冠子〉其一），「雲鬟髻」（溫庭筠〈酒泉子〉其三），「倭墮低梳髻」（溫庭筠〈南歌子〉其三），「蟬鬢輕」（溫庭筠〈菩薩蠻〉其五）。當時女子的妝飾十分豐富，身上的配飾很多，如「佩玎璫」（牛嶠〈女冠子〉其三），「佩鳴璫」（薛昭蘊〈浣溪沙〉其八），「金釧」（毛熙震〈後庭花〉其三），「臂釧」（牛嶠〈女冠子〉其二），「金條脫」（牛嶠〈應天長〉其一）。女子頭上遍插金釵玉飾，珠光寶氣，瑰麗異常，玉釵、翠翹、鈿筐、彩勝、金粟、步搖、簪……構成了獨具特色的首飾文化。如「鈿筐交勝金粟」（溫庭筠〈歸國遙〉其一），首飾上的寶石、小金珠一接觸日照，光影浮動，金光閃閃；「碾玉釵搖鸂鶒戰」（和凝〈臨江仙〉其一），用碾玉石做成飾有鸂鶒形狀的金釵，隨風搖曳；「翠鈿金

壓臉」（溫庭筠〈菩薩蠻〉其八），用翡翠或珠玉金銀製成的首飾，形如花朵，富麗堂皇；「鳳凰雙颭步搖金」（和凝〈臨江仙〉其二），「步搖」就是一般「把銀絲拉得極其細弱、柔軟，在編結成花時，展示的手法也非常靈活，甚至顯得有些隨意，結果就是，這種首飾上的翹花、垂飾都異常的輕靈，如果有微風吹過，它們都會隨風輕顫」[54]。花間詞中展示的首飾五花八門，造型各異，如「慵整落釵金翡翠」（毛文錫〈浣溪沙〉其七），「小魚銜玉鬢釵橫」（閻選〈虞美人〉其一）。高春明就一九五六年出土於安徽合肥西郊南唐湯氏墓中的一件「銀鑲琥珀雙蝶釵」文物指出：「整個造型酷似翩翩飛舞的彩蝶，使人自然地聯想起唐人溫庭筠〈菩薩蠻〉中『翠釵金作股，釵上蝶雙舞』的詩句。」[55]借助於詞句的描繪，加以當代出土文物的真實再現，我們彷彿可以觸摸到歷史。

插梳在女性頭上亦「炫」出風彩。梳子形狀各異，如「月梳」（毛熙震〈酒泉子〉其二），「戰篦金鳳」（溫庭筠〈思帝鄉〉），「鏤玉梳」（李珣〈浣溪沙〉其二）；材質也不同，如「金篦」（薛昭蘊〈女冠子〉其一），「鈿篦」（顧夐〈虞美人〉其六），「雲篦」（李珣〈虞美人〉），「象梳」（毛熙震〈浣溪沙〉其七），「犀梳」（李珣〈南鄉子〉其九）。犀角一般被認為具有「通靈」的作用，女子們用它不僅是為了美觀，還隱含有求福免災的心願。

傳統觀念中，女性面部最性感的部位，不是嘴唇、雙眼，而是眉，較平面化的東方面龐，黑色的眉毛當然最容易引人注目。晚唐五代女性畫眉主要用黛——一種青黑色的顏料。宋人趙彥衛《雲麓漫鈔》卷三云：「前代婦人以黛畫眉，故見於詩詞，皆云『眉黛遠山』。」如「眉黛遠山綠」（溫庭筠〈菩薩蠻〉其十三），「一雙愁黛遠

54　孟暉：《花間十六聲》（北京市：生活・讀書・新知三聯書店，2006年），頁223。

55　高春明：《中國服飾名物考》（上海市：上海文化出版社，2001年），頁108。

山眉」（韋莊〈荷葉杯〉其一）。但眉色也有例外，如「檀眉半斂愁低」（薛昭蘊〈離別難〉）就是淺紅色的。

　　愛美的女性在眉毛上下足了功夫，眉飾的樣式紛繁多樣，如「連娟細掃眉」（溫庭筠〈南歌子〉其三），「眉剪春山翠」（牛嶠〈菩薩蠻〉其一）。當時人們以畫眉為標準，區分女子容貌的美醜甚至智商的高低。「玉纖淡拂眉山小，鏡中嗔共照」（孫光憲〈酒泉子〉其三），女子最具「女人味」的時刻就是對鏡畫眉。

　　湯顯祖評和凝〈山花子〉其一曰：「唐韋固妻為盜刃所刺，以翠靨之，女妝遂有靨飾。」[56]晚唐五代女子的面妝很盛行，如「撲蕊添黃子」（溫庭筠〈南歌子〉其五），即取花蕊之色飾容貌；「粉心黃蕊花靨」（溫庭筠〈歸國遙〉其二），「花靨」即「在婦女面頰兩旁，用丹青、朱紅等點出各種形象，或月形，或錢樣，有的則用金箔、翠玉等粘帖，有許多花紋」。[57]「鳳釵低嫋翠鬟上，落梅妝」（牛嶠〈酒泉子〉），據《太平御覽》卷九七〇載：南朝宋武帝之女壽陽公主，人日臥含章殿簷下，梅花飄落著其額，成五出之花，拂之不去，因仿之為「梅花妝」。

　　除了面部整體，女子還注重細部的妝飾。眉宇之間，以金、銀、翠羽製成彩花子「花鈿」，「眉間翠鈿深」（溫庭筠〈南歌子〉其四），「翠鈿金壓臉」（溫庭筠〈菩薩蠻〉其八），「翠鈿金縷鎮眉心」（張泌〈浣溪沙〉其八），都道出其位置與顏色。

　　和今天的女性一樣，晚唐五代時的女性有塗口紅的習慣，當時稱為「口脂」，顏色各異，提取於「紅藍」一類植物。如「勻檀注」（顧敻〈應天長〉），「檀心一點」（毛熙震〈女冠子〉其二），都是指塗口紅；更奇異的是當時的口紅還有香氣，如「私語口脂香」（顧敻〈甘

56　湯顯祖：《玉茗堂評花間集》，萬曆四十八年（1620）閔映璧刻朱墨套印本，卷3。
57　臧嶸、王宏凱：《中國隋唐五代習俗史》（北京市：人民出版社，1994年），頁52。

州子〉其一），「朱唇未動，先覺口脂香」（韋莊〈江城子〉其一）。

　　女性的服飾可稱社會生活的「晴雨表」。從花間詞中可以看出，晚唐五代富貴女子服飾的質地大多是絲、綾、羅、錦、綺、紗。如「越羅巴錦」（張泌〈浣溪沙〉其七），「鶯錦蟬縠」（和凝〈山花子〉其一），「蛟綃霧縠」（魏承班〈漁歌子〉），「繡衣金縷」（韋莊〈河傳〉其三）。

　　女性服飾的顏色異彩紛呈，如「焦紅衫映綠羅裾」（李珣〈南鄉子〉其九），「滿衣猶自染檀紅」（歐陽炯〈獻衷心〉），「越羅春水綠」（溫庭筠〈歸國遙〉其一），「石榴裙染象紗輕」（閻選〈虞美人〉其一），「羅裙薄薄秋波染」（魏承班〈菩薩蠻〉其一）。服飾的樣式受北方少數民族的影響，一般是寬袖衫襦、長裙，如「紅袖搖曳逐風暖」（溫庭筠〈河傳〉其一）。裙長一襲曳地，像拖著一縷彩雲，束腰極高。如，仙女般的女子「慢曳羅裙歸去」（孫光憲〈風流子〉其二）；「六幅羅裙窣地，微行曳碧波」（孫光憲〈思帝鄉〉），「六幅羅裙」，指當時女子喜穿的六幅裙，闊而長。女性服裝的新潮和開放，突出表現在大膽地表現形體美，即「袒露裝」的出現上。這種時髦的服飾備受宮中和貴族婦女的青睞。由於領子較低，女子的胸前都可見到：「胸前如雪」（歐陽炯〈南鄉子〉其五），「雪胸鸞鏡裡」（溫庭筠〈女冠子〉其一）。當時女子的服飾不僅注重色彩、款式，在裝飾上也別出心裁，往往繡花、印花、作畫，甚至鏤金、穿珠、鑲嵌寶石，富麗華美。如「裙上金縷鳳」（溫庭筠〈酒泉子〉其三）；「羅帶重，雙鳳，縷黃金」（顧敻〈訴衷情〉其一）；「舞衣紅綬帶，繡鴛鴦」（薛昭蘊〈小重山〉其二）；「輕裾花早曉煙迷」（和凝〈山花子〉其一）。服飾上的精心點綴，起到了錦上添花的效果。

　　晚唐五代的女性還極其講究臥室用品。

　　枕頭：如「綠檀金鳳凰」（溫庭筠〈菩薩蠻〉其十四），「金帶枕」（溫庭筠〈訴衷情〉）。有的還在山枕的枕面上用劃花手法，刻出花

朵、字等不同圖案，女子把臉頰貼到這樣的枕面上，一覺醒來，頰腮上往往會印有枕面圖案的紋路，「紅腮隱出枕函花，有些些」（張泌〈柳枝〉）。

被子：被子上多繡有鴛鴦圖案，如「紅繡被，兩兩間鴛鴦」（牛嶠〈夢江南〉其二），「錦帷鴛被宿香濃」（張泌〈浣溪沙〉其五）。

窗簾：「鳳凰窗映繡芙蓉」（溫庭筠〈楊柳枝〉其七），即雕刻有鳳凰的花窗和繡有荷花的窗簾交相輝映；「好風微揭簾旌起，金翼鸞相倚」（孫光憲〈虞美人〉其二），簾上的鸞鳥翅膀用金色繪成，相互依偎。

帷帳：「錦帳繡帷」（溫庭筠〈歸國遙〉其二），「香燈半卷流蘇帳」（韋莊〈菩薩蠻〉其一），「繡帶芙蓉帳」（牛嶠〈女冠子〉其二）。帷帳上的彩繡、流蘇，顯得華麗炫目。

古人很早就在服飾、首飾和家居用品上用圖紋來裝飾。花間詞中所呈現的以花鳥題材為主，這些圖紋美麗精緻，極富文化意蘊。如「燕子」傳遞著吉祥之意，常用作家居裝飾圖案；「鳳」本是春秋戰國時期楚國先民的圖騰，既神聖又華貴，代表著幸福和安寧。女子將象徵吉祥美好的圖案繡進服飾、家居用品或用於首飾的造型，寄託對生命、對生活的期望和珍視。

晚唐五代女性對居室內的器物、擺設和環境也很講究。如香爐，花間詞中所展示的香爐形狀以鴨狀為多，如「翠帷金鴨炷香平」（顧夐〈浣溪沙〉其七），「金鴨小屏山碧」（溫庭筠〈酒泉子〉其二）；還有「小金鸂鶒沉煙細」（顧夐〈虞美人〉其三）等。香爐質地各異，如「玉爐香暖頻添炷」（毛文錫〈虞美人〉其二），「金爐換夕薰」（毛文錫〈贊浦子〉）。香爐用金銀雕飾而成，鏤以各種禽獸的形狀，給居室增添了色彩和情趣。

花間詞多處寫到女子閨房裡樂器，如「斂態彈金鳳」（魏承班〈菩薩蠻〉其一），「金鳳」指飾有金鳳圖形的琴；「琵琶金翠羽」（韋

莊〈菩薩蠻〉其一），即琵琶上繪有金翠色的鳥；「鈿蟬箏」（溫庭筠
〈番女怨〉其一），即箏上用金片作蟬裝飾。可見女性的高雅生活。

　　與封建禮法有關，女子極重居處空間的私密性。據《東宮舊事》
記載：從晉代開始就有安放聯屏式床上屏風的習俗。[58]此風一直延續
到晚唐五代：「小屏屈曲掩青山」（顧敻〈虞美人〉其四），「曲檻小屏
山六扇」（顧敻〈玉樓春〉其四），就是很好的例證。屏風是家居生活
中很重要的部分，晚唐五代女性講究生活情趣，往往把藝術的審美帶
到生活中來。如「翠屏十二晚峰齊」（毛熙震〈浣溪沙〉其二），「小
屏古畫岸低平」（顧敻〈甘州子〉其五），「小屏閑掩舊瀟湘」（顧敻
〈浣溪沙〉其三）。花間詞中，床上屏風所繪的以江南山水為主要內
容。此外，如「畫屏金鷓鴣」（溫庭筠〈更漏子〉其一）、「翠屏猶掩
金鸞」（閻選〈臨江仙〉其二）、「蘭燼落，屏上暗紅蕉」（皇甫松〈夢
江南〉其一），都是一幅幅豔麗的裝飾畫。「鴛枕映屏山」（溫庭筠
〈南歌子〉其五），鴛鴦繡枕和床上屏風的山色相映生輝。「五代繪
畫，從此不再是依稀殘存的過去，它回到了我們的身邊，成為我們審
美經驗的一部分」[59]。

　　比起忙碌的現代人，晚唐五代女性更懂得如何去品味生活。她們
喜歡用各種香料來營造馨香的氛圍，香料大多是從西域經絲綢之路傳
入中國的。女子們喜隨身攜帶各種香料，香氣四溢，如「蘭麝飄香初
解佩」（毛文錫〈浣溪沙〉），「舞衫沉麝香」（孫光憲〈玉蝴蝶〉）。閨
房內熏香繚繞，「繡幌麝煙沉」（魏承班〈菩薩蠻〉其二），「錦屏綃幌
麝煙熏」（毛熙震〈浣溪沙〉其七）。焚香是一種享受，嫋嫋香煙，是
閨閣生活中的日常景致。生活在一個芬芳馥郁的空間，讓人陶醉。人
們不僅在居室製造氤氳香氣，往往有「床上小薰籠」（薛昭蘊〈醉公

58　李昉：《太平御覽》（北京市：中華書局，1960年），頁3129。

59　孟暉：《花間十六聲》（北京市：生活·讀書·新知三聯書店，2006年），頁29。

子〉），她們的衣裙，甚至被子都要用香薰，「殘香猶暖繡薰籠」（孫光憲〈浣溪沙〉其三），「薰爐蒙翠被」（牛嶠〈菩薩蠻〉其三）。香氣撩人，勾人魂魄。

晚唐五代的女性生活，雖有些許瑣碎，但展示給我們更多的是她們生活的精緻，審美的趣味，文化的品位和心靈的驛動。五百首花間詞不僅僅展示了晚唐五代女性的生活風情，也讓我們領略了那個時代的方方面面：發達的紡織業、印染業，活躍的外貿交易，精湛的手工技藝等。和今天機械化「複製」的幾乎完美無瑕的工藝品相比，當時的手工製作略顯粗糙，但千年之後的我們從那些出土文物中還可以感受到手工嫻熟的製造者創作時靈動的思緒、生命的律動，那是有鮮活個性的不可「複製」的傑作。服飾用品的圖紋承載著豐厚的文化意蘊，今天，我們在時裝舞臺上還可以看到帶有那個時代印記的富有東方神韻的時尚元素。通過花間詞，讓生活日益乏味的我們走進昔人的生活經驗中，欣賞她們的生活情趣，體味那個已經遠去的古老而詩意般的年代，在精神上實現做一個優裕雅致的閨秀的夢想。

第五節　花間詞風格新論

《花間集》是我國現存最早的文人詞的總集，其中所收的詞，我們稱作「花間詞」。花間詞在詞史上影響最大的就是人們所說的「花間詞風」。歷代論者對其評價各執一端，褒貶不一，遂使它的本來面目模糊起來。所以今天有重新探討和評價的必要。

一

要論花間詞的風格，首先要了解歷來對花間派、花間體、花間風格的認識。《四庫全書總目》〈東坡詞提要〉謂蘇軾詞「與花間一派並

行而不能偏廢」[60]，第一次提及花間「派」的概念。更明確提出花間
派概念的是鄭振鐸，鄭氏在〈詞與詞話・花間詞人們〉一文中說：
「唐末到五代的詞人統稱花間派」[61]，在〈詞的起源〉中，他也說溫
庭筠的「綺靡側豔之風格，實開了『花間』的一派」。[62]自此以後，
「花間派」或「花間詞派」的概念遂在人們心目中紮下根來。

　　「花間派」的概念有廣、狹之分，我們必須得弄清楚。鄭氏將唐
末五代的所有詞人都歸於此派，已超出《花間集》的範圍，這是廣義
的。狹義的僅指《花間集》中的十八位作家、五百首詞作。我們這裡
談「花間派」是指狹義的而言。

　　有以「體」論花間詞風格的。郭麟《靈芬館詞話》卷一曰：「詞
之為體，大略有四：風流華美，渾然天成，如美人臨妝，卻扇一顧，
花間諸人是也。」[63]這裡所說的「體」即指花間風格。辛棄疾的〈河
瀆神〉詞自注：「女誡詞，效花間體。」此處的「花間體」則謂仿效
《花間集》中的某一作品，雖涉及到風格問題，但與作為花間風格的
「花間體」是有很大區別的。

　　也有明確以「風格」論花間詞的。王國維《人間詞話》曰：「馮
正中詞，雖不失五代風格。」[64]這「五代風格」實指花間風格。趙尊
嶽《塡詞叢話》卷二曰：「詞與文章，歷代各有其風格。唐人蕃豔，
十國沿而襲之。」[65]這「蕃豔」，也可理解為花間風格。

60　永瑢等：《四庫全書總目》（北京市：中華書局，1965年，影印本），下冊，頁1808-
　　1809。

61　鄭振鐸：〈詞與詞話・花間詞人們〉，《小說月報》第14卷（1923年）。

62　鄭振鐸：〈詞的起源〉，《小說月報》第20卷（1929年）。

63　郭麟：《靈芬館詞話》，唐圭璋：《詞話叢編》（二）（北京市：中華書局，1986年），
　　卷1，頁1503。

64　王國維：《人間詞話》，唐圭璋：《詞話叢編》（五）（北京市：中華書局，1986年），
　　頁4243。

65　夏承燾等主編：《詞學》（上海市：華東師範大學出版社，1985年），第3輯，頁177。

　　上述可知，前人論花間風格，所用概念不甚嚴密，各種概念間的差別也較模糊。

　　歷代對花間詞風格的研究，多把注意力集中在對其風格類型的劃分上，且是以作家為對象而不是以作品為對象來進行劃分。主要有兩種分法。

　　一是兩分法：以溫、韋為領袖，分別代表花間詞的兩大風格類型。「花間以溫、韋二派為主，餘各家為從。溫派穠豔，韋派清麗。」[66]「世以溫、韋並稱，然溫穠而韋淡，各極其妙，固未可軒輊焉。」[67]溫、韋為《花間集》中大家，風格不同，故可代表兩派，其他詞人則分屬其門下，近溫者有薛昭蘊、和凝、毛文錫等；近韋者有牛希濟、孫光憲、李珣等。風格特色可概括為：溫派穠、隱、密；韋派淡、顯、疏。

　　另一種是三分法：就是溫、韋而外，再另立一派。李冰若《栩莊漫記》曰：「《花間》詞十八家，約可分為三派：鏤金錯彩，縟麗擅長，而意在閨幃，語無寄託者，飛卿一派也；清綺明秀，婉約為高，而言情之外，兼書感興者，端己一派也；抱樸守質，自然近俗，而詞亦疏朗，雜記風土者，德潤一派也。」[68]這是以李珣另成一派。而詹安泰〈風格、流派及其傳承關係〉則以為孫光憲詞「有一種特色，飄忽奇警，矯健爽朗，是溫、韋所不能範圍的」，「可以和溫、韋鼎足而三」[69]，又是將孫光憲另劃一派。其實李、孫的風格大體上相近，皆是疏朗清俊，似可並為一派，則花間詞內部又有三派。

---

66 蔡嵩雲：《柯亭詞論》，唐圭璋：《詞話叢編》（五）（北京市：中華書局，1986年），頁4904。

67 顧憲融：《填詞門徑》（上海市：中央書店，1936年），頁46。

68 李冰若：《花間集評注》（北京市：人民文學出版社，1993年），頁104。

69 詹安泰著，湯擎民整理：《詹安泰詞學論稿》（廣州市：廣東人民出版社，1984年），頁417。

　　兩分法也好，三分法也好，皆是著眼於整體內部的研究，是同中求異，進一步解剖的方法。這種方法以某些代表性的作家如溫、韋、李、孫或某些代表性的作品如溫庭筠的〈菩薩蠻〉、韋莊的〈女冠子〉等來概括和代表其他作家、作品，將花間詞這一整體分隔開來，沒有從宏觀上把握花間詞的總體特色。

　　當然也有對花間風格做總體概括的，如說它「婉約」、「綺靡」、「側豔」、「香而軟」、「香而弱」等等，持該觀點的人也往往只看到其外表的特徵，以為花間詞香豔穠麗、綺靡纖弱，而忽略了其內在的特質。

二

　　筆者以為，應將花間詞看作一個不可分割的整體，同時以作品研究代替作家研究，找出最能體現其總體特色的東西來。既要看到其外露、表面的特徵，更要看到其內在的、深層的特質。這裡試把花間詞的風格分成「外貌特徵」和「內在特質」兩大方面加以闡述。

　　第一、外貌特徵。花間詞是男子作閨音，代女子立言，寫的多是女子的感情，又是少女歌唱，是女性化的文學。所以花間詞可比作一溫柔的女子，它的風格也如一女子的風格。一個女子風格的外貌特徵是指她的長相、穿著打扮、言談舉止等，是外露的，可明顯感受到的。而內在特質則指她的修養、氣質、風度、性情和精神狀態，是本質的東西。這兩方面不可分離，內美通過外美表現出來，但外美只是內美的表現形式，最根本的還是內美。兩者達到和諧、完美的統一，才是真正的美。

　　花間詞風格的外貌特徵是直接訴諸感覺的外部形象，是可聞、可見、可感的，我們可感覺到它的色、香、味，從而得到感官的享受和滿足。具體表現為：

　　香：如女子塗脂抹粉，香氣襲人，給人以嗅覺享受。花間詞到處有香的描寫。香的環境：「水精簾裡玻璃枕，暖香惹夢鴛鴦錦」（溫庭筠〈菩薩蠻〉其二）、「小屏屈曲掩青山，翠帷香粉玉爐寒」（顧敻〈虞美人〉其四）；香的景物：「杏花含露團香雪，綠楊陌上多離別」（溫庭筠〈菩薩蠻〉其五）、「雨後卻斜陽，杏花零落香」（同上其十一）；香的用品：「玉爐香，紅蠟淚，偏照畫堂秋思」（溫庭筠〈更漏子〉其六）、「荷芰風輕簾幕香，繡衣鸂鶒泳回塘」（顧敻〈浣溪沙〉其三）；香的體貌：「臂留檀印齒痕香」（閻選〈虞美人〉）、「縷金衣透雪肌香」（李洵〈浣溪沙〉）。香風、香霧、香燭、香鬢、香肩、香腮等等，觸目皆是「香」字，這是明寫香。也有暗寫香的，「麝煙長」是寫香，「桂花開」也是寫香。王國維《人間詞話》〈刪稿〉讚它是「生香真色」，欣賞的正是這種「香」的風格，感覺的藝術。

　　豔：如女子的穿著打扮、濃妝麗飾、富貴華美。花間詞多寫女子的豔妝：「新貼繡羅襦，雙雙金鷓鴣」（溫庭筠〈菩薩蠻〉其一）、「鳳釵低嫋翠鬟上，落梅妝」（牛嶠〈酒泉子〉）；女子的豔語：「淺笑含雙靨，低聲唱小詞」（牛嶠〈女冠子〉其一）、「山枕上，私語口脂香」（顧敻〈甘州子〉其一）；寫男女的豔情：「綬揭繡衾抽皓腕，移鳳枕，枕檀郎」（韋莊〈江城子〉）、「肌骨細勻紅玉軟，嬌羞不肯入鴛衾」（和凝〈臨江仙〉）。花間詞中充滿了駢金儷玉、耀眼眩目的字眼，多金玉銀錦等字，如金縷、金堂、金雁、金翠釵、金翡翠、金鳳凰，如玉釵、玉鉤、玉繩、玉鞭、玉郎、玉指、香玉、嫩玉，如銀燭、銀屏、銀釭，如錦衾、繡簾、珠簾、羅幕、寶釵、珍簟等等。花間詞又多顏色字面，如蕊黃、翠翹、青瑣、綠楊、紅燭、梨花白等，色彩鮮豔，如靜美的圖畫。花間詞刻意追求豔妝麗飾的色彩美，以強烈鮮明的色彩刺激人們的視覺器官，給人以視覺美的享受，這是它風格的「豔」。

　　媚：花間詞多處描寫女子的言談舉止，嬌姿媚容，如「幾度試香

纖手暖，一回嘗酒絳唇光。佯弄紅絲繩拂子，打檀郎」（和凝〈山花子〉其二）、「醉來咬損新花子，拽住仙郎盡放嬌」（和凝〈柳枝〉其二）、「春情滿眼臉紅綃，嬌妒索人饒」（魏承班〈訴衷情〉其五）、「背人勻檀注，慢轉橫波偷覷。斂黛春情暗許，倚屏慵不語。」（顧敻〈應天長〉）等，嗔怪撒嬌，故作媚態，逗趣嬉戲，形象逼真，傳神，歷歷可睹。描寫女子的姿色則是蛾眉、雲鬢、香腮、酥胸、纖手、玉腕、玉趾、朱唇、嫩臉、細腰等。這就是花間詞的「音容笑貌。」

弱：如女子的體質，柔弱、纖瘦、病態，有氣無力，弱不禁風。「柳絲嫋娜春無力」（溫庭筠〈菩薩蠻〉其六）、「舞衣無力風斂」（溫庭筠〈歸國謠〉其二）、「玉纖無力惹餘香」（張泌〈浣溪沙〉其四），一切都是病弱的、無力的、軟綿綿的。她們行動無力，說話無力，眼中的風、柳也好像無力。「想韶顏非久，終是為伊，只憑偷瘦」（歐陽炯〈賀明朝〉其二，消瘦、憔悴，顏凋容減。這是女子的病弱形象，也是花間詞的纖弱、病態的風格。

脂粉香氣、豔妝麗飾、病體弱質，一起構成女子的外部特徵，也即花間詞的外貌特徵。這幾種特徵在花間詞中明顯、突出，惹人注目，代表了花間詞風格的外部特色。這是它的外美。

第二、內在特質。一個女子真正的美應指她的內在的東西，她的柔婉、靈秀、細膩、乖巧、自然、樸素、天真、活潑等。花間詞風格的內美也像這樣，可從以下幾點來看。

輕柔和婉：花間詞是優美、柔美，怨而不怒，哀而不傷，是「中和」之美。花間是柔的。柔的感情，柔的靈性：「無語、無緒，慢曳羅裙歸去」（孫光憲〈風流子〉）、「記得泥人微斂黛，無言斜倚小書樓，暗思前事不勝愁！」（顧敻〈浣溪沙〉其八）花間是婉的。婉約纏綿，輕靈溫和。「獨坐含顰吹鳳竹，園中緩步折花枝，有情無力泥人時。」（歐陽炯〈浣溪沙〉其二）「魂消無語倚閨門，欲黃昏。」

（顧敻〈虞美人〉其四）張泌的〈浣溪沙〉（依約殘眉理舊黃），描寫
一女子的終日閒愁。上片寫她殘眉懶畫，翠鬟慵整的情態；下片寫她
閑折海棠，似賞非賞的無聊情思。結句「此情誰會倚斜陽？」多少柔
情綺思都寄於這斜陽晚照之中。融情於景，意韻悠長，表現出平和婉
約之美。花間詞排斥雄健豪放的壯美，追求輕柔和婉的優美。

　　靈秀清新：花間詞中透出一股靈秀清新之氣。相戀中的少女嬌情
憨態可掬；採蓮女活潑、稚氣，那種表情神態，一顰一笑，一舉手，
一投足，都楚楚惹人憐；歌女的歌聲清脆、甜潤、圓溜；舞女的舞姿
優美、輕靈、合度。無不是靈秀的表現。溫庭筠〈夢江南〉其一：
「千萬恨，恨極在天涯。山月不知心裡事，水風空落眼前花，搖曳碧
雲斜。」寫離別情緒，全用景物襯托，神態宛然，蘊藉空靈。實處寫
景，虛處傳神，似清淡的水墨畫。皇甫松的〈夢江南〉其一：「蘭燼
落，屏上暗紅蕉。閑夢江南梅熟日，夜船吹笛雨瀟瀟，人語驛邊
橋。」寫對江南的留戀。燭盡夜深，畫屏朦朧，在這優美的環境中，
主人公進入夢鄉：江南梅熟，夜船吹笛，風雨瀟瀟，人語橋邊。夢境
逼真如繪，意境悠遠，韻味深長，充滿著詩情畫意。空靈韶秀，氣韻
生動。

　　俞陛雲《唐詞選釋》評皇甫松〈夢江南〉兩首：「語語帶六朝煙
水氣。」[70]這「煙水氣」就是花間詞的靈秀之氣，清新之氣。納蘭性
德《淥水亭雜識》評李煜詞「饒煙水迷離之致」[71]，移之評花間詞則
更為恰當。周濟《介存齋論詞雜著》說韋莊的詞如「初日芙蓉春月
柳，使人想見風度」[72]，這「風度」也即花間詞空靈韶秀的風神氣韻。

　　純樸自然：花間詞剛從民間脫胎而來，還帶有民間文學的純樸自

70　俞陛雲：《唐五代兩宋詞選釋》（上海市：上海古籍出版社，1985年），頁22。

71　納蘭性德：《通志堂集》（上海市：上海古籍出版社，1979年），卷4，頁717。

72　周濟：《介存齋論詞雜著》，唐圭璋：《詞話叢編》（二）（北京市：中華書局，1986
　　年），頁1631。

然的本色。牛嶠的兩首〈夢江南〉「含泥燕，飛到畫堂前。占得杏梁安穩處，體輕惟有主人憐，堪羨好姻緣」、「紅繡被，兩兩間鴛鴦。不是鳥中偏愛爾，為緣交頸睡南塘，全勝薄情郎。」一詠燕，一詠鴛鴦，借物抒情，情真意切，出語質樸淺近，有南朝民歌的風味。孫光憲〈浣溪沙〉其六下片「翠袂半將遮粉臆，空釵長欲墜香肩，此時模樣不禁憐。」可說是〈子夜歌〉「宿昔不梳頭，絲髮披兩肩。腕伸郎膝下，何處不可憐」的改寫，不過較之更委婉、更含蓄。

　　花間言情脫口而出，純任性靈，真情實感從肺腑中流出，故用不著雕飾。「休相問，怕相問，相問還添恨。」（毛文錫〈醉花間〉其一）、「前事豈堪重想著」（毛熙震〈木蘭花〉）、「不知魂已斷，空有夢相隨。除卻天邊月，沒人知。」（韋莊〈女冠子〉其一）皆是口頭語、大白話，明白易曉，言淺情深。「不如從嫁與，作鴛鴦」（溫庭筠〈南歌子〉其一）、「留不得，留得也應無益」（孫光憲〈謁金門〉），是癡語，盡頭語，感情真摯。「好是問他來得麼？和笑道：莫多情」（張泌〈江城子〉其二），只是簡單的對話，就把少女嬌嗔、天真的情態活現出來。「憐麼憐，憐麼憐？」、「嬌麼嬌，嬌麼嬌？」（顧敻〈荷葉杯〉）、重疊語，淋漓自然，形象傳神。

　　輕柔和婉、靈秀清新、純樸自然是花間詞風格美的實質，是內在的，本質的東西。它與香、豔、媚、弱的外美融合統一，構成花間詞風格的總體內容和特色。

三

　　對花間詞風格的認識不同，評價當然也就有差異，過高的推崇或一味地貶斥，都不妥當。應從實際出發，具體分析，才能得出比較客觀、公正的結論。

　　常州詞派為了推尊詞體，把作為鼻祖開山的花間詞奉到至高無上

的地位。張惠言《詞選》說溫庭筠「深美閎約」[73]，這也是對整個花間詞的評價。陳廷焯《白雨齋詞話》謂唐人詞「骨氣奇高」，溫韋詞意境「厚」，「已臻其極」。[74]周濟《介存齋論詞雜著》謂「花間極有渾厚氣象」。[75]況周頤《惠風詞話》以「重、拙、大」為最高標準論詞，謂「詞有穆之一境」，「花間高絕」。[76]夏敬觀《惠風詞話詮評》更是發揮況氏觀點，說「花間詞全在神穆，詞境之最高者也」。[77]總之，他們眼中的花間詞是深、厚、高、渾、穆、大，是風格美的極至，可謂極盡推崇之能事。

對花間詞的風格橫加貶斥者，歷代也不是不乏其人。大體上都是說它綺靡側豔，香軟病弱、格卑、境狹等。這種觀點，如今勢力不大了，但它的影響還在。

中國傳統文學批評的風格論崇尚豪壯雄健的陽剛美，重氣勢、氣格、風骨、風力，以「高格」為標準來衡量作品的優劣。花間詞是纖軟柔婉的，所以就成了被貶斥的對象。湯衡〈《張紫微雅詞》序〉曰：「夫鏤玉雕瓊，裁花剪葉，唐末詞人非不美也。然粉澤之工，反累正氣。」[78]碧痕《竹雨綠窗詞話》也說：「予觀五代之詞，鏤玉雕瓊，裁花剪翠，如嬌女子施朱粉，非不美豔，惜乎轉工粉澤，有失正氣。」[79]皆是以「正氣」衡量花間詞，雖承認它是美的，但只看到外

---

73 張惠言：〈《詞選》序〉，唐圭璋：《詞話叢編》（二）（北京市：中華書局，1986年），頁1617。

74 陳廷焯：《白雨齋詞話》，唐圭璋：《詞話叢編》（四）（北京市：中華書局，1986年），頁3937。

75 周濟：《介存齋論詞雜著》，唐圭璋：《詞話叢編》（二）（北京市：中華書局，1986年），頁1631。

76 況周頤：《惠風詞話》，唐圭璋：《詞話叢編》（五）（北京市：中華書局，1986年），頁4423。

77 夏敬觀：《惠風詞話詮評》，唐圭璋：《詞話叢編》（五）（北京市：中華書局，1986年），頁4589。

78 金啟華：《唐宋詞集序跋彙編》（南京市：江蘇教育出版社，1990年），頁164。

79 朱崇才：《詞話叢編續編》（北京市：人民文學出版社，2010年），冊4，頁2254-2255。

表的美，而忽略其內美。詞史上以「豪放」排「婉約」是屢見不鮮的，解放後的一段時間更是以「豪放」為詞的獨尊風格，這是不正常的。豪放雄健固是重要，然而人的精神生活是多方面的，表現人們精神和感情的文學作品的風格當然應多樣化，以滿足人們的不同需要。事實上，文學史上陰柔優美的風格始終是大量存在的，甚至成為古典美、傳統美的代稱。以一種風格排斥或代替其他風格，無異於取消風格的獨立性和多樣化。我們不貶低也不排斥壯美、剛美，同時也充分重視和肯定優美、柔美。兩者完全可以並行不悖地正常發展。

　　花間詞是優美、柔美的典型。劉熙載《藝概》〈詞曲概〉說它「兒女情多，風雲氣少」[80]，「兒女情」正是指它的女性美，女性的靈巧柔婉；「風雲氣」則指男性美，男性的豪爽剛健。花間詞雖乏壯美，而優美正是它的獨特之處。劉熙載還說：「齊梁小賦，唐末小詩，五代小詞，雖小卻好，雖好卻小。」[81]小也是好，也是一種美。

　　花間是「淺」，但它不是膚淺、浮華，一般說來，雖乏高深渾厚，卻寫出了人的本身的細微，真實的感情，不能以一「淺」字貶之。花間是「弱」，但它不是卑弱，而是柔弱、纖弱，是一種纖柔的美，是「高格」之外的另一種美。花間是「小」，它沒有大的氣勢，也缺乏闊大的境界，但它靈巧精緻，嬌小嬋娟，這無疑也是美。淺、弱、小是花間詞的獨特風格，我們應肯定它。切不能以大小深淺論高低，以此貶低它。沈謙《填詞雜說》強調「詞不在大小淺深，貴於移情」，詞寫得「若身歷其境，惝恍迷離，不能自主，文之至也」。[82]花間詞正是這樣，它使人有身臨其境之感，能「移情」，雖不說是「文之至」，也是達到了一定的境界。王國維《人間詞話》說「境界有大

80　劉熙載：《藝概》（上海市：上海古籍出版社，1978年），頁123。
81　劉熙載：《藝概》（上海市：上海古籍出版社，1978年），頁123。
82　唐圭璋：《詞話叢編》（一）（北京市：中華書局，1986年），頁629。

小，不以是而分優劣」[83]，也是正面肯定這種「小」的風格。蔡嵩雲《柯亭詞論》也說「小令以輕、清、靈為當行」。[84]前人也是欣賞和肯定這種風格的美，我們更沒有理由將它排斥於風格美之外。

纖柔、輕婉、靈秀、清新、自然、嬌小，此即花間詞的風神氣度、韻趣性情，是真正的美，是它風格的本來面目。

第六節　溫庭筠〈更漏子〉（玉爐香）的接受史解析

溫庭筠詞的代表作之一〈更漏子〉曰：

> 玉爐香，紅蠟淚，偏照畫堂秋思。眉翠薄，鬢雲殘，夜長衾枕寒。　　梧桐樹，三更雨，不道離情正苦。一葉葉，一聲聲，空階滴到明。

這首是歷代傳誦的經典詞作。詞寫「秋思」、「離情」。起二句先寫抒情主人公——思婦所處的環境。畫堂之內，唯有爐香、蠟燭，且精美豔麗，香和色，撩人情思，襯出思婦的孤寂愁苦。美的物，卻是愁的情，是謂樂景寫哀情，倍增其哀。開頭不言情而情自寓其中。「偏」，正，恰，表時間。紅蠟之光正照畫堂秋思，「照」字妙，因蠟淚正象徵離別相思之淚，「秋思」正由燭光「照」起，物似有意惹人離愁，抽象之情形象化。思婦因相思而生愁，進而怨物，看似無理，卻是情深的表現。至此，「秋思」主題自然引出。物境襯托心境，渲染出濃郁愁情。靜的物中有動的情愫。「眉翠薄，鬢雲殘」，轉寫人，

---

83 唐圭璋：《詞話叢編》（五）（北京市：中華書局，1986年），頁4240。
84 唐圭璋：《詞話叢編》（五）（北京市：中華書局，1986年），頁4905。

寫出思婦輾轉反側、難以入眠的情狀，以外貌體現內心的愁苦。「夜長衾枕寒」，點明時間漫長。寫出思婦獨處無眠的感受。夜長是自然時間，更是心理時間，所謂「愁人知夜長」也。衾枕寒，是天氣寒，物體寒，更是人的內心寒，思婦的寂寞淒苦至此已和盤托出。整個上片，針線細密，刻畫入微，人物神情宛然畢現。

　　如同電影鏡頭，上片攝取室內環境和主人公所見所感，下片則將鏡頭移至室外，寫主人公所聞。下片承上片「秋思」「夜長」，展衍發揮，單寫「梧桐夜雨」。夜深人靜，雨聲更響，又是敲打在秋葉落盡的梧桐上，更加助人愁苦。夜愈靜，聲愈響，人情愈悲。「不道」，意謂不管、不理會，用擬人手法，以物襯人，借物言情，人生怨情，不怨人，卻怨物，愈加表現出離別孤寂之苦，無理卻有情。「不道離情正苦」，呼應「偏照畫堂秋思」，可見，「秋思」即是「離情」。秋雨點點滴滴，敲打在梧桐葉上，彷彿敲打在思婦的心上，且一直敲打到天亮，令思婦徹夜無眠。「空階」，增強人對雨聲響亮的感覺，亦襯托思婦內心的空虛落寞。此情此景，令人神傷。連綿不斷的秋雨，正似離情綿綿不盡。語盡而意未盡，有餘音嫋嫋之妙。下片一氣貫下，語淺而情深。

　　這首詞寫出時間流程，自晝至夜，又自夜至曉，漫長的時間襯托出思婦愁苦的連綿不絕。離情隨時間的流逝愈來愈深，時愈久，境愈幽，情愈苦。尋常情景，寫得淒婉動人。此詞結構上獨具特色，上片濃密、豔麗，卻不晦澀。下片疏淡、素樸，卻不刻露，直中帶曲，含蓄不說破，淺明流利，疏暢輕快，而意味深厚。這樣，上下片相互映襯，相得益彰。如同版畫黑白分明，對比強烈，差異中求和諧，達到奇妙的藝術效果。

　　葉嘉瑩〈溫庭筠詞概說〉概括溫詞的特色有二，一是「多為客觀之作」，說溫詞所表現者，「多為冷靜之客觀、精美之技巧，而無熱烈之感情及明顯之個性」。讀溫某些詞句，「但覺如一幅畫圖，極冷靜，

極精美，而無絲毫個人主觀之悲喜愛惡流露於其間」；「飛卿詞中所寫之情、景、人物，即近於抽象化，而無明顯之特性及個別之生命者也」。溫詞的又一特色是「多為純美之作」，如西洋後期印象派繪畫，但以顏色、線條及精美之技巧，予人以單純之美感，使人一望但覺其美，而不必深究其所表現的意義。「溫詞之特色，原在但以名物，色澤聲音，喚起人純美之美感，殊不必規規以求其文理之通順、意義之暢達也。」[85]葉先生所概括的溫詞兩大特色，極有見地。但她強調，這種概括只是大體上而言，不能窮盡全部溫詞特色。她也「自知不免於誇大失真、掛一漏萬之譏，竊自比於漫畫速寫之例而已。」[86]實際上，「客觀」、「純美」只是葉先生對溫詞大部分特色的概括，並不是全部，不能因此否定主觀、熱烈真率、通順暢達的就不是溫詞特色。溫詞風格可分典型風格和非典型風格兩種，此詞不是典型的溫詞風格，不是「客觀」、「純美」所能完全概括的。此詞如畫，是一幅流動的畫，是活色生香的畫，有生命的畫，極富情韻。它又具音樂美，聲韻和諧，餘音嫋嫋，似西洋音樂中的小夜曲，婉約輕靈，令人陶醉。

　　文學作品的價值是要看其傳播和影響的。若無人欣賞，無任何影響，它只是字符，不是文學作品，只有讀者欣賞接受，它才有價值。文化產品經傳播轉入消費，其價值才能得以實現。文學作品的價值不僅體現在它本身，更重要的要看它被接受者接受的情況，接受者欣賞讚歎多，模仿學習多，歷代傳誦不衰，愈說明作品的價值之高。文學作品的價值是由作者與歷代讀者、評論者共同「創造」的，其價值可「層累」遞增，古今中外的名作佳構傳播與接受情況都是明證。屈原的〈離騷〉、陶淵明的〈桃花源記〉、白居易的〈長恨歌〉、柳永的〈雨霖鈴〉（寒蟬淒切）、蘇軾的〈念奴嬌〉（大江東去）等，歷代讀

---

85 葉嘉瑩：《迦陵論詞叢稿》（石家莊市：河北教育出版社，1997年），頁17-19。

86 葉嘉瑩：《迦陵論詞叢稿》（石家莊市：河北教育出版社，1997年），頁17。

者和評論者皆讚不絕口，仿作不斷，正說明它們的價值之大，影響之深。溫庭筠此詞也是如此。

　　此詞特別是下片對後世影響甚大，歷代模仿學習者大有人在。如韋莊〈定西番〉結句：「悶煞梧桐殘雨，滴相思。」尹鶚〈臨江仙〉：「枕前何事最傷情？梧桐葉上，點點露珠零。」晏殊〈踏莎行〉：「高樓目盡欲黃昏，梧桐葉上蕭蕭雨。」柳永〈尾犯〉起句：「夜雨滴空階，孤館夢回，情緒蕭索。」周紫芝〈鷓鴣天〉：「梧桐葉上三更雨，葉葉聲聲是別離。」蘇軾〈木蘭花令〉：「梧桐葉上三更雨，驚破夢魂無覓處。」李清照〈聲聲慢〉：「梧桐更兼細雨，到黃昏，點點滴滴。這次第，怎一個愁字了得。」〈添字醜奴兒〉：「窗前誰種芭蕉樹，陰滿中庭，陰滿中庭。葉葉心心，舒展有餘清。　　傷心枕上三更雨，點滴霖霪，點滴霖霪。愁損北人，不慣起來聽。」皆明顯看出摹仿此詞的痕跡。萬俟詠〈長相思〉：「一聲聲，一更更。窗外芭蕉窗裡燈。此時無限情。　　夢難成，恨難平。不道愁人不喜聽。空階滴到明。」亦脫胎於溫詞，只是將溫詞的「梧桐雨」換成「芭蕉雨」。此詞比溫詞更多想像空間，耐人回味，亦是佳構。沈端節〈江城子〉：「秋聲昨夜入梧桐，雨濛濛，灑窗風。短杵疏砧，將恨到簾櫳。」寫相思懷歸，雨打梧桐聲，風聲，杵聲，砧聲，混合入耳，至「歸夢無成」，餘韻不盡。聶勝瓊〈鷓鴣天・寄李之問〉下片云：「尋好夢，夢難成。有誰知我此時情。枕前淚共階前雨，隔個窗兒滴到明。」蔣捷〈虞美人・聽雨〉結句：「悲歡離合總無情，一任階前、點滴到天明。」清尤侗〈更漏子〉云：「五更風，三點雨，並作零鐘斷鼓。殘葉影，落花魂，淒淒來叩門。　　天涯雁，飛聲亂，叫出傷心一片。倚半枕，擁孤衾，相思夢不成。」無不受到溫詞的影響。此詞影響還超出詞體，散曲中亦有摹仿者，如元徐再思散曲〈水仙子・夜雨〉：「一聲梧葉一聲秋，一點芭蕉一點愁。三更歸夢三更後。落燈花棋未收。歎新豐逆旅淹留。」上述可見，溫詞已作為經典，是歷代詞人學

習的對象。從這一角度看，其價值是不容懷疑的。

　　從歷代詞選選錄情況，亦可看出此詞的價值和影響。宋初人編選《尊前集》已收錄此詞，只是誤作馮延巳詞，文字稍異。南宋末黃昇《花庵詞選》選溫詞十首，其中即有此首。黃昇評溫詞「極流麗，宜為《花間集》之冠」。[87]此詞即是典型的「流麗」之作。明代陳耀文《花草粹編》、卓人月《詩餘廣選》，清沈辰垣等《御選歷代詩餘》、張惠言《詞選》、周濟《詞辨》、陳廷焯《雲韶集》、《詞則‧大雅集》、梁令嫻《藝蘅館詞選》等，皆選錄此詞。現當代詞選及詞鑑賞辭典選評此詞的更多。胡適論詞，強調詞是「平民文學」、「白話文學」，要求淺近、明白、易懂，《詞選》選溫詞七首，有此首，而不選〈菩薩蠻〉（小山重疊金明滅、水精簾裡玻璃枕）、〈更漏子〉（柳絲長）等名作。龍榆生《唐宋名家詞選》選錄此詞，《唐宋詞格律》中更以此詞為〈更漏子〉一調的「定格」，視為填詞典範。僅從聲韻格律上看，此詞也是成熟完美的。俞平伯《唐宋詞選釋》選錄溫庭筠〈更漏子〉兩首，即有此詞（另一首為「柳絲長」）。唐圭璋《唐宋詞簡釋》選釋溫詞十首，〈更漏子〉原六首僅選此首，吳熊和主編《唐宋詩詞評析詞典》，選析溫詞四首，〈更漏子〉六首亦僅選此首。歷代詞選家、詞評家雖持不同的詞學觀、不同的標準，但多喜選錄此首，認為是優秀之作，此詞的價值是多方面的。此詞早已成為詞史上的「經典」之作，其價值是經得起歷史檢驗的。亦見出歷代詞選家和詞論家的審美判斷能力。

　　歷代詞論家對此詞尤其是下片幾乎讚不絕口。現存最早的對此詞的評價，即高度稱讚推崇。南宋胡仔說：「庭筠工於造語，極為綺靡，《花間集》可見矣。〈更漏子〉一詞尤佳。」[88]認為此詞是溫氏

87　黃昇：《花庵詞選》，《四部叢刊》本，卷1。
88　胡仔：《苕溪漁隱叢話‧後集》（北京市：人民文學出版社，1962年），卷17。

「綺靡」詞風的代表作。明徐士俊評曰：「『夜雨滴空階』，五字不為少；此二十三字不為多。」[89]南朝梁何遜〈臨行與故遊夜別〉詩云：「夜雨滴空階，曉燈暗離室。」溫詞下片由此五字變化而來，更生動細膩。所以，徐士俊特加稱賞。沈際飛說：「子野句『深院鎖黃昏，陣陣芭蕉雨』，似足該括此首，第觀此始見其妙。」[90]可見，此詞對張先詞也有影響。李廷機云：「前以夜闌為思，後以夜雨為思，善能體出秋夜之思者。」[91]清謝章鋌評曰：「溫尉詞當看其清真，不當看其繁縟。胡元任謂庭筠工於造語，極為奇麗。然如〈更漏子〉云：『梧桐樹，三更雨，不道離情正苦。一葉葉，一聲聲，空階滴到明。』語彌淡，情彌苦，非『奇麗』為佳者矣。」[92]謝氏認為溫詞的特色在「清真」，不在「奇麗」，此詞可為代表。陳廷焯對此詞亦有很高評價，但亦指出其不夠「沉鬱」之處（詳下文）。俞陛雲評曰：「此首亦以上半闋引起下文。惟其錦衾角枕，耐盡長宵，故桐葉雨聲，徹夜聞之。後人用其詞意入詩云：『枕邊淚共窗前雨，隔個窗兒滴到明。』加一淚字，彌見離情之苦。但語意說盡，不若此詞之含渾。」[93]俞平伯說：「後半首寫得很直，而一夜無眠卻終未說破，依然含蓄。」[94]皆對此數句備致讚美。李冰若《栩莊漫記》云：

> 飛卿此詞，自是集中之冠，尋常情景，寫來淒婉動人，全由秋思、離情為其骨幹。宋人「枕前淚共窗前雨，隔個窗兒滴到明」，本此而轉成淡薄。溫詞如此淒麗有情致不為設色所累

89 卓人月：《古今詞統》，明崇禎刊本，卷6引。

90 沈際飛：《草堂詩餘正集》，明萬曆刻本，卷1。

91 李廷機：《草堂詩餘評林》，明刻本，卷4。

92 謝章鋌：《賭棋山莊詞話》，卷8，唐圭璋：《詞話叢編》（四）（北京市：中華書局，1986年），頁3421。

93 俞陛雲：《唐五代兩宋詞選釋》（上海市：上海古籍出版社，1985年），頁25。

94 俞平伯：《唐宋詞選釋》（北京市：人民文學出版社，1979年），頁23。

者，寥寥可數也。溫、韋並稱，賴有此耳。[95]

分析十分到位，是真正的審美批評。

吳小如〈畫屏金鷓鴣——釋溫庭筠〈更漏子〉第一、六首兼論典型溫詞的特色〉對此詞也有獨到的解讀，他說：

> 最後想研究一下譚獻在《詞辨》中的評語：「『梧桐樹』以下似直下語，正從『夜長』逗出，亦書家『無垂不縮』之法。」「垂」指書法中的豎筆，作「│」狀，如「中」字之末筆。但在書法中筆鋒下垂時，應於收筆處向上逆縮一下，即所謂「無垂不縮」，其實這道理是很辨證的。猶之寫文章，看似用直筆，實則涵詠之而含蓄有回味；看似流利迅快，其實曲折頓挫；看似淺率，其實深厚。溫此詞正如我前文所說，在意已將盡處生發出一個夜雨場面，而下片又只寫了一個夜雨場面，從表面看，確似平直。但作者把一意分三句說，先用「離情正苦」領起，然後告訴讀者，一葉葉一聲聲直到天明，已把主人公的心滴碎了，而且一直碎到天明。這就似淺直而實深曲。譚獻的話還是極有見地的。我以為，典型或標準的溫詞，其特色實為跳躍與朦朧的結合。但倘無直下之筆，又怎能見出其跳躍與朦朧呢？如果只有直下之筆而無深曲之情和含蓄之情，則決非大家筆墨。[96]

歷代詞評家從不同的角度解讀賞鑑，無不給予高度評價，此詞成為歷代公認的佳作，當之無愧。

95　李冰若：《花間集評注》（北京市：人民文學出版社，1993年），頁27。

96　吳小如：〈畫屏金鷓鴣——釋溫庭筠〈更漏子〉第一、六首兼論典型溫詞的特色〉，《名作欣賞》1983年第2期。

　　陳廷焯對此詞有過系列評論，這裡有必要提出來專門分析。陳廷焯的詞學觀是發展變化的，他於同治十六年（1874）選編成《雲韶集》，光緒十六年（1890），《詞則》成書，次年，《白雨齋詞話》成書，光緒二十年（1894）刊行。其中對歷代詞人詞作的評價，有些前後一致，有些已發生很大變化。某些具體評價僅代表某一特定時間的觀點，應作具體分析。他對此詞總體上是肯定的，前後多處評語中，讚美者多，批評者僅有一次。他起先是欣賞此詞的，陳廷焯《雲韶集》卷一云：「遣詞淒絕，是飛卿本色。結三語開北宋先聲。」[97]肯定此詞為溫詞的「本色」，又指出下片對北宋詞的影響。後在《詞則・大雅集》卷一中，陳氏亦稱賞此詞「後半闋無一字不妙，沉鬱不及上二章，而淒警特絕。」[98]陳氏認為此詞下半闋無一字不妙，只是以「沉鬱」高標準來衡量，覺得稍有不足，不及「上二章」即〈更漏子〉（柳絲長、星斗稀）。可見，他是以不同標準評詞，認為此詞僅是「沉鬱」方面略有欠缺，但充分肯定其他方面的成就，沒有否定的意思。在《白雨齋詞話》卷一中，陳廷焯對此詞的評價則與以前觀點不同，他說：「飛卿〈更漏子〉三章，自是絕唱，而後人獨賞其末章『梧桐樹』數語。胡元任云：『庭筠工於造語，極為奇麗，此詞尤佳。』即指『梧桐樹』數語也。不知『梧桐樹』數語，用筆較快，而意味無上二章之厚。胡氏不知詞，故以『奇麗』目飛卿，且以此章為飛卿之冠，淺視飛卿者也。後人從而和之，何也？」[99]陳氏不滿歷代人獨賞「梧桐樹」數語，認為此數句用筆較快，意味欠厚，不應推為溫詞之冠。仔細品味此段評論，陳氏的意思是矯正前人獨賞「梧桐樹」數語之失，他認為最應欣賞的是沉鬱厚重之處，而此詞下片在這方面不及前兩首。他又批評胡仔以「奇麗」論此詞，是「淺視飛

97　陳廷焯：《雲韶集》，稿本，南京圖書館藏，卷1。

98　陳廷焯：《詞則》（上海市：上海古籍出版社，1984年），上冊，頁22。

99　唐圭璋：《詞話叢編》（四）（北京市：中華書局，1986年），頁3778。

卿」。也就是認為此詞的真正佳處並不是「奇麗」，胡仔不懂詞，亂說
一通。可見，陳氏此段話，本為「矯正」而發，以沉鬱厚重標準代替
「奇麗」標準來評價此詞，因此詞下片不合他的論詞標準，卻為歷代
論者所欣賞，讚不絕口，所以，他提出批評，對此詞稍有貶低。但他
又承認此詞是「絕唱」，觀點似有矛盾。對此如何解釋呢？當他以自
己擬定的沉鬱厚重為標準來衡量此詞時，認為下片稍有欠缺，但當用
其他標準來衡量時，他又不得不承認此詞是優秀之作。他是用不同標
準來評價此詞的，因此，觀點並不矛盾。陳廷焯《白雨齋詞話》卷一
又曰：「飛卿詞，全祖〈離騷〉，所以獨絕千古；〈菩薩蠻〉、〈更漏
子〉諸闋，已臻絕詣，後來無能為繼。」[100]《白雨齋詞話》卷七曰：
「楚辭二十五篇，不可無一，不能有二……飛卿古詩有與騷暗合處，
但才力稍弱，氣骨未遒。可為騷之奴隸，未為騷之羽翼也，唯〈菩薩
蠻〉、〈更漏子〉諸詞，幾與騷化矣。所以絕千古無能為繼。」[101]對此
詞推崇備至。

　　陳廷焯論詞標舉「沉鬱」，《白雨齋詞話》卷一曰：「所謂沉鬱
者，意在筆先，神餘言外。寫怨夫思婦之懷，寓孽子孤臣之感。凡交
情之冷淡，身世之飄零，皆可於一草一木發之。而發之又必若隱若
見，欲露不露，反覆纏綿，終不許一語道破。匪獨體格之高，亦見性
情之厚。飛卿詞，如『懶起畫蛾眉，弄妝梳洗遲。』無限傷心，溢於
言表。又『春夢正關情，鏡中蟬鬢輕。』淒涼哀怨，真有欲言難言之
苦。又『花落子規啼，綠窗殘夢迷。』又『鸞鏡與花枝，此情誰得
知。』皆含深意。此種詞，弟自寫性情，不必求勝人，已成絕響。後
人刻意爭奇，愈趨愈下。」[102]他舉溫詞名句作為「沉鬱」的典範。又

---

100 唐圭璋：《詞話叢編》（四）（北京市：中華書局，1986年），頁3777。

101 唐圭璋：《詞話叢編》（四）（北京市：中華書局，1986年），頁3940。

102 唐圭璋：《詞話叢編》（四）（北京市：中華書局，1986年），頁3777。

說：「唐五代詞，不可及處正在沉鬱。」[103]「沉鬱」實為陳氏標舉的對詞的理想境界的要求，只有極少數詞人的極少數詞或詞句才能達到此要求。平心而論，陳氏以沉鬱厚重論溫詞，實有拔高之嫌，這是張惠言以來常州詞派以比興寄託論詞，過分推尊詞體的流弊。陳氏對此詞的批評並不準確，充其量只能算一家之言，不應作為「定論」接受。實際上，唐五代時，詞作為通俗流行歌曲，並沒有達到「沉鬱」境界，也是不應該對唐五代詞做此要求的。對原本淺近的詞作，求之過深，自說自話，態度並不可取。此詞本為通俗歌曲，淺近悅耳即可，何來「沉鬱」？陳廷焯認為此詞「用筆較快」，意味欠厚。其實「用筆較快」並不是缺點。

〈更漏子〉一調，最早見於《花間集》中溫庭筠詞。毛先舒《填詞名解》以為因溫庭筠詞中多詠「更漏」，後以名調。「更漏子」意即詠更漏的曲子，也就是夜曲，寫夜長難寐的情景。以詞中之情意為調名，詞旨與調名切合。溫詞此調共六首，「玉爐香」為第六首。〈更漏子〉詞調後來成為歷代詞人常用的詞調，溫庭筠開啟之功不可沒，「玉爐香」一詞作為此調的典範之一，影響最大。

第七節　花間詞在宋金元時的傳播與接受

花間詞在詞史上佔有極為重要的地位，它完成了民間詞到文人詞的過渡，確立了詞體婉約軟媚的主體風格特徵，早在南宋時即被陳振孫譽為「倚聲填詞之祖」。[104]詞史上以婉約為「正宗」的觀念即是由花間詞奠定的。本文聯繫整個詞史，從花間詞對後世的影響和歷代對花間詞的接受這一視角，試做一番考察分析，以期花間詞研究的深入。

103　唐圭璋：《詞話叢編》（四）（北京市：中華書局，1986年），頁3776。

104　陳振孫著，徐小蠻、顧美華點校：《直齋書錄解題》（上海市：上海古籍出版社，2015年），下冊，頁614。

一

　　花間詞產生的時代背景是動盪亂離的晚唐五代。唐王朝日漸衰敗，遂即滅亡，接之五代十國，各據一方，干戈相待，紛爭不息。這是一個缺乏理想和「正氣」的時代。社會上下普遍盛行享樂之風，冶遊宴飲，縱情聲色，貪戀世俗的歡娛。花間詞即是適應統治者宴賞享樂需要而產生的。花間詞是當時的「流行歌曲」，本為「應歌」而作。《花間集》是歌唱的腳本，供歌妓演唱時所用。因是「應歌」，故一切特色皆與歌唱有關，它是音樂而非文學，故重聲不重文，重曲不重辭。聲曲韻律是最主要的，辭藻文采只處於從屬地位。填詞者作詞是供歌妓演唱，歌詞內容需與歌唱者的身分、歌唱場景、聽者的需求相吻合，故題材多男歡女愛、離愁別恨、傷春惜時。多寫少年情事、「青春」之愁。它是為宮廷服務的藝術，內容又多宮廷生活，寫宮中的歌舞、宴飲、遊賞，寫宮女的幽怨、歌女的愁緒等。創作者多是宮廷裡圍繞在皇帝身邊的文學侍從，歌唱者是宮中的歌女，欣賞者也多是宮廷中的人。所以它帶有濃厚的宮廷色彩，與南朝「宮體詩」相近。填詞者只為適應欣賞者口味而創作，是以「演員」的身分創作歌詞的。這就決定了花間詞獨特的表情方式——「男子而作閨音」。[105]花間詞情調婉轉抑揚，纏綿悱惻；風格香軟、纖弱、綺麗、婉媚；語言淺近明白，清新自然。它的功能是娛樂消遣，而不是言志教化。花間詞的原生態即本來面目如此。這是「定格」的花間詞。花間詞的整體特色可概括為「花間詞風」。

　　花間詞作為傳播源，當時即得到發散傳播，產生廣泛的影響。它是流行歌曲，曲辭俱美，聲情並茂，歌舞一體，悅人耳目，接受者

105　田同之：《西圃詞說》，唐圭璋：《詞話叢編》（二）（北京市：中華書局，1986年），頁1449。

（受傳者）易受感染，得到感官上、精神上的享受。它的傳播多是通過歌女這一「中介」來完成，接受者是聽、觀賞，而不是誦、讀。影響傳播效果的因素不只是歌詞，更重要的是曲調（詞牌），還有歌妓演唱技藝的高下等。其時，有些人還自己製曲填詞，自執牙板演唱，這是自娛。這時，傳播者與受傳者合為一體，並省去了歌妓這一「中介」。歐陽炯〈《花間集》敘〉說花間詞的功能是「用助嬌嬈之態」、「用資羽蓋之歡」。可見，花間詞傳播的時效價值是很大的。

　　《花間集》結集於後蜀廣政三年（940），所收十八家詞人中，溫庭筠、皇甫松屬晚唐，和凝屬後晉，孫光憲屬荊南，其餘十四家皆屬前、後蜀，或是流寓入蜀的文人。[106]西蜀成為當時詞的創作中心。南唐中主李景喜填詞。宰相馮延巳更是填詞高手，他的詞亦多為「應歌」而作，陳世修〈《陽春集》序〉說「俾歌者倚絲竹歌之，所以娛賓而遣興也」。[107]他們君臣唱和嬉戲，是花間詞結集以後的事。從時間順序上看，南唐作為當時另一個詞的創作中心，受西蜀的影響是可能的，也是自然的。

　　馮延巳詞選聲設色，猶不盡脫花間詞習氣。北宋陳世修編輯馮延巳的詞集《陽春集》，其中有十二首見於《花間集》，可見其詞與花間詞風格相近，以致相混難辨。近人鄒嘯曾撰〈馮韋詞相似之點〉一文，列出馮、韋詞相似之處甚多，可見馮延巳詞受韋莊的影響。[108]馮延巳詞對花間詞的接受是積極的，主要是發展韋莊等抒情一格，感傷意味加重，於流連光景時感歎國事和身世，提高了「曲子詞」情感分量和藝術表現力。

　　李煜降宋前沉湎聲色，詞多寫宮廷豔情，如〈玉樓春〉（晚妝初

106　唐五代時名張泌者共有三人，《花間集》中張泌當為前蜀詩人，前人多以張泌為南唐人，誤。

107　馮延巳：《陽春集》（天津市：天津市古籍書店，1989年，影印本），卷首。

108　鄒嘯：〈馮韋詞相似之點〉，《青年界》第6卷第1期（1934年6月）。

了明肌雪）、〈浣溪沙〉（紅日已高三丈透）等，純是花間香豔習氣。他降宋後的作品，抒發亡國之痛，愁苦悲淒之極。獨抒性靈，純任天然，粗服亂頭，不掩國色。李煜後期詞在詞的邏輯發展的鏈條上是獨特的一環。花間詞風主要影響南唐亡國前的創作，南唐詞人自覺地接受花間詞的影響。

二

宋初詞壇比較沉寂，花間詞人中，有些入宋後不仕，緘口不作詞。歐陽炯等重仕新朝，因他作〈《花間集》敘〉，自己填詞數量也不少，在宋初詞壇是個有特殊影響的人。寇準、宋祁間作小詞，皆具花間風致。花間詞風在宋初已成餘響，作品不多。

晏殊、歐陽修等，詞學花間和馮延巳。他們在政事餘暇，蓄妓聽歌，宴飲遊賞，享風流旖旎之樂。故創作亦多男女歡愛、春愁閨思，與花間詞亦多相近處。歐陽修的詞多有與《花間集》、《陽春集》相混者，即是明證。晏殊、晏幾道父子，亦學花間，步溫、韋，但在詞中多了富貴閒愁和身世之感。小晏更將詞變為抒寫自己傷心懷抱的工具，同時提高了花間以來令詞的藝術品味，更加含蓄蘊藉，雋永精妙。

柳永將詞由貴族宮廷帶到市井勾欄，滲進了市民意識。他又大量創制慢詞，革新詞的體制，豐富詞的表現手法，為宋詞開拓了一條新的廣闊發展的道路。柳永詞在情調上仍是承花間一脈而來，他有明顯模仿學習花間詞的地方，如〈八聲甘州〉「想佳人，妝樓顒望，誤幾回天際識歸舟」，是學習溫庭筠〈夢江南〉（梳洗罷）的；〈雨霖鈴〉「今宵酒醒何處，楊柳岸，曉風殘月」則從毛文錫〈應天長〉「漁燈明遠渚，蘭棹今宵何處」脫胎而來。柳永的「曉風殘月」詞，被蘇軾稱為「柳七郎風味」，柔婉嫵媚，實與花間詞一脈相承。不同之處在於他將詞進一步世俗化，柳永的俚俗詞風影響詞史乃至整個文學史甚

深，是花間詞未有的東西。

蘇軾創立了「大江東去」式的豪放清曠詞風。但他的〈蝶戀花〉（花褪殘紅青杏小）、〈水龍吟〉（似花還似非花）等，婉轉纏綿，亦不減花間、柳詞風味。黃庭堅、秦觀、晁補之、賀鑄等，皆承花間以來婉約詞風。秦觀將身世之感並打入詞中，詞中表現他一再受貶、鬱鬱不得志的坎坷身世，感傷淒苦，情韻兼勝。他的詩被稱為「女郎詩」，詞也具女性美、柔婉美。北宋詞壇，周邦彥是殿軍。他的詞典麗精工，承花間、柳永一路而來，只是將傳統的花間、柳詞風格典雅化、規範化，使填詞者有章法可循。李清照南渡前，作有〈詞論〉，提出詞「別是一家」之說，要求高雅、渾成、典重、鋪敘、協律。花間詞不合李清照的標準，故未提及。但李清照的詞作中仍然可見花間詞的影子。

北宋人填詞、唱詞或聽詞，是道德、功名、文章以外的餘事，是「小道」、「末技」。他們心樂之，又有點遮遮掩掩，怕有汙德行令名。他們對詞的創作態度本不嚴肅，只是遊戲筆墨，聊寄意興，或消遣娛樂而已，並未將詞視為正經的文學來看待。所以很少有人注意從理論上評價詞和詞的歷史，也極少見詞人對《花間集》的評價。從現有資料看，北宋詞人中明確評價《花間集》的唯有李之儀一人。李之儀〈跋吳思道小詞〉說「長短句於遣詞中最為難工，自有一種風格，稍不如格，便覺齟齬」。說作詞應「大抵以《花間集》中所載為宗」，只是不滿其「多小闋」。又說柳永的詞「鋪敘展衍，備足無餘」，但「較之《花間》所集，韻終不勝」。最後稱讚吳思道「覃思精詣，專以《花間》所集為準，其自得處，未易咫尺可論」。[109]李之儀稱賞花間詞情韻兼勝，且以之為詞體之典範。他的這段議論可代表北宋人對花間詞的普遍看法。李之儀自己的詞即有明顯學花間者，如〈卜算

---

109 李之儀：《姑溪居士文集》，《叢書集成》本，卷40。

子〉（我住長江頭）結句「只願君心似我心，定不負相思意」，即是從
顧敻的〈訴衷情〉「換我心，為你心，始知相憶深」幾句脫胎而來的。

　　北宋詞人對花間詞持欣賞態度，並積極模仿學習。這是花間詞的
顯性傳播階段。其時花間詞仍然可歌，接受者通過聽歌女的歌唱來欣
賞其韻律之美，也可自己拍板歌唱，偶爾也欣賞其華美的文辭。詞的
創作環境與晚唐五代極為相似。花間詞作為一種文化基因，遇上合適
的文化土壤和氣候，便能順利地生成。統治者提倡填詞，推動了花間
詞的傳播。詞人們樂意接受，模仿創作，加上晏殊、歐陽修等皆居要
職，歐陽修更是文壇領袖，他們承花間之風的創作影響很大，更擴大
了花間詞的傳播範圍，加強了花間詞的影響深度。

　　花間詞在北宋時基本上保持其原生狀態，仍屬音樂範疇。應歌助
歡，靠曲調韻律之美感染聽者。只是文字上漸受詞人重視。北宋人以
「合歌」、「協律」與否來評價詞的高下，花間詞是合歌的典範。蘇軾
詞有時不合音律，便被視為「反面典型」，遭到包括其弟子在內的群
體反對。花間詞的功能仍以娛樂消遣為主，北宋人有時也以審美的眼
光接受它。這時花間詞兼具了娛樂、審美的雙重功能。花間詞的傳播
仍需歌女這一「中介」，但個人也可欣賞。北宋人逐漸認識到詞體的
特質和價值，有意識地與詩區別開來。花間詞開創的柔婉軟媚詞風得
到進一步強化，並形成詞體的本質特徵，成為正宗和經典。

　　花間詞在傳播過程中具有內控機制，自我控制，投合欣賞者的口
味，引導欣賞者。它的香豔題材、柔軟嫵媚的情調、優美的旋律，皆
能抓住接受者的心理，激發他們的欣賞興趣，從而達到有效的傳播
目的。

　　北宋人對花間詞，主動接受者多，但創造性接受者少。他們情不
自禁地被花間詞的魅力所吸引，樂「聽」不疲。花間詞強大的自控
力，征服了北宋一代接受者。北宋人陶醉在這香軟溫馨的「靡靡之
音」中，半醒半醉間，斷送了半壁江山。

三

　　南宋時，南渡詞人李清照、朱敦儒、向子諲、陳與義等都寫深沉
的亡國之痛和故國之思。張元幹、張孝祥等愛國志士更以詞高唱恢
復。繼之者，辛棄疾一派愛國詞人的豪放詞成為詞壇的主流。綺靡纖
弱的花間詞風遂遭到有識之士和愛國詞人的譏評和唾棄。胡寅〈《酒
邊集》序〉說：「及眉山蘇氏，一洗綺羅香澤之態，擺脫綢繆宛轉之
度，使人登高望遠，舉首高歌，而逸懷浩氣，超然乎塵垢之外，於是
《花間》為皂隸，而柳氏為輿臺矣。」[110]推崇蘇軾豪邁清曠詞風，貶
斥花間、柳永詞的纖弱綺豔。乾道七年（1171）湯衡〈《張紫微雅
詞》序〉說：「夫鏤玉雕瓊，裁花剪葉，唐末詞人非不美也。然粉澤
之工，反累正氣。」[111]宋末林景熙〈《胡汲古樂府》序〉也說：「唐人
《花間集》，不過香奩組織之辭，詞家爭慕效之，粉澤相高，不知其
靡，謂樂府體固然也。」[112]花間詞專工粉澤，風格靡弱，缺乏陽剛正
氣，與時代精神不合拍，故遭時人貶斥。

　　陸游〈跋《花間集》〉說唐末五代時，「天下岌岌，生民救死不
暇，士大夫乃流宕如此，可歎也哉！或者出於無聊故邪？」[113]批評花
間詞人放縱情欲，沉湎聲色，缺乏社會責任感，要求文學為現實服務。

　　上述可見，詞人們是以功利為標準評價花間詞的。時代需要功利
的文藝觀，需要浩然正氣和剛健雄邁的風格，他們不願接受和欣賞花
間詞風。站在時代的高度審視花間詞，其價值自減其半。花間詞在傳
播過程中第一次遇上了價值的貶損。這是它必然的命運，也是十分自
然的現象。

110　吳訥：《百家詞》（天津市：天津市古籍書店，1992年），上冊，頁595。

111　金啟華：《唐宋詞集序跋彙編》（南京市：江蘇教育出版社，1990年），頁164。

112　林景熙：《霽山集》，《知不足齋叢書》本，卷5。

113　陸游：《陸游集》（北京市：中華書局，1976年），冊5，頁2278。

　　當時也有不少詞人自甘沉淪，作香豔小詞自我麻醉，忘卻現實的痛苦。他們片面發展花間詞的綺靡香豔的風格，而去其質樸率真之本色。蔡戡批評當時「靡麗之詞，狎邪之語，適足勸淫，不可以訓」。[114]王炎〈《雙溪詩餘》自序〉說「今之為長短句者，字字言閨闈事，故語懦而意卑」。[115]嘉定元年（1208），汪莘〈《方壺詩餘》自序〉謂「唐宋以來，詞人多矣。其詞主乎淫，謂不淫非詞也。余謂詞何必淫？顧所寓何如爾！」[116]桐陽居士〈《復雅歌詞》序〉也批評「溫、李之徒，率然抒一時情致，流為淫豔猥褻不可聞之語」。[117]

　　這些批評皆是針對南宋詞壇流行的香豔綺靡之風而發，「淫豔猥褻不可聞」，似乎衛道色彩濃了一些，但放在時代背景下看，這些批評偏激也無妨。花間詞在南宋時被一些詞人曲解為「淫豔」之作。這是傳播過程中的形象變異。

　　南宋中葉以來，「雅正」、「教化」的詞體觀念取代了長期以來盛行的娛樂消遣的詞體觀，詞史上出現了第一次明確的尊體運動。詹效之淳熙十四年（1187）〈《燕喜詞》跋〉評曹冠詞「旨趣純深，中含法度，使人一唱而三歎，蓋其得於六義之遺意，純乎雅正者也」、「斯作也，和而不流，足以感發人之善心，將有采詩者播而之，以補樂府之闕，其有助於教化，豈淺淺哉！」[118]是以「雅正」為論詞標準，以「教化」為詞的功能。劉克莊〈《黃孝邁長短句》跋〉說黃孝邁的詞「原于二南，其善者雖夫子復出，必和之矣。烏得以小詞而廢之乎？」[119]是上比《詩經》，有意提高「小詞」的地位。林景熙〈《胡汲古樂府》序〉說胡汲古的詞「詩之法度在焉」，「所謂樂而不淫，哀而不傷，一出於

114　蔡戡：《定齋集》，《文淵閣四庫全書》本，卷13。

115　王炎：《雙溪詩餘》，王鵬運輯：《四印齋匯刻宋元三十一家詞》本，卷首。

116　汪莘：《方壺詩餘》，《彊村叢書》本，卷4。

117　祝穆：《新編古今事文類聚‧續集》，元刻本，卷24。

118　王鵬運輯：《四印齋匯刻宋元三十一家詞》本。

119　劉克莊：《後村題跋》，《適園叢書》本，卷8。

詩人禮義之正。然則先王遺澤，其獨寄於變風者，獨詩也哉」！[120]

　　也是論證詞同樣有詩的功能和價值。這是與「小道」詞體觀唱反調，是對傳統詞體觀的理性反省，對詞體做出新的理解。

　　南宋末，黃大輿《梅苑》將所選之詞與《詩經》、〈離騷〉同等對待，是前所未有的新觀念。張炎《詞源》推崇姜夔詞的「清空」「騷雅」，提出詞須「雅而正」，不能為情所役。[121]這是對南宋風雅教化詞體觀的總結。在這種觀念支配下，花間詞的遭譏評便是不可避免的了。花間詞風在南宋時遭到豪放詞人和風雅詞人兩方面的批評，它的先天性缺陷——軟媚無骨和「無補於世」暴露無遺。時代對花間詞做出新的理解和闡釋，對它的功能也提出新的要求。

　　但是另一方面，花間詞仍受到南宋不少詞人的推崇和欣賞。《花間集》盛行不衰，刻印行於世，現存版本即有紹興十八年（1148）晁謙之跋本、淳熙十一、十二年（1184-1185）鄂州冊子紙印本和開禧元年（1205）陸游跋本。晁謙之跋謂花間詞「皆唐末才士長短句，情真而調逸，思深而言婉。嗟夫！雖文之靡，無補於世，亦可謂工矣。」[122]晁氏首次明確將花間詞看作純文學作品來欣賞，稱其情思真摯幽深，語言委婉，格調清逸，風格綺靡。晁氏是純藝術論者，只重花間詞藝術上的精工，故不計較其「無補於世」。羅大經完成於紹興十九年（1149）的《鶴林玉露》卷十四評歐陽修詞說：「歐陽公雖遊戲作小詞，亦無愧唐人《花間集》。」[123]是以花間詞為典範，稱賞歐陽修的詞作。陳善《捫虱新話》說：「唐末詩體卑陋，而小詞最為奇絕，令人力追有不能及者，故嘗以《花間集》當為長短句之宗。」[124]

120　林景熙：《霽山集》，《知不足齋叢書》本，卷5。

121　張炎：《詞源》，唐圭璋：《詞話叢編》（一）（北京市：中華書局，1986年），頁266。

122　趙崇祚：《花間集》附，紹興十八年（1148）刻本。

123　羅大經：《鶴林玉露》，《文淵閣四庫全書》本，卷14。

124　陳善：《捫虱新話‧上集》（北京市：商務印書館，1939年），卷2，頁67。

可見花間詞在當時一些人心目中的崇高地位。這也是前所未有的。王灼說：「唐末五代，文章之陋極矣，獨樂章可喜，雖乏高韻，而一種奇巧，各自立格，不相沿襲。」[125]陸游開禧元年（1205）〈跋花間集〉先批評「唐自大中後，詩家日趨淺薄」，接著稱讚「唐季五代，詩愈卑而倚聲輒簡古可愛」。[126]皆是從時代文學特徵和文體演變盛衰的歷史中，肯定花間詞的創新意義。陸游還稱讚溫庭筠〈南歌子〉諸闋：「語意工妙，可追配劉夢得〈竹枝〉，信一時傑作也。」[127]陸游是從「語意」即文學角度稱賞花間詞的，說它「簡古」、「工妙」，肯定文體初興時質樸清新的特色。

辛棄疾被推為豪放詞的傑出代表，其詞有大丈夫氣概，被譽為「英雄詞」。他也學習花間詞，《稼軒長短句》中有〈唐河傳〉，下自注：「效《花間集》」。又有〈河瀆神〉，其下自注：「女誡詞，效花間體。」可見他對花間詞有時也持欣賞的態度。辛詞中不少婉約清新之作，自有花間詞風的影響。

劉克莊是辛派愛國詞人，〈《楊補之詞畫》跋〉評價楊氏的〈柳梢春〉十闋「不減《花間》、《香奩》及小晏、秦郎得意之作」[128]，也欣賞花間一類香豔纖麗的詞風。梁文恭〈讀審齋先生樂府〉詩，評王千秋（號審齋）詞說：「審齋樂府似《花間》，何必老夫疥篇右。」[129]梁氏以為花間詞是世人公認的典範，王千秋的詞似花間，即為佳作，自己饒舌便是多餘的了。

黃昇編《花庵詞選》，其中總評唐五代詞云：「凡看唐人詞曲，當

125 王灼：《碧雞漫志》，卷2，唐圭璋：《詞話叢編》（一）（北京市：中華書局，1986年），頁82。

126 陸游：《陸游集》（五）（北京市：中華書局，1976年），頁2278。

127 陸游：《陸游集》（五）（北京市：中華書局，1976年），頁2243。

128 劉克莊：《後村題跋》，《適園叢書》本，卷9。

129 王千秋：《審齋詞》，卷首，吳訥：《百家詞》（天津市：天津市古籍書店，1992年影印本），下冊，頁919。

看其命意造語工致處，蓋語簡而意深，所以為奇作也。」[130]也是從純文學語言角度欣賞唐五代詞（主要是花間詞）的語言簡古精緻。同時魏慶之《詩人玉屑》卷二十一附有《中興詞話》十六則，注云：「並系玉林黃昇叔《中興詞話》補遺。」其中評陸游〈月照梨花〉（霽景風軟）曰：「此篇雜之唐人《花間集》中，雖具隻眼，未知烏之雌雄也。」[131]更見黃昇對花間詞的推崇。黃昇選詞不拘一格，豪放、婉約、清雅並重，他推崇花間詞，溯本求源，是持平之論。

　　陳振孫《直齋書錄解題》卷二十一〈歌詞類〉著錄詞集，間附評語，稱《花間集》「此近代倚聲填詞之祖也。詩至晚唐五季，氣格卑陋，千人一律，而長短句獨精巧高麗，後世莫及，此事之不可曉者，放翁陸務觀之言云爾」。[132]陳氏贊同陸游的觀點，欣賞花間詞的藝術美，進一步推崇其為「填詞之祖」。他又說《家宴集》「所集皆唐末五代人樂府，視《花間》不及也」。[133]認為花間詞的地位高於《家宴集》。又評晏幾道詞，「其詞在諸名勝中，獨可追逼《花間》，高處或過之」。[134]花間是典範，後人詞作優劣高下即以它為標準，這代表當時不少詞人的觀念。陳振孫對花間詞也有微詞，主要不滿它的香豔淫靡，他解釋歐陽修的詞多與《花間集》、《陽春集》相混者，亦有鄙褻之語一二廁其中，當是仇人所作。認為歐陽修作為文章大儒，不可能寫作如花間一樣香豔小詞，有點為尊者諱的嫌疑。他在〈《玉臺新詠集》後序〉中也認為《花間集》是「狹邪」、「勸淫」的作品。陳振孫

---

130 黃昇編：《花庵詞選》，《四部叢刊》本。

131 魏慶之：《詩人玉屑》（上海市：上海古籍出版社，1978年），卷21，頁479。

132 陳振孫著，徐小蠻、顧美華點校：《直齋書錄解題》（上海市：上海古籍出版社，2015年），下冊，頁614。

133 陳振孫著，徐小蠻、顧美華點校：《直齋書錄解題》（上海市：上海古籍出版社，2015年），下冊，頁615。

134 陳振孫著，徐小蠻、顧美華點校：《直齋書錄解題》（上海市：上海古籍出版社，2015年），下冊，頁618。

對花間詞的矛盾態度，說明他是用不同標準來評價花間詞的。他批評花間詞的香豔綺靡，有傷風化；又肯定藝術上的「精巧高麗」。這種態度具有普遍性。張炎《詞源》論詞主「雅而正」，但仍推崇花間詞，說小令「當以唐《花間集》中韋莊、溫飛卿為則」。[135]視花間詞為令詞的典範。從詞的音樂體制立論，見解獨到。沈義父《樂府指迷》專講詞的作法，要求字面當學溫庭筠、李商隱等詩句，又說：「即如《花間集》小詞，亦多好句。」[136]又是專門欣賞花間詞的語言美。王沂孫詞集名《花外集》，李調元《雨村詞話》卷二以為「蓋比《花間集》而名也」。[137]於此亦可見花間詞的影響之巨。

　　南宋猶存唱詞之風。張炎《詞源》記載其父張樞「每作一詞，必使歌者按之，稍有不協，隨即改正」。但詞、樂分離是南渡後一大趨勢。劉將孫〈新城《饒克明集詞》序〉說：「歌喉所為喜於諧婉者，或玩辭者所不滿；騷人墨客樂稱道之者，又知音者有所不合。」[138]說明南宋詞壇文士不重聲、樂工不重辭的現象。詞至南宋分兩線發展：一線以音樂為本位，仍可歌；一線則以文字為本位，重辭藻文采，當作格律詩吟誦欣賞。

　　花間詞在北宋時仍「應歌」，屬通俗歌曲。傳播至南宋已不能歌唱。劉克莊〈滿江紅〉詞有句：「生怕客談榆塞事，且教兒誦《花間集》。」可見，花間詞已變成可誦讀的純文學作品了。接受者由聽改為誦，花間詞由「悅耳」變成「娛目」，人們注重它的辭藻和意境美。花間詞原來娛樂消遣的功能也被南宋人創造性地理解為高雅的審美功能。人們可慢慢地細細地品味它的情調、韻律、語言、風格、意境，並結合自己的美學好尚挖掘其中深蘊的文字美。與北宋時相比，

135　唐圭璋：《詞話叢編》（一）（北京市：中華書局，1986年），頁265。
136　唐圭璋：《詞話叢編》（一）（北京市：中華書局，1986年），頁279。
137　唐圭璋：《詞話叢編》（二）（北京市：中華書局，1986年），頁1414。
138　劉將孫：《養吾齋集》，《文淵閣四庫全書》本，卷9。

花間詞的地位得到觀念上的提高，它的形象也發生了質的變化，由通俗音樂變為純正文雅的格律詩。

南宋人對花間詞的接受，因所持的角度和標準不同，分化成判然不同的三派意見。一派從文學功利價值出發，要求詞反映時代風雲，反映社會現實政治生活，風格豪壯慷慨。貶斥花間詞的軟媚、卑弱，缺乏「正氣」。批評花間詞人「無聊」，沒有社會責任感。一派從教育功能出發，以「雅正」論詞，將儒家傳統「詩教」引入詞論。要求詞有助「教化」，感發人的善心；要發乎情，止乎禮義；樂而不淫，哀而不傷。貶斥花間詞風的綺靡香豔，斥為「勸淫」之作。第三派意見是從純文體論和藝術論出發，視花間詞為詞的源頭和典範，欣賞其善於抒發人的內在隱蔽的感情，欣賞其思深言婉及柔軟細膩的風格。可見，角度、標準不同，對同是花間詞，褒貶即不一。花間詞在新的時代，被不同的人「再創作」，釋放出新的能量，產生新的效力。花間詞在南宋的傳播，時而極度貶值，又時而極度增值。這一特異現象很值得研究。南宋時，花間詞的自控能力開始減弱。南宋人能動地接受、創造性地學習花間詞。不同詞人將花間詞理解為不同的「形象」，並對它進行有傾向性的評價。花間詞的傳播開始了「他控」為主的階段，人們根據時代的需要，或按自己的審美情趣，完全可有選擇地接受它。

四

金代「蘇學北行」，蘇軾豪放清曠的詞風為金詞人所承襲，蘇、辛詞風成為時代的主導風格。金人論詞對蘇、辛推崇備至。王若虛《滹南詩話》主張「詩詞只是一理」，譽稱東坡詞「為古今第一」。[139]

---

139 丁福保輯：《歷代詩話續編》（北京市：中華書局，1983年），上冊，頁51。

也說「樂府以來，東坡為第一，以後便到辛稼軒」。[140]

　　詞人多學東坡，如趙秉文、元好問便是東坡的後繼者。趙秉文被時人郝經〈題閑閑像〉譽為「金源一代一坡仙」[141]。他曾和東坡「赤壁詞」，徐釚《詞苑叢談》卷四贊曰：「壯偉不羈，視『大江東去』，信在伯仲間，可謂詞翰兩絕者。」[142]元好問為金詞殿軍，吳梅《詞學通論》譽之為「東坡後身」。蔡松年、鄧剡、折元禮、王予可等皆得東坡詞一面。

　　金詞「頗多深裘大馬之風」[143]，「伉爽清疏，自成格調」。[144]所以花間以來的香軟綺豔詞風遭到譏評。王若虛《滹南詩話》批評「世之末作，習為纖豔柔脆，以投流俗之好，高人勝士，亦或以是相勝，而日趨於委靡，遂謂其體當然，而不知流弊至此也」。[145]時代需要剛健詞風，「委靡」之作自然不受歡迎。金人也受南宋風雅詞派「雅正」觀念的影響，排斥柳永、田為、康與之的俚俗纖豔詞風。

　　這種詞壇氣候和土壤，自然不合花間詞的生成。花間詞的傳播處於潛隱狀態，只是為「流俗」所好，被一些「落後」詞人私下裡欣賞。花間詞自產生以來，遭到前所未有的冷遇，它難找到異代知音。金詞人也難找到與它感情上的共鳴點，不願接受。

　　說花間詞的傳播處於「潛隱」狀態，即說明其影響還在，還有人欣賞。小詞人自不必說，元好問有時也欣賞花間詞，他說：「皇甫松

---

140 元好問：《遺山集》，《文淵閣四庫全書》本，卷36。

141 郝經：《陵川集》，《文淵閣四庫全書》本，卷10。

142 徐釚編著，王百里校箋：《詞苑叢談校箋》（北京市：人民文學出版社，1988年），卷4，頁230。

143 馮金伯：《詞苑萃編》，卷6評元好問編《中州樂府》語，唐圭璋：《詞話叢編》（二）（北京市：中華書局，1986年），頁1893。

144 況周頤：《蕙風詞話》，卷3，唐圭璋：《詞話叢編》（五）（北京市：中華書局，1986年），頁4460。

145 丁福保輯：《歷代詩話續編》（北京市：中華書局，1983年），上冊，頁517。

以〈竹枝〉、〈採蓮〉排調擅長，而才名遠遜諸人，《花間集》所載，亦只小令短歌耳。」[146]元氏欣賞的是花間詞中具有民歌風味的清新自然的詞風。他對只是小令短歌的體制不甚滿意。他又評魏承班詞，說「俱為言情之作，大旨明淨，不更苦心刻意以競勝者」。[147]欣賞魏承班詞言情自然，語言明淨，不刻意雕琢。可見他欣賞的主要是花間詞中情調健康的質樸清新之作。從尚情角度，他的〈《新軒樂府》引〉也欣賞《花間》、《尊前》等「傳播里巷」的「淫言媟語」[148]，但又批評它有違雅正。他對花間詞的態度，也是金詞人對花間詞的普遍態度。

金元易代之際，論詞崇陽剛正氣，排斥「靡靡之音」。趙文〈《吳山房樂府》序〉以為「聲音」是「世道」的徵兆，說：「〈玉樹後庭花〉盛，陳亡；《花間》麗情盛，唐亡；清真盛，宋亡，可畏哉！」[149]趙氏把花間詞視為亡國之音。他推崇辛棄疾、元好問詞中所蘊含的「中原豪傑之氣」。其中寄寓深沉的亡國之痛和故國之思。應該指出，「唐亡」固然不是花間詞的過錯，但「靡靡之音」總不是好兆頭。

元代初年，詞承金代遺風。蘇、辛詞仍受推崇。劉敏中〈《江湖長短句》引〉說詞「逮宋而大盛，其最擅名者，東坡蘇氏、辛稼軒次之」。[150]這也是元代不少詞人的共識。白樸、王惲、劉因、張等皆是學蘇、辛和元好問者。這時，花間詞的「不顯」也是情理中的事。

但花間詞的傳播仍一脈不斷。詞人們也有從另一角度肯定它的。戴表元〈題〈陳強甫樂府〉〉云：「少時閱唐人樂府《花間集》等作，其體去五七言律詩不遠，遇情愫不可直致，輒略加工隱括以通之，故

---

146 沈雄：《古今詞話》〈詞話〉上卷引，唐圭璋：《詞話叢編》（一）（北京市：中華書局，1986年），頁973。

147 沈雄：《古今詞話》〈詞話〉上卷引，唐圭璋：《詞話叢編》（一）（北京市：中華書局，1986年），頁974。

148 元好問：《遺山集》，《文淵閣四庫全書》本，卷36。

149 趙文：《青山集》，《文淵閣四庫全書》本，卷2。

150 劉敏中：《中庵先生劉文簡公文集》，元刻本，卷16。

亦謂之曲，然而繁聲碎句一無有焉。近世作者幾類散語，甚者竟不可讀，余為之憒憒久矣。」[151]他讚賞花間詞可宛轉地表達作者的情愫，與近體詩相近，而無「繁聲碎句」之弊。是以詩論詞，意在推崇詞體。吳澄〈《戴子容詩詞》序〉要求詞人「由《香奩》、《花間》而反諸樂府，以上達於《三百篇》」。[152]以儒家詩教對風詩的要求來要求詞，花間詞猶有風人遺意，故可為學習津梁。他們以崇古心態看花間詞，只重其去詩、去古樂府未遠，故對它持寬容的態度。

　　元中葉以後，論詞崇雅正、重格律。王禮〈《胡潤翁樂府》序〉主張詩詞有別，詞曲語言「婉變曲折」，「自《花間集》後，雅而不俚，麗而不浮，合而不開，急處能緩，用事而不為事用，敘實而不致塞滯，惟清真為然，少游、小晏次之，宋季諸賢至斯事所詣尤至」。[153]王氏描述出雅詞略史，花間詞開其端。花間詞因其「開山祖」的地位受到推崇。

　　有元一代，除豪放詞外，詞壇上盛行山水隱逸、訪道求仙及懷古詠史之作，風格或閒適沖淡，或清雋超逸，或慷慨雄健，主導風格偏重陽剛一面。花間以來陰柔軟媚詞風不受歡迎。花間詞在元代遭受到在金代時同樣的待遇。雖偶有提及或欣賞者，畢竟聲弱和寡，不成聲勢。《花間集》無元本傳世，也未見元本《花間集》的任何公私著錄。於此亦可見它當時的遭遇。

　　元代曲代詞興，詞本不受重視。花間詞香軟柔弱，更不合元人的欣賞口味，只好退避潛隱，且待明人的賞識了。

---

151 李修生主編：《全元文》，冊12，頁183。

152 李修生主編：《全元文》，冊14，頁253。

153 王禮：《麟原文集‧前集》，《文淵閣四庫全書》本，卷5。

第八節　明代的「花間熱」

　　明人對前代詞的接受，多是當作「古典文學」來鑑賞或研究，模仿創作只是一方面。有明一代，流行的古詞選本，一是《草堂詩餘》，一是《花間集》，徐士俊說：「《草堂》之草，歲歲吹青；《花間》之花，年年逞豔。」[154]《草堂詩餘》本為南宋書坊刻本，二卷，供勾欄酒筵歌唱之用。元人增修並箋注，至正三年（1343），盧陵泰宇書堂刻有《增修箋注妙選群英草堂詩餘》，前集二卷，後集二卷，至元十一年（1351）雙璧陳氏重刻。明初，洪武二十五年（1392），遵正書堂復刻，成化間又刻，嘉靖十六年（1537），劉時濟刻《新刊古今名賢草堂詩餘》六卷。此後，《草堂詩餘》屢次增修、類編、評點、注釋、訂正、校輯、續選，共刻印二十餘次，成為一個獨特的《草堂》詞選本體系。《草堂詩餘》風行整個明代，許多著名文士如唐順之、李攀龍、楊慎、陳繼儒、董其昌、陳仁錫、吳從先等都先後加入校訂品評行列，《草堂》被「炒」得紅紅火火，成為長盛不衰的暢銷書。明末毛晉〈《草堂詩餘》跋〉云：「宋元間詞林選本，幾屈百指。唯《草堂》一編，飛馳幾百年，凡歌欄酒榭絲而竹之者，無不抃髀雀躍；及至寒窗腐儒，挑燈閑看，亦未嘗欠伸魚睨。不知何以動人一至此也。」[155]《草堂》影響之大，於此可見一斑，此即明代的「草堂熱」。

　　《花間集》與《草堂詩餘》的運氣有些不同。《花間集》在南宋時是流行的，現存版本有紹興十八年（1148）晁謙之跋本，淳熙十一、十二年（1184-1185）呂州冊子紙印本和開禧元年（1205）陸游跋本。花間詞在南宋時一方面遭世人批評，認為他專工粉澤，風格靡

154　唐圭璋：《詞話叢編》（北京市：中華書局，1986年），頁1940。

155　毛晉：〈《草堂詩餘》跋〉，汲古閣《詞苑英華》本。

麗，有失「正氣」，無補於世。一方面又備受推崇，譽為「近代倚聲填詞之祖」。[156]晁謙之跋語評它「情真而調逸，思深而言婉」[157]，充分肯定其抒情價值和藝術特色。但到了金、元，花間詞卻備遭冷落，只偶爾有人提及。元代無《花間集》刻本傳世，也未見任何有關它的公私著錄。元代曲代詞興，詞本不受重視，花間詞香軟柔弱，更不合元人的欣賞口味，所以它只得退避潛隱，等待明人的賞識。

　　明初，《花間集》仍未顯於世。吳訥於英宗正統六年（1441）抄成《唐宋名賢百家詞》，其中有《花間集》二卷，但未公開刊行，故影響極小。楊慎在《詞品》卷二「毛文錫」條下自稱《花間集》「久不傳，正德初，予得之於昭覺僧寺，乃孟氏宣華宮故址也，後傳刻於南方云」。[158]可見，《花間集》是經楊慎發現以後才刊刻流傳於世的。正德十六年（1521），書賈元大復刻南宋晁謙之本（簡稱「正德復晁本」），公開刊行，流布傳播，《花間集》重顯於世。楊慎於嘉靖三十年（1551）撰成《詞品》六卷，〈自序〉稱詞至孟蜀之《花間》、南唐之《蘭畹》，其體已大備，《詞品》中還評介了花間詞人溫庭筠、和凝、牛嶠、孫光憲、李珣、毛文錫等。楊慎評詞以「清新」為標準，在他看來，「清者，流麗而不濁滯；新者，創見而不陳腐也」。[159]他崇尚婉麗，除以「婉」字評詞外，更注重「麗」字，[160]如對和凝〈小重山〉其一，楊慎曰：「藻麗有富貴氣。」[161]他注重字句的精妙，如溫庭筠〈菩薩蠻〉其二，楊慎評曰：「王右丞詩：『楊花惹暮春。』李長

---

156 陳振孫著，徐小蠻、顧美華點校：《直齋書錄解題》（上海市：上海古籍出版社，2015年），下冊，頁614。

157 趙崇祚：《花間集》附，紹興十八年（1148）晁謙之跋本。

158 唐圭璋：《詞話叢編》（北京市：中華書局，1986年），頁457。

159 楊慎著，王仲鏞箋證：《升庵詩話箋證》（上海市：上海古籍出版社，1987年），卷3，頁89。

160 參見金五德：〈楊慎《詞品》的審美情趣〉，《長沙水電師院學報》1992年第4期。

161 李冰若：《花間集評注》引（北京市：人民文學出版社，1993年），頁148。

吉詩：『古竹老梢惹碧雲。』溫庭筠：『暖香惹夢鴛鴦錦。』孫光憲：
『六宮眉黛惹春愁。』用『惹』字凡四，皆絕妙。」[162]又曰：「牛
嶠……〈楊柳枝〉詞數首尤工，見《樂府詩集》。」[163]作為明朝中期
的文學大家，楊慎在當時文壇地位很高，周遜〈刻《詞品》序〉譽為
「當代詞宗」。[164]他的話具有權威性，於是，一呼百應，世人競相談
「花間」。楊慎還編選《詞林萬選》四卷、《百琲明珠》五卷，選輯唐
宋以來詞風綺麗者。楊慎對綺麗詞風的偏嗜，影響了明人的審美趣
味，掀起了明人學習、鑑賞和研究花間詞的熱潮，成為明代「花間
熱」的當然開啟者。

　　萬曆八年（1580），茅一楨淩霞山房刻《花間集》，以正德復晁本
為底本（簡稱「茅本」）。顧梧芳於萬曆十年（1582）刻《尊前集》，
自書引曰：「余素愛《花間集》勝《草堂詩餘》，欲播傳之。曩歲客於
吳興，茅氏兼有附補。」[165]當指茅刻《花間集》。這說明《花間集》
已受到世人的歡迎。顧氏欲傳播之，公諸同好。他刻《尊前集》，也
有鑒於「先是，唐有《花間集》及宋人《草堂詩餘》行，而《尊前
集》鮮有聞者久之」。[166]《尊前集》與《花間》、《草堂》同為較早的
唐宋詞選本，顧氏刻印，實是《花間》、《草堂》盛行於世影響的結
果。茅本增入溫博的《花間集補》二卷，補入李白而下十四人，共六
十七首，還附有茅氏撰音釋二卷。溫博〈花間集補序〉說自己有鑒於
《花間集》近無善本，「多誤而鮮釋」，於是有意校刻之，又說為補
《花間集》所未備，「以足李唐一代之制」。溫博所敘只是表面上的

162　楊慎著，王仲鏞箋證：《升庵詩話箋證》（上海市：上海古籍出版社，1987年），卷
　　5，頁174。

163　楊慎：《詞品》，卷2，唐圭璋：《詞話叢編》（一）（北京市：中華書局，1986年），
　　頁456。

164　唐圭璋：《詞話叢編》（一）（北京市：中華書局，1986年），頁407。

165　顧梧芳：《尊前集》，萬曆十年（1582）刻本，卷首。

166　顧梧芳：《尊前集》，萬曆十年（1582）刻本，卷首。

話，實際上，他是借《花間集》之名以獵名，茅氏則是靠刻《花間集》以獲利。溫博所選極為草率，並沒有補救得了《花間集》的缺陷，反而為晚明《花間集》的濫刻開了一個不好的頭。茅本也成了後來明刊本《花間集》的一個有補選的單獨系統的開端。

　　陳耀文於萬曆十一年（1583）輯《花草粹編》十二卷，〈自序〉云：「是刻也，由《花間》、《草堂》而起，故以『花草』命編。」[167]陳耀文是博雅好古之士，當時《花間集》雖已刊行傳播，但仍不及《草堂詩餘》流行，他是想宣傳《花間集》，擴大它的影響。萬曆三十年（1602），玄覽齋巾箱本《花間集》是從茅本複印的，但錯字百出，且擅自割裂十卷為十二卷，是坊刻牟利者。

　　稍晚於楊慎的王世貞也欣賞詞的「穠情致語」，認為詞最適合表現「情」，特別是表現閨閣之情。《藝苑卮言》曰：「詞須宛轉綿麗，淺至儇俏，挾春月煙花於閨幨內奏之，一語之豔，令人魂絕，一字之工，令人色飛，乃為貴耳。至於慷慨磊落，縱橫豪爽，抑亦其次，不作可耳。」[168]又曰：「《花間》以小語致巧……其婉孌而近情也，足以移情而奪嗜。」[169]明確將「言情」視為詞體的內在特質。他充分肯定「香而弱」、「柔靡而近俗」的花間詞是詞體的典範。[170]他特別欣賞詞的妙句。楊慎、王世貞二人，執當時詞壇之牛耳，一般人皆步其後塵，視《詞品》、《藝苑卮言》為必讀書，他們對花間詞的推崇，自然影響世人的態度，故一時人人競相談花間、學花間，香弱詞風盛行。

　　《花間集》自楊慎發現後，屢次刊刻印行，但尚無人評點。湯顯祖有鑑於此，便評騭之。湯顯祖評點《花間集》完成於萬曆四十三年（1615），見閔映璧刻朱墨套印本。萬曆四十八年（1620），閔映璧

---

167 陳耀文：《花草粹編》，萬曆十一年（1583）刻本，卷首。

168 唐圭璋：《詞話叢編》（一）（北京市：中華書局，1986年），頁385。

169 唐圭璋：《詞話叢編》（一）（北京市：中華書局，1986年），頁385。

170 唐圭璋：《詞話叢編》（一）（北京市：中華書局，1986年），頁385。

（無暇道人）〈《花間集》跋〉中自述將楊慎、湯顯祖批選的《草堂詩餘》、《花間集》二書合刊（世稱閔刊《花間》、《草堂》）。湯顯祖評本是《花間集》加評語的第一個本子，將《花間集》原十卷本合併為四卷，人和調皆依原來次序編排。湯顯祖〈玉茗堂評《花間集》自序〉闡明自己對《花間集》的獨特見解：

> 自「三百篇」降而騷賦，騷賦不便人樂，降而古樂府；樂府不
> 入俗，降而以絕句為樂府；絕句少宛轉，則又降而為詞，故宋
> 人遂以為詞者詩之餘也……《花間集》久失其傳。正德初，楊
> 用修遊昭覺寺，寺故孟氏宣華宮故址，始得其本行於南方。詩
> 餘流遍人間，棗梨充棟，而譏評賞鑑之者亦復稱是，不若留心
> 《花間》者寥寥也。余於《牡丹亭》、「二夢」之暇，結習不
> 忘，試取而點次之，評騭之，期世之有志風雅者與詩餘互賞，
> 而唐調之反而樂府，而騷賦，而三百篇也，詩其不亡也夫！詩
> 其不亡也夫！[171]

湯顯祖的文藝觀是以情反理，帶有個性解放的色彩，這在評點《花間集》時也體現出來。他特別欣賞花間詞的「情」，評溫庭筠〈女冠子〉其一，「情語不當為登徒子見也」（卷一）；韋莊〈謁金門〉其一，「情不知所起，一往而情深」（卷一）；皇甫松《摘得新》其一，「『自是尋春去叫遲』，情癡之感，亦負心之痛也」（卷一）；和凝〈天仙子〉其二，「語俗而情真」（卷三）。他欣賞花間詞「言簡而旨遠」，欣賞「纖詞麗語」、「韻致」、「古雅」、「秀句」、「雋句」等。有的評點還以畫論詞，如評溫庭筠〈菩薩蠻〉其五「碧紗如煙隔窗語」，「得畫家三昧，此更覺微遠」（卷一），評〈菩薩蠻〉其十「沉

---

171 湯顯祖：《玉茗堂評花間集》，萬曆四十八年（1620）閔映璧刻朱墨套印本，卷首。

香」、「芳草」句，「皆詩中畫」（卷一）；評李珣〈南鄉子〉其二，「這般染法，亦畫家七十二色之最，上乘也。墨子當此，定無素絲之悲」（卷四）。湯顯祖充分肯定花間詞在詞史上的開山地位，這是明人對詞體特徵的新認識，花間詞獲得了新的生命。花間詞經湯顯祖的評點，得到了進一步的傳播，湯評花間，是「花間熱」的升溫，對「花間熱」起到推波助瀾的作用，也為後人解讀和評價花間詞提供了借鑑和啟示。

　　無暇道人（閔映璧）於萬曆庚申（1620）跋湯顯祖評本《花間集》云：

> 余自幼讀經、讀史，至仁人、孝子有被讒者，為之扼腕，輒欲手刃之而後稱快焉。乃戊申梁溪肆毒，爰及於余。余於是廢舉業，忘寢食，不復欲居人間世矣。縉紳同袍力解之弗得。忽一友出袖中二小書授余曰：「旦暮玩閱之，吟詠之，牢騷不平之氣，庶幾稍什其一二。」余視之，則楊升庵、湯海若兩先生所批選《草堂詩餘》、《花間集》也。於是散髮披襟，遍歷吳、楚、閩、粵間，登山涉水，臨風對月，靡不以二書相校讎。始知宇宙之精英，人情之機巧，包括殆盡，而可興、可觀、可群、可怨，寧獨在風雅乎！嗟嗟！風雅而下，一變而為排律，再變為樂府、為彈詞；若元人之《會真》、《琵琶》、《幽閨》、《繡襦》，非樂府中所稱膾炙人口者歟？然亦不過摭拾二書之餘緒雲爾。烏足羨哉！烏足羨哉！[172]

無暇道人高度評價湯評花間詞，說在混濁的人世間偶得此書，如沐春風。

---

172 湯顯祖：《玉茗堂評花間集》卷末附，萬曆四十八年（1620）閔映璧刻朱墨套印本。

　　天啟四年（1624）書賈鍾人傑將《花間》、《草堂》合刻，自題
「箋校」，實則既未校，「箋」語也只是在少數詞後贅一兩句極乏意義
的評語。鍾氏將原書次序打亂重編，不以溫庭筠的〈菩薩蠻〉開始，
而是依字數少多為順序，改以〈南歌子〉一調開始，且將《花間集》
原詞五百首選落一百零八首，只剩下三百九十四首。《天祿琳琅》著
錄《花間集》時說是三百九十四首，可能就是指鍾刻《花間集》。溫
博補選的十四家，又被剔出元結、徐冒圖、薛能及無名氏四家，又將
李煜的〈望江南〉、〈虞美人〉、〈一斛珠〉、〈望天長〉四調刪去，且將
詞作者張冠李戴，如溫庭筠詞被署作牛嶠、韋莊詞被署作溫庭筠等。
鍾本在首頁次行題「新都楊慎品定」，是冒楊慎大名做廣告，擴大影
響，以暢銷獲取厚利。

　　明末，毛晉汲古閣《詞苑英華》本有《花間集》，以陸游兩跋的
南宋本為底本（簡稱「毛本」），毛本目錄完備，也沒有亂分卷帙，臆
改字句。雪豔亭活字本《花間集》則亂上加亂，既不以人分卷，也不
依調、字數分卷，而是以〈菩薩蠻〉調開始，將同調的詞都輯在一
起，次〈更漏子〉等，校對粗疏，尤多臆改及誤植處，且混淆了原書
與補選的界限。至此，《花間集》的刊刻已到庸濫的地步。明刻《花
間集》，除正德復晁本、毛本外，其他諸刻多任意增刪挖改，顛倒卷
帙，校對粗疏，刻書者多為書商，以謀利為目的。

　　《花間集》明時有注本，明俞弁《逸老堂詩話》注「一方卵色楚
南天」，引「《花間集注》卵作泖者，非是。」況周頤《蕙風詞話》亦
予甄采。張杞酷嗜《花間集》，曾全和一遍。陳耀文輯《花草粹編》，
吳承恩輯《花草新編》五卷，皆是以《花間》、《草堂》而取名的。可
見《花間集》在明中葉以後影響之大。

　　上述可見，花間詞在明中葉以後的盛行，與楊慎、王世貞、湯顯
祖三人的「權威」影響是分不開的。楊慎發現並評介《花間集》，湯
顯祖評點了《花間集》，皆推動了《花間集》的傳播。

　　「花間熱」在一定程度上是明代資本主義萌芽、商品經濟繁榮的結果。社會上盛行享樂之風，市民階層對娛樂生活也有新的需求。而花間詞本來即是晚唐五代社會享樂之風的產物，是供統治者佐歡取樂的，晚明社會風氣正復與晚唐五代相似，人們將花間詞視為異代知音，找到了感情上的共鳴點，《花間集》遂成為明人競相閱讀的暢銷書籍。「花間熱」中滲透了商品意識，商業味很濃，書商刊刻是求利，文士校輯宣傳是獵名，高雅的文化行為變得庸俗化，降低了文化品位。《花間集》校訂粗疏，隨意增刪，品質低劣，也反映了晚明空疏、浮躁的學術風氣。

　　晚明文壇「情」字氾濫，戲曲、小說皆津津樂道男女私情，《金瓶梅》便是一個極端的例子。詞壇上香豔淫靡之風盛行，毛晉〈《花間集》跋〉云：「近來填詞家，輒效顰柳屯田，作閨幃穢媟之語。」[173]花間詞多寫男女豔情、離情別恨，符合晚明人的欣賞口味。但個人私情的重視又帶有個性解放的色彩，有一定的反傳統意義。明人對花間詞「情」的理解帶有自己時代的新內容，其文化意義有值得肯定的地方。

　　明人以純審美、越功利的眼光看待花間詞，將其視為怡情悅性、消遣娛樂的文學，欣賞花間詞是追求自我愉悅，而不再提及什麼「有補於世」，什麼感發善心、有助教化，也不求什麼「雅正」。他們又從純語言角度欣賞花間詞，王世貞欣賞花間詞「小語致巧」，湯顯祖評點也欣賞其「秀句」「儁句」，皆異口同聲地讚賞花間詞精美巧致的語言。明人多以自己的眼光對花間詞作出新的理解和闡釋。他們卑視詞體，固守北宋人詞為「小道」的觀念，以古為尚。雖有保守之弊，但也在一定程度上保持了詞體特性。

　　創作上，明人學習花間，觀念保守，一味以花間為準，模仿多於創新，成就不高。又將詞、曲合體，模糊了詞、曲的界限。學花間，

173　毛晉：〈《花間集》跋〉，汲古閣：《詞苑英華》本。

但遺其清麗渾樸之精髓。陳廷焯《白雨齋詞話》卷三評楊慎小令「合者有五代之遺意，而時雜曲語，令讀者短氣」[174]，是中肯之言。

詞學在明代「中衰」，其中很大一部分原因在於明代詞壇「近俗」風氣的盛行。王昶〈《明詞綜》序〉說：「永樂以後，南宋諸名家詞，皆不顯於世，惟《花間》、《草堂》諸集盛行。至於楊用修、王元美諸公，小令、中調頗有可取，而長調則均雜於俚俗矣。」[175]陳廷焯《白雨齋詞話》卷八曰：「《花間》、《草堂》、《尊前》諸選，背謬不可言矣。所寶如此，詞欲不振，可乎？」[176]《花間》、《草堂》的流行對明詞的「中衰」確實起很大的作用，但明詞「中衰」的原因是多方面的，陳氏之論也有偏頗之處。

《花間集》風行天下，「花間熱」也與當時文壇「復古」風尚有極大關係。明前、後「七子」以復古相號召，標舉「文必秦漢，詩必盛唐」，但抽去了以復古為革新的靈魂，一味尊古賤今，為復古而復古。由此引申，則詞不古便不成其為詞。《花間集》為詞集中最古者，為文人詞的源頭。所以被他們視為經典和填詞範本。朱彝尊《詞綜》〈發凡〉批評明人將《草堂詩餘》「守為《兔園冊》」。[177]實則，他們也把《花間集》守為《兔園冊》，也以花間為標準評價前人的詞作。卓人月《古今詞統》評寇準〈江南春〉「全擬《花間》」。毛晉〈《小山詞》跋〉說：「獨小山集直逼花間，字字娉娉嬝嬝，如攬嬙、施之袂。」[178]明末，陳子龍認為，南宋以後「詞統」已絕，他以接續「詞統」為己任，於是，跳越南宋、金、元，直接回歸唐、五代、北宋，

174　唐圭璋：《詞話叢編》（四）（北京市：中華書局，1986年），頁3824。

175　王昶：《明詞綜》卷首（瀋陽市：遼寧教育出版社，1997年）。

176　唐圭璋：《詞話叢編》（四）（北京市：中華書局，1986年），頁3970。

177　朱彝尊：《詞綜》（上海市：上海古籍出版社，2005年），頁11。

178　毛晉：〈《小山詞》跋〉，汲古閣：《詞苑英華》本。

沈億年《支機集》〈凡例〉說陳子龍「專意小令，冀複古音」。[179]以陳子龍為首的「雲間詞派」，如李雯、宋徵輿、蔣平階等，崇俗尚豔，對花間詞推崇備至，詞皆專學花間詞，且有創新。他們生當明、清易代之際，詞作哀感頑豔，專學古，而不承金、元詞，帶有一定的民族情感。

「花間熱」從正德末開始，在明代「熱」了一百多年，一直延續到清初三十年間，「雲間詞派」多有入清者。清初，花間香豔綺麗詞風仍盛行，王士禛揣摩花間詞，喜以淺語入詞，俗字入韻，毛奇齡也受到陳子龍推崇花間詞的影響，納蘭性德詞的成就很高，即多從花間詞中吸收養料，且結出碩果，其間變化軌跡甚為分明。

明人對花間詞的推崇，主要是學習和鑑賞，模仿創作是其次的。也就是說，「花間熱」主要熱在讀書界，其次才是創作界。「花間熱」由明中葉開始在出版界、讀書界興起，然後才有創作者的模仿學習，如張杞和花間詞。

「花間熱」中涉及到編選、校訂、注釋、評點、學習創作等方面，還折射出明代特別是晚明的文化氣候、學術風氣、文壇風尚、詞體觀念以及人的價值觀、精神風貌等等，很有研究價值。

179　蔣平階等著：《支機集》〈凡例〉，趙尊嶽輯：《明詞彙刊》（上海市：上海古籍出版社，1992年），上冊，頁556。

第三章

北宋詞史論

第一節　柳永評價「熱點」、「盲點」透視

　　對柳永及其詞的成就以及在詞史乃至整個文學史上地位的評價，歷代研究者皆有爭議。這些爭議反映出學術研究和評價中的諸多帶有普遍性、規律性的問題，涉及到研究者的學術態度和立場、歷史觀、文學觀、文學史觀、藝術觀等許多方面。對柳永評價中一些重要問題的深層思考，不僅僅對深入研究柳永、柳詞有意義，對整個詞史及文學史、文化史研究也是有意義的。本文主要就柳永評價中的幾個「熱點」、「盲點」問題略抒淺見，以求教於方家。

一　柳永人品與詞品的評價問題

　　對柳永的人品、人格，歷代評價基本上是較低的。如嚴有翼《藝苑雌黃》批評他「薄於操行」，「日與獧子縱遊娼館酒樓間，無復檢約」。[1]陳師道《後山詩話》載，柳永「會改京官」，仁宗「乃以無行黜之」。[2]王國維《人間詞話刪稿》說：「屯田輕薄子，只能道『奶奶蘭心蕙性』耳。」[3]視柳永為「涼薄無行」之人。總之，柳永是個無行文人，整日出入秦樓楚館，依紅偎翠，浪蕩狂放，人品低下，人格卑微。當代有些論者則批評他在詞中歌功頌德、點綴升平，向統治者

1　胡仔：《苕溪漁隱叢話·後集》（北京市：人民文學出版社，1962年，卷39引。

2　何文煥：《歷代詩話》（北京市：中華書局，1981年）。

3　唐圭璋：《詞話叢編》（一）（北京市：中華書局，1986年），頁4265。

獻媚，是個鄙俗無骨氣的詞人。

　　與人品相聯繫，柳詞品格自然不高。如當時蘇軾即不滿柳永、秦觀的詞「以氣格為病」。[4]王灼《碧雞漫志》也批評柳詞「淺近卑俗」，「比都下富兒，雖脫村野，而聲態可憎」[5]沈雄《古今詞話》〈詞評〉卷上引陳振孫語：「柳詞格不高」。[6]張德瀛《詞徵》卷五說柳詞「語纖而氣雌下」。[7]周曾錦《臥廬詞話》也批評柳永「詞格之卑，正不徒雜以鄙俚已也」。[8]總之，柳詞品格低下卑俗，屬「淫靡」之音。

　　孤立、靜態地看，上述批評都是有道理的。但若全面、動態地考察分析，則其片面性又是顯而易見的。因此，不能作為評價柳永、柳詞的「定論」。

　　作為對上述觀點的「反撥」，當代論者又多為柳永的人品和詞品辯護。如《西南師範大學學報》一九九四年第二期程瑞劍〈柳永思想性格新論〉一文推崇柳永「有功於社會，無過於人民，庶幾可稱古今一大完人」。《華南師範大學學報》一九九四年第三期陳新璋〈柳永詞被接受史三題〉中第一個小標題即明確標出：「柳永的人品——不必非議」。論者還一致肯定柳永蔑視功名的反傳統性格。對柳詞的品格情調，論者也多從「市民文學」的角度予以肯定。筆者看來，這些觀點又明顯有矯枉過正之嫌。我們應理性、公允地評價柳永其人其詞。

　　首先應該看到，柳永不是「完人」、偉人，他的人格既不卑鄙，也不高尚。他是普通人，是本色詞人，是性情中人，是有缺點而真實的人。他沒有顯赫的功名業績，沒有人給他樹碑立傳、論功行賞，死

4　葉夢得：《避暑錄話》，《文淵閣四庫全書》本，卷下。

5　唐圭璋：《詞話叢編》（一）（北京市：中華書局，1986年），頁84。

6　唐圭璋：《詞話叢編》（一）（北京市：中華書局，1986年），頁982。

7　唐圭璋：《詞話叢編》（五）（北京市：中華書局，1986年），頁4156。

8　唐圭璋：《詞話叢編》（五）（北京市：中華書局，1986年），頁4648。

後沒有人為他寫墓誌銘，沒有人給他作頌贊，他更沒有資格得到朝廷的封諡。他出入秦樓楚館，追求聲色之娛，是一般文人習氣。當時官僚文人如晏殊、歐陽修等亦多蓄家妓享樂，在時代享樂風氣下，「大人物」尚且難免，不能只要求柳永一人。歷代有人為歐陽修寫豔詞辯護，卻無人為柳永辯護，以雙重道德標準衡量同時代詞人，這是不公平的。當然，我們也不應稱許柳永的浪蕩作風。

柳永蔑視功名，「忍把浮名，換了淺斟低唱」（〈鶴沖天〉）。在一定程度上是「酸葡萄」心理，是牢騷語，並不是心裡話，只是心理平衡、安慰而已。實際上，封建士子是幾乎沒有不要功名的。柳永也汲汲於進用，也在做官。他關心民生，〈煮海歌〉即是明證。說他蔑視功名，淡泊名利，反傳統，也抬高了他。他並不清高，也不脫俗，是常人心態、常人人格，不必過分責怪，也不應過分褒揚。柳永與溫庭筠、周邦彥、康與之等一樣，是詞人中一種類型的代表。他身上確有文人的浪蕩風流習性，有市民的庸俗情調，人品、詞品皆不能評價過高。

我們評價作家作品，習慣於信奉「風格即人」之說，將人品、文品劃上等號，人品高，文品必高；人品低，文品必低。其實人品與文品有時是不能劃上等號的。柳永時代，詞稱「曲子」、「歌詞」、「小歌詞」、「樂章」等，是通俗的流行歌曲，屬音樂範疇，而不是嚴格意義上的格律詩。柳永制譜填詞，多是付於歌妓演唱，多是「代言」體，不是「言志」詩。詞中表達的感情多是虛擬性的，不一定是作者的感情，詞的風格的崇卑高下多因歌唱對象、接受對象的身分及欣賞接受能力而定，不一定代表作者的人格。此時，人品與詞品是相對分離的。無視柳詞的通俗音樂特性和原生態，單純以格律詩的標準要求柳詞的品格，自然對之評價較低。我們不應完全超越歷史語境要求柳詞，應把柳詞的通俗音樂特性和高雅文學特性結合起來考察，結合歷史語境和當代語境，對其做出既合乎歷史的、又合乎邏輯的評價。

　　歷代論者多批評柳永的人品，同時又肯定欣賞柳詞的藝術成就，對詞人、詞品的評價是分離的。這反映出文學史、文學批評史上的一個突出現象，人品高未必寫出好作品，作品好未必人品高。德與才有時很難統一，盡善盡美的作品並不多。特別是今天接受柳詞時，可只欣賞其優秀之作，對其生活、人品可不必多問。否則，一味糾纏於人品、文品之爭，以人品代替文品，以道德評價代替審美評價，勢必將許多人品有「問題」的優秀之作排斥掉，或片面肯定人品高尚者的平庸之作。

　　站在當代立場，也不應以道德評價代替審美評價。柳永人品確實談不上高尚，但並不決定他就寫不出較高格調、品味的詞作，蘇軾即讚賞柳詞〈八聲甘州〉中名句「霜風淒緊，關河冷落，殘照當樓」，說「此語於詩句不減唐人高處」。[9]

　　柳永人品與詞品在當時確有負面價值和負面影響，這是不必諱言的。但隨著時間的推移、歷史的發展，柳詞經過一代一代的雅化和審美化選擇、淘汰，後人接受的多是比較優秀的作品。柳永距離後人時代愈遠，後人對柳永的認識也經過了完美化選擇，接受其優點的影響，而較少受其缺點的影響。所以，後人愈來愈傾向於肯定和欣賞柳永其人特別是他的詞作，對缺點卻輕視或者忽略不計了。這是文學傳播與接受中的一種自然的帶規律性的現象。我們需明白這一點，但不能走極端，盲目拔高，一味肯定。

　　當代研究者多肯定柳永人格的「真」。柳永的人格確屬「真」，不掩飾，不虛偽做作，表裡一致，純是性情中人。而不是像其他詞人如晏殊、歐陽修，寫豔詞還躲躲閃閃，只敢私下裡喜歡，公開場合卻又擺出正人君子的樣子。晏殊寫豔詞，卻指斥柳永，晏、歐的人格是矛盾的，是雙重人格，是以正統自居的官僚文人的常態，當然「真」比不上柳永。但我們對柳永的「真」也要歷史、全面地評價，不能以為

9　趙令時：《侯鯖錄》，《知不足齋叢書》本，卷7引。

凡「真」都應該肯定，頹廢放蕩、自暴自棄的「真」是不應稱許的。「偽」有時是克制自己，以合社會規範，作為一個社會性的人，也是有必要的。所以，也不應一見晏、歐的「偽」便否定。

對柳詞的「真情」也不能盲目拔高，柳永與歌妓間的感情是情、欲混合一體的，不能說沒有愛情，也不能說沒有玩弄女性的性欲成分。過分指斥不對，現在一味肯定，認為是真正的愛情，是真正的愛情詞而不是豔詞，也是片面的。

柳永的人格也有雙重性，詞人柳永和詩人柳永的區別也較明顯。寫〈煮海歌〉的詩人柳永似乎與寫戀詞的柳永無多大關係，說明柳永也很注意不同文體功能的差異性，以不同的態度對待詩、詞創作。我們僅以詞人生活、詞作本身來考察柳永，難免片面失真。應聯繫其全部生活和創作活動做全面的評價。

解釋柳永、柳詞品格較低的原因也應公允客觀。柳永生活的時代，社會上下盛行享樂之風。朝廷鼓勵大臣享樂，視為安邦定國之策。在這種時代風氣下，一般人皆不能免俗。柳詞的「淫靡」只是一種表徵，是享樂世風、士風的藝術表現，是時人心態、時代精神的反映。柳詞是果而不是因，我們分析問題不應因果顛倒。要批評柳詞的「淫靡」、「卑俗」，須先批評皇帝、大臣、自視正統的官僚文人，柳永只是個小人物，對社會的影響是有限的。我們對柳永應有「了解之同情」。

二　柳永評價差異性問題的接受美學思考

柳永、柳詞的價值高下固然是由其本身決定的，但也與接受者有密不可分的關係。我們分析評價時，應充分重視接受者因素，柳永評價中的差異性，有時完全是接受者的主觀差異性造成的。這是柳詞評價中長期被忽視的「盲點」。

　　柳詞在當時是流行歌曲，成為一種文藝時尚，時人受其薰染而不
自覺，多心醉神迷於其優美曼妙的旋律中。當時的評價多屬感性認
識，缺乏理性的分析。當柳詞成為「歷史」時，人們才有條件對其做
理性的學術評價。

　　在傳播過程中，柳永形象發生了一些變異。後人多津津樂道於其
與歌妓交往、為歌妓填詞的風流韻事，而對其熱衷功名、關心民瘼的
「事功」視而不見、避而不談。宋元以來筆記、話本、雜劇及小說中
多喜寫柳永情事，如話本《柳耆卿詩酒玩江樓記》、《眾名妓春風弔柳
七》，雜劇《錢大尹智寵謝天香》、《風流塚》、《變柳七》等。筆記、
戲曲、小說中的柳永形象是虛構、誇大了的柳永。這樣，後人實際上
把柳永重塑為純然風流浪蕩的才子文人，與原來的真實形象已有較大
距離。一般接受者、研究者不加深思，輕意接受已經變形了的柳永形
象，故對其人格評價失真，「誤解」、「曲解」了柳永其人。也就是
說，後人心目中的柳永的缺點，有些已不是柳永自身的，而是後人
「追加」上去的。我們今天評價柳永，應還其本來面目。一些研究者
考證柳永的生平事蹟，指出其傳統、入世、追求「事功」的一面，這
是歷史的、科學的態度。

　　因時代發展變化，柳詞的價值亦隨之增減沉浮。柳永身值「百年
無事」的太平盛世，當時都市經濟的繁榮是舉世矚目的。文藝是社會
生活的典型概括，是時代的心靈史。柳詞多描寫都市繁華、風俗人
情，鋪敘展衍，「承平氣象，形容曲盡」。[10]從這一角度看，柳詞可謂
是「盛世之音」，是時代的歡歌和頌歌。因此，當時及稍後的一段時
期裡，柳詞廣受人們歡迎。如李之儀〈跋《吳思道小詞》〉即欣賞柳
詞「形容盛明」，令人「千載如逢當日」。[11]黃裳晚年，身逢北宋滅亡

---

10 沈雄：《古今詞話‧詞評》卷上引陳振孫語，唐圭璋：《詞話叢編》（一）（北京市：
　　中華書局，1986年），頁982。

11 李之儀：《姑溪居士文集》，清宣統三年刻本，卷40。

前後的衰世、亂世，〈書《樂章集》後〉曰：

> 予觀柳氏樂章，喜其能道嘉祐中太平氣象，如觀杜甫詩，典雅
> 文華，無所不有。是時，予方為兒，猶想見其風俗，歡聲和
> 氣，洋溢道路之間，動植咸若。今人歌柳詞，聞其聲，聽其
> 詞，如丁斯時，使人慨然所感。嗚呼！太平氣象，柳能一寫于
> 樂章，所謂詞人盛世之黼藻，豈可廢耶？[12]

作者懷念留戀過去的「盛世」，對柳詞的「太平氣象」便有一種情感
上的認同。

　　南宋前期，民族矛盾尖銳激烈，時代需要「鼓點」式的吶喊，強
調文藝的實用功利性。這時柳詞中描寫男歡女愛的「靡靡之音」自然
遭到志士仁人的唾棄。胡寅〈《酒邊集》序〉說：「及眉山蘇氏，一洗
綺羅香澤之態，擺脫綢繆宛轉之度，使人登高望遠，舉首高歌，而逸
懷浩氣，超然乎塵垢之外，於是《花間》為皂隸，而柳氏為輿臺
矣。」[13]所說極有道理。南宋後期，姜夔、張炎一派倡風雅，柳詞的
「俚俗」便遭到譏評。柳詞在南宋大貶其值，是十分自然的現象。

　　元詞是南宋詞的延續，柳詞在元代的遭遇與在南宋時相近。明人
鄙視詞體，詞學不振，於唐宋詞，多僅學《花間集》、《草堂詩餘》兩
選本。《草堂詩餘》只收柳詞十四首，很難體現出柳詞的價值。在明
代，柳詞未得到世人的充分重視和賞識。明末清初，笙歌享樂思想盛
行，柳詞的香豔重又受到世人歡迎。如宋徵輿、李雯、李漁、鄒祗
謨、董以寧、沈謙等皆喜學柳詞。康熙中葉後，以朱彝尊為首的浙西
詞派論詞尊雅黜俗，柳詞的俗豔因不合時宜而受到鄙視。此後，清人
論柳詞多取其格調近雅之作。柳詞作為「古代文學」，歷代被人們有

---

12 黃裳：《演山集》，《文淵閣四庫全書》本，卷35。
13 吳訥：《百家詞》（天津市：天津市古籍書店，1992年，影印本），上冊，頁595。

選擇地接受，並以自己時代的審美趣味給予傾向性的評價。柳詞的價值時高時低，「與世沉浮」。

接受者身分不同，對柳永的評價即不同。正統文人站在傳統「詩教」的立場看柳詞，對其貶斥自然不遺餘力。如明末毛晉〈《花間集》跋〉曰：「近來填詞家，輒效顰柳屯田，作閨幃褻媟之語，無論筆墨勸淫，應墮犁舌地獄，於紙窗竹屋間，令人掩鼻而過，不無慚愧無地邪？」[14]完全是衛道者的口吻，把柳詞罵得一無是處。清常州詞派的領袖張惠言以「詩教」為標準論詞，強調溫柔敦厚，寄託遙深，樂而不淫，怨而不怒。批評柳詞「褻狎」、「蕩而不返」，非詞之正體。因此《詞選》中不錄柳詞一首。正統文人眼中，柳詞只是供批判用的材料，是毫無正面價值的。這種評價歷史地看雖有一定的合理性，但毫無疑問是以道德評價代替審美評價的偏激迂腐之論。

柳詞多寫男女風情，綺語柔情，香軟濃豔，撩人情思，動人魂魄，與青年男女的生活最為貼近，適合他們的欣賞口味，從某種程度上說，柳詞是青年人的藝術。成年人、老年人多不欣賞。年齡是造成文藝欣賞和接受差異性的重要因素。

接受者審美趣味的高下造成了柳詞接受的差異性。柳詞較淺俗，極富市民情調，偏屬「下里巴人」的藝術，投合文化層次較低的市民欣賞口味和接受能力，故受到大眾的普遍歡迎，在市民文化圈中大暢其道。王灼《碧雞漫志》卷二說柳詞「不知書者尤好之」。[15]黃昇說：「耆卿長於纖豔之詞，然多近俚俗，故市井人悅之。」[16]柳詞當時只是通俗的流行歌曲，為使聽者易於接受，也必須語言淺近通俗。

當文化修養較高的文人雅士把柳詞當作純格律詩欣賞時，便以「陽春白雪」的高標準來衡量評價。這時，柳詞的缺點便暴露無遺。

---

14 趙崇祚：《花間集》附，明汲古閣刻本。
15 唐圭璋：《詞話叢編》（一）（北京市：中華書局，1986年），頁84。
16 黃昇：《唐宋諸賢絕妙詞選》，《四部叢刊》本，卷5。

歷代文人幾乎異口同聲地批評柳詞「淺近卑俗」、「輕浮猥媒」、「辭語塵下」，缺乏高韻、高境，就是以雅的標準來衡量的。宋末張炎《詞源》卷下〈雜論〉云：「詞欲雅而正，志之所之，一為情所役，則失其雅正之音。」[17]批評柳詞「為風月所使」，不符合「雅而正」的標準。吳曾說：「子野韻高，是耆卿所乏處。」[18]陳廷焯《白雨齋詞話》卷一也批評柳詞「意境不高，思路微左」。[19]

柳詞在後來傳播過程中發生一些價值增減和變異，隨著時代和人們審美好尚的變化，它的價值被接受者有意無意地進行積極或消極的「曲解」和「誤讀」，這是文學接受中的常見現象。柳詞的一些優點或缺點是接受者加上去的，不是柳詞本身的問題。清初，彭孫遹《金粟詞話》早已指出：「柳七亦自有唐人妙境，今人但從淺俚處求之，遂使《金荃》、《蘭畹》之音流入〈掛枝〉、〈黃鶯〉之調，此學柳之過也。」[20]我們既要認識到柳詞的「歷時」價值，進行主動地、創造性地接受；又要認識到其價值的變數因素，不要把它視為一成不變的東西。

造成柳詞評價差異性的原因是十分複雜的，從柳詞接受史角度來看，對有些長期糾纏不清的問題便可清楚地理解了。這是當代深化柳詞研究的可行思路。

三　柳永在文學史及文化史上的地位

一般論者只注意到柳永在詞史上的地位，肯定他在詞調、詞的題材、語言、風格、手法上的開創之功和詞史意義。深入研究下去，實

---

17 唐圭璋：《詞話叢編》（一）（北京市：中華書局，1986年），頁266。
18 吳曾：《能改齋漫錄》，《守山閣叢書》本，卷16。
19 唐圭璋：《詞話叢編》（四）（北京市：中華書局，1986年），頁3783。
20 唐圭璋：《詞話叢編》（一）（北京市：中華書局，1986年），頁723。

際上，我們對柳永和柳詞價值及意義的認識是遠遠不夠的，應把柳永、柳詞置於中國歷史大背景下考察，做動態的、整體的把握和評價。

　　柳永是作為音樂家和文學家的雙重身分出現於時代文藝舞臺上的，既擅長創調作曲，又精於填詞，他的詞作是音樂與文學的完美結合，是音樂文學的典範，淺近明白，音律諧美，聲情並茂，雅俗共賞，廣受社會各階層歡迎。當時及以後的相當長的一段時間裡，柳詞幾乎傳唱到全國各個角落，如南北宋之交的葉夢得自述嘗見一西夏歸朝官云：「凡有井水飲處，即能歌柳詞。」[21]柳詞成為一種文化時尚，「柳永熱」成為當時一大文化景觀。如此廣泛的影響證明了柳詞的巨大藝術魅力，也證明柳詞有廣泛的群眾基礎。柳詞創作源於民眾，又面向民眾，真正成為民眾的文藝。柳詞的創作昭示了一條文藝創作的光明大道，脫離民眾的藝術是缺乏生命力的。

　　柳詞的風行一時，證明了它的「時效」價值。這種價值是一種有意義的存在。柳詞藝術地表現了當時的社會生活、人們的心態、審美好尚等，是時代的心靈史、心態史。它的藝術價值和認識價值是散文、詩歌等其他文體代替不了的，也不是一些正統文人所能貶低否定了的。

　　柳永的羈旅行役詞受到歷代論者的一致稱許，但對它的詞史意義認識還不夠充分。柳永以前，韋莊、李珣、歐陽修等偶有寫羈旅之感的，但影響不大。柳永的詞作，寫具體、真實的個人生活經歷和感受，事真、情真、語真，是極具個性的「個人化寫作」，在詞史上具有開創之功，影響深遠。柳永以前的詞作多屬「代言體」，多寫普泛化的情感，同時的晏殊、歐陽修詞也無多大改變。在詞的寫作走向個人化、個性化的道路上，柳永擔當了歷史賦予他的「革新者」角色。

　　按照詞的邏輯發展，必然要走世俗化、通俗化的「俗」化道路，

---

21 葉夢得：《避暑錄話》卷下，《文淵閣四庫全書》本。

與另一條士大夫文人的文雅化、規範化的「雅」化道路並行發展。柳詞開闢了一條「俗」化之路，贏得了社會最廣泛的接受群體，這是最具詞史意義和文學史意義的。

柳詞在時代文學中有十分突出的價值和地位。柳永的時代正處北宋文學的高峰期，歐、蘇等六大家古文，梅堯臣、蘇舜欽、歐陽修、王安石、蘇軾等的詩歌，都取得了巨大成就。柳永的詞發揮了音樂文學的特長，善於表現深層內在的細微感情，樂於表現正統詩、文不願表現的內容，從新的視角記錄了時代「心靈史」。其藝術成就與同時代詩、文相較毫不遜色，其認識價值也是獨特的。宋詞能代表「一代之文學」的成就，應首先歸功於柳永的開啟之功。柳永與蘇軾一道改寫了宋代文學史，試設想一下，若沒有柳永和蘇軾，宋代的詞能否取得如此大的成就；若沒有柳詞、蘇詞，宋代文學的總成就又將有多大？

柳詞在整個文學史上也佔有重要的地位。柳詞的「俗」化，在文學觀念上有突破性的意義。以前的文學基本上屬貴族文學、士大夫文學，是「雅」文學，是少數人的專利。詞在民間興起以後，很快被文人改造，在宮廷中片面發展。柳永把詞由宮廷帶到市井，由貴族帶到市民，將詞生活化、通俗化。這是對傳統「雅」文學觀念的突破。中晚唐以來，中國文學正在走雅文學向俗文學轉化的道路，唐傳奇到宋話本的興起，通俗流行歌曲──詞的興起，都是這種轉化的標誌，元代以後，元曲（雜劇、散曲）、明清戲曲（傳奇）、白話小說的興盛，使傳統雅文學相形見絀。在這一中國文學通俗化歷史進程中，詞體文學是傳統詩、文為主體的雅文學到戲曲、小說為主體的通俗文學過渡的橋樑。而詞體的真正通俗化則是由柳詞開啟的。柳詞更直接或間接影響了元曲的形成和興起。柳詞的意義並不侷限於其本身，更重要的在於它對文學觀念的突破以及在文學發展演變史上承前啟後的歷史地位。

柳詞的文化史意義在於它在一定程度上代表了市民文化、都市文

化、通俗文化的成就和發展方向。這是一種非主流、非正統、非正宗的邊緣性文化，它一直受主流文化的壓抑和排斥，卻受到廣大民眾的歡迎，擁有廣泛深厚的群眾基礎，它在鄙視和歡呼聲中尷尬地生存，說明了雅、俗文化的二元對立觀念對文學創作和接受的深刻影響。

　　柳詞偏重於言個人私情，逃避社會責任和義務，逃避崇高雅正，這種「淺近卑俗」的「淫靡」之辭，是傳統的「道統」和「文統」難以接受的。柳詞的文化意義正體現在它的反傳統、反正統的叛逆「品格」。它證明了以審美娛樂為旨歸的純文學的合理性存在。但也有天生的缺限，也是我們必須鄭重指出的。

第二節　歐陽修的詞學觀

　　道德文章被譽為「一代儒宗」的歐陽修，政事文章之餘，溢為歌詞。他在詞史及詞學史上佔有承前啟後的地位，其詞學觀極具代表性。前此，已有顧易生、金昌娥〈宋代江西詞人晏殊、晏幾道、歐陽修、黃庭堅的詞論〉（《陰山學刊》1996年第2期）、徐培均〈歐陽修雙重文學觀評議〉（《社會科學》1998年第3期）、邱昌員〈簡論晏殊歐陽修的詞學觀及詞作風格〉（《贛南師範學院學報》1999年第4期）、徐安琪〈試論歐陽修的詞學思想〉（《中國韻文學刊》2001年第1期）、羅家坤〈簡論歐陽修的「詩詞分工論」及詞作特色〉（《天水師範學院學報》2005年第4期）等文論及，筆者拜讀後，深受啟發，但有「意猶未盡」之感，有些觀點亦未敢苟同。因此，仍有必要對此問題做進一步系統、全面的研究。

一　「敢陳薄伎」的創作態度

　　歐陽修的詞學觀首先表現為「敢陳薄伎」的即興隨意的創作態

度。其〈採桑子〉組詞分詠潁州（今安徽阜陽）西湖，前有〈西湖念
語〉。「念語」亦稱致語、樂語，是聯章詞開頭的駢儷文字，為演唱前
的開場道白。明徐師曾《文體明辨序說》曰：「按樂語者，優伶獻伎
之詞，亦名致語……（宋代）諸節，皆設大宴，仍用聲伎，於是命詞
臣撰致語以畀教坊，習而誦之；而吏民宴會，雖無雜戲，亦有首章：
皆謂之樂語。」[22]〈西湖念語〉曰：

> 昔者王子猷愛竹，造門不問于主人；陶淵明之臥輿，遇酒便留
> 於道上。況西湖之勝概，擅東潁之佳名。雖美景良辰，固多于
> 高會；而清風明月，幸屬于閒人。並遊或結于良朋，乘興有時
> 而獨往。鳴蛙暫聽，安問屬官而屬私；曲水臨流，自可一觴而
> 一詠。至歡然而會意，亦傍若于無人。乃知偶來常勝于特來，
> 前言可信；所有雖非于己有，其得已多。因翻舊闋之辭，寫以
> 新聲之調，敢陳薄伎，聊佐清歡。[23]

這段文字寫出一種輕鬆悠閒的氣氛，良辰美景，清風明月，蛙鳴陣
陣，適合的是二三良朋，閒步同行，一觴一詠，雅趣盎然。此情此景
下，賦詞一首，權當即興表演，以助遊興。「薄伎」是自謙，有輕視
詞體之意，表明作者的創作態度。

　　對比其詩、文創作，歐陽修作詞態度隨意，不嚴肅。《朱子語
類》卷一百三十九載，歐陽修《醉翁亭記》「初說滁州四面有山凡數
十字，末後改定，只曰『環滁皆山也』五字而已」。[24]畢仲詢《幕府燕
談錄》載：「有奔馬斃犬於前。文忠顧曰：『君試言其事。』同院曰：
『有犬臥於通衢，逸馬蹄而殺之。』文忠曰：『使子修史，萬卷未已

22　徐師曾：《文體明辨序說》（北京市：人民文學出版社，1998年），頁169-170。
23　唐圭璋：《全宋詞》（一）（北京市：中華書局，1965年），頁120-121。
24　朱熹：《朱子語類》，《文淵閣四庫全書》本，卷139。

也。』『內翰以為何如？』文忠曰：『逸馬殺犬於道。』」[25]可見歐陽修作文時字斟句酌的認真態度。又歐陽修〈《梅聖俞詩集》序〉云：「世所傳詩者，多出於古窮人之辭也……內有憂思感憤之鬱積，其興於怨刺，以道羈臣、寡婦之所歎，而寫人情之難言，蓋愈窮則愈工。然則非詩之能窮人，殆窮者而後工也。」[26]詩人積鬱憂悒不平之志，發而為文，故曰「窮而後工」。這是一個接受生活考驗洗禮的過程。而詞創作於閒暇之餘，翻舊闋之辭，寫新聲之調，即興賦詠，頃刻而就，輕鬆隨意，絲毫不費氣力，目的是助興消遣。歐陽修心目中，作詞的確只能算為獻「薄伎」。

歌詞創作環境，規定了不嚴肅的創作態度。歐陽修詞中常寫到此種情景：「青春才子有新詞，紅粉佳人重勸酒。」（〈玉樓春〉）「簾下清歌簾外宴。雖愛新聲，不見如花面。」（〈蝶戀花〉）「酒美賓嘉更勝賞。紅粉唱。山深分外歌聲響。」（〈漁家傲〉）詞創作於酒席筵宴間，伴有絲竹聲樂，出自歌兒舞女之口。此種情景下，需要以嚴肅態度去對待的「言志」之詩、「載道」之文，會破壞遊樂之氣氛、賓客之興致，而帶有遊戲色彩之小詞，不需費神，能助興，能娛賓，亦能自娛，何樂而不為？

這種創作態度是當時風氣，晏殊亦如此。葉夢得《避暑錄話》卷上曰：

> 晏元獻雖早富貴，而奉養極約。唯喜賓客，未嘗一日不燕飲，而盤饌皆不預辦，客至旋營之。頃有蘇丞相子容嘗在公幕府，見每有嘉客必留，但人設一空案一杯。既命酒，果實蔬茹漸至，亦必以歌樂相佐談笑。雜出數行之後，案上已燦然矣。稍

---

25 陶宗儀：《說郛》（北京市：中國書店，1986年，據涵芬樓1927年版影印），卷3。

26 歐陽修：《居士集》，洪本健校箋：《歐陽修詩文集校箋》（上海市：上海古籍出版社，2009年），卷42，頁1092-1093。

闌即罷歌遣歌樂曰:「汝曹呈藝已畢,吾亦欲呈藝。」乃具筆
劄,相與賦詩,率以為常。[27]

晏殊認為,作詞與歌兒舞女愉悅賓客一樣,都是「呈藝」,只是一種
娛樂。試看晏殊的創作環境,歌舞昇平的酒席之間,淺斟低唱,觥籌
交錯,並非清醒的頭腦,也沒有幽雅靜謐的氛圍,酒酣耳熱之際,乃
具筆劄,賦詩若干。李之儀〈跋《吳思道小詞》〉云:「晏元獻、歐陽
文忠、宋景文則以其餘力遊戲。」[28]「餘力遊戲」,正是晏、歐作詞態
度之寫照。

　　北宋文人,多具雙重身分:作為朝廷官員,代表官方,謹慎言
行,宣傳儒家道義;作為文人,天性浪漫,多情敏感,追求感官享
受。雙重身分,雙重人格,文人一方面在社會中戴著人格面具,另一
方面在私人生活場景中展示真實的自我,盡情享樂。[29]馮煦《蒿庵論
詞》云:「宋初大臣之為詞者,寇萊公、晏元獻、宋景文、范蜀公與
歐陽文忠,並有聲藝林。然數公或一時興到之作,未為專詣。」[30]
「一時興到」,充分顯示宋人創作詞時隨興、不經意的態度。北宋人
多視詞為「小道」、「末技」,絕大部分作家把詩、文創作當作正經
事,主要精力都用於詩、文創作上,而填詞只以遊戲態度偶爾染指,
只以餘力為之,當作餘暇時的消遣娛樂。直到南宋,趙與訔跋嘉泰刊
本《白石詞》仍說:「詞曲,特文人餘事耳。」[31]詞為「詩餘」,只是
詩的支流別派,作詞乃詩人的餘事或作詩之餘興。

　　歐陽修認為詞體正適合消閑時即興創作,助興自娛,不必太嚴肅
認真,如此而已。

---

27 葉夢得:《避暑錄話》,《叢書集成初編》本,卷上。
28 李之儀:《姑溪居士文集》,清宣統三年刻本,卷40。
29 參見謝桃坊:《中國詞學史》(成都市:巴蜀書社,2002年),頁30。
30 唐圭璋:《詞話叢編》(四)(北京市:中華書局,1986年),頁3585。
31 夏承燾:《姜白石詞編年箋校》(上海市:上海古籍出版社,1981年),頁188。

二　「聊佐清歡」的詞體功能觀

　　陳世修〈《陽春集》序〉中論述馮延巳及其詞時說:「公以金陵盛時,內外無事,朋僚親舊,或當燕集,多運藻思,為樂府新詞,俾歌者倚絲竹歌之,所以娛賓而遣興也。」[32]「聊佐清歡」和「娛賓遣興」意思相近,正是歐陽修詞體功能觀的精確表述。

　　對歐陽修詞體功能觀的考察,可從當時的社會文化生活狀況來看,最值得注意的是,歌詞創作極為繁盛,這與君主愛好提倡有直接關係。《宋史》〈樂志〉載太宗「前後親制大小曲及因舊曲創新聲者,總三百九十」。[33]僧文瑩《續湘山野錄》云:「太宗酷愛琴曲十小詞,命近臣十人,各探一調撰一詞。蘇翰林易簡探得〈越江吟〉,遂賦此。」[34]至仁宗時,更出現了「歌臺舞席,競睹新聲」的局面。[35]倚聲填詞日益繁榮。陳師道《後山詩話》載,仁宗「頗好其(柳永)詞,每對宴,必使侍從歌之再三」。[36]唱詞,是北宋最為時尚的藝術。其時,人們的詞體功能觀與晚唐五代相似,視詞為淺斟低唱、娛賓遣興之具。詩、文、詞功能開始有了明確分工,詩文「載道」、「教化」、「言志」功能被反覆強調的同時,詞之功能卻被限定在「聊佐清歡」、「娛賓遣興」的苑圍中。

　　作為「一代儒宗」的歐陽修,在詩文革新運動中,提出「文以明道」,十分重視詩、文的社會功用。〈與張秀才第二書〉曰:「知古明道,而後履之以身,施之於事,而又見於文章而發之,以信後世。……其道易知而可法,其言易明而可行。」又曰:「而其事乃世

---

32 吳訥:《百家詞》(天津市:天津市古籍書店,1992年,影印本),上冊,頁149。

33 脫脫等:《宋史》(北京市:中華書局,2000年),卷142,頁2241。

34 文瑩著,鄭世剛等點校:《湘山野錄續錄》(北京市:中華書局,1984年),頁67-68。

35 宋翔鳳:《樂府餘論》,唐圭璋:《詞話叢編》(三)(北京市:中華書局,1986年),頁2499。

36 何文煥輯:《歷代詩話》(北京市:中華書局,1981年),上冊,頁311。

人之甚易知而近者，概切於事實而已。」[37]〈與黃校書論文章書〉中
更明確提出：「中於時病而不為空言。蓋見其弊，必見其所以弊之
因。」[38]要求寫文章不僅要「中於時病」，還應指出造成弊病的緣由和
改革的方法。在《詩本義》〈本末論〉中，他還強調詩歌美善刺惡的
政教功能。他嚴分文體功能疆界，只將詞視為「聊佐清歡」之具。

魏泰《東軒筆錄》卷十一載：

> 慶曆中，西師未解，晏元獻公殊為樞密使，會大雪，歐陽文忠
> 公與陸學士經同往候之，遂置酒于西園。歐陽公即席賦〈晏太
> 尉西園賀雪歌〉，其斷章曰：「主人與國共休戚，不唯喜悅將豐
> 登。須憐鐵甲冷徹骨，四十餘萬屯邊兵。」晏深不平之，嘗語
> 人曰：「昔日韓愈亦能作言語，每赴裴度會，但云『園林窮勝
> 事，鐘鼓樂清時』，卻不曾如此作鬧。」

又載：

> 範文正公守邊日，作〈漁家傲〉樂歌數闋，皆以「塞下秋來」
> 為首句，頗述邊鎮之勞苦。歐陽公嘗呼為「窮塞主之詞」。及
> 王尚書素出守平涼，文忠亦作〈漁家傲〉一詞以送之，其斷章
> 曰：「戰勝歸來飛捷奏，傾賀酒，玉階遙獻南山壽。」顧謂王
> 曰：「此真元帥之事也。」[39]

對比兩則材料，我們可以更清楚地認識歐陽修的詞體功用觀。歐陽修

---

37 洪本健校箋：《歐陽修詩文集校箋》（上海市：上海古籍出版社，2009年），下冊，
　　頁1759-1760。
38 洪本健校箋：《歐陽修詩文集校箋》（上海市：上海古籍出版社，2009年），頁1784。
39 魏泰：《東軒筆錄》（揚州市：江蘇廣陵古籍刻印社，1984年，影印本），卷11。

為晏殊賦詩，反映戍邊疾苦，晏殊不悅。范仲淹詞表現邊塞生活，歐陽修似乎不滿。表面上看，歐陽修前後矛盾，其實是矛盾的統一。晏殊不滿歐陽修所賦詩，實際上是反對將詩擅長表現的嚴肅的主題帶入歌舞筵席中。歐陽修不喜范仲淹〈漁家傲〉，是因為其以小詞承擔表現嚴肅生活的功能。歐陽修在寫詩時，才涉及邊關疾苦，在作詞時，同樣的邊塞題材，則變為歌頌戰績、點綴生平之作。可見，歐陽修的「聊佐清歡」，是對詞娛樂消遣功能的確認與強調。

三　「卑體」的詞體價值觀

　　歐陽修對詞體的輕視是顯而易見的。《歸田錄》卷二載：「錢思公雖生辰富貴，而少所嗜好。在西洛時，嘗語僚屬言：『平生唯好讀書，坐則讀經史，臥則讀小說，上廁則閱小辭。』」[40]經史、小說都是「讀」，而小辭是「閱」；讀經史時正襟危坐，讀小說臥床即可，至於小辭則上廁時閱覽。這裡反映的不僅是錢惟演的文體價值觀，亦間接體現歐陽修的文體價值觀，講究文體的尊卑等級，小詞是等而下之，不登大雅之堂的文體。

　　魏泰《東軒筆錄》〈佚文〉載：

> 歐陽文忠素與晏公無它，但自即席賦雪詩後，稍稍相失。晏一日指韓愈畫像語坐客曰：「此貌大類歐陽修，安知修非愈之後也。吾重修文章，不重他為人。」歐陽修亦每謂人曰：「晏公小詞最佳，詩次之，文又次於詩，其為人又次於文也。」豈文人相輕而然耶？[41]

---

40 歐陽修著，李逸安點校：《歐陽修全集》（北京市：中華書局，2001年），卷127，頁1928。

41 解縉等輯：《永樂大典》（北京市：北京圖書館出版社，2003年），卷18222引。

　　晏殊認為歐陽修為人不及其文章，歐陽修輕視晏殊，反唇相譏，認為晏殊詞最佳，詩次之，文又次之，人品最下。古人觀念，太上立德，其次立功，其次立言，人生價值的實現，道德、事業、文章，輕重有序。而文章各體中，文最重要，其次詩、賦，其次詞、曲。歐陽修把晏殊的成就整個兒顛倒過來，以示蔑視之意。這說明，在他的觀念中，詞的價值是無法與詩、文相比的。

　　北宋人多輕視詞，稱為「小辭」即「小詞」、「小歌詞」，視為「小道」、「末技」，詞在時人心目中的價值和地位是無法與詩、文相比的。直到南宋，趙以夫〈《虛齋樂府》自序〉仍說：「文章，小技耳，況長短句哉！」[42]即是認為，長短句（詞）更是不如「文章」的「小技」。理學家更是認為詞是文藝中地位最為低下者，劉克莊〈黃孝邁長短句跋〉曰：「為洛學者皆崇性理而抑文藝，詞尤藝文之下者也。」[43]詞地位低下，因此，有身分的正人君子是不願填詞的。

　　魏泰《東軒筆錄》卷五記載，王安石閑日因閱晏殊小詞而笑曰：「為宰相而作小詞，可乎？」[44]不少作家年輕時填詞，後來成為名家後卻「悔少作」。陸游〈《長短句》自序〉云：「予少時汩於世俗，頗有所為，晚而悔之，然漁歌菱唱，猶不能止。」[45]一般作家不願在文集中收入詞作，而另外刊行。宋人將詞與詩相提並論時，亦認為詞不如詩。胡寅〈《酒邊集》序〉云：「詞曲者，古樂府之末造也。古樂府者，詩之旁行也。」[46]是將詞當作詩的衍生文體，是詩的「傍行」和「末造」，地位不及詩。蘇軾的「自是一家」，李清照的「別是一家」，只是對時人過分鄙視詞體觀念的矯正。他們努力將詞與詩並

---

42 吳昌綬、陶湘輯：《景刊宋金元明本詞》本（上海市：上海古籍出版社，1989年，影印本）。

43 劉克莊：《後村題跋》，《適園叢書》本，卷8。

44 魏泰：《東軒筆錄》（揚州市：江蘇廣陵古籍刻印社，1984年，影印本），卷5。

45 陸游：《陸游集》（北京市：中華書局，1976年），卷5，頁2101。

46 吳訥：《百家詞》（天津市：天津市古籍書店，1992年，影印本），上冊，頁595。

提，正是說明詞的地位低下。歐陽修的詞體價值觀正是時代卑視詞體觀念的代表。

四　抒發「情癡」的言情觀

歐陽修眼中，詞不僅是「聊佐清歡」之具，同時也與詩一樣，可以「吟詠性情」。但這「情」有其獨特的內涵，不同於儒家「詩教」的「發乎情，止於禮義」之情，其〈玉樓春〉曰：「人生自是有情癡，此恨不關風與月。」詞表現的是「情癡」，尤其是男女癡情。歐陽修是多情之人，羅泌〈《六一詞》跋〉曰：「公性至剛，而與物有情。」[47]他的詞蘊含著他的人生觀。「情癡」首先體現為承襲花間詞風，大量抒寫傷春怨別，男女戀情，如：「傷離懷抱，天若有情天亦老。此意如何，細似輕絲縐似波」(〈減字木蘭花〉)、「離愁漸遠漸無窮，迢迢不斷如春水」(〈踏莎行〉)，情感纏綿悱惻。

「情癡」，強調一「真」字。詞之「真」，乃是以「赤子之心」寫真感情、真景物，王國維《人間詞話》曰：「大家之作，其言情也必沁人心脾，其寫景也必豁人耳目。其辭脫口而出，無矯揉妝束之態。以其所見者真，所知者深也。詩詞皆然。持此以衡古今之作者，可無大誤矣。」[48]又《人間詞話刪稿》曰：「五代北宋之詩，佳者絕少，而詞則為其極盛時代。即詩詞兼擅如永叔、少游者，詞勝於詩遠甚。以其寫之於詩者，不若寫之於詞者之真也。」[49]歐陽修《六一詩話》曰：「聖俞嘗語余曰：詩家雖率意，而造語亦難，若意新語工，得前人所未道者，斯為善也。必能狀難寫之景如在目前，含不盡之意，見

---

47 吳訥：《百家詞》（天津市：天津市古籍書店，1992年，影印本），上冊，頁245。
48 唐圭璋：《詞話叢編》（五）（北京市：中華書局，1986年），頁4252。
49 唐圭璋：《詞話叢編》（五）（北京市：中華書局，1986年），頁4256。

於言外，然後為至也。」[50]歐陽修在此是借梅氏之口闡述自己的詩學觀。考察歐陽修的詞作，筆者以為此論與其詞學觀息息相通，「率意」是衝口而出，不假雕琢，達到自然之境。

「情癡」觀與其詩學觀同中有異。阮閱《詩話總龜》卷五〈評論門〉引佚名《摭遺》記載歐陽修論詩之語：「詩，原乎心者也，富貴愁怨見乎所處。江南李氏據富，有詩曰：『簾帳已高三尺透，佳人次第添香獸……』與『時挑野菜和根煮，旋斫生柴帶葉燒』異矣。」[51]江南李氏即南唐後主李煜，前者極寫宮中的豪華生活，後者卻極貧寒窘境。歐陽修以這兩首內容迥異的詩說明，詩人的生活際遇對詩歌有重要的影響。他在〈《梅聖俞詩集》序〉中更是提出詩「窮而後工」，詩人對「羈臣、寡婦之所歎」感同身受，從而有深刻的「憂思感憤之鬱積」，可曲盡「人情之難言」。因此，詩之中的「情」，或憂國憂民，或抑鬱不平，或慷慨激昂。而詞乃是「天把多情賦」，所謂「天與多情絲一把……千條萬縷縈心下」（〈漁家傲〉）。詞中的「情」，常伴有絲竹之聲、閒適之樂，如〈採桑子〉十首吟詠潁州西湖美景，在詩情畫意的境界中隱含著詞人輕鬆自在之情。即使是寫愁怨，也十分淺淡。如寫離愁：「寸寸柔腸，盈盈粉淚。樓高莫近危闌倚。平蕪盡處是春山，行人更在春山外。」（〈踏莎行〉）傷春悲秋：「也知自為傷春瘦。歸騎休交銀燭候。」（〈玉樓春〉）「宋玉當初情不淺。成幽怨。鄉關千里危腸斷。」（〈漁家傲〉）總體觀之，歐陽修詞多為歲月不居、年華消逝之感慨，是個人感傷情緒的抒發，無關乎國計民生。[52]

「情癡」的言情觀，反映出歐陽修對詞體抒情本質的認識。他認為，詞家應識得一個「情」字，這是對生命的感悟，是對現實人生的

50　何文煥輯：《歷代詩話》（北京市：中華書局，1981年），上冊，頁267。

51　阮閱：《詩話總龜》〈評論門〉，《四部叢刊》本，卷5。

52　參見徐安琪：〈試論歐陽修的詞學思想〉，《中國韻文學刊》2001年第1期。

體驗與思考的執著之情，是人的鮮活生命的表現。在這裡，「言情」
與「言志」表現出一定程度的融合。

在詞由晚唐、五代到北宋的演進過程中，歐陽修以平和的態度表
達了對詞體的認識。他在詞史及詞學史上，是承前啟後的人物。詞學
觀是其文藝思想體系的重要組成部分，捨此，我們對其文藝思想的認
識是不完整的。

五　歐陽修詞學觀的價值定位

歐陽修的詞常與《花間》、《陽春》、《樂章》相混，說明其詞反映
的情趣及風格與五代、北宋詞人無異，體現了歐陽修詞學觀與當時流
行觀念的一致性。

從詞學史發展鏈條來看，歐陽炯〈《花間集》敘〉是現存最早的
論詞專文，其中寫道：「則有綺筵公子，繡幌佳人，遞葉葉之花箋，
文抽麗綿；舉纖纖之玉指，拍按香檀。不無清絕之詞，用助嬌嬈之
態。自南朝之宮體，扇北里之倡風。何止言之不文，所謂秀而不實。
有唐以降，率土之濱。家家之香徑春風，寧尋越豔；處處之紅樓夜
月，自鎖嫦娥。」[53]歐陽炯認為，詞為富貴之門的享樂之具，在歌舞
筵席中「用助妖嬈之態」，與南朝之宮體、北里之倡風無異，都是貴
族冶蕩生活的藝術再現。功能上，是消遣享受的工具；目的上，是求
得感官愉悅。

宋初潘閬在其《逍遙詞》〈附記〉中認為，詞與詩在陶寫性情方
面存在一致性，都應「用意欲深，放情須遠」[54]，遵循「變風」、「變
雅」之道。此論強調詞不必侷限於酒席之間，在一定程度上提高了詞

---

53 趙崇祚編，沈祥源、傅生文注：《花間集新注》（南昌市：江西人出版社，1987年），
　　頁1-4。
54 潘閬：《逍遙詞》〈附記〉，明鈔本。

體地位。潘閬的觀點成為蘇軾「詩化」理論的先導。蘇軾〈與蔡景繁〉書劄中提出，詞是「古人長短句詩也」。[55]趙令時《侯鯖錄》卷七載：「東坡云：『世言柳耆卿曲俗，非也。如〈八聲甘州〉云：『霜風淒緊，關河冷落，殘照當樓。』此語於詩句不減唐人高處。」[56]可見蘇軾與潘閬一樣，以詩為參照物來衡量詞之高下得失，〈與鮮于子駿書〉曰：「近卻頗作小詞，雖無柳七郎風味，亦自是一家。」[57]改革詞風的意圖十分明顯。

　　歐陽修主張文體分工，尊卑有序，強調詞的抒情和審美娛樂特質，對詞學理論和詞的創作都有較大影響。蘇門弟子的詩詞之辨即導源於此。《王直方詩話》云：「東坡嘗以所作小詞示無咎、文潛曰：『何如少游？』二人皆對云：『少游詩似小詞，先生小詞似詩。』」[58]陳師道在《後山詩話》中不滿蘇軾「以詩為詞」，他說：「退之以文為詩，子瞻以詩為詞，如教坊雷大使之舞，雖極天下之工，要非本色。」[59]後來，李清照倡導詞「別是一家」之說，強調詞與樂律的關係，她對詞作提出協律、典雅、有情致、故實等要求，理清詩、詞界限。直到清代，永瑢等《四庫全書總目》卷一九八〈放翁詞提要〉仍說：「詩人之言，終為近雅，與詞人之冶蕩有殊。」[60]皆與歐陽修的詞學觀有淵源承繼關係。這種觀念，使宋詞創作很少受到「文以載道」觀念的束縛，因而詞人可以比較自由地抒寫旖旎風情，詞體也因此保持自身的特質，取得相對獨立的地位。

55　張志烈、馬德富、周裕鍇主編：《蘇軾全集校注》（石家莊市：河北人民出版社，2010年），冊17，頁6159。

56　趙令時：《侯鯖錄》（揚州市：江蘇廣陵古籍刻印社，1995年，影印本），卷7。

57　張志烈、馬德富、周裕鍇主編：《蘇軾全集校注》（石家莊市：河北人民出版社，2010年），冊17，頁5847。

58　胡仔著，廖德明校點：《苕溪漁隱叢話・前集》（北京市：人民文學出版社，1962年），卷42引，頁284。

59　何文煥輯：《歷代詩話》（北京市：中華書局，1981年），上冊，頁309。

60　永瑢等：《四庫全書總目》（北京市：中華書局，1965年，影印本），下冊，頁1817。

縱觀詞學理論在晚唐、五代、北宋的演進史，必須指出，歐陽修的詞學觀在其中起到的作用其實是有限的。前有潘閬，後有蘇軾、李清照等對提高詞體地位所做的努力與變革，比較而言，歐陽修的觀念是保守的。在以柳永詞為代表的新聲盛行之際，歐陽修仍保持花間作風。其詞學觀承繼花間而未脫其樊籬，與晏殊、王安石等同時代詞家無異，並無明顯革新處，我們不應過度拔高歐陽修詞學觀的地位。他以名臣兼文壇領袖的身分地位，帶頭號召並親自創作「小詞」，其貢獻主要在於對詞體發展的推動。

第三節　蘇軾詞研究之反思

作為大詞人，蘇軾研究已經相當成熟，但研究中仍存在不少問題，有些是詞學研究以及整個文學史研究中普遍存在的問題，有反思的必要，茲略抒淺見。

一　蘇軾詞是否「合律」「可歌」及其評價

蘇軾詞，當時就被批評「不諧音律」，據《復齋漫錄》，蘇軾弟子晁補之（無咎）曰：「東坡詞，人多謂不諧音律，然居士詞橫放傑出，自是曲中縛不住者。」[61]晁氏為老師辯護。李清照〈詞論〉批評道：「晏元獻、歐陽永叔、蘇子瞻，學際天人，作為小歌詞，直如酌蠡水於大海，然皆句讀不葺之詩耳。」[62]徐度《卻掃篇》曰：「（柳永）詞雖極工致，然多雜以鄙語，故流俗人尤喜道之。其後歐、蘇諸公繼出，文格一變，至為歌詞，體制高雅。」[63]明確說蘇軾詞是「歌

61　胡仔：《苕溪漁隱叢話・後集》（北京市：人民文學出版社，1962年），卷33引。

62　胡仔：《漁隱漁隱叢話・後集》（北京市：人民文學出版社，1962年），卷33引。

63　徐度：《卻掃篇》（上海市：上海古籍出版社，1987年），頁788。

詞」，不是不能歌。陸游《老學庵筆記》曰：「世言東坡不能歌，故所作樂府詞多不協。晁以道謂：『紹聖初，與東坡別於汴上，東坡酒酣，自歌〈古陽關〉。』則公非不能歌，但豪放不喜剪裁以就聲律耳。」[64]「世言」，說明陸游時代，人們仍普遍認為東坡詞「不能歌」，陸游為「不能歌」辯護。王灼曰：「東坡先生非心醉於音律者，偶爾作歌，指出向上一路，新天下耳目，弄筆者始知自振。」[65]不計較「音律」，肯定蘇軾為詞人指出「向上一路」。

清代萬樹《詞律》曰：

> 人每謂坡公不叶律，試觀如此長篇（〈戚氏〉〈玉龜山〉）字字不苟，何嘗不協乎？故備錄之。且李方叔云：「此是因妓歌此調，詞不佳。公適讀《山海經》，乃令妓復歌，隨字填去，歌完詞就。」然則坡仙豈非天人，而奈何輕以失律譏之歟？[66]

萬樹也為蘇軾詞「不叶律」辯護，肯定其詞符合「格律」，將「音律」概念置換為「格律」概念。

當代詞學界，不少學者認為蘇軾不懂音樂，蘇軾詞在當時不能歌唱，且肯定讚賞蘇軾詞突破音律之功，觀點明顯偏頗。詞作為當時的流行歌曲，「可歌」是其存在的前提，符合「音律」是必然的，符合「格律」是對「衍生態」的作為新體格律詩的詞體的要求，蘇詞即使不符合「格律」，也是無可厚非的。要分清楚「格律」與「音律」兩個概念，學界在沒分清楚「音律」、「格律」區別的情況下，往往因為蘇詞不符合「格律」，而認定其不符合「音律」，這是概念混淆導致的

---

64 陸游著，楊立英校注：《老學庵筆記》（西安市：三秦出版社，2003年），頁183。

65 王灼：《碧雞漫志》卷二，唐圭璋：《詞話叢編》（一）（北京市：中華書局，1986年），頁85。

66 萬樹：《詞律》（上海市：上海古籍出版社，2013年），頁457。

偏頗。其實，從花間詞到柳永詞，不少也是不符合「格律」的，但無人批評。蘇軾少數詞的確比較拗口，不太諧律，所以蘇門弟子對此也頗有微詞，但請注意，「拗口」、「不諧律」，並不等於「不合律」。從音樂角度來看，可能不太悅耳，這與蘇軾的天性及創作心態有關，蘇軾天性自由曠達，不喜歡拘束，他作詞「不諧律」，可能是有意識的，也可能是無意識的。「不守音律」，也不能代表蘇軾就「不懂音律」。在評價蘇詞時，要區分「歌詞」與「律詞」，區分「原生態」與「衍生態」概念。蘇軾是天才型詞人，他的詞突破「音律」，只是偶一為之，蘇軾詞絕大多數是「可歌」的，只是有些不悅耳，不符合當時流行口味。

二　「自是一家」與「大江東去」

蘇軾創作詞的態度值得探討。他頗自信，自賞自誇，在給友人書信中，特別欣賞己作〈江城子・密州出獵〉，〈與鮮于子駿書〉云：「近卻頗作小詞，雖無柳七郎風味，亦自是一家。呵呵，數日前，獵於郊外，所獲頗多。作一闋，令東州壯士抵掌頓足而歌之，吹笛擊鼓以為節，頗壯觀也。」[67]他有意開創有別於盛行的「柳七郎風味」的「壯觀」詞風，且很成功，自然喜形於色。蘇軾實際上是首先承認柳永詞有獨特「風味」，說明將柳永作為自己超越的目標。蘇軾的確是有意識創作與柳永風格不同的詞，但並不多，是在詞體內部的風格創新，與李清照的「別是一家」所論詩、詞之別不同。「別是一家」是詩、詞兩體風格的比較，是對詞史的反思，強調詞的本色，將詞拉回傳統軌道。李之儀〈跋吳思道小詞〉認為詞「自有一種風格，稍不如格，便覺齟齬」，因而「於遣詞中最為難工」。[68]認為詩、詞有別，「自

---

67 蘇軾著，孔凡禮點校：《蘇軾文集》（北京市：中華書局，1986年），卷53，頁1560。
68 李之儀：《姑溪居士文集》，《四部叢刊》本，卷40。

有一種風格」，是李清照「別是一家」說的先聲。

　　蘇軾「自是一家」說在詞史及詞學批評史上的影響較大，但實際影響並沒有今人想像得那麼大。當時並沒有引起詞人們包括「蘇門四學士」的認可和重視，因此「時效」價值有限，或者說只具大的「潛價值」。蘇軾對柳永的「創新」與「超越」，往往被今人過分拔高。蘇軾詞的「創新」，從數量、比例而言，只能說是偶一為之，因為〈念奴嬌〉（大江東去）影響很大，造成人們對蘇軾有意多創新的錯覺，這是遠離史實的。蘇軾看輕詞體，對待詞，遠不如對待詩、文嚴肅，因此不能過分拔高蘇軾的詞學觀和詞的成就。

　　蘇軾有意「以詩為詞」，以詞「言志」，創立「自是一家」的豪放詞風，有意提高詞的品位和功能。以詞抒寫豪情壯志，豪邁雄健的風格不合當時詞壇主流審美觀念的要求，因此，時效價值和影響有限。〈江城子・密州出獵〉在當時並沒有得到詞壇的普遍認可，長期處於「沉睡」狀態，在詞史上幾乎沒有產生什麼影響，本身價值很高，但實際影響很小，不能因此抬高其「影響價值」。

　　「自批評」多是首次開創性的「元批評」，是詞學「命名」，原創價值高，享有發明「專利」，應充分肯定「發明」者之功。不少具體的「自批評」屢被後人徵引，不斷重複接受，當作「元典」或「經典」使用。[69]蘇軾的「柳七郎風味」「自是一家」說是「自批評」，也是「元批評」，成為詞學史上的重要命題，後人經常引用或發揮。王士禛《花草蒙拾》曰：

　　　　「枝上柳綿」，恐屯田緣情綺靡，未必能過。熟謂坡但解作
　　　　「大江東去」耶！髯直是軼倫絕群……名家當行，固有二派。
　　　　蘇公自云：「吾醉後作草書，覺酒氣拂拂，從十指間出。」黃

魯直亦云：「東坡書挾海上風濤之氣。」讀坡詞當作如是觀，瑣瑣與柳七較錙銖，無乃為髯公所笑？[70]

　　蘇軾〈念奴嬌〉詞與柳永〈雨霖鈴〉詞比較：題材、立意、境界、語言、格調皆不同，蘇詞雄豪清曠，柳詞委婉細膩。〈念奴嬌〉詞為蘇軾豪放清曠詞風的代表作，可代表蘇軾詞的基本風格，一新天下之耳目。胡寅〈《酒邊集》序〉評蘇軾「一洗綺羅香澤之態，擺脫綢繆婉轉之度，使人登高望遠，舉首高歌，而逸氣浩懷，超然乎塵垢之外。於是『花間』為皂隸，而柳氏為輿臺矣」[71]。

　　俞文豹《吹劍續錄》載：「東坡在玉堂，有幕士善謳，因問：『我詞比柳詞何如？』對曰：『柳郎中詞，只好十七八女孩兒，執紅牙拍板，唱『楊柳岸，曉風殘月』。學士詞，須關西大漢執鐵板，唱『大江東去』。公為之絕倒。」[72]「關西大漢」與「十七八女孩兒」，「執鐵板」與「執紅牙拍板」，「大江東去」與「楊柳岸，曉風殘月」，代表蘇軾與柳永詞的不同風格。幕士袁綯所評可視為「元批評」，既生動形象，又精闢深刻，後人多稱賞發揮。馬洪〈《花影集》自序〉曰：

予始學為南詞，漫不知其要領。偶閱《吹劍錄》中載：東坡在玉堂日，有幕士善歌。坡問曰：「吾詞何如柳耆卿？」對曰：「柳郎中詞宜十七八女孩兒，按紅牙拍，歌『楊柳岸，曉風殘月』。學士詞須關西大漢，執鐵板，唱『大江東去』。」緣是求二公詞而讀之，下筆略知蹊徑。[73]

---

70 唐圭璋：《詞話叢編》（一）（北京市：中華書局，1986年），頁680、681。

71 吳訥：《百家詞》（天津市：天津市古籍書店，1992年，影印本），上冊，頁595。

72 俞文豹著，張宗祥校訂：《吹劍錄全編》（上海市：古典文學出版社，1958年），頁38。

73 楊慎：《詞品》，卷6引，唐圭璋：《詞話叢編》（一）（北京市：中華書局，1986年），頁530。

王世貞《藝苑卮言》曰：

> 昔人謂「銅將軍鐵綽板，唱蘇學士『大江東去』，十八九歲好
> 女子唱柳屯田『楊柳岸，曉風殘月』，為詞家三昧」。然學士此
> 詞，亦自雄壯，感慨千古。果令「銅將軍」于大江奏之，必能
> 使江波鼎沸。至詠楊花〈水龍吟慢〉，又進柳妙處一塵矣。[74]

賀裳《皺水軒詞筌》曰：

> 蘇子瞻有「銅琶鐵板」之譏，然〈浣溪沙〉春閨曰：「彩索身
> 輕常趁燕，紅窗睡重不聞鶯。」如此風調，令十七八女郎歌
> 之，豈在「曉風殘月」之下。[75]

馮金伯《詞苑萃編》卷二十一〈辨證〉二曰：

> 蘇東坡「大江東去」，有「銅將軍鐵綽板」之譏。柳七「曉風
> 殘月」，謂可令十七八女郎按紅牙檀板歌之。此袁絢語也，後
> 人遂奉為美談。然僕謂東坡詞自有橫槊氣概，固是英雄本色。
> 柳纖豔處，亦「麗以淫」耳。[76]

鄧廷楨《雙硯齋詞話》曰：

> 東坡以龍驤不羈之才，樹松檜特立之操，故其詞清剛雋上，囊
> 括群英。院吏所云：學士詞須關西大漢，銅琶鐵板，高唱「大

---

74 唐圭璋：《詞話叢編》（一）（北京市：中華書局，1986年），頁387。
75 唐圭璋：《詞話叢編》（一）（北京市：中華書局，1986年），頁696-697。
76 唐圭璋：《詞話叢編》（三）（北京市：中華書局，1986年），頁2190。

江東去」。語雖近謔，實為知音。[77]

葉申薌〈滿庭芳·自題詞存〉曰：「鐵板高歌，紅牙低按，佳話分擅詞場。」〈金縷曲·謝周稚圭撫軍寄示詞稿〉寫道：「筆墨供遊戲。笑年來、詞顛私署，新聲偷倚。豈較紅牙和鐵板，按譜填腔而已。」此論後發展為論詞體兩種風格類型，含義近豪放與婉約、陽剛與陰柔、壯美與優美。言說方式用比喻、比擬，形象生動，具體可感。這是一種「非範疇形態」的批評，別具特色。[78]

三　蘇軾「以詩為詞」之再評價

蘇軾「以詩為詞」，相關的研究論文很多，但有過度闡釋之嫌。通行觀點，蘇軾「以詩為詞」，詩中表達的內容，詞中也可表達，把曲子詞提高到與詩平等的地位。詞自東坡起，其體始尊，其品始高，蘇軾創新之功自不可沒。蘇軾改變了花間、柳永以來的香豔綺靡詞風，獨創了豪放清曠之風，將陽剛雄壯之氣帶進詞壇。他用〈沁園春〉、〈永遇樂〉、〈念奴嬌〉、〈水調歌頭〉等詞牌表現慷慨雄豪之情。他的詞風在當時雖得不到多數詞人的認同，但南宋以後即備受詞人推崇。

黃庭堅〈《小山詞》序〉最早指出晏幾道詞「寓以詩人句法，清壯頓挫，能動搖人心」[79]，是專論晏幾道詞的「元批評」，後被廣泛引用。南宋湯衡〈《張紫薇雅詞》序〉云：「元祐諸公，嬉弄樂府，寓以詩人句法，無一毫浮靡之氣，實自東坡發之也。」又說〈于湖詞〉，

---

77 唐圭璋：《詞話叢編》（三）（北京市：中華書局，1986年），頁2529。

78 參見歐明俊：〈論詞學史上的「元批評」〉，《古代文學理論研究》（上海市：華東師範大學出版社，2009年），第29輯。

79 晏幾道：《小山詞》卷首，《彊村叢書》本。

〈歌頭〉、〈凱歌〉、〈登無盡藏〉、〈岳陽樓〉諸曲，皆規摹東坡詞，是「所謂駿發踔厲，寓以詩人句法者也」。[80]「寓以詩人句法」，由最初評小山詞，發展為評以蘇軾為代表的元祐間諸詞人，再到評張孝祥詞及其他詞人詞作。

　　蘇軾「詞似詩」，《王直方詩話》云：「東坡嘗以所作小詞示無咎、文潛曰：『何如少游？』二人皆對云：『少游詩似小詞，先生小詞似詩。』」[81]晁補之、張耒說秦觀「詩似小詞」，蘇軾「小詞似詩」，是「元批評」，後來論詞者多據此發揮，是為「衍生批評」。陳師道《後山詩話》說：「退之以文為詩，子瞻以詩為詞，如教坊雷大使之舞，雖極天下之工，要非本色。」[82]將蘇軾詞與韓愈詩並論。陳應行〈《于湖先生雅詞》序〉云：「蘇子瞻詞如詩，秦少游詩如詞，才之難全也，豈前輩猶不免耶？」[83]陳模（子宏）說：「東坡為詞詩，稼軒為詞論。」[84]發展為東坡詞與稼軒詞並論。《古今詞統》徐士俊評語云：「蘇以詩為詞，辛以論為詞，正見詞中世界不小，昔人奈何譏之？」[85]批評前人，正面肯定蘇軾「詞詩」與辛棄疾「詞論」特色。毛晉〈稼軒詞跋〉云：「詞家爭鬥穠纖，而稼軒率多撫時感事之作，磊落英多，絕不作妮子態。宋人以東坡為『詞詩』，稼軒為『詞論』，善評也。」[86]認同宋人觀點。楊希閔《詞軌》卷六先引毛晉所論，接著評論道：

80 吳昌綬、陶湘輯：《景刊宋金元明本詞》（上海市：上海古籍出版社，1989年），頁727-728。

81 郭紹虞輯：《宋詩話輯佚》（北京市：中華書局，1980年），頁93。

82 何文煥輯：《歷代詩話》（北京市：中華書局，1981年），上冊，頁309。

83 吳昌綬、陶湘輯：《景刊宋金元明本詞》（上海市：上海古籍出版社，1989年），頁728。

84 沈雄：《古今詞話・詞話》上卷引，唐圭璋：《詞話叢編》（一）（北京市：中華書局，1986年），頁767。

85 卓人月彙選，徐士俊參評，谷輝之校點：《古今詞統》（瀋陽市：遼寧教育出版社，2000年），卷首，頁18。

86 毛晉：《宋六十名家詞》，明汲古閣刻本。

「稼軒為詞論，其說近是；東坡為詞詩，則大非。」[87]楊氏對前人此說只是部分認同，反對東坡為「詞論」觀點。譚瑩〈論詞絕句一百首〉則肯定「元批評」云：「小晏、秦郎實正聲，詞詩、詞論亦佳評。」[88]李調元《雨村詞話》卷二曰：「放翁詞似詩，然較詩濃縟，所欠一醒字，而〈破陣子〉詞卻甚工。」[89]又論陸游「詞似詩」。潘德輿《養一齋詩話》卷二云：「漢、魏詩似賦，晉詩似《道德論》，宋、齊以下似四六駢體，唐詩則詞賦、駢體兼之，宋詩似策論，南宋人詩似語錄，元詩似詞，明詩似八股時文。風氣所趨，雖天地亦因乎人，而況於文章之士哉！」[90]又發展為以「詩似詞」論整個元代詩。「詞似詩」本專論東坡詞，後來又論稼軒詞，再後來泛論許多詞人詞作，遂成為一普遍的觀念，其內涵在傳播過程中不斷豐富、增值，運用範圍更加廣泛。

陳師道論蘇軾「以詩為詞」，後人爭議不斷。阮閱《詩話總龜·後集》卷三十一先引陳師道語後，評論道：「余謂後山之言過矣。子瞻佳詞最多，其間傑出者……凡此十餘詞，皆絕去筆墨畦逕間，直造古人不到處，真可使人一唱而三歎。」[91]不認同陳氏之論。王若虛《滹南詩話》卷二曰：

> 陳後山云：「子瞻以詩為詞，雖工非本色。今代詞手，唯秦七、黃九耳。」予謂後山以子瞻詞如詩，似矣；而以山谷為得體，復不可曉。
>
> 陳後山謂「子瞻以詩為詞」，大是妄論，而世皆信之，獨茅荊

87 楊希閔：《詞軌》，清抄本，卷6。

88 譚瑩：《樂志堂詩集》，光緒元年刻本，卷6。

89 唐圭璋：《詞話叢編》（二）（北京市：中華書局，1986年），頁1410。

90 潘德輿：《養一齋詩話》，掃葉山房本，卷2。

91 阮閱：《詩話總龜·後集》，《四部叢刊》本，卷31。

產辨其不然，謂公詞為古今第一。今翰林趙公亦云，此與人意暗同。蓋詩詞只是一理，不容異觀。[92]

潘德輿《養一齋詩話》卷二曰：

陳履常謂東坡以詩為詞，趙閑閑、王從之輩，均以為不然。稱其詞起衰振靡，當為古今第一。愚謂王、趙之徒推舉太過也。何則？以詩為詞，猶之以文為詩也。[93]

是對批評之批評的再批評。

陳師道首倡詞「本色」論，《後山詩話》云：「退之以文為詩，子瞻以詩為詞，如教坊雷大使之舞，雖極天下之工，要非本色。」[94]批評蘇軾詞「非本色」。後人多引用或發揮陳師道之論，「本色」內涵亦多發生變化。張綖認為詞體「以婉約為正」，並贊同陳師道評蘇軾詞「雖極天下之工，要非本色」[95]。沈謙說：「男中李後主，女中李易安，極是當行本色。」[96]劉克莊〈《翁應星樂府》序〉認為「長短句當使雪兒囀春鶯輩可歌，方是本色」[97]。強調「可歌」、婉約柔美為詞體「本色」。何良俊〈《草堂詩餘》序〉也概括「詩餘以婉麗流暢為美」，並推崇北宋婉約詞「柔情曼聲，摹寫殆盡，正詞家所謂當行、所謂本色也。」[98]孟稱舜〈《古今詞統》序〉認為「詞與詩、曲，體格

---

92 丁福保輯：《歷代詩話續編》（北京市：中華書局，1983年），上冊，頁516、517。

93 潘德輿：《養一齋詩話》，掃葉山房本，卷2。

94 何文煥輯：《歷代詩話》（北京市：中華書局，1981年），上冊，頁309。

95 游元涇校刊：《增正詩餘圖譜》，明萬曆刊本，卷首。

96 唐圭璋：《詞話叢編》（一）（北京市：中華書局，1986年），頁605。

97 劉克莊：《後村先生大全集》，《四部叢刊》本，卷97。

98 卓人月彙選，徐士俊參評，谷輝之校點：《古今詞統》（瀋陽市：遼寧教育出版社，2000年），卷首，頁12。

雖異，而同本于作者之情。」「作者極情盡態，而聽者洞心聳耳。如是者皆為當行，皆為本色」。[99]賀裳《皺水軒詞筌》說：「詞雖以險麗為工，實不及本色語之妙。」[100]彭孫遹《金粟詞話》說：「詞以豔麗為本色，要是體制使然。」[101]謝元淮《填詞淺說》云：「守定詞場疆界，方稱本色當行。」[102]張炎《詞源》卷下論詞：「句法中有字面，蓋詞中一個生硬字用不得。須是深加鍛鍊，字字敲打得響，歌誦妥溜，方為本色語。」[103]仇遠〈《玉田詞》題辭〉云：「世謂詞者詩之餘，然詞尤難於詩。詞失腔猶詩落韻，詩不過四五七言而止，詞乃有四聲、五音、均拍、重輕、清濁之別。若言順律舛，律協言謬，俱非本色。」[104]強調詞在語言、藝術手法上的「本色」。[105]

　　從時代背景來看，當時流行婉約柔媚的風格，蘇軾有些詞與當時總體風格不同，蘇軾將詩的特點帶入詞中，將詞雅化，詞的演變路線有兩條：一條是蘇軾在內容、風格上的擴展，一條是周邦彥的格律化、規範化的發展。就題材而言，認為詞只能寫男歡女愛，蘇軾將詞的內容擴展，因此是「以詩為詞」，所論也未盡合理，敦煌曲子詞的內容就包羅萬象，有歸隱詞、遊子思歸詞，還有藥方，且男歡女愛也不是詞獨有的，詩中也有。說蘇軾「以詩為詞」，是將詩的「豪放」帶入詞中，也是不準確的，敦煌曲子詞中就有豪放風格。婉約柔媚並非單純是詞體特質，不能作為詞與詩的本質區別而過分強調，詩中也

99　卓人月彙選，徐士俊參評，谷輝之校點：《古今詞統》（瀋陽市：遼寧教育出版社，2000年），卷首，頁3。

100　唐圭璋：《詞話叢編》（一）（北京市：中華書局，1986年），頁716。

101　唐圭璋：《詞話叢編》（一）（北京市：中華書局，1986年），頁723。

102　唐圭璋：《詞話叢編》（三）（北京市：中華書局，1986年），頁2509。

103　唐圭璋：《詞話叢編》（一）（北京市：中華書局，1986年），頁259。

104　吳則虞校輯：《山中白雲詞》（北京市：中華書局，1983年），附錄，頁164。

105　參見歐明俊：〈論詞學史上的「元批評」〉，《古代文學理論研究》（上海市：華東師範大學出版社，2009年），第29輯。

有婉約柔媚，如宮體詩。要反思的是，論「以詩為詞」，首先要弄清詩、詞的區別到底在哪裡？詩、詞的確是作為兩種文體存在的，之間有區別，亦有相同、相通處，即有不少「交集」，人們常偏重二者的區別，有時甚至將這種區別擴大化、片面化。文體的區別，應以體制（形式）來分，不應以內容、風格來分。蘇軾「以詩為詞」的作品並不多，因此不能強調過分。古代文人大多自幼即經歷嚴格的詩、賦訓練，詩歌是必備的文學修養，會不自覺地將詩歌修養帶入詞中，是很自然的。從這個意義上，可以說每個詞人都會「以詩為詞」。

四　蘇軾在詞史上的地位？

蘇軾擴大了詞的題材範圍，突破了「詞為豔科」的藩籬，把詞由宮廷酒筵、市井勾欄引向廣闊的社會人生。他的詞可言志，可悼亡，可紀行，可詠物，可懷古，可說理，可談禪，但因觀念上不太重視詞，因此這種「擴容」又是有限的，無法與詩、文相比，劉熙載《藝概》卷四讚其「無意不可入，無事不可言」[106]，誇大了蘇軾詞題材的創新度。

蘇軾個性氣質瀟灑放曠，面對逆境和挫折時，常表現出豁達超然的胸襟，成敗得失不縈繫於懷，坦然笑對人生。〈定風波〉（莫聽穿林打葉聲）抒發了坦然面對人生風雨的豁達襟懷。詞中昭示：人生應積極樂觀，勇敢面對一切挫折和困難，襟懷坦蕩，任天而動，把握自己，不因一時得失而煩惱憂愁，努力達到無懼無喜的超然境界。〈水龍吟〉（小舟橫截春江），序云：「閭丘大夫孝終公顯嘗守黃州，作棲霞樓，為郡中勝絕。元豐五年，予謫居黃。正月十七日，夢扁舟渡江，中流回望，樓中歌樂雜作，舟中人言，公顯方會客也。覺而異

---

106 劉熙載：《藝概》（上海市：上海古籍出版社，1978年），頁108。

之，乃作此曲，蓋越調〈鼓笛慢〉。公顯時已致仕，在蘇州。」鄭文焯〈手批《東坡樂府》〉評論此詞最為精彩：「突兀而起，仙乎，仙乎！『翠壁』句，奇嶄不露雕琢痕。上闋全寫夢境，空靈中雜以淒麗。過片始言情，有滄波浩渺之至，真高格也。『雲夢』二句，妙能寫閑中情景。煞拍不說夢，偏說夢來見我，正是詞筆高渾不猶人處。讀東坡先生詞，於氣韻、格律，並有悟到空靈妙境，非可以詞家目之，亦不得不目為詞家。世每謂其以詩入詞，豈知言哉！董文敏論畫曰：『同能不如獨詣』，吾於坡仙詞亦云。」[107]〈念奴嬌·中秋〉，為賞月之作。以奇麗的筆觸描寫碧空明月的美景，並展開神奇的想像，勾勒出神話般的奇境。讀之令人超凡脫俗，飄然欲仙，如同置身於夢幻中。作於元祐六年（1091）三月的〈八聲甘州·寄參寥子〉雖為送別之作，卻絕無感傷，化情為理，不必去懷古傷今、感歎人事，忘卻機心，以灑脫的態度對待一切。

東坡詞不僅僅以「氣」勝，還以「韻」勝。先著、程洪《詞潔輯評》評〈浣溪沙〉（山下蘭芽短浸溪）云：「坡公韻高，故淺淺語亦覺不凡。」[108]

王國維《人間詞話》云：「東坡之詞曠，稼軒之詞豪，無二人之胸襟而學其詞，猶東施之效捧心也。」[109]以「曠」概括蘇詞特質。

蘇軾豪放之作〈念奴嬌〉影響很大，但強調過分，會「遮蔽」蘇軾詞的總體成就。蘇軾的〈卜算子〉、〈水龍吟〉、〈洞仙歌〉等婉約詞成就很高，影響也很大。若不了解學術史的發展，很容易誤以為古人也都認為蘇軾詞是「豪放」的，這其實是近代以後流行起來的。蘇軾

---

107 鄭文焯：《大鶴山人詞話》，唐圭璋：《詞話叢編》（五）（北京市：中華書局，1986年），頁4322-4323。

108 先著、程洪：《詞潔輯評》，唐圭璋：《詞話叢編》（二）（北京市：中華書局，1986年），頁1344。

109 唐圭璋：《詞話叢編》（五）（北京市：中華書局，1986年），頁4250。

詞影響較大的是「豪放」風格，但不能「遮蔽」其他類型的詞作，更不能極端地加以強調。蘇詞的「婉約」風格要加以重視，作為天才，蘇軾的婉約詞與其他詞人不同，更有個性，更高雅，是文人雅士寫的詞。

宋阮閱《詩話總龜‧前集》卷九引《王直方詩話》曰：「文潛先與李公擇輩來予家作長句。後再同東坡來，坡讀其詩，歎息云：『此不是吃煙火食人道底言語。』」[110]黃庭堅〈跋東坡樂府〉評蘇軾〈卜算子‧黃州定惠院寓居作〉：「語意高妙，似非喫煙火食人語，非胸中有萬卷書，筆下無一點塵俗氣，孰能至此？」[111]以「非喫煙火食人語」論蘇軾詞，歷代詞論家多視為經典，直接引用，或進一步引申發揮。如鄧廷楨《雙硯齋詞話》評東坡〈卜算子〉「明漪絕底，薌澤不聞，宜涪翁稱之為不食人間煙火」。[112]明代俞彥則將「似非喫煙火食人語」提升為概括蘇軾詞整體特色，《爰園詞話》卷二云：

> 子瞻詞無一語著人間煙火，此自大羅天上一種，不必與少游、易安輩較量體裁也。其豪放亦止「大江東去」一詞。何物袁絢，妄加品騭，後代奉為美談，似欲以概子瞻生平。不知萬頃波濤，來自萬里，吞天浴日，古豪傑英爽都在，使屯田此際操觚，果可以「楊柳岸，曉風殘月」命句否？[113]

鄭文焯《大鶴山人詞話》又移來評東坡〈八聲甘州‧寄參寥子〉：「突兀雪山，卷地而來，真似錢塘江上看潮時，添得此老胸中數萬甲兵，是何氣象雄且傑。妙在無一字豪宕，無一語險怪，又出以

110 阮閱：《詩話總龜‧前集》，《四部叢刊》本，卷9引。
111 黃庭堅：《豫章黃先生文集》，《四部叢刊》本，卷26。
112 唐圭璋：《詞話叢編》（三）（北京市：中華書局，1986年），頁2529。
113 唐圭璋：《詞話叢編》（一）（北京市：中華書局，1986年），頁402。

閒逸感喟之情，所謂骨重神寒，不食人間煙火氣者，詞境至此觀止矣。[114]

劉熙載《藝概》卷四云：

> 黃魯直跋東坡〈卜算子〉（缺月掛疏桐）一闋云：「語意高妙，似非喫煙火食人語，非胸中有萬卷書，筆下無一點塵俗氣，孰能至此？」余案：詞之大要，不外厚而清。厚，包諸所有。清，空諸所有也。[115]

則發揮為「厚而清」總論詞體。[116]蘇軾的〈卜算子〉和「非喫煙火食人語」對詞學史有間接貢獻。

應客觀評價蘇軾，詞史上的有些突破，的確是蘇軾的功績，但有些是張先與柳永等人的，要加以「還原」。如張先最早大量寫詞題和詞序，學界往往將前輩張先的功績加到後輩蘇軾身上，這對張先是不公平的。張先是蘇軾詞的創作的引路人，蘇軾作詞，受張先影響很大，對張先的地位要加以充分肯定。

清人將蘇軾比擬「詞中杜甫」。首倡者是陽羨詞派的開創者陳維崧，〈《詞選》序〉說：「東坡、稼軒諸長調，又駸駸乎如杜甫之歌行與西京之樂府也。」[117]僅以蘇詞中的長調比擬杜詩中歌行體。陳維崧詞學蘇、辛，將蘇軾與杜甫相提並論，正見蘇軾在他心目中的崇高地位。他的這一觀點影響後來詞論家。陳維崧同以蘇、辛詞比杜詩，認為如杜詩的不只是某一詞家，這種觀點是深刻的。劉熙載說：「東坡詞頗似老杜詩，以其無意不可入，無事不可言也。若其豪放之致，

114　唐圭璋：《詞話叢編》（五）（北京市：中華書局，1986年），頁4326-4327。

115　劉熙載：《藝概》（上海市：上海古籍出版社，1978年），頁120。

116　參見歐明俊：〈論詞學史上的「元批評」〉，《古代文學理論研究》（上海市：華東師範大學出版社，2009年），第29輯。

117　施蟄存主編：《詞籍序跋萃編》（北京市：中國社會科學出版社，1994年），頁761。

則時與太白為近。」又云：「詞品喻諸詩，東坡、稼軒，李、杜
也。」[118]從風格角度將東坡詞比擬太白詩，又從內容上將東坡詞比擬
老杜詩。角度、標準不同，皆有道理。他並不拘泥於將東坡比擬某一
家，是比較科學的態度。馮煦在《蒿庵論詞》中即十分讚賞劉熙載的
觀點。清末江順詒《詞學集成》卷一認為，詞至南宋姜夔、張炎，
「始稱極盛，而為詞家之正軌。以辛擬太白，以蘇擬少陵，尚屬閏
統」。[119]「閏統」意即非正統、非正宗，江順詒承襲浙西詞派的觀
點，以姜夔、張炎為詞之「正軌」，而以蘇、辛詞為「變體」、「別
格」，但承認蘇詞與杜詩的相似性及其成就。歷代詞論家，只有清人
以蘇詞比擬杜詩，持此論者並不多，也只認為蘇詞與杜詩在某些方
面相似。從總體上看，東坡詞更近李白詩，清代不少學者皆持此觀
點，如陳廷焯《白雨齋詞話》卷八云：「太白之詩，東坡詞可以敵
之。」[120]蘇詞與杜詩，只有某些方面可比，而與李白詩，則是整體上
可比，將蘇軾比擬「詞中李白」，相對來說更有道理。[121]

　　蘇軾有「文章餘事」觀念，宋王灼《碧雞漫志》卷二曰：「東坡
先生以文章餘事作詩，溢而作詞曲，高處出神入天，平處尚臨鏡笑
春，不顧儕輩。」[122]蘇軾以餘事作詞，並未用全力。對蘇軾在詞史上
地位的評定，要將詞與詩、文結合起來談，宋人最重文，其次是詩，
最後才是詞，宋代影響最大的是詩、文。過分抬高詞的地位，拔高蘇
軾詞的地位，對蘇軾詩、文是不公平的。要將「當世價值」、「歷時價
值」與「現在價值」結合起來，將「原生態」價值與「衍生態」價值
結合起來。

---

118 劉熙載：《藝概》（上海市：上海古籍出版社，1978年），頁108、113。
119 唐圭璋：《詞話叢編》（四）（北京市：中華書局，1986年），頁3227。
120 唐圭璋：《詞話叢編》（四）（北京市：中華書局，1986年），頁3977。
121 參見歐明俊：〈「詞中杜甫」說總檢討〉，《中國韻文學刊》2007年第2期。
122 唐圭璋：《詞話叢編》（一）（北京市：中華書局，1986年），頁85。

完全「歷史還原」是不可能的，同一段歷史，記載、觀察的角度不同，都會產生差異，何況時代越遠，離歷史的真相就越遙遠，還原歷史的可能性就越渺茫。但不能完全「還原」，並不意味著就不去追尋，要盡可能還歷史的本來面目。

第四節　論蘇軾詞風發展的四個階段

關於蘇軾何時開始作詞？詞學界有不同觀點。通行觀點，蘇軾於熙寧五年（1072）春開始作詞，最早一首即作於杭州的〈浪淘沙·探春〉。發明此說的是清人王文誥《蘇文忠公詩編注集成》中的《蘇詩總案》，以後詞學界多依其說，尤以朱祖謀編年、龍榆生校箋的《東坡樂府箋》為代表。胡建升〈蘇軾〈浪淘沙·探春〉編年補正〉認為〈浪淘沙·探春〉中「昨日出東城」之「東城」，非杭州之「東城」，而是黃州之「東城」，此詞應作於元豐五年（1082）正月二十一日。[123]楊松冀〈此「東城」非彼「東城」──〈蘇軾浪淘沙·探春編年補正〉之補正〉一文予以反駁，認為胡建升的新觀點不能成立，主張仍「維持原判」。[124]中國書店二〇〇七年出版的朱靖華等著《蘇軾詞新釋輯評》，認為早在至和元年（1054）蘇軾十九歲時，即作有〈南鄉子〉（寒玉細凝膚）。該書將三十六首詞編年於〈浪淘沙〉〈探春〉之前，即認為蘇軾十九歲時即開始不斷作詞。筆者認為此段編年多為推測，無確證，退一步說，即使有少數幾首詞確作於三十七歲以前，亦乏個人特色，故此處仍認同王文誥、龍榆生觀點，蘇軾詞風發展仍以通判杭州時論起。直至逝世，蘇軾近三十年中作詞三百餘首，題材豐富，風格多樣。詞作是作者生活和思想的形象反映，茲擬將蘇詞創作

123　胡建升：〈蘇軾〈浪淘沙·探春〉編年補正〉，《文學遺產》2008年第3期。
124　楊松冀：〈此「東城」非彼「東城」──〈蘇軾浪淘沙·探春編年補正〉之補正〉，
　　《黃岡師範學院學報》2009年第2期。

按生活經歷分為四個階段加以考察：通判杭州、密州和徐州、黃州、去黃以後。

一　通判杭州詞，女性色彩淡化，清麗飄逸，但尚未顯出特別「風味」

　　由於北宋前期近百年的承平，為適應統治階級娛賓遣興、歌舞昇平的需要，由晚唐五代以來的婉麗詞風更瀰漫一時。一些道德、文章名重一時的人物，如晏殊、歐陽修等所作的小詞，皆沿五代之習，極為柔靡。柳永更以俚俗詞句、市民情調將花間詞風進一步發展。蘇軾三十七歲才開始作詞，熙寧四年（1071）冬，他赴任杭州通判，次年春作〈浪淘沙・探春〉，寫出城探春情景，與向來傷春題材迥異，格調由哀怨轉為開朗。蘇軾初試詞筆，就透露出與傳統婉約詞不同的傾向，朝著廣闊的現實人生邁出第一步。其時蘇軾詩已至圓熟境地，如今挾其詩才投身詞壇，並以其天馬行空般的曠逸之天性，必對柔靡、俚俗之作不滿，想獨闢蹊徑，自成一家，通判杭州詞可以說是發軔期。

　　如果說〈浪淘沙・探春〉所表現的還主要是一種賞玩遣興，那麼，熙寧六年（1073）過七里瀨所寫的〈行香子〉有句「一葉舟輕，雙槳鴻驚。水天清、影湛波平」，[125]則隱然有一種疏放氣度。其後，寫錢塘弄潮兒搏擊江潮習俗的〈瑞鷓鴣〉（碧山影裡小紅旗），抒寫鄉情的〈卜算子〉（蜀客到江南），描寫音樂的〈江城子・湖上與張先同賦時聞彈箏〉，寫觀潮的〈南歌手・八月十八日觀潮〉，及〈鵲橋仙・七夕送陳令舉〉等，皆有一種清新流暢、疏宕俊邁的格調。特別是後三首更是展現了某些前所未有的新境界。如〈江城子〉云：「忽聞江

---

125 張志烈、馬德富、周裕鍇主編：《蘇軾全集校注》（石家莊市：河北人民出版社，2010年），冊9，頁11。

上弄哀箏。苦含情，遣誰聽？煙斂雲收，依約是湘靈。欲待曲終尋問
取，人不見，數峰青。」對音樂的描寫，與唐詩名篇相比不足為奇，
但在詞苑中卻是破天荒的。〈南歌子〉展現的是一幅現實想像和幻想
交織的畫面。忽而「笑看潮來潮去」，忽而聯想到「方士三山路，漁
人一葉家」，忽而追慕「騎鯨公子賦雄誇」，散發著濃郁的浪漫氣息。
〈鵲橋仙〉更有超塵脫俗的飄逸放曠情懷，詞人就「七夕」生情，畫
出飄渺高遠的仙境，以此象徵和讚頌淡泊名利的陳令舉。陸游〈跋東
坡七夕詞後〉論道：「昔人作七夕詩，率不免有珠櫳綺疏惜別之意。
唯東坡此篇，居然是星漢上語，歌之曲終，覺天風海雨逼人。」[126]可
謂的評。

　　通判杭州詞中很值得一提的是送別之作，共有八篇之多（代言體
除外）。將送別題材由詩中移至詞中，雖然不是蘇軾首創，但蘇軾與
前人詞作不同，由基本寫男女之情，轉而純寫友情。如〈虞美人・有
美堂贈述古〉：

> 湖山信是東南美，一望彌千里。使君能得幾回來，便使樽前醉
> 倒更徘徊。　　沙河塘裡燈初上，水調誰家唱。夜闌風靜欲歸
> 時，唯有一江明月碧琉璃。

悵歡舊事難尋，感慨人事無常，一曲水調悲歌，燈火黃昏，淒清寂
寥，更襯出別離的況味。「夜闌」兩句，喻理一種開闊襟懷，是前人
詞作中少見的。

　　傳統婉約詞寫離情，常是設色濃豔，抒情纖細，且大都是依紅偎
翠、淺斟低唱一類的男女別情。而蘇詞寫得情深意長，迴腸盪氣，突
出友情的誠摯，這顯然與婉約詞風大異其趣。幾首送陳襄詞如〈訴衷

---

126 陸游：《陸游集》（北京市：中華書局，1976年），冊5，頁2252。

情‧送述古迓元素〉、〈清平樂‧送述古赴南都〉、〈菩薩蠻‧西湖送述古〉、〈南鄉子‧送述古〉、〈江城子‧孤山竹閣送述古〉等，皆具有這一特色。

由此可見，蘇軾通判杭州詞作顯示出的是女性色彩的淡化，主體意識增強，初步突破了「詩莊詞媚」觀念的束縛，運用詩的意境、題材、筆法、語言入詞，顯示出「以詩為詞」的傾向。但是由於思想境界和生活視野的限制，以及創作經驗的不足，此期詞作還基本上處於嘗試階段，明顯存在著由作詩到填詞過渡的痕跡，單從詞調上看，是純粹的小令和中調，見不到在柳永手中蓬勃發展起來的長調慢詞。此時蘇詞只是偶露本色，還沒顯出特別「風味」。

蘇軾外任杭州，是為遠離黨爭漩渦的自請。在杭州，儘管對政治鬥爭心有餘悸，但杭州的自然環境、人事關係卻使他感到愜意。熙寧七年（1074），蘇軾移知密州，失去了湖山之興，理想與現實的矛盾失去了遮飾，社會、人生的諸多問題，更尖銳地展露在他面前。這使得蘇軾內心充滿矛盾和鬥爭，也促使他對社會、人生進行認真的思考。赴密州途中，所作〈沁園春〉（孤館燈青）便記述了這種內心變化，是他對社會、人生思考的結晶：

> 孤館燈青，野店雞號，旅枕夢殘。漸月華收練，晨霜耿耿，雲山撬錦，朝露團團。世路無窮，勞生有限，似此區區長鮮歡。微吟罷，憑征鞍無語，往事千端。　　當時共客長安。似二陸初來俱少年。有筆頭千字，胸中萬卷，致君堯舜，此事何難。用舍由時，行藏在我，袖手何妨閑處看。身長健，但優游卒歲，且鬥樽前。

此為蘇軾所寫第一首長調，也是第一首直接抒寫懷抱志意的詞作。勃勃英姿，力透紙背，表現出待時而沽，「天生我才必有用」的自信和

自豪。此詞無論思想內容還是藝術風格，都突破了詞為「豔科」的傳統藩籬，完全以另一種姿態出現，標誌著蘇詞創作進入一個新的發展階段。

二　密州、徐州詞：創立豪放詞風，樹起「自是一家」的旗幟

　　陳師道《後山詩話》引晁無咎（補之）語云：「眉山公之詞短於情。」[127]其實，蘇詞不乏「緣情而綺靡」之作，有的還相當出色。如「彩索身輕常趁燕」（〈浣溪沙・春閨〉）等，即是「婉約」詞中妙品，如美人王嬙、西施，堪與天下婦人鬥好。可見蘇軾並非不精於此道，而有志於另闢新境。杭州詞中，我們可清楚見到蘇軾「以詩為詞」，他是帶著一種有意創新開拓的精神進行創作的。

　　熙寧七年（1074）十一月蘇軾到密州任後，詞的創作傾向繼續沿〈沁園春〉（孤館燈青）向前發展，終於寫下了〈江神子・獵詞〉這首最典型的「豪放」詞，從而在詞壇上樹立起「自是一家」的旗幟。熙寧八年冬十月，蘇軾以密州知州祭常州回城，歸途中同官會獵於鐵溝附近，作〈江城子〉以抒懷：

> 老夫聊發少年狂。左牽黃，右擎蒼。錦帽貂裘，千騎卷平岡。為報傾城隨太守，親射虎，看孫郎。　　酒酣胸膽尚開張。鬢微霜，又何妨！持節雲中，何日遣馮唐？會挽雕弓如滿月，西北望，射天狼。

---

127 胡仔著，廖德明校點：《苕溪漁隱叢話》（北京市：人民文學出版社，1962年），前集卷51引，頁346。

　　這是一首別開生面的詞作。首先，用詞來寫習武打獵，藉以抒發關心邊防的熱忱，在題材和內容上都具有開創意義。它進一步發展了范仲淹悲壯蒼涼的邊塞詞的精神，成為南宋抗戰詞的先聲。其次，它塑造了一個激昂慷慨、馳騁疆場的志士形象，這個形象的出現在詞史上還是第一次。再者，它通過對特定素材的描寫以及對渴望抵禦外侮的豪情壯志的抒發，顯得氣勢飛動，節奏跳蕩，音調洪亮，而且情緒激越，顧盼自雄，形成一種粗獷豪邁的風格，突破晚唐以來詞風，把軟媚少骨的「兒女情」，換成有膽有識的剛強的「英雄氣」，也與當時籠罩詞壇的柳永詞風形成鮮明對照。蘇軾對此亦頗自我欣賞。他在〈與鮮于子駿書〉中說：「近卻頗作小詞，雖無柳七郎風味，亦自是一家。呵呵！數日前獵於郊外，所獲頗多。作得一闋，令東州壯士抵掌頓足而歌之，吹笛擊鼓以為節，頗壯觀也。」[128]看來，他確是有意與依紅偎翠的纖豔之調相對抗，而進行壯詞寫作的嘗試。

　　熙寧十年（1077）秋所作的〈水調歌頭〉亦氣象恢弘，辭氣俊邁，情懷磊落：

> 安石在東海，從事鬢驚秋。中年親友難別，絲竹緩離愁。一旦功成名遂，準擬東還海道，扶病入西州。雅志困軒冕，遺恨寄滄洲。　　歲雲暮，須早計，要褐裘。故鄉歸去千里，佳處輒遲留。我醉歌時君和，醉倒須君扶我，唯酒可忘憂。一任劉玄德，相對臥高樓。

　　蘇軾的獨特貢獻，並不在於他創作了數量可觀的婉約纏綿、哀感溫馨之作，而在於他寫出了少部分「豪放」之作。豪放詞雖不多，但它在詞壇上所帶來的影響是巨大的。它刷新了詞壇，開創了一代詞

---

128 張志烈、馬德富、周裕鍇主編：《蘇軾全集校注》（石家莊市：河北人民出版社，2010年），冊17，頁5847。

風。俞文豹《吹劍續錄》載：「東坡在玉堂，有幕士善謳，因問：『我
詞比柳詞何如？』對曰：『柳郎中詞，只好十七八女孩兒，執紅牙拍
板，唱『楊柳岸，曉風殘月』。學士詞，須關西大漢執鐵板，唱『大
江東去』。公為之絕倒。」[129]王灼《碧雞漫志》卷二贊東坡「偶爾作
歌，指出向上一路，新天下耳目，弄筆者始知自振」。[130]可見，在特
定詞壇背景下，人們首先注意到的是他的豪放詞。至南宋適逢其會，
發展出一支以詠唱豪情為主的豪放詞派，東坡的開啟之功確不可沒。
還應指出的是，蘇軾有的奇逸高曠之作，在詞為「豔科」的時代背景
下，相比較也顯得豪放了。如熙寧九年（1076）中秋所作的〈水調歌
頭‧丙辰中秋〉，奇想聯翩，有著皓月當空、逸興遄飛的情懷，並在
殷殷關切的兄弟情誼中，滲入了濃厚的人生哲理，豐富和深化了詞的
意境，具有強烈的藝術感染力，此詞在詞史上佔有十分重要的地位。

　　蘇軾自請外任，一則避開是非，保全自己；二則希望在政治上有
所作為，以踐初衷。因此，其時儘管由於抑鬱失意，不時流露出消極
情緒，但仍以儒家積極進取精神為主導，此時詞創作傾向與之是一致
的。也正是在這種精神的支配下，其後才有清新樸實、明白如話，充
滿濃郁的泥土芳香和淳樸真摯的思想感情的〈浣溪沙〉五首農村詞。
這組詞在詞的題材上開拓了新天地。

　　在徐州石潭謝雨道上所作的〈浣溪沙〉五首，寫農村風物、農家
生活，詞的題材、意境進一步開拓，格調清新，趣味盎然。茲舉第四
首為例：

　　　　簌簌衣巾落棗花，村南村北響繰車。牛衣古柳賣黃瓜。　　酒
　　　　困路長唯欲睡，日高人渴漫思茶。敲門試問野人家。

129　陶宗儀：《說郛》（北京市：中國書店，1986年，據涵芬樓1927年版影印），卷24。
130　唐圭璋：《詞話叢編》（一）（北京市：中華書局，1986年），頁85。

詞描繪出一幅充滿濃郁生活氣息和豐收喜悅的農村風俗畫，淺語中寄寓深情。

蘇軾不為傳統習尚所囿，獨闢蹊徑，開創了「豪放」一格，至南宋蔚為大宗，對詞體發展做出了前無古人的貢獻。永瑢等《四庫全書總目》卷一九八〈東坡詞提要〉有一段話說得簡明切要：「詞自晚唐五代以來，以清切婉麗為宗，至柳永而一變，如詩家之有白居易；至軾而又一變，如詩家之有韓愈，遂開南宋辛棄疾等一派。」[131]

密州、徐州時期，蘇詞題材進一步拓展，舉凡寫景如〈望江南〉〈超然臺作〉、尋夢如〈永遇樂〉（明月如霜）、時事如〈河滿子·湖州作寄益守馮當世〉、詠物如〈洞仙歌〉（江南臘盡）、悼亡如〈江城子·乙卯正月二十日記夢〉、友情如〈滿江紅·正月十三日雪中送王安國還朝〉等，均可入詞，開拓出廣闊的詞境。

經歷由嘗試而至開拓的創作實踐，蘇軾「詩化」的詞遂進入了一種更純熟的境地。元豐元年（1078）十月震驚朝野的「烏臺詩案」成了蘇軾生活史上的轉捩點。沉重的政治打擊，使他對人生、社會的態度以及反映在創作上的思想感情和風格，都發生了明顯的變化。

三　黃州詞：清曠為基調，為成熟期，「逸懷浩氣，超然乎塵垢之外」

蘇軾在〈初到黃州〉詩中寫道：「自笑平生為口忙，老來事業轉荒唐。長江繞郭知魚美，好竹連山覺筍香。逐客不妨員外置，詩人例作水曹郎。只慚無補絲毫事，尚費官家壓酒囊。」[132]在自嘲中，仍想有「補」國「事」，對貶逐則淡然處之。但是政治環境險惡如此，生

---

131 永瑢等：《四庫全書總目》（北京市：中華書局，1965年影印本），下冊，頁1808。

132 張志烈、馬德富、周裕鍇主編：《蘇軾全集校注》（石家莊市：河北人民出版社，2010年），冊4，頁2150。

活困頓與日俱增，一種天涯淪落的悲苦寂寞之感油然而生。最初寓居定惠院時所作的〈卜算子〉中「有恨無人省」，「揀盡寒枝不肯棲」的孤鴻，正是詞人的自我寫照。然而蘇軾很快找到了排遣苦悶的精神良方，這就是早年已萌發的佛老思想。他在〈黃州安國寺記〉中自述，到黃州後，「歸誠佛僧」，「間一二日輒往（安國寺），焚香默坐，深自省察，則物我相忘，身心皆空，求罪垢所從生而不可得。一念清淨，染汙自落，表裡翛然，無所附麗。私竊樂之。旦往而暮還者，五年於此矣」。[133]他在〈去歲九月二十七日在黃州生子名遁小名乾兒頎然穎異至今年七月二十八日病亡于金陵作二詩哭之〉其二寫道：「中年添聞道，夢幻講已詳」。[134]將自己對佛老思想較為深刻理解和運用定在黃州「中年」。蘇轍〈亡兄子瞻端明墓誌銘〉中「後讀釋氏書，深悟實相，參之孔、老，博辯無礙，浩然不見其涯也」一段，也敘於「謫居黃州」之後。[135]可見蘇軾佛老思想在黃州時期日益濃厚，甚至佔據了主導地位。在理想與現實矛盾面前，則採取一種超然物外、聽任自然、隨緣自適的態度。正因此，黃州五年，蘇軾始終能在困頓中卓然特立，在逆境中掉臂獨行，在愁悶中排遣超脫，從苦難中品嚐人生。

　　與此相聯繫，黃州時表現作者情懷的抒情詞，藝術表現上更加灑脫自如，顯示出對人生的透澈靜觀態度，試看元豐五年（1082）所作的〈定風波〉：

　　　莫聽穿林打葉聲，何妨吟嘯且徐行。竹杖芒鞋輕勝馬，誰怕？

133　張志烈、馬德富、周裕鍇主編：《蘇軾全集校注》（石家莊市：河北人民出版社，
　　　2010年），冊11，頁1237。

134　張志烈、馬德富、周裕鍇主編：《蘇軾全集校注》（石家莊市：河北人民出版社，
　　　2010年），冊4，頁2605。

135　蘇轍著，陳宏天、高秀芳校點：《蘇轍集》（北京市：中華書局，1990年），冊3，
　　　頁1127。

一簑煙雨任平生。　　　料峭春風吹酒醒，微冷，山頭斜照卻相
迎。回首向來蕭瑟處，歸去，也無風雨也無晴。

此詞刻畫了一個在人生道路上履險如夷的詞人形象。「莫聽」、「何
妨」、「誰怕」、「任平生」，鮮明地展示出詞人瀟脫不羈的性格和曠達
的胸襟氣度。陣風驟雨過後，剩下的只是「也無風雨也無情」，彷彿
一切都沒有發生。生活之路的坎坷與順利，仕宦之途的升沉與進退，
政治上的榮辱與得失，乃至人生大限的生死，對他來說都是無差別的
境界。或許有人說這是消極的，然而蘇軾正是以此達觀的處世態度，
保持對人生、對美好事物的執著和追求。在風雨中「吟嘯且徐行」，
對困境安之若素，正是我們熟悉的蘇軾面貌，他不同於屈原、杜甫一
味執著，即使是元豐七年（1078）他接到量移汝州安置命令時所作
〈滿庭芳〉（歸去來兮）也仍如此。所謂量移汝州，只是移到離京城
較近的汝州而已，而政治上無任何實質上的改善。〈滿庭芳〉中，他
用娓娓動聽的筆調向黃州父老訴起依依難捨的情懷，以親密的友情來
驅散遷客的苦情，以久慣世路的曠達之懷取代人生失意的哀愁，「待
閑看，秋風洛水清波」，一筆蕩開，以隨緣自適代替愁苦之情。這一
時期所寫的名作如〈臨江仙〉（夜飲東坡醒複醉）、〈西江月〉（照野瀰
瀰淺浪）、〈浣溪沙〉（山下蘭芽短浸溪）等，皆寫得翛然曠達，超塵
絕世。

　　應該指出，黃州時期，詞人也有表達儒家積極進取精神之作，如
〈水調歌頭〉（落日繡簾卷）中乘風破浪的漁翁形象。然而，對傳統
思想的汲取，只有與生活實踐緊密結合，才能化為真正的血肉，產生
積極作用。黃州時，蘇軾面對的最緊迫的人生問題是對逐客生涯如何
自處？他的主要生活內容是〈東坡八首〉中所描寫的於東坡躬耕的
「墾闢之勞」和「玉粒照筐筥」的收穫之喜，是〈黃泥坂詞〉中的
「初被酒以行歌兮，忽放杖而醉偃」的出遊，是訪友，是養生，是堅

持五年每一二日一往的安國寺參禪活動。他雖然對政事並未忘情，畢竟已遠離論政於朝堂、理事於衙門簿籍之間的官場生涯，不可能施展他的政治抱負。因此雄心勃勃、不可一世的自負感很少再現，轉而為對曠達脫俗、隨遇而安的佛老之道的追求，就連公認為「豪放」詞代表作的〈念奴嬌‧赤壁懷古〉，也以「人生如夢，一樽還酹江月」作結，抒發風物未改，人事已非，古人功業難以企及的思想，對人生呈現出一種悠然靜觀的態度。

與之相應，在詞中習見的是「佳處輒遲留」（〈水調歌頭〉）的遷客，「攜壺籍草亦天真」的酒徒，「一笑人間千古」（〈漁夫〉）的隱士；是「村舍外，古城旁，杖藜徐步轉斜陽」（〈鷓鴣天〉）的疏曠閒適，是「菊花須插滿頭」（〈定風波〉）的飄逸瀟灑，是在酒後乘興而往，「帶酒沖山雨，和衣睡晚涼」（〈南歌子〉）的爽朗達觀。蘇軾在刻畫自我形象時，總是借助景物描寫來加以襯托，筆下景物多姿多彩，但他最愛寫那些深幽古淡、清淨雅致的景物，而且這些景物多披上一層薄雲細雨，以增加畫面的清疏感，多籠罩著明月夕陽的柔婉，以增加畫面的靜寂感，如「推枕惘然不見，但空江月千里」（〈水龍吟〉），「細雨斜風作小寒，淡煙疏柳媚晴灘」（〈浣溪沙〉），「淡月朦朧，更有微微弄袖風」（〈減字木蘭花〉），「煙水茫茫，千里斜陽暮。山無數，亂紅如雨，不識來時路」（〈點絳唇〉）等。詞人憧憬著高飛遠舉，靜悟自然，體驗人生。蘇軾黃州詞作呈現出特有的氣度和風格。

黃州詞呈現的確是這樣一種超逸清空的精神境界。同是中秋抒情，密州時名作〈水調歌頭〉（明月幾時有）充滿了入世和出世的矛盾，既嚮往「瓊樓玉宇」之純潔而又嫌其寒冷，既憎惡現實社會之惡濁而又留戀人世的溫暖，以月下起舞為勝境，千里嬋娟為祝願。時隔六年的黃州〈念奴嬌‧中秋〉則寫「人在清涼國」的表裡澄澈，寫「水晶宮裡，一聲吹斷橫笛」的絕響遺韻：

憑高眺遠，見長空萬裡，雲無留跡。桂魄飛來光射處，冷浸一
天秋碧。玉宇瓊樓，乘鸞來去，人在清涼國。江山如畫，望中
煙樹歷歷。　　　我醉拍手狂歌，舉杯邀月，對影成三客。起舞
徘徊風露下，今夕不知何夕。便欲乘風，翻然歸去，何用騎鵬
翼。水晶宮裡，一聲吹斷橫笛。

　　展現在人們面前的是迷茫無際的天上世界，想像奇特。同時所作
的〈前赤壁賦〉有「羽化而登仙」的名句。黃庭堅〈跋東坡樂府〉評
蘇軾〈卜算子·黃州定惠院寓居作〉：「語意高妙，似非吃煙火食人
語。非胸中有萬卷書，筆下無一點塵俗氣，孰能至此！」[136]都可與此
詞相互印證。

　　同是重陽抒懷，元豐元年（1078）於徐州所作〈千秋歲〉雖然也
有「明年人縱健，此會應難復」的感歎，但充溢畫面的是「如玉」的
「坐上人」，與「玉人」交映的「金菊」，紛飛相逐的蜂蝶，乃至滿袖
珍珠般的「秋露」，而在黃州所作的〈南鄉子〉卻以「萬事到頭都是
夢。休休，明日黃花蝶也愁」作結。〈醉蓬萊〉又以「笑勞生一夢，
羈旅三年，又還重九」開頭，這裡有對世事無常、「人生如夢」的低
沉唱歎，更有泛觀天地、諸緣盡捐的曠達情懷的表露。王國維《人間
詞話》卷上云：「東坡之詞曠，稼軒之詞豪。」[137]所論極有見地。
「曠」、「豪」之差別，就在於蘇軾接受了佛家靜達圓通、莊子齊物等
思想的影響，蘇軾把其中的超曠因素提取出來，並把自己對自然社會
的獨特認識及那種樂觀豁達的個性和與眾不同的坎坷遭遇融入其中，
因而內含的感情特別深沉，而外在的表現卻又特別瀟灑飄逸、超脫
曠達。

---

136 黃庭堅著，劉琳等校點：《黃庭堅全集》（二）（成都市：四川大學出版社，2001
　　年），頁660。

137 唐圭璋：《詞話叢編》（五）（北京市：中華書局，1986年），頁4250。

黃州時的詞作是蘇詞創作的成熟期和豐收期,「清曠」無疑是該時期的基調,誠如葉嘉瑩〈論蘇軾詞〉所指出的,「其用世之志意受到挫折以後,則其發展之趨勢之終必形成以超曠為主之意境與風格,就原是一種必然之結果」。[138]

四　去黃以後,其詞已成餘響,詞風逐漸回歸婉約

隨著政局的變動,蘇軾蒙赦並恢復了中央的顯要職務。這件事就同被判處流刑時一樣,成了東坡一生中重大的轉捩點。但就詞而言,去黃後,基本上處於低潮。

汴京任官時,蘇軾喜寫些「隱括」詞,如〈水調歌頭〉(昵昵女兒語),將韓愈〈聽穎師彈琴〉詩改寫成詞,從藝術角度看,沒有什麼創新和發展,但他樂此不疲,如改寫杜牧〈九日齊山登高〉詩為〈定風波〉(與客攜壺上翠微),改寫張志和〈漁父〉詞為〈浣溪沙〉(西塞山前白露飛)等,此為文人筆墨遊戲,意義不大。

由於黨爭激烈,複雜的內部傾軋佔據了蘇軾的生活,限制了他的視野,因此詞作題材狹窄,激憤之情也減弱。紀昀指出:「始知木天玉署(按:指翰林院)之中,征逐交遊,擾人清思不少,雖以東坡之才,亦不能酒食中吐煙霞語也。」[139]則是從另一角度解釋。而且一種稍事安定、自滿自足的心情常有流露,「江湖流露豈關天,禁省相望亦偶然」(〈和子由除夜元日省宿致齋〉之一),表面上說相望偶然,內心卻頗為得意。這樣,反映在詞作中,也就看不到感情的波瀾了。但蘇軾思想中出世和入世的矛盾依然存在,這種矛盾在詞中表現得較為含蓄,有的則淋漓酣暢,如〈好事近·西湖夜歸〉字裡行間跳動的

---

138 繆鉞、葉嘉瑩:《靈谿詞說》(上海市:上海古籍出版社,1987年),頁196。

139 蘇軾著,紀昀評點:《蘇文忠公詩集》,清同治八年韞玉山房刻朱墨套印本,卷29「總批」。

是一顆擺脫世務、放情山水的心靈。在離杭後不久寫給道潛和尚的
〈八聲甘州·寄參寥子〉中，這種心情表露得更為明顯：

> 有情風萬里卷潮來，無情送潮歸。問錢塘江上，西興浦口，幾
> 度斜暉？不用思量今古，俯仰昔人非。誰似東坡老，白首忘
> 機。　　記取西湖西畔，正春山好處，空翠煙霏。算詩人相
> 得，如我與君稀。約他年東還海道，願謝公、雅志莫相違。西
> 州路，不應回首，為我沾衣。

蘇軾用謝安故事以自喻，抒發感慨。上片縱筆宇宙人生，意態極超
曠；下片則對於平生素志和故舊情義，申拳拳之念，意極誠摯，而且
兩方面在詞中熔鑄一爐。通篇既有對友人的惜別之情，又有超越古
今、勘破塵俗的曠達襟懷。語言明快，格調高逸，情理交織，令人玩
味不盡。清末鄭文焯極力推崇此詞，〈手批《東坡樂府》〉曰：「突兀
雪山，卷地而來，真似錢塘江上看潮時，添得此老胸中數萬甲兵，是
何氣象雄且桀！妙在無一字豪宕，無一語險怪，又出以閒逸感喟之
情，所謂骨重神寒，不食人間煙火氣者。詞境至此觀止矣。雲錦成
章，天衣無縫，是作者至情流出，不假熨貼之工。」[140]令人感到進入
晚年的蘇軾，胸次超然而不失溫馨，心情蒼老而每多眷戀。可惜此等
詞作如曇花一現，此後再不復見矣。

　　此時，蘇軾也常寫一些懷人詞、送別詞、詠物詞，多為小令，但
也有格調高遠的，如〈木蘭花令〉（霜餘已失長淮闊）中「與予同是
識人翁，唯有西湖波底月」，寫得真摯純潔；「春衫猶是，小蠻針線，
曾濕西湖雨。」（〈青玉案〉）不說自己思歸，卻說好像看到朝雲的淚
眼，亦可謂委婉多姿；又如〈減字木蘭花〉以「滿座清微，人袖寒泉

---

140 鄭文焯：《大鶴山人詞話》，唐圭璋：《詞話叢編》（五）（北京市：中華書局，1986
　　年），頁4326-4327。

不濕衣」來寫泉水寒氣冷入衣袖，用「雪灑冰麾，散落佳人白玉肌」來寫荷花潔白，讀來有清新之感，但與黃州詞相比，自不可同日而語矣。

　　紹聖元年（1094），蘇軾又由於黨爭被貶惠州，元符元年（1098）再貶儋州。惠、儋的貶謫生活是黃州生活的繼續，佛老思想又成為他思想的主導，並且與黃州時相比有所滋長。如果說黃州時尚不免豪氣偶現，遷謫之怨時有流露，那麼隨著年事日高，對佛老習染更深，因而表現為胸無芥蒂、純任自然的精神境界，積極入世和消極出世的矛盾由鬱勃不平轉為委婉平和，感情的激波巨浪趨於漣漪微瀾。蘇轍〈子瞻和陶淵明詩集引〉說：「東坡先生謫居儋耳，置家羅浮之下，獨與幼子過負擔渡海。葺茅竹而居之，日啖薯芋，而華屋玉食之念不存於胸中。」[141]對他當時思想做了真實的記錄。這樣，隨著生活思想的變化，他的詩風轉向追求淡雅高遠的風格，而當時一百多首「和陶詩」所表現出來的不經意斧鑿，適然寓意而不留於物的天然之美的趨尚，也影響到詞的創作。

　　這時期詞作，可考者不足十首，但為數不多的詞作也洗盡鉛華。如〈減字木蘭花〉（春牛春杖）無限情思，感人肺腑。再試看〈蝶戀花〉：

　　　　花褪殘紅青杏小。燕子飛時，綠水人家繞。枝上柳綿吹又少，天涯何處無芳草。　　牆裡秋千牆外道。牆外行人，牆裡佳人笑。笑漸不聞聲漸悄，多情卻被無情惱。

詞從頌春到傷春，寫得樸而彌厚，淡而彌麗。蘇軾雖歷經坎坷，卻仍多情眷戀人生，追求未來，豈不因「無情」所惱？這正說明他是位執

141　蘇轍著，陳宏天、高秀芳校點：《蘇轍集》（北京市：中華書局，1990年），冊3，頁1110。

著生活的詞人。王士禛《花草蒙拾》說：「『枝上柳綿』，恐屯田緣情綺靡，未必能過。」[142]指出了蘇軾詞有婉約一面，但同是「緣情」，蘇軾詞俊爽蘊藉，與柳詞畢竟有清語與豔語不同。

元豐七年（1084）去黃以後，蘇軾已不甚注意寫詞，同這個時期時間長度相比，作品數量既少，也看不出有新的發展，可以說已成餘響，且其詞風格也逐漸回歸傳統的婉約。龍榆生〈東坡樂府綜論〉指出這一時期的詞有如下特點，可相印證：「東坡既飽經憂患，又怵于文字之易取愆尤，五十而還，益趨恬淡，詩詞文藝，率以遊戲出之，不復多所措意。故去黃以後，風格又變……大抵皆即事遣興，間參哲理，擬之黃州諸作，稍嫌枯淡。」[143]

隨著年齡、生活閱歷以及身分地位的變化，蘇軾詞風與時俱變，不同時期呈現出不同的風貌。筆者強調務必動態認識和評價蘇軾詞風，切忌靜態看待。

第五節　秦觀詞研究之反思

秦觀詞的研究已非常成熟，取得的成績首先應充分肯定。但仍有一些問題值得進一步探討和反思。本文擬就以下三方面略抒淺見，以求教於方家。

一　關於秦觀詞的「婉約」

秦觀是「婉約詞」或稱「婉約派」的代表人物，首先須清楚其來龍去脈。「婉約」與「豪放」是後代人的評價，在宋代，以「婉」、

---

142 唐圭璋：《詞話叢編》（一）（北京市：中華書局，1986年），頁680。
143 龍榆生：《龍榆生詞學論文集》（上海市：上海古籍出版社，1997年），頁262。

「婉約」、「豪」、「豪放」論詞是存在的，但直至明初，並沒有形成明確的「婉約」、「豪放」兩分法。明代中期，張綖《詩餘圖譜》〈凡例〉後所附識語曰：「詞體大略有二：一體婉約，一體豪放，婉約者欲其詞情蘊藉，豪放者欲其氣象恢宏……少游大體婉約，東坡大體豪放，要以婉約為正。」[144]張綖認為「婉約」是正宗，「豪放」是別體、別格，以「婉約」、「豪放」兩分法論詞，是宏觀概括，自有其合理性。張綖是高郵人，以秦觀詞為「婉約」正宗，對自己鄉先賢秦觀帶有主觀偏愛。清初王士禎《花草蒙拾》曰：「張南湖論詞派有二：一曰婉約，一曰豪放。僕謂婉約以易安為主，豪放惟幼安稱首，皆吾濟南人。」[145]將代表人物分別更換為李清照、辛棄疾，也有鄉情因素。秦觀、李清照確實是可以作為代表的，柳永也是典型的婉約詞人，但南宋黃昇《花庵詞選》並沒有將鄉先賢柳永（今福建武夷山人）作為婉約詞的代表，《花庵詞選》只是說柳永「長於纖麗之詞，然多近俚俗，故市井小人悅之」。[146]影響學術評價的因素有很多，其中血緣、地緣、學緣、業緣，均是不可忽略的因素，對此我們應有清醒的認識。

　　王士禎將「詞體」更換為「詞派」，很多學者認為「婉約派」與「豪放派」概念是王士禎發明的，筆者認為王士禎這裡所說的「派」就是張綖所說的「體」，「體」就是「派」，是指風格而言，絕不是現代所說的「流派」的「派」，名同實不同，實際上是對王士禎的「誤讀」。「流派」是引進的西方文學概念，某一流派有共同的審美標準、綱領，進行創作、交流，有空間和時間上的限定，古人所說的「派」，多指時間的「長線」，和西方概念不一樣。溫庭筠、韋莊、馮延巳、李煜、晏殊、柳永、歐陽修、晏幾道、秦觀、周邦彥、李清

144　游元涇校刊：《增正詩餘圖譜》，明萬曆刻本，卷首。
145　唐圭璋：《詞話叢編》（一）（北京市：中華書局，1986年），頁685。
146　黃昇：《花庵詞選》，《四部叢刊》本，卷5。

照、姜夔等，都可以說是一派的，這是「線條」的，就是一種「風格類型」。

張綖把秦觀詞推舉為正宗，讚揚秦觀詞的「本色」。後來學者在張綖的基礎之上也表明了相同的觀點，何良俊〈《草堂詩餘》序〉云：「然樂府以皦徑揚厲為工，詩餘以婉麗流暢為美。即《草堂詩餘》為載，如周清真、張子野、秦少游、晏叔原諸人之作，柔情曼聲，摹寫殆盡，正詞家所謂當行本色也，第恐曹、劉不肯為之耳。」[147]胡薇元《歲寒居詞話》云：「《淮海詞》一卷，宋秦觀少游作，詞家正音也。故北宋唯少游樂府語工而入律，詞中作家，允在蘇、黃之上。」[148]

直至清末，論「婉約派」與「豪放派」的均不多，如果用兩分法，「婉」、「麗」、「媚」等，接近於「婉約」概念；「豪邁」、「剛健」、「雄健」、「雄放」等接近於「豪放」概念，不同的詞人用不同的概念來概括。

秦觀是當之無愧的「婉約派」代表人物，蘇軾侄孫蘇籀《雙溪集》卷十一曰：「逸格超絕，妙中之妙，議者謂前無倫而後無繼」。[149]李調元《雨村詞話》卷一認為秦觀《淮海集》「首首珠璣，為宋一代詞人之冠」[150]，十分推崇秦觀詞。秦觀的〈浣溪沙〉（漠漠輕寒上小樓）是典型的婉約詞，是婉約中的婉約，是婉約的極致。實際上，柳永、李清照、周邦彥等，也可稱為「婉約派」的代表人物，如宋俞文豹《吹劍續錄》中即以蘇軾、柳永為代表，而不是以蘇軾、秦觀為代表。

很多人只知道秦觀有婉約詞，而不知道有豪放詞。豪放詞為其集

---

147 卓人月彙選，徐士俊參評，谷輝之校點：《古今詞統》（瀋陽市：遼寧教育出版社，2000年），卷首，頁12。

148 唐圭璋：《詞話叢編》（五）（北京市：中華書局，1986年），頁4029。

149 蘇籀：《雙溪集》，《文淵閣四庫全書》本，卷11。

150 唐圭璋：《詞話叢編》（二）（北京市：中華書局，1986年），頁1397。

中「別調」，其中最典型的當數〈望海潮〉（星分鬥牛、秦峰蒼翠）二
首，可以和蘇軾詞媲美。秦觀有豪放詞，是因其性格的多面性，他年
輕時崇拜杜牧，杜牧喜談兵，秦觀也好談兵，二人都具有軍事才能。
但秦觀考進士落第後，性情有所變化。他二十餘歲時，取「太虛」為
字，「太虛」當指「天」、「天空」，形容自己志大氣盛。三十七歲時，
他正式將「太虛」改為「少游」，表明自己知足常樂的志趣，這是他落
榜時的心理調適。[151]因此，我們不應簡單地認為秦觀只會寫婉約詞。

「正體」、「正音」、「本色」、「當行」，是歷代對秦觀詞的高度評
價，即情韻兼勝、含蓄蘊藉、婉約、淺近平易、婉媚、可歌、悅耳等。

秦觀詞在詞體演進興衰史上處於是什麼樣的地位呢？尤侗〈詞苑
叢談序〉曰：「詞之繫宋，猶詩之繫唐也。唐詩有初、盛、中、晚，
宋詞亦有之。唐之詩，由六朝樂府而變；宋之詞，由五代長短句而
變。約而次之，小山、安陸，其詞之初乎；淮海、清真，其詞之盛
乎；石帚、夢窗，似得其中；碧山、玉田，風斯晚矣。」「周秦」是
「詞之盛」；「唐詩以李杜為宗，而宋詞蘇、陸、辛、劉，有太白之
風；秦、黃、周、柳，得少陵之體。此又畫疆而理，聯騎而馳者
也。」[152]秦觀、黃庭堅等是繼承杜詩之體，說明秦觀在詞史上的極高
地位。

對秦觀詞總體或主體風格特色，歷代詞學家有不同角度的概括，
如「婉約」、「妍麗」、「綺麗」、「嫵媚」、「濃豔」、「鮮麗」等，李清照
〈詞論〉中用「譬如貧家美女，雖極妍麗豐逸，而終乏富貴態」概括
秦觀詞。胡仔說：「少游詞雖婉美，然格力失之弱。」[153]秦觀詞風總

151 參見歐明俊：〈秦觀陸游名字考釋〉，《中國典籍與文化》2007年第1期。

152 徐釚編著，王百里校箋：《詞苑叢談校箋》（北京市：人民文學出版社，1988年），
　　頁3。

153 胡仔撰，廖德明校點：《苕溪漁隱叢話・後集》（北京市：人民文學出版社，1962
　　年），卷33。

體上婉約，「婉約」中心在「婉」，古人從不同層次、角度概括秦觀詞
風，包括聲調婉、語婉、情婉、格婉等，以「婉」為中心的不同詞的
組合來概括，如婉約、淒婉、清婉、婉麗、纖婉、婉媚等，將「婉」
細化，也有用「婉」相近的概念如柔、媚、麗等來概括，僅簡單地說
秦觀詞「婉約」，顯得過於空泛。

二　比較視野中的秦觀詞評價

歷代論者常將秦觀和其他詞人「並稱」比較，如秦觀、黃庭堅並
稱「秦七黃九」。秦觀、黃庭堅同為蘇軾門下，二人詞作並重當時。
「秦黃」並論最早見於與二人同時的陳師道《後山詩話》：「退之以文
為詩，子瞻以詩為詞，如教坊雷大使之舞，雖極天下之工，要非本色。
今代詞手，唯秦七、黃九爾，唐諸人不逮也。」[154]李清照〈詞論〉提
出詞「別是一家」，並稱當世「知之者少」，「後晏叔原、賀方回、秦
少游、黃魯直出，始能知之」。同時分析二人詞作創作得失：「秦即專
主情致，而少故實，譬如貧家美女，雖極妍麗豐逸，而終乏富貴態；
黃即尚故實而多疵病，譬如良玉有瑕，價自減半矣。」[155]陳師道將
「秦黃」並舉，是從批評蘇軾「以詩為詞」，「雖極天下之工，要非本
色」的對立面來稱許二人的。宋代，黃庭堅的作品亦流播甚廣，惠洪
《冷齋夜話》稱「魯直名重天下，詩詞一出，人爭傳之」；[156]王灼
《碧雞漫志》卷二曰：「晁無咎、黃魯直皆學東坡，韻制得七八。」[157]
可見二人詞作在當時均有重大影響，至有「秦七黃九」之稱。這是

---

154 何文煥輯：《歷代詩話》（北京市：中華書局，1981年），上冊，頁309。

155 胡仔著，廖德明校點：《苕溪漁隱叢話・後集》（北京市：人民文學出版社，1962
　　年），卷33引。

156 惠洪：《冷齋夜話》（北京市：中華書局，1985年），卷10，頁46。

157 唐圭璋：《詞話叢編》（一）（北京市：中華書局，1986年），頁83。

「秦黃」詞的「原生態」評價，是其「原生態」價值。清代號稱「詞學中興」，秦觀詞大致保持原有的評價，黃庭堅詞則多遭到貶抑，「秦七黃九」並論也遭到了普遍質疑，已非其詞作價值的本來面目。彭孫遹《金粟詞話》云：「詞家每以秦七、黃九並稱，其實黃不及秦甚遠，猶高之視史，劉之視辛，雖齊名一時，而優劣自不可掩。」譚瑩〈論詞絕句一百首〉云：「詞憑法秀浪相誇，迥脫恆蹊玉有瑕。黃九定非秦七比，後山仍未算詞家。」[158]錢裴仲《雨華盦詞話》云：「秦、黃並譽，冤哉。」[159]陳廷焯《白雨齋詞話》卷一云：「秦七黃九，並重當時，然黃之視秦，奚啻碔砆之與美玉。詞貴纏綿，貴忠愛，貴沉鬱，黃之鄙俚者無論矣；即以其高者而論，亦不過於倔強中見姿態耳！於倔強中見姿態，以之作詩，尚未必盡合，況以之為詞耶？」[160]宋人多從同知音律、詞作地位相類等共性方面而言，以上諸論則將共性因素忽略掉，不同之處顯而易見，出發點不同，自然得出不同的結論。方岳〈跋〈陳平仲詩〉〉云：「山谷非無詞，而詩掩詞；淮海非無詩，而詞掩詩。」[161]清人基本上將黃庭堅視為詩人，而將秦觀視為詞人，這樣是否將秦、黃詞「臉譜化」、「漫畫化」了？且同時兩極化評價，將秦詞高化、美化，將黃詞矮化、醜化。

　　詞論家多「柳秦」合稱，二人具有共同點：如靡靡之音、香豔、婉約等。實際上，柳詞與秦詞各盡其妙，難分軒輕。柳永詞對秦觀有很大影響，因而秦詞類乎柳詞筆法，無怪乎東坡戲稱為「山抹微雲秦學士，露花倒影柳屯田」。秦詞與柳詞一脈相承，風格深婉柔美，筆法委婉細膩。蘇軾認為秦觀〈滿庭芳〉詞學「柳七句法」，柳、秦都

---

158 譚瑩：《樂志堂詩集》，光緒元年刻本，卷6。

159 唐圭璋：《詞話叢編》（四）（北京市：中華書局，1986年），頁3013。

160 陳廷焯：《白雨齋詞話》，卷1，唐圭璋：《詞話叢編》（四）（北京市：中華書局，1986年），頁3784。

161 方嶽：《秋崖先生小稿》，明嘉靖刻本，卷43。

工於言情、寫景，借景言情，寄情於景。陳廷焯《詞壇叢話》云：「秦、柳自是作家，然卻有可議處。東坡詩云『山抹微雲秦學士，露華倒影柳屯田』。」又云：「秦寫山川之景，柳寫羈旅之情，俱臻絕頂，有不可以言語形容者。」[162]「柳秦」並稱，均以情勝，但「秦疏柳密」，劉熙載《藝概》〈詞曲概〉說：「南宋詞近耆卿者多，近少游者少，少游疏而耆卿密也。」[163]放在歷史上評價，南宋學柳永者多，學秦觀者少，是因為詞的世俗化，柳永的詞是在市民階級中受歡迎，秦觀詞更多的是文人雅士所鍾愛。

　　蘇軾、秦觀合稱「蘇秦」，一方面因為他們是師生關係；另一方面，他們一個代表豪放詞風，一個代表婉約詞風，屬於相反的合稱，當然，二人詞風的婉約方面也存在可比性。那麼，「蘇秦」合稱的合理性多大？蘇軾與秦觀是有區別的，這主要是因為個性不同，蘇軾的「超曠」，很少人能做到，他不沉溺於感情中，能及時進行自我調適；秦觀則不同，往往沉溺其中，情調感傷。蘇、秦代表古代文人情感的兩種類型：一種是非沉溺型的，即進得去出得來；一種是沉溺型的，即進得去、出不來。「並稱」並不能說明都是「等量級」的。

　　另有「歐秦」（歐陽修、秦觀）、「周秦」（周邦彥、秦觀）並稱，等等，此不贅論。總而言之，有比較才有鑑別，應注重秦觀詞的比較評價，如孤立看待，評價必然片面。

三　秦觀詞的多維評價

　　秦觀人品是宋人評論的話題。元祐八年（1093）五月，監察御史黃慶基彈劾蘇軾曰：「至如秦觀，亦軾之門人也，素號狷薄。」[164]這

---

162 唐圭璋：《詞話叢編》（四）（北京市：中華書局，1986年），頁3721。

163 唐圭璋：《詞話叢編》（四）（北京市：中華書局，1986年），頁3697。

164 李燾：《續資治通鑑長編》（北京市：中華書局，2004年），卷484，頁11496。

裡有政敵的偏見。南宋時，朱熹〈答汪尚書〉也說：「秦觀、李廌之
流，皆浮誕佻輕，士類不齒。」[165]又有道學家的偏見。其實，「狷
薄」、「浮誕佻輕」，即使真有，也是指個人道德品行即「私德」問
題。秦觀〈水龍吟〉（小樓連遠橫空），寫男女相思之情。《河南程氏
外書》卷十二載，程頤「偶見秦少游，問：『天若知也，和天瘦』，是
公詞否？少游意伊川稱賞之，拱手遜謝。伊川云：『上穹尊嚴，安得
易而侮之？』少游面色駴然。」[166]作為道學家，程頤最重「上穹尊
嚴」，故當面斥責秦觀，秦觀亦羞愧臉紅。南宋陳鵠《耆舊續聞》卷
八則進一步批評秦詞「過於媟瀆」，且說「少游竟死於貶所」，「雖曰
有數，亦口舌勸淫之過」。[167]劉克莊〈跋黃孝邁長短句〉亦云：「為洛
學者皆崇性理而抑藝文，詞尤藝文之下者也，昉於唐而勝於本朝。秦
郎『和天也瘦』之句，脫換李賀語爾，而伊川有『褻瀆上穹』之誚。
豈唯伊川哉？秀上人罪魯直『勸淫』，馮當願小晏『損才補德』，故雅
人修士相約不為。」[168]皆是以道德評價代替審美評價。王楙《野客叢
書》卷二十曰：「少游詞『天還知道，和天也瘦』之語，伊川先生聞
之，以為媟瀆上天。是則然矣，不知此語蓋祖李賀『天若有情天亦
老』之意爾。」[169]有為秦觀開解意。清周亮工《因樹屋書影》卷三
曰：「程正叔見秦少游問：『『天知否，天還知道，和天也瘦』，是學士
作耶？上穹尊嚴，安得易而侮之？』此等議論，煞是可笑。與其為此
等論，不如並此詞不入目，即入目亦置若未見。」[170]完全為秦觀辯
護，而批評程頤。面對此類所謂「道德」問題，我們應將「事實」與

165 朱熹：《晦庵集》，《文淵閣四庫全書》本，卷30。

166 程顥、程頤著，王孝魚點校：《二程集》（北京市：中華書局，1981年），冊2，頁
442。

167 陳鵠：《耆舊續聞》，《文淵閣四庫全書》本，卷8。

168 劉克莊：《後村先生大全集》，《四部叢刊》本，卷106。

169 王楙：《野客叢書》，《文淵閣四庫全書》本，卷20。

170 周亮工：《因樹屋書影》，清康熙刻本，卷3。

「評價」區分開來，秦觀究竟有沒有「狷薄」、「浮誕佻輕」、「褻瀆上
穹」等問題，與我們對其人品總體評價是不能完全等同起來的。「道
德」有「日常道德」和「政治道德」之分，歷史上極少有人能將「政
治道德」與「日常道德」完全集於一身，當我們用「日常道德」去審
視歷史名人時，很容易發現他們有些言行是不符合道德規範的。歷史
名人的是非功過，是無法也沒有必要完全以日常道德來衡量，應將
「私德」與「公德」區別開來評價。[171]

　　「文如其人」，「風格即人」，作者的個性氣質決定了其作品的典
型風格。郎瑛《詩文似》云：「舊云韓詩似文，杜文似詩。予謂韋應
物律詩似古，劉長卿古詩似律。子瞻詞如詩，少游詩如詞，固一病
也。然亦因性所便，習而使之然耳。」[172]郎瑛認為秦觀「詩如詞」是
與其個性分不開的。秦觀本人也持此觀點，蘇軾〈記少游論詩文〉記
秦觀語：「人才各有分限。杜子美詩冠古今，而無韻者殆不可讀。曾
子固以文名天下，而有韻輒不工。此未易以理推之也。」[173]因此，不
必強求秦觀一定寫出豪放詞。

　　秦觀是北宋最受歡迎的詞人之一，當時影響很大，評價甚高。陳
師道《後山詩話》云：「今代詞手，唯秦七、黃九爾、唐諸人不逮
也。」[174]葉夢得《避暑錄話》卷三云：「秦觀少游亦善為樂府，語工
而入律，知樂者謂之作家歌，元豐間盛行於淮楚……〈滿庭芳〉
詞，而首言『山抹微雲，天粘衰草』，尤為當時所傳。蘇子瞻於四學
士中最善少游，故他文未嘗不極口稱善，豈特樂府？然尤以氣格為
病，故嘗戲云：『山抹微雲秦學士，露華倒影柳屯田。』」[175]胡仔《苕

171　參見歐明俊：《宋代文學四大家研究》（北京市：人民出版社，2013年），頁283。

172　郎瑛：《七修類稿》（上海市：上海書店出版社，2001年），卷31。

173　蘇軾著，孔凡禮點校：《蘇軾文集》（北京市：中華書局，1986年），卷68。

174　何文煥輯：《歷代詩話》（北京市：中華書局，1981年），上冊，頁309。

175　葉夢得：《避暑錄話》，明萬曆刻本，卷3。

溪漁隱叢話・後集》卷三十三「秦太虛」條引《藝苑雌黃》謂秦觀
〈滿庭芳〉（山抹微雲）詞「極為東坡所稱道，取其首句，呼之為
『山抹微雲君』」。[176]蔡絛《鐵圍山叢談》卷四載，秦觀的女婿范溫
「嘗預貴人家會。貴人有侍兒，善歌秦少游長短句，坐間略不顧溫。
溫亦謹，不敢吐一語及酒酣歡洽，侍兒者始問：「此郎何人耶？」溫
遽起，叉手而對曰：「某乃『山抹微雲』女婿也。」[177]可見當時在座
諸公和歌妓對「山抹微雲」詞早已是耳熟能詳。秦觀詞也深受普通民
眾的喜愛，晁補之〈評本朝樂章〉云：「近世以來作者皆不及秦少
游。如云『斜陽外，寒鴉萬點、流水繞孤村』，雖不識字之人，亦知
是天生好言語也。」[178]秦觀詞南宋時仍流行可歌。曾季狸《艇齋詩
話》載：「少游詞云：『春去也，落紅萬點愁如海。』今人多能歌此
詞。」[179]

　　秦觀無專門論詞之作，只李廌《師友談記》引秦觀語云：「夫作
曲，雖文章卓越，而不合於律，其聲不和。」[180]此處所言「作曲」，
實為作詞，他強調曲子詞應合乎音律，方能便於歌唱。創作曲子詞是
為了歌唱，而不是作為「案頭文學」的僅供誦讀的格律詩。也就是
說，詞是音樂藝術，而不是文學。這是秦觀詞的「原生態」，不同於
後世認識的「衍生態」，應分開評價。

　　秦觀自己更加看重詩、文，對寫詞是「理不直氣不壯」，也就是
對其詞的自我評價很低。南宋黃昇《花庵詞選》卷二蘇軾〈永遇樂〉
〈夜登燕子樓夢盼盼因作此詞〉附注云：

176　胡仔：《苕溪漁隱叢話・後集》（北京市：人民文學出版社，1962年），卷33。

177　蔡絛撰，馮惠民、沈錫麟點校：《鐵圍山叢談》（北京市：中華書局，1983年），頁
　　63。

178　吳熊和主編：《唐宋詞彙評》，（杭州市：浙江教育出版社，2004年），頁678-683。

179　丁福保輯：《歷代詩話續編》（北京市：中華書局，1983年），上冊，頁302。

180　徐培均：《淮海集箋注》（上海市：上海古籍出版社，1994年），頁1832。

　　秦少游自會稽入京，見東坡。坡曰：「久別當作文甚勝，都下盛唱公『山抹微雲』之詞。」秦遜謝。坡遽云：「不意別後，公卻學柳七作詞？」秦答曰：「某雖無識，亦不至是。先生之言，無乃過乎？」坡云：「『銷魂當此際』，非柳七句法乎？」秦慚服。然已流傳，不可復改矣。[181]

　　明代張綖〈《淮海居士長短句》跋〉說秦詞「多出一時之興，不自甚惜，故散落者多」。[182]毛晉〈《淮海詞》跋〉曰：「朝溪子謂：『少游歌詞，當在東坡上。但少游性不耐聚稿，間有淫章醉句，輒散落青簾紅袖間。雖流播舌眼，從無的本。』余既訂訛搜逸，共得八十七調，集為一卷。」[183]可見，秦觀自己並不看重詞，自我評價與他者評價以及後世評價反差較大。詞人的「自批評」，同時也是「元批評」，我們要加以考慮，對歷史「當事人」的自我評價應給予起碼的尊重。應將當時即作者活著時候的評價，死後評價包括墓誌銘、祭文、朝廷對其諡號即「蓋棺定論」，當世即宋代的評價，後世歷代評價，現代評價，當代評價，綜合一起總體評價，才能得出科學、全面的結論。[184]

　　「詩言志」，詞言情，詞在宋代就是「流行歌曲」，多是「代言體」，思想感情並不是寫詞人自己的感情，要分開看。宋詞由本來的「代言體」慢慢演化為表達自己思想感情的「抒情詩」，如晏殊、歐陽修的詞作很多是「代言體」，不是寫自己感情的。張先詞多寫自己的感情，比如在杭州，文人雅士聚會時，即將詞視為「抒情詩」；蘇軾「西北望，射天狼」，是表達自己的壯志，〈江城子〉（十年生死兩茫茫），是表達懷念愛妻的思想感情。秦觀的一些詞作，與柳永一樣，是在秦樓楚館為歌妓所寫的，不是寫自己的感情，很多人認為是

---

181 黃昇：《花庵詞選》，《四部叢刊》本，卷2。

182 徐培均校注：《淮海居士長短句》（上海市：上海古籍出版社，1985年），頁268。

183 毛晉：《宋六十名家詞》，《四部備要》本。

184 參見歐明俊：《詞學思辨錄》（北京市：人民出版社，2011年），頁41。

寫愛情的，究竟是寫真實的自己還是作者「虛擬」的人物？許多時候，我們都「誤讀」了。

　　古代文人可分為兩種形象：一為「歷史形象」，這是真實的形象，有史料可據；一為「文學形象」。歷史形象的秦觀和文學形象的秦觀是不一樣的，正如曹操在《三國志》和《三國演義》中的形象是不一樣的。後來戲曲、小說等以秦觀為創作素材，進行加工創造，秦觀形象多是「虛擬」的，如果我們以這些作為研究依據，是不可靠的。如馮夢龍《醒世恒言》第十一卷〈蘇小妹三難新郎〉中的秦觀和蘇小妹，其實，真實的蘇軾的妹妹很早就過世了，這僅是一個虛構的故事，蘇軾和秦觀的「文學形象」都是經過虛構的。秦觀的「歷史形象」和「文學形象」應分別看待和評價，在面對歷史材料時，我們要保持清醒的頭腦，不能輕易當真，不能「唯文本」迷信。

　　一種文體的文學價值認定，可從「觀念價值」和「實際價值」兩方面來看。所謂「觀念價值」，是指主觀性較強的價值認定，是憑某種既定觀念或主觀好惡評定文學價值高低，與實際價值可能距離較大，甚至完全相反。所謂「實際價值」，是指比較客觀的價值認定，與客觀實際基本相符，是一種理性的評判，觀點得到較普遍的認可。具體到秦觀詞，詞人自己觀念中，其詞價值是極低的，但「實際價值」絕對比詞人的「觀念價值」高。秦觀詞的「實際價值」是一種客觀存在，但歷代學者皆有自己的理解，「觀念價值」一直在變化。不同人認為有不同的價值，作者認為價值低，讀者卻認為高，要區分「實際價值」和「觀念價值」。這點可與韓愈比較，韓愈有一套「古文」理論，有文化使命感，他的古文「觀念價值」很高。[185]

　　宋人評價秦觀「詞似詩」，《王直方詩話》云：「東坡嘗以所作小詞示無咎、文潛曰：『何如少游？』二人皆對云：『少游詩似小詞，先

185　參見歐明俊：《詞學思辨錄》（北京市：人民出版社，2011年），頁219-220。

生小詞似詩。」[186]晁補之、張耒說秦觀「詩似小詞」，蘇軾「小詞似詩」，是「元批評」，後來論詞者多據此發揮，是為「衍生批評」。陳應行〈《于湖先生雅詞》序〉云：「蘇子瞻詞如詩，秦少游詩如詞，才之難全也，豈前輩猶不免耶？」[187]譚瑩〈論詞絕句一百首〉云：「小晏秦郎實正聲，詞詩詞論亦佳評。」[188]應充分重視秦觀詞的「元批評」和「衍生批評」關係研究，此點學界多忽視。

　　秦觀各體文學如詩、詞、賦、文，世人有不同評價。王世貞《藝苑卮言》曰：「魯直書勝詞，詞勝詩，詩勝文。少游詞勝書，書勝文，文勝詩」。[189]他認為秦觀詞最佳，詩最差，這僅僅是一家之言。從「純文學」的標準來看，經過歷史檢驗，我們評價秦觀各體文學時，認為詞最佳，詩、文次之。

　　馮煦《蒿庵論詞》云：「他人之詞，詞才也；少游，詞心也。得之於內，不可以傳。」[190]況周頤《蕙風詞話》卷一：「吾聽風雨，吾覽江山，常覺風雨江山外有萬不得已者在。此萬不得已者，即詞心也。」[191]馮煦《蒿庵論詞》同時將秦觀、李煜比較，說「後主而後，一人而已」。[192]即認為二人在抒發真性情的同時，都有自己獨特的個性。「詞心」包括兩方面的內涵，一是表現詞人的真情實感，二是詞人能自然、細膩、委婉、含蓄地獨抒性靈。詞史上，並非只有秦觀詞可以稱「詞心」，李煜、晏幾道、李清照、納蘭性德等，都是表現真性情的詞人，他們的詞作也都可以稱「詞心」，我們不要用唯一思維來排它。

---

186 郭紹虞輯：《宋詩話輯佚》（北京市：中華書局，1980年），頁93。

187 吳昌綬、陶湘輯：《景刊宋金元明本詞》（上海市：上海古籍出版社，1989年），頁728。

188 譚瑩：《樂志堂詩集》，光緒元年刻本，卷6。

189 唐圭璋：《詞話叢編》（一）（北京市：中華書局，1986年），頁391。

190 唐圭璋：《詞話叢編》（四）（北京市：中華書局，1986年），頁3587。

191 唐圭璋：《詞話叢編》（五）（北京市：中華書局，1986年），頁4411。

192 唐圭璋：《詞話叢編》（四）（北京市：中華書局，1986年），頁3586。

第六節　李清照〈詞論〉研究的回顧與反思

　　李清照〈詞論〉，是當代李清照研究及詞學理論研究的「熱點」，其中大部分的問題至今尚未有定論，如作者問題，作年問題，「別是一家」說的內涵究竟是什麼？為什麼〈詞論〉沒有提到周邦彥？為什麼李清照的詞論和詞作間存在「分離」現象？應如何評價〈詞論〉的歷史地位？〈詞論〉研究牽涉到許多深層次的學術問題，非常值得分析研究。本文回顧〈詞論〉的研究歷程，進行全面綜合的梳理和反思，期望對李清照研究以及詞學史研究的拓展和深化有所助益。

一　〈詞論〉研究史述略

　　李清照〈詞論〉的研究歷史，可以大致分為以下幾個階段：

1 宋元明清時期

　　〈詞論〉最早見於南宋胡仔《苕溪漁隱叢話・後集》卷三十三，作者評論云：

> 易安歷評諸公歌詞，皆摘其短，無一免者，此論未公，吾不憑也。其意蓋自謂能擅其長，以樂府名家者。退之詩云：「不知群兒愚，那用故謗傷。蚍蜉撼大樹，可笑不自量。」正為此輩發也。[193]

　　後魏慶之《詩人玉屑》卷二十一「詩餘」條、清徐釚《詞苑叢談》卷一〈體制〉、田同之《西圃詞說》等，皆照引原文。方成培

---

[193] 胡仔撰，廖德明校點：《苕溪漁隱叢話・後集》（北京市：人民文學出版社，1962年），卷33，頁255。

《香研居詞麈》卷三提到〈詞論〉，更注重音律方面。俞正燮《癸巳類稿》〈易安居士事輯〉引用《苕溪漁隱叢話》所引全文，評曰：「易安譏彈前輩，既中其病，而詞日益工。」[194]馮金伯《詞苑萃編》卷九〈指摘〉亦引胡仔評語，裴按云：

> 易安自恃其才，藐視一切，語本不足存。第以一婦人能開此大口，其妄不待言，其狂亦不可及也。[195]

可見，歷代詞學家重視〈詞論〉的極少，且多譏評作者，對〈詞論〉本身未做認真研究。

2 近現代（1949年以前）時期

　　這時期李清照研究開始全面化，出現了幾種李清照評傳，包括胡雲翼的〈李清照評傳〉[196]、腐安的〈李易安居士評傳〉[197]、王宗浚的〈李清照評傳〉[198]、傅東華的〈李清照〉[199]、汪曾武的〈李易安居士傳〉。[200]有數篇對李清照其人其詞的介紹和研究的文章，如王國章的〈李易安底抒情詩〉[201]、趙景深的〈女詞人李清照〉[202]、龍沐勳的〈《漱玉詞》敘論〉[203]、繆鉞的〈論李易安詞〉[204]、季維真的〈大詞

194　俞正燮撰，于石、馬君驊、諸偉奇校點：《俞正燮全集》（合肥市：黃山書社，2005年），冊1，頁765。

195　唐圭璋：《詞話叢編》（二）（北京市：中華書局，1986年），頁1972。

196　胡雲翼：〈李清照評傳〉，《晨報副刊》，1925年8月。

197　腐安：《李易安居士評傳》，《采社》第6期（1931年10月）。

198　王宗浚：〈李清照評傳〉，《國風》半月刊（1934年）。

199　傅東華：《李清照》（上海市：商務印書館，1934年）。

200　汪曾武：〈李易安居士傳〉，《國藝》第5、6期（1940年6月）。

201　王國章：〈李易安底抒情詩〉，《學燈》（1924年3月）。

202　趙景深：〈女詞人李清照〉，《復旦學報》1935年第1期。

203　龍沐勳：〈《漱玉詞》敘論〉，《詞學季刊》第3卷1號（1936年3月）。

204　繆鉞：〈論李易安詞〉，《真理雜誌》第1卷1號（1944年1月）。

人李清照〉[205]等。但專門以〈詞論〉為研究對象的文章幾乎沒有,只有一些論著稍有提及,如朱東潤的《中國文學批評史大綱》[206]等。可見,此階段〈詞論〉的研究亦沒有引起學者的重視。

3 當代（1949年後）時期

　　一九四九年以後,〈詞論〉開始成為李清照研究中的「熱點」之一。關於〈詞論〉的作者問題,本師馬興榮先生〈李清照〈詞論〉考〉[207]首次對〈詞論〉作者為李清照說提出質疑。顧易生、蔣凡、劉明今《宋金元文學批評史》對馬先生的質疑做出回應。[208]關於〈詞論〉的作年問題,相關文章有黃盛璋《李清照與其思想》[209]、夏承燾〈李清照詞的藝術特色〉[210]、朱崇才〈李清照〈詞論〉寫作年代辨〉[211]等,分別提出作於北宋和作於南宋兩種觀點。對〈詞論〉進行較綜合研究的論文,有徐永端的〈談談李清照的〈詞論〉〉[212]、顧易生的〈關於李清照〈詞論〉的幾點思考〉[213]、顧易生的〈北宋婉約詞的創作思想和李清照的〈詞論〉〉[214]、夏承燾的〈評李清照的〈詞論〉——詞史劄叢之一〉、鄧魁英的〈關於李清照〈詞論〉的評價問題〉[215]、孫

205　季維真:〈大詞人李清照〉,《婦女月刊》1944年3卷4期。

206　朱東潤撰,章培恆導讀:《中國文學批評史大綱》(上海市:上海古籍出版社,2001年),頁194-195。

207　馬興榮:〈李清照〈詞論〉考〉,《柳泉》第1輯,1984年第6期。

208　顧易生、蔣凡、劉明今:《宋金元文學批評史》(上海市:上海古籍出版社,1996年),下冊,頁598-599。

209　黃盛璋:〈李清照與其思想〉,《山西師範學院學報》1959年第2期。

210　夏承燾:〈李清照詞的藝術特色〉,《文學評論》1961年第4期。

211　朱崇才:〈李清照〈詞論〉寫作年代辨〉,《南京師範大學學報》2003年第6期。

212　徐永端:〈談談李清照的〈詞論〉〉,《文學遺產》1980年第1期。

213　顧易生:〈關於李清照〈詞論〉的幾點思考〉,《文學遺產》2001年第3期。

214　顧易生:〈北宋婉約詞的創作思想和李清照的〈詞論〉〉,《文藝理論研究》1982年第2期。

215　濟南市社會科學研究所編:《李清照研究論文集》(北京市:中華書局,1984年)。

崇恩、蔡萬江的〈李清照〈詞論〉試探〉[216]、陳祖美的〈對李清照
〈詞論〉的重新解讀〉、[217]林玫儀的〈李清照〈詞論〉評析〉[218]、陳
祖美的《李清照評傳》[219]等。對〈詞論〉的「別是一家」說、為何不
提周邦彥、價值定位等問題做了深入細緻的探討，取得了顯著成績。

　　上述可見，〈詞論〉研究正在不斷拓展，人們對〈詞論〉的認識
也漸趨深入。〈詞論〉受關注的問題有很多，大致有以下幾個方面：
關於〈詞論〉的作者問題，關於〈詞論〉的作年問題，如何理解「別
是一家」說？〈詞論〉為什麼不提周邦彥？如何看待李清照詞論和詞
作間的「分離」現象？應如何評價〈詞論〉的歷史地位？這些大的方
面中，又各自包含著許多小的問題，且這些問題本身又相互交纏牽
扯，〈詞論〉研究疑點重重，許多問題難有定論，有必要做系統的梳
理反思。

二　關於〈詞論〉的作者問題

　　本師馬興榮先生〈李清照〈詞論〉考〉認為：

> 從世傳為李清照的〈詞論〉的出處來源、流傳情況以及〈詞
> 論〉本身存在不應有的疏失和〈詞論〉的主張並不指導李清照
> 的詞作三個方面來看，可以說〈詞論〉的作者並不是李清照，
> 它是一篇託名偽作。如果是李清照作品的話，那就一定是經過
> 別人的嚴重篡改，或者是在流傳中，產生了嚴重脫誤。

---

216 孫崇恩、蔡萬江：〈李清照〈詞論〉試探〉，《東嶽論叢》1984年第6期。
217 吳熊和等主編：《中華詞學》（南京市：東南大學出版社，1994年）。
218 林玫儀：《詞學考詮》（臺北市：聯經出版事業公司，1987年）。
219 陳祖美：《李清照評傳》（南京市：南京大學出版社，1995年）。

　　馬先生說理由大概有四：一、《苕溪漁隱叢話・後集》所載的世傳李清照〈詞論〉這一條，未載來自何書，僅云：「李易安云」，顯然就是來自「聞見」，是師友閒談、口耳相傳的東西。因此不但它的內容可能違真失實，也可能張冠李戴，甚至是託名偽作。這就是說，胡仔在編纂《苕溪漁隱叢話》時，特別是編《後集》時，是選擇不嚴，考辨不精的。據此可知《後集》所載的李清照的〈詞論〉的真實性是可疑的。二、再從金、元、明、清歷代眾多的筆記、詞話來看，其中談到李清照這篇〈詞論〉的，只有徐釚的《詞苑叢談》、田同之的《西圃詞說》、馮金伯的《詞苑萃編》、俞正燮的《癸巳類稿》、方成培的《香研居詞麈》等幾種，其他數十種重要的筆記、詞話都談到李清照，或談到李清照的詞作，但是就沒有提到這篇世傳的李清照的〈詞論〉。即如明代的楊慎，極為博學，所見甚廣，他著的《詞品》也多引《苕溪漁隱叢話》，也論到李清照及其詞，但也沒有提到世傳的李清照這篇〈詞論〉。可見金、元、明、清歷代的詞學家們對這篇〈詞論〉一般是不注意的，更談不上承認它了。三、〈詞論〉中沒有提到《花間集》，沒有提到周邦彥，不知道王安石、曾鞏作過詞，上述這些疏失是很顯然的，同時，這些疏失也不可能出現在家學淵博、藏書極富、頗負文名的李清照筆下。因此，從〈詞論〉本身考察也使人不得不對這篇〈詞論〉的作者提出疑問。四、理論和創作是有密切關係的，就現存的、大家公認的《漱玉詞》來看，很大部分並不受世人所傳的〈詞論〉的理論指導。[220]

　　顧易生、蔣凡、劉明今《宋金元文學批評史》對馬興榮先生的觀點持不同態度，試與馬先生的觀點逐條對比：一、胡仔《苕溪漁隱叢話》的編輯似有不成文體例：凡文學批評資料之間接得諸詩話、筆記轉述的，大都注明所據書名，而直接引自其說者本人文章著作的，則

220　馬興榮：〈李清照〈詞論〉考〉，《柳泉》1984年第6期。

往往不舉出處。二、至於自宋迄清的論著中談到李清照〈詞論〉的不多，這是古代文學批評家多著重評說創作而對理論不夠重視的風氣使然。即如劉勰《文心雕龍》這樣煌煌巨著在有些時期的遭遇也頗為冷落呢！三、傳本李清照〈詞論〉中對某些作品與詞人未曾提及，既難以確定這些是否為錄載時之闕遺，更不能設想在一篇論說之內定是面面俱到。如晁補之《詞評》、李之儀〈跋吳思道小詞〉都是比較完整的詞論，但後者推《花間集》為宗而不提南唐君臣詞與蘇軾，前者列論宋代七位詞家也不及周邦彥。王安石、曾鞏作過詞，而數量不多。所謂「不可讀也」，便是對王詞與音律關係的評估。[221]

馬先生的質疑，多為推測，沒有鐵證，故難以得出明確結論。但極有理論價值，給我們進一步研究展示了另一種可能和方向。〈詞論〉研究中的許多爭論點，都在文中得到了梳理。不僅如此，馬先生對〈詞論〉作者真偽性提出的具有邏輯性與合理性的假設，提醒我們在面對古人記載文字時，應保持清醒的頭腦和足夠的警惕。而《宋金元文學批評史》提出的反駁，也是有其道理的。雙方各執己見，實難定論。通過這兩種論點的對比，我們可以發現，〈詞論〉作者的真偽問題，已經不是單一的疑問，它牽引出其他許多問題，如歷代詞論家對〈詞論〉的忽視，就涉及〈詞論〉在詞學史上的地位問題；為什麼〈詞論〉沒有提到《花間集》、周邦彥？為什麼李清照的詞論和其創作是「分離」的？這些問題無法解決，〈詞論〉是否出自李清照之手，就難以判斷。誠如馬興榮先生所言，〈詞論〉疑點甚多，但是歷代評論者在談到李清照時，雖沒有承認〈詞論〉是出自易安之手，但也沒有人質疑。在無定論之前，我們不妨暫將其歸入李清照名下。

---

221 顧易生、蔣凡、劉明今：《宋金元文學批評史》（上海市：上海古籍出版社，1996年），下冊，頁599。

三　關於〈詞論〉的作年問題

〈詞論〉究竟寫於北宋還是南宋，也是討論的一個熱點。黃盛璋〈李清照與其思想〉云：「這篇詞論寫作時間可能相當地早，從所批評的作家來看，是在他以前，至少比他長一輩，連蘇門四學士只提到秦、黃，而沒有晁、張，因為晁、張逝世都較秦、黃晚，寫作時間屬於北宋應該可以肯定。夏瞿禪師曾面告作者，他以為這是她少年的作品，後來看法可能有改變，所以沒有遵照這個標準。夏先生這個推測是有理由的。根據上文第一節的分析，她的前半生在北宋時代生活上一般是美滿如意的，本身沒有遭遇到什麼大的波折或困頓不順之境，因此她驕傲目空一切，輕視前輩的成就，詞論的口吻是和她早年的情況相符合的，由於處處想逞才華，顯本領，長調鋪敘只不過是符合社會聲樂的需要，而講尚故實掉書袋也並不足以表現她的才能，結果就只有向字句和詞意上創造新奇，壓倒別人。南渡以後，政局發生很大的變化，生活上也受盡折磨，以憂患餘生之人，飽嚐了人間滋味，少年和中年的銳氣和稜角應該磨了差不多，於是由燦爛而歸於平淡，創作的風格也就由新奇而一變為淺近平易，她的創作和她早期的理論有了距離，從社會的發展、個人性格和生活的改變，是可以得到解釋的。」[222] 夏承燾〈李清照詞的藝術特色〉云：「她這篇詞論批評北宋詞沒有提到靖康亂後的詞壇情況，在批評秦觀時，還要求詞須有『富貴態』，看來這是她早期的作品；又，詞論要求填詞必須協五音六律，運用故實，又須文雅、典重，這和她後期的作品風格也不相符合；我認為她後期的流離生活已經使她的創作實踐突破了她早期的理論。」[223]

---

222 黃盛璋：〈李清照與其思想〉，《山西師範學院學報》1959年第2期。
223 夏承燾：〈李清照詞的藝術特色〉，《文學評論》1961年第4期。

　　陳祖美〈對李清照〈詞論〉的重新解讀〉則說：「元祐末年只有
十歲的李清照，當時不大可能研讀晁補之此作。而在趙、李屏居青州
的最初四五年，晁補之恰在緡城（今山東金鄉）守母喪。大觀二年
（1108），是晁氏閒居金鄉的第六個年頭，這一年他重修了其在金鄉
隱居的松菊堂，可能就在是年或下一年，清照有偕明誠往金鄉的可
能。這期間她既研讀了〈評本朝樂章〉，從而寫作了〈詞論〉，又寫了
一首從內容到形式都能體現『別是一家』的壽詞。此詞調寄〈新荷
葉〉，不見於《全宋詞》，而是孔凡禮從《詩淵》第二十五冊覓得的，
載於其《全宋詞補輯》的第二十六頁。這當是李清照詞學主張的具體
實踐，也是她懷著敬意為晁補之所寫的一首壽詞。這就是筆者對李清
照〈詞論〉寫作背景的推斷。」[224]

　　以上觀點都是堅持〈詞論〉是作於北宋的代表，對其論據進行羅
列，大概有這麼幾點：

　　一、從所批評的作家來看，只提到蘇門四學士中的秦、黃，而沒
有晁、張，也沒有提到周邦彥。二、從〈詞論〉的口吻來看，比較吻
合李清照早年的性格。三、從〈詞論〉批評的主要對象來看，主要是
北宋詞為主，而且也沒有提到靖康亂後的詞壇情況。四、〈詞論〉的
觀點與李清照南渡後的創作並不一致。五、〈詞論〉的觀點似乎是受
了晁補之〈評本朝樂章〉的影響。

　　而與之相反的觀點，以朱崇才的「南宋說」為代表：朱崇才〈李
清照〈詞論〉寫作年代辨〉認為，〈詞論〉作於北宋證據不足，逐條進
行反駁後，他提出自己的見解：一、〈詞論〉力斥「亡國之音」，與南
渡後的社會背景合拍。二、「後，晏叔原、賀方回、秦少游、黃魯直
出，始能知之」等語，似為南渡後追記之辭。三、〈詞論〉所標榜的
「五音」、「五聲」、「六律」、「清濁輕重」等，在北宋末年才逐漸完善。

224 吳熊和等主編：《中華詞學》（南京市：東南大學出版社，1994年），頁70。

四、〈詞論〉出於《苕溪漁隱叢話》後集而不是前集。五、北宋後
期，蘇黃是非常敏感的話題，李清照身分特殊，此時不太可能寫作針
對蘇黃的〈詞論〉。六、〈詞論〉可能是針對南宋詞壇的現實而發。[225]

　　從這兩種觀點的交鋒中，我們可以發現，其中直接和間接涉及的
問題有：為什麼〈詞論〉中沒有提到周邦彥？為什麼李清照的理論與
創作是「分離」的？李清照寫〈詞論〉是否受到晁補之的直接影響？
同作者真偽問題一樣，這些連帶性的問題得不到解決，我們就很難給
〈詞論〉的寫作年代下定論。

四　如何理解「別是一家」說？

　　〈詞論〉的理論核心，就在於提出詞「別是一家」說，到底如何
看待「別是一家」？其中涉及的問題又有很多，包括：詞在詩之外
「別是一家」，符合詞體發展的方向嗎？詩詞之疆界究竟該如何劃
分，這種劃分有必要性嗎？詞是否應該注重「音律」？這些問題彼此
纏繞，有必要研究清楚。

　　關於「別是一家」的辯論中心之一在於〈詞論〉對於詩詞之間的
劃分是否合理？夏承燾〈評李清照的〈詞論〉──詞史劄叢之一〉云：
「我在上文說過：詞和詩原應該各有其不完全相同的性能和風格；但
在李清照那個時代，詞的發展趨勢已進入和詩合流的階段，不合流將
沒有詞的出路。」[226]楊海明〈李清照〈詞論〉不提周邦彥的兩種探
測〉也認同這種觀點：「這種『別是一家』的理論，是對《花間》以
來的詞的創作實踐的概括。從詩與詞在形式上的（以及體制風格方面
的）某些區別而言，它是有一定的合理性的。但是從總體上看，卻是

225　朱崇才：〈李清照〈詞論〉寫作年代辨〉，《南京師範大學學報》2003年第6期。
226　濟南市社會科學研究所編：《李清照研究論文集》（北京市：中華書局，1984年），
　　頁272。

站不住腳的。因為詞自從脫離了音樂之後，便逐漸成為一種新型的抒情詩了。而詩的任務就應是抒發作者的情志，反映廣泛的社會矛盾；這樣，就不應該對它的題材、思想、風格、形式限制得過窄、過死。特別在激烈的社會矛盾面前，詞要與詩一樣擔負起反映現實、參加戰鬥的任務；這樣，強分詩、詞界限的論調就顯得陳腐落後了。」[227]

　　他們認為，〈詞論〉對於詩詞之間界限的劃分過於狹隘，束縛了詞的發展，是不符合歷史發展潮流的。

　　一些學者則提出相反的觀點。黃盛璋〈李清照與其思想〉云：「在詞還可以『倚聲』的時代，它彷彿同現在的詞曲一樣，詞調也就等於歌曲的樂調部分，一支歌曲所以成為名歌，曲譜是很重要的組成部分，詞若不協音律，就不成其為詞，猶如現在歌曲缺乏音樂之美，不成其為歌曲，如何能說不是缺點？」在舉出幾例後，黃盛璋先生總結說：「蘇軾是當時文壇泰斗，影響很大，他的作品一出，是人爭傳誦的。他的詞不協音律，在詞可以付諸歌唱的時代是很容易識別的，因此這個缺點差不多是盡人皆知，這是嚴重違反社會娛樂需要與樂伎要求的，所以周邦彥一出就非常注意此點，對音律非常考究。『下字用意，皆有法度』，這是時代要求如此，清照強調詞要嚴格遵守音律，實際上也是基於這種時代要求與詞的特點提出來的。」[228]黃墨谷〈談「詞合流於詩」的問題——與夏承燾先生商榷〉提出了與夏承燾先生不同的觀點：「詞從它一開始產生時，就是以語言與音律的結合體形成的形式。音律是詞的主要構成部分，詞的語言在一定的詞的音律裡自由奔放，然後才能製作出激動人心的歌詞。……根據北宋蘇東坡的那個時代詞的發展情況，我認為有人提出詞到蘇東坡時期就趨向解放音律，夏先生提出詞到北宋末不合於詩，便沒有出路，是缺乏事實根據的。此要協律，詞要合樂，詞要歌唱，這是詞體形式的特點，

227　楊海明：《唐宋詞論稿》（杭州市：浙江古籍出版社，1988年），頁263。
228　黃盛璋：〈李清照與其思想〉，《山西師範學院學報》1959年第2期。

提出取消詞的音律，取消合樂歌唱使合於詩，這是取消詞體的獨立性。」[229]此觀點與黃盛璋先生的觀點是相似的。

　　這些論點的羅列，給我們的提示是：我們在研究〈詞論〉的「別是一家」，〈詞論〉的重「音律」時，應回到當時的時代背景下進行探討，應重視詞的原生態。我們今天多是從題材、內容、風格、藝術手法等方面研究詞，而詞在宋代，還是以歌唱為主的。正如當下流行歌曲一般，曲譜是最重要的部分。可以說，我們和宋人對詞的認識角度是有很大差別的。因此，我們不能責備〈詞論〉對「音律」的重視，因為在當時，發出這樣的議論完全是自然的，是符合時代要求的。

　　鄧魁英贊同黃墨谷的觀點，在〈關於李清照〈詞論〉的評價問題〉一文中說：「『和詩合流』，就等於說詞與詩匯合為一，也就是夏先生所說的『打破詩詞界限』。那樣做的結果要麼是取消了詞，使詞變成詩；要麼連詩也取消了，詩、詞合為一種既不像詩，又不像詞的東西。宋代文學史上不曾，也不可能出現這種情況。事實上，蘇軾只是將詩、文的題材帶入詞中，使詞能表現更廣泛的內容；將詩、文的體制納入詞中，使詞有了更豐富的語言和手法；不拘於清麗婉約的傳統風格，提高了詞的意境。這是詞的提高與革新，而不是詞被詩同化。」[230]鄧魁英之論的提示我們注意的是，「詩詞之間的界限」，既是內容的，又是形式的。

　　陳祖美〈對李清照〈詞論〉的重新解讀〉也對此問題進行了闡釋：「這裡必須強調指出的是，如果在〈詞論〉中，讀不出作者對於詩詞題材的嚴格分工，那就勢必造成對其作品（詞）的誤解，甚至曲解。比如她的〈聲聲慢〉，如果把它理解成借憔悴的黃花、雨中的秋

---

229 濟南市社會科學研究所編：《李清照研究論文集》（北京市：中華書局，1984年），頁273。

230 濟南市社會科學研究所編：《李清照研究論文集》（北京市：中華書局，1984年），頁290。

桐和不再為她捎書的鴻雁，表達其中年被疏無嗣的隱衷，就很符合作者對於詞的題材規範，而像以往那樣，大都把這首詞說成是表達國破家亡的苦悶，從而把『雁過也，正傷心』等句，等同於朱敦儒南渡以後寫的『年年看塞雁，一十四番回』（〈臨江仙〉）、把『梧桐更兼細雨』諸句，說成與張炎的『只有一枝梧葉，不知多少秋聲』（〈清平樂〉）一樣，都是表達對時事的憂慮云云，無疑都是牽強附會之詞，因為這遠遠超出了李清照為其詞所規定的思想情愫。如果正讀懂了〈詞論〉，就會知道，這樣去拔高李清照，恰恰違背了她對於詞的理論主張。」「同時還應該看到，〈詞論〉對於詞在格律方面迥異於詩的獨特要求，無疑是基於時人對於詞合樂、應歌的現實需要；而李清照對於詞的題材內容的界定，則從另一方面強化了詞的自身特色。她從兩個方面所花費的苦心，集中到一點，就是不遺餘力地為詞爭取生存權。如果沒有李清照對於詞之為詞的特質的強化，那麼在已經出現的『以詩為詞』、『以文為詞』，以及對詞的格律有所突破的現實面前，詞不但會處在作為『詩餘』的名實相當的附庸地位，久而久之，隨著其自身特點的弱化和消逝，在失去其獨立存在的必要性之時，也就是被詩取代之日。」[231]

可見，〈詞論〉所劃分的詩詞疆界，包括兩個主要方面：一是題材之間的不同，二是格律方面的差異。

筆者要補充的是：首先，〈詞論〉對於詩詞題材內容的要求，和對聲律的要求一樣，是符合當時的背景的。眾所周知，宋代文人對詞是輕視的，稱之為「小道」，因此，陳祖美提醒我們，在研究李清照詞的時候，不可以拔高李清照，因為這「恰恰違背了她對於詞的理論主張」。其次，詞與詩的區別，在李清照時代，光以題材來區分，已經出現了困難。因為許多原本出現在詩歌中的重大題材已經開始融入

---

231 吳熊和等主編：《中華詞學》（南京市：東南大學出版社，1994年），頁74-75。

詞中，「以詩為詞」、「以文為詞」已經不是「合理不合理」的問題，
而是客觀存在的趨勢。但是，詞並沒有因此從歷史上消失，為什麼
呢？因為所謂的「以詩為詞」、「以文為詞」都是一種題材上的融合，
而並非形式上的統一。可見，詞之所以區別詩、文，不應以題材內容
為主要劃分標準（若以此為標準，詩、文之間又當如何劃分呢？），
而更應該是一種形式上的區別。方智範、鄧喬彬等《中國詞學批評
史》中〈李清照〈詞論〉的本色理論〉就注意到了這一點：「一種文
藝形式，原本應有它的特殊性和獨特的風格。雖說，詞在廣義上也屬
於抒情詩的一種，但是，它極富於變化的句式、句法、聲律、叶韻等
特點，密切配合樂曲之優長，又確非詩之所有，較詩更適宜表達宛轉
曲折的感情，故前人謂『詞之言長』。況且，在長期的發展歷程中，
詞也確實形成了不同於詩的風格特色或表現手法，如婉約、鋪敘
等。」[232]其中所論述的句式、句法、聲律、叶韻、風格特色、表現手
法等方面，都是對詞的藝術形式的一種描述。並且〈詞論〉的作者本
身也是注意到這一點的，因為她強調的不僅是詩與詞的區別，還有詞
與文的區別。眾多論者一直以來都關注〈詞論〉中提到的詩、詞的分
別，而忽略了詞與文的區別也是作者所關心的。因此，要真正理解
「別是一家」，就應該看到〈詞論〉對詞體獨立性的強調，不僅是針
對詩，還針對文。另外，李清照強調詞「別是一家」，不僅是將詞體
與詩文相比，顯示出詞體的個性；還將情致、典重、故實等作為詞體
應有的特質加以強調，崇雅正，反鄭衛，這與蘇軾的「自是一家」，
又存在著承繼關係。蘇軾的「自是一家」說強調詞體內部的風格創
新，李清照的「別是一家」說主要強調詞體的雅正，與蘇軾一樣，其
主張皆是對盛行的豔俗詞風的反撥。此點論者多忽略。我們在理解
「別是一家」時，應看到李清照強調的不僅僅是詞體與詩、文在音律

---

232 方智範、鄧喬彬等：《中國詞學批評史》（北京市：中國社會科學出版社，1994
　　年），頁57。

上的區別，還有對詞體內質的重視，且這一點尤為重要。

「別是一家」，還牽涉到關於「重音律」的問題。謝桃坊《中國詞學史》中對此進行了清理：「關於詞的音律問題，李清照提出了系列音韻學和樂學方面的概念，以說明詞與詩文的區別。她對這些概念及其運用並無稍為具體的解釋，以致爭論不休，給後世詞學家造成理論的迷亂，我們如果辨析這些概念的內涵及其互相關係，以及它們與詞律的關係，可以有以下兩點認識：（一）『五音』、『六律』是古代樂律中的一對概念，用以強調詞的入樂性質，要求作詞者必須懂得音樂，識音律音譜。詞如果不協音律就成為『句讀不葺之詩』。南宋詞人楊纘總結的《作詞五要》，第一要擇腔，第二要擇律，第三要按譜填詞，都是屬於詞在音律方面的基本要求。作詞要懂得『五音六律』，才能對各調的聲情有所了解，才可能按照音譜的要求倚聲制詞。（二）『五聲』是指字聲的發音部位——喉、齒、舌、鼻、唇；『清濁』是指字的聲母的發音方法，清為陰，濁為陽；『輕重』是指字的韻母發音方法，即開口呼為輕，合口呼為重。……尤其值得我們注意的是：李清照雖然提出了許多等韻學概念，然而其舉例說明卻只限於每詞調用韻的平仄和四聲的要求。這樣的要求，凡是能辨識字聲平仄和熟悉韻部的人都能掌握，並不難。從宋人作詞的情形來看，這樣的要求是接近創作實際的。」[233]

林玫儀〈李清照〈詞論〉評析〉也談到這一點：「由上文分析，可知『句讀不葺之詩』，乃指其不稱體，而『又往往不協音律』方是斥其不協樂，用一『又』字，正明白表示其分屬二事。實則易安之評騭諸家，自有其層次：晏、歐、蘇三人以詩為詞，又往往不協音律，可謂既不稱體又不協律；柳永雖然協樂，卻不雅傷格，就稱體來說，不免稍有欠缺；唯有晏幾道、賀鑄、秦觀、黃庭堅四家，既協樂又稱

---

233 謝桃坊：《中國詞學史》（成都市：巴蜀書社，2002年），頁67。

體，方屬知詞者。娓娓敘來，條理井然，可見其批評體系之完整。唯是晏、秦諸人雖然合乎標準，在文字上仍不免有小疵，基於求全責備之心，易安亦一一提出針砭，可見其要求之謹嚴。前人頗有因而斥其狂妄者，但由上文之分析，易安對詞為音樂文學之特殊性既有如許深刻之了解，故其標準謹嚴不無道理。一般學者評述易安〈詞論〉，皆偏重於其對音律之嚴格，而忽視其對稱體之要求，故將『句讀不葺之詩』、『文章似西漢，若作一小歌詞，則人必絕倒』云云，都曲解為不合音律，甚至責其『不適當地過分強調音律，把形式絕對化』，皆屬偏頗之論。」[234]

李清照重「音律」與重「格律」常被混為一談。其實李清照重視的，是詞的入樂可歌，是「音律」，而非強調作為新體格律詩的「格律」。蔣哲倫、傅蓉蓉《中國詩學史》（詞學卷）就提到這一點：「『別是一家』首先強調的是詞應該合於音律，這是詞區別於詩的關鍵之一。詞自誕生之日起，就與音樂結下了不解之緣。歐陽炯〈花間集序〉稱『名高白雪，聲聲而自合鸞歌；響遏行雲，字字而偏諧鳳律』，已將詞之合律放到了重要位置上。北宋中期人們關於蘇軾詞是否合律又有一場大爭論，可見詞與樂合的重要性。李清照對合律的要求極高。在她看來，歌詞分五音，又分五聲，又分六律，又分清濁輕重。它所要遵守的不僅是平仄格律，更要符合音樂聲腔特點，與宮調聲律相應和。」[235]

由上述觀點，我們可以得出這樣的認識：首先，〈詞論〉對詞的要求不只侷限在平仄格律上的，更重要的是對音律的重視，即詞的入樂可歌。其次，李清照的要求並不苛刻過分。再次，這種要求是符合詞的發展方向的。

---

234 林玫儀：《詞學考詮》（臺北市：聯經出版事業公司，1987年），頁328。

235 蔣哲倫、傅蓉蓉：《中國詩學史》（詞學卷）（廈門市：鷺江出版社，2002年），頁73。

五　〈詞論〉為什麼不提周邦彥？

　　〈詞論〉為什麼不提周邦彥，是爭論的又一熱點：徐永端〈談談李清照的〈詞論〉〉說：「有趣的是李清照在〈詞論〉中雖然『歷評諸公，皆摘其短，無一免者』，其實倒有一位大師是免了的，這就是做過『大晟樂正』的周邦彥。為什麼呢？很清楚，她對這位精於音律的大詞家沒有微辭，實在挑不出毛病。」作者進一步論述：「能不能說因為李清照感到周邦彥與他同時代，李比周小二十多歲，故對這位前輩迴避一下，所以隻字不提呢？不對。因為賀鑄同樣也比李清照大二十多歲，也是李清照的老前輩，李清照卻直言不諱地說：『賀苦少典重』。可見李清照是無所顧忌的。她說話很乾脆，認為有疵病，就要指出，沒有的話，也不洗垢索瘢。」[236]

　　鄧魁英〈關於李清照〈詞論〉的評價問題〉中持相同觀點：「賀鑄死於宣和七年，周邦彥恰和他同時，而且當時又是周賀齊名。為什麼李清照〈詞論〉中涉及了大晟詞人，提到了同時的賀鑄，卻不見周邦彥的名字呢？這到是一個值得思考的問題。胡仔曾說：『易安歷評諸公歌詞，皆指摘其短，無一免者』，我想或者正是因為周邦彥的創作實踐和李清照的詞學主張沒有什麼矛盾，所以才能不在她的『指摘』之列。」[237]邱世友《詞論史論稿》的觀點也是如此：「李清照維護作為聲詩的詞的聲律外部特徵，不標舉同時期的周邦彥，而客觀上則以清真為論詞的依據。這是詞家自當審察，無庸擬議的。青山宏《唐宋詞研究》說：『李清照為什麼在其詞論中沒有論及周邦彥？這是因為周邦彥的詞正是滿足了李清照認為的詞的條件』。所說很有道

236　徐永端：〈談談李清照的〈詞論〉〉，《文學遺產》1980年第1期。

237　濟南市社會科學研究所編：《李清照研究論文集》（北京市：中華書局，1984年），頁293。

理，只是難做一番實證。」[238]

　　上述觀點，概括起來，就是認為，周邦彥的詞完全或基本符合李清照的審美觀，李清照認為對他沒有可指責之處，所以在〈詞論〉中隻字不提。但是，有些論者往往就此又發出另一個疑問：如果周邦彥的詞作完全符合李清照的審美要求，那麼為什麼李清照不發一讚語呢？

　　關於該問題，還有兩個問題值得我們探討：首先是關於周邦彥的創作完全符合李清照的審美標準，這個命題本身具有多大程度的合理性？即，清真詞一定完全符合〈詞論〉的審美規範嗎？這個問題，近幾年來已經開始被一些論者所重視。

　　施議對〈李清照的〈詞論〉及其易安體〉云：「有關作年問題，因未有可靠材料佐證，暫勿考。有關周邦彥創作實踐與李清照理論主張的關係問題，則值得認真探討。論者曾就陳振孫、張炎、沈義父以及《四庫全書總目提要》對周詞的評論，謂前人所說與李清照〈詞論〉中所要求的協樂、高雅、典重、鋪敘、故實……，極相一致。因而進一步推斷：周邦彥正是主張『當行本色』的詞家中間的典範人物，所以才避免了李清照批評。就某一個側面看，這一推斷並不錯。但是，如果因此而得出這樣的結論，即認為李清照的〈詞論〉就是周邦彥創作實踐的理論總結，卻未必妥當。周邦彥的創作，和李清照以及其他歌詞作家的創作一樣，其思想內容、藝術風格和藝術表現方法，都並不那麼簡單劃一。評論家既可以從中找到與李清照的理論主張相符的特徵，又可以找到相對立的特徵。……當然，周邦彥的創作在許多方面所體現的特徵，與李清照的理論主張相一致，這是不可抹殺的客觀存在。但是，這種一致性，並不能說明李清照的〈詞論〉就是周邦彥創作實踐的總結。除了周邦彥，李清照的理論還可以從秦觀的創作中找到依據。例如『主情致』，這既是秦觀詞的一個特徵，

238　邱世友：《詞論史論稿》（北京市：人民文學出版社，2002年），頁9。

也是李清照所追求的藝術境界。李清照的理論主張在北宋詞人中所出現的這種一致性，正好體現了李清照〈詞論〉所具有的普遍性。說明：她的〈詞論〉不僅符合自身創作實際，而且也符合北宋詞壇歌詞創作實際；她的〈詞論〉是發展期歌詞創作實踐的理論總結。同時，這也說明：她的〈詞論〉並非驕傲自大、目空一切的產物。至於〈詞論〉為何不曾提及周邦彥，各種解釋僅是一種推測，其真正原因仍不得而知，不必過早作出判斷。」[239]從施議對的論證過程中，我們可以提煉出這樣幾個觀點：一、周邦彥的創作並非簡單劃一的，我們可以找出與〈詞論〉相符合之處，亦可找出不一致的地方。二、除了周邦彥，〈詞論〉的觀點也可以從他人那裡得到印證，而這充分說明了〈詞論〉的普遍性。三、正因為〈詞論〉理論的普遍性，我們不能因為周邦彥詞符合了其中的許多要求，就由此推斷出，〈詞論〉不提周邦彥是因為周邦彥的創作完全符合其理論，或者說，〈詞論〉的寫作就是以清真詞為審美標準和依據。

的確，眾多論者都認為〈詞論〉不提周邦彥是因為清真詞正好符合了作者的審美要求：協樂、高雅、典重、鋪敘、故實等等。但是似乎都忽略了一點：周邦彥之所以被稱為「大家」，其詞作必定是時代共性和自身特性相結合的統一。〈詞論〉又正好是對時代共性的一種概括和反映，周詞中必定有符合詞論的地方。因此，在論證〈詞論〉為什麼沒有提到周邦彥的時候，還有另一個值得探討的問題是：周邦彥的詞是否「完全」符合〈詞論〉的審美標準？

第二個值得我們思考的問題是：如果〈詞論〉確是李清照所作，並且李清照是在知道周邦彥詞的基礎上完成的，那麼〈詞論〉不提周邦彥是否有除了文藝以外的原因？關於這一點，也有研究者在思考：顧易生〈關於李清照〈詞論〉的幾點思考〉說：「竊按李清照〈詞

---

239 施議對：《宋詞正體》（澳門：澳門大學出版中心，1996年），頁241-242。

論〉之不提周邦彥蓋別有其原因，周、李在精審音律、嚴辨四聲方面或許志趣相近，卻更有『道不同不相為謀』者」。因為「〈詞論〉雖專談藝術，不及政治；然以當時的政治氣候、李清照的處境和周邦彥的身分，李清照的不提到周邦彥是完全可以理解的。褒嫌趨附，貶疑攻訐，皆非所屑為。」[240]

　　此觀點無論是否完全成立，都給我們這樣的提醒：長期以來我們一直以「純文學」的視角來看問題。對於〈詞論〉為什麼不寫到周邦彥這個問題，論者都是在〈詞論〉的理論與周邦彥的創作之間打轉，而對李清照對周邦彥可能採取的態度，大部分研究者都認為，如果李清照知道周邦彥，就不可能不佩服他，如果知道他而不寫他，就是因為李清照不輕易對人發讚美之辭。可是我們忽略了這樣一點：即使李清照寫〈詞論〉時，她已經知道了周邦彥的大名，也可能欣賞他的詞作，但是，李清照是否有可能出於政治方面的考慮而不寫他呢？這也是有可能的。可見，「純文學」視角對我們的研究存在著一定程度上的束縛。

　　以上論點多是在「李清照知道周邦彥」的前提下得出的，概括起來，大致如下：一、周邦彥的創作完全或基本符合李清照的審美要求，李清照對他無可指責，所以在〈詞論〉中隻字不提。二、〈詞論〉不提周邦彥可能有除了文藝以外的原因，如政治立場的考慮。而在這裡，筆者想發出的第三個疑問是：在寫〈詞論〉時李清照一定了解周邦彥嗎？即，在〈詞論〉寫作的年代，周之名氣已大到非寫不可的程度嗎？

　　楊海明〈李清照〈詞論〉不提周邦彥的兩種探測〉一文就此問題提出了自己的看法：「要麼是李清照讀過不少周詞，只因她不肯對別人輕下讚語，所以採取了避而不談的辦法；要麼有時由於她未及讀到

240　顧易生：〈關於李清照〈詞論〉的幾點思考〉，《文學遺產》2001年第3期。

較多的周詞，所以無由評論。這兩種假設中，自又只能選擇一種——關鍵在於進一步探求〈詞論〉的寫作時間。如果它確是作於李清照屏居鄉閭之時，那麼不提周氏的原因即在於讀周詞的不多；如果它作於隨夫出守萊州到『靖康之變』前（1121-1127）的一階段內，那麼她是有機會『補讀』周詞的了，但此時卻仍不肯輕讚一詞，這就只能從其個性和心理的原因上來揣度了。文獻不足，我們的探索自只能暫且到此為止。」[241] 楊先生看到了要解決該問題的關鍵之一——〈詞論〉的寫作時間，如果是在早期，那麼周邦彥可能尚未成名，未提到是完全有正常的；如果是在晚期，並且周邦彥已經成名，那麼就又有兩種可能：周詞符合李清照的審美標準，所以她不加批評；或者李清照不願意對別人下讚語。這樣的推測，也是合理的。

　　〈詞論〉為什麼不提周邦彥的問題，涉及了〈詞論〉的作者真偽問題、作年問題。大部分論者在論述這三個問題時，都採取一種「各個擊破」的方式。例如，在論述作年問題時，若論者認為〈詞論〉作於北宋，就將不提周邦彥作為一個重要論據，那麼，就等於間接認定〈詞論〉不提周邦彥是因為還未讀其詞。可是事實上，〈詞論〉不提周邦彥該論據本身就是一個尚未解決的問題，帶著這樣的未知論據來論證另一個未知論點，得出的結論必然是難以服眾的，駁其論者往往就從論據入手反駁。

　　同時，楊海明先生還列出了一系列耐人尋思的統計：「在此，我們不妨再來排比一下宋代出版的周詞情況：《清真詞》二卷、續一卷，《注清真詞》二卷。見《直齋書錄解題》卷二十一。《清真詩餘》二卷。見《花庵詞選》及《景定嚴州續志》。《片玉詞》二卷。有強換序。《圈法美成詞》。見《詞源》。《詳注周美成片玉集》十卷。陳元龍注，劉肅序。《三英集》，乃周詞和南宋方千里、楊澤民詞合刻。上列

241 楊海明：《唐宋詞論稿》（杭州市：浙江古籍出版社，1988年），頁304。

詞集中，時間可考的有強煥序本《片玉詞》，成於一一八〇年；劉肅序本《片玉集》，成於一二一一年，均在周氏、李氏死後很久才出。其餘各本，時間還要遲些，因為陳振孫、黃昇、張炎、方千里、楊澤民諸氏均生活在南宋後期，他們所見到的或與之合刻的周詞本子，自然不會太早。因此可以這樣說：當周氏活著時，他的詞還未見有印刷出版的。這樣，光憑口傳或手抄，李氏當然不易多接觸到它們了。如果上述推理還嫌證據不足的話，那麼還另外可以找到旁證。我們不妨從產生於周氏逝世前後的一些詞話中來看一下周詞流傳的情況。先看三部較早的詞話（據趙萬里輯本）：楊繪《本事曲》，時間早於周氏，自不必論。楊湜《古今詞話》，與周氏同時代而略遲些。現存十條詞話，中有三條論及萬俟詠而無一條論及周。當然，這些輯本已非完璧，不能反映全貌。下面再看兩本完整的詞話：胡仔《苕溪漁隱叢話》前後集共一百卷，內列詞話甚多，然僅一處（前集卷五十九）提及周詞，且是批評它的用詞不妥。吳曾《能改齋漫錄》第十六、十七卷專論詞，共有六十八條詞話，也僅一處提到周詞。這兩部詞話均撰於南宋初，距周氏逝世已有年矣。然而，就連它們都未對周詞加以重視和褒揚。這就可以說明，李清照〈詞論〉之漏掉周邦彥並不是一件孤立的事情。這種現象的發生，只能從周詞在當時流傳還不夠廣泛這個假設去求得解釋了。」[242]楊先生羅列的書目及資料，是很有意義的，它給我們的提示是：周邦彥文學史上的名聲和地位是後人逐步「追加」上去的，他在當時的影響未必有我們今天看來那麼大。如果該論點成立的話，那麼〈詞論〉為什麼不提周邦彥這個問題就是非常簡單了：因為周在當時的影響並非大到足以讓李清照注意到他的地步，而這是極有可能的。

---

242 楊海明：《唐宋詞論稿》（杭州市：浙江古籍出版社，1988年），頁307。

六　如何看待李清照詞論和詞作間存在的「分離」現象？

理論與創作「分離」之問題，歸根究底，是〈詞論〉之「苛評」引發的問題。〈詞論〉中批評了許多「前輩」人物，甚至包括了大名鼎鼎的蘇軾，這引起了後人的不滿，因此人們不禁猜測：李清照對前代名詞人的創作都有所指責，那是不是表示她只對自己的創作充滿自信，認為只有自己的詞作才能達到〈詞論〉中的標準呢？在一番對比之後，人們發現，李清照的理論和創作並不是完全相同的，是「分離」的。這裡首先討論關於「苛評」的問題。

李清照之所以被人斥為「蚍蜉撼大樹，可笑不自量」，主要原因在於她對於蘇軾等人的指責。蘇軾乃其父之師，論情論理，李清照都應該避諱，應該採取更委婉含蓄的批評方式──這是批評李清照之人的看法。但是，論者往往忽略了一個問題，即批評立場與批評對象的問題。如果李清照是站在後生晚輩的立場上，她應該迴避；而如果李清照是站在維護詞的發展的立場上，她就應該直言批評，而且完全有理由從對世人最有影響力的一批詞人入手，以起到更佳效果。同樣地，如果李清照把她批評的對象，定位在蘇軾、秦觀等人身上，專門挑剔他們的不足，以反襯出自己的才氣，那麼她的態度我們應該批評；但是，如果李清照的批評對象是詞在發展中存在的問題，她的批評方式就我們不應該過分指責。而我們對於批評者，如果在未理解其批評立場、批評標準、批評對象的前提下就加以全盤否定，我們的批評是否也是一種「苛評」呢？

徐永端〈談談李清照的〈詞論〉〉說：「李清照是由北而南的轉折時期的大家，她的論詞也是帶有總結性的。在她時期的詞壇上，已有柳永、周邦彥諸家在自己的創作實踐中對於詞的音律下過功夫，作了研究和推進，詞的音樂美已有很大發展，到南宋則有更大發展。一種藝術形式總是由粗而精不斷完美的。北宋初期的晏、歐他們在詞的音

律方面的講究本不如他們的後輩，李清照從音律上指出他們的缺點也
是很自然的。」[243]在肯定〈詞論〉總結性成就的同時，指出了李清照
對晏、歐的批評的是合理的。

　　謝桃坊《中國詞學史》則說：「蘇軾曾欣賞柳永某些雅詞『不減
唐人高處』，又基本上否定其俚俗纖豔之詞，規戒秦觀不要『學柳七
作詞』（《高齋詩話》）。關於蘇軾改革詞體，『蘇門四學士』中的張耒
曾諷刺說『先生小詞似詩』（《苕溪漁隱叢話・前集》卷四十二）；晁
補之則以為『東坡詞，人多謂不諧音律，然居士詞橫放傑出，自是曲
子中縛不住者』（《復齋漫錄》，《苕溪漁隱叢話》後卷三十三引）。陳
師道又指摘蘇軾『以詩為詞』（《後山詩話》）。到了李清照的時代，晏
殊與歐陽修以小令為主的凝鍊的表現方法在長調大量流行之後已經較
為陳舊了。在士大夫文人看來，柳詞過於俚俗粗率，蘇軾以詩為詞的
作法更為堅持傳統作法的詞人所不能接受。李清照從詞壇的現實情況
和自己關於詞體的觀念而提出了詞體藝術的規範。」[244]謝桃坊先生對
李清照的「苛評」是抱著理解態度的。的確，我們從蘇軾對柳永的態
度中可以看到蘇軾對柳永詞中存在的一些過於俗的東西是不滿的；而
蘇軾本人對詞的改革，就連弟子也是不欣賞的，張耒、晁補之、陳師
道都委婉地提出自己的看法；而晏、歐的創作中存在的不足也是眾所
周知的。從這個意義上來說，〈詞論〉的作者只不過說出了大家很想
說卻不願說出口的話，其誠實的態度是令人佩服的。這種難得可貴的
批評態度和批評方法是能夠引發我們深入思考的。張進〈李清照〈詞
論〉與曹丕〈論文〉〉說：「李清照採取的正是魯迅所說的『指其所
短，揚其所長』的批評方式。其目的在於通過評析、對比各名家詞之
長短得失，來表達自己的詞學主張和審美理想。」[245]

243　徐永端：〈談談李清照的〈詞論〉〉，《文學遺產》1980年第1期。

244　謝桃坊：《中國詞學史》（成都市：巴蜀書社，2002年），頁66。

245　張進：〈李清照〈詞論〉〉，《人文雜誌》1995年第4期。

　　筆者認為,〈詞論〉如真出於李清照之手,其理論與創作存在一定程度的「分離」也是很自然的。我們可以把它理解為李清照的審美追求和欣賞標準,但不能將之與李清照詞一一對應。這與周邦彥詞是否完全符合〈詞論〉的審美要求是一樣的,李清照和周邦彥一樣,都是宋詞名家,其創作風格是多變的,易安詞中一定有符合〈詞論〉標準的地方,也必定存在與之不盡相同之處。任何人都無法完全做到理論與創作的完全統一。例如評論〈詞論〉的胡仔,從語氣上看,他對李清照是嘲弄的,但是他自己的創作就明顯不如李清照。從古至今,李清照的評論者不在少數,評論者每個人都對〈詞論〉有著不同的看法,但是實際上評論者的創作很少能達到李清照的水準。因此,我們拿理論與創作的統一去要求李清照,對她而言,也是一種「苛評」。

　　〈詞論〉的作年問題必然牽涉到理論與創作的關係問題。〈詞論〉創作的時間未能確定,我們可以從三個方面進行推測:一、如果〈詞論〉創作於李清照生命的早期,對作者後來的創作就是一種指導;二、如果作於中期,對作者早期的創作就應該是總結,而對後期的創作就是指導;三、如果作於晚期,就是對作者一生創作的總結。可見,〈詞論〉創作是早期、中期,還是晚期,與創作的關係即不同,引發的問題也不盡相同。這一點是應該考慮的。

七　應該如何評價〈詞論〉的歷史地位?

　　怎樣看待〈詞論〉的歷史地位才是客觀與合理的呢?這也是一直以來研究者探討的問題之一,該問題涉及到:〈詞論〉是否是第一篇較系統的詞論?〈詞論〉中的觀點是李清照所獨創的嗎?〈詞論〉的價值究竟有多大?

　　首先是關於〈詞論〉是否是「第一篇較系統的詞論」的討論。大部分論者都是持肯定的態度的。黃盛璋〈李清照與其思想〉說:「詞

從唐、五代發展到北宋，已經有好幾百年的歷史，質與量都極為可觀，可是有關詞的理論卻貧乏到可憐。北宋可說是詞的極盛時期，但在清照以前，把詞看成與詩文一樣，從理論上加以研究是沒有的，雖然也有一兩個人偶爾評論過有關詞的創作的話，但都零星不成體系。把詞當作藝文學中一種體裁來進行分析討論，指出這種體裁的特點，得出一套有系統而完整的理論，並對以前著名的作家作一個總結式的批評，逐一分析他們利害得失，不能不以清照這一篇最為完備、全面，說它是詞學史上第一篇詞論絲毫沒有過分。」[246]顧易生〈北宋婉約詞的創作思想和李清照的〈詞論〉〉說：「這篇詞論也可說是詞史上第一篇完整的獨立宣言，也是婉約詞的第一階段的理論總結。」[247]蔣哲倫、傅蓉蓉《中國詩學史》（詞學卷）說：「在詞學史上，對於詞的獨特性的認識雖不自李清照開始，如李之儀就說過：『長短句於遣詞中最為難工，自有一種風格，稍不如格，便覺齟齬』（見〈跋吳思道小詞〉），但對此問題作出系統理論闡述的，李氏卻是第一家。」[248]

這些觀點都是有其依據的，「較系統」不難理解，因為〈詞論〉的確建立起了自己的審美規範，提出了詞「別是一家」的理論，可以算得上是系統的理論體系。但是，若斷定其為「第一篇詞論」，就需要斟酌了。再退一步說，即使〈詞論〉是第一篇系統的詞論，我們可否將其視為李清照一人的獨創呢？當然不能，我們應看到〈詞論〉的承繼性。

關於〈詞論〉的產生背景，方智範、鄧喬彬等著的《中國詞學批評史》中〈李清照〈詞論〉的本色理論〉一文這樣闡述：「李清照寫這篇〈詞論〉時，詞的發展已有三百年左右的歷史。其間作手輩出，

246 黃盛璋：〈李清照與其思想〉，《山西師院學報》1959年第2期。

247 顧易生：〈北宋婉約詞的創作思想和李清照的〈詞論〉〉，《文藝理論研究》1982年第2期。

248 蔣哲倫、傅蓉蓉：《中國詩學史》（詞學卷）（廈門市：鷺江出版社，2002年），頁73。

篇什亦夥，創作實際已為批評理論的建立提供了基礎；況且，蘇軾的
詩化主張及其革新給詞壇帶來的強烈震動，又促使人們對詞的體性、
功用等問題進行認真思考，一時間議論紛紛，評詞成風，在為建立比
較系統的批評理論提供思想材料的同時，也提出了其迫切的需要。李
清照的這篇〈詞論〉，便由此應運而生。」[249]充分肯定了〈詞論〉產
生的時代性和歷史繼承性。

　　陳祖美〈對李清照〈詞論〉的重新解讀〉一文推斷〈詞論〉產生
很有可能是受了晁補之的影響，〈詞論〉中的觀點，不全是李清照一
人的獨創。

　　提到「別是一家」，人們很容易聯想起蘇軾的「自是一家」之
論。兩者之間是否存在聯繫呢？研究者注意到了這一點。陳祖美的觀
點就很有代表性，〈對李清照〈詞論〉的重新解讀〉中論述到：「在推
尊詞體的問題上，李、蘇又有著驚人的共識，或者說在這個問題上，
清照是打心眼兒裡佩服蘇軾的。〈詞論〉對柳永和秦觀的批評，所接
的基本上是蘇軾的話荏兒。詞史上是這樣兩件趣事常被提及……蘇軾
不僅自己與繼承『花間』詞風的柳永分道揚鑣，也不贊成他的門人秦
觀沾染『柳詞句法』，原因只有一個，那就是清照〈詞論〉也批評的
柳詞內容有猥褻低俗之處。由此可見，從內容上維護詞的純潔和尊
嚴，李蘇之間不但無枘鑿之乖，還頗有點蘇唱李隨的味道。」[250]

　　「別是一家」說，和蘇軾的「自是一家」說確存在共同點，即在
詞的題材內容上的崇雅正、反鄭衛傾向，提倡詞的純潔和雅化，維護
詞體的尊嚴。

　　顧易生、蔣凡、劉明今《宋金元文學批評史》進一步說明：「詞
在初期，一般被視為詩之附庸。北宋晏殊、歐陽修等大家致力於作

249　方智範、鄧喬彬等：《中國詞學批評史》（北京市：中國社會科學出版社，1994
　　　年），頁57。

250　吳熊和等主編：《中華詞學》（南京市：東南大學出版社，1994年），頁82。

詞，詞的地位大有提高。張先之詞受到人們的愛好程度大大超過其
詩，曾引起蘇軾的慨歎（見蘇軾〈題張子野詩集後〉）。這未嘗不反映
張先在詞學所傾注心血多於其詩。自柳永以專業詞人自豪，蘇軾力圖
在詞壇盛行『柳七郎風味』外『自是一家』，別樹旗幟，都說明這塊
文藝園地受到作者的重視。晁補之、張耒說秦觀『詩似小詞』、蘇軾
『小詞似詩』，陳師道的『本色』論與李之儀的『自有一種風格』
論，都反映詞與詩有分庭抗禮之勢。而李清照的『別是一家』說，明
確宣佈詞的獨立存在，詞有其獨特創作規律，連學際天人、文如西漢
的詩文大家於此尚是門外漢。其論偏激，也許是對詞之為詩之『餘
技』『末技』等說有激而云然，突出詞學門庭的森嚴，使人再不敢小
覷了。」[251]

　　我們可以看出，〈詞論〉中的種種觀點，不是李清照獨創的。她
的觀點與蘇軾的「自是一家」說、晁補之、張耒等人的觀點，以及陳
師道的「本色」論與李之儀的「自有一種風格」論等，都有許多相似。
我們雖然無法斷言〈詞論〉的所有觀點都來自前人，但是多多少少受
到前輩的影響則是肯定的，否則，〈詞論〉與前人之論中存在的許多
相似處當如何解釋呢？退一步說，即使李清照沒有談過前人詞作，其
觀念全為獨創，亦不應過高評價，因為〈詞論〉畢竟時代在後。

　　〈詞論〉究竟是不是「第一篇較系統的詞論」其實牽涉的，是關
於〈詞論〉在同時代詞論中的地位問題。

　　〈詞論〉在宋元明清各代，一直受到輕視甚至忽視，貶多於褒。
那麼〈詞論〉在詞學史上的實際地位，就遠不如我們所想得那麼高。

　　文化的價值不可能是不變的、靜止的，因此我們對於文化的價值
定位，就應該做動態的考察。這種考察應該包括，「當世」價值、身

---

251 顧易生、蔣凡、劉明今：《宋金元文學批評史》（上海市：上海古籍出版社，1996
　　年），頁606。

後價值、歷時價值、「現在」價值。只有這樣綜合評價，才是客觀、公正、科學的。因此，我們在評價〈詞論〉時，應該將這幾方面結合起來：首先，〈詞論〉並不是完全的獨創之作，它的許多觀點可能直接承繼前人或間接受其影響，李清照在世時，〈詞論〉並沒有引起人們的注意，在詞壇上幾乎沒有任何反響。因此，「當世」價值是有限的，或者說只具備「潛價值」。其次，李清照去世後，〈詞論〉被胡仔《苕溪漁隱叢話》、魏慶之《詩人玉屑》收入，但是並沒有受到應有的讚揚，反而是譏評。因此，〈詞論〉在李清照身後的「蓋棺定論」，評價也是極低的。再次，從後代的評論來看，也都是貶多褒少的，自宋至清，〈詞論〉並沒有產生多大的影響力；最後，在當代，我們對〈詞論〉的評價是很高的，甚至稱其為「第一篇系統完整的詞學理論」，或稱讚其對詞的發展起到了深遠的影響，這樣的評價與歷代對〈詞論〉的評價不相符合。因此，我們對〈詞論〉的價值認定，既不能過分貶低，也不應該過分拔高。

八　對〈詞論〉研究前景的展望

　　〈詞論〉研究到了今天，已經相當成熟和深入，研究者對〈詞論〉可能存在的問題，多做了透澈細緻的分析。但是，〈詞論〉研究細化的同時，綜合化方面則相對不足。研究者致力於集中解決其中的一個問題，卻往往忽略了問題之間的牽涉和盤結交錯。〈詞論〉留給我們太多的疑點，如果我們不先將這些疑點之間的關係理清，可能會陷入更加迷惘之中。

　　〈詞論〉的每一個問題都牽扯到了其他各個方面。如作者真偽問題，就可以引發許多問題：如果〈詞論〉不是李清照所作，那麼「理論與創作間的分離」就不再是問題，而作年問題也會有相應的變化，其他問題也要進行重新解讀。如果〈詞論〉確是出自李清照之手，究

竟作於其生命的早期、中期、晚期，對其創作是指導還是總結，成了問題，而為什麼李清照不提與她理論有許多相似之處的周邦彥也就必須連帶著思考：如果創作於其生命的早期，周邦彥可能還未成名，不寫他是正常的；如果創作於周邦彥成名後，那麼不寫他就又有許多可能性：或許因為其創作完全符合她的理論；或許因為李清照性格上的原因；或許因為雙方政治立場的不同；或許周邦彥在當時名氣並非大到引起李清照的注意。諸如此類的問題，我們應該將它們聯繫起來考察分析，因為這些問題是彼此制約的，我們如果只是「各個擊破」，只會顧此失彼。而事實也恰恰表明，許多研究者採取這種策略時，反駁者很容易從另外的未解決的問題出發，駁倒原命題。這也是〈詞論〉研究一直受到關注的原因之一。展望未來，我們完全有理由期待會有更多的〈詞論〉研究的優秀成果面世。我們並非不需要「定論」的得出，但首先必須反思研究中存在的不足，力求在思維方式、研究方法上有所突破，以更宏闊的視野審視〈詞論〉，〈詞論〉的研究一定會取得新的成就。

第四章
南宋詞史論

第一節　陸游的「漁隱」詞

　　「漁隱」詞，指描寫「漁父」形象和生活，表達隱逸閒適情懷的詞。陸游有意塑造張志和筆下的「青箬笠，綠蓑衣，斜風西雨不須歸」的「漁父」形象。但是，陸游從小所受的教育，成長的經歷，所處的社會環境，決定了他無法成為真正的「漁父」。實際上，詞人身心俱未隱，「漁隱」只是他的一種情結，一種精神寄託。陸游自號「笠澤漁隱」、「漁隱」、「漁隱子」、「笠澤漁翁」，「漁隱」詞大多是罷官閒居時所作，這當然與他當時的生活環境及心境有直接關係。

一

　　陸游詞中被作者自稱為「漁歌菱唱」的「漁隱」詞有二十首之多。此類詞多詠漁父垂釣生活，以山水為背景，寫放浪林泉，寄情煙波的樂趣。包括〈漁父〉五首，〈長相思〉五首，〈鷓鴣天〉（家住蒼煙落照間）等三首，〈採桑子〉（三山山下閒居士），〈菩薩蠻〉（江天淡碧雲如掃），〈鵲橋仙〉（華燈縱博）等二首，〈真珠簾〉（山村水館參差路），〈點絳唇〉（采藥歸來）等。詞中，作者把自己塑造成「漁父」形象，猶如超脫於塵世的「仙人」。但詞人有時又牢騷自嘲，不時透露出一種無可奈何的情緒。

　　陸游的漁隱詞按其內容來分，可以分為兩類：一類稱之為身隱心亦隱，其中以〈漁父〉五首中的第二、三首和〈長相思〉五首中的第

一、二首等為代表，寫的是像張志和那樣真正的隱士生活。另一類稱之為身隱心不隱，如〈鷓鴣天〉（家住蒼煙落照間）、〈鵲橋仙〉（華燈縱博）等。此類詞中隱隱透露出他的隱是被迫的，是一種無可奈何的隱，陸游心中仍然裝著國家，關心著收復失地，愛國之情隱然可見。

　　早在中唐時期，張志和的〈漁父〉就給人們以無限的遐想，陸游的〈漁父〉五首亦把自己塑造成一個「漁父」形象。如其三、四、五云：

> 鏡湖俯仰兩青天，萬頃玻璃一葉船。拈棹舞，擁蓑眠。不作天仙作水仙。
>
> 湘湖煙雨長蓴絲，菰米新炊滑上匙。雲散後，月斜時。潮落舟橫醉不知。
>
> 長安拜免幾公卿，漁父橫眠醉未醒。煙艇小，釣車腥。遙指梅山一點青。

這組詞作於淳熙十四年（1187），當時陸游在家鄉閒居五年之後，重新被任用，任嚴州軍州事。早在乾道二年（1166），陸游始卜居鏡湖之畔的三山，宅院依山臨水，風光秀美。他數次被免官後閒居於此。故鄉的美景撫慰了詞人一顆受傷的心，詞人泛舟鏡湖上，邊飲酒邊垂釣，說不出心中有多麼愜意。寬廣和清澈的湖水蕩滌了詞人心中的煩惱。

　　又如〈長相思〉云：

> 雲千重，水千重。身在千重雲水中。月明收釣筒。　　頭未童，耳未聾。得酒猶能雙臉紅。一樽誰與同？

橋如虹，水如空。一葉飄然煙雨中。天教稱放翁。　　側船篷，使江風。蟹舍參差漁市東。到時聞暮鐘。

詞作於淳熙十五年（1188）八月，時作者已六十四歲，任嚴州軍州事滿，於七月十日回到故鄉，認為從此不用再出仕，故選取〈長相思〉詞調，採用連章體，表明今後將逍遙於青山綠水之中，過悠然自適的隱居生活。詞人月明垂釣，飲酒閑眠，烹蓴絲，聽松泉，儼然超塵絕俗的隱者。江南水鄉秀麗的風光，寧靜純樸的農家生活，詞人生活其中，疲憊的身心得到了慰藉和解脫，一改前此愛國詩詞中抗金復土的英雄壯士形象，而展現其瀟灑閒散的一面。

詞人在水鄉平凡而淳樸的生活中得到了心靈的慰藉。相對於城市而言，鄉村沒有車水馬龍，沒有燈紅酒綠，也消失了城市的喧鬧，更沒有官場的骯髒和市儈的銅臭氣。因此，在城市樊籠和是非圈中羈絆大半生的詞人，一旦重返鄉村，心中自然而然產生親切的感覺。

這時的陸游，既無「當年萬里覓封侯，匹馬戍梁州」（〈訴衷情〉）的慷慨激昂，也無「秋曉上蓮峰，高躡依天青壁」（〈好事近〉）的飄逸清高，而是拈棹舞，擁蓑眠，作水仙，醉不知，甘心終老於水雲鄉，在大自然的懷抱中無拘無束地暢遊，暫時擺脫了塵世間一切羈絆，做一「無名漁父」。

乾道二年（1166），陸游罷官歸里。於鏡湖三山寫下了〈鷓鴣天〉：

家住蒼煙落照間。絲毫塵世不相關。斟殘玉瀣行穿竹，卷罷《黃庭》臥看山。　　貪嘯傲，任衰殘。不妨隨處一開顏。無知造物心腸別，老卻英雄似等閒。

起首二句寫居住環境之優美，接下寫自己生活之閒適，動靜行止無不

愜意。過片寫詞人貪戀這種曠達生活的情趣，任憑終老田園。但結句
陡然一轉，「老卻英雄似等閒」，表達了不能為國效力，惆悵失意的心
情。詞中極寫隱居生活的蕭散閒適，但抑鬱不平之氣仍按捺不住。因
此，表面看來，在優美環境中生活得那麼自由自在，其實內心深處充
滿著壯志難酬、報國無路的悲憤。可以說，這是英雄一時屈身，而不
是隱士追求的遁形。

　　古代士人的信條是「達則兼濟天下，窮則獨善其身」。「獨善其
身」的方式途徑是「隱」。「隱」與「仕」是相對的，與孟子所說的
「窮」與「達」相近。陸游前後蟄居山陰的日子都是廣義上的隱，而
不是張志和真正意義上的「隱」。陸游對此是很清楚的，〈寓歎〉其二
云：「小隱終非隱，休官尚是官。」他的隱只是休官之後的「小隱」
而已，這「小隱」只是他生存狀態的外在表現，而他的靈魂深處，還
繼續燃燒著那團抗金復土的不滅之火，他盡可以把一切身外之物統統
忘卻，但這團火，不屬於身外之物，而是他的靈魂所在。

二

　　陸游「漁隱」詞從創作時間看，絕大部分作於後期，即淳熙五年
（1178）出蜀東歸之後。這一現象的出現，固然與中年以後心態漸趨
平淡的自然規律有關，但更主要的還與作者的生平遭際有關。

　　在陸游一生中，有兩次比較大的挫折。第一次是乾道初年的罷
歸。據《宋史》〈本傳〉，陸游於紹興二十三（1153）、二十四年因兩
次考試名列秦檜之孫前而遭秦檜的黜落，一直到秦檜死，始赴任福州
寧德縣主簿。後孝宗即位，因史浩、黃祖舜舉薦被賜進士出身，開始
受到重視。這時，朝中主戰派佔上風，陸游也熱心於抗金事業，頗有
用武之地。但不久張浚北伐失敗，主和派重新抬頭，陸游被調離京
城，未幾又以「交結臺諫，鼓唱是非，力說張浚用兵」的罪名貶回故

里。這對滿腔熱血，一心報國的陸游來是，無疑是一個重大的打擊。第二次是乾道八年（1172）王炎的離川回京。之前，陸游曾應王炎之召，從夔州到南鄭，加入王炎幕府，直接參加抗金鬥爭。《宋史》〈本傳〉說他積極為王炎出謀劃策，認為「經略中原，必自長安始；取長安，必自隴右始。當積粟練兵，有釁則攻，無則守。」[1]其間上與王炎賓主相期，下與士兵習武打獵，度過了一生中最充實，也最難忘的一段時光。但好景不長，是年九月，王炎被召回臨安，旋被罷免。陸游也回到成都，任成都安撫司參議官。以後雖調任幾處，都是遠離前線的地方小官。陸游頗感請纓無路，報國無門，遂日益頹放。終於在淳熙五年（1178）五十四歲時離蜀東歸。

　　經過這兩次打擊，陸游的思想與情緒都發生了一系列的變化，儘管愛國之情仍在他心底熾烈燃燒，但才無所用的現實又使他十分喪氣。因此乾脆在山水風光裡尋求寄託，用平和淡遠的隱逸生活和「漁隱」詞作來醫治內心流血的傷口。可以這樣說，就陸游本意而言，他並不想真的隱逸鄉村，流連山水，只是現實政治使他一挫再挫，無奈之下，只能以「漁歌菱唱」來發洩與掩蓋自己的失意與不滿了。這種複雜的心情在詞中也有所流露，如〈洞庭春色〉：

> 壯歲文章，暮年勳業，自昔誤人。算英雄成敗，軒裳得失，難如人意，空喪天真。請看邯鄲當日夢，待炊罷黃粱徐欠伸。方知道，許多時富貴，何處關身。　　人間定無可意，怎換得、玉鱠絲蓴。且釣竿漁艇，筆床茶灶，閒聽荷雨，一洗衣塵。洛水秦關千古後，尚棘暗銅駝空愴神。何須更，慕封侯定遠，圖像麒麟。

1　脫脫等：《宋史》〈陸游傳〉（北京市：中華書局，1977年），卷395，頁12058。

　　詞中正話反說，怨氣甚濃，清楚地表明了作者釣竿漁艇、筆床茶灶的真正原因。這首詞作於淳熙八年至十三年間，正是陸游東歸後在山陰老家閒居時期。作於同時期的還有一首〈破陣子〉（看破空花塵世），也能說明陸游的矛盾心理：一方面是心中不太平；另一方面又努力「身閒心太平」。陸游在閒居生活中，充滿了這種矛盾與痛苦。反映到創作中，就是深隱的用世思想與隱逸的出世之詞了。這也可以說是陸游「漁隱」詞的最大特色。

　　淳熙十三年（1186），陸游六十二歲時，再次被起用，知嚴州。辭別之際，孝宗說了一句很有意思的話：「嚴陵山水勝處，職事之暇，可以賦詠自適。」[2]當然，兩年後嚴州任滿，陸游並沒有改變什麼，他依然在作「漁隱」詞，依然感到內心苦悶，而且比起以前來，更多了幾分傷感與蒼涼。其〈長相思〉五首便作於此時，例如：

　　　　悟浮生，厭浮名。回視千鍾一髮輕。從今心太平。　　愛松聲，愛泉聲。寫向孤桐誰解聽。空江秋月明。

詞人有一種心有不甘的牢騷，只能以「悟浮生，厭浮名」的態度來聊以自慰。其實就陸游生平志向來說，他一直是積極入世的，這點看他的詩作就可一目了然，他「死去原知萬事空」，還「但悲不見九州同」，幾時真的忘懷國家的前途與命運呢？以此反觀他的「漁隱」詞，也必須把握這一點。最能說明問題的莫過於他七十歲前後作的三首〈謝池春〉了，現錄一首：

　　　　壯歲從戎，曾是氣吞殘虜。陣雲高，狼烽夜舉。朱顏青鬢，擁雕戈西戍。笑儒冠、自來多誤。　　功名夢斷，卻泛扁舟吳

2　脫脫等：《宋史》〈陸游傳〉（北京市：中華書局，1977年），卷395，頁12058。

楚。漫悲歌、傷懷弔古。煙波無際，望秦關何處。歎流年、又
成虛度。

從詞中可推斷他創作漁隱詞的根本原因和漁隱詞的本質精神。不妨這
樣說，陸游的漁隱詞是他生活遭際、思想矛盾的曲折反映，是發洩對
當時政治不滿的一種特殊形式。

三

　　再探討一下漁隱詞的創作淵源。就此而言，陸游受影響最深的是
唐人張志和與南北宋之交的朱敦儒。

　　張志和是較早的文人詞的作者。他的〈漁父〉詞五首尤其是第一
首「西塞山前白鷺飛，桃花流水鱖魚肥。青箬笠，綠蓑衣，斜風細雨
不須歸。」影響深遠，歷代不乏仿效者。五代花間詞人和凝、顧敻、
孫光憲、李珣，南唐的李煜都有模仿他的作品。北宋蘇軾、黃庭堅恨
其曲度不傳，又加數語以〈浣溪沙〉、〈鷓鴣天〉歌之，蘇軾還效韋應
物體把它改造為〈調笑令〉。歷代詞人，只要創作隱漁詞，幾乎無一
不學張志和者，陸游當然也不例外。

　　張志和的籍貫，一般據顏真卿所撰〈浪跡先生玄真子張志和碑
銘〉，以為是東陽金華（今浙江金華）人。陸游於紹興元年（1131）
七歲時隨父避居東陽，至紹興三年由東陽返里。以陸游之家庭環境，
幼承庭訓，在張志和的故鄉聽到有關詞人的逸事，學習詞人的作品，
是很自然的事。

　　張志和與陸游的故鄉亦有密切關係。張彥遠《歷代名畫記》、《太
平廣記》卷二十七所引《續仙傳》均云張志和是會稽（今浙江紹興）
人。此說可信度不大，但有一點可以肯定，就是張志和曾在會稽居住
過較長的時間。據顏撰〈碑銘〉記載，其兄鶴齡恐他浪跡不還，曾在

會稽東郭買地結茅齋以居之，他閉居竹門十年不出。又據《寶慶會稽續志》記載，宋高宗有和玄真子〈漁父〉詞十五首，並序云：「紹興元年七月十日，余至會稽，因覽黃庭堅所書張志和〈漁父〉十五首，戲同其韻，賜辛永宗。」[3] 按：紹興元年，正陸游避難東陽時。可見張志和的詞在會稽影響也很大。無論在東陽，還是回山陰，陸游學習張志和並受其影響都是最合情理的事。陸游《入蜀記》中曾記載湖北「大冶縣道士磯，一名西塞山，即玄真子〈漁父詞〉所云者」。亦可見他對張志和是非常熟悉的。所以當他出蜀東歸後，在嚴州（治今浙江建德）任上時，官閑無事，寄情山水，嘲詠風月，晚上燈下讀玄真子漁歌，因懷山陰故隱追擬，於是創作了〈漁父〉詞五首，表達了對功名利祿的厭惡和對隱逸生活的嚮往之情。

　　兩人所不同者，張志和自稱「煙波釣徒」，是真隱士；陸游自稱是「無名漁父」，並未成真的隱士。張志和飄逸出塵，有神仙風致；陸游雖瀟灑超拔，但仍未忘機。陸游的悠然世外只是對壯志未酬的苦悶情緒的暫時慰藉，他從未甘心做一名隱士。兩人詞作相較，風格清新雅潔一致，思想情調則有差別，需從字外去體會。

　　生活於南北宋之交的朱敦儒是典型的「隱逸」詞人，陸游的漁隱詞也受他的影響。朱敦儒於紹興十五年（1145）六月以左朝奉郎到會稽任兩浙東路提點刑獄，時年陸游二十一歲，陸游詩中自述「少受知於朱公」，當在此時。《澄懷錄》云：

> 陸放翁云：朱希真居嘉禾，與朋儕詣之。聞笛聲自煙波間起，頃之，棹小舟而至，則與俱歸。室中懸琴、筑、阮咸之類。檐間有珍禽，皆目所未睹。室中籃缶貯果實、脯醢，客至，挑取以奉客。[4]

3　張淏：《寶慶會稽續志》（北京市：中華書局，1990年，《宋元方志叢刊》本）。

4　《說集》，明抄本。

　　由此知陸游曾從朱敦儒遊，親炙其曠逸之風。陸游詞受朱氏〈樵歌〉的影響是多方面的。如〈卜算子・詠梅〉與朱氏的〈卜算子〉（古澗一枝梅）相較，頗能窺見其模仿的痕跡。尤其是漁隱詞，兩人有許多相似處。朱氏有〈浣溪沙〉（西塞山邊白鷺飛），詞序云：「玄真子有漁父詞，為添作。」陸游有〈漁父〉五首，同是學習張志和者。朱氏有〈好事近・漁父詞〉六首，是典型的漁隱詞，陸游則以〈好事近〉六首為游仙詞。風格上恬淡閑遠、清曠疏放，一掃綺靡香豔的習氣。劉克莊論陸游詞「飄逸高妙者，與陳簡齋，朱希真相頡頏」。[5]當指這類詞而言。從漁隱詞的影響上看，陸游不及朱敦儒，從成就上看，則各有千秋。

　　陸游的漁隱詞是「隱」的產物，自有它消極的一面，成就和影響不能與愛國的豪放詞相比，故不應過高評價。但它是陸游詞的重要組成部分，不僅創造的恬淡飄逸的風格開闢了放翁詞的新境界，而且「屏除纖豔」之功亦不可沒，從這個意義上，我們應肯定它。

第二節　陸游詞風的邏輯嬗變

　　論及陸游詞風，一般多以「豪放」二字概括之，顯得空泛。有些專著、論文注意到陸游詞風格的多樣性，如薛礪若《宋詞通論》、陸侃如、馮沅君《中國詩史》、劉麟生《中國詩詞概論》、夏承燾〈陸游的詞〉以及近年來的一些研究論文，分別指出放翁詞風豪放、悲壯激烈、沉鬱雄快、閒適、清逸等特色，但多靜態、橫向論述。有鑑於此，本文試圖結合作者生平經歷，對其詞風的邏輯嬗變做一總體探索。這是一種動態、縱向的考察，陸游詞風演變有軌跡可尋，是合邏輯的嬗變，我們應深入研究把握。

5　劉克莊：《後村詩話・續集》（北京市：中華書局，1983年），卷4，頁139。

一

　　陸游詞的分期可以是二分法，即以淳熙五年（1178）奉召東歸為
界，劃分成前後兩個時期。前期以寫抗戰、恢復的愛國內容為主，風
格以豪邁雄放、悲壯沉鬱為主；後期多詠山水景物、閒情逸志，風格
以恬淡飄逸、清真閒適為主。前者是精華所在，代表陸游詞的最高成
就；後者是陸游詞的又一獨特成就。陸游詞分期也可三分法，即前期
又可以乾道六年（1170）入蜀至夔州（治今重慶奉節）任夔州通判時
為界，分為前後兩個階段。

　　入蜀前，現知最早的詞作是紹興二十九年（1159）詞人調官為福
州決曹期間寫的〈青玉案・與朱景參會北嶺〉，最晚的是乾道二年
（1166）作者居故鄉山陰鏡湖三山時寫的〈大聖樂〉（電轉雷驚）。其
間作詞十三首，數量較少，多為登覽宴遊、酬唱贈答之作。時詞人剛
剛出仕，年壯氣盛，躊躇滿志，希望有一番作為。宦游所及，友朋相
聚，暢飲抒懷，真有氣吞山河、壯志淩雲之概。所以，這期詞似東坡
情豪語壯、境闊格高，充溢著詞人的浪漫情懷。如〈青玉案・與朱景
參會北嶺〉、〈水調歌頭・多景樓〉等，都屬「豪放」之作。〈青玉
案・與朱景參會北嶺〉云：

　　　　西風挾雨聲翻浪。恰洗盡、黃茅瘴。老慣人間齊得喪。千岩高
　　　　臥，五湖歸棹，替卻淩煙像。　　故人小駐平戎帳。白羽腰間
　　　　氣何壯。我老漁樵君將相。小槽紅酒，晚香丹荔，記取蠻江上。

〈赤壁詞・招韓無咎遊金山〉云：

　　　　禁門鐘曉，憶君來朝路，初翔鷺鵠。西府中臺推獨步，行對金
　　　　蓮宮燭。慶繡華韉，仙葩寶帶，看即飛騰速。人生難料，一尊

此地相屬。　　　回首紫陌青門，西湖閑院，鎖千梢修竹。素壁
棲鴉應好在，殘夢不堪重續。歲月驚心，功名看鏡，短鬢無多
綠。一歡休惜，與君同醉浮玉。

　　雖然因短短幾年，調任頻繁，遊蹤不定，功業無成，詞人不免流露出
「歲月驚心，功名看鏡，短鬢無多綠」的感慨和愁緒，但這只是詞人
的尋常「閑愁」，與後來詞作的大感慨、大悲歡有明顯的區別。所以，
這時詞風的基調是豪邁雄放的。此時詞風表現出與東坡詞風相近的一
面。這點前人早已看出，黃昇說陸游詞風「雄快處似東坡」[6]，楊慎
說「雄慨處似東坡」[7]，褚人獲說「雄壯處似東坡」。[8]「雄快」、「雄
慨」、「雄壯」，也就是論者所說的「豪放」。不過這種豪邁雄放，只是
言豪情，抒壯志，發感慨，顯得比較「空泛」，與入蜀後的作品比
較，這一特點是很容易看出的。

　　入蜀後，即乾道六年（1170）至淳熙五年（1178）出蜀東歸止，
前後共九年，為第二階段，這是陸游詞創作的高峰期。據夏承燾、吳
熊和《放翁詞編年箋注》（以下簡稱《箋注》），編年者有四十五首，
約佔總數的三分之一，內容較複雜，風格也多樣。放翁詞作成就最高
者在此期，最低者也在此期。

　　陸游入蜀不久，樞密使王炎宣撫四川，進駐南鄭（今陝西漢
中），任命詞人為四川宣撫使司幹辦公事兼檢法官。乾道八年
（1172）三月十七日，詞人到達南鄭軍中，親上抗戰前線。軍中生活
激發了詞人的創作熱情，除創作大量的愛國詩外，也寫了豪邁奔放的

6　沈雄：《古今詞話‧詞評》上卷引，唐圭璋：《詞話叢編》（一）（北京市：中華書
　　局，1986年），頁999。
7　楊慎：《詞品》，卷5，唐圭璋：《詞話叢編》（一）（北京市：中華書局，1986年），
　　頁51頁。
8　褚人獲：《堅瓠集‧補集》（揚州市：江蘇廣陵古籍刻印社，1995年，影印本），卷5。

愛國詞。如〈秋波媚·七月十六日晚登高興亭望長安南山〉，感情熾烈，格調高亢，充滿了昂揚樂觀的精神。「灞橋煙柳，曲江池館，應待人來」，詞人對收復大業抱著必勝的信心。

但諸事難料，時局陡轉。九月，王炎奉召回臨安，幕僚皆如星雲散去，詞人的官銜也改為成都府路安撫司參議官。收復無望，理想破滅，轉眼間一切都變了，詞人陷入極度的苦悶中。自漢中赴成都途中，夜宿葭萌驛（今四川昭化南），他作了一首〈清商怨〉：

> 江頭日暮痛飲。乍雪晴猶凜。山驛淒涼，燈昏人獨寢。　　鴛機新寄斷錦。歎往事不堪重省。夢破南樓，綠雲堆一枕。

詞作表露出詞人當時悲憤、沉痛和淒涼的心境，風格上也一變過去的豪邁雄快為沉鬱悲涼。到成都後的〈漢宮春·初自南鄭來成都作〉，上片回憶「呼鷹古壘，截虎平川」，能施展「詩情將略」的軍中生活；下片寫成都萬人遊樂的熱鬧場景。兩相對比，抒發出詞人內心的鬱悶情緒。〈夜遊宮·宮詞〉云：

> 獨夜寒侵翠被，奈幽夢、不成還起。欲寫新愁淚濺紙。憶承恩，歡餘生，今至此。　　籤籤燈花墜，問此際、報人何事？咫尺長門過萬里。恨君心，似危欄，難久倚。

慨歎王炎之君臣遇合，也自悼壯志未酬，寄託遙深，情調哀怨低沉，類似稼軒詞的沉鬱悲壯。

陸游回成都後不久，改任蜀州（治今四川崇州）通判，未幾還成都。乾道九年（1173）夏，又攝知嘉州（治今四川樂山）事，只是任個「代理」的閒職。淳熙二年至四年（1175-1177）范成大來成都任四川制置使，陸游做他的參議官。詞人無用武之地，自然滿懷牢騷鬱

悶，悲慨之情遂充溢於詞中，最典型的可推〈雙頭蓮‧呈范致能待制〉：

> 華鬢星星，驚壯志成虛，此身如寄。蕭條病驥。向暗裡。消盡當年豪氣。夢斷故國山川，隔重重煙水。身萬里。舊社凋零，青門俊遊誰記。　　盡道錦里繁華，歎官閑晝永，柴荊添睡。清愁自醉。念此際。付與何人心事。縱有楚柁吳檣，知何時東逝。空悵望，鱠美菰香，秋風又起。

全詞抒寫壯志成虛，官閑無事的苦悶情緒，塑造了一個失意英雄的形象。詞情凝重深沉，格調悲慨沉鬱，頓挫深婉，如幽谷流泉，回環曲折，嗚咽而行，無放縱恣肆之態。周濟〈宋四家詞選目錄序論〉謂稼軒「劍雄心，抗高調，變溫婉，成悲涼」。[9]可移之評此詞。把此詞與稼軒〈水龍吟‧登建康賞心亭〉相較，是不難看出兩者相似之處的。故前人常將陸、辛並論，實則它們的相似處是悲慨，即慷慨悲壯，沉鬱頓挫。陸游入蜀後詞作，有實在的生活內容，感情鬱結其中，不得不發，有一種鬱勃之氣，故變豪放成悲壯，這又類似杜甫的詩。放翁詞能與稼軒齊名，在詞史上佔有突出的地位，正賴有這類作品存在。

　　詞人滿腔憂憤，無所寄託，於是寄情山水，流連風月，整日宴飲遊賞，風流自放，藉以排遣內心苦悶。但詞人也因此遭到「燕飲頹放」的譏評，淳熙三年（1176）夏受到免官的處分。詞人自然是憤慨不平，索性自我解嘲，自號「放翁」，從此更加縱情遊樂。故此時詞又多遊宴、贈妓之作，如〈漢宮春〉（浪跡人間）、〈柳梢春〉（錦里繁華）等。〈驀山溪‧遊三榮龍洞〉寫道：

9　唐圭璋：《詞話叢編》（二）（北京市：中華書局，1986年），頁1643。

窮山孤壘，臘盡春初破。寂寞掩空齋，好一個、無聊底我。嘯
臺龍岫，隨分有雲山，臨淺瀨，蔭長松，閒據胡床坐。　　三
杯徑醉，不覺紗巾墮。畫角喚人歸，落梅村、籃輿夜過。城門
漸近，幾點妓衣紅，官驛外，酒壚前，也有閒燈火。

〈水龍吟·春日游摩訶池〉云：

摩訶池上追游路，紅綠參差春晚。韶光妍媚，海棠如醉，桃花
欲暖。挑菜初閑，禁煙將近，一城絲管。看金鞍爭道，香車飛
蓋，爭先占、新亭館。　　惆悵年華暗換。黯銷魂、雨收雲
散。鏡奩掩月，釵梁拆鳳，秦箏斜雁。身在天涯，亂山孤壘，
危樓飛觀。歎春來只有，楊花和恨，向東風滿。

極寫遊宴之樂，為應景之作。另如〈朝中措·代譚德稱作〉、〈鷓鴣
天·薛公肅家席上作〉、〈玉蝴蝶·王忠州家席上作〉、〈烏夜啼〉（金
鴨餘香尚暖）、〈水龍吟〉（尊前花底尋春處）等，是贈妓、懷妓之
作。〈鷓鴣天〉寫女子的嬌姿媚態，脂粉氣濃。詞人是以旁觀者的身
分代人立言，缺乏真情實感，情淺意薄，實屬無聊。又如〈烏夜啼〉
（金鴨餘香尚暖），整闋寫懷春女子的慵懶情態，可看出詞人「汩於
世俗」，受花間詞風的影響。劉克莊〈跋劉叔安感秋八詞〉說放翁詞
「一掃纖豔，不事斧鑿」。[10]「不事斧鑿」是對的，「一掃纖豔」則是
片面之論。

　　《箋注》中二十九首未編年者有不少為此期的作品（亦可能有早
年詞作）。這時的詞作一改過去的作風，少言抗戰、恢復、功業、志
向，多寫傳統題材的閨情柔思和宴賞遊樂生活，風格也變得纖麗清

10　劉克莊：《後村題跋》，《叢書集成初編》本，卷2。

婉。劉克莊稱道放翁詞「流麗綿密者，欲出晏叔原、賀方回上」。[11]黃
昇說放翁詞「纖麗處似淮海」。[12]楊慎《詞品》卷五、毛晉《宋六十名
家詞》〈放翁詞跋〉也都重複黃昇的話。這些評論當指陸游上述一類
作品中優秀之作而言。其實陸游這類詞多率意而為，缺乏個性和深
意，雖有一二佳作，但總的看來，成就有限，不應評價過高。

二

　　自淳熙五年出蜀東歸至嘉定二年（1210）詞人去世，為陸游詞創
作的後期階段。這一階段詞作據《箋注》可編年者為五十六首，絕大
多數寫於淳熙十六年被彈劾罷官歸居山陰之前，亦即從一一七八至一
一八九年的十二年間。而這以後的整個晚年（1189-1210）的二十一
年間，除已知〈謝池春〉三首外，就再也沒有詞作問世。淳熙十六
年，陸游作〈長短句自序〉自述：「少時汩於世俗，頗有所為，晚而
悔之；然漁歌菱唱，猶不能止。今絕筆已數年，念舊作終不可掩，因
書其首，以識吾過。」[13]後悔早年的詞作，故自此以後基本擱筆不
作。論者一般將陸游詩歌創作分為早、中、晚或前後期，而淳熙十六
年則為轉入晚期或後期的標誌。他的詩，前期多抗戰、恢復的愛國之
作，晚期則多田園山水的閒適之作；前期少，晚期多，《劍南詩稿》
凡八十五卷計九千多首，而晚期作品竟占六十五卷，近六千五百首之
多。詞與詩的情形恰好相反，晚年僅有三首。因此以東歸為界分期，
前期多愛國詞，後期多山水隱逸詞，這是與詩的分期不同的地方。

　　這一時期，詞人雖曾擔任一些地方官，但賦閒的日子居多。罷官

---

11 劉克莊：《後村詩話‧續集》（北京市：中華書局，1983年），卷4。

12 沈雄：《古今詞話‧詞評》上卷引，唐圭璋：《詞話叢編》（一）（北京市：中華書
　　局，1986年），頁999。

13 陸游：《陸游集》（北京市：中華書局，1976年），冊5，頁2101。

後，更是基本上閒居故鄉山陰，過著在野的生活。這時詞人的思想也有較大的變化，雖說愛國之心始終未變，但毋庸諱言，已沒有以前慷慨激昂了。表現在創作上，一方面，詞中多回憶往日軍中生活，另一方面，更多的則是寫山水隱逸的閒適生活，表達自己的恬淡悠然之情。如〈好事近〉六首寫對煉丹、修道之類虛幻世界的追求，表達離群絕俗的出世思想。清真絕俗，平淡之極，帶有一種「仙」氣，飄逸瀟灑，這是詞的又一種境界。

　　詞人作有〈漁父〉詞五首，下題：「燈下讀玄真子漁歌因懷山陰故隱追擬」，是模仿唐人張志和的作品。詞人陶醉於山水之間，在大自然的懷抱中找到精神上的歸宿。〈長相思〉五首寫詞人隱居生活。格調清新，意境深遠，既表現詞人的寂寞心情，也表現其曠達情懷。但陸游不是悠然世外的人，骨子裡從來沒有「飄逸」過。如「貪嘯傲，任衰殘。不妨隨處一開顏。元知造物心腸別，老卻英雄似等閒。」(〈鷓鴣天〉)「江湖上，這回疏放，作個閒人樣。」(〈點絳唇〉)「鏡湖元自屬閒人，又何必官家賜與。」(〈鵲橋仙〉)都是話裡有話，飄逸曠達中帶有牢騷和不平。

　　陸游晚年彷彿徹底領悟人生，「世事從來慣見，吾生更欲何之？」(〈烏夜啼〉)一切都看慣了，也不需要再有什麼欲望和追求。「殘年還我從來我。」(〈桃源憶故人〉)擺脫功名利祿的束縛，返歸自然，還我自身。由以前的抗戰英雄、愛國志士變成歸隱江湖的「閒人」，詞作風格上也由豪放悲慨、纖麗清婉變為恬淡閒逸。同時因為年齡漸入老境，由求絢麗歸於悟平淡，作者人格、詞格都進入另一種境界。

三

　　以上我們分期勾勒出陸游詞風嬗變的過程，詞風大致順著豪邁雄放──慷慨沉鬱──纖麗清婉──恬淡飄逸這一軌跡演進。而這些又

都與時代風雲變化、個人身世遭遇、交遊唱和以及年齡的變化等因素密切相關，因此是合乎邏輯的嬗變。這是對陸游詞風的動態考察，可以看出陸游詞的風格是變化的，不是靜止的；是豐富的，不是單一的。我們應全面、科學、歷史地理解和評價陸游詞風。

　　陸游詞風的嬗變與他生平遭際、進退仕隱關係甚大。前期的詞作基本上是「仕」的產物，他三十五歲開始作詞是在福州決曹任上，接著鎮江通判任上寫下幾首豪放詞。當時，孝宗思恢復，用張浚統帥江淮諸路軍馬，鎮江是抗戰前線，志在恢復、以抗金大業為己任的詞人也重新得到朝廷的重用，他看到恢復的希望，情緒激昂，以詞唱出高亢豪邁的聲音。入蜀以後，他親上抗敵前線，在王炎幕下襄贊軍事，並提出具體的軍事計畫，這時詞人情緒是激昂的，所以，詞的風格雄壯慷慨。當王炎被召回臨安，他除官成都後，又產生壯志難酬的憂憤，詞風遂變得沉鬱悲涼。當詞人想排遣內心的鬱悶時，便採取了「宴飲頹放」的極端形式，縱情於聲色宴賞中，詞風又變得流麗綺豔。同樣是「仕」，得意時積極昂奮，便有豪邁雄放之作；失意時消極頹唐，醇酒婦人，遊賞玩樂，便有綺靡香豔之詞。環境的改變，造成詞風的根本性變化。

　　恬淡閒適的山水隱逸詞則是「隱」的產物。詞人退居鄉里，脫離官場，也擺脫了功名利祿的束縛。面對清新寧靜的自然，悠閒的鷗鷺，悠然的漁樵，詞人雖獨自一身，沒有友人唱和，心靈卻融化在美的大自然中。他靜觀自然，體悟人生，享受獨處的樂趣，彷彿這時才發現人生的真諦。一生忙於抗戰恢復，「治國平天下」，但理想屢遭摧折，終成泡影，「救世」不成，只得反過來「救己」，「修身齊家」，做個身閒心太平之人，安度平平淡淡的人生。詞人彷彿找到了人生的歸宿，精神上得到解脫和慰藉。這是當時壯志難酬的愛國文人退隱以後共同的心靈歷程。所以陸游詞晚期風格的變化是自然而然的。

第三節　陸游〈卜算子・詠梅〉
——一首宋詞「經典」的形成史解析

　　陸游〈卜算子・詠梅〉是作為宋詞「經典」印在今人心目中的，近半個世紀以來，它被選入中學課本和大學教材，幾近家喻戶曉。〈卜算子・詠梅〉是否在南宋產生時即享有如此盛名呢？它在詞史上的實際影響究竟如何？值得認真思考。茲聯繫整個詞史及詞學批評史，考察此詞歷代傳播和接受的真實狀況，描述作為陸游「代表作」和宋詞「經典」的形成過程，進而通過這一「個案」揭示文學發展史上一些帶有規律性的現象。

一

　　　　驛外斷橋邊，寂寞開無主。已是黃昏獨自愁，更著風和雨。
　　　　　無意苦爭春，一任群芳妒。零落成泥碾作塵，只有香如故。

驛外斷橋，人跡罕至，梅花在此間悄無聲息地開落，清冷寂寞，孤傲絕俗，無人欣賞，獨自愁，更著風雨，飽受摧殘，生存環境如此險惡。梅花志趣高潔，不爭浮華，縱然碾為塵土，也清香如故，氣節可嘉。讚梅，亦是詞人自賞。此詞寄寓了作者的身世之感，以梅自況，借梅抒情，詠物而不滯於物，遺形而取神，堪稱佳作。

　　選本是一種成熟的文學批評形式，選家通過選本為時人和後代提供創作和鑑賞的典範。每個時代皆有其特定的審美趣味和標準，文學作品聲譽顯晦的背後，反映出時代審美風尚和讀者期待視野的轉移變化。詞選家選擇符合自己審美趣味的詞作加以鑑賞和批評，許多詞人的作品也通過詞選家不斷選錄得到廣泛傳播，奠定了詞人在詞史上的

地位。陸游的〈卜算子〉，歷代選錄情況不同，大體上，由少選到多
選，人們對它的態度，是由「冷」轉「熱」的。

　　〈卜算子〉作於何年？無從確考。最早是嘉定十三年（1220）陸
游的兒子陸子遹刊刻於《渭南文集》卷四十九。據《渭南文集》編排
順序，可能作於蜀中。此詞無「本事」，當時未見有任何記載和評
議，說明只是一般詞作，無甚影響，「時效」價值有限。

　　從歷代詞選選錄的情況，可以看出此詞價值和影響的變化。最早
選錄陸游詞的是南宋書坊原編、何士信增修箋注的《增修箋注妙選群
英草堂詩餘》，此書選錄詞作以宋詞為主，僅《前集》選錄陸游的
〈水龍吟〉（摩訶池上追游路）一首，南宋末，黃昇《中興以來絕妙
詞選》，選錄南宋名家詞，陸游詞入選多達二十首，皆無〈卜算子〉。
周密《絕妙好詞》以選錄精粹著稱，陸游詞入選三首，其中有〈朝中
措〉，題作〈梅〉，而不選〈卜算子・詠梅〉，說明周密認為同是詠梅
詞，〈卜算子〉不如〈朝中措〉。

　　趙聞禮《陽春白雪》選陸游詞六首，其中有〈卜算子〉，這是
〈卜算子〉首次進入詞選家視野，作為陸游詞「代表作」開始引起詞
家注目，這是它邁向「經典」的第一步。《陽春白雪》選錄宋詞人兩
百三十一家六百七十一首詞作，據陳振孫《直齋書錄解題》載，該書
選錄原則是「取《草堂詩餘》所遺及近人之詞」。[14]「補遺」，偏重保
存文獻，不同於只取「精華」的選本，因此，尚不能斷定趙聞禮看重
〈卜算子〉。此書雖選錄〈卜算子〉，但流傳不廣，清初朱彝尊編《詞
綜》，沈辰垣等奉敕編《御選歷代詩餘》時尚未獲見，直到乾隆時，
阮元得到趙孟頫手寫草書本，將其改寫為正書，編入《宛委別裁》，
道光九年（1829），始為江都秦恩復刻《詞學叢書》所收錄，咸豐三

14　陳振孫撰，徐小蠻、顧美華點校：《直齋書錄解題》（上海市：上海古籍出版社，
　　2015年），卷21，頁633。

年（1853），伍崇曜又據秦刊本收入《粵雅堂叢書》，此書才開始廣泛
流傳。也就是說，《陽春白雪》雖選錄〈卜算子〉，但自宋末到清乾隆
前的幾百年間，世人罕睹，故〈卜算子〉影響甚微。

　　《草堂詩餘》、《中興以來絕妙詞選》、《絕妙好詞》、《陽春白
雪》，是南宋四部最重要的詞選，對後代影響甚巨。四書四次所選陸
游詞累計達三十首，〈卜算子〉僅選一次，只是眾多詞作中的一首。
可見，同時代多數詞選家，並不看重〈卜算子〉。

　　明代，洪武本《增修箋注妙選群英草堂詩餘・前集》卷上、嘉靖
本《精選名賢詞話草堂詩餘》卷上，嘉靖年間題程敏政編《天機餘
錦》，皆僅選錄陸游詞一首，即〈水龍吟〉（摩訶池上追游路）。後
來，《草堂詩餘・後集》中「花柳禽鳥」類共選宋人詠「梅花」詞七
首，其中周邦彥兩首、無名氏兩首、曹組一首、蘇軾一首、晁沖之一
首，卻無陸游〈卜算子〉。詞選家選誰？誰的詞作入選多少？表明詞
選家對詞人詞作的不同評價，甚至代表一個群體、一個流派乃至一個
時代對該詞人詞作的評價。成就越高，影響越大的詞人詞作，被選錄
品評的次數也越多。晚明之前，詞選家對〈卜算子〉只是偶有選錄，
但疏於品評，其價值是較低的。

　　晚明時，沈際飛《草堂詩餘・續集》選陸游詞四首，〈卜算子〉
為其中一首。卷上評點云：「排滌陳言，大為梅譽。」[15]卓人月《古今
詞統》選陸游詞多達三十首，〈卜算子〉是其中一首，地位並不突
出，徐士俊評點此詞：「末想見勁節。」[16]潘游龍《古今詩餘醉》卷十
三評曰：「末二句大為梅譽。」[17]錢允治《類編箋釋續選草堂詩餘》卷

15　沈際飛：《古香岑草堂詩餘四集・續集》，明崇禎初南城翁少麓刻本，卷上。

16　卓人月彙選，徐士俊參評，谷輝之校點：《古今詞統》（瀋陽市：遼寧教育出版社，
　　2000年），卷4，頁139。

17　潘游龍：《精選古今詩餘醉》，明崇禎十年十竹齋刻本，卷13。

上評曰：「言梅雖零落，而香不替如初，豈群芳所能妒乎？」[18]皆稱讚詞中描寫的梅花孤傲高潔的品格，又「知人論世」，由梅而稱賞詞人。經過南宋末至明中葉長時間的相對沉寂，〈卜算子〉在晚明詞選家眼中始被重視，不僅選錄，且給予較高評價，〈卜算子〉正式從陸游眾多詞作中脫穎而出，影響逐步擴大。

　　清康熙皇帝御定，侍讀學士沈辰垣等編的《御選歷代詩餘》，選錄唐至明歷代詞九千餘首，為「集大成」的選本，影響甚大。該書選錄陸游詞多首，其中有〈卜算子〉，這是「官方」對此詞的肯定和提昇。但它只是入選多首中的一首，在九千餘首中，更是如「滄海一粟」，並不引人注目。此後，浙西詞派領袖朱彝尊的《詞綜》選陸游詞十五首，無〈卜算子〉，常州詞派的開創者張惠言《詞選》、董毅《續詞選》皆未選陸游詞；黃蘇選編的《蓼園詞選》僅選陸游〈水龍吟〉（摩訶池上追游路）一首；周濟的《詞辨》僅選陸游〈朝中措〉（怕歌愁舞懶逢迎）一首，又《宋四家詞選》選錄〈朝中措〉（怕歌愁舞懶逢迎）、〈極相思〉（江頭疏雨輕煙）、〈鵲橋仙〉（茅簷人靜）三首，俱無〈卜算子〉；嘉慶年間，舒夢蘭的《白香詞譜》選陸游詞一首，即〈沁園春〉（孤鶴歸來）；端木埰的《宋詞賞心錄》選錄宋詞名家十七人名作十九首，陸游詞選錄一首即〈沁園春〉（孤鶴歸飛），詠梅詞則選錄姜夔的〈暗香〉、〈疏影〉，而不是陸游的〈卜算子〉；陳廷焯《詞則》共選評陸游詞九首，梁令嫻《藝蘅館詞選》選陸游詞兩首，亦無〈卜算子〉。清代各家各派的重要詞選多不收錄此詞，影響最大的浙西詞派和常州詞派皆不重視陸游詞，〈卜算子〉不顯於世，影響極有限。

---

18 錢允治：《類編箋釋續選草堂詩餘》，明萬曆四十二年刻本，卷上。

二

　　一九二四年，朱祖謀編選的《宋詞三百首》問世，其中選入陸游詞兩首，即〈卜算子・詠梅〉、〈漁家傲・寄仲高〉。朱祖謀是詞學宗師，弟子及再傳弟子甚眾，其《宋詞三百首》在當時即令詞學界矚目，廣受歡迎。《宋詞三百首》之成，又多賴詞學大家況周頤切磋商定。因此，此書在一定程度上代表了清末民初詞壇的主流詞學風尚。況周頤高度評價朱祖謀的選本對於啟發後學以窺宋詞門徑的重要作用。經過唐圭璋的箋釋，《宋詞三百首》更是風行海內外，歷久不衰，至今仍被人奉為學詞之圭臬。至今，以朱祖謀原選和唐圭璋箋注為基礎的《宋詞三百首》注釋、今譯和賞析本就有幾十種之多，《宋詞三百首》的影響堪稱史無前例。〈卜算子〉從陸游多首名作中突顯出來，借《宋詞三百首》得以廣泛傳播，「身價」倍增，其「經典」地位由《宋詞三百首》得以最終「確定」。

　　胡適論詞，重白話，重通俗平易。一九二七年，北京文化學社印行的胡適《國語文學史》第三編《兩宋的白話文學》，其中第五章〈南宋的白話詞〉選評陸游詞五首，即〈夜遊宮〉（雪曉清笳亂起）、〈鵲橋仙〉（華燈縱博）、〈鵲橋仙〉（茅簷人靜）、〈點絳唇〉（採蓮藥歸來）、〈卜算子〉（驛外斷橋邊）。同年，上海商務印書館出版的胡適《詞選》，選錄陸游詞二十一首，其中也有〈卜算子〉。胡適為學界領袖，影響甚大，他選錄〈卜算子〉，是對此詞「經典」地位的進一步「確認」。此後，即有更多的詞學家選錄和評論〈卜算子〉。

　　但也有詞學家並不看重〈卜算子〉。吳梅的《詞學通論》第七章〈概論二〉論陸游詞時，只引述〈水龍吟〉（摩訶池上追游路）一首；王易《詞曲史》中〈南宋諸家詞〉引述陸游詞三首，薛礪若《宋詞通論》評述陸游詞六首，皆無〈卜算子〉；胡雲翼《宋詞研究》下編〈宋詞人評傳〉十三〈辛派的詞人〉引述陸游詞七首，《詞選》選

錄陸游詞十一首,《中國詞史略》第四章〈宋詞〉下〈南宋的白話詞〉引述陸游詞十首,吳丈蜀《詞學概說》第三章〈南宋的白話詞〉,引述陸游詞四首,皆無〈卜算子〉。〈卜算子〉雖是「經典」,但沒有「定於一尊」。

一九四九年後,普遍重視愛國詞人的詞作,夏承燾、盛弢青的《唐宋詞選》選陸游詞九首;唐圭璋、潘君昭、曹濟平的《唐宋詞選注》,選陸游詞九首;胡雲翼的《唐宋詞一百首》選陸游詞四首,《宋詞選》選陸游詞十一首;中國社會科學院文學研究所的《唐宋詞選》選陸游詞七首,其中皆錄〈卜算子〉。劉永濟的《唐五代兩宋詞簡析》僅選陸詞兩首,即有〈卜算子〉。僅有極少數有學術個性的詞選家不選〈卜算子〉,如俞陛雲《唐五代兩宋詞選釋》選錄陸游詞二十一首,無〈卜算子〉,詠梅詞則選錄〈朝中措〉(幽姿不入少年場);俞平伯《唐宋詞選釋》選陸詞三首,即〈漢宮春〉(羽箭雕弓)、〈訴衷情〉(當年萬里覓封侯)、〈釵頭鳳〉(紅酥手),亦不選〈卜算子〉。

文學作品價值高低、影響大小,除本身優劣外,還會受到「非文學」因素的影響。作品經過名人尤其是「權威」的品評或和作後,自然會引起人們的高度關注。陸游〈卜算子・詠梅〉,最有名的和作是毛澤東於一九六一年十二月創作的〈卜算子・詠梅〉,一九六一年十二月二十七日,毛澤東將〈卜算子・詠梅〉作為文件批給在北京參加中央工作會議的人們學習,並將陸游原詞附於其後。毛澤東的和作最早公開發表在人民文學出版社一九六三年十二月出版的《毛澤東詩詞》中。陸游原詞本就情辭兼勝,毛澤東的和作加上他當時作為「領袖」的絕對權威和超常影響力,陸游詞得以廣泛傳播。許多詞選家和評論家都高度稱賞陸游〈卜算子〉,《浙江時報》一九六一年十二月二十七日,刊發夏承燾、懷霜〈西溪詞話之四——陸游詠梅詞〉,認為陸游的〈卜算子〉與陳亮的〈梅花詩〉是宋代寫梅花詩詞中最突出的兩首;錢仲聯寫有專文〈陸游〈卜算子・詠梅〉〉,發表於《新民晚

報》一九六三年二月二十二日；龍榆生《唐宋名家詞選》中選陸游詞
九首，其中有〈卜算子〉；唐圭璋《唐宋詞簡釋》陸游詞僅選一首
〈卜算子〉。〈卜算子〉已成為陸游第一代表作，地位無可撼動，完全
達到了超「經典」高度。

　　陸游〈卜算子・詠梅〉，歷代學者皆沒有確指作年。直到一九六
四年，郭沫若在《人民日報》上發表了〈「待到山花爛熳時」——讀
毛主席新發表的詩詞〈卜算子・詠梅〉〉一文說：「我以為這詞當作於
五十三歲以後。」也就是孝宗淳熙四年（1177）以後，因為陸游於此
年作了〈城南王氏莊尋梅〉一詩，其中「可憐庭中梅，開盡無人知。
寂寞終自香，孤貞見幽姿」等句，和〈卜算子〉的意境完全相同，
「環境稍稍改了一下，『涸池積槁葉，茆屋圍疏籬』，換成了『驛外斷
橋邊』，看來是把梅花這個典型的性格放在更典型的環境裡去了。」[19]
郭沫若認為〈尋梅〉詩當比〈卜算子〉早，而二者有許多相似之處，
因而斷定此作當為陸游五十三歲以後所作，不過，證據並不充分。宛
新彬認為：「宋乾道二年（1166），陸游因力說張浚用兵而被免去隆興
通判官職，在江陰閒居四年後開始西行遠遊，這首詞蓋作於此期。」
[20]不知何據？李易〈讀陸游〈卜算子・詠梅〉詞〉一文認為此詞是詞
人整個一生遭遇的寫照。[21]將其普泛化、抽象化理解，無視具體的創
作時間和背景，是不妥的。實際上，此詞只是陸游一生中某一特定階
段感情和思想的表達，普泛化的理解，不是其「原生」意義。

---

19 郭沫若：〈「待到山花爛熳時」——讀毛主席新發表的詩詞〈卜算子・詠梅〉〉，《人民
　　日報》，1964年3月15日。
20 程自信、許宗元主編：《宋詞精華分類品匯》（北京市：中國青年出版社，1994年），
　　頁1012。
21 人民文學出版社編輯部編：《唐宋詞鑑賞集》（北京市：人民文學出版社，1983年），
　　頁340。

三

與〈卜算子・詠梅〉相比，陸游其他詠梅詞沒有獲得如此高的聲譽，是否因為其他詞作都遜色呢？還是有其他「非文學」因素？陸游有詠梅詞多首，其中〈朝中措・梅〉云：

> 幽姿不入少年場，無語只淒涼。一個飄零身世，十分冷淡心腸。　　江頭月底，新詩舊夢，孤恨清香。任是春風不管，也曾先識東皇。

梅花飄零孤恨，清淡清高，先於百花，開於早春，獨立超群，詞人借梅自喻，自傷自慰。明潘游龍《古今詩餘醉》卷十三評曰：「全是借梅寫照，前一疊妙興可贊。」[22]沈際飛《草堂詩餘・別集》卷一云：「借梅自寫，寫出梅神。」[23]清劉體仁《七頌堂詞繹》云：「全首比興，乃更遒逸。」[24]《絕妙好詞》、《草堂詩餘・別集》、俞陛雲《唐五代兩宋詞選釋》皆選〈朝中措・梅〉而不選〈卜算子〉。實際上，《宋詞三百首》之前，〈朝中措・梅〉亦為詞選家所重視，其影響並不低於〈卜算子〉。

朱敦儒〈樵歌〉中也有〈卜算子・詠梅〉：

> 古澗一枝梅，免被園林鎖。路遠山深不怕寒，似共春相躲。　　幽思有誰知，托契都難可。獨自風流獨自香，明月來尋我。

此詞不知明確作年，從詞意推測，當為中年以前作品，陸游〈卜

---

22 潘游龍：《古今詩餘醉》，明崇禎十年十竹齋刻本，卷13。
23 沈際飛：《古香岑草堂詩餘四集・別集》，明崇禎初南城翁少麓刻本，卷1。
24 唐圭璋：《詞話叢編》（一）（北京市：中華書局，1986年），頁621。

算子〉模仿其作是極有可能的。兩詞相較,立意相同,筆法相似,皆以梅喻,寄託自身高潔孤傲之意。陸游不論在生活志趣或詩歌創作方面,都受到朱敦儒影響,朱敦儒詞在前,陸游詞在後,陸詞得到如此高的評價,朱詞卻默默無聞,原因並非在於工拙,而在於「際遇」不同。[25]

宋詞詠梅佳作比比皆是,如蘇軾的〈阮郎歸‧梅詞〉、周邦彥的〈花犯‧梅花〉、李清照的〈清平樂‧詠梅〉、陳亮的〈醜奴兒‧詠梅〉、劉克莊的〈沁園春‧夢中作梅詞〉、吳文英的〈解連環‧梅花〉、周密的〈獻仙音‧弔雪香亭梅〉等。其中最有名的是姜夔的〈暗香〉(舊時月色)、〈疏影〉(苔枝綴玉),歷代詞選本多有選錄,論者多推崇備至。張炎《詞源》卷下〈雜論〉云:「詞之賦梅,唯姜白石〈暗香〉、〈疏影〉二曲,前無古人,後無來者,自立新意,真為絕唱。」[26]李佳氏(名繼昌)《左庵詞話》云:「白石筆致騷雅,非他人所及,最多佳作。石湖詠梅二詞,尤為空前絕後,獨有千古。」[27]〈暗香〉、〈疏影〉為白石自度曲,享有獨創「專利」,歷代仿效和韻甚多,成為詞史一大景觀。這兩首詞不只是某代某詞人特別鍾愛而已,而是歷代詞論家公認的詠梅詞「經典」,民國以前,它所受到的讚譽遠遠超過陸游的〈卜算子〉,可是今天的聲譽似乎不及陸游的〈卜算子〉。

宋詞「經典」的形成,與詞作的歷代選錄情況、評論家的品評、後人的和作都有很大關係,是歷史地「層累」地造就的。今天,〈卜算子〉已成為陸游詞的第一代表作,或與〈釵頭鳳〉一起成為陸游最具代表性、影響最廣泛的詞作。這一「經典」的形成,固然與其本身的藝術價值關係極大,有其歷史的必然性,亦不能否認有偶然性因

---

25 參見歐明俊:《陸游研究》(上海市:上海三聯書店,2007年),頁48。

26 唐圭璋:《詞話叢編》(一)(北京市:中華書局,1986年),頁266。

27 唐圭璋:《詞話叢編》(四)(北京市:中華書局,1986年),頁3108。

素。假如沒有朱祖謀作為詞學宗師的影響，沒有胡適作為學界領袖的影響，沒有毛澤東作為政治權威的影響，陸游〈卜算子〉能有今天如此高的「待遇」，是難以想像的；假如毛澤東和的是朱敦儒的〈卜算子〉或陸游的〈朝中措〉，那麼，今天所盛傳的可能就是這兩首詞作了；假如不是「政治權威」毛澤東和作，而是普通詞人和作，那麼〈卜算子〉的影響肯定是另一翻情形。

筆者寫作意圖絕不是否定陸游〈卜算子〉的成就，只想說明它在詞史上的價值增減沉浮，分析其增值的原因，特別是「非文學」原因。「政治權威」、「學術權威」對該詞成為文學「經典」起到決定性影響。今天，我們應該注意的是，不能以它「遮蔽」陸游其他詠梅詞、「遮蔽」其他詞人特別是陸游以前詞人的詠梅詞的價值。

第四節　辛棄疾研究之反思

作為大詞人，辛棄疾研究已經相當成熟，但研究中仍存在不少問題，有些是詞學研究以及整個文學史研究中普遍存在的問題，有反思的必要，茲略抒淺見。

一　關於辛棄疾的人格評價

辛棄疾的人格評價，是研究者感興趣的問題。香港羅忼烈先生〈漫談辛稼軒的經濟狀況〉一文對辛棄疾的經濟高收入提出質疑，[28]鄧廣銘〈讀〈漫談辛稼軒的經濟生活〉書後〉、萬文武〈為稼軒辨誣——〈漫談辛稼軒的經濟狀況〉商榷〉則提出反駁，否認其觀點。[29]

---

28 羅忼烈：〈漫談辛稼軒的經濟生活〉，《明報月刊》1982年8月號。

29 鄧廣銘：〈讀〈漫談辛稼軒的經濟生活〉書後〉，《中州大學學報》1992年第1期；萬文武：〈為稼軒辨誣——〈漫談辛稼軒的經濟狀況〉商榷〉，《長江學術》2010年第2期。

具體觀點，此不贅述。筆者感興趣的是，對此問題究竟該如何看待？即如何看待歷史名人的「負面評價」？筆者主張要用通脫的眼光來看。應該承認，羅忼烈先生的許多論據都是有說服力的，辛棄疾的不少負面評價，載諸典籍，不能僅僅用「小人陷害」就能輕易否定。羅先生提出這個問題，對我們的啟發在於：名人的有些「優點」未必可靠，史傳、墓誌銘等史料是不能輕信的，其中的誇大成分值得考慮，我們應高度警惕「唯文本」迷信；而對於名人的「缺點」及負面評價的相關材料，亦不能輕易否定。作為「人」，有「缺點」是很正常的，全是「優點」反而不正常，而我們常將這兩者顛倒過來，才會對辛棄疾的「缺點」如此無法釋懷。面對此類問題，「事實」與「評價」應區分開來，辛棄疾究竟有沒有「嗜財」、「好色」等問題，與我們對辛棄疾的總體評價是不能完全等同起來的。作為真正會「做事」的人，有缺點是自然的。「道德」有「日常道德」和「政治道德」之分，歷史上極少有人能將「政治道德」與「日常道德」完全集於一身，當我們用「日常道德」去審視歷史名人特別是帝王將相的時候，很容易發現他們是不符合道德規範的。「日常道德」往往是用來束縛「小人物」的，「大人物」的是非功過，是無法也不應該用日常道德去衡量，用「歷史進步性」加以判斷會比較合理。關於辛棄疾經濟等問題的評價亦如此：對英雄人物，是不應用日常道德衡量的，我們用日常道德去衡量，希望得出「道德高尚」的結論，這是違背歷史的做法，也是沒有必要的。

對歷史人物的評價，不應過分糾纏、執著於個別問題，據此判斷其人格。近代以來，文人逐漸邊緣化，文人與官員形成對立，似乎文人為官即是「墮落」，文人無不視「富貴如浮雲」，否則就不是真正的「文人」。當我們以現代的眼光審視古代文人時，習慣於視為「純文人」，而忘記了古代文人多為「仕」「士」一體，文人本身就是官員。辛棄疾與韓侂胄的關係，所謂「晚節」、「氣節」問題，古今學者一直

爭執不休。其實這種關係是自然的、正常的，他們都是「官場」中人，是共同的「北伐」大業才走到一起的，不值得大驚小怪，上綱上線。

二　「身分」規定了辛棄疾的詞作特質

「身分」規定了辛棄疾的詞作特質。辛棄疾有兩個「身分」：「主戰派」和「歸正人」。作為「歸正人」，他遭到南宋朝廷的懷疑，政治上處於「孤危」地位，又才華橫溢，遭人嫉恨。規定了其詞中特殊的「氣」。〈淳熙已亥論盜賊劄子〉中，他說自己「孤危一身」，「年來不為眾人所容，恐言未脫口而禍不旋踵」。[30]故常有抑鬱不平之氣需要發洩。詞人有雄才大略，卻長期不得志，不能盡展其才，「報國欲死無戰場」，知己陳亮〈辛稼軒畫像贊〉惋惜他「真虎不用」。[31]一代英雄的悲劇，故常懷慷慨悲憤、磊落不平之氣。周在浚（梨莊）說稼軒「悲歌慷慨抑鬱無聊之氣，一寄之於詞。」[32]詞人自述云：「寫盡胸中，塊壘未全平。」（〈江神子·和人韻〉）又「出口人嫌拗」（〈千年調·蔗庵小閣名曰厄言作此詞以嘲之〉），不求溫柔敦厚。他心中常有怨氣，詞中「怨」字出現的頻率很高。如〈摸魚兒〉（更能消），借失寵女子傷春、惜春、怨春，痛惜國事危殆，寄託自己政治上失意的哀怨。又如〈賀新郎·別茂嘉十二弟〉，盡集古代許多怨事，連用昭君出塞、莊姜送歸妾、李陵送蘇武、荊軻別燕丹四個生離死別、與國家興亡密切相關的典故，以抒發與族弟茂嘉的別離之情，同時富有對民

---

30 鄧廣銘：《鄧廣銘全集·辛稼軒詩文箋注》（石家莊市：河北教育出版社，2005年），卷3，頁475。

31 陳亮：《陳亮集》（北京市：中華書局，1974年），卷10，頁111。

32 徐釚撰，唐圭璋校注：《詞苑叢談》（上海市：上海古籍出版社，1981年），卷4引，頁79。

族前途的憂慮之情。「汗血鹽車無人顧，千里空收駿骨」(〈賀新
郎〉)，感歎才能出眾，卻無人賞識重用。詞中借歷史上失意英雄如伍
子胥、謝安、馬周、馮諼、賈誼等，比擬自己的身世遭遇，抒發宣洩
怨氣。

　　辛棄疾是從北方來的「歸正人」，如果受重視，詞作風格可能就
不一樣了。辛詞中的用典亦與身分有關，因為「歸正人」身分比較尷
尬，不少思想感情不好直接表達，所以常用典，委婉含蓄表達。仕或
隱，身分不同，詞中表達的感情也不一樣。比如他隱居帶湖時，總的
來說，心境是比較抑鬱的，但創作某首詞時，痛苦暫時得到排遣，心
緒平靜，詞作就會呈現平淡風格。

　　辛棄疾是北方濟南人，有「中原豪傑之氣」，有北方人特有的剛
強血性，具有英雄氣概，與江南人柔弱和婉不同。劉辰翁〈《辛稼軒
詞》序〉論及稼軒說：「斯人北來，喑嗚鷙悍。」[33]「喑嗚」，怒氣；
「鷙悍」，兇猛強悍。是說稼軒為北方豪傑之士，來自北方淪陷區，
離鄉背井，流落江南，滿懷民族仇恨，帶有悍厲之氣。(參見本章第
六節〈也論稼軒其人其詞之「氣」〉)地域特徵往往影響到一個人的氣
質個性和人生觀、價值觀。辛棄疾後來進入南方，後天環境發生變
化，受到南方溫軟山水的薰陶，最明顯的就是江西農村風物的影響，
使其詞呈現溫婉的風格。

　　辛棄疾是重視詞，但絕對沒有超過對詩、文的重視，這是由其身
分決定的。如范開〈《稼軒詞》序〉提到辛棄疾創作詞的情境：「揮毫
未竟而客爭藏去，或閑中書石，興來寫地，亦或微吟而不錄，漫錄而
焚稿，以故多散逸。」又曰：「公以一世之豪，以氣節自負，以功業自
許，方將斂藏其用以事清曠，果何意於歌詞哉？直陶寫之具耳。」[34]

---

33 施蟄存主編：《詞籍序跋萃編》(北京市：中國社會科學出版社，1994年)，頁201。

34 吳訥：《百家詞》(天津市：天津市古籍書店，1992年，影印本)，下冊，頁965。

很明顯，一定程度上代表了辛棄疾自己的觀點。古今文學觀念存在不一致，前人看重的，往往是我們看輕的，我們看重的，前人未必重視，古代主流文學觀念，詞的地位並不高，是無法與詩、文相比的。因此，我們對古人的觀念要有最起碼的尊重，應將辛棄疾的詞體觀念與後人觀念以及今人觀念結合起來綜合評價。

三　辛棄疾詞的生理學考察

　　辛棄疾詞作特色與其年齡及健康狀況亦關係甚大，生理變化導致詞氣的強弱盛衰。其詞之「氣」，隨著年齡的變化而變化。年輕時，血氣方剛，膽壯氣豪，「少年橫槊，氣憑陵，酒聖詩豪餘事。」（〈念奴嬌〉）「壯歲旌旗擁萬夫，錦襜突騎渡江初。」（〈鷓鴣天〉）虎虎有生氣，何等英武氣概！壯年時，志向受挫，豪氣消磨，仍豪壯，但多了怨氣、怒氣、牢騷不平之氣，多了慷慨悲壯之氣。如「我飲不須勸，正怕酒尊空」，「但覺平生湖海，除了醉吟風月，此外百無功。」（〈水調歌頭〉）「富貴何時休問，離別中年堪恨，憔悴鬢成霜。（〈水調歌頭〉）「中年長作東山恨，莫遣離歌苦斷腸。」（〈鷓鴣天〉）老年時，氣衰，生命力減弱，挫折更多，壯志豪情消磨亦多，詞人不時流露出暮氣和衰颯之氣。「今老矣，搔白首，過揚州。倦游欲去江上，手種橘千頭。」（〈水調歌頭〉）「旌旗未卷頭先白。歎人間，哀樂轉相尋，今猶昔。」（〈滿江紅〉）「不知筋力衰多少，但覺新來懶上樓。」（〈鷓鴣天〉）「老去不堪誰似我。」（〈定風波〉）詞人晚年人老體衰，壯志蹉跎，是老去英雄、失意英雄，但不是一般文弱書生，英氣、豪氣始終未泯，衰颯之氣中仍不失剛健之氣。他晚年重被起用，又激發起英雄之氣，氣衰而復振。從生理變化角度論辛棄疾及其詞之「氣」，可更深入地理解詞人及其詞。若按通常思路，只談時代、生平遭際與詞作變化的關係，往往流於浮泛空洞，終隔一層，搔不到癢處。

四　如何看待辛棄疾的「豔情」詞

如何看待辛棄疾的「豔情」詞？與柳永的「豔情」詞區別在哪裡？柳永出入秦樓楚館，許多詞為生計而寫，這類詞作中為歌女代言的比重較大；辛棄疾生活條件優渥，其「豔情」詞則以「娛賓遣興」成分居多。這是二者很明顯的區別。柳永詞作中，有許多是「代言」的，並非完全來自作者真實的內心感受。柳永與歌妓交往密切，很多研究者認為柳永尊重女性，他與歌妓之間有真正的「愛情」。應該承認，柳永詞作中表達自我「愛情」的詞作是一定有的，但是否每首都是，就值得考量了。不能說沒有愛情，也不能說沒有玩弄女性的性欲成分。過分指斥不對，現在一味肯定，認為是真正的愛情，是真正的愛情詞，而不是豔詞，也是片面的。同樣，在看待辛棄疾的「豔情」詞時，也存在這樣的問題。許多學者以「寄託」來評價辛棄疾的這類詞作，給人們造成的印象是：辛棄疾的每首「豔情」詞都是有「寄託」的，這造成辛棄疾詞作認識的單一化。實際上，辛棄疾「豔情」詞應分類看：逢場作戲、娛賓遣興的為一類，真正的愛情表達為一類，寄託政治上不得意與政治理想的又是一類。對於這些，我們要加以細緻的區分，不能以偏概全，不能僅從作品本身去發揮評價，要結合相關材料進行判斷。

五　關於「以文為詞」

辛棄疾的六百多首詞，我們會發現不少不是「以文為詞」，就是「以詩為詞」，「以文為詞」比「以詩為詞」範圍更廣些。「以文為詞」就是把詞寫得像散文一樣，但這「散文」不是我們現在理解的「純文學」散文，而是「大文學」散文概念，即經、史、子、集中都有散文。

　　「以文為詞」可以從內容方面來看，即形式是韻文，表達內容如政治觀點、軍事觀點等，什麼都可以寫，題材非常廣泛，這已經不是傳統意義上的「詞」了。從形式上來看，主要就是「正體」與「變體」、「本色」與「非本色」的問題。如賀鑄、周邦彥詞中的典故基本是從詩中而來，也就是說，文學用「文學」的典故。而辛棄疾詞不僅用「集部」的典故，而且用經、史、子的典故，範圍非常廣。辛詞用典過多，已經不像詞而像文了，比如「甚矣吾衰矣……我見青山多嫵媚，料青山、見我應如是」（〈賀新郎〉）等。同樣用經、史、子、集中的典故，如果不是像辛棄疾這樣的大才，一般詞人若用就會成為缺點，因為辛棄疾的優點可以掩蓋他的缺點。「以文為詞」有個「度」，是比較難把握的，辛棄疾也不一定都把握得很好，也會有失敗之作，有「掉書袋」之嫌。

　　當代學者對「以文為詞」有不同的理解，有的「過度闡釋」，將文與詞對立起來，將二者的分別絕對化，文體的個性被過分強調了，忽視了文體間的共通性、共同性，忽視了文體間的「交集」特性，過分強調「異」而忽視了「同」，這是值得我們反思的。

六　關於「稼軒體」

　　「稼軒體」是對辛詞特色的概括，是一種學術「命名」。「稼軒體」不僅指辛詞風格，還包括題材、語言、體制等。最早推尊「稼軒體」的是范開，范開編刊《稼軒詞甲集》，成書於淳熙十五年（1188）正月，時稼軒正被迫於上饒家居。范開是稼軒門人，對稼軒詞有深刻體會，他把學詞心得與研究成果寫入〈《稼軒詞》序〉中，詳盡闡述「其詞之為體」的特點和成因。他說：「雖然，公一世之豪，以氣節自負，以功業自許，方將斂藏其用以事清曠，果何意於歌詞哉，直陶寫之具耳。故其詞之為體，如張樂洞庭之野，無首無尾，

不主故常；又如春雲浮空，卷舒起滅，隨所變態，無非可觀。無他，意不在於作詞，而其氣之所充，蓄之所發，詞自不能不爾也。其間固有清而麗、婉而嫵媚，此又坡詞之所無，二公詞之所獨也。」[35]但我們不能以偏概全，將其擴大化為辛棄疾全部的詞作特徵概括。人們易將「某某體」的概括對象擴大為作家的全部作品，如「荊公體」指的是王安石晚年的詩作特色，「誠齋體」指的是楊萬里形成獨特風格後的詩作特色，不能用來指代他們所有的作品。

　　具體地模仿某家某首作品的風格特色來進行寫作，也可稱「某某體」。岳珂《桯史》卷二云：「嘉泰癸亥歲，改之在中都，時辛稼軒帥越，聞其名，遣介招之。適以事不及行，作書歸輅者。因效辛體〈沁園春〉一詞，並緘往，下筆便逼真。」[36]戴復古〈望江南〉云：「詩律變成長慶體，歌詞漸有稼軒風。」蔣捷〈水龍吟〉題序「效稼軒體，招落梅之魂」，張埜〈沁園春〉題序「止酒效稼軒體」。這是指具體詞作的「體」，不是指稼軒詞整體特色，此「稼軒體」非彼「稼軒體」。

七　關於「詞中杜甫」

　　「詞中杜甫」說是詞學批評史上的一個重要命題。歷代詞人被比擬「詞中杜甫」的，宋代有柳永、蘇軾、周邦彥、辛棄疾、姜夔、劉克莊、吳文英、王沂孫、張炎，清代有陳維崧、蔣春霖、鄭文焯等。

　　清代以來詞論家中，不少人將辛棄疾比擬「詞中杜甫」。陳維崧在〈《詞選》序〉中最早將其長調詞比擬杜甫歌行體詩，作者論詞崇尚辛棄疾，因此比擬杜甫。劉熙載說：「詞品喻諸詩，東坡、稼軒，李、杜也。」[37]則重其「品格」。蔡嵩雲認為東坡詞於詩似太白，「稼

---

35 吳訥：《百家詞》（天津市：天津市古籍書店，1992年，影印本），下策，頁965。

36 岳珂撰，吳企明點校：《桯史》（北京市：中華書局，1981年），卷2，頁23。

37 劉熙載：《藝概》（上海市：上海古籍出版社，1978年），頁113。

軒詞沉鬱頓挫，氣足神完，於詩似少陵，然有其感慨而無其性情，亦不能學也」。[38]是從藝術風格角度將稼軒詞比擬杜詩，強調學習杜詩、辛詞，既要有其「感慨」，又要有其「性情」。現當代學者如繆鉞、顧隨、葉嘉瑩、楊海明、劉揚忠、陳祥耀等，皆認為辛棄疾最有資格比擬「詞中杜甫」。諸家多強調從精神實質、從總體成就和地位上進行比擬，認為以辛棄疾比擬「詞中杜甫」最為合適，這樣立論是較合理的。

　　詞論家以某詞人比擬杜甫，說明對某詞人推崇至極。杜詩博大精深，嚴格說來，詞史上無一人真正可比杜甫。那麼，是不是說「詞中杜甫」說沒有合理性，應該摒棄呢？也不是，只要某詞人與杜甫存在較多的形式或內質的相似處，有可比性，此說還是有一定程度上的合理性的。以某詞人比擬杜甫，不可能有絕對的合理性，只能求合理性程度，以辛棄疾比擬杜甫，合理性程度最高。若認為只有唯一詞人可稱「詞中杜甫」，論者會見仁見智，可能永遠不會有令大家信服的結論。若允許推出一二詞人比擬杜甫，綜合地看，從內在精神和價值上看，以辛棄疾最有資格，若從形式格律、藝術技巧、可模仿操作等層面看，則非周邦彥莫屬。[39]以詞人比擬杜甫，只是部分可比，或在詞史上的地位可比，但不是「等值」。

第五節　論稼軒詞中的豪情壯志
——兼論宋代豪情壯志詞

　　「豪情壯志」，指豪邁奔放之情和高遠雄大之志。宋詞雖然以表現男女柔情為主調，但也不時地高唱豪情壯志的雄音亮符。辛棄疾是

---

38 張炎、沈義父著，夏承燾校注、蔡嵩雲箋釋：《詞源注》、《樂府指迷箋釋》（北京市：人民文學出版社，1963年），頁77-78。

39 參見歐明俊：《詞學思辨錄》（北京市：人民出版社，2011年），頁132-150。

南宋最偉大的愛國詞人，以豪放詞成就最大，影響最深。他以忠憤之心、英雄之氣、曠世之才而寫詞，以淋漓酣暢的筆墨揮寫英雄的豪情壯志和忠義悲憤，形成豪邁剛健、慷慨沉雄、悲壯蒼涼的詞風，深化了豪放詞的內涵，提高了詞的品位。

一

　　辛棄疾有《稼軒詞》，現存六百餘首。他的詞充滿著強烈的愛國熱情和豪邁的英雄氣概。〈水龍吟〉（渡江天馬南來），題「甲辰歲壽韓南澗尚書」，作於淳熙十一年（1184），賀韓元吉（號南澗）壽誕，借為友人祝壽，表達詞人「整頓乾坤」的豪情壯志。起首突兀發問，震人耳瞶。繼以「真儒」譽韓元吉，以平戎萬里、整頓乾坤相期許。用裴度、李德裕、謝安三位名相故實，飽含期待之意，激勵友人勇挑重任，北伐中原，中興國家。全詞以抗金救國為主旨，字裡行間洋溢著奮發進取、豪邁昂揚的精神，慷慨激昂，不落壽詞俗套。

　　〈漢宮春·會稽蓬萊閣觀雨〉，上片繪景，寫風雲變幻，驟雨乍晴，筆力雄健，境界奇闊，直追蘇軾〈望湖樓醉書〉神髓。〈木蘭花慢〉（可憐今夕月），有詞序云：「中秋飲酒將旦，客謂前人詩詞有賦待月，無送月者，因用〈天問〉體賦。」中秋夜飲，興致盎然，因客稱無送月詞，稼軒遂有感而發，作此詞。詞借屈原〈天問〉體，通篇設問，一問到底，結構新穎，音律上揚，讀來一氣呵成。想像奇歆，奇問連珠，奇思妙想，文才馳騁，語意輕靈風趣，浪漫新奇，非胸中有天地，心靈至純者不能出此。下片採用散文句式入詞，傾其所感，紆徐道來，如心泉噴湧，不可抑止。〈千年調〉用遊仙體表現豪情：

　　　　左手把青霓，右手挾明月。吾使豐隆前導，叫開閶闔。周遊上
　　　　下，徑入寥天一。覽縣圃，萬斛泉，千丈石。　　　鈞天廣樂，

燕我瑤之席。帝飲予觴甚樂，賜汝蒼壁。嶙峋突兀，正在一丘
壑。余馬懷，僕夫悲，下恍惚。

詞前有序云：「開山徑得石壁，因名曰『蒼壁』。事出望外，意天之所
賜邪，喜而賦。」幻想中，詞人左把青霓，右挾明月，雷神引路，遨
遊天宇，飽覽奇景；天帝設宴，賜蒼壁，詞人聽天樂，飲美酒，豪情
激盪。一塊蒼壁激發詞人展開想像的翅膀，如天馬行空，縱橫馳騁。
詞中化用〈離騷〉詩意，繼承其浪漫和愛國精神。詞中一方面描繪在
神仙世界的快意，另一方面表示仍然深情地眷戀著祖國和家鄉，最終
還是返回到人間塵世，見出詞人積極用世的思想和情懷。清李佳氏
（名繼昌）《左庵詞話》卷下稱讚這首詞「用筆如龍跳虎臥，不可羈
勒，才情橫溢，海天鼓浪」。[40]稼軒中秋夜把酒時，展開想像的翅膀遨
遊太空，也不忘社會現實和人生理想，〈太常引‧建康中秋夜為呂叔
潛賦〉云：「乘風好去，長空萬裡，直下看山河。斫去桂婆娑。人道
是、清光更多。」詞人決心不畏險阻，澄清天宇。詞中明顯寄寓著抗
金復土、完成統一大業的政治理想。

　　這些詞正面抒發作者的心志，充溢著陽剛之氣，氣勢飛動，有力
度，境界闊大，風格雄健，確立了稼軒詞的豪放基調。〈太常引〉（一
輪秋影轉金波），詞人遨遊宇宙，俯瞰山河，藐視萬物，表現出豪邁
的氣度和不畏險阻的大無畏精神。全詞極富動態感，流動著一股浩氣
和浪漫激情。又如〈沁園春‧靈山齊庵賦時築偃湖未成〉，遠看靈山
群峰，層巒疊嶂，綿延不斷，如同千萬匹駿馬奔騰馳騁，迴旋往復，
將靜止的山巒寫得飛動起來。近看瀑布飛懸，驚湍直瀉，水珠飛濺。
小橋橫跨，宛若一彎新月斜掛天邊。詞人面對十萬長松，恍若看到無
數勇猛的戰士在佈陣列隊，接受自己的檢閱，想像奇特，平常的景物

---

40 唐圭璋：《詞話叢編》（四）（北京市：中華書局，1986年），頁3168。

描寫中也露出英雄本色。山峰的峻拔挺秀，蒼松的雄偉壯觀，在詞人
的眼中，似謝家子弟風度翩翩，如司馬相如雍容氣派。置身其間，令
人陶醉，彷彿在閱讀太史公司馬遷那雄深雅健的文章，其樂無窮。結
尾三句，想像偃湖鑿成，更為靈山增添一番煙水濛濛的景色。此詞上
片寫山水之貌，以動寫靜，極具氣勢；下片傳山水之神，以人為擬，
以文為擬，脫略形相，神韻自出，出人意料，不愧為山水寫意的大
手筆。

　　稼軒剛直嚴肅，也有放曠灑脫的一面，嘉泰元年（1201）所作
〈賀新郎〉云：

> 甚矣吾衰矣。悵平生、交遊零落，只今餘幾。白髮空垂三千
> 丈，一笑人間萬事。問何物、能令公喜。我見青山多嫵媚，料
> 青山、見我應如是。情與貌，略相似。　　　一尊搔首東窗裡。
> 想淵明、停雲詩就，此時風味。江左沉酣求名者，豈識濁醪妙
> 理。回首叫、雲飛風起。不恨古人吾不見，恨古人、不見吾狂
> 耳。知我者，二三子。

詞中塑造了一位遺世獨立、傲視古今、豁達狂放的自我形象，以抒發
政治失意的落寞之情。引用經、史及前人詩句入詞，信手拈來，熔鑄
無痕，用散文化的句法，豐富了詞的表現力。據南宋岳珂《桯史》卷
三載，辛棄疾本人也特別喜歡這首詞。每次宴飲，「必命侍姬歌其所
作。特好歌〈賀新郎〉一詞，自誦其警句曰：『我見青山多嫵媚，料
青山見我應如是。』又曰：『不恨古人吾不見，恨古人不見吾狂耳。』
每至此，輒拊髀自笑，顧問坐客何如，皆歡譽如出一口。」[41]豁達襟
懷，是詞人面對挫折時的自我調節、自我安慰，是對人生的深刻洞

---

41 岳珂撰，吳企明點校：《桯史》（北京市：中華書局，1981年），卷2，頁38。

察和感悟，表現出詞人積極樂觀、健康向上的人生觀和處世態度。這是詞人精神世界的一個側面，拓展和深化了豪情詞的內涵。詞中，詞人自我形象生動逼真，英姿壯態、風神氣度鮮活地呈現於讀者面前，我們彷彿能感受到他們的呼吸，聽到他們的謦欬，疏朗清曠的風格也獨具藝術魅力。詞人的豁達襟懷，對今天讀者感悟人生極有啟迪意義。

　　壯志詞創作的一大特色是英雄豪傑的唱和酬答，互相勉勵，表達報國之願。辛棄疾與陳亮意氣相投，淳熙十五年（1188）冬天，陳亮由浙江東陽來到江西，拜訪當時閒居鵝湖的辛棄疾。分別後，彼此唱和往來，各作同韻詞二首，成為詞史上的佳話美談。辛棄疾先作〈賀新郎〉（把酒長亭說）寄贈陳亮，表達思念之情及報國無門的感慨。陳亮依韻和作一首〈賀新郎・答辛幼安和見懷韻〉：

> 老去憑誰說。看幾番、神奇臭腐，夏裘冬葛。父老長安今餘幾，後死無仇可雪。猶未燥、當時生髮。二十五弦多少恨，算世間，那有平分月。胡婦弄，漢宮瑟。　　樹猶如此堪重別。只使君、從來與我，話頭多合。行矣置之無足問，誰換妍皮癡骨。但莫使、伯牙弦絕。九轉丹砂牢拾取，管精金、只是尋常鐵。龍共虎，應聲裂。

上片言事，議論縱橫，慷慨陳詞，表達自己對現實政治的見解。指斥當政者是非不分，變化無常。憂慮中原地區長期被金兵佔領，年輕的一輩，在金人的統治下長大，竟認為無仇可報、無恥可雪。下片敘情，寫自己與辛棄疾的深厚友誼和共同的抗金複國信念，並相互勉勵。彼此相知相許，高山流水，永不絕弦，以九轉丹砂、百煉精金的頑強精神去堅持統一偉業。憂國憂民的強烈感情溢於言表，兩位愛國志士形象亦呼之欲出。結尾鏗鏘有力，如龍吟虎嘯，聲可裂帛。辛棄

疾讀後又追和一首〈賀新郎‧同父見和再用韻答之〉：

> 老大猶堪說。似而今、元龍臭味，孟公瓜葛。我病君來高歌
> 飲，驚散樓頭飛雪。笑富貴、千鈞如髮。硬語盤空誰來聽，記
> 當時、只有西窗月。重進酒，換鳴瑟。　　　事無兩樣人心別。
> 問渠儂、神州畢竟，幾番離合。汗血鹽車無人顧，千里空收駿
> 骨。正目斷、關河路絕。我最憐君中宵舞，道男兒到死心如
> 鐵。看試手，補天裂。

詞人年少舉兵，壯懷激烈，但南渡以來，卻處境「孤危」，難為時
容，唯與陳亮英雄志同，惺惺相惜。「我病」以下憶鵝湖歡會，明月
當頭，狂歌豪飲，痛快淋漓。過片轉論國事，「神州畢竟，幾番離
合？」詞人目斷關河，義憤難平。「我最憐君中宵舞」，用晉祖逖聞雞
起舞典故，稱讚陳亮志向宏遠，並以試手補天互相勉勵。豪氣干雲，
可視為一篇抗金誓詞。陳亮再追和一首〈賀新郎‧酬辛幼安再用韻見
寄〉，痛陳朝廷媚敵求和，以銀帛貢獻代替邊備兵戈，造成積弱之
勢，消磨盡天下士氣，希望像辛棄疾這樣的志士能振臂一呼，高舉義
旗，戰勝強虜。全詞感情慷慨激昂，大起大落，跌宕起伏。忠憤不平
之氣隨筆湧出，筆挾千鈞之勢，調高而語壯。辛棄疾和陳亮胸襟懷
抱、個性氣質都相似，詞風也十分接近，此處可見一斑。

二

　　稼軒率義軍從北方來到南方，滿懷恢復中原的政治抱負，積極地
為朝廷獻計獻策，準備抗戰。但因「歸正人」的身分受到種種歧視，
他在政治上處於孤危的境地，合理的主張得不到採納，傑出的才能得
不到重用。南宋朝廷苟安江左，醉生夢死，政局一片混亂，詞人感到

失望和痛心。所以，由憂慮國事和感歎自身遭遇而形成的悲憤抑鬱之情充溢稼軒詞中。如〈水龍吟〉（楚天千里清秋），題「登建康賞心亭」，是詞人於宋孝宗乾道四年至六年（1168-1170）任建康通判時所作。時南歸已八九年，卻投閒置散，壯志難伸，故憤而作此詞，詞人慨歎光陰虛擲、報國無門、知音難覓，流露出深沉的悲壯之情。上片，緊扣登亭所見來寫。起首兩句極寫秋景之闊大。先有雲淡風清的高空，而隨千里長空而去的是一樣浩森的江水。這樣一鋪一展，描繪出空闊遼遠的境界。「遙岑」三句，目光轉向了遠山，以玉簪螺髻形容遠處山巒蒼翠秀美的景象，但這些峰巒卻似乎仰天悲訴著愁與恨，作者的悲憤之情借此得以表露。這裡用擬人手法，移情於物，借物襯托感情，用筆含蓄而意蘊豐厚。「落日」二句，表面上描繪了夕陽西下、孤雁哀鳴的悲涼景象，實質上暗喻南宋王朝偏安江左的衰頹之勢。「江南遊子」，是作者自稱。接下來直接選用「遊子」典型的動作和神態，直抒胸臆。先是細看吳鉤。吳鉤是殺敵報國的得力武器，可如今只能徒握手中，而無用武之地，凝神細看，自當感慨萬千。無可奈何，只能憤然遍拍欄杆。一個「遍」字，更把作者無處施展抱負的抑鬱苦悶之氣展現出來。情到激烈處，不吐不快，於是脫口說出「無人會，登臨意」。長長的歎息聲，深沉而有力。下片連用三個典故，委婉曲折地申訴「登臨意」的內涵。以「休說」對張翰思歸加以否定，說自己不願像張翰那樣適時、適意而歸；一是抗金夙願未成，羞見家鄉父老；一是故鄉沉淪煙雨中，有家亦難回。即便真的回鄉安居，也不願不顧國勢安危追求個人安逸享樂。又順便嘲諷了當時許汜之類逃避現實的人物。儘管作者有殺敵之志，可歲月不饒人，眼看青春逝去，不禁感慨萬千。借桓溫之言感歎時光易逝，功業無成。樹木都老大了，人怎能不老呢？這樣，三個典故一步步地把作者立志、堅志到最終失望的心緒層層表現出來。因而不由地哀歎「倩何人、喚取紅巾翠袖，搵英雄淚」。有誰能理解和慰藉作者悲傷的心情？由於作

者這種情緒是和國家、民族命運緊密相連的，使得全詞不侷限於個人心緒的抒寫而有了更高的立意。〈念奴嬌・登建康賞心亭呈史留守致道〉，起首點題，開門見山，此等率意，古來如稼軒者有幾人？名曰「閒愁」，其實國愁。賞心亭上，遠眺斜陽、歸鳥、風帆，耳聞笛聲幽幽，六朝古都，虎踞龍蟠之地，竟只剩下滿目淒涼之景，全無北伐氣象，怎不令人感傷悲愴？言下對朝廷苟且偷安不無譴責之意。下片就金陵古人落筆，以謝安見忌典故，曲訴受到排擠，志不得伸的愁苦。「寶鏡難尋」三句由人推己，壯志未酬而時不我與，唯有借酒澆愁。最後以景歸結，江濤怒急，直有摧屋之勢，藉以表達詞人澎湃的心潮，翻騰的思緒。悲壯風格，至此畢現。

　　建炎三年（1129）十月，金兵南下至江西，隆祐太后從洪州（今江西南昌）沿贛江南逃，金兵隨後追趕，至造口，不及而還。四十多年後，辛棄疾任江西提點刑獄公事，駐贛州，登鬱孤臺，俯瞰江水，望斷青山，憶昔撫今，憂愁交加，作〈菩薩蠻・書江西造口壁〉。以山遮不斷、滾滾東逝的江水，比喻廣大人民抗戰的意志不可阻擋；以鷓鴣懷南，比喻自己矢志南歸的決心永不動搖，景物描寫中寄寓了詞人壯志難酬的痛苦心情。篇幅短小，但意蘊深厚，聲調雄壯。梁啟超贊曰：「〈菩薩蠻〉如此大聲鐙鞳，未曾有也。」[42]

　　稼軒性情剛烈耿直，因此不斷遭到主和派的嫉恨和排擠，孤危憂憤之情常常傾瀉於詞中。淳熙十五年（1188）冬，摯友陳亮（字同甫）專程前來探訪被迫退居信州（今江西上饒）的詞人。兩人酣飲唱和，共商恢復大計。分手後，稼軒又寫下〈破陣子・為陳同甫賦壯語以寄〉，抒發有志不得伸的悲憤：

　　　　醉裡挑燈看劍，夢回吹角連營。八百里分麾下炙，五十弦翻塞

42　梁令嫻：《藝蘅館詞選》（廣州市：廣東人民出版社，1981年），丙卷引，頁104。

外聲。沙場秋點兵。　　　馬作的盧飛快，弓如霹靂弦驚。了卻
君王天下事，贏得生前身後名。可憐白髮生。

起句寫現實，醉裡挑燈看劍，豪壯中含悲意，為結句設下伏筆。「夢
回」以下，虛筆倒敘夢境，藉以寫理想之境。「八百里」兩句，緊承
「吹角連營」而來，寫奏樂分炙、豪放熱烈的軍營生活。繪聲繪色，
洋溢著樂觀的激情。接下寫出征前的強大陣容，場面壯觀。過片與上
片意脈相連，描繪與敵鏖戰的激烈場景。這是一幅飛動的畫面，驚心
動魂，富有氣勢，表現出勇往直前的英雄氣概。「了卻」兩句直抒胸
臆，表達了恢復中原的宏偉理想。至此感情已達到高潮。結句由虛而
實，筆鋒陡轉，發出老去英雄的長歎，由理想回到現實，轉雄壯為悲
涼。這一巨大的反差，對比強烈，造成了震撼人心的藝術效果。這首
詞塑造的老英雄形象，生動傳神，極具典型意義。全詞激情飛揚，酣
暢淋漓，境界闊大，似一幅潑墨大寫意。結構上，上下片連為一體，
句斷意不斷。陳廷焯《詞則·放歌集》卷一稱讚說：「魄力雄大，如
驚雷怒濤，駭人耳目，天地巨觀也。」[43]〈鷓鴣天·有客慨然談功名
因追念少年時事戲作〉是辛棄疾晚年閒居江西鉛山，回憶當年從軍經
歷時所作：

　　　壯歲旌旗擁萬夫。錦襜突騎渡江初。燕兵夜娖銀胡䩮，漢箭朝
　　飛金僕姑。　　　追往事，歎今吾。春風不染白髭鬚。卻將萬字
　　平戎策，換得東家種樹書。

作者追憶年輕時轟轟烈烈的抗金鬥爭事蹟。高宗紹興三十一年
（1161），耿京在山東領導起義抗金。辛棄疾積極回應，帶領兩千多

---

43 陳廷焯：《詞則》（上海市：上海古籍出版社，1984年），上冊，頁311。

人投奔耿京，為其掌書記。次年，叛徒張安國殺害耿京，向金投降。辛棄疾生擒張安國，率萬餘人突圍渡江南歸。英雄壯舉，詞人常留記憶中。接下寫南歸後受到冷遇，年華老去，壯志未酬，表現了無限的感慨和憤懣。雄壯與悲涼交織，豪放中見沉鬱，體現出稼軒詞獨特的藝術風格。

　　稼軒才氣縱橫，負青雲之志，卻多年奔波，壯志難酬，見過眼山水，皆似曾相識，一時百感交集，苦澀難言。〈滿江紅・江行和楊濟翁韻〉上片借景抒情，感歎自嘲三十九年塵勞，行遍江南江北，卻一無所成。過片由吳楚之地聯想到與曹操南北對峙的孫權，追慕前人豐功偉績，慨歎西風吹盡，英雄長逝，抗金事業未成，頭髮已白，年華老去。寥寥數語，賦盡憂憤悲壯之情。

　　稼軒擅長登臨懷古之作，借古人、古事喻今，抒寫自己的憂憤和不平。〈水龍吟・過南劍雙溪樓〉為辛棄疾罷官北歸，途經南劍州（今福建南平）雙溪樓所作。上片寫登樓所見及聯想。極目遠眺，只見西北浮雲蔽空，詞人想像須有一把倚天萬里的長劍去抉開浮雲，重見天日。此用比興手法暗指中原淪陷，詞人決心掃蕩敵人，收復失地。「風雷」、「魚龍」，暗喻當權的主和派，意謂自己抗敵的決心和行動遭到他們的重重阻撓和忌恨，因此無法實現。下片寫景中寄寓感慨，發洩懷才不遇的牢騷不平及千古興亡的悲歎，低徊往復中深含憂憤，字裡行間跳動著一顆熾熱的憂國之心。詞風剛中帶韌，剛柔相濟。〈八聲甘州〉（故將軍飲罷夜歸來），詞序云：「夜讀〈李廣傳〉，不能寐，因念晁楚老、楊民瞻約同居山間，戲用李廣事，賦以寄之。」寫漢武帝時名將李廣不被重用，鬱鬱不得志，藉以表達詞人無處施展才能的孤憤。上片敘李廣射虎裂石，英勇威武，戰功卓著，卻落魄不得封侯。詞人以一「恨」字傳達愛憎之情。「桃李無言，下自成蹊」，李廣雖不表功，依然深受天下人景仰。過片即事抒懷，格調陡昂。隱括杜詩以述志：願如李廣一樣，金戈鐵馬，開邊立功。隨後

筆鋒調轉，以李廣閒置，暗喻自己鬱鬱不得志。詞末以賦景結拍，情融於景，意在言外，將無限悲壯之氣融入斜風細雨之中，含蓄蘊藉，餘音繞梁。

　　開禧元年（1205），辛棄疾六十六歲，出任鎮江知府，作〈永遇樂〉〈京口北固亭懷古〉，題為懷古，實為傷今。上片登高望遠，思緒萬千。由京口之地追懷曾在此定都的孫權和由此渡江、揮戈北伐的劉裕，借古喻今，呼喚孫權、劉裕一樣的時代英雄，渴望「金戈鐵馬，氣吞萬里如虎」的戰鬥生活。過片寫南朝宋文帝草率北伐遭到慘敗的歷史教訓，希望當局以史為鑒。然後，回到眼前。南歸四十三年了，金兵南侵，烽火揚州的情景，還時時痛在詞人的心中。然而，象徵異族侵略的佛狸祠下，卻是「一片神鴉社鼓」，祭祀熱鬧非凡，哪裡還有抗戰的氣氛呢？最後以廉頗自喻，感歎英雄老去，壯志難酬。此詞用典頻繁而得當，風格慷慨悲壯，意境深宏博大，動人心魄，歷來都被視為辛詞的代表作，如明楊慎即譽為「稼軒詞中第一」。[44]〈南鄉子·登京口北固亭有懷〉，詞以登臨北固亭，舉目遠望江北開頭，懷念中原失地。滾滾長江水，千古興亡事，由眼前之景觸發懷古之思，稱頌孫權不畏強敵，聯劉拒曹，三分天下，藉以諷今，指斥朝廷屈膝求和。詞中用典自然貼切，且三用問答，互相呼應。情調昂揚，氣魄闊大。

　　〈賀新郎·用前韻送杜叔高〉起筆評友人杜叔高之詩，品其聲韻，可比天曲仙樂，美妙悠揚，餘音嬝嬝；品其風格，如千丈冰峰，纖塵不染，清新宜人。如此高潔之才，其境況如何呢？詞人筆鋒一轉，以紅顏薄命喻其懷才不遇、空負其璧。其間傾注了對友人無比真摯的同情。下片筆調振起，一掃憂鬱之氣。望神州大地，國土分裂，山河破碎，風雲開合，戰骨累累，而朝中權臣卻只一味清談誤國。夜

---

44 先著、程洪：《詞潔輯評》，卷5引，唐圭璋：《詞話叢編》（二）（北京市：中華書局，1986年），頁1370。

半狂歌，聽簷鐵錚錚，似千軍萬馬奔殺疆場，不由得熱血沸騰，遂以施展才華，為國效命與友人共勉，氣魄宏大，氣宇軒昂，全詞充滿悲壯之氣。〈水調歌頭〉寫他年輕時高昂的愛國激情。淳熙五年（1178），辛棄疾由大理少卿出領湖北轉運副使，溯江西行。舟次揚州時，和友人楊濟翁、周顯先韻，作〈水調歌頭〉（落日塞塵起）。上片追憶年輕時的抗金事蹟，戰塵飛揚，落日慘澹，江上岸邊，胡騎驕橫張狂，宋艦嚴陣以待，兩軍相迎，戰爭一觸即發。「誰道投鞭飛渡，憶昔鳴髇血污，風雨佛狸愁」，連用三典，說的是紹興三十一年（1161），金主完顏亮率軍渡江南侵時，因內亂，被部下所殺。「季子正年少，匹馬黑貂裘」，以戰國時蘇秦自喻，在戰火紛飛的背景下，突出自己少年英豪的鮮明形象，躍馬揚鞭，虎虎有生氣。過片感歎時光流逝，年華老去，卻投閒置散，只能去歸隱田園，種樹置產，以遣歲月罷了。「倦遊」二字表面上似乎是說自己倦於宦遊，實際上則包含著萬般的無奈與悲愴。結尾兩句，言非所欲，欲說還休，悲憤、慷慨深鬱其中。上片情緒高昂，信心百倍；下片意氣消沉，失意苦悶，形成鮮明的對比，流露出對朝廷苟安誤國的強烈不滿。

稼軒詞〈永遇樂〉（千古江山）、〈南鄉子〉（何處望神州）等用典中常出現廉頗、劉邦、韓信、張良、馬援、李廣、劉備、曹操、孫權、謝安等英雄人物形象，正表現出詞人的英雄特色和詞作的英豪雄健之氣。

陳廷焯《雲韶集》卷五云：「詞至稼軒，縱橫博大，痛快淋漓，風雨紛飛，魚龍百變，真詞壇飛將軍也。」[45]稼軒首先是英雄，然後才是詞人。他以豪傑之士而作詞，以淋漓酣暢的筆墨揮寫英雄的懷抱，形成豪邁剛健、慷慨雄壯的詞風。因特殊的時代和個人的政治遭遇，他的詞又呈現出悲壯蒼涼、沉鬱頓挫的特色。

---

45 陳廷焯：《雲韶集》，稿本，南京圖書館藏，卷5。

　　宋代豪情壯志詞，稼軒詞成就最高，影響廣泛深遠，在詞史上佔有極其重要的地位。同時的陳亮、劉過，稍後的劉克莊，宋末的劉辰翁、文天祥等皆受其影響。金代的元好問，元代的白樸、劉因，清代的陳維崧、文廷式等都是稼軒豪情壯志詞的後繼者。

三

　　宋代豪情壯志詞源遠流長。唐五代時，詞體初興，詞多「代言」，即言他人之情，特別是文人詞，以娛樂消遣為主，很少有人用詞來「言志」，即抒發個人的志向襟懷。因此，這一時期豪情壯志詞極少，只有敦煌曲子詞中的數首邊塞軍旅詞，如〈菩薩蠻〉（敦煌古往出神將）、〈望遠行〉（少年將軍佐聖朝）、〈生查子〉（三尺龍泉劍）等，表現了邊塞將士的家國情懷，風格質樸剛健。北宋時期，人們受正統文學觀念的束縛，多視詞為「小道」、「末技」，作詞時多寫兒女私情，而志向襟懷主要用詩文來表達。因此，豪情壯志詞，也只有少數詞人偶爾染指。如范仲淹，有過戍守邊疆的生活經歷，本來可以寫出許多豪情壯志詞，但事實上他只寫了幾首〈漁家傲〉，流傳下來的只有「塞下秋來風景異」一首。真正有意以詞抒發豪情壯志的是蘇軾。他的〈江城子·獵詞〉、〈八聲甘州·寄參寥子〉等，豪邁奔放，境界壯闊，給宋代詞壇帶來一股勁健雄風。胡寅〈《酒邊集》序〉盛讚蘇軾詞「一洗綺羅香澤之態，擺脫綢繆宛轉之度，使人登高望遠，舉首高歌，而逸懷浩氣，超然乎塵垢之外」。[46]就主要是針對其豪情詞而論的。與蘇軾同時而稍晚的賀鑄，身為豪俠，稟鐵血之質、雄邁之氣，也時或引吭高歌，所作〈六州歌頭〉詞慷慨激越，振聾發聵，承傳了蘇軾開創的以詞「言志」、豪放剛健的詞風。

---

46 吳訥：《百家詞》（天津市：天津市古籍書店，1992年，影印本），上冊，頁595。

　　南宋是豪情壯志詞創作的繁盛期。其時，中原淪陷於金人之手，民族災難深重，朝廷偏安江左。統治階級內部，一部分人屈膝求和，以圖苟安；另一部分有志之士，則站在維護民族尊嚴和國家統一的立場，主張積極抗金，收復失地。這樣，和戰之爭就代替了北宋以來的新舊黨爭，主戰還是主和，成為南宋政壇上鬥爭的焦點。南宋詞包括豪情壯志詞就是在這樣的政治環境中發展的。到了南宋，詞體觀念也隨時代的發展而變化，雖然傳統的「本色」、「當行」的婉約詞風仍在繼續，但言志述懷之作也得到蓬勃發展，特別是南渡之初宋金軍事對抗時期，愛國志士奔走呼喊，慷慨高歌，豪情壯志成為時代的最強音和主旋律。名臣李綱、岳飛等，皆以詞高唱恢復之志，岳飛的〈滿江紅〉（怒髮衝冠）更是千古絕唱。葉夢得、張元幹、陸游、張孝祥等也都飽含激情，創作了許多魄力雄大、氣勢恢宏的「言志」之作。辛棄疾是南宋傑出的愛國詞人，他具有尚武任俠的軍人氣質，志向遠大，豪氣干雲。他以忠憤之心、英雄之氣、曠世之才而寫詞，以淋漓酣暢的筆墨揮寫英雄的豪情壯志和悲憤感慨，形成豪邁剛健又悲壯沉鬱的詞風，深化了豪放詞的內涵，大大提升了詞的品位。永瑢等《四庫全書總目》卷一九八〈稼軒詞提要〉評稼軒詞「慷慨縱橫，有不可一世之概，於倚聲家為變調；而異軍特起，能於剪紅刻翠之外，屹然別立一宗」。[47]當時，辛棄疾周圍還有陳亮、劉過等著名詞人，後人把辛棄疾為代表的南宋愛國詞人稱作「辛派詞人」或南宋「豪放詞派」，主要就是以豪情壯志詞立論的。宋金對峙局面形成後，在相對「承平」的時期，抗戰呼聲逐漸減弱，豪情壯志詞亦隨之而減少。但戴復古、洪咨夔等詞人仍間有創作。到南宋滅亡前後，劉克莊、吳潛、李曾伯、鄧剡、文天祥等仍高唱救國之志，抒發壯志難酬的悲慨，豪情壯志詞一直高唱到宋亡之後。

---

47 永瑢等：《四庫全書總目》（北京市：中華書局，1965年，影印本），下冊，頁1816-
　　1817。

　　豪情壯志是宋詞中的一大主題類型，從題材角度看，除純粹的政治抒情詞外，邊塞、軍旅、送別、祝壽、詠物、懷古詠史等皆可抒寫豪情壯志。在現實生活中，詞人理想抱負多受壓抑，所以詞中樂觀與悲觀、昂揚與低沉、雄豪與悲壯等複雜矛盾的情感往往交織在一起，較少純粹的積極樂觀的豪情壯志的單一抒發。豪情壯志詞的作者多是愛國志士、英雄豪傑，田同之《西圃詞說》稱蘇軾、辛棄疾為詞中「壯士」；譚獻《復堂詞話》稱讚「東坡是衣冠偉人，稼軒則弓刀遊俠」。[48]詞人們忠君愛國，胸襟坦蕩，光明磊落，正氣凜然，其詞是「英雄之詞」，迴別於「文人之詞」或「詞人之詞」。

　　豪情壯志詞富於現實感和時代感。它突破男歡女愛、離愁別恨、傷春悲秋、歎老嗟卑、閒情逸致等傳統題材和主題的侷限，抒寫的是宏大的題材，表現的是重大的主題。它關注民族存亡、國家興衰，表現時代精神，具有情感和精神上的感召力。婉約輕柔、香豔綺麗原屬詞體的本質特性，而豪情壯志詞追求壯美、崇高美、陽剛美，一定程度上彌補了詞體纖軟柔弱之弊，完善了詞體，豐富了詞的藝術世界。

　　豪情壯志詞創造出的抒情主人公形象，多是頂天立地的英雄，是大寫的「人」。他們志高、氣壯、情豪，至情至性，極具人格魅力。其中又多失意英雄形象，雄豪中帶有悲壯色彩，南宋詞中這種特徵尤為顯著。豪情壯志詞具有強烈的主觀色彩，抒情方式上多是爆發式、噴湧式，感情熾烈，氣勢奔放。多壯語、快語、本色語，多以詩為詞、以文為詞，多議論說理。境界遼遠闊大，風格豪放雄健。這類詞的顯著特色是以「氣」勝，不同於其他類型詞的以「情」勝、以「韻」勝、以「格」勝或以「境」勝。它著力表現英雄志士的氣節、氣度、氣魄，抒發他們的英氣、豪氣、壯氣、清氣、奇氣和正氣，是一曲曲「正氣歌」。以「氣」勝，也指運氣入詞，一氣貫注，浩蕩暢

---

48 唐圭璋：《詞話叢編》（四）（北京市：中華書局，1986年），頁3994。

達。張炎《詞源》稱辛棄疾、劉過詞為「豪氣詞」,雖帶有貶義,實際上卻指出了這類詞的特色。(參見下節)在詞調的選擇運用上,豪情壯志詞也獨具特色,喜用〈念奴嬌〉、〈水調歌頭〉、〈六州歌頭〉、〈賀新郎〉、〈滿江紅〉、〈沁園春〉、〈水龍吟〉、〈破陣子〉等慷慨激越、豪壯奔放的詞調。如辛棄疾〈破陣子〉(醉裡挑燈看劍)就是典型的「壯詞」,與雄壯的曲調相配,正適合表達戰鬥激情。

　　豪情壯志詞,首先是時代的產物,是現實的激發。特別是南宋時期,國家分裂,民族生存受到嚴重威脅,民族的災難激發了詞人的愛國熱情和豪壯之氣。民族求生的「本能」使得稍有血性和愛國心的詞人都會創作雄壯之詞。詞如其人,豪情壯志詞還與詞人個性氣質有關。性情剛烈、耿介尚氣、豪放不羈的詞人,就時常寫作豪情壯志詞。田同之《西圃詞說》即云:「填詞亦各見其性情。性情豪放者,強作婉約語,畢竟豪氣未除。性情婉約者,強作豪放語,不覺婉態自露。」[49]豪情壯志正是詞人真性情的自然流露。蘇軾、賀鑄、辛棄疾、陳亮、劉過、吳潛、李曾伯等,都是性情豪邁、剛正之人,其詞表現豪情壯志是自然而然的。如賀鑄本是勇猛豪爽、英氣逼人的俠客,寫出〈六州歌頭〉(少年俠氣)這樣慷慨豪壯的詞作,正是其個性氣質的真實寫照。如果說那些離愁別緒、婉轉相思的表達是詞中的女兒,豪情壯志、慷慨悲音的傾吐則是詞中的男兒。人的思想感情是多方面的,豪情壯志表達的只是詞人思想情感的一個側面。它的創作還與詞人具體的生活遭遇和心境有關,豪情壯志詞和香豔綺麗的詞會出現在同一詞人筆下,甚至出現在辛棄疾這樣的英雄志士筆下,也就不足為奇了。

　　豪情壯志詞,大體上可分為兩類:一類偏指「豪情」,即雄豪之士奔放感情的抒發宣洩,這類詞多寫個體性的情感,寫「小我」和

---

49 唐圭璋:《詞話叢編》(二)(北京市:中華書局,1986年),頁1455。

「私情」，多「樂」情，人生理想的追求，浪漫的情懷，豁達的胸襟，勝利的歡歌，都屬於豪情詞的範疇，從中可見當時士人的心態和精神風貌。基調樂觀輕鬆、昂揚向上，風格主調是豪放雄健，或輔以清曠飄逸、疏朗明快，令人讀後心胸開闊，精神振奮；另一類偏指「壯志」，即雄心壯懷的抒發。這類詞以南宋時期為主，與詠懷詩相似，多以「小我」寫「大我」，將個人感情與國家、民族命運緊密聯繫在一起。因其產生於民族矛盾尖銳激烈的特殊時代，往往雄壯中含有悲涼，多「悲」情，基調悲壯蒼涼，風格厚重沉鬱，令人讀後心緒起伏跌蕩，志懷壓抑難伸。

壯志難酬，慷慨悲歌，在豪情壯志詞中所占比重相當大，這部分詞作多集中在南宋，極具時代特色。民族的災難，理想的受挫，造成詞人的心靈震盪。詞人將當時真實的心態表現出來，詞作也成為民族的心靈史錄。千載而下，讀者仍能真切地感受到詞人的心靈痛楚，感受到一個民族的精神掙扎。這部分詞作情感真摯深厚，感人至深。情感抒發時，多虛實結合，回憶過去是虛，面對現實是實，過去的雄心壯志已成虛幻，只留存作美好的回憶，只在夢境中出現。而壯志難酬是真實的存在，愛國詞人只有感慨悲歎。結構上的特點是，上片過去，下片現實，或上片現實，下片過去，或過去與現實交錯寫來，層次分明，脈絡清晰。手法上則是今昔對比，虛實對比，反差巨大，如同版畫黑白分明，具有強烈的藝術效果。多用英雄之悲和志士之恨的典故，表達英雄途窮、報國無門之悲，或國家不幸、南北分裂之恨，貼切恰當，增加了詞的容量，也使詞作顯得厚重，更具藝術震撼力。

古代士人的人生價值理想是追求「三不朽」，即立德、立功、立言，宋詞人的雄心壯志多是「立功」，這是時代環境使然。在南宋，救亡圖存是最為緊要迫切之事，詞人難有追求「立德」、「立言」的從容。

愛國詞人「以詩為詞」，詞與詩一樣，言志述懷，詞的「詩化」

在很大程度上是抒發豪情壯志的內在需求。詞人又「以文為詞」、「以論為詞」，詞是奏章，是政論，是檄文，是誓言，是抗戰的號角，詞體散文化、議論化，擴大了它的表現力。愛國詞人喜借古人言己志，詞中用典多取歷代英雄豪傑的壯懷大志。尋常典故，信手拈來，點鐵成金，化腐朽為神奇。高唱恢復，是南宋詞壇大合唱中的最強音，是豪情壯志詞中的精華。

　　宋詞人多視豪情壯志詞為「變體」、「別格」、「別調」，不是詞的「正宗」、「本色」、「當行」，故豪情壯志詞在全部宋詞中所佔比重不高。它的缺點也與優點相伴而生，有的感情直瀉而下，任性使氣；有時狂放太甚，流於粗豪叫囂，或消積頹唐；語言粗率淺露，缺乏蘊藉含蓄；又好以文為詞、以議論為詞，缺乏情韻；用典過多，有逞博炫才、拼湊堆砌之嫌，缺乏靈氣，人譏稼軒詞「掉書袋」，即源於此；疏於音律，不守規範，則使詞體丟失其「本色」，辛棄疾、陳亮、劉過等人的詞皆不免此病。許多詞家貶稱豪情壯志詞為「變體」、「別調」，就是從維護詞體「婉約」特性的角度立論的，是有一定道理的。

第六節　也論稼軒其人其詞之「氣」

　　「氣」是古代文論中的重要範疇，從「氣」這一視角論述詞人詞作，是極有學術意義的。前此，蔡起福的〈試論稼軒詞的「氣」〉（《江漢大學學報》1995年第1期），朱安群的〈氣——辛詞不朽的生命線〉（《辛棄疾國際學術研討會論文集》〔香港：天馬圖書有限公司，2003年〕），張玉奇的〈辛詞之氣及其表達方式——辛詞之真氣探本上篇〉（《上饒師範學院學報》2004年第1期），易勤華的〈運氣入詞以詞寓氣——辛棄疾「人氣」「詞氣」淺議〉（《宜春學院學報》2004年第3期），徐定輝的〈論稼軒詞氣〉（《湖北大學學報》2004年第6

期），趙曉嵐的〈從「氣盛言宜」到「以氣使詞」──從「養氣」說論辛棄疾對韓愈的文學認同〉（《文藝研究》2005年第4期）等，從不同角度對稼軒其人其詞之「氣」做了比較系統的探討。筆者拜讀後，頗受啟發，稍感遺憾的是，諸家對歷代詞論家以「氣」論稼軒其人其詞體認和評述不夠，筆者覺「意猶未盡」，故此試做全面梳理，以求教於上述作者和學界方家。

一

　　「氣」包括作家先天的稟氣和後天養成的氣質。人稟元氣而生，精氣充實豐盈，生命力即旺盛，氣是作家生命力之本源。《宋史》卷二百四十七〈趙希懌傳〉記載：「棄疾尚氣，僚吏不敢與可否，希懌獨盡言無所避。」[50]特別指出辛棄疾「尚氣」。詞人觀念上確實重「氣」，有明確的論述，〈美芹十論〉論證抗金大業要成功，「必先內有以作三軍之氣，外有以破敵人之心，故曰：未戰養其氣，又曰：先人有奪人之心。」他稱讚「張浚符離之師粗有生氣」，以此激勵人心。[51]〈九議〉中說：「論天下之事者主乎氣。」又說：「昔越王見怒蛙而式之，曰：『是猶有氣』。蓋人而有氣然後可以論天下。」[52]詞人以「雲龍（陳登）豪氣」自視，〈念奴嬌·雙陸和陳仁和韻〉自述少時即自比曹操，「橫槊氣憑陵」，又自謂「橫空直把曹吞劉攫」（〈賀新郎·韓仲止判院山中見訪〉），直到晚年，還高唱「氣吞萬里如虎」（〈永遇樂·京口北固亭懷古〉），〈水龍吟〉（渡江天馬南來）借為友

50 脫脫等：《宋史》（北京市：中華書局，2000年），卷247，頁7245。

51 鄧廣銘：《鄧廣銘全集·辛稼軒詩文箋注》（石家莊市：河北教育出版社，2005年），卷3，頁401、418。

52 鄧廣銘：《鄧廣銘全集·辛稼軒詩文箋注》（石家莊市：河北教育出版社，2005年），卷3，頁450、464。

人祝壽，表達「整頓乾坤」的豪情壯志，氣魄大，氣勢雄。他崇仰陶淵明之「氣」，〈水龍吟〉寫道：「須信此翁未死，到如今凜然生氣。」詞人堅守民族大義，保持救亡圖存的民族氣節，充滿浩然正氣。〈永遇樂〉自述「忠肝義膽，千載家譜」。

詞人氣雄一世，豪氣萬丈，壯志凌雲。趙善括〈醉蓬萊‧辛帥生日〉稱頌稼軒「貫日精忠，凌雲壯氣，妙齡英發」。元張埜謁辛墓，作〈水龍吟‧酹辛稼軒墓在分水嶺下〉曰：「嶺頭一片青山，可能埋得凌雲氣。」[53]稼軒自誓，「袖裡珍奇光五色，他年要補天西北」（〈滿江紅〉），「馬革裹屍當自誓，蛾眉伐性休重說」（〈滿江紅〉）。

陳廷焯稱讚稼軒「真詞壇飛將軍」。[54]他有大丈夫氣概，充滿陽剛之氣，氣宇軒昂，豪氣干雲，勇於任事，果敢堅毅，充溢著生命激情。「男兒事業，看一日、須有致君時。」（〈婆羅門引〉）他有鋼鐵般的意志，不畏艱難，「道男兒、到死心如鐵。看試手，補天裂」（〈賀新郎‧同父見和再用前韻〉），「看依然，舌在牙齒牢，心如鐵」（〈滿江紅〉），「白髮自憐心似鐵」（〈定風波‧再和前韻藥名〉）。

稼軒之「氣」，極具個性特徵。他身分特殊，身強體健，紅頰青眼，目光有棱，雄壯勇猛，虎嘯風生，氣能蓋世，志壯情豪。二十三歲時，率五十名騎兵直奔五萬之眾的金兵營地，生擒叛徒張安國，表現出非凡的膽略勇氣。四十五歲在湖南創建雄鎮一方的飛虎軍。他亦以「英雄」自許，崇拜曹操、劉備那樣的英雄，「天下英雄誰敵手？曹劉。生子當如孫仲謀。」（〈南鄉子〉）「英雄事，曹劉敵。」（〈滿江紅‧江行簡楊濟翁周顯先〉）他首先是軍人，是英雄豪傑，然後才是文人、詞人。軍人尚武任俠，性情剛烈，有血性，有勇氣、膽氣、豪氣、壯氣。義端和尚稱他為「青兕」，知己陳亮讚他是「真虎」，姜夔推崇他是「前身諸葛」，陸游〈送辛幼安殿撰造朝〉稱他與「管仲蕭

---

53 唐圭璋：《全金元詞》（北京市：中華書局，1979年），下冊，頁894。
54 陳廷焯：《雲韶集》，稿本，南京圖書館藏，卷5。

何實流業」。陳廷焯亦特別推崇稼軒的「氣概」，說他「有吞吐八荒之概，而機會不來。正則可以為郭、李，為岳、韓，變則即桓溫之流亞」。[55]又說他是「有大本領、大作用人」。[56]稼軒有俠氣，譚獻《復堂詞話》稱他是「弓刀遊俠」。[57]從他的外貌、性情、氣質、言行看，確堪稱氣概冠絕一世的英雄。

　　稼軒極富才氣，馮煦《蒿庵論詞》稱他「才氣橫軼」。[58]稼軒也以「劉郎（劉備）才氣」（〈水龍吟・登建康賞心亭〉）自許。詞人心志狂傲，自稱「剛拙自信」，詞中盡現狂氣、傲氣，「狂歌擊醉村醪盞」（〈玉樓春〉），「說劍論詩餘事，醉舞狂歌欲倒，老子頗堪哀」（〈水調歌頭〉），「醉兵昨夜壓愁城。太狂生，轉關情」〈江神子・和人韻〉），「不恨古人吾不見，恨古人不見吾狂耳」（〈賀新郎〉）。謝章鋌《賭棋山莊詞話》卷十二說：「詞家講琢句而不講養氣，養氣至南宋善矣。」[59]稼軒善「養氣」，涵養胸中浩然正氣，氣盛，則膽壯、情豪、品高。

　　袁宏道〈徐文長傳〉評論徐渭其人其詩云：「其胸中又有勃然不可磨滅之氣，英雄失路托足無門之悲，故其為詩，如嗔如笑，如水鳴峽，如種出土，如寡婦之夜哭，羈人之寒起，雖其體格時有卑者，然匠心獨出，有王者氣，非彼巾幗而事人者所敢望也。」[60]特別欣賞徐渭胸中「勃然不可磨滅之氣」和失意英雄悲壯之氣，欣賞其詩有「王者氣」，而不像氣弱之女子。稼軒其人其詞「氣」之勃然沛然，正大剛健，慷慨悲壯，皆遠勝徐渭。

55　唐圭璋：《詞話叢編》（四）（北京市：中華書局，1986年），頁3925。

56　唐圭璋：《詞話叢編》（四）（北京市：中華書局，1986年），頁3792。

57　唐圭璋：《詞話叢編》（四）（北京市：中華書局，1986年），頁3994。

58　唐圭璋：《詞話叢編》（四）（北京市：中華書局，1986年），頁3592。

59　唐圭璋：《詞話叢編》（四）（北京市：中華書局，1986年），頁3470。

60　袁宏道著，錢伯城箋校：《袁宏道集箋校》（上海市：上海古籍出版社，1981年），中冊，頁715。

　　稼軒之「氣」常有明顯的地域特性。他是北方歷城（今山東濟南）人，有「中原豪傑之氣」，與江南人柔弱和婉不同。劉辰翁〈辛稼軒詞序〉論及稼軒說：「斯人北來，暗鳴鷙悍。」[61]是說稼軒為北方豪傑之士，帶有悍厲之氣。

　　詞人忠君愛國，維護國家統一，眼看南北分裂，心中充滿「忠憤之氣」。〈美芹十論〉引言說自己被「忠憤所激，不能自已」。[62]明徐士俊評〈菩薩蠻・書江西造口壁〉云：「忠憤之氣，拂拂指端。」[63]稼軒生長於淪陷區，幼時，祖父辛贊即常教育他尋找復國機會。〈美芹十論〉云：「大父臣贊……每退食，輒引臣輩登高望遠，指畫山河，思投釁而起，以舒君父所不共戴天之憤。」[64]對敵人是怒氣、憤恨之氣。他的悲憤是深廣重大的民族之憤，不是一己之私憤，故發而為詞，怒氣衝天，豪壯悲慨。

　　稼軒是從北方來的「歸正人」，政治上處於「孤危」地位，又才華橫溢，遭人嫉恨。〈淳熙己亥論盜賊劄子〉說自己「孤危一身」，「年來不為眾人所容，恐言未脫口而禍不旋踵」。[65]故常有抑鬱不平之氣需要發洩。詞人有雄才大略，卻長期不得志，不能盡展其才，「報國欲死無戰場」，知己陳亮〈辛稼軒畫像贊〉惋惜他「真虎不用」。[66]故他常懷慷慨悲憤、磊落不平之氣。周在浚（梨莊）說稼軒「悲歌慷

61　施蟄存主編：《詞籍序跋萃編》（北京市：中國社會科學出版社，1994年），頁201。

62　鄧廣銘：《鄧廣銘全集・辛稼軒詩文箋注》（石家莊市：河北教育出版社，2005年），卷3，頁402。

63　卓人月彙選，徐士俊參評，谷輝之校點：《古今詞統》（瀋陽市：遼寧教育出版社，2000年），卷5，頁161。

64　鄧廣銘：《鄧廣銘全集・辛稼軒詩文箋注》（石家莊市：河北教育出版社，2005年），卷3，頁401。

65　鄧廣銘：《鄧廣銘全集・辛稼軒詩文箋注》（石家莊市：河北教育出版社，2005年），卷3，頁475。

66　陳亮：《陳亮集》（北京市：中華書局，1974年），卷10，頁111。

慨抑鬱無聊之氣，一寄之於詞」。[67]詞人自述云：「寫盡胸中，塊壘未全平。」（〈江神子‧和人韻〉）「出口人嫌拗。」（〈千年調‧蔗庵小閣名曰卮言作此詞以嘲之〉）不求溫柔敦厚。他心中常有怨氣，詞中「怨」字出現的頻率很高。如〈摸魚兒〉（更能消），借失寵女子傷春、惜春、怨春，痛惜國事危殆，寄託自己政治上失意的哀怨。羅大經《鶴林玉露》卷一說「詞意殊怨」，「然聞壽皇（孝宗）見此詞，頗不悅」。[68]又如〈賀新郎‧別茂嘉十二弟〉，盡集古代許多怨事，連用昭君出塞、莊姜送歸妾、李陵送蘇武、荊軻別燕丹四個生離死別、與國家興亡密切相關的典故，以抒發與族弟茂嘉的別離之情，同時寓有對民族前途的憂慮之情。〈賀新郎〉中「汗血鹽車無人顧，千里空收駿骨」句，感歎才能出眾，卻無人賞識重用。詞中借歷史上失意英雄如伍子胥、謝安、馬周、馮諼、賈誼等，比擬自己的身世遭遇，抒發宣洩怨氣。

　　氣與詞人不同境遇、不同心境關係密切，不同情境的詞作表現出不同的氣。我們應動態、全面地而不是靜態、孤立地理解稼軒「氣」的發展演變。稼軒之「氣」隨著時局的變化而變化，主戰派得勢時，他受重用，志滿意得，激發起一股昂揚之氣。主和派得勢時，他受排擠壓抑，消沉痛苦，怨氣、怒氣、鬱氣則充溢而出。宋金對峙時期，主和派當政，南宋朝廷偏安江南，山溫水軟，文恬武嬉，歌舞昇平，士氣泄沓疲軟，英氣沉埋。陳人傑〈沁園春〉序云：「東南嫵媚，雌了男兒。」[69]衰弱之世自然產生衰氣之詞。朱熹說：「紹興渡江之初，亦自有人才，那時士人所做文字極粗，更無委曲柔弱之態，所以亦養得氣宇。只看如今，稱斤注兩，作兩句破頭，是多少衰氣。」[70]不

67　徐釚撰，唐圭璋校注：《詞苑叢談》（上海市：上海古籍出版社，1981年），卷4引，頁79。

68　羅大經：《鶴林玉露》，《文淵閣四庫全書》本，卷1。

69　唐圭璋：《全宋詞》（北京市：中華書局，1965年），冊5，頁3079。

70　朱熹：《朱子語類》，《文淵閣四庫全書》本，卷109。

過，這只是一般情形，有時，「厄運危時」反而「激」發文人的慷慨悲壯之氣。稼軒之「氣」與身處「厄運危時」的特定時代關係極大。黃宗羲〈《謝皋羽年譜遊錄注》序〉說：「夫文章，天地之元氣也。元氣之在平時，崑崙旁薄，和聲順氣，發自廊廟，而鬱浹於幽遐，無所見奇。逮乎厄運危時，天地閉塞，元氣鼓蕩而出，擁勇鬱遏，坌憤激訐，而後至文生焉。」[71]身處衰亂危難之世，稼軒不甘壓抑閉塞，「元氣」便「鼓蕩而出」，寫出「至文」。

　　氣與詞人年齡及健康狀況亦關係甚大，生理變化導致氣的強弱盛衰。稼軒之「氣」，隨著年齡的變化而變化：年輕時，血氣方剛，膽壯氣豪；壯年時，志向受挫，豪氣消磨，雖仍豪壯，但多了怨氣、怒氣、牢騷不平之氣，多了慷慨悲涼之氣；詞人晚年人老體衰，壯志蹉跎，是老去英雄、失意英雄，但不是一般文弱書生，英氣、豪氣始終未泯，衰颯中仍不失剛健，英雄老去，仍是英雄。

二

　　「氣」指詞人品格，又指詞作的文辭風格。氣是詞人生命力之源，也是詞作生命力之源，詞作之氣表現詞人之氣，是詞人元氣、氣質的外化，詞人不同的「氣」，決定詞作不同的「氣」。陸游〈《傅給事外制集》序〉云：「文以氣為主，出處無愧，氣乃不撓。」[72]認為作者要有高尚的人格節操，才會有剛健不撓的氣概，文學作品才有生氣、正氣。王文祿《文脈》卷一說：「『文以氣為主』，有塞天地之氣，而後有垂世之文。」[73]稼軒氣正，故詞作呈現剛正之氣，雄健豪壯的

71 黃宗羲著，沈善洪主編：《黃宗羲全集》（杭州市：浙江古籍出版社，2005年），冊10，頁32。

72 陸游：《陸游集》（北京市：中華書局，1976年），冊5，頁2112。

73 王水照：《歷代文話》（上海市：復旦大學出版社，2007年），冊2，頁1695。

「豪氣」詞，正是一首首「正氣歌」。宋湯衡〈《張紫微雅詞》序〉批評唐五代詞「鏤玉雕瓊，裁花剪葉」，「粉澤之工，反累正氣」。[74]稼軒愛國詞一反香豔綺靡之氣，盡現「正氣」。謝枋得〈祭辛稼軒先生墓記〉稱讚稼軒「有英雄之才，忠義之心，剛大之氣」。[75]稼軒人有「剛大之氣」，浩然沛然，充塞於天地間，因此有「剛大」之詞作。其詞充溢著陽剛正氣，飽含生命激情、人格理想、崇高氣節和超凡氣度。

　　稼軒人有骨氣，詞有氣骨，勁健清峻。賀裳《皺水軒詞筌》對稼軒詞的「粗豪」略有微詞，但肯定其「尚饒氣骨」。[76]劉熙載《藝概》〈文概〉說：「太史公文，精神氣血，無所不具。」[77]氣與精、神、血連為一體，稼軒詞亦是如此，充滿元氣、生氣，中氣十足，元氣淋漓，跳蕩著生命激情，充溢著生命活力，形成劉辰翁〈《辛稼軒詞》序〉所說的「橫豎爛漫」的「稼軒體」。[78]

　　稼軒詞「氣之所充」，形成變態壯觀。門人范開〈《稼軒詞》序〉評曰：「其詞之為體，如張樂洞庭之野，無首無尾，不主故常；又如春雲浮空，卷舒起滅，隨所變態，無非可觀。無他，意不在於作詞，而其氣之所充，蓄之所發，詞自不能不爾也。」[79]「張樂洞庭之野」語出《莊子》〈天運〉：「北門成問於黃帝曰：『帝張咸池之樂於洞庭之野……其聲能短能長，能柔能剛，變化齊一，不主故常。』」[80]范開用這個典故，旨在說明稼軒詞的獨特之處，為情造文，以氣行文，隨物賦形，因情造境，其聲能短能長，風格能剛能柔，變化萬端，不主故常。稼軒詞多姿多彩，眾體兼備，極具博大氣象。

---

74 金啟華：《唐宋詞集序跋彙編》（南京市：江蘇教育出版社，1990年），頁164。

75 謝枋得：《疊山集》，《文淵閣四庫全書》本，卷3。

76 唐圭璋：《詞話叢編》（一）（北京市：中華書局，1986年），頁499。

77 劉熙載：《藝概》（上海市：上海古籍出版社，1978年），卷1，頁12。

78 施蟄存主編：《詞籍序跋萃編》（北京市：中國社會科學出版社，1994年），頁201。

79 吳訥：《百家詞》（天津市：天津市古籍書店，1992年，影印本），下冊，頁965。

80 王先謙注：《莊子集解》（上海市：上海書店，1987年，影印本），卷4。

曹丕《典論》〈論文〉說：「文以氣為主，氣之清濁有體，不可力強而致。」[81]清氣即清爽超邁之氣，清而剛，清而逸，如霜天鶴唳。稼軒詞多清爽之氣，〈沁園春‧靈山齊庵賦〉云：「爭先見面重重，看爽氣、朝來三數峰。」其詞一掃纖豔塵俗之氣。鄒祗謨〈《倚聲初集》序〉說辛棄疾、劉過、陳亮、陸游諸家「鯨呿鼇擲，逸懷壯氣，超乎有高望遠舉之思」。[82]陳模《懷古錄》卷中認為詞「固當以委曲為體，然徒狃於風情婉變，則亦易厭。回視稼軒所作，豈非萬古一清風哉」[83]？稼軒農村詞多有清新之氣、清逸之氣。

稼軒詞極有氣魄、氣勢。劉克莊〈《翁應星樂府》序〉說：「酒酣耳熱，憂時憤世之作，又如阮籍、唐衢之哭也。近世唯辛、陸二公有此氣魄。」[84]陳匪石《聲執》卷下推崇稼軒詞「氣魄雄大，意味深厚」。[85]稼軒詞氣勢雄大，有幾種類型最值得稱賞。一、突兀陡起式。蘇軾〈觀吳道子畫壁詩〉有句「筆所未到氣已吞」。稼軒詞多有先聲奪人氣概，開頭即氣勢非凡，如天墜石，破空而來，定下全詞的基調，振起讀者的精神。如「笑拍洪崖，問千丈、翠岩誰削？」（〈滿江紅〉）「楚天千里清秋，水隨天去秋無際。」（〈水龍吟〉）「落日塞塵起，胡騎獵清秋。」（〈水調歌頭〉）「一水西來，千丈晴虹，十里翠屏。」（〈沁園春〉）「翠浪吞平野。挽天河、誰來照影，臥龍山下。」（〈賀新郎〉）「渡江天馬南來，幾人真是經綸手？」（〈水龍吟〉）二、一氣呵成式。文脈貫通，一氣流注，詞盡意不盡，意斷氣不斷。如〈木蘭花慢〉（可憐今夕月）用〈天問〉體詠送月，連用七個問句，馳騁想像，探究月中奧秘，一氣呵成，浪漫奇特，理趣橫生，令讀者

---

81 蕭統著，李善注：《文選注》，《文淵閣四庫全書》本，卷52。

82 鄒祗謨、王士禛：《倚聲初集》，清順治間大冶堂刊本，卷6。

83 陳模：《懷古錄》，清抄本，卷中。

84 劉克莊：《後村先生大全集》，《四部叢刊》本，卷97。

85 陳匪石著，鍾振振校點：《宋詞舉》（外三種）（南京市：江蘇古籍出版社，2002年），頁205。

一口氣讀完，不忍停頓，備覺氣充神旺。又如〈永遇樂・京口北固亭懷古〉，先著、程洪《詞潔》卷五評道：「後段一氣奔注，筆不得遏。」[86]三、大開大闔式。詞意變化，來去無端，跌宕騰挪，意象跳躍，不循故常，表達感情大喜大悲，大起大落，反差巨大。如〈破陣子・為陳同甫賦壯詞以寄之〉、〈鷓鴣天〉（壯歲旌旗擁萬夫）等，皆是典範之作。

　　錢泳《譚詩》〈總論〉說：「詩文家俱有三足，言理足、意足、氣足也。蓋理足則精神，意足則蘊藉，氣足則生動。理與意皆輔氣而行，故尤必以氣為主，有氣即生，無氣則死。」[87]稼軒詞氣足，充滿生氣，筆是「活筆」。朱庭珍說：「夫氣以雄放為貴，若長江大河，濤翻雲湧，滔滔莽莽，是天下之至動者也。」[88]稼軒詞之「氣」即是典型的「至動」之「氣」，多展現大自然的生命力和運動感，大江大河、驚濤駭浪、飛瀑流泉、暴風驟雨、電閃雷鳴，氣勢飛動，生機勃勃，形象鮮活。陳廷焯《白雨齋詞話》卷一稱讚稼軒〈摸魚兒〉（更能消）「姿態飛動」。[89]如寫潮水壯觀景象：「望飛來、半空鷗鷺，須臾動地聲鼓。截江組練驅山去，鏖戰未收貔虎。朝又暮，誚慣得、吳兒不怕蛟龍怒。風波平步。看紅旆驚飛，跳魚直上，蹙踏浪花舞。」（〈摸魚兒・觀潮上葉丞相〉）寫飛動氣勢，速度感強烈：「燕兵夜娖銀胡䩮，漢箭朝飛金僕姑。」（〈鷓鴣天〉）「馬作的盧飛快，弓如霹靂弦驚。」（〈破陣子〉）「誰道投鞭飛渡。」（〈水調歌頭〉）寫飛瀑：「正驚湍直下，跳珠倒濺。」（〈沁園春〉）寫江流：「不盡長江滾滾流。」（〈南鄉子〉）寫雲雨：「秦望山頭，看亂雲急雨，倒立江湖。」（〈漢

---

86 唐圭璋：《詞話叢編》（二）（北京市：中華書局，1986年），頁1370。
87 錢泳撰，張偉點校：《履園叢話》（北京市：中華書局，1979年），卷8，頁204。
88 朱庭珍：《筱園詩話》，卷1，《清詩話續編》本（上海市：上海古籍出版社，1983年），頁2332。
89 唐圭璋：《詞話叢編》（四）（北京市：中華書局，1986年），頁3792。

宮春〉）稼軒詞善於化靜為動，表現自然的生氣。想像天峰飛來墜地：「誰信天峰飛墜地，傍湖千丈開青壁。」（〈滿江紅〉）疊嶂奔馳：「疊嶂西馳，萬馬迴旋，眾山欲東。」（〈沁園春〉）群山如奔：「青山欲共高人語，聯翩萬馬來無數。」（〈菩薩蠻〉）用「活氣」將靜物寫成動物，死物寫成活物。

　　極具才氣之人，才能創作出雄豪之氣的詞。胡薇元《歲寒居詞話》說稼軒詞「才氣俊邁，於倚聲家為雄豪一派」。[90]姚鼐〈復魯絜非書〉描寫陽剛之美說：「其文如霆，如電，如長風之出穀，如崇山峻崖，如決大川，如奔騏驥。」[91]稼軒詞正有這種陽剛雄壯之氣。稼軒視詞為抒情言志的「陶寫之具」。詞人以筆代劍，「筆作劍鋒長」。（〈水調歌頭·席上為葉仲洽賦〉）英雄氣化作豪氣詞，豪氣詞體現英雄氣。詞人以壯氣寫壯詞，以壯詞表現壯氣，〈破陣子·為陳同甫賦壯詞以寄之〉即明確標明「壯詞」。〈臨江仙〉云：「有心雄泰華，無意巧玲瓏。」可視為對剛雄健壯風格的追求。郭麐《詞品》〈雄放〉云：「海潮東來，氣吞江湖。快馬斫陣，登高一呼……千里萬裡，山奔電驅。元氣不死，乃與之俱。」[92]稼軒詞極具「雄放」之氣，如「要挽銀河仙浪，西北洗胡沙」（〈水調歌頭·壽趙漕介庵〉），「舉頭西北浮雲，倚天萬裡須長劍」（〈水龍吟·過南劍雙溪樓〉）。

　　韓愈〈答李翊書〉說：「氣，水也；言，浮物也。水大而物之浮者大小畢浮，氣之與言猶是也，氣盛則言之短長與聲之高下者皆宜。」[93]言與氣對應，氣為言之帥，言為氣之用。以氣馭言，言與氣

90　唐圭璋：《詞話叢編》（五）（北京市：中華書局，1986年），頁4034。

91　姚鼐：《惜抱軒文集》，《四部叢刊》本，卷6。

92　江順詒輯，宗山參訂：《詞學集成》，卷8引，唐圭璋：《詞話叢編》（四）（北京市：中華書局，1986年），頁3295。

93　韓愈撰，馬其昶校注，馬茂元整理：《韓昌黎文集校注》（上海市：上海古籍出版社，1986年），頁171。

應，氣盛言宜，氣壯詞雄，氣衰詞苦，氣滯詞澀，譴詞造句一憑氣之
驅動，或深或淺，或濃或淡，或散或駢，或長或短，氣到筆至，氣斂
筆收，自然而然。稼軒詞以氣行文，不加掩飾，不事雕琢，隨意而發，
肆口而成，直抒胸臆，純任感情從肺腑中自然流出，如「別離亦復何
恨，此別恨匆匆」（〈水調歌頭〉），「功名事，身未老，幾時休」（〈水
調歌頭〉），「而今已不如昔，後定不如今」（〈水調歌頭〉），「功名只
道，無之不樂，那知有更堪憂」（〈木蘭花慢〉），直白議論。「為公飲，
須一日，三百杯」（〈水調歌頭〉），「家住江南，又過了、清明寒食」
（〈滿江紅〉），「大兒鋤豆溪東，中兒正織雞籠。最喜小兒無賴，溪頭
臥剝蓮蓬」（〈清平樂〉），平實敘寫。如過重語言藻麗，反而傷氣，稼
軒詞氣足，即少此弊。稼軒喜以文為詞，散文化，排比，誇張，增強
行文氣勢。以議論為詞，為「詞論」，理直氣壯，氣勢逼人。以氣行
筆，氣大足以統攝一切，「驅使《莊》、〈騷〉、經、史，無一斧鑿
痕」。[94]劉熙載《藝概》卷四〈詞曲概〉云：「稼軒詞龍騰虎擲，任古
書中理語、廋語，一經運用，便得風流，天姿是何夐異！」[95]稼軒詞
真正做到了無意不可入、無事不可言、無語不可用的藝術高境。用典
使事，恰到好處，如同己出，正賴盛氣。陳廷焯說：「稼軒詞拉雜使
事，而以浩氣行之，如五都市中，百寶雜陳；又如淮陰將兵，多多益
善。風雨紛飛，魚龍百變，天地奇觀也。」[96]陳廷焯《詞壇叢話》肯
定稼軒詞「運典雖多，而其氣不掩」。[97]氣盛言宜，用典再多亦無妨。
另一方面，陳氏《詞壇叢話》又指出稼軒詞「運典太多，真氣稍
遜」。[98]有時過分用典，文氣滯澀不暢，確實有傷其氣。

---

94 張宗櫹輯：《詞林紀事》（成都市：成都古籍書店，1982年），引樓敬思語，頁310。
95 劉熙載：《藝概》（上海市：上海古籍出版社，1978年），卷4，頁110。
96 陳廷焯：《詞則・放歌集》（上海市：上海古籍出版社，1984年），卷1，頁322-323。
97 唐圭璋：《詞話叢編》（四）（北京市：中華書局，1986年），頁3724。
98 唐圭璋：《詞話叢編》（四）（北京市：中華書局，1986年），頁3724。

　　稼軒是豪傑之士，氣魄雄大，中氣內充，出聲必響亮高宏。范開〈《稼軒詞》序〉云：「器大者聲必閎，志高者意必遠。」[99]器大之人才能創作「聲閎」之詞，稼軒止酒賦〈沁園春〉詞中有「氣似奔唐」句，正是「夫子自道」其詞的宏亮聲勢。劉克莊〈辛稼軒集序〉評稼軒詞：「大聲鞺鞳，小聲鏗鍧，橫絕六合，掃空萬古，自有蒼生以來所無。」[100]稼軒詞價值最高的正是「大聲鞺鞳」之作，如〈菩薩蠻〉〈書江西造口壁〉，梁啟超即嘆服「此大聲鞺鞳，未曾有也」。[101]稼軒豪氣詞音節宏亮，高亢激越，聲可裂帛，令人震撼。氣大聲必閎，聲閎又壯其氣。因此，魏禮〈鄒幼圃詩餘序〉稱稼軒詞「音節激昂頓挫，足以助其雄軼之氣」[102]。相反，氣平則聲和，氣靜則聲輕，氣衰則聲弱，氣戾則聲戾。稼軒氣大之詞風，正矯正了傳統香軟柔弱詞風之弊。

　　陳廷焯稱讚稼軒詞「極英雄之氣」。[103]李調元《雨村詞話》卷三說稼軒詞「肝膽激烈，有奇氣」。[104]傳統詞崇尚婉約，風雲氣少，兒女情多，稼軒詞則崇尚風雲氣。氣本尚壯，故多元氣，多英氣、雄氣、豪氣、壯氣。劉熙載《藝概》卷二〈詩概〉云：「詩質要如銅牆鐵壁，氣要如天風海濤。」[105]稼軒詞正有「天風海濤」之氣。

　　稼軒詞以「氣象」取勝。王國維《人間詞話》說：「太白純以氣象勝。『西風殘照，漢家陵闕』，寥寥八字，遂關千古登臨之口。」[106]

99　吳訥：《百家詞》（天津市：天津市古籍書店，1992年，影印本），下冊，頁965。

100　劉克莊：《後村大全集》，《四部叢刊》本，卷97。

101　梁令嫻編，劉逸生校點：《藝蘅館詞選》引（廣州市：廣東人民出版社，1981年），頁104。

102　魏禮：《魏季子文集》，清道光刊本，卷7。

103　陳廷焯：《雲韶集》，稿本，南京圖書館藏，卷5。

104　唐圭璋：《詞話叢編》（二）（北京市：中華書局，1986年），頁1420。

105　劉熙載：《藝概》（上海市：上海古籍出版社，1978年），頁83。

106　唐圭璋：《詞話叢編》（五）（北京市：中華書局，1986年），頁4241。

他亦十分欣賞稼軒詞的「氣象」，又說：「幼安之佳處，在有性情，有境界。即以氣象論，亦有『橫素波、干青雲』之概，甯後世齷齪小生所可擬耶。」[107]稱稼軒詞多「氣象」恢宏之作。杜甫〈曹將軍丹青引〉有句「一洗萬古凡馬空」。元好問〈《新軒樂府》引〉論當時詞壇「自東坡一出，情性之外，不知有文字，真有『一洗萬古凡馬空』氣象」[108]，亦可用來評稼軒詞。稼軒詞有非凡氣象，他人之詞無論是以「情」勝、以「韻」勝，還是以「格」勝、以「境」勝，多無法達到此種境界。

稼軒詞氣大、大感慨、大志向、大氣魄，感情大起大落，文情跌宕起伏，大氣磅礴，氣勢非凡，氣象闊大，如「馬革裹屍當自誓，蛾眉伐性休重說」（〈滿江紅〉），「一線連千里」（〈哨遍〉），「馬上離愁三萬裡」（〈賀新郎〉），「千里瀟湘葡萄漲」（〈賀新郎〉），「舊恨春江流不斷，新恨雲山千疊」（〈念奴嬌〉），「千丈晴虹，十里翠屏」（〈沁園春〉），多剛、大、壯、硬、雄、健、動、活、闊、直、長、高等陽性詞語。

氣不抑則不張，不激則不揚，稼軒詞之氣的張揚，正是詞人遭受壓抑，感情被激發的表現，壓抑激發生命活力和生命激情。

劉熙載《藝概》卷一〈文概〉認為：「文氣當如〈樂記〉二語曰：『剛氣不怒，柔氣不懾。』」[109]稼軒有的詞正足以當之，善於斂氣，怨而不怒，摧剛為柔，剛柔相濟，潛氣內轉，不是一味任憑氣的發、放、露、散。如〈水龍吟·登建康賞心亭〉，譚獻《復堂詞話》評其「裂竹之聲，何嘗不潛氣內轉」。[110]感情鬱結心底，「欲說還休」，不張揚外露，去除發風動氣之弊，如水下漩渦，有內在的力。

---

107 唐圭璋：《詞話叢編》（五）（北京市：中華書局，1986年），頁4247。
108 元好問：《遺山集》，《文淵閣四庫全書》本，卷36。
109 劉熙載：《藝概》（上海市：上海古籍出版社，1978年），頁38。
110 唐圭璋：《詞話叢編》（四）（北京市：中華書局，1986年），頁3994。

復土無望，壯志難酬，詞人感歎唏噓，故詞中充滿悲涼之氣。周濟
〈宋四家詞選目錄序論〉云：「稼軒斂雄心，抗高調，變溫婉，成悲
涼。」[111]詞人怨氣、鬱氣淤滯不順，則文氣不暢，形成沉鬱頓挫的
風格。

　　稼軒農村詞、閒適詞，氣定神閑，別具韻味。詞人不憂不懼，泰
然自若，悠然自得，淡泊寧靜，詞作絢麗歸於平淡，具平和之氣。

　　詞之氣與國之氣運盛衰關係密切。劉勰《文心雕龍》卷九〈時
序〉論建安末年文風時說：「觀其時文，雅好慷慨，良由世積亂離，
風衰俗怨，並志深而筆長，故梗概而多氣也。」[112]稼軒詞即「梗概而
多氣」。

　　稼軒詞還注重提升「氣」，小而能大，弱而能強。用莊子之典亦
多具豪邁之氣，如〈水調歌頭・再用韻呈南澗〉「萬里須臾耳，野馬
驟空埃」，典出《莊子》〈逍遙遊〉「野馬也，塵埃也」句[113]，表現陽
氣初動，狂如奔馬的旺盛生機。為友人祝壽，〈八聲甘州〉（把江山好
處付公來）「且華堂、通宵一醉，待從今、更數八千秋」，〈水龍吟〉
（玉皇殿閣微涼）「待從公，痛飲八千餘歲，伴莊椿壽。」〈水調歌
頭・慶韓南澗尚書七十〉「上古八千歲，才是一春秋」，皆用《莊子》
〈逍遙遊〉「上古有大椿者以八千歲為春，八千歲為秋」。[114]〈水調歌
頭・慶韓南澗尚書七十〉又云：「看取垂天雲翼，九萬里風在下，與
造物周遊。君欲計歲月，嘗試向莊周。」典出《莊子》〈逍遙遊〉：
「鵬之背不知其幾千里也，怒而飛，其翼若垂天之雲……搏扶搖而上
者九萬里……風之積也不厚，則其負大翼也無力，故九萬里則風斯在

111　唐圭璋：《詞話叢編》（二）（北京市：中華書局，1986年），頁1643。

112　劉勰著，祖保泉解說：《文心雕龍解說》（合肥市：安徽教育出版社，1993年），頁
　　886。

113　王先謙注：《莊子集解》（上海市：上海書店，1987年，影印本），卷1。

114　王先謙注：《莊子集解》（上海市：上海書店，1987年，影印本），卷1。

下矣。」[115]寫小石壁，亦小中見大：「莫笑吾家蒼壁小，棱層勢欲摩空。」(〈臨江仙〉)

　　稼軒詞神旺氣足，氣力一體，氣足，故力大。充盈的生氣，是內在生命力，熾熱的感情積聚充溢，噴薄而出。詞作是生命活力的體現形式，具有內在張力。氣足，故筆力雄健剛勁。葉嘉瑩〈論辛棄疾詞〉說：「辛詞中感發之生命，原是由兩種互相衝擊的力量結合而成的。一種是來自他自身內心所凝聚的帶著家國之恨的想要收復中原的奮發的衝力，另一種力量則是來自外在環境的，由於南人對北人之歧視以及主和與主戰之不同，因而對辛棄疾所形成的一種讒毀擯斥的壓力，這兩種力量之相互衝擊和消長，遂在辛詞中表現出了一種盤旋激盪的多變的姿態，這自然是使得辛詞顯得具有多種樣式與多種層次的一個主要的原因。」[116]陳廷焯《白雨齋詞話》卷一評〈摸魚兒〉(更能消)：「起處『更能消』三字，是從千迴萬轉後倒折出來，真是有力如虎。」[117]又評〈賀新郎‧別茂嘉十二弟〉云：「沉鬱蒼涼，跳躍動盪，古今無此筆力。」[118]如椽巨筆，氣干雲霄，力可扛鼎，令人震撼。

　　「氣」對於稼軒詞創作具有動力性的作用。劉勰《文心雕龍》卷六〈體性〉說：「才力居中，肇自血氣；氣以實志，志以定言，吐納精華，莫非情性。」[119]是說文學作品是作家才情個性的外化，作家內在的情志必須由「氣」來充實，文辭的選擇與表達是由情志決定的。「氣」對於作家的情志和作品之文辭皆具有動力性的作用。稼軒氣血盛，故其詞氣魄大，氣勢雄。

115 王先謙注：《莊子集解》(上海市：上海書店，1987年，影印本)，卷1。

116 葉嘉瑩：《唐宋詞名家論稿》(石家莊市：河北教育出版社，1997年)，頁244。

117 唐圭璋：《詞話叢編》(四)(北京市：中華書局，1986年)，頁3793。

118 唐圭璋：《詞話叢編》(四)(北京市：中華書局，1986年)，頁3791。

119 劉勰著，祖保泉解說：《文心雕龍解說》(合肥市：安徽教育出版社，1993年)，頁541。

三

　　詞分「婉約」與「豪放」，張綖《詩餘圖譜》〈凡例〉後所附按語云：「詞體大約有二：一體婉約，一體豪放。婉約者欲其詞情蘊藉，豪放者欲其氣象恢宏。」[120]「氣」規定了詞的風格特色。氣上則詞放，發為豪放風格，氣下則詞斂，發為婉約風格。「浩瀚之氣」是豪放詞的重要標誌，是與婉約詞的本質區別之一，詞缺乏氣，便不成其為豪放。蔣兆蘭《詞說》云：「宋代詞家，源出於唐五代，皆以婉約為宗。自東坡以浩瀚之氣行之，遂開豪放一派。南宋辛稼軒運深沉之思於雄傑之中，遂以蘇辛並稱。」[121]吳錫麒〈董琴南《楚香山館詞鈔》序〉云：「詞之派有二：一則幽微要眇之音，宛轉纏綿之致，戛虛響於弦外，標雋旨於味先，姜、史其淵源也……一則慷慨激昂之氣，縱橫跌宕之才，抗秋風以奏懷，代古人而貢憤，蘇、辛其圭臬也。」[122]馮煦也說：「豪放可以氣取，豔冶可以言工，高健幽咽則關乎神理骨性，難可強也。」[123]婉約詞氣弱，則轉以「情」、「韻」取勝；豪放詞氣盛，氣格超然，可救婉約詞柔靡軟弱之弊。

　　沈祥龍《論詞隨筆》云：「唐人詞，風氣初開，已分二派。太白一派，傳為東坡諸家，以氣格勝，於詩近西江；飛卿一派，傳為屯田諸家，以才華勝，於詩近西昆。後雖迭變，總不越此二者。」[124]有氣格，詞體始尊。陳洵《海綃說詞》曰：「東坡獨崇氣格，箴規柳、秦，詞體之尊，自東坡始。」[125]稼軒詞亦如此。從一定程度上看，「氣」之強弱是衡量詞作高下優劣的標準。詞作不能「短氣」，氣短

120　游元涇校刊：《增正詩餘圖譜》，明萬曆刊本，卷首。

121　唐圭璋：《詞話叢編》（五）（北京市：中華書局，1986年），頁4632。

122　吳錫麒：《有正味齋駢體文》，《續修四庫全書》本，卷8。

123　唐圭璋：《詞話叢編》（四）（北京市：中華書局，1986年），頁3588。

124　唐圭璋：《詞話叢編》（五）（北京市：中華書局，1986年），頁4049。

125　唐圭璋：《詞話叢編》（五）（北京市：中華書局，1986年），頁4837。

必然力弱格卑。虞集〈《中原音韻》序〉說周邦彥、姜夔諸人「詞氣
又不無卑弱之憾」。[126]婉約詞之弊正在於「氣格」卑弱，稼軒詞正以
「氣」矯正其弊。

　　稼軒詞以「氣」統馭一切，「氣」、「格」分論，稼軒詞以「氣」
統「格」，有時似不見格律。陳廷焯說：「詞有格，稼軒詞若無格；詞
有律，稼軒詞若無律。細按之，格律絲毫不紊。總由才大如海，只信
手揮灑，電掣風馳，飛沙走石，真詞壇第一開闢手。」[127]若斤斤計較
格律，則會傷「氣」。

　　有時，詞論家將「氣」與「格」對舉。謝章鋌《賭棋山莊文集》
卷一〈葉辰溪《我聞室詞》敘〉論詞的發展演變，說：「稼軒出，始
用氣；白石出，始立格。」[128]蔡宗茂〈《拜石詞》序〉論宋詞說：
「姜、張以格勝，蘇、辛以氣勝，秦、柳以情勝。」[129]稼軒詞是以
「氣」勝的典範。王國維說：「南宋詞人，白石有格而無情，劍南有
氣而乏韻，其堪與北宋人頡頏者，唯一幼安耳。」[130]實為推崇稼軒詞
氣、格、韻兼備兼勝。田同之《西圃詞說》曰：「詞以神氣為主，取
韻者次也，鏤金錯采其末耳。」[131]「神氣」最重要，勝過「韻」和語
言文字的雕琢。但「氣」太盛，又往往與「格」相乖，流於粗豪率
露，稼軒詞亦不免此弊。李曾伯詞學稼軒，永瑢等《四庫全書總目》
卷一六三〈可齋雜稿提要〉評曰：「才氣縱橫，頗不入格。」[132]

　　東坡詞與稼軒詞的異同，當代學者多有不同角度的論述，但從

126　周德清：《中原音韻》，元刻本，卷首。

127　陳廷焯：《雲韶集》，稿本，南京圖書館藏，卷5。

128　陳慶元主編：《謝章鋌集》（長春市：吉林文史出版社，2009年），頁7。

129　江順詒輯，宗山參訂：《詞學集成》，卷5引，唐圭璋：《詞話叢編》（四）（北京
　　市：中華書局，1986年），頁3272。

130　王國維：《王國維文學論著三種》（北京市：商務印書館，2001年），頁39，

131　唐圭璋：《詞話叢編》（二）（北京市：中華書局，1986年），頁1456。

132　永瑢等：《四庫全書總目》（北京市：中華書局，1965年，影印本），下冊，頁1400。

「氣」這一角度論述不夠。古人早已注意到蘇、辛詞「氣」的異同，只是未引起學界足夠的重視。東坡詞以「氣」勝，歷代詞論家多讚不絕口，汪莘〈《方壺詩餘》自序〉自稱喜東坡詞，說「其豪妙之氣，隱隱然流出言外，天然絕世，不假振作」。[133]王士禛《花草蒙拾》說：「黃魯直亦云：東坡書挾海上風濤之氣。讀東坡詞當作如是觀。」[134]徐釚《詞苑叢談》卷三說東坡詞「自有橫槊氣概，固是英雄本色」。[135]郭麐《靈芬館詞話》卷一稱東坡「以橫絕一代之才，凌厲一世之氣」，創作「雄詞」。[136]陳廷焯推崇東坡詞「大筆摩天」，「氣概過人」。[137]稼軒詞亦如東坡詞，以「氣」取勝。曹稼山（珍）〈《玉壺買春詞》序〉說東坡詞如海之「大」，稼軒詞如濤之「雄」[138]，是欣賞其詞的共同特點——氣勢。

　　王士禛〈《倚聲集》序〉稱蘇、陸、辛、劉之詞是「英雄之詞」。[139]蘇、辛詞皆具「英氣」，王博文〈《天籟集》序〉論秦觀、賀鑄等詞「哇淫靡曼之聲勝。東坡、稼軒矯之以雄詞英氣，天下之趨向始明」[140]。李長翁〈《古山樂府》序〉說：「東坡、稼軒傑作，磊落倜儻之氣溢出豪端，殊非雕脂鏤冰者所可彷彿。」[141]蘇、辛詞以氣勝，有救弊之效。

　　蘇、辛詞之「氣」有明顯的差異。人稱東坡為「坡仙」，有靈氣

133　施蟄存主編：《詞籍序跋萃編》（北京市：中國社會科學出版社，1994年），頁270。

134　唐圭璋：《詞話叢編》（一）（北京市：中華書局，1986年），頁681。

135　徐釚撰，唐圭璋校注：《詞苑叢談》（上海市：上海古籍出版社，1981年），卷3，頁12。

136　唐圭璋：《詞話叢編》（二）（北京市：中華書局，1986年），頁1503。

137　陳廷焯：《詞則·大雅集》（上海市：上海古籍出版社，1984年），卷2，頁55。

138　江順詒輯，宗山參訂：《詞學集成》，卷7引，唐圭璋：《詞話叢編》（四）（北京市：中華書局，1986年），頁3288。

139　王士禛：《漁洋山人文略》，清雍正刻本，卷3。

140　施蟄存主編：《詞籍序跋萃編》（北京市：中國社會科學出版社，1994年），頁463。

141　施蟄存主編：《詞籍序跋萃編》（北京市：中國社會科學出版社，1994年），頁488。

仙才，其詞頗具「仙氣」、「逸氣」。黃庭堅〈跋《東坡樂府》〉評蘇軾
〈卜算子・黃州定惠院寓居作〉：「語意高妙，似非吃煙火食人語。非
胸中有萬卷書，筆下無一點塵俗氣，孰能至此！」[142]王若虛稱東坡
「天資不凡，辭氣邁往，故落筆皆絕塵耳」。[143]陳廷焯說東坡詞「落
筆高超，飄飄有淩雲之氣」。[144]東坡受佛、道思想及其藝術思維特徵
的影響較深，其人瀟灑曠達，其詞因此多出塵之想、清逸之氣，稼軒
受佛、道影響相對較少，受屈原〈離騷〉影響較多，感情執著，故其
詞多怨憤之氣，而少清逸之氣。陳廷焯說：「魄力之大，蘇不如辛。
氣體之高，辛不逮蘇遠矣。」[145]此論未確，稼軒詞氣魄大，自然氣體
高，作者觀點自相矛盾。實際上，他多處讚賞稼軒詞之「氣」，評東
坡「古文才氣縱橫而不免霸氣，總不及詞之超逸而忠厚也」。稱其詞
可評為上上品。[146]又說：「東坡詞全是王道。稼軒詞則兼有霸氣，然
猶不悖于王也。」[147]認為稼軒詞的特色是王道兼有霸氣，不及東坡詞
「全是王道」的忠厚純正。稼軒詞有如東坡古文，「以文為詞」，是
「詞論」，這在東坡詞是不足，在稼軒詞則正是其獨特處。陳廷焯
《雲韶集》卷五云：「東坡詞極名士之雅，稼軒詞極英雄之氣。千古
並稱，而稼軒更勝。」[148]更欣賞推崇稼軒詞的「英雄之氣」。

　　沈謙《填詞雜說》云：「學周、柳，不得見其用情處，學蘇、
辛，不得見其用氣處。當以離處為合。」[149]提醒後人學蘇、辛詞，
「用氣」不可太過。

142 黃庭堅著，劉琳等校點：《黃庭堅全集》（二）（成都市：四川大學出版社，2001年），頁660。
143 王若虛：《滹南詩話》（揚州市：江蘇廣陵古籍刻印社，1995年，影印本），卷2。
144 陳廷焯：《雲韶集》，稿本，南京圖書館藏，卷5。
145 唐圭璋：《詞話叢編》（四）（北京市：中華書局，1986年），頁3783。
146 唐圭璋：《詞話叢編》（四）（北京市：中華書局，1986年），頁3937。
147 唐圭璋：《詞話叢編》（四）（北京市：中華書局，1986年），頁3957。
148 陳廷焯：《雲韶集》，稿本，南京圖書館藏，卷5。
149 唐圭璋：《詞話叢編》（一）（北京市：中華書局，1986年），頁635。

　　王世貞《藝苑卮言》卷四云：「七言絕句，盛唐主氣，氣完而意
不盡工；中晚唐主意，意工而氣不甚完。」[150]可移來評稼軒詞，以
「氣」取勝的詞，不大計較意之工拙，具樸拙天然之美。真氣從胸襟
流出，粗放率直又何妨？大手筆者，真氣足以運筆，任性隨意，自成
佳構，不必完全循規蹈矩，拘泥於文字聲韻。稼軒詞神氣充足、飽
滿、剛健、雄壯，令人讀後迴腸盪氣，精神振奮。洪邁〈稼軒記〉稱
其「壯聲英概，懦士為之興起」。[151]

　　詞人之「氣」決定了詞作之「氣」。元好問〈論詩三十首〉主張
以「中州萬古英雄氣」[152]，發而為剛健雄放的詩風，其詞風亦如是，
而其源正出自稼軒。元趙文比較南北詞風，〈《吳山房樂府》序〉云：
「近世辛幼安跌宕磊落，猶有中原豪傑之氣。」[153]稼軒由北歸南，挾
北方豪傑忠勇剛健、慷慨激昂之氣，其詞給柔弱軟媚的詞壇吹進一股
清剛之氣。

　　對稼軒詞的「氣」，歷代有不同的評價。張炎《詞源》卷下云：
「辛棄疾、劉改之作豪氣詞，非雅詞也，於文章餘暇，戲弄筆墨作長
短句之詩耳。」[154]作者論詞崇尚雅正，故譏評稼軒詞為「豪氣詞」。
審美趣味和標準不同，對同是氣豪之詞的評價即有差異。永瑢等《四
庫全書總目》卷一九八〈蘆川詞提要〉評張元幹詞：「其詞慷慨悲
涼，數百年後，尚想其抑塞磊落之氣。」[155]可移之評稼軒詞。稼軒詞
藝術生命常青，歷代傳誦不衰，正賴其充盈之「氣」。

　　蘇轍〈上樞密韓太尉書〉云：「文者，氣之所形，……其氣充乎

150　王世貞著，羅仲鼎校注：《藝苑卮言校注》（濟南市：齊魯書社，1992年），頁173。

151　祝穆：《事文類聚・前集》，明刻本，卷36。

152　元好問：《遺山集》，《文淵閣四庫全書》本，卷11。

153　趙文：《青山集》，《文淵閣四庫全書》本，卷2。

154　唐圭璋：《詞話叢編》（一）（北京市：中華書局，1986年），頁267。

155　永瑢等：《四庫全書總目》（北京市：中華書局，1965年，影印本），下冊，頁1814。

其中而溢乎其貌，動乎其言而見乎其文。」[156]詩、文皆以氣為主，詞
亦如此，稼軒胸中意氣充盈外溢，氣外化為剛健雄放的風格。氣為文
之帥，氣暢則文暢，氣滯則文滯，氣盛則文盛，氣衰則文衰。氣決定
了詞的題材、內容、語言、風格、結構、手法等特色。「氣」是精
神，是靈魂，是底蘊，是藝術生命力之源，在稼軒詞中佔有極為重要
的地位，舍「氣」而論稼軒詞，往往僅見其皮毛，難見其神髓，難見
其特異之處和真價值。

　　稼軒以「氣」為詞，亦存在不足。有的詞具悍厲之氣，不符「溫
柔敦厚」之旨，不合雅正規範，張炎譏之為「豪氣詞」，亦有一定道
理。「發風動氣」，氣太放縱而不知收斂節制，太露太盡，流於粗獷猛
厲，率易僭俗，詞缺乏含蓄蘊藉、平和閒靜之美。陳廷焯說：「稼軒
詞著力太重處，如〈破陣子·為陳同甫賦壯詞以寄之〉、〈水龍吟·過
南劍雙溪樓〉等作，不免劍拔弩張。」[157]周濟亦指出：「稼軒不平之
鳴，隨處輒發，有英雄語，無學問語，故往往鋒穎太露。」[158]過於逞
才使氣，氣過於文，為後人粗豪叫囂開了不良風氣。謝章鋌《賭棋山
莊詞話·續編》卷三引張維屏（南山）語云：「以情勝者，恐流於
弱；以氣勝者，恐失於粗。」[159]粗率淺陋是「以氣勝」之詞的通弊。
陳廷焯批評稼軒〈永遇樂·京口北固亭懷古〉、〈南鄉子·登京口北固
亭〉、〈浪淘沙·山寺夜作〉、〈瑞鶴仙·南劍雙溪樓〉等詞，「才氣雖
雄，不免粗魯。」[160]所評雖顯苛刻，確擊中其弊。稼軒詞用典使事過
多，往往使真氣受到阻滯，難以暢通，從而導致文氣滯澀，破壞了一
氣貫注的美感。

---

156 蘇轍著，陳宏天、高秀芳校點：《蘇轍集》（北京市：中華書局，1990年），冊2，
　　頁381。
157 唐圭璋：《詞話叢編》（四）（北京市：中華書局，1986年），頁3792。
158 唐圭璋：《詞話叢編》（二）（北京市：中華書局，1986年），頁1633。
159 唐圭璋：《詞話叢編》（四）（北京市：中華書局，1986年），頁3517。
160 唐圭璋：《詞話叢編》（四）（北京市：中華書局，1986年），頁3791。

　　詞以「格」勝者，以「韻」勝者，以「意」勝者，皆較易學，以「氣」勝者卻不易學。稼軒詞之「氣」即不易學，僅氣力強盛，缺乏才、情、學、識和藝術感悟力，只能中氣十足地粗豪叫囂；若是天性柔弱詞人，氣本不足，勉強學稼軒之「氣」，也只能虛矯在外，外強中乾，得貌遺神。缺乏稼軒的才氣和真性情，詞作過分用典使事，生吞活剝，羅列堆砌，導致文氣滯阻不暢，晦澀難解。周濟《介存齋論詞雜著》說：「後人以粗豪學稼軒，難傳其才，並無其情。稼軒固是才大，然情至處後人萬不能及。」[161]陳匪石《宋詞舉》卷上提醒學稼軒詞者，「宜取神遺貌，藉藥纖弱之病，而發風動氣，則所當慎也。」[162]氣足筆自健，這是「氣」的神力，但要防止一味逞才使氣，「氣」應有所節制，學詞者稍有不慎，極易犯此病。

　　謝章鋌《賭棋山莊詞話》卷一說：「稼軒是極有性情人，學稼軒者，胸中須先具有一段真氣、奇氣，否則，雖紙上奔騰，其中俄空焉，亦蕭蕭瑟瑟，如膈下風耳。」[163]陳洵《海綃說詞》云：「嘗論詞有真氣，有盛氣。真氣內充，盛氣外著，此稼軒也。學稼軒者無其真氣，而欲襲其盛氣，鮮有不敗者矣。能者則真氣內含，盛氣外斂。」[164]陳廷焯說稼軒「有吞吐八荒之概」，故其詞豪雄悲鬱，而後人「無稼軒氣概，漫為規模，適形粗鄙耳」。[165]況周頤說：「性情少，勿學稼軒。」[166]學稼軒須是真人，有真性情，胸中充溢著一股真氣、盛氣、奇氣，如此，詞作才能氣足神完，充實飽滿。意隨筆至，直抒胸臆，不經意處，是真率，不是粗率，是率直，不是草率，後人無稼軒之真「氣」，學稼軒僅得粗率、草率，遺神而取貌，不足為訓。

161 唐圭璋：《詞話叢編》（二）（北京市：中華書局，1986年），頁1633。

162 陳匪石編著，鍾振振校點：《宋詞舉》（外三種）（南京市：江蘇古籍出版社，2002年），頁77。

163 唐圭璋：《詞話叢編》（四）（北京市：中華書局，1986年），頁3330。

164 唐圭璋：《詞話叢編》（五）（北京市：中華書局，1986年），頁4859。

165 唐圭璋：《詞話叢編》（四）（北京市：中華書局，1986年），頁3925。

166 唐圭璋：《詞話叢編》（五）（北京市：中華書局，1986年），頁4418。

第七節　文天祥詞綜論

　　文天祥是偉大的民族英雄，也是傑出的文學家，他詩文兼擅，詞亦佳。唐圭璋《全宋詞》據《文山先生全集》、《指南後錄》及《元草堂詩餘》輯得文天祥詞八首。目前學術界有關文天祥詞的單篇論文有唐圭璋的〈文天祥〈念奴嬌〉詞辨偽〉（《光明日報・文學遺產》第256期〔1959年4月〕），韓志遠的〈文天祥〈念奴嬌〉詞不是偽作〉（《江西社會科學》1983年第1期），楊子才的〈這首〈念奴嬌〉確為文天祥所作〉（《北京日報》，2001年4月16日），劉榮平的〈文天祥〈沁園春〉探索〉（《中國韻文學刊》2003年第1期），李穎生的〈談文天祥、鄧剡的唱和詞〈酹江月〉〉（《徐州師範大學學報》1982年第2期），繆鉞的〈論文天祥詞〉（《四川大學學報》1985年3期），劉華民的〈英雄樂章蘇辛嗣響——試論文天祥詞〉（《南通師範學院學報》1993年第4期）等。陶爾夫、劉敬圻的《南宋詞史》（哈爾濱市：黑龍江人民出版社，2005年）亦有較多筆墨論述文天祥詞。以上論著或著重於對單篇詞作的考證，或對其代表詞作進行鑑賞分析，均為本文寫作奠定了基礎。但筆者覺「意猶未盡」，故撰此文，對文天祥詞進行全面的綜合性評述，以求教於上述諸家及學界同仁。

一

　　文天祥忠義愛國，忠君與愛國是其一生的使命。其詞中亦澎湃著濃厚的民族情感，可見其用生命捍衛民族大義的決心和勇氣。試看他與鄧剡的唱和之作：

　　　　水天空闊，恨東風、不借世間英物。蜀鳥吳花殘照裡，忍見荒城頹壁。銅雀春情，金人秋淚，此恨憑誰雪。堂堂劍氣，斗牛

空認奇傑。　　　那信江海餘生，南行萬里，屬扁舟齊發。正為
鷗盟留醉眼，細看濤生雲滅。睨柱吞嬴，回旗走懿，千古衝冠
髮。伴人無寐，秦淮應是孤月。（鄧剡〈酹江月・驛中言別友
人〉）[167]

乾坤能大，算蛟龍、元不是池中物。風雨牢愁無著處，那更寒
蛩四壁。橫槊題詩，登樓作賦，萬事空中雪。江流如此，方來
還有英傑。　　　堪笑一葉漂零，重來淮水，正涼風新發。鏡裡
朱顏都變盡，只有丹心難滅。去去龍沙，江山回首，一線青如
髮。故人應念，杜鵑枝上殘月。（文天祥〈酹江月・和〉）

　　鄧剡，字光薦，號中齋，又號中甫，景定三年（1262）進士。鄧
剡與文天祥乃同鄉，兩人均以興復國家為己任，可謂志同道合。鄧剡
被捕後，與文天祥囚禁一處，他們彼此唱和，感情日篤。數月後，鄧
剡以病留金陵，文天祥則繼續北行，兩位好友不得不分手，別離之
際，兩人借東坡〈念奴嬌・赤壁懷古〉韻作詞贈答。〈酹江月・驛中
言別友人〉原見文天祥《文山先生全集》中，兩種刻本——明嘉靖三
十一年鄒懋卿刻本、清雍正三年文天祥十四世孫文有煥家刻本存在出
入：家刻本中此詞題作「驛中言別」，旁注「友人作」；鄒刻本則脫
「作」字，為「驛中言別友人」。兩種版本雖文字相差不大，意思卻
截然相反。許多詞家皆襲鄒刻本，以為文天祥詞。經唐圭璋等考證，
此非文天祥詞，乃鄧剡所作。詞上片寫亡國破家之痛，以「世間英
物」喻文天祥，「恨東風」句，感慨天不助英才成其大業，只能讓人
喟歎惋惜。金陵城中殘垣斷壁，「蜀鳥」、「吳花」，是極具亡國色彩的
慘澹物象，再加上「銅雀春情，金人秋淚」，江山易主之悲被推向極
至。文天祥堪稱當世「奇傑」，卻不幸被俘，亡國之恨將「憑誰

---

167 唐圭璋：《全宋詞》（北京市：中華書局，1999年），冊5，頁4108。

雪」？下片敘述文天祥抗元鬥爭的歷程，表達對他的期望和惜別之情。「那信」句，謂文天祥於德祐二年（1276）在京口（今江蘇鎮江）逃脫，南行萬里，入福建舉義兵抗元的英勇事蹟。「正為鷗盟」二句，自述為了能看到文天祥再次逃脫元軍的囚禁，東山再起，才「醉眼」偷生。「睨柱吞嬴」句，用藺相如持璧睨柱，氣吞秦王，蜀國丞相諸葛亮死後還能嚇走活仲達二典，稱讚並期望文天祥再展雄威，恢復國土。結拍二句，轉入惜別。「孤月」，意喻自己將與好友分離，形單影隻。全詞悲壯沉鬱，真摯感人。[168]

　　文天祥和詞以「乾坤能大」起句，以「池」象徵囚室，用「蛟龍」形容所囚之人。「蛟龍」，典出《三國志》〈吳書〉：「恐蛟龍得雲雨，終非池中物也。」詞人藉以表達對自己以及包括好友在內的抗元精英的信心，期待有一天能逃離牢籠，乘雲布雨，再幹一番事業。「風雨」二句，描寫囚徒生活的淒苦、孤獨，深化悲痛淒涼之感。「橫槊題詩」三句，借曹操、王粲典，表達自己既有曹操之英勇氣概，又不乏王粲登樓作賦的文采才華，卻雄圖難展，壯志難伸，落得「萬事空中雪」的境地。歇拍「江流如此，方來還有英傑」，指抗元復國大業如江河奔騰不止，有待後人完成。這是對鄧剡原作中「堂堂劍氣，鬥牛空認奇傑」的回應，透露著對前景的希冀。換頭承上，「堪笑一葉飄零」，文天祥意識到自己孤軍奮戰於大廈將傾之際，正如寒秋中的一片落葉，力量單薄。文天祥第一次被捕時曾伺機脫逃，在淮水之間數遇敵騎。再次被捕後復至金陵，是謂「重來淮水」。但作者沒有感到沮喪，儘管囚徒生活會損耗自己的生命，但無法磨滅堅強的意志，胸中的愛國丹心是永遠跳躍的。文天祥多次提到「丹心」，如〈宣州罷任再贈〉云：「流落丹心天肯未，崢嶸青眼古來

稀。」[169]「漂零行路丹心苦，夢裡一聲何處鴻。」(〈夜潮〉，《文山集》卷十八)「縱饒夜久胡塵黑，百煉丹心涅不緇。」(〈天祥執筆於清邊堂之寓舍〉，《文山集》卷十八)「人生自古誰無死，留取丹心照汗青。」(〈過零丁洋〉，《文山集》卷十九)「丹心不改君臣誼，清淚難忘父母邦。」(〈泰和〉，《文山集》卷十九)均為作者愛國熱情的真實表達。「去去龍沙」三句，詞人再次表白，無論去往何處，心終南向，即使以身殉國，魂魄也會變成杜鵑飛回故國，為國啼血哀鳴。這與作者〈金陵驛〉詩句「從今別卻江南路，化作啼鵑帶血歸」相較，有異曲同工之妙。

　　通過兩首詞的比較，我們不難發現，兩詞均不乏悲壯的意象、雄闊的氣勢，詞中充滿著作者對恢復山河的渴望與希冀。但若以「氣」論詞，鄧剡詞則略遜一籌，它更多的是對友人的惋惜與期望，結尾是以自身的孤獨來表達惜別之情；文天祥詞則酣暢淋漓，慷慨悲壯，洋溢著昂揚的鬥志，具有鼓舞人心的力量。以「寧為玉碎」的氣概結束全篇，讓人讀來激情澎湃。[170]

　　文天祥有英雄情結，崇敬英雄，呼喚英雄，「留取丹心照汗青」的生死觀、價值觀，不僅體現在詩、文中，亦寓於詞中。〈沁園春・題潮陽張許二公廟〉云：

　　　　為子死孝，為臣死忠，死又何妨。自光嶽氣分，士無全節，君臣義缺，誰負剛腸。罵賊睢陽，愛君許遠，留得聲名萬古香。後來者，無二公之操，百煉之鋼。　　　人生翕歘云亡，好烈烈轟轟做一場。使當時賣國，甘心降虜，受人唾罵，安得留芳。

169　文天祥：《文山集》，《文淵閣四庫全書》本，卷1。以下引作者詩、文皆同此版本，
　　　隨文括注。

170　參見唐圭璋等：《唐宋詞鑑賞辭典》(南宋・遼金卷)(上海市：上海辭書出版社，
　　　1988年)，頁2179。

古廟幽沉，儀容儼雅，枯木寒鴉幾夕陽。郵亭下，有奸雄過此，仔細思量。

　　據夏承燾《宋詞系》考證：「文山北行，不過睢陽。《指南後錄》〈彭城行〉云：『西望睢陽城，只與汴水通。』詞蓋懷望之作。《鳳林書院草堂詩餘》注云：『至元間留燕山作。』殆可信也。」此詞當作於昺帝祥興元年（1278）文天祥過張巡、許遠廟時。唐玄宗天寶年間，安祿山起兵叛亂，張、許二公死守睢陽，以血肉之軀、錚錚之氣築起江淮之屏障。元和十四年，韓愈被貶潮州，撰寫〈張中丞傳後敘〉，不吝言辭地對此壯舉加以讚美。後潮州人立張、許廟，文天祥過潮陽時，拜謁此廟，遂作此詞。起句「為子死孝，為臣死忠，死又何妨」，儒家思想要求為子盡孝而死，為臣盡忠而死，乃天經地義之事。德祐二年（1276）正月二十日，文天祥被拘元營，次日謝太后奉降表，文天祥作〈使北〉詩曰：「初修降表我無名，不是隨班拜舞人。誰遣附庸祈請使？要教索虜識忠臣。」（《文山集》卷十八）充分表達了堅貞不屈的民族氣節。此論雖屬「老調」，卻不可單純理解為愚忠之語，因為文天祥維護的不僅是統治者，還有國土的完整、民族的尊嚴。接下四句，氣勢磅礴，令人肅起敬意。易代之際，人們或恐慌無助，不知所措，或阿諛新朝，以求自保，文天祥希望士人保持氣節，學習張、許二公忠於君國，用自己的鮮血譜寫天地間的正氣之歌。「留取聲名萬古香」，意同「留取丹心照汗青」，均體現文天祥的生命哲學。文天祥於亂世中奮起勤王，危險自不待言，對他來說，生死不過一線，關鍵在於死的價值，若死後可留取精神，鼓勵後人，光揚萬世，便是死得其所，死亦無憾。「後來者，無二公之操，百煉之鋼」，表達對英雄敬仰之情，亦是呼喚時代英雄的出現。換頭句，緊承上文，進一步展現文天祥的生死觀、價值觀。翕歘，突然，短促之意。人生如白駒過隙，逝者如斯，應把握有限的生命，轟轟烈烈地做

一番興國利民之大事業。如果二公當時在國家危難的時刻，不顧大
義，自願成為俘虜，雖暫時保住性命，卻將遺臭萬年，遭受世人唾
罵，安得留芳？此假設是以張、許做反襯，實則針對賣國求榮的小
人。「古廟幽沉」句，形容二公祠的幽深靜穆，塑像儀容莊嚴神聖而
不可侵犯。枯木、寒鴉、夕陽，與廟內的莊重氣氛形成鮮明的對比。
在文天祥看來，這些讓人覺得淒涼的物象抵不過二公精神所散發出的
光芒。最後兩句說，路過此廟的「奸雄」，當「仔細思量」，想清楚究
竟什麼才是生命的價值與意義。此詞境界甚高，作者的生死哲學觀亦
體現得淋漓盡致。抒情中不乏雄壯剛健之氣。[171]

　　文天祥就義後，鄧光薦（剡）〈信國公像贊〉云：「東南英氣萃於
身，可死其身，不死其神。」[172]認為文天祥的精神將永存於世，這正
是文天祥所追求嚮往的「留得聲名萬古香」。王翰〈東山雙廟〈沁園
春〉詞跋〉云：「丞相文山公題此詞，蓋在景炎時也。三宮北還，二
帝南走，時無可為矣。赤手起兵，隨戰隨潰。道經潮陽，因謁張、許
二公之廟。而此詞實憤奸雄之誤國，欲效二公之死以全節也。噫！唐
有天下三百年，安史之亂，其成就卓為江淮之保障者，二公而已矣。
宋有天下三百年，革命之際，始終一節，為十五廟祖宗出色者，文山
公一人焉。詞有曰：『人生翕歘云亡，好轟轟烈烈幹一場。』是知公
之時，固異乎張、許二公之時，而公之心，即張、許之心矣。予守潮
日，首遣人詣潮陽致祭，仍廣石本以傳諸遠，俾忠義之士讀之，有所
興起。奸雄之輩讀之，亦少知自警云爾。」[173]作為張、許二公的異代
知己，文天祥不僅用詞作歌頌他們，更效法二公忠烈之舉。劉永濟
《唐五代兩宋詞簡析》云：「宋亡之際，叛國降虜者甚多。天祥過雙

171 參見唐圭璋等：《唐宋詞鑑賞辭典》（南宋・遼金卷）（上海市：上海辭書出版社，
　　1988年），頁2183。

172 文鳳翔、文鳳翊編纂：《文氏通譜》，清乾隆三十二年刻本，卷首。

173 周恒重修：《潮陽縣誌》，清光緒十年刻本，卷2。

廟，念張巡、許遠遺烈，不覺感慨，發為此詞，忠義之氣，凜然紙上。此等作品，不可以尋常詞觀之也。」[174]所論甚為公允。

陳霆《渚山堂詞話》卷二云：「史稱文山性豪侈，每食，方丈聲妓滿前。晚節乃散家資，募義勤王，九死不奪。蓋子房所謂韓亡不愛萬金之資者也，真人豪哉。」[175]這裡所談的是文天祥在募兵勤王前的生活。從文天祥的兩首〈齊天樂〉中，可窺探他的另一面：「南樓月轉銀河曙，玉簫又吹梅早」、「更為把瑤尊，滿斟醽醁。回首宮蓮，夜深歸院燭。」的確是比較奢華享受的。關於這點，我們不必諱言，因為正如陳霆所說，文天祥在經歷了那樣的豪奢生活後，仍能散盡家資，募兵勤王，並用自己的生命去捍衛國家統一，才更顯示出英雄的真實偉大。

二

恭帝德祐二年（1276）正月，宋帝奉表於元請降。三月，恭帝及包括太皇太后、皇太后在內的後宮嬪妃均被俘北去。眾妃之中，有一王昭儀名清惠者，路過夷山驛站時，寫下傳唱一時的〈滿江紅〉，詞曰：

> 太液芙蓉，全不是、舊時顏色。嘗記得、恩承雨露，玉樓金闕。名播蘭簪妃后裡，暈潮蓮臉君王側。忽一朝、輦鼓揭天來，繁華歇。　　龍虎散，風雲滅。今古恨，憑誰說？對山河百二，淚沾襟血。驛館夜驚塵土夢，宮車曉轉關山月。問嫦娥、於我肯相容，從圓缺。

---

174 劉永濟：《唐五代兩宋詞簡析》（上海市：上海古籍出版社，1981年），頁100。

175 唐圭璋：《詞話叢編》（一）（北京市：中華書局，1986年），頁363。

此詞上片寫對過去生活的美好回憶，下片描述山河破碎的慘痛與驚懼，前後對比鮮明，「對山河百二，淚盈襟血」，更是準確地表達出所有南宋臣民的故國之悲。結拍隱約透出詞人保節以終的志向。一弱女子如此，實屬難得。王清惠此作，鄧剡、汪元量、文天祥均有和作。鄧剡〈滿江紅‧廣齋謂柳山和王夫人滿江紅韻惜未見之為賦一闋〉云：

> 王母仙桃，親曾醉、九重春色。誰通道、鹿銜花去，浪翻鼇闕。眉鎖嬌娥山宛轉，鬢梳墮馬雲欹側。恨風沙、吹透漢宮衣，餘香歇。　　霓裳散，庭花滅。斜陽燕，應難說。想春深銅雀，夢殘啼血。空有琵琶傳出塞，更無環佩鳴歸月。又爭知、有客夜悲歌，壺敲缺。

詞用「霓裳」、「庭花」、「斜陽燕」以及王昭君、王敦的典故，表達了江山易主的悲痛之情以及對王夫人不幸遭遇的深切同情。含蓄深沉，筆調極具滄桑感。陳廷焯《詞則‧放歌集》卷二評云：「情、文根於血性，筆力亦與原作相抗。」[176]汪元量亦作〈滿江紅‧和王昭儀〉云：

> 天上人家，醉王母、蟠桃春色。被午夜、漏聲催箭，曉光侵闕。花覆千官鸞閣外，香浮九鼎龍樓側。恨黑風、吹雨濕霓裳，歌聲歇。　　人去後，書應絕。腸斷處，心難說。更那堪杜宇，滿山啼血，事去空流東汴水，愁來不見西湖月。有誰知、海上泣嬋娟，菱花缺。[177]

---

176 陳廷焯：《詞則‧放歌集》（上海市：上海古籍出版社，1984年），卷2，頁363。
177 汪元量：《湖山類稿》，《文淵閣四庫全書》本，卷5。

上片追憶往日幸福生活，下片將王清惠的心境描繪得淋漓盡致。趙文〈書汪水雲詩後〉載，汪元量曾「以琴事謝后及昭儀」[178]，與王清惠是舊時相識。可見，他是以知己的身分來寫作此詞的。

再看文天祥的和作〈滿江紅〉：

> 燕子樓中，又捱過、幾番秋色。相思處、青年如夢，乘鸞仙闕。肌玉暗消衣帶緩，淚珠斜透花鈿側。最無端、蕉影上窗紗，青燈歇。　　曲池合，高臺滅。人間事，何堪說。向南陽阡上，滿襟清血。世態便如翻覆雨，妾身元是分明月。笑樂昌、一段好風流，菱花缺。

文天祥對王夫人亦甚欽佩，此詞題作「和王夫人〈滿江紅〉韻，以庶幾後山〈妾薄命〉之意」。「後山」指北宋陳師道。陳為曾鞏（南豐）學生，曾鞏死後，陳師道作〈妾薄命〉詩，注云：「為曾南豐作」，表達對老師的感激崇敬之情，誓不改從他師。文天祥此詞借用陳詩之意，起句，夏承燾《宋詞繫》云：「此借關盼盼自喻。《指南後錄》有〈燕子樓〉詩，結云：『自古皆有死，忠義長不沒。但傳美人心，不說美人色。』亦此意。」唐張建封築燕子樓以居愛姬關盼盼，張歿，盼盼獨居樓中十五年，後絕食而死。「燕」字具兩意，明指燕子樓，暗喻自己被囚之燕京。「相思處」三句，憶起自己年輕的時光，正如美人乘鸞上仙闕一般美好。但如今，前塵夢影不復存在，只剩下被囚後的「肌玉暗消」，青燈獨對。為國憂心，更讓人以淚洗面，憔悴不堪。換頭「曲池高臺」二句，用桓譚《新論》雍門周語：「千秋萬歲後，高臺既已傾，曲池又已平。」此乃借典抒發故國山河變易之感。「想南陽阡上」，化用陳師道〈妾薄命〉「相送南陌阡」、「有淚當徹

泉」諸句，寫盼盼對夫君的堅貞，表達詞人對君國的忠誠。「世態便如翻覆雨，妾身元是月分明」，是全詞之主題。時代在發生天翻地覆的劇變，滄桑變化之後，許多人更仕新朝，文天祥卻寧願選擇如明月般保持高尚節操。結拍用樂昌公主「破鏡重圓」典。樂昌公主為徐德言妻，二人於陳將滅亡之際各執半面破鏡，以為重逢之信物，約以正月望日賣於都市。陳亡，樂昌公主入楊素家。德言遂遵約以正月望日訪於都市，得其半而合之。並題詩云：「鏡與人俱去，鏡歸人不歸。無復嫦娥影，空留明月輝。」後楊素知之，乃還其妻。事見唐人韋述〈兩京新記〉、孟棨〈本事詩〉。文天祥對這段佳話頗不以為然，因為樂昌公主曾為楊素寵姬，畢竟風流一段，雖得「破鏡重圓」，但「一失足成千古恨，再回頭已百年身」，裂痕已不可修復。語氣雖溫和，卻隱約透露出一種堅貞不可侵犯之氣，表現出文天祥深沉的愛國之情。

　　文天祥還有一首〈滿江紅・代王夫人作〉，詞云：

> 試問琵琶，胡沙外、怎生風色。最苦是、姚黃一朵，移根仙闕。王母歡闌瓊宴罷，仙人淚滿金盤側。聽行宮、半夜兩淋鈴，聲聲歇。　　彩雲散，香塵滅。銅駝恨，那堪說。想男兒慷慨，嚼穿齦血。回首昭陽離落日，傷心銅雀迎秋月。算妾身、不願似天家，金甌缺。

文天祥翻作此詞，是為了矯正王清惠原作末尾的「欠商量」。此詞《永樂大典》卷三〇〇四「人」字韻題作「王夫人至燕，題驛中云……中原傳誦，惜末句欠商量，代王夫人作」。他認為王清惠態度不夠堅定，故填詞和之。起句，寫漢武帝假託細君為公主，嫁給西域烏孫王，令人彈琵琶以慰其道路之思的故事。此處所用「琵琶」之意象，代指後宮女眷。「姚黃」，乃牡丹極品，卻「移根仙闕」，暗指王

夫人離開臨安，被俘北上，著一「苦」字，道其心境。「王母」句，
用西王母瑤池歡宴已罷，譬喻昔日良辰美景已消歇。「仙人淚滿金盤
側」，一方面以金銅仙人墜淚的典故，感歎國家覆滅的悲痛，另一方
面以金銅仙人辭漢暗喻王夫人等女官被俘北上的不幸。歇拍，用唐玄
宗因悼念楊妃而作〈雨霖鈴〉之典，表達被迫離開故土的悲涼淒清。
上片反覆描寫「最苦」之情，感慨社稷傾覆，皇帝、後宮被俘的狼狽
和整個民族內心的慘痛。過片「彩雲散，香塵滅」，比喻繁華消逝，
美好日子已被毀滅。以銅駝埋於荊棘之典故，喻指國家的滅亡。面對
此情此景，恨意塞滿胸中，悲痛之極，無法卒言。想來定有許多男
兒，如安祿山叛亂時拒守睢陽的張巡一般，以「嚼穿齦血」的驚人意
志，捍衛祖國河山。此乃文天祥親身經歷，卻用「想」字，正合王夫
人「妾在深宮那得知」的語意和身分。「回首」句，「昭陽」、「銅
雀」，指南宋宮殿，當時何等熱鬧繁榮之地，而今只有落日、秋月的
清冷光輝，荒涼如此，蕭條如此！結句，將王清惠原作昇華，一改其
末句的溫婉，誓言不願遭受凌辱，要保持操節。楊慎《詞品》卷六、
沈雄《古今詞話・詞話》上卷直接引用，潘游龍《古今詩餘醉》、卓
人月《古今詞統》卷十二、王弈清《歷代詞話》卷八、均認為王清惠
後來請求出家，與文天祥的志向是相似的，因此王作中「從容圓缺」
之語「未可遽貶」。認為文天祥對王清惠過於苛刻，替王夫人抱不平。
平心而論，王氏一弱女子，生逢亂世，淪為俘虜，悲慘難堪至極，能
擺脫屈辱，保持自尊，實屬不易。文天祥站在維護民族尊嚴的立場和
高度來衡量她，亦無可厚非。二人不過身分不同、立場不同罷了。[179]

　　對比三人和作，我們不難發現，鄧、汪二人更多從王清惠的角度
出發，表示對其同情。文天祥之作則突破了原作溫婉的一面，從民族

---

179 參見唐圭璋等：《唐宋詞鑑賞辭典》（南宋・遼金卷）（上海市：上海辭書出版社，
　　1988年），頁2182。

大義著眼，表現出不可商量的堅定立場。正因如此，文天祥的和作比
起原作及鄧、汪和作多了不可侵犯的凜然正氣，呈現出剛健悲壯的風
格特點。正如卓人月《古今詞統》卷十二所評：「總是銅箸鐵骨欲
吐。」[180]可見，文天祥突破的不僅是王昭儀詞的內容，在風格上亦有
創新。賀裳《皺水軒詞筌》云：「和王昭儀詞，不獨文信公，鄧剡作
亦有佳句，如『眉鎖嬌娥山宛轉，鬐梳墮馬雲敧側』，『空有琵琶傳出
塞，更無環佩鳴歸月』，甚有風致，但冰霜之氣不如。」[181]說的就是
這個意思。

三

　　文天祥詞多富政治性，充滿時代感、現實感，是用自己的生命寫
就，情真言摯，起頑立懦，是典型的「英雄之詞」，而不是一般的
「詞人之詞」。其詞塑造出鮮明的人物形象。對比王清惠〈滿江紅〉
（太液芙蓉）和文天祥的兩首和作：王昭儀詞塑造的是一弱女子在國
破家亡之際的無奈和恐懼的形象，文天祥的和詞塑造的則是一個更為
堅貞的女子形象：面對國家危亡，她雖痛苦哀愁，彷徨憂慮，卻不屑
去做樂昌公主那樣的風流人物，要保持自己完美無暇的形象，守護住
民族的最後一絲尊嚴。而這正是文天祥的自我寫照。又如〈沁園春・
題潮陽張許二公廟〉，作者借歌頌張巡、許遠，表達了自己的人生
觀、價值觀，更是將一個捨身取義的忠烈形象描寫得繪聲繪色。王雅
〈重刻《文丞相全集》序〉說：「嘗聞之，讀〈陳情表〉而不涕泣者，
其人必不孝；讀〈出師表〉而不涕泣者，其人必不忠。今讀公之〈正

---

180 卓人月彙選，徐士俊參評，谷輝之校點：《古今詞統》（瀋陽市：遼寧教育出版社，
　　2000年），卷12，頁447。
181 唐圭璋：《詞話叢編》（一）（北京市：中華書局，1986年），頁702。

氣歌〉而不涕泣者，其人賢不肖何如耶？」[182]劉定之〈《文山詩史》序〉云：「有讀而不盡傷者，予以為非仁人也。」[183]讀文天祥詩作，能讓有二心的人感到慚愧，讓仁人君子感動傷悲。文天祥詞亦如此，人物形象極具感染力和生命力。

　　文天祥詞作風格多樣，既有〈沁園春・題潮陽張許二公廟〉、〈酹江月・和〉的慷慨激昂，又有以〈滿江紅〉為代表的悲壯沉鬱。還有「富麗」一格，陳霆《渚山堂詞話》卷二評〈齊天樂・甲戌湘憲種德堂燈屏〉云：「文文山詞，在南宋諸人中，特為富麗。」[184]另一首〈齊天樂・慶湖北漕知鄂州李樓峰〉與此詞同為「應景」之作，風格亦相近，意象奢華（如「瑤池」、「瑤樹」、「瑤尊」、「華屋」等），色彩豔麗（如「袍錦風流，御仙花帶瑞虹繞」、「柳色含晴，梅心沁暖，春淺千花如束」）等，「富麗」二字概括得十分準確。

　　從體制上看，文天祥詞用長調而不用小令，詞氣暢達。喜和韻，是對原唱的繼承與提昇，遠勝一般摹擬之作。如〈酹江月・南康軍和蘇韻〉、〈酹江月・和〉、〈滿江紅・和王夫人滿江紅韻以庶幾後山妾薄命之意〉及〈滿江紅・代王夫人作〉，均為和作，但都具有新意，充滿文天祥式的正氣凜然，慷慨悲壯。

　　文天祥詞多用典抒情，顯現歷史的凝重感。如〈酹江月・和〉用曹操、王粲典，表現自己文武兼備的才華胸襟。〈滿江紅・和王夫人滿江紅韻以庶幾後山妾薄命之意〉，用陳師道〈妾薄命〉詩意，表達自己對國家的忠貞，用桓譚《新論》雍門周語，抒發山河易主之感，通過對樂昌公主「破鏡重圓」典的引用與品評，表現深沉的愛國之情。〈滿江紅・代王夫人作〉以金銅仙人墜淚、玄宗作〈雨霖鈴〉典，表達被迫離開故土的無奈和悲涼，用銅駝埋於荊棘之典，喻國家

182　文天祥：《宋丞相文山先生全集》，清康熙十二年焉文堂刻本，卷首。

183　薛熙：《明文在》，清光緒間江蘇書局刻本，卷48。

184　唐圭璋：《詞話叢編》（一）（北京市：中華書局，1986年），頁362。

的滅亡。作者對這些典故運用自如，不著痕跡，從中可見其深厚的文化修養。

劉熙載《藝概》卷四〈詞曲概〉云：「詞之妙全在襯跌，如文文山〈滿江紅·和王夫人〉云：『世態便如翻覆雨，妾身元是分明月。』〈酹江月·和友人驛中言別〉云：『鏡裡朱顏都變盡，只有丹心難滅。』此二句若非上句，則下句之聲情不出矣。」[185]可見，文天祥詞重起承轉合，具襯跌之妙。此種「襯跌」手法，不僅僅見於〈滿江紅〉，亦見於其他詞作。如〈酹江月·南康軍和蘇韻〉歇拍云：「乾坤未老，地靈尚有人傑。」意謂在這樣的朗朗乾坤、靈秀之地，定能產生傑出的人才，為復國繼續奮鬥。讀到此處，讀者必定精神一振。下片卻語氣陡轉，感歎時光飛逝，英雄暮年，壯志未酬，空留遺憾。通過歇拍的對比襯托，下片的感歎更顯深沉。

文天祥人品高，故詞品高，富有風骨。田同之《西圃詞說》云：「魏塘曹學士云：『詞之為體如美人，而詩則壯士也。如春華，而詩則秋實也。如夭桃繁杏，而詩則勁松貞柏也。』罕譬最為明快。然詞中亦有壯士，蘇、辛也。亦有秋實，黃、陸也。亦有勁松貞柏，岳鵬舉、文文山也。選詞者兼收並采，斯為大觀。若專尚柔媚，豈勁松貞柏，反不如夭桃繁杏乎？」以「勁松貞柏」形容文天祥詞的風骨品格，確為的見。王國維《人間詞話》云：「文文山詞，風骨甚高，亦有境界，遠在聖與、叔夏、公謹諸公之上。亦如明初誠意伯詞，非季迪、孟載諸人所敢望也。」[186]所論極是。

文天祥詞的顯著特色是以「氣」取勝，善於以「氣」入詞。〈酹江月·南康軍和蘇韻〉，起句「盧山依舊，淒涼處、無限江南風物。」氣勢迎面撲來。又云：「坤乾未老，地靈尚有人傑。」凜然之

---

185 劉熙載：《藝概》（上海市：上海古籍出版社，1978年），卷4，頁116。
186 唐圭璋：《詞話叢編》（五）（北京市：中華書局，1986年），頁4262。

氣，令人心折。劉壎〈跋文信公和東坡赤壁詞後〉云：「坡公此詞，妙絕百代，然恨鮮得其所自書者，信國文公所和，雄詞直氣，不相上下，而真跡流落如新，尤可謂二美具矣。」[187]認為文天祥此詞「雄詞直氣」可與東坡詞相媲美。文天祥詞充滿雄壯之氣，卻不粗豪叫囂，陳廷焯《詞則‧放歌集》卷二評云：「悲壯雄麗，並無叫囂氣息。」[188]其詞之「氣」不因其人被囚而受任何影響，相反，雖身陷囹圄，詞氣仍直沖雲霄。張宗橚《詞林紀事》卷十四引陳子龍語云：「氣沖斗牛，無一毫委靡之色。」[189]此評甚經典，除《詞林紀事》外，王弈清等《歷代詞話》卷八、馮金伯《詞苑萃編》卷五、謝章鋌《賭棋山莊詞話》卷十一均直接或間接引用，可見歷代詞論家對文天祥詞「氣」的一致推崇。詞論家在論述文天祥詞之「氣」時，往往與其人並論。查禮《銅鼓書堂詞話》云：「宋丞相少保信國公文天祥留燕時，題張許雙忠廟〈沁園春〉云……盥漱讀之，公之忠義剛正，凜凜之氣勢，流露於簡端者，可耿日月，薄雲霄。雖辭藻未免粗豪，然忠臣孝子之作，只可以氣概論，未可以字句求也。」[190]認為文天祥詞的辭藻雖「未免粗豪」，但不可以字句去苛求，因為此乃「忠臣孝子之作」，以「氣概」論之即可，對文天祥詞所體現的忠義剛正之氣讚賞有加。劉熙載《藝概》卷四〈詞曲概〉云：「文文山詞有風雨如晦、雞鳴不已之意，不知者以為變聲，其實乃變之正也。故詞當合其人之境地以觀之。」[191]認為評價文天祥詞，應結合其處境，正所謂「知人論世」。文天祥詞的忠義之氣，是與其所處的時代、與其自身命運緊密相連的，不可用評判一般詞作的標準來衡量。龍榆生〈蘇辛詞派之淵源流

187 劉壎：《桂隱文集》，《文淵閣四庫全書》本，卷4。

188 陳廷焯：《詞則‧放歌集》（上海市：上海古籍出版社，1984年），卷2，頁362。

189 張宗橚：《詞林紀事》（成都市：成都古籍書店，1982年），卷14，頁403。

190 唐圭璋：《詞話叢編》（二）（北京市：中華書局，1986年），頁1481。

191 唐圭璋：《詞話叢編》（四）（北京市：中華書局，1986年），頁3696。

變〉云：「文天祥於宋室垂亡之際，慷慨勤王，雖兵敗被囚，就義柴市，而精忠浩氣，長留宇宙間。偶作歌詞，非有意於學蘇、辛，而風格與之相似。」[192]文天祥詞乃承蘇、辛一派，充滿「精忠浩氣」。諸家欣賞文天祥詞的「氣」，這「氣」正源自文天祥其人的凜然正氣。

　　文天祥以氣節自負，「氣」之所充，形成創作上的雄豪悲壯。即永瑢等《四庫全書總目》卷一六四〈文山集提要〉所云：「不獨忠義冠於一時，亦斯文間氣之發見也。」[193]王幼孫〈信國公像贊〉云：「宇宙內事，己分內事。況食其祿，而位其位。臣身萬段，臣死無二。孰能使之烈烈，無愧清氣、正氣、間氣、英氣？」[194]其「氣」首先表現為「仁」。儒家思想以「仁」為核心，文天祥深受儒家思想影響。劉定之〈《文山詩史》序〉認為：「以是心也，為是詩也，公其可謂仁矣。仁者，天地之元氣，古今之人極。在其上，為日月之明；其在下，為江河之所以長流，山嶽之所以長鎮；其混然在中，為君臣民物之所賴以長治久安，而在宋之末世，為公之本心。」[195]「仁」是天地之元氣，文天祥詩、詞、文中隨處可見此「氣」。文天祥作品中充滿「生氣」、「正氣」、「忠義之氣」、「浩然之氣」。黎元寬〈重刻《文山先生文集》序〉云：「文山就義，雖曰從容，終無濡忍，此正氣與浩然之氣所以得同論也。」[196]周述〈書宋丞相文公詩簡墨蹟後〉云：「今獲睹其言語字畫，如見公楮素間凜凜然尚有生氣，豈非平生之志願哉！」[197]王英〈書丞相文公墨蹟後〉云：「今觀公手書並詩，尚覺

192　龍榆生：《龍榆生詞學論文集》（上海市：上海古籍出版社，1997年），頁284。

193　永瑢等：《四庫全書總目》〈文山集提要〉（北京市：中華書局，1965年），卷164，頁1407。

194　文鳳翔、文鳳翊編纂：《文氏通譜》，清乾隆三十二年刻本，卷首。

195　薛熙：《明文在》，清光緒間江蘇書局刻本，卷48。

196　文天祥撰、熊飛等校點：《文天祥全集》（南昌市：江西人民出版社，1987年），頁809。

197　文子鴻纂輯：《文氏統譜》，清光緒二年刻本，卷17。

忠義之氣凜然如生也，為之肅然起敬。」[198]王雅〈重刻《文丞相全集》序〉云：「海內五尺童子，聞公名，讀公文章，沁心刺骨，赴義成仁之氣，不覺油然而自生。豈雕繪章句、風雲猥瑣之悅人耳目者同日語乎？」[199]認為文天祥作品成功之處就在於其「氣」的感染力，這是「雕繪章句」、注重辭藻的人無法比擬的。他的作品又充滿「豪氣」、「剛大之氣」、「雄深之氣」、「凌厲之氣」。陳廷焯《雲韶集》卷九評文天祥詞云：「氣極雄深，語極蒼秀。其人絕世，詞亦非他人所能到。」[200]房安〈《文山集》序〉云：「蓋其得天地至大至剛之氣，故能發而為至堅至貞之節，使綱常之道大明於世。」[201]韓雍〈《文山先生文集》序〉云：「先生負豪傑之才，蓄剛大之氣，而充之以正心之學。」[202]鄔戀卿〈《文山先生全集》序〉亦云：「故其發諸文詞，昭若日星，轟若雷霆，而慷慨激烈，無非忠義所形。至今誦其言，想其風旨，真足以寒奸邪之膽，而起吾人凌厲之氣。」[203]「氣」是文天祥詞的靈魂，是其藝術生命力之源。

　　胡雲翼《宋詞選》說：「文天祥晚年的作品不論文章、詩、詞都是用血淚抒寫的，情辭哀苦，而意氣激昂」，「反映了作者生死不渝的民族氣節和頑強鬥志，感染的力量極其強烈，簡直使讀者覺得藝術技巧和修辭是多餘的了。」[204]此論極深刻。不過文天祥詞並非完全不重藝術技巧。正如繆鉞〈論文天祥詞〉所指出的，文天祥「並非專是詞

198　文子鴻纂輯：《文氏統譜》，清光緒二年刻本，卷17。

199　文天祥：《宋丞相文山先生全集》，清康熙十二年焉文堂刻本，卷首。

200　陳廷焯：《雲韶集》，稿本，南京圖書館藏，卷9。

201　文天祥：《宋少保信國公文文山先生全集》，清道光二十五年延慶堂刻本，卷16。

202　文天祥撰，熊飛等校點：《文天祥全集》（南昌市：江西人民出版社，1987年），頁804。

203　文天祥撰，熊飛等校點：《文天祥全集》（南昌市：江西人民出版社，1987年），頁805。

204　胡雲翼：《宋詞選》（上海市：上海古籍出版社，1982年），頁407。

以人重」。[205]陶爾夫、劉敬圻《南宋詞史》總結道：「因為面對南宋絕滅的現實，面對自身被毀的威脅，文天祥始終不曾忘記自己的誓言與宋丞相所承擔的重大使命，在大勢已去，無可挽回的形勢下，仍在堅持抗爭與呼號，表現出『知其不可而為之』的無畏精神。這種精神從諸葛亮開始，到文天祥又有新的發展，不論在歷史上還是反映在詞史中，都是極其可貴的。」[206]陸堅認為：「南宋末年，由於蒙古貴族軍事集團南犯和鎮壓，詞壇蕭索沉寂，不是低沉隱晦的哀歎，就是消極絕望的悲歌。而文天祥的詞卻如黑夜中的驚雷閃電，不僅表現了他『鏡裡朱顏都變盡，只有丹心難滅』的英雄氣概，而且抒發了在當時極為可貴的樂觀主義的豪情：『江流如此，方來還有英傑。』用詞來抒發這樣的氣概和豪情，正是遙接了辛派愛國壯詞的遺風，閃爍著宋詞的最後光輝。」[207]龍榆生〈蘇辛詞派之淵源流變〉稱賞文天祥詞說：「以此殿天水一朝，與岳飛之『怒髮衝冠』，遙遙相望，為吾民族生色不少。」[208]文天祥詞中所蘊含的人格精神、忠義之氣，給黯淡的宋末詞壇增添不少亮色，對整個詞史都有深遠影響，應給予充分肯定。

205　繆鉞：〈論文天祥詞〉，《四川大學學報》1985年3期。

206　陶爾夫、劉敬圻：《南宋詞史》（哈爾濱市：黑龍江人民出版社，2005年），頁544。

207　唐圭璋等：《唐宋詞鑑賞辭典》（南宋・遼金卷）（上海市：上海辭書出版社，1988年），頁2180。

208　龍榆生：《龍榆生詞學論文集》（上海市：上海古籍出版社，1997年），頁285。

附錄一
唐宋詞經典品鑑

一　韋莊〈浣溪沙〉（夜夜相思）

> 夜夜相思更漏殘，傷心明月憑欄干，想君思我錦衾寒。　　咫
> 尺畫堂深似海，憶來惟把舊書看，幾時攜手入長安。

　　這是一首敘寫離別相思的詞。楊湜《古今詞話》記載：「莊有寵
人，姿質豔麗，兼善詞翰。（王）建聞之，托以教內人為辭，強奪
之。莊追念悒怏，作〈小重山〉及〈空相憶〉。」[1]從這首詞的內容來
看，也是思念被蜀主王建奪去的愛姬而作。

　　上片緣情佈景，因景生情，抒發自己夜不安枕的相思之情。首句
寫相思之情，用「夜夜」、「更漏殘」修飾，寫出朝思暮想、徹夜無眠
的情景。這種焦躁不安的心境，使作者不由得起來徘徊。作者只能寄
愁心於明月，明月正成了作者唯一的知音。「傷心」，修飾明月，充分
展現了作者濃郁的幽怨之情。接下來宕開一筆，「想君思我錦衾寒」，
即寫對方亦惦念自己寒暖。正是相愛相知到心心相印，方設想得出。
這一看似日常的寒暄，卻蘊含著多少繾綣之意！杜甫〈月夜〉：「今夜
鄜州月，閨中只獨看。」柳永〈八聲甘州〉：「想佳人妝樓顒望，誤幾
回、天際識歸舟。」皆從對面寫來。比較看來，有異曲同工之妙。

　　下片進一步抒情。「咫尺畫堂深似海」，「咫尺」，比喻距離很近，
而「深似海」，卻極寫距離之遠。作者用這一鮮明的對比，寫出舊日

---

[1]　唐圭璋：《詞話叢編》（一）（北京市：中華書局，1986年），頁20。

相識如今卻疏遠隔絕的苦況。此句化用崔郊〈贈婢〉詩「侯門一入深如海，從此蕭郎是路人」句意。據范攄《雲溪友議》記載：唐崔郊的姑姑有侍婢與崔郊相戀，後被賣與顯貴子。詩便是崔郊一日和她路遇有感所作。韋莊藉以暗示自己對愛姬被強鎖深宮的悲憤。惆悵之餘，只有「憶來惟把舊書看」，此句寫得言簡意豐，語淡而情濃。若上片寫佳人是作者生活上的關注者，這裡卻是人生難求的知音。結句，「長安」是借指故鄉，因作者是唐末京兆杜陵（今西安市東南）人。作者這裡抒寫了與佳人互為知己的另一緣由是「同是天涯淪落人」（白居易〈琵琶行〉）。故面對這種相隔咫尺卻不得相見的境況，詞人深感「如今俱是異鄉人，相見更無因」（〈荷葉杯〉）的苦惱。同時，也寫出羈旅飄泊的身世之感。以情結尾，餘味不盡。

　　此詞情真意切，語言質樸而有韻致，風格疏朗清麗，體現了韋莊詞的總體特色。

二　馮延巳〈謁金門〉（風乍起）

　　　　風乍起，吹皺一池春水。閑引鴛鴦香徑裡，手挼紅杏蕊。

　　　　鬥鴨闌干獨倚，碧玉搔頭斜墜。終日望君君不至，舉頭聞鵲喜。

　　這是一首膾炙人口的懷春小詞，當時就很有影響。據馬令《南唐書》卷二十一載，中主李璟曾戲問馮延巳：「『吹皺一池春水』，干卿何事？」馮答道：「未如陛下『小樓吹徹玉笙寒』。」[2]中主聽後很高興。這一詞壇佳話，歷代詞書中多有轉載，擴大了這首詞的影響。

　　開頭兩句即景起興。它描繪一幅春風吹拂、春水蕩漾的美景。而思婦眼中此景，用意格外明朗，它暗寓了主人公一樣被牽扯起來的不

2　馬令：《南唐書》，《文淵閣四庫全書》本，卷21。

寧靜的心緒。「皺」字形象、傳神，筆法細膩。俞陛雲《唐五代兩宋詞選釋》曰：「『風乍起』二句破空而來，在有意無意間，如絮浮水，似沾非著，宜中主盛加稱賞。」[3]確實，這種起句就把物象與意象緊密銜接，直入正題，給人以石破天驚之感。它讓讀者看到了主人公春心浮動，寂寥、惆悵的身影，透視到她竭力掩飾、控制情感的內心世界。接著通過主人公一系列動作的描寫，揭示她在香徑徘徊、無所事事的心境。一個「閑」字，寫出她漫不經心、百無聊賴的情緒。而偏偏所賞玩之物是成雙成對的鴛鴦，所揉搓之物是飽蘸春意的紅杏，這豈能不讓她更感孤獨寂寞，哀歎紅顏易逝？這裡連續兩次用反襯手法，把思婦不寧靜的芳心逐漸具體化、形象化。

下片繼續寫她思君心理。這時她的愁苦因無法排解反而沉溺愈深，於是便倚在鬥鴨闌干上。古代富貴人家修建鬥鴨欄，是為了便於觀看鴨子相鬥以作樂消遣。思婦似乎是想通過觀鬥鴨取樂，以排遣鬱悶。下句寫她心事重重，垂頭喪氣以至頭上的碧玉簪子也斜斜下傾。這一筆可謂細膩周到，出人意表。原來她眼觀鴨子，心思卻早隨行者悠遊萬里。可正當她怨歎「終日望君君不至」之時，卻意外地被喜鵲喚醒。一個「喜」字，情勢迅速轉換。古人有「靈鵲報喜」的說法，《開元天寶遺事》卷下記載：「時人之家，聞鵲聲皆為喜兆，故謂靈鵲報喜。」[4]可這種歡喜是一種什麼樣的希望啊？它是多麼渺茫與不可靠。全詞至此戛然而止，留給讀者以廣闊的想像空間，語盡而意無窮。

全詞對思婦盼「君」的心理刻畫得細膩、有層次，一波三折，結尾筆勢陡轉，構思頗具匠心。

3　俞陛雲《唐五代兩宋詞選釋》（上海市：上海古籍出版社，1985年），頁97。
4　王仁裕：《開元天寶遺事》（北京市：中華書局，1985年），卷下，頁27。

三　范仲淹〈蘇幕遮〉(碧雲天)

　　碧雲天，黃葉地，秋色連波，波上寒煙翠。山映斜陽天接水，
　　芳草無情，更在斜陽外。　　　　黯鄉魂，追旅思，夜夜除非，好
　　夢留人睡。明月樓高休獨倚，酒入愁腸，化作相思淚。

　　范仲淹是北宋著名政治家，性格剛正堅毅。這首詞抒寫羈旅鄉
愁，纏綿悱惻，千回百轉。故清代許昂霄在《詞綜偶評》中驚訝地稱
讚道：「鐵石心腸人亦作此消魂語。」

　　上片寫秋景。「碧雲天，黃葉地」點明時令。天空，一片青湛，
點染著輕嫋的雲朵；地上，一片橙黃落葉遙遙相映。色彩對比鮮明醒
豁，描繪出一派寥廓空遠而又衰颯零落的景象。元代王實甫《西廂
記》「長亭送別」中「碧雲天，黃花地」即化用這兩句，衍為曲子，
傳為絕唱。「秋色」二句，寫放眼望去，水天相接，湛藍的天空與粼
粼的綠波交相輝映下，水面升騰起的煙靄都成了翠綠色。一個「翠」
字，一個「寒」字，讓人感受到濃墨重彩下擋不住的寒意。「山映斜
陽天接水」，不僅點明時值夕陽西下，又將山、天、水融為一體。而
被排斥在這整體之外的是目力難及的斜陽外的芳草。「芳草」詞意出
自《楚辭》〈招隱士〉「王孫遊兮不歸，春草生兮萋萋」，後多用作懷
人之典。而李煜〈清平樂〉詞「離恨恰如春草，更行更遠還生」，則
是將它引申為生生不已、綿綿不斷的離情。此化用其意。芳草觸動人
的離愁，而草自青青，故云「無情」。以景結句，情寓景中，含蓄有
韻。上片寫景自上及下，由近到遠。寫法上由實而虛，純寫一幅空靈
的境界。

　　下片抒情。緊承「芳草」，直寫心境。「黯鄉魂」，係化用江淹
〈別賦〉「黯然銷魂者，惟別而已矣」句意，寫出作者因別離而心神
沮喪的情態。「追旅思」，寫羈旅愁思纏繞不休。「追」，是追隨、糾纏

之意。接下來，「夜夜除非，好夢留人睡」，是對上一句的補寫。只有好夢才能使他暫時從愁思中解脫。這裡，「好夢」沒有明寫，顯得很含蓄。從上下文可體會出，當是指夢中返鄉和家人歡聚的情事。然而人的好夢不多，愁思滿懷的人更無好夢，只有長夜難眠。這就引出下句「明月樓高休獨倚」，明月清輝，高樓遠眺正是好景，然望不到故鄉；何況一人「獨倚」，難免更添惆悵。為了解憂，詞人借酒排遣：「酒入愁腸，化作相思淚。」這兩句是「借酒消愁愁更愁」的同義語，但能翻出新意。

全詞雖多「麗語」、「柔情」，但景物描寫遼闊空遠，不侷限於閨閣庭院，故所抒之情深摯厚重而不纖弱綺靡，有別於當時流行的綺麗詞風。有論者認為此詞別有寄託，如清代張惠言《詞選》以為「此去國之情」，黃蘇《蓼園詞選》甚至認為此詞中表現了詞人「先天下之憂而憂」之情，則是故求高深，有牽強附會之嫌，不足為訓。

四　晏幾道〈鷓鴣天〉（彩袖殷勤）

　　彩袖殷勤捧玉鐘，當年拚卻醉顏紅。舞低楊柳樓心月，歌盡桃花扇底風。　　從別後，憶相逢，幾回魂夢與君同。今宵剩把銀釭照，猶恐相逢是夢中。

這首詞黃昇《花庵詞選》題作「佳會」，寫別後重逢和對過去歌舞享樂生活的回憶。上片追憶當年歡宴。小晏詞中，歌女形象塑造得鮮明生動，堪稱一絕。起句，「彩袖」，不僅點明了歌女的身分，而且在明麗色彩的渲染下，讀者似乎看到一位美豔佳人正情意綿綿地捧著華貴精美的酒杯敬酒。「玉鐘」，不僅反映了歌女對男主人公的珍重之情，也體現了酒宴鄭重的氣氛。「當年」句描繪當年飲酒豪情，頗有一醉方休之意。「紅」顏更添嫵媚，令作者心醉神迷，憐惜不已。「舞

低」二句，造語精工，胡仔謂其「不愧六朝宮掖體」。[5]狂歌豔舞，徹夜不停，原來懸掛柳梢頭照徹樓中的月亮都漸漸低沉下去；而歡歌聲中，揮舞的桃花扇也漸次嬌軟無力，風聲漸息。兩句巧妙地運用使動用法，不僅展現了狂歡的排場，更表現出他們狂熱地縱情歌酒，消磨時光的情態。清黃蘇《蓼園詞選》曰：「『舞低』二句，比白香山『笙歌歸院落，燈火下樓臺』更覺濃至。」[6]由此，亦可見小晏善於點化古人成句的功力。

　　下片寫別後相思及今宵重逢。過片承上啟下，「憶相逢」，是對上片描寫的歡娛生活的回味咀嚼，這種刻骨銘心的相知之情時時牽動作者的心，以至常在夢中重現。「同」，謂歡聚在一起，用「幾回」修飾，表現出作者期望能再與對方攜手共舞，引吭對歌的強烈願望。「今宵」二句，與上句照應，銜接緊湊。「剩把」和「猶恐」，把兩人相聚時一瞬間的驚喜之情狀表露無遺。上句「魂夢」實寫夢境，此處「夢中」卻是虛設，虛虛實實，互相襯托，互相交融，給人似夢非夢、迷離惝恍之感，也給再次相逢的場景披上了一層淡雅的紗巾，抹上了些許浪漫的色彩。這兩句是化用杜甫〈羌村三首〉中「夜闌更秉燭，相對如夢寐」句意，但用在此處，更為細膩妥貼，形象傳神。這也是「詩境」與「詞境」的本質區別，宜從細微處體味之。

　　全詞由上片場景的點染，到下片別後相思之苦、相聚之歡的描述，對比強烈，讓我們看到家道式微後，小晏生活困塞的一個側面，也更能理解小山詞中那種「傷心人」特有的淒婉情調。

5　胡仔：《苕溪漁隱叢話・前集》〈雪浪齋日記〉（北京市：人民文學出版社，1962年），卷59引，頁408。

6　唐圭璋：《詞話叢編》（四）（北京市：中華書局，1986年），頁3042。

五　蘇軾〈卜算子〉（缺月掛疏桐）

　　缺月掛疏桐，漏斷人初靜。誰見幽人獨往來，縹緲孤鴻影。
　　驚起卻回頭，有恨無人省。揀盡寒枝不肯棲，寂寞沙洲冷。

　　蘇軾因「烏臺詩案」，於元豐三年（1080）二月被貶謫到黃州（今湖北黃岡），寓居在定惠院（一作定慧院）。這首詞原題即是「黃州定惠院寓居作」。詞人罪廢之餘，心灰意懶，於是閉門謝客，幽居自省。一日，月夜下漫步沙際，與徘徊不定的孤雁相遇。人傷索居，雁悲離群，兩者境遇，正復相似。詞人因此借物詠懷，以孤鴻自喻，寄託他政治上遭受打擊後的孤寂心情，同時表明自己不合流俗的決心。

　　上片從人說起，言如孤鴻之冷落。開頭兩句寫夜景：殘缺的月亮，掛在枝葉稀疏的梧桐樹上，漏壺（古時用以滴水計時的器具）裡的水已滴盡了，夜已深，四處寂靜無聲。這是背景渲染，下面即寫這寂靜冷清環境中的人。「幽人」一詞，出自《易經》〈履卦〉：「履道坦坦，幽人貞吉。」本指幽囚之人，引申為幽居之人。作者同時有〈定惠院月夜偶出〉詩云：「幽人無事不出門，偶逐東坡轉良夜。」可見其時幽居韜晦的心境。幽居之人獨往獨來，正像那孤雁的身影，若隱若現，若有若無，孑然飄零，有誰知曉呢？

　　下片即專詠孤鴻。孤雁驚起回頭，徘徊不定，揀盡寒枝，終不見棲息之處，孤寂之狀可以想見。心懷幽恨，卻無人理解。這裡字面上只寫孤雁，看似與「幽人」無涉，實則鴻即人，人即鴻，亦鴻亦人，兩種形象渾然融為一體。令人自然聯想到「不知周之夢為蝴蝶與，蝴蝶之夢為周與」的藝術境界。孤鴻的失群，實為幽人的失志。抒寫出詞人謫居後無所依託而又無可告哀的寂寞和傷感之情。此詞是詞人在黃州時心境的自然流露和真實寫照。宋代吳曾《能改齋漫錄》卷十六記載說是為王氏女子作，又宋代王楙《野客叢書》卷二十四說是詞人

在惠州為溫都監女作，都是無稽之談，不足為信。

　　前人評論此詞，都指出其中「寄託」的特色。寄託，是「言在此，而意在彼」，寓情於物，而不為物所滯，含蓄蘊藉，但絕不是一一比附。清代「常州詞派」的領袖張惠言《詞選》卷一引南宋鮦陽居士的話說：「缺月，刺明微也；漏斷，暗時也；幽人，不得志也；獨往來，無助也；驚鴻，賢人不安也；回頭，愛君不忘也；無人省，君不察也；揀盡寒枝不肯棲，不偷安於高位也；寂寞沙洲冷，非所安也。」[7]對此詞作了字比句附的解釋，認為與《詩經》〈衛風·考槃〉賦賢人失志相似，穿鑿附會，探其微言大義。實際上，寄託是就其旨意而言，感物吟志，流露於不自知；句句比附則破壞了詞的整體意旨和意境，不足為訓。

　　黃庭堅《山谷題跋》卷二評東坡此詞：「語意高妙，似非吃煙火食人語，非胸中有萬卷書，筆下無一點塵俗氣，孰能至此？」[8]蘇軾另有〈水調歌頭〉（明月幾時有），其中寫道：「我欲乘風歸去，又恐瓊樓玉宇，高處不勝寒。」又道：「起舞弄清影，何似在人間。」與此詞旨意、筆法俱相似，但尚「吃煙火食人語」，存有塵俗之氣。此詞以鴻寫人，寄寓詞人的品格和意趣，語意到處，自然而然，清拔超俗，確可稱「高妙」。清代劉熙載在《藝概》〈詞曲概〉中曾就黃庭堅的評語作了進一步的發揮：「詞之大要，不外厚而清。厚，包諸所有；清，空諸所有也。」「厚」，即厚重，講究故實，意蘊豐富；「清」，即清空，不露跡象，留給讀者以想像的餘地。正如繪畫上的空白，雖是空的，卻能計白當黑，空處有實，空與實形成辯證的統一。此詞求寄託，但入而能出，有而似無，無卻實有，虛實相融，臻於藝術妙境。

7　唐圭璋：《詞話叢編》（二）（北京市：中華書局，1986年），頁1614。

8　黃庭堅著，劉琳等校點：《黃庭堅全集》（二）（成都市：四川大學出版社，2001年），頁660。

　　品讀這首詞，應從總體上把握其深藏的意蘊，切忌滯於字面的解釋。

六　蘇軾〈沁園春〉（情若連環）

　　情若連環，恨如流水，甚時是休。不須驚怪，沈郎易瘦；也不須驚怪，潘鬢先愁。總是難禁，許多魔難，奈好事教人不自由。空追想，念前歡杳杳，後會悠悠。　　凝眸。悔上層樓。謾惹起新愁壓舊愁。向彩箋寫遍，相思字了，重重封卷，密寄書郵。料到伊行，時時開看，一看一回和淚收。須知道，□這般病染，兩處心頭。

　　此詞首載於明代萬曆年間刊行的《重編東坡先生外集》卷八十三，《全宋詞》未收，孔凡禮《全宋詞補輯》錄為蘇軾作。從詞的內容與風格上看，與柳永頗為相近，疑為蘇軾早年的作品。全詞反復鋪敘刻畫「相思」之情引起的「愁」與「恨」。言情婉轉，有條理，有層次，語淺而意深，真切感人。

　　上片寫主人公的「相思」。起首兩句為一組並列對句，寫「情」、「恨」的無休無止，以「連環」、「流水」為比，明白淺近，通俗易曉。「甚時是休」，是自問，是他問，還是自我感歎？全由讀者去體會補充。這三句似乎已將愁情說盡。為避免平鋪直敘，故接下宕開一筆。「也不」四句，以否定詞領起，且是連續兩次否定，而實際上是以否定寫肯定，是說自己如沈約一般瘦減腰圍，如潘岳一樣愁白鬢髮。這是十分自然的，故絲毫不用「驚怪」。而真正的意思卻是：主人公驚異地發現自己消瘦了，鬢髮也愁白了，相思之深之苦可見。這是「退一步」的寫法。「總是」三句，以議論著筆，直言相思「難禁」，「魔難」難避，因為男女間的情事從來都是無法自主的，所以備

嘗分離相思之苦也是自然的。「好事」句，還有「從來好事天生儉」
（白樸〔中呂〕〔喜春來〕〈題情〉）之意，亦即好事多磨的意思。這
裡有自怨，也有自慰的意味。歇拍三句，進一步點明追想「前歡」、
「後會」都是徒勞的。往日的歡愉早已杳無蹤跡，不可追尋，想有何
用？而以後的聚會又遙遙無期，難以預卜，更不必空想。又是一番自
怨自慰。「相思」之情至此已和盤托出，表白無遺。

　　下片則另闢蹊徑，變換角度和方位，寫自己，又寫對方，或雙方
合寫，行文有層次，有波瀾，構思頗為巧妙。過片三句，既承上繼續
說相思，謂怕上層樓，即怕追想往事，惹起「舊愁」；又啟下，轉說
眼下相思情景，即訴說「新愁」。用「惹」字，形象傳神，如周邦彥
詞「長條故惹行客，似牽衣待話，別情無極。」「新愁壓舊愁」，謂愁
層層疊疊，化抽象之愁情為有形有體、可見可感的具體之物，給人以
深刻清晰的印象。這是古典詩詞中常見的手法。李白〈橫江詞〉「橫
江欲渡風波惡，一水牽愁萬里長」，杜甫〈至日遣興奉寄北省舊閣老
兩院故人〉「何人卻憶窮愁日，日日愁隨一線長」，愁有長度；杜甫
〈自京赴奉先縣詠懷五百字〉「憂端齊終南，澒洞不可掇」，愁有高
度；柳宗元〈登柳州城樓寄漳汀封連四州〉「城上高樓接大荒，海天
愁思正茫茫」，愁有廣度；李清照〈武陵春〉「只恐雙溪舴艋舟，載不
動，許多愁」，愁有重量；李清照〈蝶戀花〉「獨抱濃愁無好夢，夜闌
猶剪燈花弄」，愁有形體，故可抱。皆是化抽象為具體，化無形為有
形，以形象感人。蘇軾此詞謂愁能相「壓」，構思別出心裁。接下幾
句寫相思之行為，寫情書寄相思，信紙寫遍，把天下所有用來訴說
「相思」的字眼都用光了。信寫好後，又鄭重小心地密封起來，偷偷
地交給送信人，生怕別人知曉或信被遺失。這一系列行動，都可見出
主人公相思的程度。接下為設想之辭，轉筆寫對方，料想信到對方手
中，伊人不時地開看，且「一看一回和淚收」。不直說自己思念對
方，卻說對方思念自己，用筆曲折婉轉，情深而癡，癡人癡情說癡

語，愈見相思情濃。唐宋詞中有不少從對面寫來的佳作，韋莊〈浣溪沙〉（夜夜相思更漏殘）詞為思念舊姬而作，歇拍云：「想君思我錦衾寒。」本寫自己因離別而被冷衾寒、通宵不寐的難堪之狀，卻透過一層，從對面著想，從己之憶人，推想到人之憶己，含蓄蘊藉，親切有味。陳廷焯《雲韶集》卷一云：「對面著筆，妙甚，好聲情。」[9]又《詞則‧大雅集》卷一云：「從對面設想，便深厚。」[10]李冰若《花間集評注》〈栩莊漫記〉說：「由己推人，代人念己，語彌淡而情彌深矣。」[11]周邦彥〈尉遲杯〉（隋堤路）為汴京留別之作。詞人夜宿舟中，焚香獨語，但心裡還在思念不忘京華的生活，想念心愛的人，結句說：「有何人、念我無聊，夢魂凝想鴛侶。」無人念我，詞人更覺孤獨傷情。這也是從對面寫來，只是沒有具體的對象而已。況周頤《蕙風詞話》卷二評曰：「此等語愈樸愈厚，愈厚愈雅，至真之情由性靈肺腑中流出，不妨說盡，而愈無盡。」[12]心理刻畫，與「行人臨發又開封」、「憶來唯把舊書看，幾時攜手入長安」異曲同工。結句則雙方合寫，謂這種相思病要不得，兩處掛心，更難開解。「相思」二字說盡，全詞至此便戛然而止。

　　此詞全用賦的鋪敘手法，層層遞進，反覆陳說「相思」二字，用筆曲折，故不嫌單調乏味。晏幾道〈謁金門〉：「擬把此情書萬一，愁多翻擱筆。」愁太多了，不寫也罷。蘇軾此詞則大寫特寫，欲將世上所有的「相思」都寫完寫盡。筆法相反，卻有異曲同工之妙。

9　陳廷焯：《雲韶集》，稿本，南京圖書館藏，卷1。

10　陳廷焯：《詞則》（上海市：上海古籍出版社，1984年），上冊，頁311。

11　李冰若：《花間集評注》（北京市：人民文學出版社，1993年），頁57。

12　況周頤：《蕙風詞話》，卷2，唐圭璋：《詞話叢編》（五）（北京市：中華書局，1986年），頁4428。

七　李清照〈一剪梅〉（紅藕香殘）

　　紅藕香殘玉簟秋。輕解羅裳，獨上蘭舟。雲中誰寄錦書來？雁
字回時，月滿西樓。　　　　花自飄零水自流。一種相思，兩處閒
愁。此情無計可消除，才下眉頭，卻上心頭。

　　此為思念丈夫趙明誠之作。起句，選擇戶外荷花凋零之景，以及
室內漸生涼意的竹席，分別從視覺、嗅覺、觸覺的感受來點染清秋，
出語清麗，精秀特絕。李清照詞善於「用淺俗之語，發清新之思」[13]，
此句可見一斑。接下寫泛舟遊賞。這與上句寫枕席，銜接上似覺突
兀。故俞平伯《唐宋詞選釋》以為上句「似倒裝」，荷景續泛舟更為
流利。然而，出外遊玩並沒有使詞人暢懷舒心，一個「獨」字，透露
出丈夫不在的孤獨感，暗顯離情。正因如此，所以泛舟時，她無心賞
景，只是翹首天際，盼望著「雲中誰寄錦書來」。這裡暗用回文織錦
故事，前秦竇滔妻蘇若蘭曾寄給丈夫一首織錦回文詩。此處「錦書」
指趙明誠的來信。「雲中誰寄」與後「雁字回時」相合，用西漢蘇武
雁足傳書事。藉以表達她迫切渴望得到丈夫音信的心情，反映出對丈
夫的深摯感情。可遺憾的是，她直等到月亮的清輝灑滿西樓，才好不
容易看到「雁點青天字一行」（白居易〈江樓晚眺景物鮮奇吟玩成篇
寄水部張員外〉）。而從下片的感歎看來，征鴻雖至，書信卻不到。作
者的心情自然是悵然若失。這裡用的是以物襯情的手法。

　　下片盡書離恨。「花自飄零水自流」承上片「紅藕香殘」、「蘭
舟」，展現了水載落花之景。用兩個「自」字，以花、水之無情襯托
人之有情，觸景傷懷，詞人不禁感歎紅顏衰老，青春易逝。有了這句

13　彭孫遹：《金粟詞話》，唐圭璋：《詞話叢編》（一）（北京市：中華書局，1986年），
　　頁721。

的鋪寫，後兩句的銜接就顯得自然、緊湊。「一種相思，兩處閒愁」，有離別便有相思，而詞人這裡將其一分為二，化為兩地情思，這種疊加的手法更深入地表明自己與丈夫雖身處異地，卻心心相印，路遠情更長。用語新穎奇巧，簡潔精妙，令人叫絕。結尾三句，由范仲淹〈御街行〉「都來此事，眉間心上，無計相迴避」脫胎而來，而「才下」與「卻上」、「眉頭」與「心頭」對舉，形象地把詞人欲排遣相思之苦，卻抑制不住情思湧動的心靈變化，傳神地表達出來。

　　這首詞以淺近明白的語言，表達深沉真摯的感情，纏綿動人。宋代王灼《碧雞漫志》云：「易安作長短句，能曲折盡人意，輕巧尖新，姿態百出。」[14]此詞正鮮明地體現出這些特點。

　　元代伊世珍《琅嬛記》卷中引〈外傳〉云：「趙明誠幼時，其父將為擇婦。明誠晝寢，夢誦一書，覺來惟憶三句云：『言與司合，安上已脫，芝芙草拔。』以告其父。其父為解曰：『汝待得能文詞婦也。言與司合是詞字，安上已脫是女字，芝芙草拔是之夫二字，非謂汝為詞女之夫乎？』後李翁以女妻之，即易安也，果有文章。易安結褵未久，明誠即負笈遠遊，易安殊不忍別，覓錦帕書〈一剪梅〉詞以送之。」[15]「外傳」不可盡信，姑錄于此，以備參考。

八　張孝祥〈念奴嬌〉（洞庭青草）

　　洞庭、青草，近中秋、更無一點風色。玉鑒瓊田三萬頃，著我扁舟一葉。素月分輝，明河共影，表裡俱澄澈。悠然心會，妙處難與君說。　　應念嶺表經年，孤光自照，肝膽皆冰雪。短

---

14 王灼：《碧雞漫志》，卷2，唐圭璋：《詞話叢編》（一）（北京市：中華書局，1986年），頁88。
15 伊世珍：《琅嬛記》，《叢書集成初編》本，卷中。

髮蕭疏襟袖冷，穩泛滄溟空闊。盡把西江，細斟北斗，萬象為
賓客。扣舷獨嘯，不知今夕何夕。

　　宋孝宗乾道元年（1165），張孝祥出知靜江府（治所在今廣西桂
林），兼廣南西路經略安撫使，七月到任。次年六月，據《宋史》本
傳說他「治有聲績，復以言者罷」。即受攻訐而落職北歸。他懷著憂
鬱憤懣的心情踏上歸程，途經湖南洞庭湖，時近中秋月圓，於是創作
此詞，借景抒懷，表白自己光明磊落的坦蕩胸襟。

　　北宋時，蘇軾曾因「烏臺詩案」被貶為黃州團練副使，作有〈前
赤壁賦〉以遣愁懷。賦中以「清風徐來，水波不興」等賞心悅目之
景，以及對「物與我皆無盡也」的宇宙人生的探尋，找到了心靈上的
慰藉，最終達到寵辱皆忘、超然物外的境界。張孝祥當時的境遇與東
坡相近，此詞中所表達的思想也與〈前赤壁賦〉一致。

　　起首三句，描繪了一幅恬靜優雅、開闊清朗的畫面。洞庭、青草
兩湖相連，湖面上風平浪靜，給人眼界闊大、心曠神怡之感。語出平
淡，但拙中藏巧，反映出作者寧靜的心境。「玉鑒」二句，寫船行湖
上，湖廣船小，詞人置身於潔淨、廣闊的背景中。人與境合，可見詞
人高潔的情懷。這在接下「素月」三句中表現得更為充分。素白的月
光靜靜地瀉在湖面上，平靜的湖面上也照映著星河的倒影，此時湖光
天輝互相交映，整個宇宙一派空明。作者的心也被這不雜一些兒塵滓
的光輝照亮了。通過對洞庭月夜的觀賞與體會，作者從中更發現了自
我，認識了自我。正如黃蘇《蓼園詞選》所說，這是「從舟中人心跡
與湖光映帶寫隱現離合，不可端倪。鏡花水月，是二是一，自爾神采
高騫，興會洋溢」。也正由於作者把自己重新投入到大自然的懷抱
中，悟到了宇宙的博大和人格的意義，從而把自己從塵俗的煩囂中解
脫出來。作者對自己的這種「頓悟」頗為得意，大有「眾人皆濁我獨
清，眾人皆醉我獨醒」的自負。只有自己領悟到宇宙和人生的妙諦，

所以說「悠然心會，妙處難與君說」。

如果說上片大自然的啟示使作者從沉鬱的心情中擺脫出來，下片則結合自身遭際對宇宙人生進行了更深入的思索。「應念嶺表經年」，是寫嶺南遭讒一事。「孤光」二句，是說自己以孤月為伴，引清光相照，內心像冰雪一樣潔白晶瑩，纖塵不染。這裡融合了蘇軾〈西江月〉「中秋誰與共孤光，把盞淒然北望」以及南朝詩人鮑照〈代白頭吟〉「直如朱絲繩，清如玉壺冰」等句子的意思，表白自己在嶺南的那段時間裡，自問襟懷坦蕩，肝膽照人，表裡俱澄澈。這裡既有「孤芳自賞」之意，亦流露出憤慨情緒。「短髮」句，是對自己遭打擊後形神意態的描寫：頭髮稀疏，兩袖清風。但作者高遠曠達的襟懷卻讓他能依舊「穩泛滄溟空闊」，頗有「任憑風浪起，穩坐釣魚船」的氣度，何必理睬好讒的群小呢？不僅如此，作者還想舀盡西江之水以為酒，用北斗做成的勺子慢慢地斟酒細品。這裡借用《楚辭》〈九歌〉〈東君〉「援北斗兮酌桂漿」句意，寫得氣壯山河。而「萬象為賓客」，則是作者更進一步設想自己為主人，而邀天地萬物為賓客，陪伴我縱情豪飲。何等氣派！結尾「扣舷」句總括上文，「不知今夕何夕」，雖從蘇軾〈念奴嬌〉「起舞徘徊風露下，今夕不知何夕」脫化而來，卻更有「我心本無明鏡臺」物我合一的超塵絕俗的境界。至此，全詞昇華到哲理的高度。

全詞把天光水色、物境心境、昨日今夕，全和諧地融合在一起，給人以哲理的啟迪。

九　蔣捷〈虞美人〉（少年聽雨）

少年聽雨歌樓上，紅燭昏羅帳。壯年聽雨客舟中，江闊雲低，斷雁叫西風。　　而今聽雨僧廬下，鬢已星星也。悲歡離合總無情，一任階前、點滴到天明。

　　此詞題為「聽雨」，以時間為順序，寫作者少年、壯年、老年三個不同的人生階段的遭際境遇及心理感受，「聽雨」作為主線貫穿始終。作者生當宋、元易代之際，約在度宗咸淳十年（1274）中進士，不數年宋朝即滅亡。他的大半生是在戰亂中度過，顛沛流離，飽經憂患，嘗夠亡國破家之痛。劫後餘生，詞人感慨萬端，於是創作此詞以述情懷。

　　上片寫過去之我。描繪兩幅畫面，起首兩句為第一幅，是「歌樓夜雨圖」，也是人生旅程中「少年」階段生活的剪影。少年風流，追歡逐笑，羅帳燈昏，溫情無限，「少年不識愁滋味」的我在享受著青春和歡樂。這時聽雨的感受是輕鬆的、溫馨的。可好景不長，步入「壯年」的我被迫流離他鄉，客寄舟中，如無根的浮萍隨處飄泊，任風雨吹打，不能自主。客舟中聽雨，只見江闊雲低，秋風四起，離群的孤雁在悽楚地鳴叫著。這時，詞人的感受是淒苦的、悲涼的。這是一幅「孤舟秋雨圖」，創造出淒迷冷落的境界。「斷雁」正是作者自己的形象，雁兒淒厲的叫聲象徵著作者的心靈在哭泣。這裡以雁寫人，亦雁亦人，人雁融為一體，意蘊十分豐厚。上述兩幅畫面在感情色彩上由淺到深，由淡到濃。前者是後者的陪襯，後者是前者的加深。至此，過去的我經歷了人生的巨變，已是痛苦不堪，況更有甚者！

　　下片轉寫今日之我，是一幅「僧廬聽雨圖」。亡國破家，四處飄泊，無依無靠，詞人孤身宿於僧廬下，兩鬢已斑，歲月無情。詞人回想「悲歡離合」的一生，感覺一切皆由命中註定，半點由不得自己，萬念俱滅，心如止水。階前的雨聲滴滴答答，敲打著詞人破碎絕望的心。他輾轉反側，不得入眠，任憑雨聲響到天明。又是一個漫漫長夜，此前怎麼挨過，以後又怎麼挨過？這時，詞人聽雨的感受是冷漠的、絕望的。痛苦達到極點，欲哭無淚，欲言又止。「一任」二字正創造出一種無聲勝有聲的境界。全詞即在綿綿不絕的雨聲中結束，韻味悠久，耐人咀嚼。溫庭筠的〈更漏子〉（玉爐香）、萬俟詠的〈長相

思〉（一聲聲）皆寫到階前雨聲，是借聽雨刻畫男女相思離情，婉約纏綿，意味雋永。此處化用其意，藉以描寫人生的悲歡，並將個人的悲歡置於廣闊的時代背景下，這樣本詞的主題便得到昇華。小中見大，見微知著，本詞蘊含著深刻的內容。

　　這首詞在結構上的顯著特點是時空上大幅度的跳躍。先是順序的三個時間段——少年、壯年、老年。時間推移，空間也隨著轉換——歌樓、客舟、僧廬。這樣，三個時間段，三個空間，一一組合，代表人生經歷的三個階段。一生中悲歡離合，有許多事可寫，但詞人皆以高度概括的語言完成。時空的跳躍，以簡馭繁，省去許多筆墨，足見詞人的藝術匠心。

附錄二
詞體「抒情」本位界說及其價值重估

　　研究詞學，究竟什麼是詞？毋庸諱言，迄今為止，不少人的認識仍是模糊的。學界對古代詞體的認識，存在「前理解」問題。因此，筆者擬對歷代詞體界說進行全面系統的清理和反思，將撰寫系列論文。現代詞體觀念深受西方「純文學」觀念影響，多將詞體界說為「抒情」詩體，強調詞是「純文學」文體中的一種，與詩、散曲並列。要問，非抒情的就不是詞嗎？看詞史實際，情況並非如此簡單。本文專門反思詞體「抒情」本位界說，對其進行價值重估。

一　詞體的抒情本質

　　應該承認，「抒情」是歷代許多詞論家對詞體「本質」的普遍認識。晚唐、五代，詞論家雖未明確以「抒情」規定詞體，然歐陽炯〈《花間集》序〉的「側豔」理論已強調「詞情」不同於「詩情」的特質。他追溯「今曲子」的歷史，從詞體演進過程說明豔情詞是時代的必然產物，從而肯定其歷史地位，這是後人相對詩「言志」，以「抒情」界說詞體「本質」的濫觴。陳師道《後山詩話》引晁補之語：「眉山公之詞短於情。」[1]可見北宋時，「抒情」已受到詞人重視，視為詞體的基本特質。李清照〈詞論〉肯定詞體的抒情性，批評

---

[1] 胡仔：《苕溪漁隱叢話・前集》（北京市：人民文學出版社，1962年），卷51引，頁346。

中、晚唐詞「鄭、衛之音日熾，流靡之變日煩」，不滿柳永詞「詞語
塵下」，崇尚南唐詞之「文雅」和秦觀詞之「情致」，強調詞情的品
位，嚴分雅、俗。南宋尹覺〈題〈坦庵詞〉〉云：「詞，古詩之流也。
吟詠情性，莫工於詞。」[2]明確強調詞體最宜於「抒情」。張炎《詞
源》云：「簸弄風月，陶寫性情，詞婉於詩。蓋聲出鶯吭燕舌間，稍
近乎情可也。若鄰乎鄭、衛，與纏令何異也！」又云：「詞欲雅而
正，志之所之，一為情所役，則失其雅正之音。」[3]他反對詞抒情過
於豔俗，認為詞不失雅正的關鍵是不能「為情所役」，在傳統「詞
情」即男女私情之外提出以「志」馭「情」的要求。

　　金王若虛《滹南詩話》卷二對晁補之評蘇軾詞「短於情」的說法
頗為不滿，晁氏所指之「情」主要指男女間私情，王若虛說「風韻如
東坡，而謂不及於情，可乎？」[4]他對詞情的理解不專主豔情，而是
與「言志」詩相近的性情懷抱。元好問〈《新軒樂府》引〉云：「自東
坡一出，情性之外，不知有文字……坡以來，山谷、晁無咎、陳去
非、辛幼安諸公，俱以歌詞取稱，吟詠情性，留連光景，清壯頓挫，
能起人妙思。」[5]特重蘇詞「吟詠情性」，他把詞的創作看成作者主體
情感的自然表現，把詞體當作具有獨特體性的抒情體制，已接近傳統
的詩「言志」。

　　主「情」是明代詞學的一大特色，也是明代文學批評的共同特
點。[6]王世貞《藝苑卮言》云：「《花間》以小語致巧，《世說》靡也。
《草堂》以麗字取妍，六朝逾也。即詞號稱詩餘，然而詩人不為也。
何者？其婉孌而近情也，足以移情而奪嗜。其柔靡而近俗也，詩嘽緩

2　施蟄存主編：《詞籍序跋萃編》（北京市：中國社會科學出版社，1994年），頁165。

3　唐圭璋：《詞話叢編》（一）（北京市：中華書局，1986年），頁266。

4　丁福保：《歷代詩話續編》（北京市：中華書局，1983年），頁517。

5　元好問：《遺山先生文集》，《四部叢刊》初編本，卷36。

6　參見朱崇才：《詞話史》（北京市：中華書局，2006年），頁206。

而就之，而不知其下也。」[7]這可看作是對「詩莊詞媚」觀點的詮釋。王世貞認為，正宗詞風的典範，還是巧縟而妍麗的《花間》《草堂》詞，其「婉變」「柔靡」的體性特質，最能發揮「移情而奪嗜」，即讓讀者心蕩神馳的感發功能，詞「抒情」從詩「言志」中獨立出來。明人重情，特別高揚男女之情的地位。詞體最宜於抒情，沈際飛〈《草堂詩餘四集》序〉曰：「詩餘之傳，非傳詩也，傳情也。傳其縱橫古今，體莫備於斯也。」又說：「文章殆莫備於是矣。非體備也，情至也。情生文，文生情，何文非情？而以參差不齊之句，寫鬱勃難狀之情，則尤至也……曰人之情，至男女乃極，未有不篤於男女之情，而君臣父子兄弟朋友間，反有鍾吾情者。」[8]明確將抒情視為詞體的基本特質。明人多認為詞體最宜於表現人內心的情感，勝過其他任何文體，他們以此作為論詞高下的首要標準，極其情者方為「本色」。孟稱舜〈《古今詞統》序〉云：「蓋詞與詩、曲，體格雖異，而同本于作者之情……作者極情盡態，而聽者洞心聳耳，如是者皆為當行，皆為本色……其意大概謂無定格，要以驀寫情態，令人一展卷而魂動魄化者為上……選者之情隱，而作者之情亦掩也。」他將「作者之情」定為詞之本，把動「讀者之情」定為詞之用，「能傳作者之情，能動讀者、聽者之情，斯為詞，斯為上」。[9]明人將「情」的地位推崇到極致，然而過猶不及，重情也會變成濫情，不免使詞體流於庸俗。明末陳子龍試圖矯正濫情的流弊，主張抒情出於自然，〈《王介人詩餘》序〉說：「然宋人亦不免於情也。故凡其歡愉愁怨之致，動於中而不能自抑者，類發於詩餘。故其所造獨工，非後世所及……觸景

7　唐圭璋：《詞話叢編》（一）（北京市：中華書局，1986年），頁385。

8　施蟄存主編：《詞籍序跋萃編》（北京市：中國社會科學出版社，1994年），頁667-668。

9　卓人月彙選，徐士俊參評，谷輝之校點：《古今詞統》（瀋陽市：遼寧教育出版社，2000年），卷首。

皆會，天機所啟，若出自然。」[10]他所說的「自然」是出於真情，但他還是難以擺脫傳統「綺語」「豔科」的狹徑。明人對詞體的抒情特質有更為明確深入的認識，具有對抗理學和張揚個性的思想解放意義，但侷限性也是明顯的。

清人繼續肯定「抒情」為詞體特質。沈謙《填詞雜說》云：「詞不在大小淺深，貴於移情。」[11]查禮《銅鼓書堂詞話》云：「情有文不能達、詩不能道者，而獨於長短句中可以委婉形容之。」[12]張惠言以「意內言外」界說詞體，〈《詞選》序〉云：「詞者……極命風謠里巷男女哀樂，以道賢人君子幽約怨悱不能自言之情，低迴要眇以喻其致。」[13]強調寄託，抒情詞體變成了喻體。沈祥龍《論詞隨筆》曰：「心中幽約怨悱，不能直言，必低徊要眇以出之，而後可感動人。」[14]清人對「情」的內在質性作了深入而細膩的探討，尤其重視「情」與「非情」的差別，即從正、反兩面探討「詞情」。「非情」者，有「穢」、「褻」、「淫」、「綺」、「靡」等；與此相對應，情者，宜「真」、「正」、「雅」、「潔」、「深」等。朱彝尊《詞綜》〈發凡〉云：「言情之作，易流於穢，此宋人選詞，多以雅為目。」[15]「浙西詞派」理論正是直接針對明代詞情淫俗之弊而發的，力圖將其引向雅正。徐釚《詞苑叢談》卷四引周在浚語：「凡詞無非言情。即輕豔悲壯，各成其是，總不離吾之性情所在耳。」[16]沈祥龍《論詞隨筆》云：「詞有三要，曰情，曰韻，曰氣。情，欲其纏綿，其失也靡。」[17]

10 陳子龍：《安雅堂稿》（北京市：人民文學出版社，2011年），卷2，頁1081。

11 唐圭璋：《詞話叢編》（一）（北京市：中華書局，1986年），頁629。

12 唐圭璋：《詞話叢編》（二）（北京市：中華書局，1986年），頁1481。

13 張惠言：《茗柯文編》（上海市：上海古籍出版社，1984年），頁58-59。

14 唐圭璋：《詞話叢編》（五）（北京市：中華書局，1986年），頁4059。

15 朱彝尊、汪森編，孟斐標校：《詞綜》（上海市：上海古籍出版社，1999年），頁6。

16 徐釚撰，唐圭璋校注：《詞苑叢談》（上海市：上海古籍出版社，1981年），頁80。

17 唐圭璋：《詞話叢編》（五）（北京市：中華書局，1986年），頁4050。

又云：「言情貴蘊藉有致，勿浸而淫褻。」[18]諸家反對情欲的直接宣洩，而倡導真情，克制情感，分清情之「雅」、「鄭」界限。崇雅貶鄭，是為規範提高詞情的內涵，強調「雅正」。他們還常將詞比附〈風〉〈騷〉之旨，明末陳子龍〈《三子詩餘》序〉即強調：「〈風〉〈騷〉之旨，皆本言情。言情之作，必托於閨襜之際，代有新聲。」[19]朱彝尊〈陳緯雲《紅鹽詞》序〉曰：「詞雖小技，昔者通儒巨公往往為之。蓋有詩所難言者，委曲倚之於聲，其辭愈微而其旨益遠。善言詞者，假閨房兒女之言，通之於〈離騷〉、變雅之義。此尤不得志於時者所宜寄情焉爾。」[20]江順詒《詞學集成》卷一云：「詞亦道性情，即上薄〈風〉〈騷〉之意，作者勿認為閨幃兒女之情。」[21]沈祥龍《論詞隨筆》云：「詞者詩之餘，當發乎情，止乎禮義，〈國風〉好色而不淫，小雅怨悱而不亂，〈離騷〉之旨，即詞旨也。」[22]「常州詞派」推尊詞體，以「詩教」規範詞情，然而不免牽強比附。

當將詞體與詩體比較時，論者多強調詞體以「抒情」特別是男女之情見長，評論名家詞，也多欣賞「以情勝」，如陳廷焯《白雨齋詞話》卷七云：「李後主、晏叔原，皆非詞中正聲，而其詞無人不愛，以其情勝也。」[23]蔡宗茂〈《拜石山房詞鈔》序〉也說「秦、柳以情勝」。[24]他們看重的正是「詞情」的獨特性，重視情感的真誠，「真情」「性情」「性靈」大量出現在詞論中。

詞情最真，謝章鋌《賭棋山莊詞話》卷十曰：「夫詞多發於臨遠送歸，故不勝其纏綿悱惻。即當歌對酒，樂極哀來，折心渺渺，閣淚

---

18 唐圭璋：《詞話叢編》（五）（北京市：中華書局，1986年），頁4057。

19 施蟄存主編：《詞籍序跋萃編》（北京市：中國社會科學出版社，1994年），頁507。

20 朱彝尊：《曝書亭集》，《文淵閣四庫全書》本，卷40。

21 唐圭璋：《詞話叢編》（四）（北京市：中華書局，1986年），頁3226。

22 唐圭璋：《詞話叢編》（五）（北京市：中華書局，1986年），頁4047。

23 唐圭璋：《詞話叢編》（四）（北京市：中華書局，1986年），頁3952。

24 顧翰：《拜石山房詞鈔》（北京市：中華書局，1985年），頁2。

盈盈，其情最真，其體最正矣。」[25]詞者，獨抒性靈也。況周頤描述
「詞心」的真摯幽微，《蕙風詞話》卷一云：「吾聽風雨，吾覽江山，
常覺風雨江山外有萬不得已者在。此萬不得已者，即詞心也。而能以
吾言寫吾心，即吾詞也。此萬不得已者，由吾心醞釀而出，即吾詞之
真也，非可強為，亦無庸強求。」[26]詞體最適宜抒寫人的內心深處情
感。沈祥龍《論詞隨筆》云：「識曲聽其真。真者，性情也，性情不
可強……詞之言情，貴得其真，勞人思婦，孝子忠臣，各有其情。古
無無情之詞，亦無假託其情之詞，柳、秦之妍婉，蘇、辛之豪放，皆
自言其情也。」[27]詞體是抒寫真情的，違心的詞無真情，即非真詞，
那麼「代言」體的「虛擬」性情感抒發就不是詞嗎？「宴樂」其實就
是娛樂性音樂，多帶有商業化性質，很多詞人的情感表達是虛擬的，
看似真摯的感情，但未必是詞人自己真實的，就像現在的流行歌曲。

　　作為詞體特質的「情」，其內涵是多層次的，也不是凝定的，而
是與時俱變，「情」的內涵不斷擴展，不同時代甚至同一時期的詞學
家對詞「情」也有不同的理解。對此，我們也不能簡單化理解。古人
多不重視概念界定，所論詞「情」，其實就是對詞體「本質」特性的描
述和概括，我們可視為詞體「抒情」本質界說，但不是詞體「定
義」。詞即「抒情」詩體，是傳統觀念，一脈不斷。

二　詞對詩「緣情」觀念的承續

　　詞學史上，以「抒情」界說詞體本質，是對詩「緣情」觀念的承
續。強調與詩「言志」、文「載道」不同，詞有相對獨立的文體特質。

　　詩是「言志」之韻文，「詩言志」最早見於《尚書》〈舜典〉：「詩

25　唐圭璋：《詞話叢編》（四）（北京市：中華書局，1986年），頁3451。
26　唐圭璋：《詞話叢編》（五）（北京市：中華書局，1986年），頁4411。
27　唐圭璋：《詞話叢編》（五）（北京市：中華書局，1986年），頁4052-4053。

言志，歌詠言，聲依詠，律和聲。」[28]後〈《毛詩》序〉云：「詩者，志之所之也。在心為志，發言為詩⋯⋯發乎情，止乎禮義。」[29]也就是孔子在《論語》〈八佾〉中所說的「樂而不淫，哀而不傷」。[30]聞一多〈歌與詩〉一文考證說：「志與詩原來是一個字，志有三個意義：一記憶，二記錄，三懷抱。」[31]而這種「懷抱」又與「禮」即政治教化分不開。「志」是道德化、政治化情感，詩是理性化、內斂化情感的表達。錢謙益〈《徐元歎詩》序〉云：「詩不本於言志，非詩也；歌不足以詠言，非歌也。」[32]認為「言志」才是詩，不言志即不是詩，強調詩的「本質」特性，形式是其次的，按錢氏標準，很多詩就不是真正的「詩」。[33]

西晉陸機《文賦》提出「詩緣情而綺靡」觀點。「綺靡」，是說詩要寫得華美，崇尚「綺靡」，是當時一種流行觀念，是對「詩言志」觀念的「反撥」，詩中之「情」逐漸擺脫傳統儒家「詩教」的束縛，轉向自然人情。南朝宮體詩是「詩緣情而綺靡」觀念在創作上的集中反映，「豔情」成為宮體詩的代稱。韓愈、李翱重提「性善情惡」，自然之情受到正統詩人的輕視貶斥，又轉入「邊緣」狀態。嚴羽《滄浪詩話》強調「詩者，吟詠情性也」。[34]孔尚任《《長留集》序二〉云：「蓋詩以道性情，更無他義。苟能以己之性情，人即愛而讀之。」[35]詩是「心之聲」，袁枚〈答何水部〉云：「若夫詩者，心之聲也，性

---

28 阮元：《十三經注疏》（北京市：中華書局，1980年，影印本），頁131。
29 阮元：《十三經注疏》（北京市：中華書局，1980年，影印本），頁269。
30 楊伯峻：《論語譯注》（北京市：中華書局，1980年），頁30。
31 聞一多：《聞一多全集》（北京市：生活・讀書・新知三聯書店，1982年），第1集，頁185。
32 錢謙益：《牧齋初學集》，《四部叢刊》本，卷32。
33 參見歐明俊：〈古代詩體界說之清理與反思〉，《蘭州大學學報》2010年第5期。
34 何文煥：《歷代詩話》（北京市：中華書局，1981年），下冊，頁688。
35 孔尚任：《長留集》，清康熙五十四年刻本，卷首。

情所流露者也。」[36]葉燮說:「詩是心聲,不可違心而出,亦不能違
心而出。」[37]寫真情才是真詩,違心的詩即不是真詩。詩者,獨抒性
靈也。黃宗羲〈《天嶽禪師詩集》序〉曰:「為詩者亦唯自暢其歌
哭。」[38]袁枚《隨園詩話》卷五云:「自《三百篇》至今日,凡詩之傳
者,都是性靈,不關堆垛。」[39]這些皆是詩的「本質」界說。有些文
人甚至將「抒情」與「說理」對立起來,否定說理之詩。李夢陽
〈《缶音》序〉云:「宋人主理,作理語,於是薄風雲月露,一切鏟去
不為。又作詩話教人,人不復知詩矣。」[40]陳子龍〈〈王介人詩餘〉
序〉云:「宋人不知詩而強作詩。其為詩也,言理而不言情,故終宋
之世無詩焉。」[41]完全排斥說理,是對詩體的狹隘化理解。

　　詞體觀念亦承詩體觀念而來,以「抒情」界說詞體本質,有詞學
自己的傳統,亦明顯接受詩體「抒情」觀念影響。詞興起於隋、唐之
際,是配合燕樂曲調歌唱的歌詞。至晚唐詞人溫庭筠登上詞壇,六朝
「緣情而綺靡」的詩學精神轉而在詞中發展起來,花間詞與六朝宮體
詩呈現出內質及風格上的相似性。歷代詞學家對詞「抒情」本質的界
說,總是與詩並舉,論「詞情」不離詩,究其因,溯其源,正因詞
「抒情」說是從詩「緣情」說發展而來,人們對詞「抒情」的認識首
先是承續了對詩「緣情」的認識。

　　一種觀念認為,詞為「詩餘」,由詩之體分化而來。詞學史上,
「詩詞一體」的詞體觀是與「詩莊詞媚」的詞體「本色」論並存的,
尊體與卑體、正宗與非正宗、本色與非本色之爭歷代不斷,作為一種

---

36 袁枚:《小倉山房尺牘》,清乾隆刻本,卷7。

37 葉燮:《原詩》(北京市:人民文學出版社,1979年),頁52。

38 黃宗羲著,陳乃乾編:《黃梨洲文集》(北京市:中華書局,2009年),頁371。

39 袁枚:《隨園詩話》(北京市:人民文學出版社,1982年),卷5。

40 李夢陽:《空同先生集》(臺北市:偉文圖書出版社有限公司,1976年,《明代論著叢
　　刊》本),卷52。

41 施蟄存主編:《詞籍序跋萃編》(北京市:中國社會科學出版社,1994年),頁506。

文體的「詞」，想脫離「詩」而獨立存在，卻始終與詩「藕斷絲連」，創作上如此，詞學批評上亦如此。論詞常以詩相參，甚至以詩為出發點，以詩的標準審視詞體，論「詞情」總不離「詩情」。詩體是傳統的文學樣式，「詩言志」偏重表現詩人的社會化情感，即表現「公情」，而詞體自進入文人之手即被賦予個體性色彩，以表現男女「私情」為主。雖有蘇軾、辛棄疾等人的「詩化」努力，但詞體與詩體的差異性仍是存在的。明周永年〈《豔雪集》序〉，聯繫「詩緣情」闡述了詞之體性：

> 《文賦》有之曰：「詩緣情而綺靡。」夫情則上溯〈風〉〈雅〉，下沿詞、曲，莫不緣以為準。若「綺靡」兩字，用以為詩法，則其病必至於巧，累於理；僭以為詩餘法則，其妙更在情生於文。故詩餘之為物，本「緣情」之旨，而極「綺靡」之變者也。[42]

「詩緣情」與傳統的「詩言志」相比，去掉「教化」色彩，更加重視詩人的個體情感，周永年由「詩緣情」進而論及詞「緣情」，不僅將詞的體性歸結為「情」，更指出詞體將詩中的「綺靡」之情推向極致，闡明了詞「緣情」對「詩緣情」的承續，也抓住了詞體的本質特性。劉熙載為說明「情」與「欲」的不同，亦聯繫「詩緣情」，《藝概》〈詞曲概〉云：

> 詞家先要辨得情字。〈詩序〉言「發乎情」，《文賦》言「詩緣情」，所貴於情者，為得其正也。忠臣孝子，義夫節婦，皆世間極有情之人。流俗誤以欲為情，欲長情消，患在世道。倚聲

---

42 趙尊嶽：《明詞彙刊》（下）（上海市：上海古籍出版社，1992年），頁1779。

一事，其小焉者也？[43]

　　劉熙載有感於流俗「以欲為情」，認為詞中之「情」與詩中之「情」一樣可以表現「忠臣孝子、義夫節婦」的情感，實際上又回到儒家「詩教」傳統。詞「抒情」與詩「緣情」仍難劃清界限。

　　論者多認為抒情，詩不如詞。謝章鋌〈〈眠琴小築詞〉序〉曰：「詩以道性情，尚矣。顧余謂言情之作，詩不如詞。參差其句讀，抑揚其聲調，詩所不能達者，宛轉而寄之於詞，讀之如幽香密味，沁人心脾焉。」[44]

　　錢鍾書〈《宋詩選注》序〉論詩情與詞情的發展遷移最為精闢：

> 宋代五、七言詩講「性理」或「道學」的多得惹厭，而寫愛情的少得可憐。宋人在戀愛生活裡的悲歡離合不反映在他們的詩裡，而常常出現在他們的詞裡……據唐宋兩代的詩詞看來，也許可以說，愛情，尤其是在封建禮教眼開眼閉的監視之下那種公然走私的愛情，從古體詩裡差不多全部撤退到近體詩裡，又從近體詩裡大部分遷移到詞裡。[45]

正是這種「撤退」和「遷移」，「詩緣情」走向詞「抒情」，詞似乎成為表達「情」的專門載體。因為詞為「詩餘」，為「小道」「末技」，不受禮教束縛，可以大膽傾吐，曲盡人情。與詩相比，詞更適合表達纏綿悱惻的男女之情，更深入、委婉、細膩。詞「抒情」從「詩言志」中獨立出來，標誌著詞體的獨特存在，顯彰了詞體的純潔性。

　　「詩言志」是「大傳統」，「詩緣情而綺靡」是「小傳統」，一是

43 劉熙載：《藝概》（上海市：上海古籍出版社，1978年），卷4，頁123。
44 謝章鋌：《賭棋山莊文集續編》，《續修四庫全書》本，卷2。
45 錢鍾書：《宋詩選注》（北京市：生活·讀書·新知三聯書店，2002年），頁8。

絕對的主流，一是非主流。「詩緣情而綺靡」，現代被抽象化，認為詩只是抒情而華美的，這是「純文學」觀念。詞體「抒情」是對詩體「抒情」的「小傳統」承繼，同時也是對詩「言志」的「大傳統」的疏離。但過分強調專言男女之情，太狹隘化，這種觀念也一直遭到「言志」、「教化」本位的正統主流觀念的批評和排斥，處於「邊緣」地位。

三　詞體「抒情」本位界說之反思

　　詞為「抒情」詩體，現代上升為主流觀念，是現當代流行觀念。王國維《人間詞話》強調說：「詞乃抒情之作，故尤重內美。」[46]一九二六年，胡雲翼《宋詞研究》上篇〈宋詞通論〉三〈何謂詞〉曰：「何謂詞？答曰：詞就是抒情詩。這怎麼說呢？且分形體、內容與音樂三方面來解釋⋯⋯這種曲線式的長短句，為最適宜於抒情詩的形體⋯⋯詞之音樂成分，只有比詩複雜；音節比詩要響亮。音節與韻律容易在聽覺驟增抒情的力量，易於引起情緒的波動，產生聯想的感情，故音節在抒情詩裡面最關重要。而詞的音節，自然是最適宜抒情了⋯⋯詩可以分抒情詩、敘事詩、劇詩等類，詞則僅限於抒情一體⋯⋯其實詞不但是詩，與詩沒有何等的差異，而且是形式更適宜於抒情，音節更響亮，內容更系情感的，可以說是詩中之詩──抒情詩。唐詩之變，只是形成抒情詩的一種形式，宋詞之發達，不過表現抒情詩之單方面的發展而已⋯⋯『抒情詩』三個字，的確是詞的最好的定義。但這又偏於內容的界說了。」胡雲翼又說：「倚聲填譜的歌辭，謂之詞。」「而內容的實質是『抒情的』，那便叫做詞。」[47]胡雲

---

46 唐圭璋：《詞話叢編》（四）（北京市：中華書局，1986年），頁4266。

47 胡雲翼著，劉永翔、李露蕾編：《胡雲翼說詞》（上海市：華東師範大學出版社，2004年），頁15-19。

翼「定義」詞「僅限於抒情一體」，是「詩中之詩」，就是「抒情詩」，他自信「抒情詩」三個字「的確是詞的最好的定義」。而實際上，這只是詞體的「本質」界說，而不是詞體的「定義」。一九二六年，吉川幸次郎〈胡雲翼氏《宋詞研究》〉書評說胡雲翼「將詩餘定義為純粹的抒情文學」，認同詞是「抒情詩」。[48]一九三三年，胡雲翼《中國詞史大綱》說：「詞是從詩體進化出來的……詩體被一般文人視為頗尊敬之文學，不便於書寫豔情。」[49]詞似乎只是專寫「豔情」，理解更狹隘。一九三四年，胡雲翼《詞學概論》第三章〈何謂詞〉說：「詞是一種樂府詩。它的形式，因為協樂的緣故，往往是長短句；它的韻律，也因為協樂的緣故，比詩更嚴格；但實質卻是與詩一樣的，以感情為它的靈魂。可以說是詩的一體。」[50]強調詞與詩一樣皆以感情為靈魂。「詞就是抒情詩」，是以現代新文學觀念即「純文學」觀念看待詞。胡雲翼的詞體觀來源於文學觀，而文學觀來源於西方「純文學」觀，故特別重視「抒情」。

　　一九三一年，梁啟勳《詞學》曰：「聲音之道，以大別言之，一曰語言，一曰歌曲，舉凡意志與感情之表示，遂由於此。其發於自然者謂之天籟，漸進而具格律者即稱藝術……詞為文學藝術之一種，就表示情感方面言之，容或可稱為一種良工具。」[51]既重「情感」性，又重「藝術」性。繆鉞《詩詞散論》〈論詞〉說：「詞之所以別於詩者，不僅在外形之句調韻律，而尤在內質之情味意境。外形，其粗者也；內質，其精者也……詩顯而詞隱，詩直而詞婉，詩有時質言而詞更多比興，詩尚能敷暢而詞尤貴蘊藉。」[52]當代，不少學者仍以「抒

48 吉川幸次郎：〈胡雲翼氏《宋詞研究》〉，《支那學》第4卷第1號（1926年）。

49 胡雲翼：《中國詞史大綱》（北京市：北新書局，1933年），頁20。

50 胡雲翼著，劉永翔、李露蕾編：《胡雲翼說詞》（上海市：華東師範大學出版社，2004年），頁185。

51 梁啟勳：《詞學》（北京市：中國書店，1985年），頁1。

52 繆鉞：《詩詞散論》（上海市：上海古籍出版社，1982年），頁54。

情」界說詞體。一九五七年，龍榆生〈談談詞的藝術特徵〉說：「詞是依附唐、宋以來新興曲調的新體抒情詩，是音樂語言和文學語言緊密結合的特種藝術形式……它的長短參差的句法和錯綜變化的韻律，是經過音樂的陶冶，而和作者起伏變化的感情想適應的。」[53]吳世昌《詞林新話》說：「作詞是抒情，非說理。」[54]皆強調詞就是新的「抒情」詩體。

詞體「抒情」本質界說，現代人普遍認同，是有時代因素的。現代流行「純文學」觀念，強調「抒情」性，我們應充分肯定其合理性一面，但要反思，看到其偏限性。「五四」新文化運動，摧枯拉朽，重新估價一切，「顛覆」傳統，詞學亦如此，影響至今。現在，很多領域都對這種「顛覆」進行反思，應該承認，詞學界在這方面的反思是不夠的。

詞的最重要屬性是「抒情」，這是首先要承認的。我們要反思的是，詞體僅僅是「抒情」嗎？敘事、寫景就不是詞嗎？說理即表達思想就不是詞嗎？抒情與說理相對，「情」是感性，「理」是理性，「情」是審美，「理」是審智。「情」又可兩分為「公情」和「私情」，忠君愛國、憂國憂民之情，是「公情」，政治抒情是「公情」，狹義的「情」專指「私情」，包括愛情、親情、友情、鄉情等，最狹義的專指愛情或豔情。「詞情」抒發以纏綿悱惻、深婉細膩的「私情」為主，是為「本色」，而家國之「公情」抒發多不被重視，被視為詞體「別調」，詞的「變體」。對「情」的不同理解，是「前提」，爭議多由此而來。詞以抒情為主，散文以議論、敘事為主，但不能說議論、敘事的就不是詞，抒情的就不是散文，抒情是各體文學的共同特徵，不是詞體「專利」。

---

53 龍榆生：《龍榆生詞學論文集》（上海市：上海古籍出版社，1997年），頁43。

54 吳世昌著，吳令華輯注，施議對校：《詞林新話》（北京市：北京出版社，1991年），頁46。

　　什麼是詞的「定義」？什麼是詞的「本質」？實為不同的概念，
應首先將其區分清楚。「定義」是唯一的，能涵蓋對象的全部，要求
明晰性、穩定性、包容性、排他性，被普遍認可。詞體的「定義」，
即回答什麼是詞？什麼不是詞？古代詞「體」，指體制、形式，有基
本的內在規定性，就是押韻，詞為押韻文體之一，聲韻、格律最重
要，有固定的詞調，如〈蝶戀花〉、〈念奴嬌〉等，不符合聲韻格律的，
即使寫得再好也不是詞，這是絕對的。但是「本質」界說是可以多樣
的，因時因人而異。詞是「抒情」詩體，只是對詞體「本質」的一種
認識，而不是詞的「定義」，單從某一方面來界定詞，必然片面。

　　歷代詞論家所論，往往並不是詞的「定義」，而是詞的「本質」。
詞有「本質」，就有「非本質」，非本質特性，也是詞的特性，並非可
有可無的。詞的「定義」，為「真假是非」判斷；詞的「本質」界
說，是「高下優劣」的價值判斷。明周遜〈刻《詞品》序〉曰：「不
動物非風也，不感人非詞也。」[55]清人多認為有明一代「無詞」。所謂
「非詞」、「無詞」，並不是真假判斷，而是價值判斷，實際上是說不
符合自己審美理想或者說品質低劣，即不是好詞或曰真正的詞。詞的
「本質」界說，不同時代、不同流派、不同人有不同的認識，可謂眾
說紛紜。每種界說，皆有合理性，同時亦有侷限性，皆是「片面的深
刻」。不能用一花獨放的「專制」思維輕易肯定或否定，要允許這種
差異性和多樣性的存在。[56]詞的「定義」，即什麼是詞，只能以體式為
標準，形式是最基本的要求。因為內容許多時候是各文體共同、共通
的，不是某一文體的「專利」，各體文學皆可「抒情」，不應過分強調
詞體抒情質性的獨特性、唯一性，詞體特質不應完全排他。說理的是
不是詞呢？「定義」上說，肯定是詞；但是「本質」界說上，有人說

55　唐圭璋：《詞話叢編》（一）（北京市：中華書局，1986年），頁407。
56　參見歐明俊：〈古代詩體界說之清理與反思〉，《蘭州大學學報》2010年第5期。

是，有人說不是，這是允許的。筆者主張「形式至上」，只要符合基本的體制規範，從「定義」上理解，就應視為詞，內容和價值判斷是其次的。但另一方面，從詞體「本質」上看，徒具形式也是不夠的。詞之所以能作為一種獨特的文體而存在，肯定有它作為這一種文體的內在規定性，即讓詞有別於其他文體的基本屬性，因為一切文體都是有其獨特的基本屬性的，達到一定要求才能算是做到「當行」「本色」，也才能各守其界，儘管詞與詩、曲有交叉互化即「交集」情況存在。僅僅符合形式格律，但如詞情、詞味皆無，僅為「押韻之文」，便不能稱作真正的詞。真正的詞還需具備詞的本質和靈魂，理想的詞體，應是形式和內容的完美統一。

　　現代詞學觀念新變，詞體觀是由文學觀決定的。現代文人接受西方「純文學」觀念，認為感性、抒情才是詞，過分突出抒情性，把詞界定為「抒情」詩體，輕視詞體的說理。反思詞體「抒情」觀念，首先需反思「文學」觀念。文學有廣義、狹義之分，一九一八年，謝無量《中國大文學史》第一章明確指出，「凡有寫錄，號稱書籍」，即為廣義之文學，「專為述作之殊名，惟宗主感情，以娛志為歸者」，即為狹義之文學。[57]強調文學的「抒情」性，以「抒情」要求一切文體。錢基博《現代中國文學史》認為，狹義文學指「美的文學」，重「情感」，認為「八大家」之文不得廁於文學之林。羅根澤說：「文學的要素是要訴諸感情且給與讀者以美的滿足的形式。」[58]現當代學者多將「情」與「理」對立，認為文學就是寫「情」，排斥「理」，多用「抒情」來界定文學。不僅是詞，就是體物、鋪敘的賦也視為抒情文體，一九三九年，陶秋英《漢賦之史的研究》以時代流行的「純文學」的「抒情」觀念界說賦，拋棄傳統觀念，是以今衡古，遠離賦史實際。

---

57 謝無量：《中國大文學史》（鄭州市：中州古籍出版社，1992年），頁1-4。

58 羅根澤：《羅根澤古典文學論文集》（上海市：上海古籍出版社，1985年），頁448-449。

　　將詞理解為「文學」文體，但「文學」文體不等於「抒情」文體。實際上，一切體裁，寫一切內容的都可以是「文學」，凡有審美、審智價值，有藝術性的，就是文學。是不是文學，不應以「抒情」或「說理」界定，而應以「藝術」性界定。抒情，但沒有藝術性，也不是文學；不是抒情，但有藝術性，就是文學。以藝術性或語言藝術性界定文學，才是合理的。如此理解，也可消弭抒情與非抒情之爭。

　　「純文學」觀念，「文學」是什麼？是抒情、審美、形象、語言藝術。詞體是以「文學」為主，但不能完全排除非文學，不能說非文學的就不是詞體。實際上，詞只是「文本」，是一種體式，一種「文化符號」，一種文化載體。將詞理解為「純文學」文體，就將所謂非文學的詞排除在外，況且文學和非文學邊界是模糊的。詞體可抒情，也可寫理學，寫佛禪、仙道，寫兵法、醫方，任何內容都可以承載。也就是說，詞體可表現不同學科，可以是文學，也可以是哲學、宗教、倫理學等，只不過是以韻文表述的。這些皆與「抒情」無關，有些詞人眼裡，詞體根本不是「文學」，只是一種應用文體，能說不是詞嗎？論詩詞，論詞詞，只是評論說理，能說不是詞嗎？為什麼這些被收錄到詞集裡？形式上是沒有問題的，非抒情的也是詞。如果以「抒情」為標準的話，那麼《全唐五代詞》、《全宋詞》、《全金元詞》中許多詞都要剔除。

　　詞體有不同層次的含義，實為不同的概念。詞的「定義」有廣義、狹義之分，最廣義的，只要符合格律就是詞，無論內容如何，詞不僅僅是嚴格意義上的「純文學」文體，同時是「文章」文體，是「大文學」「雜文學」文體，是超越「文學」的「文化」文體，包含範圍廣泛，經、史、子、集，都可借助詞作為載體來表達。如劉永濟專門從《全宋詞》中輯錄出《宋代歌舞劇曲錄要》，在他眼中，《全宋詞》中的部分是戲曲，是綜合藝術。如果從「純文學」角度看，很多

詞將會被排除在外。也不能將詞僅僅理解為詩歌的一體，它還是一種
音樂體式，這是「原生態」的詞體。狹義的「文學」詞體，可以抒
情，也可以說理、敘事、寫景詠物。最狹義的，特指純粹的「抒情」
新詩體。因此，詞既是「純文學」文體，又是「非文學」文體，是
「文化」文體。這幾種概念可並行不悖。

　　詞只是「純文學」的「抒情」詩體，是站在現代「純文學」立場
上看的。有時，我們有必要跳出「詞文學」的「前理解」來認識古代
詞體。古代學科分類的混沌狀態下，僅將詞簡單地規定為現代意義上
的「純文學」的「抒情」詩體，肢解、曲解了歷代不少詞論家的詞體
觀念，是對詞體的狹隘化理解，是輕賤了詞體。因學界對詞體理解的
偏差，以至於一些內容長期被排斥於詞學研究體系之外。因此，真正
意義上的全面、完整的詞學是研究詞體（「文章」之體、「文化」之體
而不僅僅是「文學」之體）的學問。筆者持「大詞體」觀、「大詞
學」觀，警惕通行「文學」詞體觀的狹隘性。

　　詞體有「原生態」和「衍生態」之別。「原生態」的詞體「定
義」應是：詞是唐宋時盛行的燕樂歌曲，這是「音樂」本位的詞體界
說。「原生態」的詞是流行歌曲，功能是抒情、娛樂消遣。「衍生態」
的詞體「定義」應是：一種有固定詞調的以長短句為主的格律詩體。
這是「文學」本位的詞體界說。「衍生態」的詞是一種新體格律詩，可
抒情、娛樂消遣，也可言志、載道，經世濟用，如陳亮自稱用詞表達
「平生經濟之懷」。我們應分別清楚，遺憾的是，學界多混為一談。
詞體概念是封閉性與開放性的統一。歷代詞學家不斷增加其內涵，如
俞樾〈顧子山《眉綠樓詞》序〉云：「詞之體，大率婉媚深窈，雖或
言及出處大節，以至君臣朋友遇合之閑，亦必以微言托意，借美人香
草，寄其纏綿悱惻之思，非如詩家之有時放筆為直幹也。」[59]強調

59　俞樾：《春在堂雜文》，卷3，沈雲龍編：《近代中國史料叢刊》本，卷42，頁1145。

「微言」和「寄託」為詞體本質特性；王國維《人間詞話》說：「詞之為體，要眇宜修，能言詩之所不能言，而不能盡言詩之所能言；詩之境闊，詞之言長。」[60]詞須經過修飾，表裡俱美，意美於內，言美於外，具備柔婉含蓄、幽微深隱特性。皆是對詞體的狹深化理解，是「衍生態」的詞體本質界說。

古人從不同標準、不同角度認識詞體。有人以「曲子」、「曲子詞」或「歌詞」「小歌詞」或「樂章」或「樂府」界說詞體，詞的「原生態」是音樂文學。以「綺語」界說詞體，是從內容上看的；以「長短句」界說詞體，是從形式上看的；以「詩餘」界說詞體，是從性質和價值上看的。明何良俊〈《草堂詩餘》序〉認為「詩餘以婉麗流暢為美」，並推崇北宋婉約詞「柔情曼聲，摹寫殆盡，正詞家所謂當行、所謂本色也」[61]。李東琪提出「詩莊詞媚」，「媚」是一種外在的美，「詞媚」指的是詞香豔綺麗，可視可感，但不能說那些不「媚」的如〈念奴嬌〉（大江東去）就不是詞。清彭孫遹《金粟詞話》曰：「詞以豔麗為本色，要是體制使然。」[62]這是以風格界說詞體，只是詞體的一種本質界說。古人界說詞體，有具體的語境，所指不同，內涵各異，不應簡單泛泛理解。

歷代詞論家界說詞體，多指詞的「本質」，可分為兩大傳統：一是「抒情」傳統，一是「藝術」傳統。「抒情」本位，廣義抒情，包括「言志」，詞是抒情之韻文，或者說抒情的才是詞。按此標準，很多不是抒情的就不是詞。「藝術」本位，詞是技藝、藝術，朱彝尊〈〈孟彥林詞〉序〉曰：「詞雖小道，為之亦有術矣。」[63]王昶〈趙昇

---

60 唐圭璋：《詞話叢編》（五）（北京市：中華書局，1986年），頁4258。

61 卓人月彙選，徐士俊參評，谷輝之校點：《古今詞統》（瀋陽市：遼寧教育出版社，2000年），頁12。

62 唐圭璋：《詞話叢編》（一）（北京市：中華書局，1986年），頁723。

63 朱彝尊：《曝書亭集》，《文淵閣四庫全書》本，卷40。

之《曇花閣詞》序〉曰:「夫詞,小技爾。」[64]無藝術性的即不是詞。詞源於情,但是情感不直接就是詞,詞乃「藝」也,而藝術有規則、禁忌,古人多將詞當作一種技藝來看。還有不少詞論家將各種詞體內容本位、藝術本位理論調和、綜合,追求更為合理的詞體本質界說。如吳錫麒〈《竹漚漁唱》序〉曰:「詞之道,情欲其幽,而韻欲其雅。摹其履舄,則病在淫哇;雜以箏琶,則流為傖楚。」[65]沈祥龍《論詞隨筆》云:「詞有三要,曰情、曰韻、曰氣。情,欲其纏綿,其失也靡;韻欲其飄逸,其失也輕;氣欲其動宕,其失也放。」[66]不只是重視「抒情」一面。

現當代學者界說詞體,繆鉞《詩詞散論》〈論詞〉說:「蓋詞為中國文學體裁中之最精美者,幽約怨悱之思,非此不能達。」[67]他歸納出詞的四個特徵:一曰其文小,二曰其質輕,三曰其徑狹,四曰其境隱。葉嘉瑩〈《荔尾詞存》序〉說:「約言之,詞體中所表現的,乃是較之詩體更為纖美幽微的一種美感特質。」[68]也不是只看到「抒情」一面。我們必須明白,「抒情」只是詞體一種「本質」界說,還有其他多種詞體「本質」界說,不少人卻誤以為詞體唯一的「定義」。

現代主流文學觀念看待古代文體,文載道,詩言志,詞抒情,三者對立,疆界分明。實際上,詞體是獨立性和依附性的統一,是共同性、共通性和差異性、特殊性的統一。詞與詩、曲只是形式上的差異,本質上並無不同。清初鄒式金〈《雜劇三集》小引〉曰:「詩亡而後有騷,騷亡而後有樂府,樂府亡而後有詞,詞亡而後有曲,其體雖

---

64 施蟄存主編:《詞籍序跋萃編》(北京市:中國社會科學出版社,1994年),頁566。

65 江順詒輯,宗山參訂:《詞學集成》,卷6。唐圭璋:《詞話叢編》(四)(北京市:中華書局,1986年),頁3281。

66 唐圭璋:《詞話叢編》(五)(北京市:中華書局,1986年),頁4050。

67 繆鉞:《詩詞散論》(上海市:上海古籍出版社,1982年),頁60。

68 葉嘉瑩:《迦陵雜文集》(北京市:北京大學出版社,2008年),頁197。

變，其音則一也。聲音之道，本諸性情。」[69]鄒漪〈《雜劇三集》跋〉
云：「《詩三百篇》不刪鄭、衛，一變而為詞，再變而為曲，體雖不同，
情則一致。」[70]皆認為詩、詞、曲三體，「體」變「音」不變，「情」
亦不變，是從內質上看其相同、相通一面。詩抒情，詞也抒情，不應
過分強調相近文體的差異性、特殊性，不能只強調一方面而輕視甚至
忽視另一方面。在界說詩、詞、曲的本質時，有的強調共同性、共通
性，說詩、詞、曲一體，有的則強調差異性、特殊性，皆極端化。

　　現代「抒情」詞體觀念是一種客觀的歷史存在，自具其「歷史合
理性」一面，我們應具「了解之同情」，充分尊重和「體認」前人的智
慧。但這種觀念的侷限性也是明顯的，因此造成對詞史及整個文學史
部分真相的「遮蔽」，也是有必要客觀指出的。文化觀念是多元的，詞
體觀念也應該是多元的。文化觀念因時因人而異，不必要求有唯一的
標準答案，人文科學和自然科學不同。詞體是動態嬗變的，人的觀念
一直在不斷變化，歷代對詞的理解和界說皆有差異，我們也應以動態
的眼光看待詞體。每個時代皆有自己時代的「詞」，時代的審美風尚
和學術風尚，都會影響對詞的理解和界說。古人有古人的觀念，現代
人有現代人的觀念，古今觀念差異甚大。站在「當下」立場看待詞體
是必要的，還應站在「歷史」立場看待詞體。詞體觀念由「當世」觀
念和「歷時」觀念共同構成的，應結合「歷史語境」和「當下語
境」，對其做出既合乎歷史、又合乎邏輯的認識和評價。詞體是開放
的概念，可有不同的理解和闡釋，不應強求統一的標準界說。[71]必須
嚴肅聲明的是，本文只是反思詞體「抒情」本位界說的侷限性，並不
是無視它的合理性一面，更不是主張推翻和拋棄通行觀點。

69　鄒式金輯：《雜劇三集》，武進董氏誦芬室民國三十年（1941）翻刻本，卷首。

70　鄒式金輯：《雜劇三集》，武進董氏誦芬室民國三十年（1941）翻刻本，附。

71　參見歐明俊：〈古代詩體界說之清理與反思〉，《蘭州大學學報》2010年第5期。

附錄三
口述詞學史研究構想

　　口述史學是西方二十世紀四〇年代興起的一種史學理論，主要是通過錄音將口述者敘述的個人經歷的歷史及思想記錄下來，繼而整理研究。後來在大學中陸續設置了相關的研究機構，從而在全世界推廣開來，發展迅速，如研究婦女生活史、少數民族生活史等。口述歷史目前已成為歷史研究的重要領域，對於還原歷史真相，有特別意義。通行觀念，歷史學是研究和闡述人類社會發展的具體過程及其規律的科學，注重宏觀規律性，我們讀的歷史一般都是宏大的政治、軍事、文化敘事，但有些未必是規律，如歷史的一些細節、人們的生活，傳統史學不太重視。口述歷史主要是再現歷史的真實和細節，這種歷史是一種具體的、細節的、可感的，不同於抽象出來的宏大敘事。「口述學術史」從「口述歷史」中得到啟發，口述學術史就是借助現代科技手段，以錄音為主，對學者口述的學術史料進行記錄、整理和研究，是使用口頭學術史料來研究學術史的一種學問，是學術史研究的分支。前此，實際上已有口述學術史的實踐，如唐德剛整理的《胡適口述自傳》、李方桂的《李方桂先生口述史》、趙仁珪、章景懷整理的《啟功口述歷史》、蔡德貴整理的《季羨林口述史》、施議對整理的《文學與神明——饒宗頤採訪錄》等。這些不啻是一部部個人視角的現當代學術史。但到目前為止，尚沒有一篇文章更沒有一本專著從理論上論述「口述學術史」。歷史使命感、學術責任感促使我們思考口述學術史，進行理論建構，開闢新的學術領域，可口述哲學史、口述思想史、口述教育史、口述詩學史，等等。茲事體大，一篇文章不可能解決所有問題，茲專論口述詞學史，以拋磚引玉。

一　口述詞學史的意義

　　學術創新，是觀念、理論、史料、視角和方法的創新，口述詞學史正是全方位的創新。口述詞學史就是借助現代科技手段，以錄音為主，對詞學家口述的詞學史料進行記錄、整理和研究。口述詞學史強調通過個人視角對過去詞學史的記憶重建，是口頭的有聲音的詞學史。詞學家已發表的成果，只是其詞學成就的一部分，不是全部，好多內容都沒寫進去，詞學家真實完整的形象往往有意無意「遮蔽」。口述詞學史強調親歷者如實說出自己的所歷所見所聞所感，從獨特的個人經歷來看詞學史。通行詞學研究，對詞學史細節和詞學家個人的生活經歷不甚關注，口述詞學史可起補充、重構的作用。「學記」如《量守廬學記》、《勵耘書屋問學記》、《劬堂學記》等是朋友、弟子等撰文回憶，而口述詞學史則是詞學家與採訪者雙方合作完成，口語化，並有音頻記錄。口述詞學史其實是詞學家另一種形式的著述，是一種通過與採訪者合作的方式，對詞學史進行記憶重建，更具現場感、生活感和親切感，極具文獻價值。它有別於通行詞學單純的文字著述，不是死的文獻，而是活的文獻。它不再是嚴整規範的長篇大論，而是許多學術問題的串聯，類似於隨筆、漫談，是閒話體形式的學術著作。

　　口述詞學史強調學術本位，最重要的是客觀、真實，忠於學術，用錄音記錄下來可以作為文獻保存，是最本真的「原生態」史料。口述的作用在於保存歷史的真相，對已有的著述進行細節補充。當代往往沒有真正的歷史，很多牽涉到人際關係和利益等方面問題，很多當時不好發表的內容都可以作為檔案保存，以後適當的時機則可以發表。

　　口述詞學史將導致通行詞學觀念、研究方法和著述方式的很大改變。通行觀念，詞學史就是詞學家及詞學著作的歷史，詞學家形象抽象化、高大化。口述詞學史則是與詞學有關的如詞學家的經濟生活、

婚姻家庭生活、真實形象如個性、情趣等，都是研究範圍。這些都是世人樂於且應當了解的，可以前我們多有忽視。詞學史不再僅僅是詞學著作、詞學家思想的歷史，也是詞學家生活的歷史。

通行都是個人搜集文獻資料撰寫論著，口述詞學史則是採訪者現場直接採訪詞學家，是一種學術對話，然後將口述史料與文字史料結合起來研究，這是學術研究方法的改變。

通行的詞學史是單純的文字著述，是抽象化的宏大敘事，省去很多細節，口述詞學史同時注重細小瑣碎，彌補一些侷限；文字著述強調必然性、聯繫性，而口述則多偶然性甚至是一些孤立的事情。文字著述講究材料充實、邏輯論證，口述一般不需要詳細證明，只將事實呈現出來即可。從語體來講，文字著述是書面語，口述則多為口語，趣味性更強。這樣的詞學史，是細節的詞學史，口語化的詞學史，活的詞學史，原生態的詞學史，有一種歷史現場感，我們可以回到學術史現場。口述詞學是兩人或多人合作，版權是口述者和整理者共同擁有，這是著述方式的改變。

詞學大家都是進入學術史的，他們創造詞學史，個人就是一部詞學史。像龍榆生、夏承燾、唐圭璋、施蟄存等，滿腹學問，思想深刻，隨便說的一句話都很重要，都是詞學史的珍貴史料，可他們都去世了，他們的學問就只是留下的著作，而寫出來的著作卻是有限的，如果健在的時候，我們每天和他們談，把他們說的用錄音筆錄下來，該多好！可惜我們沒有做，許多學術史料便永遠消失了。

詞學界健在的老學者皆是飽學之士，他們經歷過很多事情，見過很多名人，本身就是活的詞學文獻。如馬興榮先生，是雲南大學畢業的，劉文典是馬先生的老師，讓他讀《舊唐書》、《新唐書》、《舊五代史》、《新五代史》等史書。還有一位老師劉堯民，著有《詞與音樂》，馬先生愛好詞就是受劉堯民的影響。馬先生和龍榆生、汪東、夏承燾、唐圭璋都熟悉，通過馬先生，可以了解詞學大家的不少情

況。現在老學者許多拿不動筆了，即使拿得動筆也寫得很慢，效率很低，趁他們思維還清楚的時候，我們抓緊時間採訪，用錄音把他們的學術經歷和思想記錄下來，這實際上是在搶救文獻，搶救學術，非常有意義。如果有心人採訪全國各地的詞學名家，對學術和文化的貢獻該有多大？「口述」其實就是提高效率，能夠做到以前人想不到或者即使想得到也做不到的事情。

　　口述詞學史學術意義不言而喻，這不是能不能做、該不該做的問題，而是如何做的問題。

二　口述者的選擇和要求

　　採訪者本身應是學者，首先要搜尋採訪目標，選擇哪些人值得採訪。口述詞學史的採訪對象一般是健在的德高望重的老學者，是詞學史的「當事人」，本身是名家，學術交往廣，是進入到詞學史的，如饒宗頤、霍松林、馬興榮、葉嘉瑩、吳熊和等先生，本身是詞學名家，又見過很多詞學大家，需要我們幫他們將詞學成就記錄下來，整理出來。

　　不但可以訪問「當事人」，也可以訪問他們的子女、親戚、學生、朋友、同事以及一切有關的人。如徐培均、錢鴻瑛跟龍榆生學詞；劉慶雲是劉永濟的弟子；霍松林是汪東、陳匪石的弟子；馬興榮是劉堯民的弟子；夏承燾的弟子有吳熊和、周篤文、陸堅、陳銘、施議對等；唐圭璋的弟子有曹濟平、常國武、楊海明、鍾振振、蕭鵬、王筱芸、王兆鵬、劉尊明等；任二北的弟子王小盾、李昌集；王季思的弟子黃天驥；饒宗頤的弟子鄭煒明；吳世昌的弟子施議對、劉揚忠；程千帆的弟子張宏生；萬雲駿、馬興榮的弟子鄧喬彬、方智範、高建中；鄭騫的弟子林枚儀、王偉勇等。詹安泰兒子詹伯慧，顧隨女兒顧之京，夏承燾養子吳常雲，唐圭璋女兒唐棣棣，可以談父輩學

術。葉嘉瑩曾經和繆鉞、陳邦彥合作過，可談他們的情況。唐圭璋、任二北、王季思、萬雲駿都是吳梅的弟子，這都是有學術師承的。所有健在的詞學家都可以採訪，從他們口中可以聽到詞學史上很多真實的細節。這樣，整個二十世紀的詞學史便基本上串聯起來了。這樣的口述詞學史，從點到面，個案到整體，基本上就架構起來了。

　　作為學者，口述者要忠於學術，秉持學術良心，站在學術立場來談問題，客觀、公正，講真實情況，不能虛構和篡改歷史，要對歷史負責。當然，人都是有感情的，有主觀好惡，有些內容受訪者認為不宜談的，也可以沉默，可以不談。

三　採訪者的要求

　　作為採訪者，採訪之前，對學術界要有清楚的了解，要有學術判斷力，要研究清楚採訪對象。應全面掌握材料，掌握口述者生平、性情和學術研究狀況。要多和受訪者交流，知道他對哪些問題有專門研究，最有發言權，哪些可以談，哪些不適合談，然後針對性地設計一些問題，對其生平和詞學成就做回顧和總結，採訪者要有水準把口述者的成果通過一個個學術問題總結、概括和提煉出來。

　　採訪者要以謙恭友善的態度與受訪者溝通，在輕鬆的氛圍中訪談對話，讓他愉快地說出你需要的史料。要對學術負責，不能為了個人名利。提問不能太低級，不要輕易問一些很敏感的問題，也不要問一個生僻的字怎麼讀，刻意為難受訪者，他願意談，就記錄下來，他不願意談，就不要強求。採訪者並非小報記者，專搜花邊新聞，刻意挖名家的隱私。詞學家生活趣聞固然可以談，但不能滿足於此。

　　採訪者不只是一個被動的角色，要充分發揮自己的積極性、能動性，和口述者對話、交流，形成互動，而不是簡單的一問一答，應是深度採訪。採訪本質上是學術對話，在同一層次上對話，要是不懂口

述者的學問，則無法進行真正的學術對話，學術含金量就不會高。要
善於把握採訪技巧，口述者能談什麼，對什麼感興趣，都要有意識地
積極引導。至於一些有學術價值的而他不願意談的，要有技巧地「激
發」，讓其不由自主地流露出來。可請他概括他的學術思想，因為自
己的概括和他人的概括是不一樣的。作者的著述表達的只是他全部思
想的一部分，要問得有水準，不僅把他已有的成果通過採訪的形式精
煉地表述出來，換一種方式表述出來，還要盡可能通過提問讓詞學家
將在學術論著中很多沒有來得及整理的沒有寫出的那部分「激發」出
來，盡可能多地談出新的思想，甚至可整理出好幾本書，如此則功德
無量。口述詞學史實際上是採訪者和詞學家兩人或多人合作撰寫的詞
學史。

四　訪綱的擬定

　　採訪者應站在學術立場擬定訪綱，通過一個個問題來「激發」和
提煉詞學家的思想。詞學有它的特殊性，詞學家有不同的個性特點，
要突出他們的個性。詞學家擅長不同的學術領域，有的偏重文獻，有
的偏重理論，有的偏重審美分析，有的偏重詞的創作，對不同的人，
要問不同的問題。因此，應充分考慮個性和特殊性，訪綱針對不同的
詞學家「量身定做」。

　　可以提一些普遍性問題，適用於每一個詞學家。如名字號的來
歷、含義？家庭情況，教育背景，師承關係，學術淵源？啟蒙情況，
如什麼年齡發蒙、哪個老師的引導？讀哪些啟蒙書？如何考上中學和
大學，如何選擇學校和專業？大學課程設置？大學的讀書情況？老師
和同學情況？自學情況，有哪些經驗？如何培養學生？購書、藏書情
況？讀書的愛好，讀書內容、範圍、方法？讀書與生活關系？讀書與
做學問的關係，讀書是進，做學問是出，如何處理這種出入關係？如

何看待創作與理論的關係？學術交遊情況，態度是主動還是被動的，通過什麼方式認識的，通信往來還是生活聯繫？治學方法？怎麼處理專業與非專業的關係？怎麼看待「述而不作」？怎麼看待「專」與「博」？怎麼看待時代和生活環境？怎麼看待當代學術界？帶碩士生、博士生有什麼經驗？現在學術環境和從前不一樣，對現在培養研究生、博士生，有什麼看法？等等。

可就詞學研究本身提一些普遍性問題，如問詞學家詞學專業書讀過哪些？如何選擇？如何評價？與詞學相關的比如哲學、史學、宗教學、藝術學方面讀過哪些書？有何價值？我們很少知道詞學家讀了哪些書，他們的思想從哪裡來的。可以問學術興趣？為什麼研究詞學？什麼時候開始愛好詞學的？為什麼選擇詞學這個專業？文獻、理論、審美藝術分析，學術路徑不同，如何選擇？為什麼？在什麼狀態下從事詞學研究的？第一篇詞學文章是什麼？第一部詞學專著是什麼？可問論文、著作的寫作背景，大背景、小背景、具體的情境？如何選題？如何構思？如何搜集材料？如何擬定框架？如何起草、修改、定稿？整個寫作過程，甚至於如何投稿，如何發表？這些都是通行詞學研究不大重視的，好多細節都可以談。這些都將成為詞學研究的新文獻，對補充豐富詞學史大有裨益。

可問詞的定義，有人認為是一種音樂，有人認為是一種格律詩，有人認為是綜合藝術，究竟如何看待？怎麼看待詞學？詞的起源？詞史的寫法？詞學研究與其他學科研究的關係如詞學與佛學、詞學與政治、詞學與音樂等？詞學豪放、婉約之爭？詞的本色、非本色之辨？「自是一家」與「別是一家」之辨？小說中詞的偽託現象怎麼看？如何看待詞的翻譯？如翻譯成不同的外文？翻譯成現代白話文？如何看待中西學術，詞是西方所沒有的文體，西方理論著作有沒有必要看？詞學研究還有哪些空間可以拓展？還有哪些新思維、新思路？從事詞學研究的老師、同學、朋友、弟子情況？對同時詞學界名家的看法？

對從事詞學研究的青年有什麼建議？當代詞學研究有哪些不足？對詞學教學、詞學會、詞學會議、詞學刊物有什麼建議？等等。

可以問詞學家的生活，我們一般只看學者的成果，有哪些論文專著，他的思想，他的觀點，而生活方面所知甚少，因為生活一般不會寫出來，他們要發表的是自己的思想。他們的日常生活，喜怒哀樂、七情六欲，如何處理生活與事業的關係？我們想知道名家的學問是在什麼狀態下做出來的。

還可以問詞學家的自我評價，怎麼看待他這一生？對自己的詞學成就有什麼評價？最得意的論文和著作？最得意的觀點？希望以什麼樣的形象進入學術史？詞學家個性不同，或謙虛，或誠懇，或自信，或狂傲，與他人評價不同，都應如實記錄下來。可請詞學家提煉核心概念，用關鍵字來概括自己的學術。很多共性問題都可以採訪，訪綱擬好後，可分成不同的時間段來採訪錄音。

五　錄音整理與分析評價

錄音整理的第一步，要原封不動地將口述內容都打出來，作為最原始的史料保存起來。然後再把廢話、口頭禪和重複的去掉，去除語法和邏輯上的毛病，但要基本上保留口語化的敘述，把「現場」記錄下來，比如後面括弧可寫一個「笑」字，或者括弧注明口述者的體態表情如伸個舌頭、做個鬼臉，將其音容笑貌都呈現出來，盡可能保留原汁原味，包括語氣口吻都能看得出來。這就很有現場感，令人彷彿置身於歷史情境，著作也更具生動性、趣味性。口語和書面語有一定距離，必須適當地進行語言加工，潤色文字，應將口語和書面語有機結合，不必將口語改成文言文或全部書面語。要忠實於原意，按照學術規範整理出文通字順的書稿。

在忠於歷史和學術的基礎上，作為整理者，還需做的重要工作，

就是將把口述資料和文獻資料相對照，幫助口述者核對史實，比如有些人物、時間、地點的記憶可能有誤，應把疏漏之處糾正過來。整理好後，應讓口述者過目，通讀審定，有的年紀大了，思維不是很清楚，也可以讓他的親友審定，然後授權出版。要考慮到，有的問題比如與政治有關的，比較敏感，或是談到某名人不光彩的一面，不便於立刻發表的，出版時可刪節，但全文應作為文獻檔案保留，在當事人過世之後再發表，出版出來的實際上是錄音稿的刪節本。出版時，一般署名「某某口述」、「某某整理」。應抓緊時間儘快發表。

　　還可以詞學大家為專題，通過詞學大家後人、友人或弟子或弟子的弟子的採訪，將每個人的口述回憶整理出來，成「口述學案」體著作，如《口述龍榆生學案》、《口述夏承燾學案》、《口述唐圭璋學案》、《口述吳世昌學案》、《口述施蟄存學案》、《口述饒宗頤學案》等，可出一系列「學案」。

　　與通行詞學史相較，口述詞學史內容更豐富、更生動、更新穎。對整理發表的口述詞學史料，應做進一步的分析研究。新的觀念、新的史料、新的視角、新的方法，必然會帶來新的突破、新的結論，必然會「改寫」詞學史，這是詞學史全方位的改變。

　　口述詞學史在理論和方法上都有待進一步深入探討，儘管口述不等於真實，回憶不一定準確，但在科學方法的指導下，口述詞學史必然會引起詞學界同仁的重視，也必然會不斷成熟。事業等待著我們去做，就看我們去不去做，我們有學術責任儘快付諸實踐。

附：口述詞學史通用訪綱示例（採訪馬興榮先生）

　一、馬先生：您好！您能談談您接受啟蒙和初等教育的情況嗎？
　　　（當時社會背景、家庭情況、學校和老師情況、課程設置、考試等情況）

二、您二十世紀四〇年代末五〇年代初就讀於雲南大學中文系，為什麼要讀雲南大學呢？

三、您師從劉文典、劉堯民等名師，能談談您的老師情況嗎？

四、雲南大學中文系當時課程設置情況如何？您怎樣評價？今天大學還適用嗎？

五、您的同學和系友有些成為著名學者，能談談您的同學情況嗎？

六、您對雲南大學印象最深的是什麼？

七、您是什麼時候開始愛好詞學的？為什麼選擇詞學專業？

八、您是在什麼狀態下從事詞學研究的？

九、您是詞學研究名家，成果豐碩，請您談談您的著述情況？

十、您能談談培養研究生的經驗嗎？您對現在的博士生、碩士生培養有何建議？

十一、您與龍榆生、汪東、夏承燾、唐圭璋、施蟄存等詞學大家都熟悉，能談談您與他們交往的情況嗎？

十二、您長期主編《詞學》，能談談與《詞學》有關的情況嗎？

十三、請您談談詞學與詩學、散曲學的關係？

十四、您對當代古典詩詞創作有何評價？

十五、您如何看待古典詩詞教學研究與古典詩詞創作的關係？

十六、您認為詞學研究還有哪些空間可以拓展？還有哪些新思維、新思路？

十七、請您談談對現代詞學名家的評價？

十八、您認為當代詞學研究有哪些不足？如何改進？

十九、您對從事詞學研究的青年有什麼建議？

二十、您對詞學研究會、詞學會議、詞學刊物有什麼建議？

二十一、您能談談學術研究「專」與「博」的關係嗎？

二十二、文獻、理論、審美藝術分析，學術路徑不同，您認為應該如何選擇？

二十三、能談談您對所謂「國學熱」的看法嗎？

二十四、能談談您對傳統文化的總體評價嗎？您認為研究傳統文化
　　　　應該注意什麼問題？

二十五、您還準備研究哪些課題？

附錄四

我與中國韻文學會的「緣分」

　　佛教講因緣，我也相信緣分，過了「知天命」之年，回想經歷的一切，那麼偶然，又那麼必然，彷彿都是天意，我自己也驚訝與中國韻文學會的緣分竟是那麼多、那麼深，回憶的閘門一旦打開，一幕幕往事便如潮般湧現出來。

　　一九八二年九月，我考上安徽大學中文系漢語言文學專業本科，開始了正規的學術訓練。姜海峰老師一九五三年原東北大學（後為東北師範大學）中文系畢業，一九五五年於浙江師範學院中文系中國古典文學專業研究生畢業，師從夏承燾先生研究詞學，他的手稿〈屈原思想類評〉和〈概述宋話本的體制〉，內有夏承燾先生的批校。姜老師主要研究南唐二主詞、姜夔詞，雖然沒有給我們開課，我因自幼喜歡詞，故常登門請教，他家有豐富的詞學藏書，我看後甚是羨慕，我也跟著喜歡南唐二主詞和姜夔詞。姜夔年輕時旅居合肥，與擅長彈奏琵琶的姐妹相識，並與其中的一位相愛，引發了一段有緣無分浪漫淒美的愛情故事。姜夔曾住赤闌橋，〈淡黃柳〉詞序云：「客居合肥南城赤闌橋之西，巷陌淒涼，與江左異。唯柳色夾道，依依可憐。因度此闋，以紓客懷。」赤闌橋在今合肥師範附小門旁。詞人〈鷓鴣天〉追憶道：「肥水東流無盡期，當初不合種相思。」我每次經過當年的赤闌橋邊，面對不遠處的肥水，都會想到姜夔，悵惘不已。

　　夏老是現代詞學的最主要開拓者和奠基人之一，被譽為「一代詞宗」「詞學宗師」，一九八四年，中國韻文學會成立大會召開時，他因病未能出席，但發來熱情洋溢的賀信，並拿出人民幣四萬元作為獎金，設立夏承燾詞學獎評委會，定期評獎，以激勵詞學研究者，促進

詞學發展。姜老師研究詞學，自己的導師當選為中國韻文學會名譽會
長，是最高榮譽，自然很興奮。他與我談起，我也跟著興奮，因夏老
是老師的老師，是太老師。惠淇源老師南京大學中文系畢業，是汪
東、陳匪石先生的得意弟子，研究詞學。中國韻文學會成立時，惠老
師正輔導我寫學年論文〈論小山詞的言情藝術〉，當時他很高興，說
韻文學會是研究者的家，以前不敢輕易寫文章，現在政府鼓勵研究，
終於覺得學有所用了，我也跟著高興。惠老師對我關懷備至，還記得
後來在他家幫助抄寫《婉約詞》部分書稿，學到不少知識，我明白了
蘇軾、辛棄疾詞數量最多的是「婉約」而不是「豪放」。《婉約詞》由
安徽文藝出版社一九八九年出版，一版再版，是暢銷書。夏老一九八
六年五月十一日因病在北京逝世，巨星隕落，學界同悲，姜老師、惠
老師都很悲傷，我當時已知道考上了馬興榮先生的研究生，本以為有
機會拜謁無比敬仰的夏老，可已經沒有可能了，這種遺憾是無法彌補
的，所以我也悲傷了好長時間。

　　一九八三年暑假，我為準備考研究生，留在學校學英語。時在淮
北煤炭師範學院中文系教古代文學的七十七級學長朱欣欣老師（後任
福建海峽出版發行集團副總經理），有事住在我們宿舍幾天，與我聊
起古代文學，很投緣，有說不完的話。我說自己熱愛詞學，施蟄存先
生和馬興榮先生於一九八一年創辦並任主編的《詞學》集刊，必買必
讀，愛不釋手。《詞學研究論文集（1949-1979）》，上海古籍出版社一
九八二年出版，雖是集體署名，實際上主要是馬先生編的。我從圖書
館借來，當時還沒有複印技術，我將書後所附詞學論文索引全部抄錄
下來。（後來，上海古籍出版社一九八八年出版的《詞學研究論文集
（1911-1949）》，也是馬先生編的，當時研究沒有現在的電子文獻檢
索，這兩部書為詞學研究者提供了極大方便。）我讀了馬先生在《詞
學》創刊號上發表的〈建國三十年來的詞學研究〉一文，非常佩服。
華東師範大學中文系是詞學研究重鎮，萬雲駿先生、施先生、馬先生

皆是大家，當時鄧喬彬、方智範、高建中、周聖偉、趙山林等老師在詞學界已嶄露頭角，成果紛紛面世，給詞學界帶來新氣象。朱老師於是鼓勵我報考華東師範大學中文系古代文學專業詞學方向碩士研究生，並讓我寫信求教他的七十七級同班同學趙山林老師（趙老師是萬雲駿先生的研究生，已畢業留校任教），趙老師很快回信，解答了我的問題，並鼓勵我報考。惠老師一九八三年到華東師範大學參加首屆詞學會，與馬先生熟悉，也鼓勵我考馬先生的研究生。於是，我冒昧地誠惶誠恐地給馬先生寫信，記得開頭畢恭畢敬地寫道：「尊敬的馬老先生，您好！」我是帶著朝拜的心情給馬先生寫信的，信中彙報了學習詞學情況，表達了欲投先生門下的願望，沒想到，馬先生很快回信，鼓勵我報考，並說英語一定要重視，我真是喜出望外，受寵若驚。我當時有種預感，很可能考上馬先生的研究生。

因已經與馬先生和趙山林老師通信聯繫，自然更關注與他們有關的詞學研究資訊。一九八三年十一月二十六至三十日，華東師範大學中文系古典文學研究室組織召開第一屆詞學討論會，施蟄存先生大會開幕致辭，夏承燾先生因病未能與會，但作了書面發言，王元化先生也在開幕式上講話。詞學界名宿程千帆、張璋、萬雲駿、胡國瑞、金啟華、鄧魁英、黃墨谷、馬興榮、劉乃昌、吳熊和等作了大會發言，徐中玉先生致閉幕詞。鄧喬彬老師寫了會議報導《首屆詞學討論會召開》，載《文學遺產》一九八四年第一期。惠淇源老師參加了盛會，回來後與我談起，非常激動，因為詞學研究者終於有了自己的交流平臺。吾生也晚，無緣也無資格與會，只有羨慕的份兒，不過這也成了我考研勢在必得的動力。這次詞學會是改革開放以來首次全國詞學研究者的大聚會，也是古代韻文界以及整個古代文學研究界不多的規模較大的會議，耆老大德和中堅力量、後起之秀濟濟一堂，從某種程度上看，可說是第二年中國韻文學會成立大會的預備會或曰「彩排」，因韻文界的尊宿名師大多是詞學界的，韻文學會首屆名譽會長、會

長，夏承燾詞學獎評委會主任委員，皆為詞學大師。唐圭璋先生是首屆詞學專業委員會理事長，馬興榮先生和吳熊和先生為副理事長，馬先生任詞學專業委員會首任會長。馬先生參與了韻文學會的籌備過程，起到他人不可替代的重要作用，為韻文學會首屆常務理事。首屆常務理事中，萬雲駿、馬興榮、吳熊和、周篤文、陳邦炎、劉乃昌等先生皆專治詞學，王季思、胡國瑞、錢仲聯、黃天驥、蔡義江等先生皆兼治詞學。

　　本科畢業論文，我寫的是〈宋詞雅化規範化之再評價〉，得到程自信老師的鼓勵，後來修正完善，題目改為〈宋詞雅化規範化之宏觀透視〉，發表於《紹興文理學院學報》一九九三年第一期，人大複印報刊資料《中國古代、近代文學研究》一九九三年第十二期全文轉載，這是我研究詞學的正式開始。程老師是朱東潤先生的研究生畢業，在廈門大學讀本科時是蔡厚示先生的學生，所以蔡先生常說我是他學生的學生，我則稱蔡先生是我老師的老師。程老師和許宗元老師主編《宋詞精華分類品匯》，中國青年出版社一九九四年出版，我參與撰寫了幾萬字，程老師一直關愛鼓勵我，扶持我成長。

　　一九八六年九月，我順利考上了華東師範大學中文系碩士研究生，師從馬興榮先生研治詞學。馬先生治詞學，非常重視學科意識、史意識和全域意識，要求我們從宏觀入手，微觀把握。他還給我們專門開設了《元明清詞研究》課，認為詞學研究不能僅僅侷限於唐宋詞。當時，施先生、萬先生都重視元、明、清詞研究，方智範老師、高建中老師當年的碩士論文就是清詞流派研究，後來一直研究清詞，丁民的碩士論文是清代詞論研究。香港的饒宗頤先生已經在編《全明詞》，張璋先生也在組織編寫《全明詞》，程千帆先生在組織編寫《全清詞》。今天元、明、清詞研究的繁榮局面就是當年幾位老輩學者開闢奠定的。後來，馬先生與吳熊和先生、曹濟平先生共同主編《中國詞學大辭典》，浙江教育出版社一九九六年出版，是詞學權威工具

書，是浙江教育出版社的招牌書。馬先生與劉乃昌先生等主編《全宋詞廣選新注集評》，遼寧人民出版社一九九七年出版，我參與撰寫張炎詞等評注共十七萬字。馬先生與周篤文先生主編《全宋詞評注》，學苑出版社二〇一一年出版，我參與撰寫三萬餘字。馬先生摯愛詞學，主編《詞學》，編寫詞學工具書，「為他人作嫁衣裳」，花費許多精力，記得一次他外出開會好幾天回來，竟回復了一百多封信件。我後來問先生後悔不後悔，先生回答：為他人服務，是最大的快樂。先生特別愛蘇軾，有多篇蘇軾研究論文，如〈蘇軾是詞的革新家〉、〈讀蘇軾詞劄記〉、〈讀蘇軾黃州時期的詞〉等，我也跟著愛蘇軾。鄭板橋〈淮安舟中寄舍弟墨〉云：「以人為可愛，而我亦可愛矣；以人為可惡，而我亦可惡矣。東坡一生覺得世上沒有不好的人，便是他的好處。」先生和善溫情，如蘇東坡，眼中無一個不是好人。先生正氣堂堂，與人為善，人格一直感染著我。先生如潤物雨露，是和煦陽光，與先生在一起，真正感受到什麼叫「如沐春風」。錢鍾書先生有名言：「大抵學問是荒江野老屋中二三素心人商量培養之事，朝市之顯學必成俗學。」先生常與我談起，要我耐得住寂寞。我聽進去了，也努力做了，但至今修煉尚欠火候，還要繼續努力。先生愛生如子，做經師，更做人師，一直關心我的學業和生活，感紉曷極！清程恩澤贈林則徐聯語云：「為政若作真書，綿密無間；愛民如葆赤子，體會入微。」先生八十大壽、九十大壽時，我都改易三字為他祝壽：「為學若作真書，綿密無間；愛生如葆赤子，體貼入微。」主要由師兄朱惠國教授張羅聯繫，上海古籍出版社二〇一三出版了凝聚先生一生心血的《馬興榮詞學論稿》，作為同門獻給先生九十大壽的禮物，這是先生最開心的。智者樂，仁者壽，先生今年已九十二高齡，仍健朗達觀，學生虔誠禱祝先生健康長壽！

　　一九八六年十二月十八至二十二日，華東師範大學中文系主辦的「第二屆詞學討論會」在上海金山石化城金山賓館召開，會議由施先

生指導，馬先生和鄧老師等具體操辦，我與師兄朱惠國、師弟劉鋒
燾、陳雪軍參加了會務工作。惠淇源老師參會時因病住金山醫院，我
去照顧他，住在會上金山賓館，與內蒙古大學的楊新民老師同住，賓
館、醫院兩頭跑。這次會議，唐圭璋、施蟄存、王季思三位先生因年
老未能與會，但作了書面發言，胡國瑞、鄧魁英、王水照、吳熊和、
喻朝剛、劉乃昌等先生作了大會發言，詞學界老、中、青三代學者九
十多位，歡聚一堂，我非常榮幸地一睹尊宿和名流風采，如村上哲
見、張璋、胡國瑞、蘇淵雷、鄧魁英、黃墨谷、蔡厚示、王水照、吳
熊和、喻朝剛、曾昭岷、劉乃昌、朱德才、周篤文、曹濟平、陳祖
美、蔣哲倫、施議對、楊海明、劉揚忠、鍾振振等，只是當時膽怯怯
的，未敢多請教，至今猶覺非常遺憾。鄧喬彬老師寫了會議報導〈上
海舉行第二次詞學討論會〉，發表於《光明日報》一九八七年一月二
十七日，〈第二次詞學討論會在上海舉行〉，《文學遺產》一九八七年
第二期；會議綜述〈第二次詞學討論會記要〉，載《詞學》第六輯，
華東師範大學出版社一九八八年七月出版，〈更新觀念，以求突
破——第二次詞學討論會述評〉，《語文導報》一九八七年第三期。
「第二屆詞學討論會」的召開是當時詞學界也是韻文學界的一大盛
事，影響很大，雖然沒有以「詞學研究會」的名義召開，實際上就是
「詞學研究會」組織的研討會，馬先生是研究會會長，這次會議肩負
著承前啟後的歷史使命。胡國瑞先生為韻文學會首屆常務理事，一次
吃飯，我坐在胡先生旁邊，說久仰先生，拜讀過他的《魏晉南北朝文
學史》，他謙虛說寫得不好，老輩學者的樸實謙遜，我印象特深。宴
會時，我與沈家莊、喬力、王筱芸、王兆鵬、丁民（萬雲駿先生的研
究生）、朱惠國、王華、王華光（兩人是朱德才先生的研究生）、徐惠
風（蔣星煜先生的研究生）諸位同桌，聽丁民聊下放新疆時趣聞，非
常開心。考察時，分別與沈家莊老師、王兆鵬老師坐在一起聊，以後
一直通信聯繫。與沈老師信中，一直「家莊兄」地叫了好幾年，印象

中他很年輕，比我大不了幾歲，也沒想起向別人打聽他的實際年齡，後來才知道他比我整整年長一輩，無禮冒犯，十分羞愧，好在沈老師寬容大度，並沒有怪罪我。我遂在信中改稱「沈老師」，自稱「學生」，他怎麼樣也不答應。一直到現在，我都想不通他怎麼會看上去如此年輕呢？沈老師是中國韻文學界獨享「帥叔」雅號的，最典型的六十歲年齡，四十歲身體，二十歲心態，如今七十歲了，風采依然，真讓我羨慕，但絕不嫉妒、恨。沈老師參與了韻文學會的籌備過程，寫了〈1984年中國韻文學會成立大會學術論文概觀〉，發表於《中國韻文學刊》一九八七年第一期。他後來是韻文學會理事、《中國韻文學刊》編委。王兆鵬老師代表年輕學者作了〈王以寧其人及其詞〉的大會發言，論文受到與會學者的讚賞，並得到施蟄存先生首懇，發表於《詞學》第四輯上，一顆閃亮的學術之星從此冉冉升起。他第二年考上唐圭璋先生的博士生，後來任中國韻文學會副會長、《中國韻文學刊》副主編等。二〇〇六年八月二十二至二十五日，江西財經大學的龍建國先生操辦了的「詞學國際學術研討會」，中國韻文學會詞學研究會新組領導班子，吳熊和先生為名譽會長，王兆鵬先生為會長，我也榮幸地被選為理事。兆鵬先生多次惠賜大著，我還寫了書評〈詞學研究的新突破——評王兆鵬《唐宋詞史論》〉，載《書品》二〇〇一年第四期。我參與撰寫了他主編的《唐宋詞分類選講》，高等教育出版社二〇〇七年出版，為普通高等教育「十一五」國家級規劃教材。

　　一九八三年、一九八六年的兩次詞學會議具有里程碑的意義，已載入學術史冊。當時改革開放不久，計畫經濟的思維仍盛行，操辦會議，層層審批，許多關要過，包括與會者往返交通、會議用車、住宿等，舉步維艱，經費更是緊張，哪有如今的什麼專項經費、課題經費、企業家贊助？甚至聯合辦會的思路也不敢想。老輩學者執著學術，為了共同的志趣和事業，能有機會聚在一起切磋學問，共話友

誼，就很感到滿足，物質上的享受幾乎沒有任何要求，我從內心深處對他們充滿敬意。

萬雲駿先生為中國韻文學會首屆常務理事、夏承燾詞學獎評委會主任委員。萬先生是詞曲宗師吳梅先生弟子，與任中敏（半塘）、盧前（冀野）、唐圭璋、王起（季思）、趙萬里等先生為師兄弟。先生自幼家境貧寒，一直受到老師吳梅的資助呵護，他一生感念師恩，言必稱吾師。先生胸無城府，不諳世情，是純粹的學者，堅持走以創作為主的詩、詞、曲研究道路，是韻文鑑賞行家，著有《詩詞曲欣賞論稿》等。先生是我讀研究生時的老師，親聞謦欬，聽他的課，如分析清真詞、夢窗詞的藝術，絲絲入扣，精到深刻，帶領我們進入一種藝術境界，至今仍常常憶起先生微閉雙眼，用上海普通話抑揚頓挫講解詞時陶醉忘我的神情。

中國韻文學會首屆顧問中，施蟄存先生是我讀研究生時的老師。他和馬先生創辦的《詞學》於一九八一年十一月問世，開闢了詞學研究的新時代，他視詞學為自己生命，一直到生命的最後時刻，都不忘辦好《詞學》。施先生頗有風神氣度，早年被魯迅罵過，晚年自嘲「十年一覺文壇夢，贏得洋場惡少名」。歷經磨難，先生卻一直豁達樂觀，坦然面對。先生幽默智慧，錦心繡口，咳珠唾玉，聽先生說話，是享受精神的饕餮大餐，同學們經常稱引他的語錄、格言。先生是上海亮麗的文化風景，許多到上海來的學者，少不了的行程安排，就是登門拜訪先生。先生編的《晚明二十家小品》，是我大學時的最愛，後來研究起明清小品，就是受先生的影響。先生享一百高壽，於二〇〇三年離開我們，駕鶴西去，我無限悲痛。

由馬先生掌舵，鄧喬彬老師、朱惠國師兄繼續著施先生的事業，主編《詞學》，薪火相傳。鄧老師參與了韻文學會的籌備過程，後來是韻文學會常務理事、《中國韻文學刊》編委、中國宋代文學學會副會長。大學時，拜讀鄧老師的論文如〈論姜夔詞的清空──姜詞藝術

論析之一〉，載《文學遺產》一九八二年第一期；〈論姜夔詞的騷雅──姜詞析論之二〉，載《文學評論叢刊》第二十二輯，中國社會科學出版社一九八四年十一月出版；〈論南宋風雅詞派在詞的美學進程中的意義〉，載《華東師範大學學報》一九八四年第二期，佩服得五體投地。研究生復試時，鄧老師是老師之一。後來，他的大著多贈送給我，我還寫了書評〈唐宋詞藝術的「總帳式」研究──鄧喬彬先生《唐宋詞藝術發展史》讀後〉，載《中國韻文學刊》二〇一一年第四期。安徽師範大學出版社二〇一三年出版了《鄧喬彬學術文集》十二卷本皇皇鉅著，寄贈給我，我如獲至寶。鄧老師曾來過福建師範大學文學院講學，許多次會議上與他相見，有兩次同住，無話不談。從工作、學問到生活，我都得到鄧老師的不斷關心和幫助，一直銘記在心。朱惠國師兄現任中國詞學研究會副會長、中國李清照辛棄疾學會副會長、中國秦少游學術研究會常務副會長兼秘書長、中國夏承燾研究會（籌）副會長等。二〇〇九年十月十一日至十三日，華東師範大學中文系、《詞學》編輯部共同主辦的「2009年上海‧中國詞學國際學術研討會」在華東師範大學舉行，會議由朱師兄操辦，我提交了論文〈詞「窮而後工」說評議〉。我有多篇論文發表於《詞學》：〈葉申薌詞學述論〉，第十八輯；〈葉申薌〈小庚詞〉論略〉，第二十輯；〈詞人鄧廷楨及其《雙硯齋詞話》〉，第二十三輯；〈地域性詞派研究的新寫法〉，第二十四輯；〈論吳世昌對王國維詞學的「揚棄」〉，第二十六輯；〈第六屆全國秦少游學術研討會綜述〉，第二十七輯。潘殊閑教授給小書寫的書評〈一部覃思與細辨詞學的力作──評歐明俊教授新著《詞學思辨錄》〉，刊於《詞學》第二十八輯。內心感激馬先生、鄧老師和朱師兄的鞭策和提攜，作為馬先生的學生，我感到無限榮光。我因生性懶散，興趣又分散，老是「不務正業」，不時跑到韻文以外的其他研究領域，有負先生厚望，想起慚愧萬分。

　　鍾振振先生一九九七年任中國韻文學會副會長，一九九九年起任
中國韻文學會第四任會長，他寬容大度，工作有魄力，將韻文學會的
工作開展得有聲有色，一次次開拓新局面。他的考據功夫真是了得，
著有《東山詞校注》、《北宋詞人賀鑄研究》，是賀鑄詞研究權威，主
編《歷代詞紀事會評叢書》等，影響非常大。唐圭璋先生主編、鍾振
振先生副主編《金元明清詞鑑賞辭典》，江蘇古籍出版社一九八九年
五月出版，我有幸撰寫元末明初淩雲翰〈蘇武慢〉（君實園中）的鑑
賞小文。我一直得到鍾先生的特別鼓勵和扶持，銘記在心，可慚愧的
是至今無力回報。

　　一九九七年，我得到鄧喬彬老師的幫助，受到劉慶雲先生邀請，
參加了於五月二十三日至二十九日在湘潭——張家界召開的「中國第
二屆唐宋詩詞國際學術討論會」。會議由中國韻文學會、南京師範大
學、蘇州大學、湘潭大學等聯合主辦，福建師範大學協辦，來自海峽
兩岸和美國、馬來西亞、日本、韓國、香港的一百一十餘名學者匯聚
一堂，盛況空前。會議開幕式由鍾振振先生主持，中國韻文學會副會
長羊春秋先生致開幕詞，中國韻文學會秘書長劉慶雲先生報告會議籌
備經過情況。程千帆先生為大會題贈賀詞，顧易生、吳熊和、蔡厚示
先生，日本京都大學清水茂教授，皆致函大會表示熱烈祝賀。與會學
者中多大師名家，有傅璇琮、羊春秋、周勛初、郁賢皓、曾棗莊、王
水照、陳鐵民、劉乃昌、曹濟平、朱德才、劉慶雲、蔣哲倫、曾子魯
等先生，還有胡明、陶文鵬、楊海明、劉揚忠、鍾振振、沈家莊、王
步高、蕭瑞峰、孫維城、喬力、崔海正、吳惠娟、王兆鵬、孫克強、
趙曉嵐、龍建國、趙維江、劉玉才等先生，臺灣的陳滿銘、王保珍、
張高評、范長華先生，香港的黃坤堯、鄺健行、韋金滿先生，韓國的
柳晟俊、李鍾振、金時晃先生，日本的下定雅弘、市川桃子先生，美
國的薩進德先生等，聽了諸位高論，我大開眼界。我提交了論文〈論
花間詞在宋金元時的傳播〉，後發表於《福建師範大學學報》一九九

九年第二期，人大複印報刊資料《中國古代、近代文學研究》一九九九年第七期全文轉載。大會閉幕式上，劉慶雲先生還安排我代表與會年輕學者發言，我感動萬分。我與劉建國先生同住，聽他不少教誨。與王兆鵬先生分別十一年後第二次握手，晚會上，一起唱王傑、王韻嬋的〈祈禱〉；晚上與趙維江、鄧紅梅、陶然一起打撲克；遊覽張家界時，與馬亞中、厚豔芬、陶然、師弟劉鋒燾、韓國的任振鎬（鍾振振先生的博士生）合影留念。參會的劉乃昌先生是中國韻文學會首屆常務理事、中國李清照辛棄疾學會會長，他是夏承燾先生的研究生畢業，是導師馬先生的好朋友，他們於八十年代共同主編《詞學研究叢書》，很有影響。朱德才先生也是詞學名家，是馮沅君先生的研究生畢業，當時正主編《增訂注釋全宋詞》，文化藝術出版社一九九七年十二月出版。會議結束後，因返程火車票緊張，我和劉先生、朱先生需到株洲轉車，會議派車將我們送到株洲，兩位先生是晚上的車，我要第二天才能走，我在賓館訂了包間，中午請他們吃飯，飯後讓他們午休，我到外面轉悠，待他們休息好，將他們送走後，我才休息。與兩位先生一整天時間呆在一起，聽他們談詞學，談導師夏承燾先生、馮沅君先生逸事，談立身處世之道，劉先生談應邀赴加拿大和美國講學的見聞感想，我等於免費聽了一天的課，大飽耳福，大開眼界。分別後，我寫信問候，元旦時寄上賀卡拜年，朱先生見信必覆，二〇〇〇年元旦賀卡未見回復，我感覺不妙，但沒敢多想，後來一打聽，先生已於一九九九年七月因病去世，我聽後震驚，悲傷很久。我出版小書，必奉上請劉先生教正，前幾年再請孫學堂兄轉呈小書，劉先生已經糊塗了，至今仍纏綿病榻，想起唏噓不已。張高評先生樂於提攜後進，我得到他的厚愛，寫的書評〈詞學研究的又一碩果——評楊海明《唐宋詞美學》〉，發表於他主編的《宋代文學研究叢刊》，二〇〇〇年第六輯；又〈李清照〈詞論〉研究的回顧與反思〉一文，載《宋代文學研究叢刊》，二〇〇八年第十五輯。

　　劉慶雲先生師從劉永濟、沈祖棻先生，武漢大學唐宋文學專業研究生畢業。她參與了韻文學會的籌備過程，做了許多具體細緻的工作，中國韻文學會成立大會上的論文〈詞話中的幾個審美範疇述評〉，我讀後非常佩服。劉先生歷任中國韻文學會理事、常務理事、常務副秘書長、秘書長、副會長、常務副會長，《中國韻文學刊》副主編、主編、名譽主編，是韻文學會任職時間最長的領導，見證了韻文學會從誕生到發展壯大的全過程。劉先生的《詞話十論》，嶽麓書社一九九〇年出版，我非常愛讀，也指定研究生必讀。我曾請劉先生義務給研究生講課，吟唱柳永的〈雨霖鈴〉等經典，我和研究生聽得陶醉。劉先生和蔡厚示先生近十餘年來住福州市金山明珠社區，我每年都登門拜訪幾次，面聆教諭。劉先生經常幫助我修改論文，中意的推薦給《中國韻文學刊》，並多次親自作責任編輯。先生語重心長，教我不少為人和做學問的道理。一次，我拿出一篇小文請教，小文副標題是與當代一位詞學前輩大家商榷，劉先生看後對我說，論文寫得很好，但沒有必要指名道姓批評，任何人都有不足，不要抓住人家的缺點不放，我聽後才意識到自己冒失無禮，羞愧得無地自容。蔡先生一九九二年起任韻文學會常務理事，劉先生和蔡先生多次操辦學術會議，由中國韻文學會和福建省文化廳、武夷山市人民政府等單位聯合舉辦的「首屆柳永學術研討會」，於二〇〇一年四月十一日至十四日在柳永的故鄉武夷山市舉行。劉先生安排我作大會報告〈柳永再評價〉，會後修改為〈柳永評價「熱點」「盲點」透視〉，發表於《福建師範大學學報》二〇〇二年第一期。她主編會議論文集《柳永新論》，海峽文藝出版社二〇〇二年出版。會上，我榮幸地拜識多位詞學名家，如邱世友先生、朱靖華先生，曾大興、木齋、文師華、陳水雲等先生，還有美國的連心達先生，加拿大的梁麗芳、黃佩玉先生等。二〇〇四年四月中旬，在辛棄疾仕閩八百一十週年之際，由中國韻文學會、中國李清照辛棄疾學會、福建師範大學文學院等單位主辦

的「武夷山辛棄疾學術研討會」在其晚年奉祠所在地武夷山召開。會
議主要由劉先生、蔡先生操辦，我參與了會議組織和會議論文集《稼
軒新論》編輯工作，《稼軒新論》（劉慶雲主編）由海風出版社二○○
五年出版。會上結識諸葛憶兵、胡元翎等先生。由中國韻文學會和中
國陸游研究會、武夷學院等單位聯合主辦的「中國陸游國際學術研討
會」於二○○七年十二月十一日至十四日在武夷山召開，我參與了會
議組織和接待，提交了論文〈論陸游《老學庵筆記》的文學價值〉，
並作大會發言，同時提交了〈再論陸游的「家風」〉，並寫了會議綜述
〈武夷山陸游國際學術研討會綜述〉，發表於《中國韻文學刊》。還協
助劉慶雲先生編輯會議論文集《放翁新論》（劉慶雲主編），海峽文藝
出版社二○○九年出版。會上與徐煉先生神聊，相當投緣，我佩服他
思想敏銳，識見深刻，論文有自己的語言和風格，自成一體。蔡先生
是大學者，又是大詩人，才思敏捷，幽默智慧，走到哪裡，就將笑聲
帶到哪裡。蔡先生自稱「二八佳人」，因為他出身於一九二八年。先
生儀表堂堂，原住福州白馬路上海新村，友人戲稱他「白馬王子」，
蔡先生卻改稱「白馬王爺」。世上「白馬王子」有許多，「白馬王爺」
只有蔡先生一個。蔡先生經常自嘲，比如說自己「三不如」：上不如
老師錢鍾書，下不如學生劉再復，中不如妻子劉慶雲。先生生於農曆
四月初八，與佛同生日，所以字「佛生」。他有佛一樣的慈悲情懷，
寬容大度，古道熱腸，關心他人，同情弱者，助人為樂，成人之美，
「到處逢人說項斯」，不遺餘力提攜後進，從不損人害人。與他交往
的人，無不感受到他的熱情，無不得到他的無私幫助，年輕人更是有
幸得到他的栽培提攜。蔡先生熱愛學術事業，為了學術甘願犧牲自己
許多利益，戲稱自己是福建學術界的「丐幫頭子」，為了舉辦學術會
議，四處討錢。他近年來在武夷山先後三次主持召開柳永、辛棄疾、
陸游國際學術研討會，學界同仁無不為他的精神所感動。蔡先生年老
心不老，仍醉心學問，筆耕不輟。當年的「畢氏老門生」，「二○後」

還能經常到全國各地參加學術會議的只有蔡先生一人，耄耋之年的蔡先生風采依然。我寫了〈智慧老人蔡厚示先生〉，發表於《閩臺文化交流》二○一二年第四期；還給蔡先生的論文集《玉雪軒文論集》寫了書評〈讀蔡厚示先生《玉雪軒文論集》〉，發表於《福州大學學報》二○○六年第三期。

　　吳世昌先生是詞學大師，任中國韻文學會首屆顧問。大學時，拜讀他的〈漫談小山詞用成句及其他〉，發表於《光明日報》一九八一年七月二十一日，學年論文《論小山詞的言情藝術》就是受吳先生文章的啟發。我在《文史知識》一九八二年第十、十一期上讀到吳先生的《花間詞簡論》，非常佩服，從此迷上花間詞，特意從圖書館借來《四部備要》本閱讀，還研讀李一氓的《花間集校》，這是我研治花間詞的開始。上鋪同學殷亞東在我筆記本扉頁寫道：「涉足花間，其香自溢。優哉遊哉，其樂曷極！」我看了很高興。讀研究生進校不久，馬先生要求我們儘快選定碩士學位論文題目，我就選了《花間詞試論》，先生問我為什麼選擇花間詞研究，我說花間詞是文人詞的源頭，研究詞史，首先要清楚源，然後才能清楚流，得到馬先生首肯。後來知道施蟄存先生編選《花間新集》，分為《宋花間集》和《清花間集》兩部分，書全以《花間集》為宗旨，選的也盡是婉麗的小令，更增加了我研讀花間詞的興趣。畢業論文答辯時，得到答辯委員會主席王水照先生的鼓勵，王先生一九九二年起任韻文學會常務理理事，他後來一直關心我成長。我受到施先生的愛好傳染，有種「花間情結」，後來還請朋友替我刻一枚閒章「花間訪客」。畢業論文後來修改加工成〈花間詞風格新論〉、〈花間詞與晚唐五代社會風氣及文人心態〉、〈論花間詞在宋金元時的傳播〉、〈論明代的「花間熱」〉、〈「應歌」——花間詞的原生態及其價值重估〉等論文發表，另發表〈從花間詞看晚唐五代女性閨中生活〉、〈溫庭筠〈更漏子〉（玉爐香）的接受史解析〉、〈鹿虔扆〈臨江仙〉並非傷蜀亡之作〉等。

　　我後來研究起吳世昌先生詞學思想，並與「吳門四弟子」結了緣。受劉揚忠先生提攜鼓勵，並得到董乃斌先生信任，我參加了由中國社會科學院文學研究所和浙江海寧市政府共同發起並主辦的，於一九九八年十一月四日至六日在海寧吳先生故里舉行的「紀念吳世昌先生誕辰九十週年暨學術思想研討會」，提交了論文〈吳世昌詞體觀述評〉，後發表於《中國韻文學刊》一九九九年第二期。會上拜識董乃斌、孫遜、段啟明、黃世中、馬德富、曹旭、謝思煒等先生，重晤施議對、陶文鵬、劉揚忠、胡明、鄧喬彬、鍾振振、蕭瑞峰、王兆鵬、趙曉嵐等先生，鍾振振先生寫了〈紀念吳世昌先生誕辰九十週年〉七古長詩，與會者讚賞不已。十年後，二〇〇八年九月十六至十七日，由中國社會科學院文學研究所和中共海寧市委宣傳部聯合主辦、海寧市文聯承辦的「紀念吳世昌先生誕辰100週年暨學術研討會」在海寧召開，我又參加了盛會，提交了論文〈論吳世昌對近代詞學的「清算」〉，發表於《中文自學指導》二〇〇九年第一期。重晤陸永品、劉躍進、施議對、董乃斌、陶文鵬、段啟明、劉揚忠、胡明、鄧喬彬、高克勤、諸葛憶兵、鄭永曉等先生和師弟劉鋒燾教授，聽聞高論。二〇一一年十一月十五至十七日，由中國韻文學會、中國詞學研究會聯合主辦，南京師範大學文學院承辦的「唐圭璋先生誕辰110週年暨詞學研究國際研討會」在南京師範大學隨園校區舉行，我提交了論文〈論吳世昌對王國維詞學的「揚棄」〉，發表於《詞學》第二十六輯，華東師範大學出版社二〇一一年十二月出版。吳門大弟子施議對先生參加了韻文學會的籌備過程，做了許多卓有成效的工作。他的博士論文《詞與音樂關係研究》，中國社會科學出版社一九八五年出版，我讀得陶醉。施先生一九六四年於福建師範學院中文系畢業，當年考上夏承燾先生的研究生。他是我們福建師範大學文學院的傑出系友，也是傑出校友，他多次回母校講學指導，我有幸當面聆教，還幫他整理過講座錄音。他的《當代詞綜》四大冊，海峽文藝出版社二〇〇二年

出版，我也小有助力。二○○九年十二月六日至十日，我受施先生盛邀，參加了他操辦的澳門「第二屆中華詞學國際學術研討會」，提交了論文〈論詞學史上的「自批評」〉，後修改為〈論清代詞學中的「自批評」〉，得到程郁綴先生偏愛，發表於《北京大學學報》二○一三年第四期，人大複印報刊資料《中國古代、近代文學研究》二○一三年第十一期全文轉載。會上拜識錢鴻瑛、海村惟一等先生，重晤徐培均、陶文鵬、趙山林、連心達、沈家莊、張三夕、王兆鵬、張宏生、王偉勇、張海鷗、曾大興、諸葛憶兵、朱惠國、龍建國、劉尊明、彭玉平、彭國忠、陳水雲等先生，還拜識詹杭倫、朱壽桐、李劍國、鄧國光、賈晉華等先生。董乃斌先生參加了韻文學會成立大會並作大會發言〈中國古典詩歌研究的現狀和未來〉，他任中國社科院文學所副所長，卻平易近人，後任上海大學終身教授，主編《上海大學學報》，蒙他厚愛約稿，我寫了〈近代詞學師承論〉，發表於二○○七年第五期，中國社科院文學所所編《中國文學年鑒》二○○八年摘錄。陶文鵬先生任中國宋代文學學會副會長、中國唐代文學學會常務理事等，任《文學遺產》副主編時，得到他的謬賞，《文學遺產》一九九九年第五期刊發了我的小文〈論晚明人的「小品」觀〉，人大複印報刊資料《中國古代、近代文學研究》二○○○年第二期全文轉載。陶先生還贈送大著《蘇軾詩詞藝術論》、《唐詩與繪畫》等，先生才華橫溢，格律詩我最愛讀。劉揚忠先生任中國韻文學會常務理事、《中國韻文學刊》編委、中國詞學研究會學術委員會主任委員、夏承燾詞學獎評委會主任委員等，他參加了韻文學會成立大會，發表了〈中國韻文學會成立大會述評〉，他的大著《宋詞研究之路》、《辛棄疾詞心探微》、《唐宋詞流派史》等皆是我的案頭必備書，也是指定研究生的必讀書。《唐宋詞流派史》由福建人民出版社一九九九年二月出版，記得一九九八年我陪劉先生到出版社找責任編輯盧和先生談出版事宜，我一直得到劉先生的關愛鼓勵。

　　吳熊和先生是為中國韻文學會首屆常務理事、詞學專業委員會副理事長、夏承燾詞學獎評委會第二任主任委員、二〇〇六年重新組建的中國韻文學會詞學研究會名譽會長。他是華東師範大學中文系一九五五年首屆畢業生，馬先生一九五四年從雲南大學中文系畢業後，分配到華東師範大學中文系任教，吳先生一直尊敬馬先生，多次聯手領銜合作研究詞學課題，前些年他很高興搬了新家，第一個給馬先生打電話。吳先生是詞學大家，還是尊師典範，二〇〇三年，華東師範大學舉行施蟄存先生百年華誕、徐中玉先生九十華誕的慶典活動，那時他生病已久且很嚴重，但還是抱病從杭州趕到上海參加活動，看望恩師。他是華東師範大學中文系第一號傑出系友，照片掛在中文系的陳列室裡，事蹟也陳列出來。吳先生和我大學時的姜海峰老師為師兄弟，同是夏老的研究生。他是我十分敬重的詞學界前輩，當年我正勤學考研，惠淇源老師把他剛買到的吳先生大著《唐宋詞通論》（杭州市：浙江古籍出版社，1985年）借給我看，我如獲至寶，一口氣讀完，有種山澗中的小魚游到大海的感覺，我一直認為，《唐宋詞通論》是為我考研成績提高分數的書。吳先生主編的《唐宋詩詞評析詞典》，浙江人民出版社一九九〇年出版，他向馬先生約稿，馬先生讓我寫了三篇李白詩評析文章。後來，我許多次到杭州大學，都想拜謁吳先生，可總是因故未能如願，我想可能是自己修行還不到家的原因吧，這種遺憾今天已無法彌補了。吳先生與病魔頑強奮鬥了十三年，無限留戀地告別了他畢生摯愛的詞學事業，驚聞噩耗，我很悲痛，立即發上唁電。

　　　浙江大學中文系並轉吳師母：
　　　　驚聞吳熊和先生遽歸道山，萬分悲慟！先生是我十分崇敬的學界前輩，一直拜讀先生宏著，深受教益。先生道德文章，

　　學界共仰，有口皆碑，茲駕鶴西去，是學界難以估量的損失。
哲人其萎，風範長存，吳先生安息吧！敬希吳師母節哀保重！

福建師範大學文學院歐明俊叩

二〇一二年十一月七日

　　錢志熙先生是詩學研究名家，現任中國韻文學會常務理事。他是
吳熊和先生的研究生，夏承燾先生的再傳弟子，又是陳貽焮先生的博
士生，林庚先生的再傳弟子。二〇一二年四月二十五日至二十八日，
由中國韻文學會、北京大學古代文體研究中心、華東師範大學《詞
學》編輯部、樂清市政府等單位主辦的「首屆全國夏承燾學術研討
會」在樂清雁蕩山召開，會議是錢先生操辦的，我受邀出席會議，提
交了論文〈論夏承燾的學術精神〉。會上成立了全國夏承燾學術研究
會，錢先生為常務副會長，本人被選為理事。

　　中國韻文學會首屆顧問中，宛敏灝先生是詞學大家，吾皖鄉賢，
他的女兒宛新彬老師是安徽大學古籍整理研究所研究員，女婿朱陳，
是朱光潛先生長子，是我大學時的外國文學老師。張璋先生曾任志願
軍後勤運輸部副部長、機械科學院院長等，江澤民同志的老領導，著
有《全唐五代詞》、《金元明清詞選》等，馬先生的老朋友，金山詞學
會上我曾陪他打電話，面聆教諭。霍松林先生曾任中國韻文學會首屆
常務理事，後任顧問，是馬先生的摯友，我師弟劉鋒燾讀博士的導
師，我多次會上親睹先生風采。韻文學會副秘書長張海鷗、孫克強、
趙義山、雷磊先生，我都熟悉。張海鷗、孫克強先生學問做得好，人
也長得帥，是界內有名的才貌雙全的「帥哥」。歷屆常務理事、理事
中，大多數我皆有幸會上睹風采，聞高論，如鄧魁英、劉乃昌、周篤
文、陳祖美、曹濟平、蔣哲倫、楊海明、莫礪鋒、葛曉音、湯效純、
萬光治、呂美生、侯孝瓊、黃拔荊、梁鑒江、王步高、薛天緯、徐

煉、龍建國、趙松元等先生。讀大學時，呂美生老師教我們古代文論，上課中氣十足，是有名的「男高音」。

一九九〇年十一月，浙江紹興舉行了「紀念陸游誕辰865週年學術討論會」，我參與會務並提交論文〈陸游室名考釋〉，會上拜識蔡厚示、陳祖美、陳慶元三位先生。陳祖美先生是秦觀、李清照、陸游研究名家，馬先生要我們多請教她，我有幸多次會上聆教。

二〇〇四年五月十五日至十九日，由陝西師範大學文學院發起並聯合中國韻文學會、《文學遺產》編輯部等單位主辦的「中國唐宋詩詞第三屆國際學術研討會」在華山—西安舉行，會議是師弟劉鋒燾教授操辦的，我和導師馬先生、師兄朱惠國教授皆參加了會議，我提交了論文〈「應歌」——花間詞的原生態及其價值重估〉，後收入劉鋒燾主編《第三屆唐宋詩詞國際學術研討會論文集》，中國社會出版社二〇〇四年出版。會後，師弟還請馬先生，王水照先生和師母，劉揚忠先生和師母，師兄朱惠國和我遊覽了乾陵和黃帝陵。二〇一〇年十月十五日至十八日，由中國韻文學會詞學研究會與陝西師範大學文學院聯合主辦，陝西師範大學文學院承辦的「2010年詞學國際學術研討會」在西安舉行，劉鋒燾教授具體操辦。我因參加滁州「全國歐陽修學術研討會」，未能與會，至今仍覺遺憾。劉鋒燾師弟任中國韻文學會常務理事、中國詞學研究會常務理事、中國杜甫研究會副會長等。

二〇〇五年四月二日至六日，安徽師範大學舉辦了「第二屆中國韻文學國際學術研討會」，會議由中國韻文學會、安徽師範大學中國詩學研究中心、南京師範大學文學院共同主辦。我榮幸受到中國韻文學會常務理事兼詩學分會會長余恕誠先生的邀請，提交了論文〈詞學體系建構的歷史回顧與反思〉，後收入《中國詩學研究》第五輯，上海古籍出版社二〇〇六年出版。會上拜識仰慕已久的臺灣學者龔鵬程、林玫儀、齊益壽等先生，美國的羅溥洛先生，還有孟二冬、周裕鍇、陸林、沈松勤、胡可先、杜桂萍、過常寶等先生，還與過先生

「同居」詳聊。重晤香港的韋金滿先生，韓國的柳晟俊、李鍾振先生等。與丁放先生、胡傳志先生話舊；與徐煉先生等散步蕪湖步行街，暢談古今；孟澤先生任韻文學會秘書長，遊黃山後，在黃山腳下「同居」神侃。後來，我多次會上聽林玫儀先生高論，二〇一一年十二月，應林先生盛情邀請，我參加了臺灣「中央研究院」文哲所主辦的「行旅、離亂、貶謫與明清文學」國際學術研討會，提交了論文《清詞中的「離亂」書寫》，會上拜識胡曉真、嚴志雄等先生，重晤黃坤堯、卓清芬等先生。

　　由中國韻文學會、海南大學人文傳播學院、南京師範大學文學院聯合主辦的「第五屆中國韻文學暨海南詩詞文化國際研討會」於二〇一一年十一月十八日至二十二日在海口召開，我提交了論文〈劉永濟〈詞論〉對現代詞學體系建構的貢獻〉，後收入劉亮主編《第五屆中國韻文學暨海南詩詞文化國際研討會論文集》，鳳凰出版社二〇一四年出版。本人還被增補為中國韻文學會理事。二〇一二年十一月九日至十二日，由中國韻文學會、臺州學院等單位聯合舉辦的「第五屆中國唐宋詩詞暨天臺山文化國際學術研討會」在浙江天臺縣舉行。我提交了論文〈嚴復《王荊公詩》批語輯錄〉，後發表於《中國典籍與文化論叢》第十五輯，鳳凰出版社二〇一三年出版。會上拜識韓國漢陽大學的邊成圭先生、臺灣東吳大學的許清雲先生。由中國韻文學會主辦，蘇州大學文學院、常熟理工學院人文學院承辦的「第六屆中國韻文學國際學術研討會」於二〇一三年十一月八日至十一日在蘇州大學和常熟理工學院召開，我受到馬亞中和錢錫生先生盛情邀請，因要赴韓國首爾漢陽大學參加「韓國中語中文學會國際學術研討會」，無法參會，也失去一次向方家討教的機會，常引以為憾事。

　　二〇一二年八月二十七至二十九日，「2012詞學國際學術研討會」在武漢大學隆重舉行。會議由中國韻文學會詞學專業委員會、武漢大學文學院、馬來亞大學華人研究中心等單位聯合舉辦，武漢大學

文學院承辦。會議選舉王偉勇、朱惠國、孫克強、沈松勤、張宏生、張仲謀、趙維江、諸葛憶兵八位先生為中國詞學研究會副會長，本人增補為常務理事，並作大會報告《口述詞學史研究構想》，收入陳水雲、潘碧華主編《詞學國際學術研討會論文集》（唐宋卷），馬來西亞馬來亞大學華人研究中心二〇一二年出版。

　　《中國韻文學刊》是中國韻文學會的會刊，由湘潭大學和中國韻文學會共同主辦，創刊於一九八七年十月，發行海內外，獲得學術界廣泛好評。傅璇琮先生、羊春秋先生、劉慶雲先生先後任主編、名譽主編，現任主編王繼平先生，副主編鍾振振、王兆鵬、蕭瑞峰、徐煉四位先生，徐煉先生一九九七年起任《中國韻文學》常務副主編。名譽主編、主編、副主編、編委中的大部分先生，我大都有聯繫，受到許多教益。我有多篇論文發表於《中國韻文學刊》，〈對謝靈運山水詩歷代評價之再認識〉，二〇〇二年第一期，湯效純先生為責編；〈晚明散曲漫議〉，一九九八年第一期，〈後出轉精　嘉惠學林——評周明初、葉曄合著《全明詞補編》〉，二〇〇八年第二期，責編皆為孟澤先生；〈吳世昌詞體觀述評〉，一九九九年第二期，〈詞為宋代「一代之文學」說質疑〉，二〇〇五年第四期，《高等學校文科學術文摘》二〇〇六年第二期轉載，〈「詞中杜甫」說總檢討〉，二〇〇七年第二期，〈武夷山陸游國際學術研討會綜述〉，二〇〇八年第二期，〈唐宋詞藝術的「總帳式」研究——鄧喬彬先生《唐宋詞藝術發展史》讀後〉，二〇一一年第四期，〈秦觀詞研究之反思〉，二〇一四年第二期，二〇一二年第四期刊有顧寶林博士給小書《詞學思辨錄》寫的書評〈思辨詞學　嘉惠學林——評歐明俊教授新著《詞學思辨錄》〉，以上責編皆為劉慶雲先生。《中國韻文學刊》「中國韻文新書架」還介紹過小書《陸游研究》。編輯部副主任王曉芳老師是熟悉的老朋友，時常麻煩她，得到不少幫助。二〇〇九年八月二十八日至三十日，我參加了湘潭大學承辦的「第七屆明代文學年會暨明代湖南文學國際學術研討

會」，時隔十二年後，第二次到湘潭，重晤徐煉先生等韻文學界同仁。

　　吾輩小子最幸運的是親睹老輩學者的風采，親炙其教誨。老先生們嚴於律己，寬以待人，淡泊名利，敬畏學術，不輕易著述，他們的道德文章，薮予小子望塵莫及，每每想起，常感汗顏。飲水思源，我永遠銘記導師和前輩學者的恩情。

　　中國韻文學會及各分會的許多名家都來過我服務的福建師範大學文學院講學指導，如傅璇琮、周勛初、王水照、蔡厚示、劉慶雲、龔克昌、陳鐵民、謝伯陽、曹濟平、董乃斌、陶文鵬、施議對、胡明、楊海明、鄧喬彬、劉揚忠、莫礪鋒、鍾振振、蕭瑞峰、趙敏俐、許結、李昌集、張三夕、王兆鵬、張宏生、張新科、張海鷗、孫克強、錢志熙等先生，我有幸聽聞高論，陪同遊覽考察，增長不少見識。

　　三十年來，中國韻文學界老成凋零，許多名家已成古人。此刻，我更加懷念讀大學時的姜海峰老師、惠淇源老師，讀研究生時的老師施蟄存先生、萬雲駿先生，深切悼念親睹風采或聆教誨的張璋、胡國瑞、金啟華、蘇淵雷、姚奠中、黃墨谷、顧易生、汪中、羅聯添、羊春秋、邱世友、朱靖華、喻朝剛、曾昭岷、朱德才、嚴迪昌、吳熊和、余恕誠、呂永、曾子魯等先生，還有英年早逝的好友龍建國、鄧紅梅先生。逝者已矣，生者當活好每一天，學問要做好，生活也要過好，身體更要保養好，我們都要「且行且珍惜」。

　　二〇一四年十一月八日至十日，由中國韻文學會和湘潭大學聯合主辦的「中國韻文學會成立三十週年紀念會暨第七屆中國韻文學國際學術研討會」在湘潭召開。會長鍾振振先生在接受媒體採訪時說：「三十週年之際，最好的紀念是行動，希望更多的年輕學者把韻文學傳承下去。」筆者深有同感，還想到過來人要好好回顧和總結。中國韻文學會走過了三十年歷程，一路艱辛，也一路精彩，經過幾代學者的努力，如今更加成熟，已擁有海內外會員一千餘人，是名副其實的「大家庭」。我們要永遠記住老輩學者為成立韻文學會而不斷呼呼，

四處奔走，篳路藍縷，艱辛創業，韻文學會今天的良好局面確實來之不易，我們應倍加珍惜。韻文學會搭建了良好的學術交流平臺，我有幸較早成為這個和諧溫暖的「大家庭」中的一員，以中國韻文學會名義聯合主辦的各種形式的學術會議，我大都參加了，拜識尊宿，親聆教誨，結識名家，討教請益，收穫多多，為人和為學兩方面皆得到提高。對韻文學界長期以來關心我、理解我、寬容我、鞭策我、幫助我的師長和同仁，我一直心存感激，世上有很多真情，怎一個「謝」字了得！回想起來，我在這個「大家庭」中得到的呵護關愛太多，有愧得到的榮譽，而取得的成績太少，對學會的貢獻也太小，真是萬分羞愧。朱熹《朱子語類》卷八曰：「天下更有大江大河，不可守個土窟子，謂水專在是。」仔細體味朱子此言，頓覺汗顏無地，我不正是在做「守個土窟子」的學問嗎？回顧走過來的學術道路，一路蹣跚，至今仍覺沒有真正認識學術真諦，學海無涯，面對大師，我常自慚形穢，一直提醒自己謙卑地做人、做學問。

筆者在不同場合一再呼籲重視「口述學術史」。小文〈口述詞學史研究構想〉強調指出，詞學大家都是進入學術史的，他們創造詞學史，個人就是一部詞學史。健在的老學者皆是飽學之士，他們經歷過很多事情，見過許多大師名家，本身就是活的詞學文獻。如導師馬興榮先生，一九五四年雲南大學畢業，老師劉文典先生曾要求他讀《舊唐書》、《新唐書》、《舊五代史》、《新五代史》等史書，還有一位老師劉堯民先生，著有《詞與音樂》，馬先生愛好詞學就是受劉先生的影響。馬先生和龍榆生、汪東、夏承燾、唐圭璋等詞學大師都熟悉，通過馬先生，可以了解詞學大家的不少情況。馬先生從我讀他的研究生起，就經常和我聊起韻文學界許多掌故，不少細節都是韻文學的珍貴史料。現在老學者寫作效率很低，甚至拿不動筆了，應抓緊時間採訪，用錄音把他們的學術經歷和思想記錄下來，這實際上是在搶救文獻，搶救學術，非常有意義，希望有學者有志於從事口述韻文學史的

研究。這裡記錄了我的親歷、親見、親聞，算是拋磚引玉，盼有更多韻文學界的「歷史當事人」回憶一下這段歷史，將其記錄下來，對學術、對歷史、對自己都有個交代，對後來者也有借鑑作用。

　　要說的話還有不少，限於篇幅，不能再寫下去了，本文已很冗長，就此打住，將來有機會再說。

歐明俊

二〇一四年十二月二十四日於福州倉山醉醒齋

附錄五
歐明俊詞學論著目錄

一　專書

（一）專著

詞學思辨錄

　　北京市　人民出版社　2011年

（二）編著

1. 中國百家文學名著鑑賞（詞曲卷）

　　福州市　福建教育出版社　1997年

2. 豪放詞三百首

　　成都市　巴蜀書社　2001年

（三）合著

1. 中國古詩詞導讀（王枝忠主編）

　　福州市　海峽文藝出版社　1999年

2. 唐宋詞分類選講（王兆鵬主編）

　　北京市　高等教育出版社　2007年　普通高等教育「十一五」國
　　家級規劃教材

（四）參撰

1. 金元明清詞鑑賞辭典（唐圭璋主編）

　　南京市　江蘇古籍出版社　1989年

2. 宋詞精華分類品匯（程自信、許宗元主編，參撰三萬餘字）
　　北京市　中國青年出版社　1994年

3. 全宋詞廣選新注集評（馬興榮、劉乃昌等主編，參撰張炎詞等評
　　注十七萬字）
　　瀋陽市　遼寧人民出版社　1997年

4. 全宋詞評注（周篤文、馬興榮主編，參撰三萬餘字）
　　北京市　學苑出版社　2011年

二　論文

1. 婉中有變，婉融奇雅──也談李清照詞的婉約風格
　　中文自學指導　1991年第12期。

2. 花間詞風格新論
　　紹興文理學院學報　1992年第1期
　　中國古代、近代文學研究（人大複印報刊資料）　1992年第10期
　　全文轉載

3. 宋詞雅化規範化之宏觀透視
　　紹興文理學院學報　1993年第1期
　　中國古代、近代文學研究（人大複印報刊資料）　1993年第12期
　　全文轉載

4. 詩詞鑑賞是一種再創作
　　學語文　1993年第2期

5. 鹿虔扆〈臨江仙〉並非傷蜀亡之作
　　上海技術師範學院學報　1993年第3期

6. 論蘇軾詞風發展的四個階段（第一作者，與金啟超合作）
　　紹興文理學院學報　1994年第1期

7. 論放翁詞的風格類型
　　寶雞文理學院學報　1994年第3期

8. 讀蘇軾〈卜算子・黃州定惠院寓居作〉

　　中文自修　1994年第5期

9. 放翁隱逸詞初探

　　齊齊哈爾師院學報　1994年第5期

　　高等學校文科學術文摘　1995年第1期摘要

10.花間詞與晚唐五代社會風氣及文人心態

　　福建師範大學學報　1996年第3期

11.論明代的「花間熱」

　　福建論壇　1997年增刊

12.論花間詞在宋金元時的傳播

　　福建師範大學學報1999年第2期

　　中國古代、近代文學研究（人大複印報刊資料）　1999年第7期全

　　文轉載

　　中國第二屆唐宋詩詞國際學術討論會論文　湘潭、張家界　中國

　　韻文學會、南京師範大學、蘇州大學、湘潭大學、嶽麓書社、杭

　　州大學、徐州師範大學主辦　1997年5月

13.吳世昌詞體觀述評

　　中國韻文學刊　1999年第2期

　　紀念吳世昌先生誕辰九十周年暨學術思想研討會論文　海寧市

　　中國社會科學院文學研究所、海寧市政府主辦　1998 年11月

14.論詞體觀念的嬗變

　　福建師範大學學報　2000年第1期

　　高等學校文科學術文摘　2000年第3期摘錄

15.詞學研究的又一碩果——評楊海明《唐宋詞美學》

　　宋代文學研究叢刊（臺灣）　第6輯　2000年12月

16.詞學研究的新突破——評王兆鵬《唐宋詞史論》

　　書品　2001年第4期

17.柳永評價「熱點」「盲點」透視

　　福建師範大學學報　2002年第1期

　　首屆柳永學術研討會大會報告〈柳永再評價〉　武夷山市　中國
　　韻文學會、福建省文化廳、福建省文聯、武夷山市人民政府、福
　　建旅遊學會、南平市文化局主辦　2001年4月

　　柳永新論（劉慶雲主編）　福州市　海峽文藝出版社　2002年

18.「應歌」──花間詞的原生態及其價值重估

　　中國唐宋詩詞第三屆國際學術研討會論文　西安市　陝西師範大
　　學文學院、中國韻文學會、《文學遺產》編輯部、陝西省文史館、
　　南京師範大學文學院及華陰市人民政府等主辦　2004年5月華山

　　第三屆唐宋詩詞國際學術研討會論文集（劉鋒燾主編）　北京市
　　中國社會出版社　2004年

19.論放翁詞風的嬗變

　　中國‧成都首屆陸游文化學術研討會論文　崇州市　崇州市人民
　　政府主辦　2004年10月

20.詞為宋代「一代之文學」說質疑

　　中國韻文學刊　2005年第4期

　　高等學校文科學術文摘　2006年第2期轉載

　　中國宋代文學學會第四屆年會暨宋代文學國際學術研討會論文
　　杭州市　浙江工業大學、中國宋代文學學會、浙江大學主辦　2005
　　年9月

21.評《飲水詞箋校》

　　書品　2006年第1期

22.歷代詞曲異同論總檢討（第一作者，與李菱合作）

　　國際黃峨學術研討會暨第八屆中國散曲研討會論文　遂寧市　遂
　　寧市政府、中國散曲研究會、四川大學、四川師範大學、西華師
　　範大學、四川職業技術學院主辦　2005年10月

國際黃峨學術研討會暨第八屆中國散曲研討會論文集　北京市
中國文史出版社　2006年

23.詩詞中的「遞進」抒情法
文史知識　2006年第5期

24.詞學體系建構的歷史回顧與反思
第二屆中國韻文學國際學術研討會論文　蕪湖市　安徽師範大學
中國詩學研究中心和文學院、中國韻文學會、南京師範大學文學
院主辦　2005年4月
中國詩學研究　第5輯　上海市　上海古籍出版社　2006年

25.秦觀陸游名字考釋
中國典籍與文化　2007年第1期
中國古代、近代文學研究（人大複印報刊資料）　2007年第7期全
文轉載
文學遺產通訊（中國社科院文學研究所）　2007年第1期全文轉載

26.「詞中杜甫」說總檢討
中國韻文學刊　2007年第2期
文學遺產通訊（中國社科院文學研究所）　2007年第4期全文轉載
詞學國際學術研討會論文　南昌市　中國韻文學會、江西財經大
學主辦　2006年8月

27.「唐詩宋詞」說評議
福建師範大學學報　2007年第4期
中國古典詩學的現代傳承學術研討會論文　蕪湖市　2006年11月

28.論王世貞的詞學觀（第一作者，與陳堃合作）
中文自學指導　2007年第6期
明代文學與文化國際學術研討會暨中國明代文學學會（籌）第五
屆年會論文　武夷山市　中國明代文學學會（籌）主辦　2007年8月

29.我自寫我的詞史──王輝斌新著《唐宋詞史論稿》讀後
貴陽學院學報　2007年第4期

30.溫庭筠〈更漏子〉（玉爐香）的接受史解析
　　文史知識　2007年第10期
31.也論稼軒其人其詞之「氣」（第一作者，與陳塏合作）
　　紀念辛棄疾逝世800周年學術研討會論文　上饒市　上饒師範學
　　院、鉛山縣政府主辦　2007年10月
32.論歐陽修的詞學觀（第一作者，與陳塏合作）
　　歐陽修文化學術研討會論文　阜陽市　阜陽市人民政府、阜陽師
　　範學院主辦　2007年8月
　　歐陽修文化學術研討會論文選編　北京市　中國文史出版社
　　2007年
33.葉申薌詞學述論
　　詞學　第18輯　上海市　華東師範大學出版社　2007年12月
34.後出轉精　嘉惠學林——評周明初、葉曄合著《全明詞補編》
　　中國韻文學刊　2008年第2期
35.武夷山陸游國際學術研討會綜述
　　中國韻文學刊　2008年第2期
36.李清照〈詞論〉研究的回顧與反思（第一作者，與陳塏合作）
　　宋代文學研究叢刊（臺灣）　第15輯　2008年8月
37.歷代詞曲異同論再檢討（第一作者，與陳塏合作）
　　第十屆中國散曲暨陝北民歌學術研討會大會報告　榆林市　中國
　　散曲研究會、榆林市人民政府、陝西師範大學文學院、西北大學
　　文學院主辦　2008年8月
38.葉申薌〈小庚詞〉論略
　　詞學　第20輯　上海市　華東師範大學出版社　2008年12月
39.「詩從對面飛來」
　　古典文學知識　2009年第1期
40.論吳世昌對近代詞學的「清算」
　　中文自學指導　2009年第1期

　　紀念吳世昌先生誕辰100周年暨學術研討會大會報告　海寧市
　　中國社會科學院文學研究所、浙江省海寧市委宣傳部主辦　2008
　　年9月

41.孫維城著《張先與北宋中前期詞壇關係探論》（第一作者，與陳堃
　　合作）
　　宋代文學研究年鑒（2006-2007）（劉揚忠、王兆鵬主編）　武漢市
　　武漢出版社　2009年

42.從花間詞看晚唐五代女性閨中生活（第一作者，與莊偉華合作）
　　文史知識　2009年第3期

43.木齋詞體起源及發生研究之反思
　　中州學刊　2009年第4期

44.略論文學史的寫法
　　江西師範大學學報　2009年第5期

45.詞「窮而後工」說評議
　　中國詞學國際學術研討會論文　上海市　華東師範大學中文系、
　　《詞學》編輯部主辦　2009年10月

46.詞學範疇研究的回顧及宏觀體系建構
　　古代文學理論研究　第32輯　上海市　華東師範大學出版社
　　2011年
　　中國古代文學理論學會第十六屆年會暨楊明照先生誕辰一百周年
　　紀念學術研討會論文　成都市　中國古代文學理論學會、四川大
　　學文學與新聞學院、四川師範大學文學院主辦　2009年11月

47.論詞學史上的「自批評」
　　第二屆中華詞學國際學術研討會論文　澳門　澳門大學社會科學及
　　人文學院、澳門特區政府高等教育輔助辦公室主辦　2009年12月

48.論詞學史上的「元批評」
　　古代文學理論研究　第29輯　上海市　華東師範大學出版社
　　2009年

49.文天祥詞綜論（第一作者，與陳堃合作）

紀念民族英雄文天祥誕辰七百七十周年「文山論壇」論文　吉安市　2006年11月

天地正氣（徐明主編）　北京市　中國文史出版社　2010年

50.文天祥與汪元量（第一作者，與胡方磊合作）

紀念民族英雄文天祥誕辰七百七十周年「文山論壇」論文　吉安市　2006年11月

天地正氣（徐明主編）　北京市　中國文史出版社　2010年

51.陸游〈卜算子・詠梅〉──一首宋詞「經典」的形成史解析

文史知識　2010年第5期

52.詞人鄧廷楨及其《雙硯齋詞話》

詞學　第23輯　上海市　華東師範大學出版社　2010年6月

53.「追認」與宋詞價值重估

文藝理論研究　2010年第4期

54.地域性詞派研究的新寫法

詞學　第24輯　上海市　華東師範大學出版社　2010年12月

55.古代詩詞中的「愁」情表達法

古典文學知識　2011年第4期

56.唐宋詞藝術的「總帳式」研究──鄧喬彬先生《唐宋詞藝術發展史》讀後

中國韻文學刊　2011年第4期

57.論吳世昌對王國維詞學的「揚棄」

詞學　第26輯　上海市　華東師範大學出版社　2011年12月

唐圭璋先生誕辰110周年暨詞學研究國際研討會論文　南京市　中國韻文學會、中國詞學研究會、南京師範大學文學院主辦　2011年11月

58.辛棄疾研究之反思

李清照辛棄疾暨詞學國際學術研討會大會報告　濟南市　山東大

學文學與新聞傳播學院、中國李清照辛棄疾學會主辦　2011年9月
詞學新視野——李清照辛棄疾暨詞學國際學術研討會論文集（中
國李清照辛棄疾學會編）　上海市　上海古籍出版社　2012年

59.論夏承燾的學術精神
首屆全國夏承燾學術研討會論文　樂清市　中國韻文學會、北京
大學古代文體研究中心、華東師範大學《詞學》編輯部、樂清市
政府等主辦　2012年4月

60.第六屆全國秦少游學術研討會綜述（第二作者，與衡大新合作）
詞學　第27輯　上海市　華東師範大學出版社　2012年6月

61.口述詞學史研究構想
2012詞學國際學術研討會大會報告　武漢市　武漢大學　2012年8月
詞學國際學術研討會論文集（唐宋卷）（陳水雲、潘碧華主編）
馬來西亞　馬來亞大學華人研究中心　2012年

62.論清代詞學中的「自批評」
北京大學學報　2013年第4期
中國古代、近代文學研究（人大複印報刊資料）　2013年第11期
全文轉載

63.劉永濟《詞論》對現代詞學體系建構的貢獻
第五屆中國韻文學暨海南詩詞文化國際研討會論文　海口市
2011年11月
第五屆中國韻文學暨海南詩詞文化國際研討會論文集（劉亮主
編）　南京市　鳳凰出版社　2014年

64.秦觀詞研究之反思
中國韻文學刊　2014年第2期
第七屆全國秦少游學術研討會論文　郴州市　全國秦少游研究
會、湘南學院主辦　2013年12月

65. 王國維「境界」說之價值重估

中國韻文學會成立三十周年紀念會暨第七屆中國韻文學國際學術研討會論文　湘潭市　中國韻文學會、湘潭大學主辦　2014年11月

66. 王國維「一代之文學」說之價值重估

中國近代文學學會第十七屆年會論文　天津市　天津師範大學文學院、國家一級學會「中國近代文學學會」　2014年11月

67. 「一篇全在尾句」——唐宋詩詞的結句藝術（第二作者，與衡大新合作）

古典文學知識　2015年第2期

68. 詞體抒情本位界說及其價值重估

學術研究　2015年第11期

中國詞學國際學術研討會論文　廣州市　中國詞學研究會主辦2014年12月

69. 清詞中的「離亂」書寫

北京大學學報　2016年第3期

行旅、離亂、貶謫與明清文學國際學術研討會論文　臺北市　中央研究院中國文哲研究所　2011年12月

附

1. 一部覃思與細辨詞學的力作——評歐明俊教授新著《詞學思辨錄》（潘殊閑著）

詞學　第28輯　上海市　華東師範大學出版社　2012年12月

2. 思辨詞學　嘉惠學林——評歐明俊教授新著《詞學思辨錄》（顧寶林著）

中國韻文學刊　2012年第4期

後記

　　本書稿是筆者三十年來研習唐宋詞部分成果的結集。我自幼愛好古典文學，與唐宋詞「結緣」，至今仍清楚地記得初中時整夜整本抄寫胡雲翼選注《唐宋詞一百首》的情形，那是剛剛結束文化饑渴時代的如饑似渴呀！一九八二年九月，我考上安徽大學中文系漢語言文學專業本科，開始了正規的學術訓練，系統學習了中國文學史，特別喜歡唐宋詞，還記得剛讀到繆鉞《詩詞散論》時，佩服得五體投地拍案叫絕的興奮。姜海峰老師是夏承燾先生的研究生畢業，師從夏老研究詞學，姜老師主要研究南唐二主詞、姜夔詞，雖然沒有給我們開課，我因喜歡唐宋詞，故常登門請教，他家有豐富的詞學藏書，我看後甚是羨慕，我也跟著喜歡南唐二主詞和姜夔詞。姜夔年輕時旅居合肥，與擅長彈奏琵琶的姐妹相識，並與其中的一位相愛，引發了一段有緣無分浪漫淒美的愛情故事。姜夔曾住赤闌橋（在今合肥師範附小門旁），〈鷓鴣天〉追憶道：「肥水東流無盡期，當初不合種相思。」我每次經過當年的赤闌橋邊，面對不遠處的肥水，都會想到姜夔，悵惘不已。惠淇源老師輔導我寫學年論文〈論小山詞的言情藝術〉，惠老師對我關懷備至，還記得後來在他家幫助抄寫《婉約詞》部分書稿，學到不少知識，《婉約詞》由安徽文藝出版社一九八九年出版，一版再版，是暢銷書，我明白了蘇軾、辛棄疾詞數量最多的是「婉約」而不是「豪放」。我熱愛詞學，施蟄存先生和馬興榮先生於一九八一年創辦並任主編的《詞學》集刊，我必買必讀，愛不釋手。《詞學研究論文集（1949-1979）》，上海古籍出版社一九八二年出版，雖是集體

署名，實際上主要是馬先生編的。我從圖書館借來，當時還沒有複印技術，我將書後所附詞學論文索引全部抄錄下來。我讀了馬先生在《詞學》創刊號上發表的〈建國三十年來的詞學研究〉一文，非常佩服，眼界大開。

一九八六年六月，我本科畢業，畢業論文寫的是〈宋詞雅化規範化之再評價〉，得到程自信老師（程老師是朱東潤先生的研究生畢業）的鼓勵，後來修正完善，題目改為〈宋詞雅化規範化之宏觀透視〉，發表於《紹興文理學院學報》一九九三年第一期，人大複印報刊資料《中國古代、近代文學研究》一九九三年第十二期全文轉載，這是我研究唐宋詞的正式開始。

大學時，我迷上花間詞，上鋪同學殷亞東在我筆記本扉頁寫道：「涉足花間，其香自溢。優哉遊哉，其樂曷極！」我看了很高興。一九八六年九月，我考上了華東師範大學中文系古代文學專業唐宋文學方向碩士研究生，師從導師馬興榮先生研習唐宋詞。馬先生非常重視學科意識、歷史意識和全局意識，要求我們從宏觀入手，微觀把握。進校不久，馬先生要求我們選定碩士學位論文題目，我就憑自己的興趣選了《花間詞試論》。後來知道施蟄存先生編選《花間新集》，分為《宋花間集》和《清花間集》兩部分，書全以《花間集》為宗旨，選的也盡是婉麗的小令，更增加了我研讀花間詞的興趣。碩士學位論文答辯時，得到答辯委員會主席王水照先生的鼓勵。這是我研讀花間詞的開始，我也受到施先生的愛好傳染，有種「花間」情結，後來還請朋友替我刻一枚閒章「花間訪客」。學位論文後來修改加工成〈花間詞風格新論〉、〈花間詞與晚唐五代社會風氣及文人心態〉、〈論花間詞在宋金元時的傳播〉、〈論明代的「花間熱」〉、〈「應歌」──花間詞的原生態及其價值重估〉等論文發表，另發表〈從花間詞看晚唐五代女性閨中生活〉、〈溫庭筠〈更漏子〉（玉爐香）的接受史解析〉、〈鹿虔扆〈臨江仙〉並非傷蜀亡之作〉等。

　　馬興榮、劉乃昌等主編《全宋詞廣選新注集評》，遼寧人民出版社一九九七年七月版，筆者參撰張炎詞等評注十七萬字。周篤文、馬興榮主編《全宋詞評注》，學苑出版社二〇一一年出版，我參與撰寫三萬餘字。程自信、許宗元主編《宋詞精華分類品匯》，中國青年出版社一九九四年版，我參撰三萬餘字。飲水思源，師恩難忘，牢牢銘記導師馬興榮先生和惠淇源老師、姜海峰老師、程自信老師的栽培提攜之恩！

　　筆者注重唐宋詞的綜合、宏觀研究，專題探討，學理反思。〈論唐宋詞體觀念的嬗變〉，原題為〈論詞體觀念的嬗變〉，《福建師範大學學報》二〇〇〇年第一期。唐宋詞藝術論，是從詩詞合論中析出，〈古代詩詞中的「愁」情表達法〉，《古典文學知識》二〇一一年第四期；〈詩詞中的「遞進」抒情法〉，《文史知識》二〇〇六年第五期；〈「詩從對面飛來」〉，《古典文學知識》二〇〇九年第一期；〈「一篇全在尾句」──唐宋詩詞的結句藝術〉（第二作者，與衡大新合作），《古典文學知識》二〇一五年第二期。〈宋詞雅化規範化之宏觀透視〉，《紹興文理學院學報》一九九三年第一期，人大複印報刊資料《中國古代、近代文學研究》一九九三年第十二期全文轉載。〈詞為宋代「一代之文學」說質疑〉，《中國韻文學刊》二〇〇五年第四期，《高等學校文科學術文摘》二〇〇六年第二期轉載。

　　〈詞體起源及發生研究之反思〉，原題〈木齋詞體起源及發生研究之反思〉，《中州學刊》二〇〇九年第四期。筆者研習唐宋詞是從文本研究開始的，主要研究花間詞和宋代名家詞。〈「應歌」──花間詞的原生態及其價值重估〉，原為提交二〇〇四年五月華山─西安「中國唐宋詩詞第三屆國際學術研討會」論文，收入劉鋒燾主編《第三屆唐宋詩詞國際學術研討會論文集》，中國社會出版社二〇〇四年十月版。〈花間詞與晚唐五代社會風氣及文人心態〉，《福建師範大學學報》一九九六年第三期。〈從花間詞看晚唐五代女性閨中生活〉（第一

作者，與莊偉華合作），中華書局《文史知識》二〇〇九年第三期。
〈花間詞風格新論〉，《紹興文理學院學報》一九九二年第一期，人大
複印報刊資料《中國古代、近代文學研究》一九九二年第十期全文轉
載。〈溫庭筠〈更漏子〉（玉爐香）的接受史解析〉，《文史知識》二〇
〇七年第十期。〈論花間詞在宋金元時的傳播與接受〉，原題〈論花間
詞在宋金元時的傳播〉，《福建師範大學學報》一九九九年第二期，人
大複印報刊資料《中國古代、近代文學研究》一九九九年第七期全文
轉載，原為提交一九九七年五月湘潭──張家界「中國第二屆唐宋詩
詞國際學術討論會」論文。〈論明代的「花間熱」〉，《福建論壇》一九
九七年增刊。

　　我熱愛歐陽修，主要研究歐陽修散文，兼治其詞。歐陽修於皇祐
元年（1049）自廣陵（今揚州市）移知潁州（治今安徽阜陽），政務
之暇常偕友人至西郊號稱「十頃碧玻璃」的西湖遊賞，寫下了歌詠西
湖美景的〈採桑子〉十首，我曾寫四篇鑑賞小文發表於一九八九年
《阜陽日報》上。〈論歐陽修的詞學觀〉（第一作者，與陳堃合作），
原為提交二〇〇七年八月安徽阜陽「歐陽修文化學術研討會」大會報
告，收入《歐陽修文化學術研討會論文選編》，中國文史出版社二〇
〇七年十二月版。

　　讀研究生時，我迷上林語堂的《蘇東坡傳》，我愛蘇軾、研讀蘇
軾，也與林語堂有關。我景仰蘇軾，奉為人生導師，從骨子裡面喜愛
其人其文，命齋名曰「景蘇齋」，還自治一枚閒章「東坡是吾師」。蘇
軾〈定風波〉詞云：「此心安處是吾鄉。」我自治閒章一方「此心安
處是吾鄉」。蘇軾〈與范子豐〉曰：「江山風月，本無常主，閑者便是
主人。」陸游有齋名「風月軒」，我號「風月主人」，有閒章「風月主
人」。現在我的思想觀念、生活情調都有蘇軾的影子。蘇軾〈蝶戀
花〉有句「天涯何處無芳草」，我一直在追求學術和人生理想，甚至
是明知其不可為而為之。蘇軾〈滿庭芳〉云：「且趁閑身未老，須放

我、些子疏狂。百年裡，渾教是醉，三萬六千場。」每每讀之，頓覺心胸開朗。〈滿庭芳〉又云：「蝸角虛名，蠅頭微利，算來著甚干忙。」〈臨江仙〉云：「長恨此身非我有，何時忘卻營營。」感歎人生，身不由己，我也常發如此感慨。蘇軾始終保持著樂觀的信念和超然自適的態度，〈定風波〉云：「莫聽穿林打葉聲，何妨吟嘯且徐行。竹杖芒鞋輕勝馬，誰怕。一蓑煙雨任平生。」何等灑脫！我欣羨這種境界。〈臨江仙〉上片云：「夜飲東坡醒復醉，歸來彷彿三更。家童鼻息已雷鳴。敲門都不應，倚杖聽江聲。」我讀研究生時，仿效作遊戲詞：「夜飲河東醒復醉，歸來彷彿三更。老徐鼻息已雷鳴。敲門都不應，倚牆聽鼾聲。」〈論蘇軾詞風發展的四個階段〉（第一作者，與金奇超合作），《紹興文理學院學報》一九九四年第一期。

　　我因李清照詞與愛妻結良緣，特別愛李清照詞，寫有〈婉中有變，婉融奇雅——也談李清照詞的婉約風格〉，《中文自學指導》一九九一年第十二期；〈李清照〈詞論〉研究的回顧與反思〉（第一作者，與陳堃合作），《宋代文學研究叢刊》第十五輯（臺灣）二〇〇八年版。

　　我主要研究陸游詩歌，兼治其詞，著有《陸游研究》，上海三聯書店二〇〇七年版；《陸游》，春風文藝出版社一九九九年版。寫有〈放翁隱逸詞初探〉，《齊齊哈爾師院學報》一九九四年第五期，《高等學校文科學報文摘》一九九五年第一期摘要；〈論放翁詞的風格類型〉，《寶雞文理學院學報》一九九四年第三期；〈論放翁詞風的嬗變〉，提交二〇〇四年十月四川崇州「中國‧成都首屆陸游文化學術研討會」論文；〈陸游〈卜算子‧詠梅〉——一首宋詞「經典」的形成史解析〉，《文史知識》二〇一〇年第五期。

　　我熱愛辛棄疾，〈也論稼軒其人其詞之「氣」〉（第一作者，與陳堃合作），為提交二〇〇七年十月江西上饒紀念辛棄疾逝世八百週年學術研討會論文，收入《紀念辛棄疾逝世800週年學術研討會論文彙編》。〈辛棄疾研究之反思〉，原為二〇一一年九月濟南「李清照辛棄

疾暨詞學國際學術研討會」大會報告，收入中國李清照辛棄疾學會編
《詞學新視野——李清照辛棄疾暨詞學國際學術研討會論文集》，上
海古籍出版社二〇一二年版。此文連同〈論稼軒詞中的豪情壯志——
兼論宋代豪情壯志詞〉、〈稼軒詞風格歷代評價總檢討〉，皆收入筆者
《宋代文學四大家研究》（北京市：人民出版社，2013年）。

　　另有柳永、秦觀、文天祥詞研究。〈柳永評價「熱點」「盲點」透
視〉，《福建師範大學學報》二〇〇二年第一期，原為二〇〇一年四月
武夷山「首屆柳永學術研討會」大會報告〈柳永再評價〉，收入劉慶
雲主編《柳永新論》（福州市：海峽文藝出版社，2002年）。〈秦觀詞
研究之反思〉，《中國韻文學刊》二〇一四年第二期，原為提交二〇一
三年十二月湖南郴州「第七屆全國秦少游學術研討會」論文。《文天
祥詞綜論》（第一作者，與陳堃合作），為提交二〇〇六年十一月江西
吉安紀念民族英雄文天祥誕辰七百七十週年「文山論壇」論文，收入
徐明主編《天地正氣》，中國文史出版社二〇一〇年版。

　　筆者是帶著熱愛研究這些唐宋詞名家的。

　　我編寫的《豪放詞三百首》（成都市：巴蜀書社，2001年），主要
是唐宋豪放詞選注和鑑賞。在唐宋詞研究書評中，筆者也談到一些粗
淺心得。〈詞學研究的又一碩果——評楊海明《唐宋詞美學》〉，（臺
灣）《宋代文學研究叢刊》第六輯，二〇〇〇年十二月；〈唐宋詞藝術
的「總帳式」研究——鄧喬彬先生《唐宋詞藝術發展史》讀後〉，《中
國韻文學刊》二〇一一年第四期；〈詞學研究的新突破——評王兆鵬
《唐宋詞史論》〉，《書品》二〇〇一年第四期；〈孫維城著《張先與北
宋中前期詞壇關係探論》〉（第一作者，與陳堃合作），劉揚忠、王兆
鵬主編《宋代文學研究年鑒》（二〇〇六－二〇〇七），武漢出版社二
〇〇九年版；〈略論文學史的寫法——評木齋先生《宋詞體演變
史》〉，《江西師範大學學報》二〇〇九年第五期；〈我自寫我的詞
史——王輝斌新著《唐宋詞史論稿》讀後〉，《貴陽學院學報》二〇〇

七年第四期。拜讀詞學界前輩和同仁大著，深受教益，與他們心靈對話，共享思維的樂趣。

以上交代了本書稿論文寫作和刊發情況，〈唐宋詞研究之反思〉、〈蘇軾詞研究之反思〉為新寫而未曾刊發，其他論文曾發表過，其中幾篇與他人合作，收入此書稿時，皆做了不同程度的修改完善。有幾篇分別收入筆者的《陸游研究》、《詞學思辨錄》、《宋代文學四大家研究》，今收錄此書稿中，是為了系統地呈現筆者研習唐宋詞史的歷程，表達筆者對唐宋詞史研究的系統看法，特此說明。

附錄中，《唐宋詞經典品鑑》，選擇韋莊〈浣溪沙〉（夜夜相思）等九首詞作鑑賞，摘自筆者《中國百家文學名著鑑賞》（詞曲卷）（福州市：福建教育出版社，1997年）。《口述詞學史研究構想》，為提交二〇一二年八月武漢「詞學國際學術研討會」大會報告，收入陳水雲、潘碧華主編《詞學國際學術研討會論文集》（唐宋卷），馬來西亞馬來亞大學華人研究中心二〇一二年版。〈詞體抒情本位界說及其價值重估〉，《學術研究》二〇一五年第十一期，原為提交二〇一四年十二月廣州「中國詞學國際學術研討會」論文。以上三文皆做了不同程度的修改。〈我與中國韻文學會的「緣分」〉應約為紀念中國韻文學會成立三十週年而寫，載《中國韻文學刊》二〇一五年第二期。另附筆者詞學研究論著目錄，算是研習詞學歷程的簡要記錄，權當供狀。

因教學需要，筆者長期承乏為研究生、博士生開設《唐宋詞研究》、《詞學通論》、《詞學文獻學》、《唐宋文學專題》、《陸游研究》、《蘇軾研究》等專業課程，為本科生開設過《婉約詞研究》。教學過程中，學生的提問，也逼著自己思考唐宋詞研究的一些問題。

因字數、體例限制等客觀原因，部分論文沒有收錄，以俟來日。筆者研究詞學，並不侷限於唐宋詞，整個詞史、詞論史，直至現當代詞學研究史，中國詞學通論，詞學體系的學理建構，皆是筆者感興趣的研究課題。詞學的理論思辨，是筆者近十餘年來學術研究的興趣

點，部分成果已收入筆者《詞學思辨錄》（北京市：人民出版社，2011年）。計畫接下來的工作，是將近三十年來積累的已刊發、未刊發的論文包括不少半成品整理出版，分別為《唐宋詞史論續編》、《元明清詞史論》和《詞學思辨錄續編》。

衷心感謝汪文頂副校長、文學院鄭家建院長、李建華書記等領導對拙作寫作和出版的關心和支持！感謝陳祥耀、孫紹振、陳慶元、張善文、郭丹等老師的熱情鼓勵和幫助！感謝本書責任編輯邱詩倫先生幫我把關！感謝所有寬容我、鞭策我、支持我的師友和詞學界同仁！

面對本書稿，筆者甘苦自知，深淺自知，因才薄、學淺、識陋，距離理想要求還很遠。唐宋詞研究，博大精深，越深入研究下去，越感到自己淺薄無知。面對詞學大師，筆者常自慚形穢，一直提醒自己謙卑地做人、做學問。書稿中有些內容未能充分展開論述，一些觀點仍不成熟，諸多筆者意識到或未意識到的不足，祈盼讀者諸君不吝賜教。如果讀者諸君能得到某些啟發，本書稿不至於完全災梨禍棗，則筆者願已足矣，夫復何求？唐宋詞研究，要做的題目還有許多，筆者願繼續努力，希望早日有自己比較滿意的成果奉獻出來。學問無止境，吾生也有涯，學術道路漫漫其修遠兮，吾仍需努力，上下而求索。

歐明俊

二〇一六年八月二日於榕城倉山醉醒齋

作者簡介

歐明俊

　　一九六二年生，一九八六年於安徽大學中文系、一九八九年於華東師範大學中文系、二〇〇三年於福建師範大學文學院分別獲學士、碩士、博士學位，二〇〇二年晉升教授，現為福建師範大學文學院古代文學專業博士生導師。兼任中國詞學研究會常務理事、中國歐陽修研究會副會長、中國陸游研究會副會長等。著有《詞學思辨錄》、《古代文體學思辨錄》、《宋代文學四大家研究》等。在《文學遺產》、《北京大學學報》、《中語中文學》（韓國）等發表論文百餘篇。

本書簡介

　　本書稿是作者三十年來研習唐宋詞部分成果的結集，是對唐宋詞史的專題研究，不求面面俱到。重視「史」的客觀性、真實性呈現，把握史的發展脈絡，總結史的嬗變規律，同時重視「論」，進行理論分析和提煉，將客觀史實描述與主觀價值評判結合起來，故名《唐宋詞史論》。有綜論，有分論，論溫庭筠、柳永、歐陽修、蘇軾、秦觀、李清照、陸游、辛棄疾、文天祥等名家，涉及詞人日常生活、交遊、政事、思想、人品、詞學觀、詞作文本、詞作傳播與接受、流派、研究史梳理等。特別注重「原生態」呈現，注重學術「命名」和學理「反思」，修正「誤讀」，揭示被「遮蔽」的詞史真相，努力提升唐宋詞研究的學術內涵和理論品格。

福建師範大學文學院百年學術論叢·第三輯　1702C09

唐宋詞史論

作　　者	歐明俊
總 策 畫	鄭家建　李建華
發 行 人	陳滿銘
總 經 理	梁錦興
總 編 輯	陳滿銘
副總編輯	張晏瑞
編 輯 所	萬卷樓圖書股份有限公司
排　　版	林曉敏
印　　刷	百通科技股份有限公司

發　　行　萬卷樓圖書股份有限公司
　　　　　臺北市羅斯福路二段 41 號 6 樓之 3
　　　　　電話 (02)23216565
　　　　　傳真 (02)23218698
　　　　　電郵 SERVICE@WANJUAN.COM.TW
香港經銷　香港聯合書刊物流有限公司
　　　　　電話 (852)21502100
　　　　　傳真 (852)23560735

ISBN 978-986-478-183-6
2018 年 9 月再版
2016 年 12 月初版
定價：新臺幣 660 元

如何購買本書：

1. 劃撥購書，請透過以下郵政劃撥帳號：
　　帳號：15624015
　　戶名：萬卷樓圖書股份有限公司
2. 轉帳購書，請透過以下帳戶
　　合作金庫銀行　古亭分行
　　戶名：萬卷樓圖書股份有限公司
　　帳號：0877717092596
3. 網路購書，請透過萬卷樓網站
　　網址 WWW.WANJUAN.COM.TW

大量購書，請直接聯繫我們，將有專人為
您服務。客服：(02)23216565 分機 10

如有缺頁、破損或裝訂錯誤，請寄回更換

國家圖書館出版品預行編目資料

唐宋詞史論 /歐明俊著.
-- 再版. -- 臺北市 ：萬卷樓, 2018.09
面 ；公分. --　（福建師範大學文學院百年學術
論叢·第三輯·第 9 冊）

ISBN 978-986-478-183-2（平裝）

1.詞史 2.詞論 3.唐五代詞 4.宋詞

820.8　　　　　　　　　　　　107014179